mtb

Alle handelnden Personen in dieser Ausgabe sind frei erfunden.
Ähnlichkeiten mit lebenden oder verstorbenen Personen wären rein zufällig.

Der Preis dieses Bandes versteht sich einschließlich
der gesetzlichen Mehrwertsteuer.

Umwelthinweis:
Dieses Buch wurde auf chlor- und säurefreiem Papier gedruckt.

Zauber der Gezeiten

Susan Wiggs

Das Cottage am Willow Lake

Seite 7

Linda Lael Miller

Ein Liebhaber wie Tony

Seite 105

Cindy Gerard

Mit Charme und Champagner

Seite 251

Lori Wilde

Im süßen Rausch der Sinne

Seite 383

MIRA® TASCHENBUCH
Band 25851
1. Auflage: August 2015

MIRA® TASCHENBÜCHER
erscheinen in der HarperCollins Germany GmbH,
Valentinskamp 24, 20354 Hamburg
Geschäftsführer: Thomas Beckmann

Titel der nordamerikanischen Originalausgaben:
Homecoming Season

erschienen bei: HQN Books, Toronto

Used-To-Be Lovers

erschienen bei: Silhouette Books, Toronto

Tempting The Tycoon

erschienen bei: Silhouette Books, Toronto

Intoxicating

erschienen bei: Harlequin Books, Toronto

Published by arrangement with
Harlequin Enterprises II B.V./S.àr.l

Konzeption/Reihengestaltung: fredebold&partner GmbH, Köln
Umschlaggestaltung: pecher und soiron, Köln
Redaktion: Mareike Müller
Titelabbildung: Harlequin Enterprises S.A., Schweiz;
Thinkstock/Getty Images, München
Satz: GGP Media GmbH, Pößneck
Druck und Bindearbeiten: CPI books GmbH, Leck – Germany
Printed in Germany
Dieses Buch wurde auf FSC®-zertifiziertem Papier gedruckt.
ISBN 978-3-95649-199-3

www.mira-taschenbuch.de

Susan Wiggs

Das Cottage am Willow Lake

Roman

Aus dem Amerikanischen von
Constanze Suhr

mtb

1. KAPITEL

Das weiße Papierhemd raschelte, als Miranda Sweeney auf dem Untersuchungstisch herumrutschte und die beiden Enden zusammenzog, um sich zu bedecken. „Einfach so? Es ist vorbei?"

Dr. Turabian ließ entschlossen den Metallrollcontainer zuschnappen. „Na ja, wenn Sie fünfundzwanzig Bestrahlungen, neun Monate Chemo und zwei Operationen als ‚einfach so' bezeichnen wollen, schon." Er nahm seine Brille ab und schob sie in die Brusttasche seines Arztkittels. „Die Testergebnisse könnten nicht besser sein. Alles ist so verlaufen, wie wir gehofft und geplant hatten. Bis auf die tägliche Einnahme Ihrer Immuntoxine müssen Sie nichts weiter tun."

Miranda blinzelte überwältigt von dieser Information. „Ich bin … ich weiß nicht, was ich sagen soll." Erwartete man von ihr eine bestimmte Reaktion? *Vielen Dank, Doktor, ich liebe Sie?*

„Sie brauchen auch nichts zu sagen. Ich denke, Sie werden herausfinden, dass gesund zu werden um vieles leichter ist, als krank zu sein." Er grinste. „Jetzt gehen Sie. Lassen Sie Ihr Haar wieder wachsen. Und in drei Monaten kommen Sie wieder und berichten mir, wie gut es Ihnen geht."

Er ließ sie allein. Das Geräusch, mit dem die schwere Tür zum Behandlungsraum zufiel, klang wie ein Seufzer. Bevor Miranda sich anzog, musste sie immer wieder an das kurze Gespräch mit dem Arzt denken.

Sie sind durch.

Ich bin durch.

Steck die Gabel rein, sie ist durch.

Nach einem solchen Jahr konnte Miranda kaum glauben, dass es möglich war, mit einer Krebserkrankung jemals fertigzuwerden. Die Krankheit hätte auch dich fertigmachen können, sagte sie sich, und dann würdest du jetzt wie ein wächsernes Verbrechensopfer in einem Krimi auf dem Seziertisch liegen.

Hör auf damit, schalt sie sich. Endlich hatten ihr die Worte des Arztes einmal keine Gänsehaut eingejagt – keine Tabletten gegen Übelkeit oder Gels oder Vorsichtsmaßnahmen nach der Operation. Nichts dergleichen. Sein Rat war so einfach wie beängstigend. Zieh dich an, und mach mit deinem Leben weiter.

Sie riss sich das Papierhemd vom Körper und knüllte es zwischen den Händen zu einem kleinen festen Ball zusammen. Dann zielte sie damit auf den Abfallkorb. *Da, nimm!*

Als sie die Hand nach ihrem BH ausstreckte, der am Kleiderhaken hing, schoss ihr ein allzu vertrautes unangenehmes Ziehen durch den rechten Arm. Diese postoperativen Symptome schienen nie aufzuhören, obwohl ihr Arzt und der Chirurg beteuerten, dass dieses Prickeln und die Taubheit irgendwann verschwunden wären.

Dieses Irgendwann war nun angeblich eingetroffen.

Sie sagte sich, sie sollte eigentlich herzhaft lachen, in den Krankenhausfluren tanzen, jeden küssen, der ihr begegnete, und aus voller Kehle singen: Ich werde überleben! Unglücklicherweise fühlte sie sich überhaupt nicht danach. Vielleicht war die Information noch nicht ganz angekommen, denn im Moment kam sie sich einfach nur hohl und erschöpft vor, wie ein Opfer eines Schiffsunglücks, das an Land geschwommen war. Sie hatte überlebt, aber der Kampf gegen die Krankheit hatte alles aus ihr herausgesaugt. Er hatte sie vollkommen verändert. Und diese neue Frau, diese mutige Überlebende, wusste nicht so richtig, was sie mit sich anfangen sollte.

Sie drehte sich zum Spiegel um und betrachtete ihren Körper, der ihr immer noch fremd vorkam, als würde er nicht mehr ihr gehören. Vor einem Jahr war sie eine einigermaßen attraktive Achtunddreißigjährige gewesen, zufrieden mit ihrer 36er-Konfektionsgröße und – okay, sie konnte es ruhig zugeben – ziemlich stolz auf ihr langes kastanienbraunes Haar. Während der Behandlungsmonate hatte sie sich allerdings angewöhnt, jeden Blick in den Spiegel zu vermeiden. Trotz all der ernsthaften Beteuerungen ihrer Freunde, der Familie, des Behandlungsteams und der Selbsthilfegruppe hatte sie nie gelernt, sich mit dem abzufinden, was darin zu sehen war.

Einige würden sagen, sie habe ihre rechte Brust und ihr Kopfhaar verloren. Doch Miranda fand, dass die Bezeichnung „verloren" nicht ganz zutraf. Sie wusste genau, wohin ihr Haar verschwunden war – verteilt auf den Kopfkissen, im Ausfluss der Dusche, in den Zinken ihres Kamms, überall auf den Autositzen und dem Sofa. Ausgefallenes Haar war ihr in ihrem Kielwasser überallhin gefolgt. Ihr Ehemann Jacob war sogar eines Nachts mit einer ihrer kastanienbraunen Haarsträhnen im Mund aufgewacht. Innerhalb von einigen wenigen Tagen hatte ihre Kopfhaut zu kribbeln begonnen. Dann hatte es gebrannt, und die Haare fielen aus. Verloren waren sie keinesfalls. Sie hatten sich nur von ihr gelöst. Sie hatte sie in einer Einkaufstüte gesammelt und in den Mülleimer geworfen.

Was das andere betraf, das sie „verloren" hatte – ihre Brust –, nun, sie wusste ebenfalls verdammt gut, wohin diese verschwunden war. Während der Operation war das Gewebe sehr sorgfältig verpackt und ins Krankenhauslabor geschickt worden, damit es in der Pathologie analysiert werden konnte. Die Diagnose wurde von jemandem gefällt, den sie nie gesehen hatte, jemand, den sie auch nie kennenlernen würde. Jemand, der die Besiegelung ihres Schicksals ordentlich in ein Formular eingetragen hatte: invasives duktiles Karzinom im ersten Stadium, Tumorgröße 1,5 cm, Knoten 15 negativ.

Sie konnte sich glücklich schätzen, da sie eine Kandidatin für eine TRAM-Flap-Brustrekonstruktion war, die gleich nach der Mastektomie folgte. Ein weiteres chirurgisches Team übernahm die Brustrekonstruktion und benutzte dafür Gewebe aus ihrem Unterbauch. Sie hatte sich bemüht, diese Rekonstruktion ihrer Brust leicht zu nehmen, glaubte, wenn sie keine große Sache daraus machte, würde es auch keine große Sache werden. Obwohl ihre Beraterin und die Selbsthilfegruppe sie dazu ermutigt hatten, sich einzugestehen, dass ein wichtiger, charakteristischer Teil von ihr verschwunden war, dass sich ihr Körper für immer verändert hatte, war sie dem ausgewichen. Sie behauptete, dass sie noch nie besonders stolz auf ihre Brüste gewesen wäre. Sie waren einfach … da gewesen. Größe 70 B. Und nach der Operation waren sie immer noch da gewesen, nur dass die rechte aus Zellgewebe ihres Unterbauchs geformt worden war, etwas, das sie gern abgegeben hatte. Und diese tätowierte Brustwarze war äußerst interessant. Wie viele Frauen konnten so etwas schon vorweisen?

Miranda wusste, sie sollte jetzt vor Erleichterung und Dankbarkeit in Tränen ausbrechen, aber sie wollte sich immer noch nicht im Spiegel betrachten. Die rekonstruierte Brust schien leicht schief geraten, und auch wenn die Farbe und Temperatur der Haut genauso war wie die ihrer anderen Brust, konnte sie dort nicht das Geringste spüren. Nichts, *nada*. Und ihr Bauchnabel war ein Stück zur Seite gerutscht.

Wenn es nach ihrer Selbsthilfegruppe ginge, müsste sie in den Spiegel blicken und dort eine Überlebende sehen. Eine erstaunliche Frau, deren Schönheit von innen heraus leuchtete. Eine Frau, die glücklich war, am Leben zu sein.

Miranda lehnte sich vor und sah genau hin. Wo war diese Frau?

Immer noch versteckt da drinnen, dachte sie. Ihre umwerfende Persönlichkeit wollte einfach nicht rauskommen und spielen.

Nach einer schmerzlichen Zeit, in der ihr Kopf kahl gewesen war, begann ihr Haar wieder zu sprießen. Ebenso ihre Augenbrauen und Wimpern. Unglücklicherweise sah dieser dünne Flaum von Härchen bisher nur komisch aus. Sie befürchtete, dass es in weißlichem Grau nachwuchs. Aber es war ihr richtiges neues Haar, das wie weiche Kükenfedern wirkte, als wäre sie gerade aus dem Ei geschlüpft. Ihr Teint war blass, und in ihren Augenwinkeln zeigten sich winzige Fältchen. Das Weiße in ihren Augen sah gelblich aus. Noch immer verbarg sie sich hinter Hüten, Schals und Perücken. Sie wollte nicht aussehen wie eine Krebspatientin, obwohl sie ja genau das war. Nein, stimmt nicht, sagte sie sich. Eine Krebs*überlebende*, keine Patientin mehr.

Miranda wandte sich ab, nahm den BH und zog ihn an, schlüpfte in ihre Leinenkakihose und die Bluse. Es nervte sie, das Ziehen zu spüren, wenn sie sich ein Hemd über den Kopf streifte. So als wollte ihr Körper sie jedes Mal daran erinnern, dass man an ihr herumgeschnitten, genäht und sie verändert hatte und es nichts gab, was sie dagegen tun konnte. Sie schlang sich den buttergelben Pullover über die Schultern und knotete die Ärmel locker zusammen. Es war inzwischen nicht mehr so kühl wie am Morgen. Mit Nachdruck setzte sie ihren Hut auf. Heute war es ein Sonnenhut aus Leinen, den sie mehr aus praktischen als dekorativen Gründen ausgewählt hatte.

Sie packte all ihr Zeug zusammen – Handtasche, Handy, Schlüssel – und lief durch den inzwischen vertrauten Klinikflur mit den blassen Wänden. Die waren mit besänftigenden Indianerkunstwerken geschmückt, und besänftigende New-Age-Musik erklang aus den Lautsprechern an der Decke. Wie immer eilten alle geschäftig mit Krankenakten über den Gang oder in einen der Untersuchungsräume. Und wie immer erhielt sie von jedem, dem sie begegnete, ein etwas zerstreutes, aber ehrliches, aufmunterndes Lächeln.

Das Wartezimmer war eine andere Geschichte. Die Patienten dort schienen jeden Kontakt zueinander zu vermeiden, während sie in Magazinen lasen oder die Nachrichten auf ihren Smartphones abriefen. Es sah fast so aus, als wollten sie die anderen im Raum auf keinen Fall ansehen, als fürchteten sie, etwas in deren Blick zu erkennen, was sie nichts anging – Hoffnung oder Verzweiflung oder eine Mischung von beidem.

Miranda wusste, dass niemand der dort Wartenden wissen konnte, dass sie die Praxis endgültig verließ. Sie würde in den nächsten drei Monaten nicht zurückkommen – und wenn, dann nur zu einer Routineuntersuchung. Trotzdem verspürte sie das merkwürdige Schuldgefühl einer Überlebenden, als sie den Raum zum letzten Mal durchquerte – vorbei an dem sprudelnden Tischspringbrunnen, der Grünpflanze, die seit ihrem ersten Besuch hier die doppelte Größe erreicht hatte, dem Zeitschriftenregal.

Sie trat ins strahlende Sonnenlicht eines warmen Spätsommernachmittags hinaus. Im ersten Moment war es so hell, dass Miranda sich blinzelnd umblickte, als hätte sie die Orientierung verloren. Sie zog ihre Sonnenbrille hervor und setzte sie auf. Die

Welt wurde wieder sichtbar. Seattle war im September unvergleichlich schön, mit warmen, sonnigen Tagen, unglaublich klarem Himmel und kühlen Nächten, in denen bereits der Herbst in der Luft zu spüren war. Das heutige wunderbare Wetter reizte die normale Stadtbevölkerung dazu, draußen vor den Cafés zu sitzen, an kühlen Getränken zu nippen und das Gesicht in die Sonne zu halten.

Vom Krankenhaus hier oben auf dem First Hill – aufgrund der Mengen an Hospitälern und Ärztezentren in dieser Gegend auch als „Pillenberg" bekannt – sah sie bis hinunter zum Hafen, über die geschäftige Innenstadt, die chaotischen Schnellstraßen und die charakteristische Spitze der Space Needle, die sich über der Elliott Bay erhob. Weiter in der Ferne bot sich die typische Aussicht von Seattle – der tiefblaue Puget Sound, durchzogen von üppig begrünten Inseln und Meerarmen, der Horizont von Bergketten umgrenzt, die aussahen wie mit einer blauweißen Sahnehaube auf der Spitze versehen. Egal ob man hier geboren war, so wie Miranda, oder neu zugezogen, der Puget Sound war für jeden ein atemberaubender Anblick.

Eine Autohupe ertönte, und Miranda wich erschrocken auf den Bürgersteig zurück. Sie war so von der Aussicht fasziniert gewesen, dass sie gar nicht auf die Ampel geachtet hatte. Sie wartete pflichtschuldigst auf das kleine grüne Männchen, das ihr anzeigte, wann es sicher war, weiterzugehen. Das wäre eine unglaubliche Ironie des Schicksals, sich von einem Bäckereilieferwagen umfahren zu lassen, nachdem man eine schwere Krankheit wie Krebs bekämpft hatte.

Miranda lief den halben Block bis zur Bushaltestelle und studierte die Abfahrtzeiten. Der Bus, mit dem sie nach Queen Anne kam, wo sie wohnte, würde erst in einer halben Stunde kommen.

Sie setzte sich auf eine Bank, zog ihr Handy hervor und wählte Jacobs Nummer.

„Hallo, du Umwerfende", begrüßte ihr Mann sie.

„Ich wette, das sagst du zu allen Frauen."

„Nur wenn ich deinen speziellen Klingelton vernehme, Schatz."

„Du hast deine Fahrstimme“, bemerkte sie.

„Was ist das genau?“

Sie lächelte. „Ich kann immer genau hören, wann du unterwegs bist. Dann hast du deine Fahrstimme.“

Er lachte. „Was gibt es denn?“

„Ich komme gerade von Dr. Turabian.“

„Geht es dir gut?“ Das war natürlich seine automatische Reaktion in letzter Zeit. Jacob hatte diese ganze Krebsgeschichte einen Höllenschrecken eingejagt. Fairerweise musste man sagen, dass ein Mann in seinem Alter nicht gerade damit rechnete, eine junge Frau im Kampf gegen eine lebensbedrohende Krankheit zu begleiten. Jacob schien sogar im Umgang mit ihr verängstigt, wagte kaum, sie zu berühren, als befürchtete er, sie dabei zu verletzen. Anfangs hatte er Miranda zu allen Arztterminen begleitet – zu den Tests, den Behandlungen, den folgenden Untersuchungen. Er war wunderbar gewesen und hatte seine Panik immer zu verbergen versucht. Doch für Miranda bedeutete es nur noch mehr Stress, ihn bei seinen schmerzlichen Anstrengungen zu beobachten. Irgendwann fand sie es einfacher, allein zu gehen oder eine ihrer Freundinnen mitzunehmen. Zuerst hatte Jacob sich dagegen gesträubt – *Ich begleite dich, daran kannst du mich nicht hindern* –, aber schließlich hatte er ihren Wunsch mit einem fast verschämt erleichterten Gesichtsausdruck akzeptiert.

„Es war mein letzter Behandlungstag“, erinnerte sie ihn. „Alles verlief wie erhofft. Die Werte waren in Ordnung, alles zu Dr. Turabians Zufriedenheit.“ Sie holte tief Atem. Die Luft war so kühl und frisch, dass es fast wehtat. „Ich bin durch.“

„Was heißt das, ‚du bist durch‘?“

„Na durch, durch und fertig.“ Sie lachte auf, und ihr eigenes Lachen klang in ihren Ohren fremd, so als würde eine Tür mit rostigen Angeln geöffnet. „Er will mich erst in drei Monaten wieder sehen. Das ist alles ziemlich merkwürdig. Ich weiß gar nicht, was ich mit mir anfangen soll. Als könnte ich mich überhaupt nicht daran erinnern, was ich vor meiner Krankheit gemacht habe.“

„Na ja." Jacob klang ebenfalls leicht verwirrt. Als hätte er Angst, das Falsche zu sagen. „Wie fühlst du dich denn?"

Sie wusste, was er tatsächlich fragen wollte. „Wann kannst du wieder arbeiten?" Die Freistellung von ihrem Job hatte definitiv eine schmerzliche finanzielle Einbuße für sie bedeutet. Obwohl sie eine leichte Verärgerung verspürte, konnte sie es ihm nicht übel nehmen. Während dieser ganzen Tortur hatte er die Familie über Wasser gehalten, zwischen Job und zusätzlicher Hausarbeit jongliert, damit sie sich auf ihre Behandlung konzentrieren konnte. Die hatte ihr so viel Kraft genommen, dass sie gar nichts anderes mehr tun konnte. Aufgrund seiner Arbeit im Getränkeverkauf an große Supermarktketten war er ständig unterwegs. Er verdiente lediglich eine Provision und bekam kein Grundgehalt, sodass jeder Verkauf zählte. Und ihr Bankkonto konnte weiß Gott alle Einzahlungen gebrauchen. Die Raten für ihr Haus hatten sie unter der Voraussetzung eingeplant, dass sie ein Doppelverdienerhaushalt waren.

„Mir geht es gut, denke ich." Eigentlich fühlte sie sich, als hätte sie einen Marathonlauf hinter sich und überquerte gerade die Ziellinie, ohne dass irgendjemand dabei war, der es beobachtete. Die Welt war noch immer dieselbe. Der Verkehr rollte wie üblich über den Berg, Boote und Lastkähne durchquerten den Sund, Fußgänger kamen vorbei, ohne zu ahnen, dass sie gerade ihre Krebstherapie beendet hatte und noch lebte, sodass sie jedem davon erzählen konnte.

„Das ist gut", sagte Jacob. „Ich bin so froh."

Sie beobachtete eine Taube, die auf dem Bürgersteig herumtrappelte und mit dem Schnabel Brotkrümel aufpickte. „Ich auch. Ich lasse dich jetzt lieber in Ruhe. Sehen wir uns heute Abend?"

„Ich versuche, nicht zu spät zu kommen. Ich liebe dich, Schatz."

„Ich liebe dich auch." Sie steckte das Handy zurück in die Tasche und dachte über die Angewohnheit nach, sich gegenseitig ihrer Liebe zu versichern, etwas, das sie inzwischen gedankenlos taten. Nachdem sie von der Diagnose erfahren hatte, war es für sie obligatorisch gewesen, ihrem Mann und den Kindern jedes Mal „Ich liebe dich" zu sagen, wenn sie sich verabschiedeten. Angesichts ihrer eigenen Sterblichkeit war ihr schmerzlich klar geworden, dass jeder Abschied für immer sein könnte. Obwohl ihre Prognose gut gewesen war, wollte sie sichergehen, dass jeder in ihrer Familie täglich ihr „Ich liebe dich" hörte. Im Laufe der Zeit hatte sich allerdings durch die Gewohnheit und ständige Wiederholung der Sinn der Worte verflüchtigt. Heute schien das „Ich liebe dich" nichts weiter zu bedeuten als „Bis später".

Während sie in ihrer Tasche nach der Busfahrkarte kramte, fand sie eine Notiz, die sie selbst auf ein Stück Papier geschrieben hatte. In ihrer Selbsthilfegruppe hatten einige darauf geschworen, dass man sich Leitsätze und positive Gedanken aufschreiben und in der Hosen- oder Handtasche aufbewahren sollte, wo man immer ab und zu darauf stieß. Miranda erkannte zwar ihre Handschrift sofort, konnte sich aber beim besten Willen nicht daran erinnern, es jemals aufgeschrieben zu haben. Auf dem Zettel stand: „Du kannst den heutigen Tag nicht zurückholen. Also sieh zu, dass du das Beste daraus machst."

Ein weiser Spruch, sicher, aber daraus ging nicht wirklich hervor, was *das Beste* sein sollte. Hieß es, sich mit Freunden und der Familie zu beschäftigen? Fremden zu helfen? Ein richtig gutes Kunstwerk zu kreieren? Sie hätte sich deutlicher ausdrücken sollen. Sie faltete den Zettel zusammen und schob ihn ins Portemonnaie zurück.

Die Umgebung der Bushaltestelle war nicht sehr aufregend – Lorbeerbüsche, Astern und Stiefmütterchen. Die Pflanzen waren winterfest und beständig, wenn auch ein bisschen langweilig. Miranda liebte das Gärtnern, aber sie war dabei ziemlich anspruchsvoll geworden. Eins der Dinge, die sie sich während der Behandlung fest vorgenommen hatte, war, dass sie mit der Gartenarbeit wieder anfangen würde.

In der Ferne glitten die Fährboote vor dem blauen Hintergrund durch den Puget Sound auf dem Weg zwischen den Inseln Richtung Westen. Ein Tourist flog mit dem Fallschirm über Elliott Bay, und Miranda verzog die Lippen zu einem leichten

Lächeln. Was für eine wundervolle Sache, hoch über dem glitzernden Wasser zu schweben, darüber der große Schirm in Regenbogenfarben, der sich wie eine bunte Blüte vor dem endlos blauen Himmel ausbreitete. Von Weitem war der am Motorboot befestigte Haltestrick des Parasailing-Schirms unsichtbar, sodass es tatsächlich wirkte, als würde die Person frei fliegen.

Miranda hatte so etwas noch nie gemacht. Vielleicht sollte sie es irgendwann mal probieren. Sie warf einen Blick auf ihre Uhr, dann auf den Fahrplan. Vielleicht sollte sie es jetzt sofort versuchen.

Ach, komm, du verpasst deinen Bus, sagte sie sich.

Es wird immer ein anderer Bus kommen. Aber du wirst den heutigen Tag nicht noch einmal erleben, wie eine weise Frau mal aufgeschrieben hatte.

Miranda stand auf, schob sich den Riemen ihrer Handtasche über die Schulter und ging los. Da der Weg bergab führte, war es nicht anstrengend. Sie hatte wohl die perfekte Geschwindigkeit gewählt, denn jede Fußgängerampel schaltete gerade auf Grün, wenn sie sich näherte. Es war ein Gefühl, als würde die ganze Innenstadt sie dazu ermuntern weiterzugehen.

Als sie einen Fußgängerüberweg zum Hafen überquerte, musste sie wie üblich an einer Anzahl von Obdachlosen vorbeigehen. Wie alle anderen Passanten wandte sie den Blick ab. Doch auch ohne hinzusehen, hatte sie das Bild genau vor Augen – vor sich hin dämmernde Menschen in zerlumpter Kleidung, all ihre Besitztümer in einem Einkaufswagen oder einem Rucksack verstaut. Die meisten von ihnen hatten vor sich einen alten Becher für Kleingeld stehen, einige mit ungelenker Handschrift ein Blatt mit „Für übriges Kleingeld“ oder einfach „Gottes Segen“ beschrieben.

Miranda hielt den Blick wie immer geradeaus gerichtet. Wenn man so tat, als würde man sie nicht sehen, waren sie auch nicht richtig da. Doch das funktionierte bei ihr nicht, und sie verspürte das gleiche Schuldgefühl wie jeder andere angesichts dieser Menschen. Sie sagte sich, dass es Unterkünfte gab, bei denen Obdachlose Hilfe suchen konnten, sie mussten nur dorthin gehen. Und natürlich wusste jeder, dass man ihnen kein Geld geben sollte. Das gaben sie dann nur für Bier aus.

Na und? ging es ihr plötzlich durch den Kopf. Und wenn sie das bisschen Geld nun für Bier ausgaben? Das war vielleicht alles, was sie noch davon abhielt, zum Ende des Piers zu laufen und sich vom Sund verschlucken zu lassen.

Sie ging langsamer und zog ihre Brieftasche heraus. Da waren fünf Obdachlose in regelmäßigen Abständen voneinander auf der Brücke verteilt wie Wachposten. Sie hatte nicht viel Bargeld dabei, aber sie gab alles weg, jeden Cent, und versuchte, die Münzen gerecht auf die fünf zu verteilen. Zwei von ihnen flüsterten ein Dankeschön, während die anderen nur nickten, als wären sie zu erschöpft, um zu sprechen. Aber das war Miranda egal. Sie tat dies hier nicht, um Dank zu ernten.

Als sich in ihrer Brieftasche kein Bargeld mehr befand, steckte sie sie in die hintere Hosentasche und ging weiter Richtung Hafen. Unten am Alaska Way, einer geschäftigen Straße entlang der Küste, von der viele Piers abgingen, traf sie auf eine weitere Obdachlose, die auf einer Obstkiste saß und ein Schild hielt, auf dem „Keine Wohnung, brauche Hilfe“ stand.

Miranda zögerte kurz, dann schaute sie die Frau an. „Ich habe mein ganzes Bargeld unter den Leuten auf der Marion-Street-Brücke verteilt“, gestand sie.

„Ist schon okay. Dann haben Sie heute einen guten Tag.“

Miranda nahm den buttergelben Sweater von den Schultern. „Können Sie den gebrauchen?“ Es war ein Designerstück von *Nordstrom* aus feinmaschiger Sea-Island-Baumwolle. Der Pullover war ein Geschenk von ihrer Schwiegermutter gewesen, die glaubte, dass kein Problem so groß war, dass man es nicht mit einem Sweater von *Nordstrom* lösen könnte.

„Sicher doch, Lady, wenn Sie sich davon trennen können.“

„Das macht mir nichts aus.“ Sie reichte der Frau den Pullover.

„Oh, der ist aber weich. Danke.“ Die schwielige Hand der Frau zitterte, als sie mit den Fingern über den Stoff strich.

„Nichts zu danken.“ Spontan öffnete sie ihre Handtasche und nahm alle persönlichen Gegenstände heraus – Handy, Schlüssel, eine Pillendose – und verteilte sie in ihren Hosentaschen. Übrig blieben nur die üblichen Dinge – eine Packung Taschentücher, ein Kamm, ein Lippenstift, ein Taschenrechner, eine winzige Taschenlampe.

„Die können Sie vielleicht auch gebrauchen", sagte sie.

Bei dem Angebot runzelte die Frau die Stirn. „Das ist eine schöne Tasche", sagte sie etwas misstrauisch.

Sie hatte einen guten Geschmack. Das war ein weiteres Geschenk ihrer Schwiegermutter gewesen, von *Dooney & Bourke*, das sie sicher ein paar Hundert Dollar gekostet hatte.

„Ich habe noch so eine zu Hause."

„Sie sind aber nicht von der Mission, oder?", erkundigte sich die Obdachlose. „Mit denen hab ich's schon probiert, aber das funktioniert nicht."

„Ich bin nicht von der Mission, sondern einfach nur … hier vorbeigekommen."

Die Frau sah immer noch etwas skeptisch aus.

Miranda hörte das Horn der Fähre, eine Seemöwe kreischte. Im Nacken spürte sie die leichte Brise, die sanft am Rand ihres Sonnenhuts zupfte. Automatisch hielt sie den Hut fest, damit er nicht wegflog. Doch statt ihn fester auf den Kopf zu drücken, umfasste sie die Krempe.

Tief einatmen, sagte sie sich, dann zog sie den Hut vom Kopf. Jetzt hatte sie sich vor der Welt entblößt. Jeder, der sie ansah, würde wissen, dass sie eine Krebspatientin war. Auch nach so langer Zeit fühlte sie sich unsicher. Sie wollte jedem, der ihr zuhörte, erklären, dass sie mehr als eine Patientin war. Eine Ehefrau, Mutter, Mitarbeiterin, Freundin. Doch wenn einem das Haar ausfiel, die Fingernägel brachen und die Wimpern verschwanden, sahen die Leute nichts anderes mehr. Nur eine Krebspatientin.

Eine Überlebende, korrigierte sie sich in Gedanken, während sie der Frau den Hut reichte. Heute war sie eine Krebsüberlebende.

Die Obdachlose nahm ihn und schenkte Miranda ein kleines Lächeln. „Jetzt haben Sie einen schönen Tag."

Als Miranda sich von ihr entfernte, verspürte sie ein merkwürdig leichtes Gefühl, so befreit, als würde sie bereits schweben. Sie hoffte inbrünstig, dass die Parasailing-Firma auch Kreditkarten annahm.

Natürlich tat sie das. Jeder nahm Kreditkarten. Wahrscheinlich auch die Obdachlosen.

Miranda hatte gerade ihr ganzes Geld weggegeben, doch das reichte ihr noch lange nicht. Aus einer unbekümmerten Laune heraus buchte sie einen Parasailingflug über Elliott Bay. Der Mann, der ihr in die Ausrüstung half, gab ihr kurz Instruktionen. „Da brauchen Sie gar nichts zu tun. Einfach nur entspannen und den Wind den Rest machen lassen. Sie können sogar Ihre Straßenkleidung anbehalten. Sie werden garantiert nicht nass."

Die alte Miranda, die Miranda, die ihrer eigenen Sterblichkeit nie in die Augen geblickt hatte, wäre vollkommen verängstigt gewesen. Doch jetzt empfand sie angesichts des Risikos und der Gefahr nichts Besonderes. Sie fragte sich, ob ihr rechter Arm mit der Ausrüstung schmerzen würde, beschloss aber, sich nicht darum zu kümmern. Sie hatte in letzter Zeit Schlimmeres ertragen.

„Klingt gut." Sie biss die Zähne zusammen, als er ihr die Riemen unter der Brust befestigte. Ob er wusste, dass die eine rekonstruiert war? Und warum zum Teufel war das wichtig? Sei doch nicht albern! schalt sie sich.

Der Mann und sein Partner lenkten das Boot in die Bucht hinaus, das neben den Fähren und Lastkähnen winzig wirkte. Miranda positionierte sich unter deren Anleitung auf der Plattform, wartete, bis der Fallschirm sich im Wind aufblähte und stieg. Dann ließen die Männer sie vom hinteren Teil des Boots hinunter. In der ersten Sekunde ging sie ein bisschen in die Tiefe und streifte die Wasseroberfläche mit ihren nackten Füßen. Sie sog scharf die Luft ein und machte sich auf die Eiseskälte des Puget Sound gefasst. Dann riss der Wind den Schirm in die Höhe, der schnell in die Lüfte stieg, wie ein Drachen an der Schnur.

Nachdem sie kurz verblüfft aufgekeucht hatte, verstummte Miranda und ließ sich einfach hängen, ohne einen Ton von sich zu geben. Während ihrer Krebsbehandlung hatte sie gelernt, alles gleichmütig und schweigend zu ertragen. Sie war absolut still gewesen, als Radiologen und Onkologen sie untersucht hatten. Still, als die Chirurgen sie begutachteten und ihr mit Markern Linien auf die Haut zeichneten. Still, während sie auf dem Bestrahlungstisch lag und das gefährliche Licht auf ihren Körper gerichtet war. Still, während die Maschine die unsichtbaren Strahlen in ihre Haut brannte, die mit Bläschen und Rissen reagierte.

Sie konnte gut stillhalten. Und jetzt war sie bereit, alles hinter sich und sich vom Wind wegtragen zu lassen.

Sie sah das, was die Seemöwen sahen: die dunklen, mysteriösen Gebilde unter Wasser, Gruppen von Seelöwen, die sich auf Navigationsbojen sonnten, Containerschiffe und Segelboote, das Glitzern des Sonnenlichts auf der Wasseroberfläche. Sie spürte den kühlen Wind in ihrem Haar – oder dem, was da heranwuchs. Es wurde von der Brise wie ein Federkleid zerzaust.

Dann lachte sie laut und wünschte, Jacob und die Kinder könnten sie jetzt sehen, schwebend wie ein Drachen an der Schnur über der Stadt mit den hohen skelettartigen orangefarbenen Kränen in den Werften; ein krasser Gegensatz zu dem Hintergrund der wunderbaren Szenerie des Mount Rainier. Vielleicht würde sie das Zehndollarfoto kaufen, das die beiden im Boot von ihr beim Aufstieg gemacht hatten. Wie oft bekam man schon ein Foto von sich in der Luft schwebend? Dennoch war der Gedanke, ein Foto für Jacob und die Kids mit nach Hause zu nehmen, ein bisschen deprimierend. Sie hatte dieses wahnsinnige Erlebnis allein gehabt. Sie konnte sich nicht erinnern, wann sie das letzte Mal etwas mit der Familie zusammen unternommen hatten.

Sie zeigte den beiden im Boot das Okay-Zeichen mit den Daumen, als die sie gekonnt wieder an Deck zogen und mit ihr zum Dock zurückfuhren. An Land druckte einer der beiden das Foto von seiner Digitalkamera aus und reichte es ihr. Sie griff in ihre Hosentasche, um das Portemonnaie herauszuziehen.

„Das geht aufs Haus“, sagte er.

Sie schob die Brieftasche wieder zurück. „Danke.“

Die Leute waren immer besonders nett zu Krebspatienten, hatte sie festgestellt. Sie warfen einen Blick auf den kahlen Kopf, die gesplitterten Nägel, die bleiche, aufgequollene Haut und bekamen es mit der Angst zu tun. *Gnade Gott, dass mir das passiert.* Nett zu Krebsopfern zu sein war für sie vielleicht wie eine Art Schutzimpfung. So hatte sie selbst auch gedacht, bevor sie Mitglied im Krebsklub geworden war. Inzwischen hatte sie gelernt, diese Freundlichkeit in welcher Form auch immer zu akzeptieren, sowohl von Freunden als auch von Fremden.

Miranda bedankte sich noch einmal bei dem Mann. Sie würde das Foto aufbewahren, um es hervorzuholen und sich diesen merkwürdigen Moment noch einmal anzusehen – ein Bild von sich selbst frei in der Höhe schwebend, allein vor dem blauen Himmel.

Sie musste einen Geldautomaten suchen. Miranda lief vom Hafen bergauf und nahm die Harbor Steps. Von dort ging sie Richtung Pike Place Market. Auf der Treppe kam sie nur langsam voran, noch etwas, das sie an ihrer Krankheit frustrierte. Noch vor einem Jahr war sie eine viel beschäftigte, tatkräftige Frau mit beschwingtem Schritt gewesen, der alles gelang – sie hatte zwei großartige Kinder, einen liebevollen Ehemann, einen soliden, wenn auch langweiligen Job. Sie war stolz darauf gewesen, wie viel sie an einem einzigen Tag schaffte. Innerhalb von einer Stunde kam sie aus einem Firmenkonferenzraum zum Fußballfeld und dann gleich danach nach Hause, um das Abendessen zu kochen.

Nun brachte eine dumme Treppe sie außer Atem.

Das würde ab sofort anders werden, beschloss sie.

Miranda straffte die Schultern und hob das Kinn. Heute war ein großer Tag. Sie sollte das gebührend würdigen.

Auf dem Pike Place Market voller Marktbesucher, Touristen, Küchenchefs, Musiker und Lieferanten kaufte sie die Zutaten für ein Festessen – frischen Spargel aus der Region und Morcheln, gelbe Kartoffeln und weißen Wildlachs, laut dem redseligen Fischverkäufer in einem schmierigen gelben Kittel frisch vom Boot. Und Garnelen als Vorspeise.

Sie stellte sich vor, wie sie mit ihrer Familie an einem wunderschön gedeckten Tisch saß. Sie hatten einen Grund zum Feiern. Dies war ein ganz besonderer Tag.

Als sie mit ihren Paketen vom Markt kam, blieb sie an einer Reihe von Blumenständen von Großhändlern stehen. Große verzinkte Stahleimer mit Dahlien, Phlox, Rosen in allen denkbaren Schattierungen. Dieser Farbenrausch war wie eine kleine Feier.

Miranda ging das Herz auf, und sie atmete den Duft der Pflanzen tief ein. Blumen waren lange ihre Leidenschaft gewesen. Sie besaß großes Talent im Kultivieren und Arrangieren von Blumen. Dieses Hobby, so wie alles andere in ihrem Leben, war während ihrer Krankheit ins Abseits gerückt. Erst als sie den Blumenstand sah, wurde ihr klar, wie sehr sie diese Beschäftigung vermisst hatte.

Sie bestellte beim Verkäufer eine Auswahl – Gerbera, Chrysanthemen, duftende Schafgarbe, violetten Strandflieder, Goldrutenastern, Hypericum-Beeren und Eukalyptus. Das sollte ihr Gewinnerstrauß werden, beschloss sie – eine farbenfrohe, elegante Bestätigung, dass sie ihre Behandlung überstanden hatte und bereit war, mit ihrem Leben weiterzumachen.

Auf dem Weg zur Bushaltestelle jonglierte sie mit ihren Paketen und wählte Jacobs Nummer erneut.

„Ich war beim Parasailing."

„Was?"

Er hatte wieder seine Fahrstimme. Mit den Verkehrsgeräuschen im Hintergrund wurde ihr klar, dass es wohl nicht der richtige Moment war, um es zu erklären. „Ich mache heute etwas ganz Besonderes zum Abendessen", sagte sie.

„Ich wollte dich ins Restaurant einladen", erwiderte er.

„Das ist lieb von dir, aber ich hatte gerade Lust, selbst etwas zusammenzustellen, und das ist wahrscheinlich für die Kinder sowieso besser. Andrew hat Fußballtraining bis halb fünf, und Valeries Job im Theater geht um acht los. Also … um halb sieben?"

Er zögerte. Sie hörte aus diesem Zögern eine Menge Zweifel heraus. Inzwischen konnte sie sein Schweigen weitaus besser deuten als seine Worte.

„Du kommst heute später nach Hause“, sagte sie.

„Ich kann ein paar Sachen verschieben …“

„Gute Idee.“ Normalerweise passte sie sich den Anforderungen seines Jobs an, aber heute wollte sie ihn bei sich haben. „Ruf mich später an, und sag mir, welche Zeit dir recht ist.“

„Ich werde nicht zu spät kommen“, versprach er.

„Ruf mich einfach an. Bis später.“

Mein Mann ist wundervoll, sagte sie sich. Im vergangenen Jahr hatte er sich immer und immer wieder bewiesen. Eines der größten Opfer, das er gebracht hatte, war, sein Arbeitspensum zu vergrößern, als sie sich von ihrem Job bei Urban Ice, einem Lieferanten von losem Eis für Großbetriebe, freistellen ließ. In manchen Wochen hatte Jacob achtzig Stunden absolviert, sich niemals beschwert und immer getan, was getan werden musste. Trotz ihrer Gesundheitsvorsorge wurden nicht alle medizinischen Behandlungen wie die Mastektomie von der Versicherung abgedeckt. Dazu gehörte die Brustrekonstruktion, was Miranda für eine grausame Ironie hielt. Innerhalb von Stunden nach der Diagnose hatten sie bereits ihren Eigenanteil erreicht. Das Geld der Krankenversicherung deckte nicht die Hypotheken, dafür war ihr Einkommen eingeplant. Auch die Lebensmittel waren nicht darin enthalten, Haushaltskosten oder Schulkleidung für Kinder. Und ganz sicher kein Gleitflug oder die zwanzig Dollar für die Schnittblumen, die sie gerade gekauft hatte.

2. KAPITEL

Miranda stieg an der Ecke aus dem Bus und ging den halben Block bis zu ihrem Haus. Sie liebte die Wohngegend, ein Ort reich an Historie mit einer bunten gemischten Nachbarschaft. Die Queen Anne lag auf dem höchsten Berg von Seattle und bot den besten Blick über die Stadt und den Sund. Hier standen moderne Apartmenthäuser und dazwischen alte Villen, die vor langer Zeit für Holz- und Eisenbahnbarone errichtet worden waren. Die abwechslungsreiche Sweeney's Street verströmte eine heimelige Atmosphäre. Bungalows aus der Arts-and-Crafts-Ära wurden durch Gärten aufgelockert, die auf den winzigsten Fleckchen Erde gediehen, Steingärten und Betonstufen führten hinauf zu einladend begrünten Veranden.

Sie und Jacob hatten ihr Haus sofort geliebt, als sie es vor sechs Jahren zum ersten Mal gesehen hatten. Es gab sogar genug Platz für einen Garten und ein Gewächshaus im hinteren Teil des Grundstücks, etwas, von dem Miranda schon immer geträumt hatte. Sie wand sich innerlich, als sie an den Zustand ihres Gartens dachte. Er war das Erste, was sie nach der Diagnose vernachlässigt hatte.

Sie freute sich, ihr normales Leben wieder aufzunehmen, ihr Haus in Ordnung zu halten, in ihrem Garten zu pflanzen, ihre Finanzen in den Griff zu bekommen. Dieses Haus war das absolute Limit dessen, was sie sich leisten konnten. Als Miranda sich von der Arbeit hatte freistellen lassen, hatte sie Jacob vorgeschlagen, es zu verkaufen und sich eine preiswertere Bleibe zu suchen. Davon hatte er jedoch nichts wissen wollen. Sie nahm an, dass der Verkauf des Hauses für ihn bedeutet hätte, sich einzugestehen, dass sie nicht wieder gesund werden und jemals wieder arbeiten würde. Doch das hätte er niemals zugegeben.

Sie war dankbar für seine standhafte Weigerung gewesen, sich von dem Haus, das sie so liebte, zu trennen. Doch zu Anfang des kommenden Jahres würde ihre Hypothekenrate wieder angepasst werden, und die Kosten würden explodieren. Sie erschauerte, als sie an die Summe dachte, die sie dann jeden Monat aufbringen mussten.

Aber nicht heute, ermahnte sie sich. Heute würde sie sich darüber nicht den Kopf zerbrechen. Nachdem sie die Tür aufgeschlossen hatte und eingetreten war, schaute sie sich im Haus um. Aus irgendeinem Grund sah sie es mit neuen Augen. Nichts hatte sich verändert, trotzdem fühlte sie sich hier wie eine Fremde. Die Stille wurde nur durch das rhythmische Ticken der Uhr in der Diele unterbrochen. Vier Uhr nachmittags. Ihr blieb noch reichlich Zeit, um das Dinner auf den Tisch zu bringen.

Im vergangenen Jahr hatte sie gelernt, die Dinge einfach zu halten. Wenn sie überhaupt die Mühe auf sich genommen hatte, etwas zu kochen – was selten vorgekommen war –, hatte sie es meist vermieden, sich komplizierte Gerichte vorzunehmen.

„Was habe ich denn mit mir angefangen?“, fragte sie sich laut.

Dann nahm sie die Blumen, die sie gekauft hatte, suchte ein paar Vasen und Schalen heraus, griff nach der Blumenschere und machte sich an die Arbeit. Sie hatte fast vergessen, wie tröstlich und befriedigend es war, Blumen zu arrangieren, etwas, das sie von ihrer Großmutter gelernt hatte.

In ihrer Selbsthilfegruppe hatten alle immer wieder betont, wie wichtig es wäre, während der Behandlung die Dinge zu tun, die man gern tat. Für Miranda bestand das Problem darin, überhaupt etwas genießen zu können, wenn ihr nach der Chemotherapie übel war und sie nur noch wie ein Fötus zusammengerollt dalag. Oder wenn sie sich fast die Haut hätte abziehen wollen, die nach den Verbrennungen durch Bestrahlung brannte. An manchen Tagen hatte sie nichts anderes tun können, als sich von einem Moment zum nächsten zu schleppen.

Es ist vorbei, erinnerte sie sich. *Du bist durch.*

„Mom?“

Miranda hätte fast die Schüssel fallen lassen, die sie in der Hand hielt. „Andrew. Ich habe dich gar nicht reinkommen gehört.“

Ihr elfjähriger Sohn warf seinen Rucksack auf die Bank an der Hintertür. „Ich wollte leise sein.“

„Das ist dir wirklich gut gelungen. Du bist ja ein geborener Superspion."

Er setzte sich und schnürte seine Fußballschuhe auf. Sie beobachtete ihn mit einer Mischung aus unglaublicher Liebe und schmerzlichem Bedauern. Vor nicht allzu langer Zeit war er normalerweise mit lautem Gepolter nach Hause gekommen und hatte gerufen: „Ich bin da! Ich bin am Verhungern!"

Eins der Medikamente, die sie hatte nehmen müssen, verursachte Kopfschmerzen und ließ sie hypersensibel auf laute Geräusche reagieren. Deshalb hatte sie ihn gebeten, nicht zu trampeln und nicht zu schreien. Es schien, als wäre die ganze Familie ein Jahr lang auf Zehenspitzen durchs Haus gelaufen und hätte sich nur flüsternd verständigt.

„Wie geht es dir denn, Kumpel?", erkundigte sie sich und stieg auf die Trittleiter, um eine Salatschüssel herunterzuholen. Eine weitere Einschränkung – postoperativ: Sie konnte ihren Arm nur bis auf Schulterhöhe anheben. Das war vor Monaten gewesen, aber ein leicht unangenehmes Gefühl gab es immer noch. Sie hatte sich angewöhnt, einen Hocker zu benutzen, jemanden um Hilfe zu bitten oder das Ganze von vornherein sein zu lassen.

„Okay." Er stellte seine mit Grasflecken übersäten Sportschuhe beiseite und schenkte ihr ein kurzes Lächeln, bevor er aufstand.

Ihr zog sich das Herz zusammen vor Liebe. Wie groß er im Verlauf des vergangenen Jahres geworden war! Wie hübsch! Wenn sie sein Gesicht genau betrachtete, konnte sie immer noch ihren kleinen Jungen darin erkennen. Seine Haut war babyweich mit einer Menge Sommersprossen auf der Nase. Die Wangen zeigten noch immer eine kindliche Rundlichkeit, die aber bald verschwunden sein würde. Während des Wachstums würde sein Gesicht länger, schmaler und reifer werden.

Komm zurück, hätte sie am liebsten zu dem kleinen Jungen gesagt. *Ich bin noch nicht bereit, dich gehen zu lassen.* Es tat weh, dass sie so viel versäumt hatte, während sie krank gewesen war. Es tat weh, so viele Fußballspiele und Schultreffen verpasst zu haben oder einfach nur Spaziergänge in den Park oder Runden von Minigolf und Paintball am Wochenende.

Sie wischte sich die Hände an einem Küchentuch ab und ging um den Küchentresen herum, um ihn fest zu umarmen. Er reagierte angespannt und zurückhaltend, der Junge, der ihr sonst so stürmisch in die Arme gefallen war und sich liebevoll an sie geklammert hatte. Eines Tages hatten sie ihm die Mutter weggenommen, und die Frau, die zurückkam, hatte keine Haare mehr gehabt, ein aufgedunsenes Gesicht und Schläuche in der Brust. Sie war so empfindlich und schwach gewesen wie eine alte Frau und hatte nach Radiacare-Gel gerochen. Für lange Zeit war es das Ende von stürmischen Umarmungen gewesen.

Sie küsste ihn auf den Kopf. Er duftete so … golden. Wie ein Spätsommersonnenstrahl, frisches Gras und nach dem merkwürdig unschuldig riechenden Jungenschweiß. „Bald wirst du größer sein als ich“, sagte sie, als sie ihn wieder losließ. „Wahrscheinlich schon nächste Woche.“

„Nee.“ Er ging zum Spülbecken, um sich ein Glas Wasser einzuschenken.

Sie bemerkte, wie er sich in der Küche umschaute, in jede Ecke sah, nur nicht zu ihr. Das war noch so eine Angewohnheit, die er im Laufe der Zeit entwickelt hatte – und nicht nur Andrew. Ihre beiden Kinder hatten sich abgewöhnt, sie anzusehen. Sie konnte es ihnen nicht verübeln. Es war beängstigend, ihre Mutter so krank zu sehen. Sie war keine von diesen Krebspatientinnen gewesen, wie man sie in den Filmen im Abendprogramm sehen konnte. Die mit Fortschreiten der Krankheit immer zarter und schöner wurden. Sie hatte ein fleckiges, geschwollenes Gesicht bekommen und Schatten unter den Augen. Als ihr das Haar ausfiel, entblößte es einen Schädel, der merkwürdig durchfurcht statt glatt war. Andrew war knapp zehn Jahre alt gewesen, als die Diagnose gestellt worden war. Es hatte ihn erschreckt, wie radikal seine Mutter sich verändert hatte, und er hatte sich angewöhnt, nicht hinzusehen.

„Wir essen heute Abend zusammen“, kündigte sie an. „Wir vier.“

„Okay", erwiderte er.

„Ich habe gute Neuigkeiten."

Das ließ ihn erstaunt aufblicken. Er war es anscheinend so gewohnt, von ihr immer nur schlechte Nachrichten zu hören, dass dies eine Überraschung darstellte. Seine Schwester Valerie hatte sich irgendwann überhaupt nicht mehr erkundigt, wie es ihr ging. „Heute hat mir Dr. Turabian gesagt, dass ich durch bin. Keine weiteren Behandlungen mehr."

„Hey, das ist cool, Mom. Du bist geheilt."

Sie lächelte ihn an. Das Wort „geheilt" war ein bisschen heikel. Ihre Ärzte und das Behandlungsteam tendierten eher dazu, „krebsfrei" zu sagen oder Werte und Messungen aus den Laboren wiederzugeben. Aber sie würde nun bei Andrew keine Haarspalterei betreiben.

„Rate mal, was ich heute gemacht habe", sagte sie.

„Was denn?"

„Ich war in der Elliott Bay zum Parasailing."

Endlich sah er sie an. Sah sie richtig an. Und in seinem Blick stand die Frage, ob sie den Verstand verloren hätte. „Echt?"

„Echt. Das war unglaublich. Du hättest mich sehen sollen. Es sah aus, als wenn ich der Schwanz von einem Drachen wäre." Sie holte das Foto heraus und zeigte es ihm.

„Das bist du?" Er studierte die winzige am Himmel hängende Figur auf dem Bild. „Cool."

Er schien nicht besonders aufgeregt. Vielleicht beeindruckt, aber nicht aufgeregt. Das erinnerte Miranda daran, dass ihr Sohn es lieber hatte, wenn die Dinge vorhersehbar waren. Herkömmlich. Es machte keinen Unterschied, dass sie sich im einundzwanzigsten Jahrhundert befanden. Trotz aller sozialen Fortschritte in dieser Welt wünschten sich kleine Jungs ihre Mütter konventionell und unauffällig. Sie sollten in der Küche Kekse backen, Stöckelschuhe tragen und eine gerüschte Schürze. Woher nehmen sie nur diese Vorstellungen? fragte sie sich. Andrew hatte nie ein Fünfzigerjahre-Hausmütterchen gehabt. Sie besaß noch nicht mal eine Schürze. Auf welchem Planeten gab es solche Frauen?

Sie zerzauste ihm das Haar. „Keine Angst, ich werde nicht verrückt. Nach meinem Arzttermin hatte ich beschlossen, ein bisschen zu feiern, und wollte etwas Ungewöhnliches machen."

„Okay."

Er machte sich auf den Weg zum Arbeitszimmer, und sie hörte kurz darauf das Geräusch des angeschalteten Computers. In letzter Zeit war Andrew von einem ziemlich aufwendig gestalteten PC-Spiel besessen, das sich Adventure Island nannte. Seine Leidenschaft für dieses Spiel hatte sich im vergangenen Jahr entwickelt. Miranda verstand nicht alle Einzelheiten, aber soweit sie das sagen konnte, erlaubte ihm das Programm, seine eigene Welt am Computer zu erschaffen und mit Personen seiner Vorstellung zu besetzen.

Miranda erkannte ganz klar die Motivation hinter dieser Handlung. Andrew hatte sich einen Raum erschaffen, den er vollkommen unter Kontrolle hatte. Seine Welt war ein idyllischer Ort, wo jeder Junge ein Haustier hatte, Väter früh genug von der Arbeit kamen, um im Garten Ball zu spielen, und wo die Mütter nicht den ganzen Tag schliefen oder sich übergaben oder weinten und in die Notaufnahme gebracht werden mussten, weil sie hohes Fieber bekamen. In Andrews perfekter Welt banden sich die Mütter bunte Schürzen um ihre Barbiepuppenkörper, sangen fröhliche Lieder, halfen bei den Hausarbeiten und backten Kekse.

Träum weiter, Junge, dachte sie und stellte im Radio ihren geliebten Oldiesender ein. „Ain't No Mountain High Enough" wurde gerade gespielt, und sie stimmte mit ein, sang laut und schleuderte den Salat, während sie sich im Rhythmus wiegte. Früher hätte Andrew vielleicht mitgemacht. Er mochte Oldies auch und konnte ganz gut singen.

Unglücklicherweise war es zu spät, um ihn von seinem virtuellen Utopia wegzureißen. Obwohl sie mit der Radiomusik mitträllerte, verspürte Miranda einen leichten Stich des Bedauerns. Bevor er diesem Spiel verfallen war, hatte ihr Sohn viel mehr Zeit mit ihr verbracht, mit seinen Freunden und vor allem mit seiner besten Freundin der Welt, der Familienhündin Gretel.

Die große liebevolle Bernhardinerhündin war im selben Jahr geboren wie Andrew, und sie waren zusammen aufgewachsen. An Andrews erstem Tag im Kindergarten hatte Gretel sich unter seinem Bett verkrochen und sich geweigert hervorzukommen, bis er nach Hause zurückgekehrt war. Zusammen hatten sie endlos lange gespielt – Fangen und Gretels Lieblingsspiel: Retten. Andrew hatte so getan, als hätte er sich verlaufen und wäre verletzt, und sie schleppte ihn in Sicherheit. Es war eine der perfektesten Freundschaften des Lebens – ein kleiner Junge und sein treuer Hund.

Eine Schicksalswendung von unglaublicher Grausamkeit brachte es mit sich, dass Gretel vor ein paar Monaten gestorben war. An Krebs.

Miranda und Jacob hatten versucht, Andrew zu erklären, dass es einfach nur ein schmerzhafter Zufall war, dass zehn Jahre für Gretel als eine Bernhardinerhündin ein hohes Alter waren und dass an Krebs zu erkranken nicht immer bedeutete, daran zu sterben. Andrew hatte gesagt, er würde es verstehen, doch manchmal glaubte Miranda, dass er das nur behauptet hatte, damit sie und Jacob nicht mehr darüber redeten. Sie hatte ihm vorgeschlagen, einen neuen Welpen zu holen, aber das hatte Andrew nur wütend gemacht.

„Warum soll ich denn einen neuen Hund haben, wenn der auch stirbt?“

„Denk an all die Liebe, die Gretel in dein Leben gebracht hat“, war Mirandas Antwort gewesen.

„Ich weiß nur, wie sehr ich sie vermisse.“

Miranda hatte das Thema nicht weiterverfolgt. Um die Wahrheit zu sagen, hatte sie befürchtet, dass ein junger Hund mehr Zeit und Energie erforderte, als sie aufbringen konnte. Sie hatte sich gesagt, dass sie mit Andrew noch einmal darüber reden würde, wenn es ihr besser ginge. Bald, dachte sie. Bald würden sie in einem Familienmeeting darüber sprechen müssen.

Was hatte sie gewöhnlich getan, bevor sie ihre Diagnose erhalten hatte? Sie konnte sich kaum daran erinnern. Es schien ihr, als wenn dieses Leben einer anderen Frau gehört hätte, einer Frau, die wie in einem Geschwindigkeitsrausch Familie und Arbeit gemeistert hatte und von einem vollgepackten Tag zum nächsten gehetzt war.

Nie wieder, dachte Miranda, während sie den Lachs würzte und auf einem Backblech in den Ofen schob. Sie hatte während ihrer Krankheit viel verloren, aber zumindest eines gewonnen: genug Weisheit, um zu erkennen, dass eine Frau, ob gesund oder krank, nicht so durchs Leben hetzen sollte, sondern sich auf die Dinge konzentrieren, die am wichtigsten waren – ihre Familie und Freunde. Ihre Leidenschaften, ihre Träume. Vorausgesetzt, dass sie nicht vergessen hatte, was diese Träume waren.

Eine Stunde später war das Abendessen so weit, doch ihre Familie nicht. Das Telefon klingelte, es war Jacob. „Es tut mir so leid", sagte er. „Ich bin in einem Verkaufsmeeting mit dem Vize der West Sound Grocery stecken geblieben. Er hat seine Bestellung ständig erhöht, da konnte ich schlecht aus dem Meeting verschwinden." In Jacobs Stimme schwang ein Lächeln mit, als er hinzufügte: „Seinetwegen konnte ich viermal so viel Provision machen wie üblich. Es hat sich rausgestellt, dass er auch ein Fliegenangler ist."

Sie konnte sich nicht erinnern, wann Jacob das letzte Mal zum Angeln gewesen war. „Na dann … gratuliere. Versuch, nach Hause zu kommen, bevor das Essen zu kalt geworden ist." Was hätte sie sonst sagen sollen?

Sie fühlte sich hin und her gerissen, als sie auflegte. Auf der einen Seite kam er zu spät nach Hause, und sie konnte mit Recht darüber verärgert sein. Andererseits verspätete er sich, weil er seine Familie ernährte, während Miranda mit ihrer Krankheit zu tun hatte.

Die zuschlagende Hintertür riss sie aus ihren Gedanken. „Hallo du", sagte sie zu ihrer Tochter. „Ich hoffe, du hast Hunger."

Valerie, fünfzehn, mürrisch und wunderbar, schüttelte ihre schwarze Jeansjacke ab. „Muss arbeiten", sagte sie kurz angebunden. „Ich hab versprochen, heute früh zu kommen."

Miranda sank das Herz. „Wie früh?"

„In einer halben Stunde."

„Valerie. Schenk deiner Familie ein bisschen Zeit."

Ihre Tochter ließ den Blick aus ihren schönen blauen Augen, die fast vollständig von einer Kruste kohlschwarzen Make-ups verschattet waren, durch den Raum schweifen. „Ich sehe keine Familie."

„Setz dich bitte", sagte Miranda resolut. „Ich hole Andrew."

Sie fand ihren Sohn starr wie eine Statue vor dem Bildschirm sitzend. Das hingerissen dem Bildschirm zugewandte Gesicht war in das blaugraue Licht des Computers getaucht. Er schien sich überhaupt nicht zu bewegen, nur seine Hand auf der Maus rührte sich und steuerte das Geschehen auf dem Display.

„Abendessen, Kumpel", sagte sie.

Keine Reaktion.

„Deine Schwester ist zu Hause, Dinner steht auf dem Tisch, und es ist Zeit zu essen", versuchte sie es erneut.

„Kann jetzt nicht", erklärte er, ohne aufzublicken. „Noch eine Minute."

„Tut mir leid, das geht nicht. Schalte alles auf Stand-by oder was immer du dafür tun musst, und wasch dir die Hände."

„Aber wenn ich jetzt aufhöre, verliere ich das ganze ..."

„Andrew. Wenn du jetzt nicht Schluss machst, verliere ich etwas, das nichts mit Daten zu tun hat."

Er stieß einen gequälten Seufzer aus, sicherte den Spielstand und stand auf, um sich die Hände zu waschen.

Miranda bemühte sich, eine fröhliche Stimmung zu verbreiten, als sie sich an den Tisch setzte. „Seht doch bloß, ein hausgemachtes Essen. Wann hatten wir denn so was zum letzten Mal?"

„Danke", sagte Valerie und begann zu essen. Dabei warf sie einen Blick auf die Uhr über dem Herd.

„Ich weiß, dass das vergangene Jahr für euch ziemlich hart war", sagte Miranda. „Ich hoffe, dass es von jetzt an wieder besser geht, Val. Der Arzt hat mir heute meine Entlassungspapiere gegeben. Keine Behandlungen mehr."

Valerie begann langsamer zu kauen. Dann schluckte sie und nahm einen Schluck aus ihrem Wasserglas. „Das ist also was Gutes, oder?"

„Es ist sehr gut. Ich werde noch etwas einnehmen, um das Wiederauftreten von Krebs zu verhindern, und muss mich alle drei Monate durchchecken lassen, dann alle halbe Jahre und so weiter. Ansonsten bin ich eine freie Frau."

„Gut, da bin ich froh." Valerie begann wieder zu kauen.

Miranda betrachtete sie nachdenklich. Valeries Reaktion auf die Brustkrebserkrankung ihrer Mutter war kompliziert gewesen. Eine Kombination aus größtem Entsetzen, dem Gefühl, verraten worden zu sein, Wut und Groll. Schließlich ein ambivalentes Gefühl. In ihrem Alter konnte sie schon begreifen, dass ihre Mutter sterblich war. Und sie war intelligent genug, um sich ihr eigenes Risiko, daran zu erkranken, ausrechnen zu können.

Während Andrew sich in seine virtuelle Welt zurückzog, ging Valerie nach draußen auf der Suche nach einem Leben weit entfernt von ihrer Familie. Jedes der beiden Kinder suchte für sich den Rückzug, und Miranda konnte es ihnen nicht verübeln, auch wenn es wehtat. Valerie fand ihre Flucht und Ablenkung im Ruby Shoebox, ein Filmtheater für anspruchsvolle alte Filme im flippigen Ortsteil Capital Hill. Es war ihr erster richtiger Job. Sie hatte als Platzanweiserin angefangen und sich zur Kassiererin hochgearbeitet. Dort an jedem Freitag- und Samstagabend zu jobben machte sie unglaublich glücklich. Soweit Miranda das sagen konnte, hatte Valerie dabei auch einen ganz neuen Freundeskreis um sich versammelt – ältere Kids, die Zigaretten rauchten, Baskenmützen und Doc Martens trugen. Innerhalb von Monaten hatte Miranda beobachten können, wie sich ihre strahlende, fröhliche Tochter zu einer Fremden entwickelte. Sie kümmerte sich nicht mehr um ihre besten Freundinnen Megan und Lyssa und ignorierte Pete, den Nachbarsjungen, in den sie seit der sechsten Klasse verschossen war. Die alte Valerie war immer noch irgendwo da drinnen, aber Miranda hatte keine Ahnung, wie sie die wieder hervorlocken könnte. Sie wünschte, sie wüsste, wie sie Valerie wieder an die Dinge heranführen könnte, die sie so gern zusammen unternommen hatten. Die Bräuche, die sie früher gepflegt hatten und die inzwischen im Laufe der Ereignisse verloren gegangen waren.

Viel zu lange war sie hilflos gewesen, zu geschwächt von der Therapie, um sich richtig um ihre Kinder zu kümmern. Oh ja, sie war sehr wütend darüber gewesen. Sie hatte die Krankheit verflucht, weil sie aus ihr eine praktisch nicht vorhandene Mutter gemacht hatte.

„Ich möchte noch was sagen", kündigte sie in einem Tonfall an, der Aufmerksamkeit forderte. „Wir müssen wieder eine Familie werden. Jetzt wo meine Therapie zu Ende ist, will ich daran arbeiten."

„Ja, sag das mal Dad", entgegnete Valerie.

„Das werde ich." Miranda konzentrierte sich wieder auf ihren köstlichen weißen Lachs und den frischen Salat. Endlich, endlich könnte sie das Essen wieder genießen, ohne den merkwürdigen metallischen Geschmack im Mund, der von ihren Medikamenten kam. „Ich habe mir den Schulplan angesehen", erklärte sie leichthin. „In ein paar Wochen findet die Jahresabschlussfeier statt."

Homecoming und alles, was damit zusammenhing, war in Valeries Schule eine große Sache und für die Sweeneys besonders. Das Spiel war nur eine Komponente von einem ganzen durchfeierten Wochenende. Ehemalige Schüler von überallher wurden eingeladen, die ihre sorgfältig aufbewahrten Sportjacken anzogen und Fähnchen schwenkten, die sie als Regionalchampions auswiesen, die öfter als andere Schulen in Washington gesiegt hatten. Valerie und Andrew waren mit den Geschichten darüber aufgewachsen, wie Jacob und Miranda sich auf dem Homecoming-Ball ihrer Highschool kennengelernt hatten. Das war 1986 gewesen, als sie beide im Abschlussjahrgang gewesen waren. Der Rest war, wie es so schön hieß, Geschichte.

„Das habe ich auch gehört." Valerie spießte mit der Gabel eine Kartoffel auf. „Ich habe nicht vor, hinzugehen, also freu dich nicht zu früh."

„Was soll das heißen, du gehst nicht hin? Jeder geht zum Homecoming."

„Ich aber nicht." Sie sah ihrer Mutter in die Augen und wich ihrem Blick nicht aus.

Das reichte Miranda, um sich wieder an das Desaster der letzten Homecoming-Feier zu erinnern. Für Valerie, die gerade neu auf die Highschool gekommen war, bedeutete das, an ihrem ersten Schulball teilzunehmen. Sie war schrecklich aufgeregt gewesen, weil sie von genau dem richtigen Jungen eingeladen worden war – Pete. Sie hatte das perfekte Kleid und die perfekt dazu passenden Schuhe ausgesucht und freute sich auf den perfekten Abend. Dann erfuhr sie, dass Mirandas Mastektomie für den Tag des Balls angesetzt worden war.

Miranda hatte sie gedrängt, trotzdem zu feiern, aber Valerie hatte sich geweigert. „Wie könnte ich denn?“, hatte sie gefragt und das Homecoming-Wochenende im Krankenhaus verbracht. Zusammen mit ihrem Vater saß sie während der gesamten Operation und der schrecklichen Wartezeit danach im Besucherraum. Während ihre Freunde auf dem Ball tanzten, beobachtete Valerie, wie ihre Mutter zu einer kranken Fremden wurde. Es war nicht alles glatt verlaufen. Es hatte Komplikationen gegeben. Und für Valerie bestand nun eine schreckliche Verbindung zwischen Homecoming-Feier und Krankheit und Sorge.

Alles in allem war es wahrscheinlich das fürchterlichste Wochenende in Valeries jungem Leben gewesen. Hier war sie nun ein Jahr später, eine andere Person, eine düstere Rebellin, die selten lächelte, sich verschlossen und misstrauisch gab und sich von Dingen fernhielt, die Mädchen in ihrem Alter liebten – Schule und Sport, mit Freundinnen herumzuhängen und sich auf Ereignisse wie den Homecoming-Ball zu freuen.

„Ich hoffe, du überlegst es dir noch anders“, sagte Miranda. „Ich verspreche dir, dass es dieses Jahr keine Krise geben wird.“

„Hab einfach keine Lust“, sagte Valerie. „Keine große Sache.“

Natürlich war es eine große Sache, das wusste Miranda genau, und Valerie auch. Irgendwo gefangen in dieser zynischen Fremden gab es das Mädchen, das gern im Dekorationsteam mitmachen und sich von Pete zum Tanzen einladen lassen würde. Das hätte Valerie zwar sofort geleugnet, aber Miranda wusste, dass es so war. Manchmal wollte sie diese bleiche Fremde mit den schwarzen Haaren gern schütteln und fragen: „Was hast du mit meiner Tochter angestellt?"

Sie nahm an, dass es Momente gab, in denen Valerie das Gleiche mit ihr machen wollte. Denn Miranda, die Mutter, die sie gehabt hatte, war ebenfalls verschwunden. Im vergangenen Jahr hatte es viele Situationen gegeben, wo Miranda in den Spiegel geschaut und eine Frau gesehen hatte, die ihr fremd war. Wenn sie sich selbst nicht wiedererkannte, wie sollte sie es dann von ihren Kindern erwarten?

„Warum nennt man das denn Homecoming?", wollte Andrew wissen.

„Das ist eine Tradition. Vor langer Zeit wollten Schulen, dass ihre ehemaligen Schüler zurückkommen, um mit ihnen gegen ihren größten Sportrivalen anzutreten."

Eine Hupe ertönte draußen. „Das ist meine Mitfahrgelegenheit", sagte Valerie. „Ich muss los. Gegen elf bin ich wieder da." Sie sprang auf, trug ihren Teller zum Spülbecken und schnappte sich ihren Rucksack. „Ich habe mein Handy dabei, meine Hausaufgaben in der Schule gemacht, und jemand bringt mich wieder nach Hause." Sie ratterte die Antworten herunter, bevor Miranda die Fragen stellen konnte. „Ihr braucht nicht aufzubleiben und auf mich zu warten."

Sie rauschte in ihren schwarzen Jeansklamotten und den Netzstrümpfen davon und hinterließ Schweigen. Normalerweise war Miranda eine Mutter gewesen, die die Initiative ergriff, das Leben ihrer Kinder regelte und immer den Überblick behielt. Sie war entschlossen, diese Kraft und Ausdauer wiederzuerlangen, um diese Rolle erneut zu übernehmen. Sie hoffte nur, dass es noch nicht zu spät war.

Jacob rief ein weiteres Mal an, um ihr zu sagen, dass er auf der Brücke 520, einer Pontonbrücke, die über den Lake Washington führte, im Stau steckte. Miranda stellte sein Essen beiseite, um es später für ihn in der Mikrowelle aufzuwärmen. Andrew belud den Geschirrspüler, ohne dass sie ihn darum bitten musste. Einer der wenigen Aspekte ihrer Krankheit, die sie begrüßte, war, dass der kleine Junge seine Pflichten nun ohne zu nörgeln übernahm. Obwohl es Momente gab, in denen sie fast wünschte, er würde sich mal wieder beschweren, nur um sich daran zu erinnern, dass er sie brauchte.

„Vielen Dank, du guter Kumpel“, sagte sie, als er die Maschine einschaltete.

„Nichts zu danken. Ich bin im Arbeitszimmer.“

Das war der Code für „Ich werde jetzt an meinen Computer in meine virtuelle Welt verschwinden, wo ich alles unter Kontrolle habe“.

Die Familientherapeutin, bei der sie gewesen waren, hatte lange mit ihr darüber gesprochen, wie sich häufig die Familiendynamik während einer schweren Krankheit veränderte. Das war ein natürlicher Prozess, der gewisse bekannte Stadien durchlief. Es gab Dinge, die Miranda einfach geschehen lassen musste, um sich auf das Gesundwerden konzentrieren zu können. Vieles von ihrer mütterlichen Betreuung musste sie aufgeben. Sie hatte nicht von einem Tag zum anderen darauf verzichtet. Es war ein schrittweiser Prozess des Rückzugs gewesen. Und sie würde ihn nicht über Nacht wieder rückgängig machen können, das war ihr klar. Als sie das endlich begriffen hatte, wusste sie, dass sich ihre ganze familiäre Struktur vollkommen verändern würde.

Während sie die Küche aufräumte, stieß sie auf einen Packen Informationsmaterial, den ihr der Therapeut mitgegeben hatte. Es gab viele Wege, eine Rehabilitation zu begleiten: Selbsthilfegruppen, Chatrooms im Internet und Mitteilungsblätter, Möglichkeiten, sich mit anderen Frauen auszutauschen, die wie Miranda der beängstigenden Aufgabe ins Auge sahen, ins normale Leben zurückzukehren.

Das Schwierigste war bei Weitem, wieder mit ihrer Familie vertraut zu werden. Miranda hatte keine Ahnung, wo sie anfangen sollte. Bei Jacob, der seine Absolution suchte, indem er sein Arbeitspensum verdoppelte? Bei Valerie, die sich zu einem wütenden, distanzierten Teenager entwickelt hatte? Oder bei Andrew, der kaum über den Wortschatz verfügte, um seine tiefsten Ängste auszudrücken?

Sie stellte das Radio wieder an, gerade rechtzeitig, um den letzten Refrain von „Girls Just Wanna Have Fun“ zu hören. Die Musik hob ihre Laune, zumindest ein bisschen. Sie sagte sich immer wieder, dass sie einen Grund zum Feiern hatte und nicht zu viel auf einmal erwarten sollte.

Aber das tat sie. Sie wollte alles. Sie wollte ihr Leben zurück. Sie wünschte sich, dass ihre Tochter zum Homecoming-Ball ging, dass ihr Sohn mit seinem Fahrrad um den Block raste und Achselpupsen in der Badewanne übte. Sie wünschte sich, dass ihr Ehemann sie mit mehr als verzweifelter Liebe in den Augen ansah. Sie wollte Leidenschaft in seinem Blick erkennen. Oder was auch immer. Im Moment wäre sie schon froh, wenn er einfach zum Essen nach Hause käme.

3. KAPITEL

Jacob kam bei Sonnenuntergang nach Hause. Er sah gleichzeitig abgearbeitet, besorgt und atemberaubend gut aus. Mirandas Ehemann hatte ein wundervolles Gesicht mit den Zügen eines fröhlichen Jungen, der nie erwachsen wurde. Das hatte sie normalerweise gesehen, wenn sie ihn anschaute. Jetzt war tatsächlich jede Spur von Jungenhaftigkeit aus seinen Zügen verschwunden, er war durch die vielen Sorgen gealtert.

Im Moment hatte er ein „Entschuldige, ich bin zu spät"-Lächeln aufgesetzt und trug einen riesigen ausladenden Blumenstrauß mit Astern und Chrysanthemen in der Hand. Normalerweise bedeutete es, Eulen nach Athen zu tragen, wenn man Miranda Blumen brachte. Doch seit sie den Garten so vernachlässigte, waren frische Schnittblumen eine Rarität im Haus.

„Sieht ja aus, als wäre mir schon jemand zuvorgekommen", sagte er mit Blick auf die Blumen, die sie vom Markt mitgebracht hatte.

„Das war ich", gestand sie. „Ich habe sie mir selbst gekauft."

„Ich habe auch Champagner dabei." Immer noch den Blumenstrauß in der Hand, beugte er sich zu ihr hinunter und gab ihr einen flüchtigen Kuss. Zu flüchtig. Gerade genug, um seinen Geschmack zu erahnen, die Form seiner Lippen zu spüren und ein kurzes Aufflackern dessen, was einmal die Leidenschaft gewesen war, die sie geteilt hatten. Wie so vieles andere hatte die Krankheit die Intimität ihrer Ehe zerstört. Miranda hatte nach der Operation eine lange Zeit der Erholung benötigt. Während der Bestrahlungstherapie hatte sie nicht einmal das Gewicht von Kleidung auf der Haut ertragen können, ganz zu schweigen von der Berührung, den Lippen ihres Mannes. Oft hatte sie sogar nachts bei einer Bewegung vor Schmerz aufgeschrien, wenn sich die Bettdecke verschoben hatte. Mehrere Tage während der folgenden Chemotherapie war sie zu gar nichts mehr in der Lage gewesen – und ganz sicher nicht zu Zärtlichkeiten mit ihrem Ehemann.

Er hatte sich während all dieser Zeit großartig verhalten. Besser als großartig.

Zu großartig.

Sie vermisste die Tage, bevor die Krankheit ausgebrochen war, wenn er beschwingt von der Arbeit kam, sie in die Arme zog und leidenschaftlich küsste. Oder wenn er sich hinter sie stellte, sobald die Kinder nicht da waren, an ihrem Nacken knabberte und ihr anzügliche Vorschläge ins Ohr flüsterte. Es war frustrierend für Miranda, dass sie sich so lebhaft an all das erinnern konnte, aber keine Ahnung hatte, wie sie dies alles zurückholen, wie sie wieder zu dieser sorglosen sexy Frau werden sollte.

Miranda wärmte sein Abendessen in der Mikrowelle auf und setzte sich zu ihm an den Tisch. Sie prosteten sich mit einem gekühlten Champagner zu, und sie genoss das prickelnde schäumende Gefühl am Gaumen. Jacob aß mit fast übertriebenem Appetit, schloss genießerisch die Augen und schwärmte dermaßen, dass sie lachen musste.

„Hast du es den Kindern schon erzählt?“, fragte er.

„Ja, habe ich. Sie schienen ein bisschen *unter*wältigt. Ich glaube, sie trauen dem Frieden nicht so ganz und denken, ich würde ihnen was vormachen. Sie scheinen sich nicht vorstellen zu können, dass ich gesund bin und bleibe.“

„Ach, komm, sie werden schon dran glauben.“

„Sie werden es lernen.“

Er sah sie an, sah sie wirklich an, lange. Trotz all der Veränderungen im vergangenen Jahr kannte Jacob sie sehr genau, bis in ihre tiefsten, intimsten Winkel, die auch die Krankheit nicht hatte zerstören können. „Was macht dir Sorgen?“

Sie goss sich ein zweites Glas Champagner ein. „Andrew ist von diesem Cyberspiel oder was immer das ist vollkommen besessen, und Valerie hat angekündigt, nicht zum Homecoming-Ball zu gehen.“

„Klingt ziemlich gewöhnlich für mich.“

„Nichts in dieser Familie ist mehr gewöhnlich, und das betrifft uns beide genauso.“

„Miranda …“

„Ich war zu erschöpft, um mich richtig damit zu befassen, aber jetzt bin ich wieder auf dem Weg in die Normalität. Und zwar in jeder Hinsicht. Du weißt, dass ich recht habe."

„In jeder Familie gibt es Probleme. Wir haben das letzte Jahr überstanden. Dann werden wir alles andere auch schaffen." Er schob seinen Stuhl zurück. „Und das war das beste Dinner, das ich seit … vielleicht überhaupt jemals gegessen habe. Wirklich."

Sie lächelte. „Gewöhn dich aber lieber nicht daran. Heute hatte ich Lust und Energie, und bei City Fish gab es frischen Lachs."

„Auf jeden Fall vielen Dank. Das war ein echter Genuss." Er räumte den Tisch ab und spülte das Geschirr. So wie Andrew schien ihm diese anstandslose Übernahme von Hausarbeiten das Erringen eines guten Karmas zu bedeuten. Als würde sein gutes Benehmen Miranda dabei helfen, die Krankheit zu überwinden.

Dafür verspürte sie eine große Liebe und Dankbarkeit. Sie stand ebenfalls auf und ging zu ihm hinüber, um ihn zu umarmen. Er drehte sich so abrupt um, dass aus ihrer Zärtlichkeit ein kurzer, peinlicher Zusammenstoß wurde. „Entschuldige", sagte er. „Ich mache mich besser mal an die Arbeit." Er zeigte auf seine Aktentasche, in der sich sein Laptop, der tyrannische BlackBerry und sein Übertragungsmodul für seine 48-Stunden-Erreichbarkeit aus aller Welt befanden. Er konnte auf Knopfdruck Bestellungen durchgeben und dafür sorgen, dass man sich zuverlässig und sofort um die Bedürfnisse seiner Kunden kümmerte. „Ich muss ein paar Bestellungen bearbeiten und alles für das große regionale Treffen morgen vorbereiten. Also, ich meine, wenn du mich nicht mehr brauchst."

Wenn du mich nicht mehr brauchst. Miranda konnte sich nicht vorstellen, ihn nicht mehr zu brauchen, aber natürlich war das nicht so gemeint. Soweit es ihn betraf, hatte er sein Abendessen gehabt, alles aufgeräumt und somit seine Pflichten erfüllt.

„Ist schon okay", sagte sie. Nicht weil es okay war, sondern weil sie das schon aus Gewohnheit sagte.

Er gab ihr einen flüchtigen Kuss und zog sich wieder zurück. „Danke noch mal für das wunderbare Essen, Schatz. Und gratuliere, dass du alles überstanden hast. Du bist die erstaunlichste Frau auf dem ganzen Planeten."

Doch offensichtlich nicht erstaunlich genug, um ihn von seinen E-Mails und der Vorbereitung einer PowerPoint-Präsentation ablenken zu können. Bei dem Gedanken fühlte sie sich klein und unbedeutend. Sie verfluchte seinen Job, der ihn davon abhielt, sich mit ihr zu beschäftigen.

Sie erledigte irgendwelche anfallenden Hausarbeiten und brachte einen Stapel frischer Wäsche in Andrews Zimmer. Dort setzte sie sich aufs Bett und sah sich um. Ihr Sohn befand sich am Scheideweg zwischen einer Kindheit mit Spielzeugautos und Actionfiguren und einer mit Musik gefüllten und vom Telefon dominierten Pubertät. Offensichtlich bildeten Computerspiele die Brücke zwischen beiden Lebensphasen.

Sie ordnete ein paar Dinge in seinem Zimmer und stieß dabei auf einen Stapel überfälliger Bücher aus der Leihbücherei – „Die Enzyklopädie der Hunde", „Der Familienhund", „Wie erzieht man einen Hund richtig?", „Das Welpenbuch". Ausschließlich Lektüre über Hunde und Hundeerziehung. Für einen Jungen, der geschworen hatte, niemals wieder einen Hund haben zu wollen, schien er an dem Thema sehr interessiert. Dann ging sie ins Arbeitszimmer, wo er wie gewöhnlich vollkommen vom Computerbildschirm in Anspruch genommen wurde, ständig mit der Maus klickte und die Grafiken auf dem Bildschirm veränderte, wobei sich verschiedene Kästen mit Optionen öffneten.

„Hallo, Kumpel."

„Hallo, Mom."

„Wie wär's, wenn du für heute mit dem Spiel eine Pause einlegst?"

„Das ist nicht so einfach. Ich muss einen Punkt finden, an dem ich aufhören kann."

„Nicht schon wieder", sagte sie in warnendem Ton. Sie hätte es natürlich ganz einfach mit einem Knopfdruck beenden können. Das erschien ihr jedoch kleinlich und war nicht gerade die richtige Lösung für das Problem. Außerdem, ob es ihr nun gefiel oder nicht, die Computerspiele waren Andrews ständige

Begleiter gewesen, als sie zu krank gewesen war, um das zu tun, was Mütter gewöhnlich taten. „Also dann", sagte sie und zog sich einen Stuhl an den Schreibtisch, „finden wir zusammen einen Punkt."

Er warf ihr einen misstrauischen Blick zu.

„Wirklich, ich meine es ehrlich", beteuerte sie. „Mich interessiert das."

Es war ein Simulationsspiel. Obwohl er sein Bestes tat, um ihr die Story zu erklären und wie alles funktionierte, fand Miranda es ziemlich kompliziert. Sie hatte mehr oder weniger verstanden, worum es ging, dass eine Familie in einem gefährlichen Dschungel nach einem Schatz suchte. Beide Elternteile hatten Superkräfte und trugen ein Spezialabzeichen, das sie in irgendeiner Prüfung erworben hatten. Diese Abzeichen, wie Andrew erklärte, machten sie unsterblich.

„Hey, wo kann ich mich für so ein Abzeichen bewerben, das diese Frau da hat?", scherzte Miranda.

„Sie musste ein Monster töten und einen Schatz aus seinem Nest stehlen."

Miranda nickte und studierte die Mutter auf dem Bildschirm, die aussah wie eine Mischung aus Angelina Jolie und Mrs Doubtfire. Der Ehemann war ein Terminator, natürlich, das Vorbild für alle Cyberväter. Die beiden Jungen in der Familie besaßen ebenfalls besondere Fähigkeiten. Dann gab es noch einen Hund, einen jungen, ewig gesunden Hund.

„Sie sollten die Nacht in der Höhle verbringen", schlug sie vor.

„Geht nicht." Er klickte mit der Maus und ließ sie weiterziehen. „Tollwütige Fledermäuse."

„Und wenn sie die Meerenge mit diesem Boot überqueren?"

„Zu riskant. Jedes Mal wenn sie in ein Boot oder Flugzeug steigen, gibt es ein Unwetter." Er beschloss, das Spiel damit zu unterbrechen, indem er seine Familie Unterschlupf in einem Baumhaus hoch über dem Dschungel finden ließ.

„Das gefällt mir", sagte Miranda, während sie beobachtete, wie die Spielcharaktere sich bequem auf den Ästen niederließen, wo sie sofort einschliefen. „Ich finde es super, wenn man sich durch einen unbewohnten Dschungel bewegt und plötzlich auf ein bequemes Baumhaus direkt über sich stößt, wenn man einen Platz zum Übernachten sucht.“

„Sehr komisch.“

Sie wurde wieder ernst. Für sie war der Grund für seine Besessenheit mit diesen Simulationsspielen kristallklar. Andrew selbst wusste es wahrscheinlich auch. In seiner Computerwelt hatte er alles unter Kontrolle. Außer den Monstern würde dort niemand sterben.

An diesem Abend verbrachte Miranda ein bisschen Zeit im Garten hinter dem Haus, inspizierte die alten Blumenbeete, die normalerweise um diese Zeit im Jahr so wundervoll blühten. Obwohl die Sommertage bereits kürzer wurden, war es noch immer hell, und über das fleckige Gras und die überwucherten Beete fielen lange Schatten.

Sie fand eine Blumenschere, die draußen im Regen liegen geblieben war. Sie war eingerostet, aber ein bisschen schnitt Miranda damit an den weit ausgeschossenen Rosenbüschen herum. Selbst die zäheste Pflanze bräuchte Zeit, um sich nach einem Jahr der Vernachlässigung wieder zu erholen. Ein paar von den besonders empfindlichen Gewächsen waren bereits aufgrund fehlender Pflege eingegangen. Vielleicht war es gut, dass der Sommer dem Ende entgegenging. Der Garten würde demnächst in den Winterschlaf fallen und im nächsten Frühjahr dann in einem besseren Zustand erwachen. Vergangenes Jahr um diese Zeit hatte sie die Gartenarbeit absichtlich links liegen lassen, weil sie immer daran denken musste, dass sie die nächste Blütezeit im Frühjahr nicht mehr erleben könnte. Nun konnte sie wieder an die Zukunft denken und verspürte dabei einen Hoffnungsschimmer.

Obwohl sie vorgehabt hatte, an ihren Pflanzen zu arbeiten, legte sie die rostige Schere schnell wieder beiseite und ging zurück ins Haus. Ein ständiges Müdigkeitsgefühl begleitete sie, etwas, an das sie bereits gewöhnt war und das sie mit Freuden bald hinter sich gelassen haben würde. Um halb zehn war sie praktisch schon am Schlafen und schaffte es nicht mehr, den internationalen Teil der Tageszeitung zu lesen.

„Ich gehe nach oben", sagte sie zu Jacob.

„Ich warte noch auf Valerie."

Am Fuß der Treppe zögerte sie. Sie wusste, wenn sie Jacob darum bat, mit ihr nach oben zu kommen, würde er das tun. Schließlich hatten sie etwas zu feiern. Aber sie war einfach nur müde – und er, den Blick stirnrunzelnd auf den Computerbildschirm gerichtet, in seine Arbeit vertieft.

Außerdem war ihr Liebesleben so gut wie nicht existent. Niemand von ihnen hatte das beabsichtigt, und sie hatten sich bemüht, ihr leidenschaftliches Zusammensein nicht aufzugeben. Sie war nicht besonders wild darauf, Jacob ihre rekonstruierte Brust zu präsentieren, doch sie wusste, wenn sie es weiterhin vermied, würde es nur noch schwieriger werden. Als sie ihm das Resultat kurz nach der Operation gezeigt hatte, hatte er die Brust spielerisch ausgetestet.

Jacob hatte all die richtigen Dinge gesagt: Für mich bist du schön; du bist immer noch die aufregendste Frau, die ich kenne; ich liebe alles an dir, besonders deine Tapferkeit.

Sie liebte ihn für seine Aufrichtigkeit, seine Treue. Doch gleichzeitig hatte sie sich bei dem Wunsch ertappt, wieder so auszusehen wie zu ihrer Hochzeit – beide zweiundzwanzig und frisch von der Uni.

Miranda war hin und her gerissen. Einerseits wollte sie ihn einladen, mit nach oben zu kommen, und ihn andererseits vertieft in seine Arbeit zurücklassen.

Sie entschied sich für einen Kompromiss. „Weck mich, wenn du ins Bett kommst."

4. KAPITEL

Am nächsten Tag war sie mit ihrem Chef von Urban Ice verabredet, wo sie seit Andrews Einschulung gearbeitet hatte. In Seattle war der Verkauf von losem Eis und Kühlräumen für kommerzielle Betriebe ein wenig bekanntes, aber wichtiges Geschäft. Dank der regionalen und der Alaska-Fischindustrie gab es einen unerschöpflichen Bedarf an Eis.

Sie klopfte an Martys Bürotür und trat ein. Er hatte gerade Besuch von einem ihrer Lieblingskunden, Danny Arviat, ein Ureinwohner aus Sitka, Alaska. Sie scherzten ständig, dass sie sogar an Eskimos Eis verkaufen würde.

„Hey, da ist ja die Eiskönigin", sagte Danny, stand auf und gab ihr zur Begrüßung die Hand.

„Ja, da bin ich." Sie lächelte, und Marty umarmte sie. „Wenn das nicht gute Zeiten sind ...!"

„Ich wollte gerade gehen", sagte Danny. „Es war schön, Sie wiederzusehen, Miranda."

„Mich freut es auch."

Marty wies auf den Stuhl vor seinem Schreibtisch. „Gratuliere zu Ihren guten Neuigkeiten. Wir haben Sie vermisst." Ihr Boss hatte nicht ungeduldig reagiert, als sie zu krank gewesen war, um zu arbeiten, und um eine zeitlich unbegrenzte Freistellung gebeten hatte. Von Beginn ihres Martyriums an hatte er nie Druck auf sie ausgeübt. Einer der wenigen Vorteile, wenn man krank wurde, war, herauszufinden, wie viel Freundlichkeit es im Leben gab. Menschen hatten ihr geholfen, Verständnis gezeigt oder sie einfach nur getröstet.

„Ich habe Sie alle auch vermisst." Irgendwie, dachte Miranda. Sie war gern mit ihren Kollegen zusammen gewesen, und ihre Firma hatte sie während ihrer Krankheit unterstützt. Es war mehr, als viele Leute von sich sagen konnten. Wenigstens hatte sie eine Arbeit gehabt.

Trotzdem war es kein Job, den sie jeden Tag voller Eifer angegangen war. Sie arbeitete dort, weil es sicher und vorhersehbar war, nicht weil sie es so wahnsinnig gern tat.

„Sie wissen, dass ich immer gesagt habe, dass es ohne Sie hier nicht dasselbe ist …", begann Marty.

„Oh, oh." Sie beobachtete seine Haltung, die verkrampften Schultern. „Warum lässt mich das nur Unangenehmes ahnen?"

Er nahm seine Brille ab und rieb sich die Schläfen. „Miranda, Sie erinnern sich wahrscheinlich, dass die Geschäfte nicht so gut liefen. Unsere Bilanzen sehen nicht so erfreulich aus."

„Wollen Sie damit sagen, dass Sie mich nicht zurückhaben wollen?" Ihr zog sich der Magen zusammen.

„Natürlich wollen wir Sie zurückhaben. Aber … wir haben unser Budget bis zum Ende des Quartals vorgeplant und …" Er schüttelte den Kopf, sein freundliches Gesicht war von Sorgenfalten durchfurcht. „Was ich sagen will, ist, wir können Sie erst wieder zum nächsten Quartal einstellen. Wenn Sie in der Zwischenzeit etwas Besseres gefunden haben, hätte ich dafür Verständnis."

„Ach so." Sie war überrascht, dass sie fast so etwas wie Erleichterung empfand. „Verstehe."

„Hören Sie, wenn Sie etwas brauchen …"

„Mir geht es gut, Marty, danke. Ich weiß Ihre Offenheit zu schätzen."

Sie verließ das Büro in der Innenstadt mit einem äußerst … zwiespältigen Gefühl. Sie war nicht gerade begeistert davon, Jacob zu berichten, dass sie nicht gleich wieder anfing zu arbeiten. Andererseits war sie nicht unbedingt traurig darüber, dass ihre Pause noch ein bisschen verlängert wurde.

Eine gute Aussicht war, dass sie ihre beiden besten Freundinnen zum Kaffee treffen würde. Sophie Bellamy, Lucy Rosetta und Miranda waren während des Studiums an der Universität von Washington Zimmergenossinnen gewesen und hatten seitdem immer engen Kontakt zueinander gehalten. Als Miranda die First Avenue entlangging, erhaschte sie im Vorbeigehen einen Blick auf sich in einer Schaufensterscheibe. *Wer ist diese Frau?* fragte sie sich. Es war ihr immer noch nicht klar.

Sie hatten sich im Café Lucia verabredet, einer Espressobar in italienischem Stil, die Lucy gehörte. Das Lokal befand sich in einer Fußgängerzone mit Kopfsteinpflaster neben dem Markt. Unterwegs machte sie an einem Blumenstand halt, um ein kleines Sträußchen für Lucy mitzunehmen.

Das starke Aroma von importiertem Lavazza-Kaffee empfing sie zusammen mit dem Gurgeln und Zischen der Espressomaschine. Zwei der sechs Tische mit Majolika-Platten im Café waren besetzt. Miranda ging zum Tresen und blieb vor einer Auswahl von Sfogliatelle und Biscotti stehen.

„Du siehst beschäftigt aus“, sagte sie.

„Immer.“ Lucy Rosetta strahlte, als sie hinter dem Tresen hervorkam und Miranda umarmte. „Ich mache uns einen Kaffee.“

Miranda fühlte sich in Lucys Gesellschaft sofort besser. Lucy wusste genau, was wichtig für sie war. Wenn eine Freundin hereinkam, ließ sie alles stehen und liegen. Sie brachte ein Tablett mit zwei Cappuccinos und Biscotti, und sie setzten sich zusammen an einen Tisch. Lucy hatte diesen besonderen Platz als sorgenfreie Zone deklariert. In der Mitte neben der Blumenvase stand ein kleines Schild, auf dem das Wort „Sorgen“ durchgestrichen stand.

„Sophie hat gerade angerufen“, sagte Lucy. „Sie kommt ein bisschen später.“

„Das ist schon in Ordnung. Lass mich mal die Blumen in die Vase stellen.“ Miranda blickte sich im Lokal um. „Ich werde sie auf die ganzen Tische verteilen.“

„Das musst du doch nicht“, sagte Lucy.

„Es dauert dreißig Sekunden“, versicherte ihr Miranda, die für jeden Tisch ein kleines Bouquet zusammenstellte. „Sieh doch, wie anders das schon aussieht.“

„Du hast recht, wie immer“, sagte Lucy. „Ich wünschte, ich hätte auch so ein Händchen dafür wie du.“

Sophie Bellamy kam hereingerauscht und gesellte sich zu ihnen, bepackt wie üblich mit ihrem Aktenkoffer, einer Hand- und einer Einkaufstasche. Es gab einen Wirbel von Umarmungen und Hallos, und Sophie bestellte das Übliche, einen doppelten Espresso.

Die drei waren ein buntes Trio, doch ihre Unterschiedlichkeit sorgte für eine lebendige Freundschaft. Lucy, die kreative

Bohème, hielt sich weiter fest an ihrem Traum, das Café zu führen. Sophie verfolgte eine abwechslungsreiche, hoch dotierte Berufskarriere. Miranda hatte den traditionellen Weg mit Ehe, Kindern und einem Eigenheim mit weißem Gartenzaun gewählt. Sie pflegten scherzhaft zu sagen, wenn sie ihrer aller Lebensläufe zusammenstellten, hätten sie eine Frau mit einem perfekten Leben, die ihre Träume auslebte.

Vergangenes Jahr hatten sie diese humorvolle Bemerkung nicht mehr geäußert. Das Jahr, in dem Miranda krank wurde, Sophies Ehe auseinanderbrach und Lucy eine zweite Hypothek aufnehmen musste, um das Café am Laufen zu halten. Wenn man ihre Leben jetzt zusammennehmen würde, hätten sie die perfekte Dr.-Phil-Show.

Miranda stand auf und umarmte ihre Freundin. „Ich freue mich so, dass du da bist."

„Leider nicht lange. In zwei Stunden fliege ich nach New York." Sophies Anwaltspraxis für internationales Recht hatte ihr einen Fall übertragen, für den sie alle zwei Wochen nach Seattle pendelte. „Aber erzähl mir bitte was Schönes. Das brauche ich jetzt."

„Ich habe meine Therapie beendet", verkündete Miranda. „Der Arzt hat mir gestern praktisch meine Entlassungspapiere überreicht. Ich kann mich wieder in den Wettlauf des Lebens einreihen."

Lucy strahlte. „Das ist ja fantastisch – oder etwa nicht?"

„Ganz schön fantastisch. In absehbarer Zukunft bin ich eine freie Frau."

Lucy brach plötzlich in Tränen aus. Sie schlug sich eine Serviette vor das Gesicht. „Tut mir leid", sagte sie.

„Schon okay", versicherte Miranda ihr. „Ich bin noch viel zu betäubt, um zu heulen. Wahrscheinlich hole ich das später nach. Das Verrückte ist", gestand sie, „jetzt, wo ich nicht mehr gegen den Krebs ankämpfen muss, weiß ich gar nicht, was ich mit mir anfangen soll."

„Alles, was du willst, natürlich", sagte Lucy mit einer weit ausholenden Handbewegung.

„Der Gedanke gefällt mir, aber das ist nicht so einfach. Im vergangenen Jahr ist meine Behandlung mein Lebensinhalt geworden. Jetzt, wo es vorbei ist, habe ich überhaupt kein Leben mehr."

„Ach Schätzchen", meldete sich Sophie. „Du stehst einfach unter Schock, aber das ist doch wundervoll. Deine Therapie ist durch. Du hast dein Leben zurück."

„Ja und nein. Ich kann das letzte Jahr nicht einfach ignorieren und so tun, als wäre nie was gewesen. Ich habe mich verändert. Meine ... Ehe ist nicht mehr dieselbe. Unsere Familie ist eine andere als vorher." Da, sie hatte es gesagt. Sie hatte ihre tiefsten Ängste laut ausgesprochen, diese Furcht, die fast bedrohlicher war als die Krankheit.

„Dann fang wieder von vorn an und verändere alles", sagte Lucy wie selbstverständlich. „Das ist die beste Gelegenheit."

„Es ist ja nicht so, dass vorher alles total perfekt war", gestand Miranda. „Jacob war nicht sehr oft zu Hause, die Kinder hatten ihre Höhen und Tiefen, ich hatte die üblichen Probleme bei der Arbeit."

„Und jetzt hast du die Chance, dein Leben noch besser zu gestalten als vorher", betonte Sophie.

Lucy nickte bestätigend. „Sie hat recht, Miss Miranda, du Wundermädchen. Was wirst du mit dem Rest deines Lebens anstellen?"

„Das liebe ich so an euch." Miranda nahm einen Schluck von ihrem Cappuccino. „Ihr macht es nicht zu kompliziert. Du lebst deinen Traum aus, Lucy. Als wir an der Uni waren, hast du immer getönt, du willst ein Café haben wie das Gambrinus in Naples. Und so ist es."

„Danke, dass du das sagst. Ich muss aber noch ganz schön viel tun, damit man dieses Lokal hier mit dem Gambrinus vergleichen kann."

Miranda fühlte sich so viel besser in Gesellschaft ihrer Freundinnen. Sie war dankbar, dass die beiden hier waren, ihr zuhörten und mit ihr plauderten, obwohl Lucy wahrscheinlich im Café tausend Dinge zu erledigen hatte und Sophie ihr Flugzeug erreichen musste. Sophie war andauernd beschäftigt, immer unterwegs. Nach dem College hatte sie ein Jurastudium absolviert und war an die Ostküste gezogen. Dort hatte sie geheiratet, zwei Kinder bekommen und war Partnerin in einer Anwaltskanzlei geworden – das perfekte Leben.

Vergangenen Sommer hatte sie sich scheiden lassen.

Wie immer sah Sophie wunderschön aus und wie die erfolgreiche Businessfrau, die sie war. Doch Miranda wusste, dass ihre Freundin noch immer unter der Einsamkeit und den Veränderungen nach der Trennung von ihrem Mann litt. „Wie geht es dir und den Kids?“, erkundigte sie sich. Sophies Kinder Daisy und Max waren ungefähr in dem Alter wie Valerie und Andrew.

„Gut, denke ich. Daisy bewirbt sich eifrig bei den Universitäten für kommenden Herbst. Max hat inzwischen schon ein bisschen besser lesen gelernt. Sie sind traurig wegen der Scheidung. Welches Kind wäre das nicht?“ Ihr Gesicht hellte sich etwas auf. „Zum Columbus Day werden wir übers Wochenende vier Tage wegfahren. Ich nehme sie mit in die Catskills zu diesem unglaublichen Haus, das meinen Exschwiegereltern gehört.“ Sie nippte an ihrem Cappuccino. „Manchmal vermisse ich die Bellamys mehr als Greg.“

Miranda hörte die Verletztheit in Sophies Stimme, als sie die Eltern ihres Exmannes erwähnte. Da sie selbst kaum Familienangehörige besaß, hatte Sophie ein enges Verhältnis zu ihnen aufgebaut. „Das wundert mich nicht, dass du sie vermisst.“

„Mehr, als ich mir jemals vorgestellt hätte. Und sie sind immer noch so herzlich zu mir.“ Sie blinzelte, um die aufsteigenden Tränen zu vertreiben.

Lucy schob ihr die Platte mit den Biscotti hinüber. „Ach Sophie. Es gab nur eins, was dich unglücklicher gemacht hat, als von Greg geschieden zu sein. Das war die Ehe mit ihm.“

„Stimmt.“ Sophie kämpfte sichtlich gegen ihre trübe Stimmung an. Sie rührte mit einem Biscotto in der Tasse.

„Du hast den Namen deines Mannes behalten“, stellte Lucy fest.

„Kannst du mir das verübeln mit einem Geburtsnamen wie *Wiener*? Außerdem habe ich unter dem Namen meinen beruflichen Erfolg aufgebaut und die Partnerschaft gegründet. Bellamy steht auf meinem Briefkopf. Mit dem Namen habe ich ja keine Probleme. Das Problem war meine Ehe."

Miranda hatte das Gefühl, als würde sich ein Schatten über ihr Herz legen.

„Süße, was ist los?", erkundigte sich Lucy.

Miranda starrte auf ihre Hände, die sie in den Schoß gelegt hatte. Diese Frauen kannten sie zu gut. Sie atmete tief durch und berichtete ihnen, was letzte Nacht passiert war – oder besser gesagt, was nicht passiert war. „Er meint, ich hätte so fest geschlafen, deshalb wollte er mich nicht stören."

Lucy betrachtete sie nachdenklich. „Wie fühlst du dich deshalb?"

Miranda schüttelte den Kopf. „Ich fühle mich wie eine Verräterin, dass ich mich überhaupt beschwere. Ich meine, Jacob war die ganze Zeit über einfach großartig. Aber ich möchte, dass wir wieder ein Paar sind, nicht Patientin und Krankenpfleger."

„Obwohl er ja einen sehr süßen Krankenpfleger abgibt", betonte Lucy.

„Du solltest es ihm sagen", riet ihr Sophie. „Setz dich mit ihm zusammen, sieh ihm in die Augen, und erkläre ihm, was du brauchst und möchtest. Und wenn ihr schon dabei seid, kannst du ihn auch gleich fragen, was er braucht und möchte. Du könntest über seine Antworten überrascht sein."

„Das gefällt mir", witzelte Lucy. „Wie kommt es, dass du so weise bist, Sophie?"

Sie lächelte traurig. „Wenn Greg und ich uns daran gehalten hätten, wären wir vielleicht noch verheiratet. Es ist immer leichter, in Bezug auf die Eheprobleme anderer weise zu sein, weil man selbst nicht dafür arbeiten muss." Sie tätschelte Lucys Hand. „Du bist hier eigentlich die Schlaue, weil du Single geblieben bist."

„Wie kommt es dann bloß, dass ich mich gar nicht so schlau fühle?" Lucy schloss mit einer weit ausholenden Handbewegung das ganze Café ein. „Ich habe das Lokal vor zehn Jahren eröffnet. Ich weiß, dass ihr beide der Meinung seid, ich würde meinen Traum leben. Aber die Wahrheit ist, dass ich gerade mal so über die Runden komme. Dummerweise lernt man beim Träumen nicht, wie man sich um Kleinigkeiten wie die Bilanzen kümmert."

„Ach Lucy." Miranda war entsetzt. Das war noch etwas, das sie während ihrer Krankheit vernachlässigt hatte. Immer gezwungen, sich auf ihre Therapie zu konzentrieren, war sie eine schlechte Freundin gewesen. „Läuft das Geschäft nicht besser?"

„Ich muss etwas verändern."

„Was zum Beispiel?"

„Ich werde mir den Gewerberaum mit jemandem teilen müssen, das heißt die Hälfte des Cafés vermieten. Die Miete bringt mich um, deshalb habe ich diesen Entschluss gefasst."

„An wen vermieten?", wollte Sophie wissen.

„Gute Frage. Ich habe mir da ein paar Möglichkeiten überlegt – ein Buch- und Zeitschriftenladen würde gut passen. Karten und Schreibwaren. Wolle vielleicht oder Quilts." Sie warf einen Blick auf die Blumen, die Miranda auf den Tischen verteilt hatte. „Hey, vielleicht ein Blumenladen."

Als Miranda jünger gewesen war, hatte sie sich immer vorgestellt, in ihrem Körper eine Stimmgabel zu haben. Eine, die anfing zu summen, wenn der richtige Ton angeschlagen wurde. Das Gefühl hatte sie jetzt. Bei Lucys Worten spürte sie eine Vibration in ihrem Innern. Doch sie hatte sich abgewöhnt, darauf zu hören. „Ich wünschte, ich könnte dir helfen."

„Ach, ich brauche keine Hilfe, sondern eine richtige Geschäftspartnerschaft. Bis zum Ende des Jahres halte ich noch durch. Aber im Januar muss was passieren. Ich hoffe, die richtige Person kommt einfach mal durch die Tür hereingelaufen – *wumm*!"

Miranda lächelte. „Was stellst du dir vor? Einen Kaffee- und Zeitungsstand?"

„Davon gibt es Dutzende."

„Ein Kaffee-Musikladen?"

„Da ist einer nicht mal einen halben Block entfernt."

„Eine Kaffee-Rechtsanwaltspraxis", sagte Sophie. „Auf diese Art könnte ich diesen blöden Job sausen lassen und mit dir ein Bohème-Leben führen."

„Nur dass es kein blöder Job ist, sondern eine spannende Arbeit, die du liebst", meldete sich Miranda. „Oder etwa nicht?"

„Stimmt", gab Sophie zu. „Ich beschwere mich über die Reisen und alles Mögliche, aber ehrlich, manchmal denke ich, das ist das Einzige, was mich davor bewahrt, wegen der Trennung und Scheidung durchzudrehen."

„Mein Job", begann Miranda, „nun, das ist ein anderes Ding. Es ist das Einzige, was ich nicht vermisst habe, als ich krank war."

Auf dem College hatte sie als Hauptfach Marketing gehabt, doch ihre Leidenschaft hatte ein anspruchslos klingendes Wahlfach geweckt – Floristik. Sie hatte sich vorgestellt, wie sie zwischen Eimern voller Schnittblumen und Grünpflanzen, umgeben von schönen Glaswaren und Keramiktöpfen, wunderschöne Sträuße zusammenstellte, die das Heim irgendeiner Frau aufhellten oder sie aufmunterten, wenn sie traurig war. Dass sie für ihre Arbeit Anerkennung erhielt und es sie tröstete, wenn sie krank war. Wie sie für ihre Homecoming-Ansteckbuketts berühmt würde.

Unglücklicherweise war die Selbstständigkeit eine unsichere Angelegenheit, vor allem mit einer Hypothek und zwei Kindern. Also blieb diese Idee ein Tagtraum – und einer, den sie immer unter Verschluss hielt.

Weshalb sie selbst überrascht war, als sie sich sagen hörte: „Am liebsten würde ich selbst die andere Hälfte mieten und den Blumenladen eröffnen, den ich schon seit meinem Studium im Kopf habe."

Sophie und Lucy sahen sich an, dann schauten sie wieder zu Miranda. „Das ist eine verrückte, wunderbare Idee, und ich finde, das solltest du machen", sagte Sophie.

„Ich habe schon immer gemeint, wir sollten Geschäftspartnerinnen werden", erinnerte Lucy sie.

„Ihr beide." Miranda grinste, dankbar, so fabelhafte Freundinnen zu haben. „Ich bin ja nicht mal sicher, ob ich meinen alten Job wiederbekomme." Und dann, ohne Vorwarnung, brach sie in Tränen aus.

Ihre Freundinnen saßen geduldig da und warteten. Miranda zog schließlich ein Papiertaschentuch hervor und trocknete sich das Gesicht. „Oje, tut mir leid. Das habe ich überhaupt nicht kommen sehen."

„Was ist los?", fragte Lucy. „Ich meine, wirklich."

Miranda versuchte, sich zusammenzureißen. Sie hoffte, dass die anderen Gäste und das Mädchen hinter der Theke ihren Ausbruch nicht mitbekommen hatten. Sie berichtete ihnen von dem Treffen mit Marty und ihrem Gefühl, dass sie nicht mehr in diese Bürozelle von Urban Ice passte. „Lucy, Sophie", fragte sie aufgeregt, „was ist, wenn ein tieferer Sinn dahinterliegt, dass ich Krebs bekam? Der Sinn, dass ich irgendwie mein Leben ändere?"

„Siehst du, das ist doch genau das, was ich gesagt habe", entgegnete Lucy. „Es ist eine Chance, etwas zu verändern."

„Es ist nicht nur der Job", sagte Miranda. „Ich muss das wieder in Ordnung bringen, was während meiner Krankheit in der Familie passiert ist. Ich fühle mich schrecklich undankbar. Ich sollte nicht an das denken, was nicht stimmt. Aber ich spüre ... so was wie Verlust. Ich wusste, dass ich mich verändern würde, ich habe alles kommen sehen – den Verlust meiner Brust, dass mir die Haare ausfallen. Aber ich hätte nie gedacht, dass ich auch meine Familie verliere. Ich meine, wir leben immer noch unter demselben Dach, aber es ist kein gemeinsames Heim mehr. Wir sind wie Fremde füreinander. Die Kinder haben sich zurückgezogen, Jacob vergräbt sich in seine Arbeit."

Sophie nahm ihre Hand. „Das ist nicht gut", sagte sie.

„Es fühlt sich an, als hätte ich ein Loch in meinem Herzen."

„Und ich muss dir sagen, du darfst dieses Gefühl nicht verdrängen. Denn eines Tages könntest du aufwachen und feststellen, dass du vergessen hast, wie es ist, diesen wunderbaren Mann zu lieben, den du geheiratet hast."

Miranda gefror das Blut in den Adern. Obwohl ihr klar war, dass Sophie von ihrer eigenen Situation sprach, verstand sie die Warnung.

„Ich habe Angst", gestand sie ihren Freundinnen. „Ich tue immer so, als wäre ich mutig, aber das bin ich nicht. Was ich am meisten fürchte, ist nicht, dass die Krankheit zurückkommt, sondern dass ich niemals in der Lage sein werde, meine Familie zurückzubekommen."

„Mach dir nicht zu viel Stress", riet ihr Lucy. „Du hast die Ehe und die Familie im Verlauf von sechzehn Jahren aufgebaut. Das kann dir nichts und niemand in nur einem Jahr wieder wegnehmen."

Miranda nickte nachdrücklich. „Das sagt sich so leicht, aber du weißt ja, wie meine Familie ist. Wir rennen alle in unterschiedliche Richtungen. Uns wieder zusammenzubringen ist wie eine Horde Katzen hüten. Wir sind alle im Schnelllauf unterwegs. Was ich brauche, ist eine Pausentaste."

„Ich glaube, da kann ich aushelfen", meldete sich Sophie. „Ich habe einen Vorschlag für dich, Miranda. Wie wär's, wenn du mit deiner Familie mal eine kleine Erholungsreise machen würdest?"

„Das würde ich zu gerne tun", erwiderte Miranda. „Ich kann mich gar nicht erinnern, wann wir das letzte Mal in den Ferien waren." Sie runzelte die Stirn und verspürte ein Gefühl der öden Leere, als ihr etwas anderes einfiel. Ihre Lebensumstände waren einfach ungünstig für einen Familienurlaub, das war auch vor ihrer Krankheit so gewesen. An den Wochenenden musste sie das nachholen, was sie in der Woche nicht geschafft hatte. Die Schulferien bedeuteten lediglich, dass Jacob und sie sich abwechselnd um die Kinder kümmern mussten, bis Valerie alt genug wurde, um auf ihren Bruder aufzupassen.

„Manchmal haben Jacob und ich davon gesprochen, einfach alle in den Wagen zu laden und am Wochenende an die Küste zu fahren", sagte Miranda. „Aber eigentlich braucht man dafür mehr als ein Wochenende. Und ich weiß auch schon, was Jacob dazu sagen wird – wir können uns einfach keinen großen Familienurlaub leisten."

„So was habe ich auch gehört", sagte Sophie. „Ich habe gelesen, dass die Ferien, die Familien allgemein machen, inzwischen im Durchschnitt auf vier Tage im Jahr geschrumpft sind."

Sophie stellte ihren Aktenkoffer auf den Tisch. „Also hier kommt mein Vorschlag." Sie zog ein paar Broschüren aus der Tasche und legte sie auf die bunt gekachelte Tischplatte. „Ich habe das von einem Klienten erfahren. Es gibt eine Organisation in Kanada, die heißt Cottage Dreams. Entstanden ist sie, damit Leute, die gerade eine Krebstherapie hinter sich haben, mit ihrer Familie ein bisschen Zeit woanders verbringen können. Das bietet ihnen die Gelegenheit, sich zu erholen und sich wieder mit der Zukunft zu beschäftigen. Wie auch immer, das nur zur Information, hier in den Vereinigten Staaten haben wir so etwas nicht. Aber das hat mich auf eine Idee gebracht. Ich hatte darüber nachgedacht, wie es wäre, eine Gastgeberfamilie zu sein. Deshalb wollte ich dir ein Angebot machen."

Miranda warf einen Blick auf die Informationsblätter auf dem Tisch. Die glänzenden Fotos von Szenerien mit Landhäusern am Ufer eines Sees sahen unglaublich romantisch und unerreichbar aus.

„Ich habe dir doch erzählt, dass Gregs Familie eine Sommerresidenz in den Catskills hat", fuhr Sophie fort. „Camp Kioga am Willow Lake. Das Camp gehört der Bellamy-Familie seit Jahren, letzten Sommer haben sie es renoviert. Da gibt es ein perfektes Landhäuschen, das um diese Zeit vollkommen leer steht. Ich habe die Bellamys gefragt, ob ihr eine Woche dort wohnen könntet. Sie haben nicht eine Sekunde gezögert. Es wäre ihnen eine Freude, wenn ihr kommen würdet."

„Oh Gott, ja", sagte Lucy, „das wäre großartig!"

Sophie redete nie groß um den heißen Brei herum. „Ich denke, du solltest das mit deiner Familie so bald wie möglich in Angriff nehmen. Die Bellamys haben so wunderbar reagiert, als ich sie fragte, sie wollen wirklich, dass ihr dieses Cottage nutzt."

„Das ist eine fantastische Idee", stimmte Lucy ihr zu. „Miranda, da könntest du endlich mal entspannen. Nach einer

Woche in diesem Cottage würdest du die Welt aus einem ganz anderen Blickwinkel sehen."

Miranda verspürte im tiefsten Innern ein Sehnen, als würde alles in ihr Ja rufen. Es gab ein Dutzend Dinge, die sie dazu hätte sagen können – wahrscheinlich hätte sagen sollen. „Es klingt himmlisch", war alles, was sie hervorbrachte.

Sophie und Lucy strahlten sich an. Da wusste Miranda, dass es eine abgekartete Sache gewesen war. Ihre Freundinnen hatten ihr diesen Vorschlag von Anfang an machen wollen. Doch das störte sie nicht. Die Idee, sich mit ihrer Familie an einen idyllischen Ort zurückzuziehen, erschien ihr märchenhaft. Aber ebenso ... unmöglich.

„... zum JFK, und dort mietet ihr dann ein Auto. Es sind ungefähr drei Stunden Fahrt durch die schönste Landschaft, die ihr je gesehen habt", sagte Sophie gerade, und Miranda bemerkte, dass sie für einen Moment in ihre Fantasiewelt abgedriftet war. Die Erwähnung der Reisevorbereitungen brachte sie mit einem Schub in die Realität zurück.

„Unglücklicherweise fürchte ich, dass es nicht geht." Sie sagte sich, dass dies ihre besten Freundinnen waren, sie konnte ihnen alles erzählen. Trotzdem war es ihr unangenehm, zuzugeben, dass sie und Jacob finanziell nicht besonders gut dastanden. „Ein Flug für vier Personen geht leider über meine Verhältnisse", gestand sie.

„Na hallo!" Sophie lachte ungläubig auf, als könne sie es nicht fassen. „Falls es dir nicht aufgefallen sein sollte, ich fliege seit Monaten zwischen New York und Seattle hin und her. Ich habe genug Vielfliegerpunkte gesammelt, um eine ganze Armee dahin fliegen lassen zu können."

„Das kann ich doch nicht anneh..."

„Vielleicht nicht", unterbrach Sophie sie. „Aber ich kann es weggeben."

„Das verstehe ich nicht. Warum solltest du so was tun?"

„Weil du meine Freundin bist und ich dich liebe, und ich weiß, dass du für mich das Gleiche tun würdest."

„Aber die Bellamys – die kennen mich doch nicht mal."

„Das ist doch egal“, sagte Sophie, und ihr Gesichtsausdruck wurde weich. „Das ist … na ja. Ich nehme an, ihnen ist klar, dass es schwere Zeiten für eine Familie sind. Sowohl für unsere wie auch für deine.“

Miranda nickte. Was für eine zauberhafte, unmögliche Idee! Niemals würde Jacob dem zustimmen.

5. KAPITEL

Eine Woche in die Wildnis zu fahren erschien Miranda die unmöglichste aller Möglichkeiten für sie und ihre Familie zu sein. Doch je länger sie über ihr Gespräch mit Sophie nachdachte, desto mehr war sie davon überzeugt, dass sie genau das brauchten. Eine Zeit lang weg von allem, um die Wunden zu heilen.

Es war so einfach und dabei so notwendig. Miranda war sich inzwischen klar darüber, dass die Rehabilitation bei Weitem nicht nur ihren Körper betraf. Die seelischen und emotionalen Belange waren genauso wichtig. Sie wusste auch, dass der Aufenthalt in der Natur, weit entfernt von den alltäglichen Ablenkungen, auch eine ausschlaggebende Rolle bei der Heilung spielte.

Als sie nach Hause kam, zog sie ihre Arbeitshosen und Gummistiefel an und ging in den Garten hinaus. Irgendetwas passierte hier draußen mit ihr, wenn sie in der Erde wühlte und sich mit ihren Pflanzen beschäftigte. Sie bekam wieder ein Gefühl für ihren eigenen Wert, spürte die Verbindung zur Natur. Einfach nur hier draußen zu sein, die Luft einzuatmen und über die Gartenarbeit nachzudenken, die sie sich vornehmen wollte, gab ihr ein gutes Gefühl.

Sie hatte nicht sehr viel geschafft, bevor die Müdigkeit einsetzte, aber sie ließ sich nicht entmutigen. Einen Flecken Erde hatte sie in Ordnung bringen können, ein paar Kosmos-Samen gesät, die dann im Frühjahr blühen würden, und einen Eimer voller Bioabfall in den Kompostcontainer geworfen. Das reichte. Sie war zufrieden. Fühlte sich aber auch … einsam.

Erfreut hörte sie das Zischen der Schulbusbremsen vor der Haltestelle an der Ecke. Valerie würde in wenigen Minuten nach Hause kommen. Miranda zog die Gartenhandschuhe aus und streifte die Gummistiefel von den Füßen. Dann ging sie ins Haus, um den Lieblingssnack von sich und ihrer Tochter zuzubereiten – Chips und Dip, dazu eine Limonade.

„Hey, danke“, sagte Valerie und legte ihren Rucksack ab. „Ich bin am Verhungern.“

Sie setzten sich zusammen an die Küchentheke und knabberten Chips. Miranda berichtete Valerie von Sophies Angebot. „Was hältst du davon?", fragte sie. „Kannst du dir vorstellen, dass wir alle zusammen so was unternehmen?"

Valerie lachte humorlos. „Komm schon, Mom. Meinst du, die ganze Welt bleibt für eine Woche stehen, weil wir uns in der Wildnis versammeln wollen?"

„Vielleicht sind wir es ja, die mal anhalten sollten, nicht die Welt."

„Dad würde da niemals mitmachen."

„Ich frage aber dich. Würdest du gern mitkommen?"

Valerie zuckte die Schultern und präsentierte ihr Mir-ist-alles-egal-Gesicht, das sie das ganze vergangene Jahr schon gezeigt hatte. Dann, ohne ihre Langeweile-Maske abzusetzen, fügte sie hinzu: „Pete hat mich zum Homecoming eingeladen."

Der gleiche Satz hätte noch vor einem Jahr sowohl bei der Mutter als auch der Tochter eine ausgelassene freudige Reaktion hervorgerufen, denn vor einem Jahr war so etwas wie Krebs kein Thema für sie gewesen. Dann kam Mirandas Diagnose, die wie eine Bombe in der ahnungslosen Familie hochging. Die Krankheit hatte Mirandas tiefste intensive Muttergefühle zum Vorschein gebracht. Sie wollte ihre Kinder beschützen, koste es, was es wolle. Sie hatte sogar versucht, ihren OP-Termin zu verschieben, damit er nicht mit dem ersten Schulball ihrer Tochter zusammenfiel. Die beiden Chirurgenteams hatten aber nichts davon wissen wollen, und so hatte die Krankheit ihren ersten Sieg davongetragen.

Im Laufe des Jahres bekam alles, was sie zueinander sagten oder miteinander taten, eine besondere Bedeutung. In Anbetracht der Aussicht, ihre Kinder womöglich nicht mehr als Erwachsene zu erleben, gab sich Miranda viel Mühe – zu viel Mühe –, um aus jeder Situation einen Sinn zu lesen und eine Lehre zu ziehen. Sie ertappte sich dabei, dass sie dermaßen hart daran arbeitete, eine gute Mutter zu sein, dass sie darüber ganz vergaß, das Zusammensein mit ihren Kindern zu genießen.

Als Miranda nun diesen lässig vorgetragenen Satz hörte, musste sie sich zusammenreißen, um nicht die Gelegenheit zu ergreifen und ihre Tochter zu überreden, dieses Jahr an der Feier teilzunehmen. Sie konnte sich gerade noch zurückhalten, um Valerie nicht zu Pete zu schicken, damit sie ihm sagte, sie würde die Einladung annehmen.

Eines der Dinge, die sie im vergangenen Jahr hatte vermeiden müssen, war, sich zu sehr in die emotionalen Verstrickungen ihrer Kinder einzumischen. Ein Teil des Erwachsenwerdens bestand darin, zu lernen, das Leben allein zu meistern. Und genau da, im Kern dieses exzellenten Rats einer Mutter, lag die unausgesprochene Angst: Sie sollte ihren Kindern beibringen, selbstständig zu sein, denn nächstes Jahr wäre sie vielleicht nicht mehr da.

Vorsichtig nahm sie einen Schluck von ihrer Limonade und stellte das Glas ab. „Ach ja?", sagte sie. Weiter nichts.

„Ich werde absagen", erklärte Valerie.

„Dann hast du ihm bis jetzt noch keine Antwort gegeben?"

„Ich war so … so überrumpelt, als er mich gefragt hat, dass ich schnell gesagt habe, ich würde es mir überlegen. Blöd, ich hätte ihm gleich an Ort und Stelle absagen sollen."

„Hast du aber nicht."

„Mach ich aber", entgegnete Valerie leise. „Ich wollte … noch ein bisschen darüber nachdenken." Der Gesichtsausdruck ihrer Tochter sagte alles. Sie wollte gern zum Schulball gehen, so wie jedes Mädchen in ihrem Alter.

An diesem Abend fühlte sich Miranda vor dem Zubettgehen auf unerklärliche Weise Jacob gegenüber gehemmt. Nur ging es heute nicht um Sex. Es war so ein schreckliches Gefühl in ihrem Bauch – das Gefühl, dass sie sich inzwischen weit von ihm entfernt hatte und er ein Fremder für sie geworden war. Er lag im Bett, die Kissen in den Rücken gestopft, und berechnete die Verkäufe des Tages.

„Immer am Arbeiten", sagte sie, lehnte sich hinunter und gab ihm einen Kuss auf die Stirn.

Er lächelte zerstreut. „Das macht mir nichts aus, weißt du doch. Wie war deine Besprechung mit Marty heute?"

Sie atmete einmal tief durch. „Er war wirklich nett wie immer. Sehr verständnisvoll."

„Habt ihr denn …?" Jacob zögerte. Es brach ihr fast das Herz, wie er sich zurückhielt, um sie nicht zu drängen.

„Marty wäre es sehr recht, wenn ich bis zum nächsten Quartal warten würde. Aus finanziellen Gründen, sagt er." Sie beobachtete seinen Gesichtsausdruck. Unwillkürlich streckte sie die Hand aus und strich ihm über die Wange. „Wenn du meinst, das ist okay."

„Sicher, Schatz." Die Antwort kam ohne eine Sekunde Zögern, und dafür liebte sie ihn. Dann legte sich ein sorgenvoller Schatten über sein Gesicht. „Ist alles in Ordnung?"

Sie lächelte. Im vergangenen Jahr hatte sie erfahren, dass „alles in Ordnung" sehr relativ war. Manchmal bedeutete es lediglich, dass ihre postoperativen Drainageschläuche einwandfrei funktionierten. An anderen Tagen hieß es, dass sie den Rest ihrer Haare verloren hatte oder dass ihr Gel gegen die Strahlungsverbrennungen eine schmerzlindernde Wirkung hatte.

Sie holte tief Luft. „Besser als in Ordnung nach dem gestrigen Termin bei Dr. Turabian."

Er wartete. „Und?", fragte er, wohl wissend, dass noch etwas kommen musste.

Sie beschloss, es schnell hinter sich zu bringen. „Ich möchte gern, dass wir zusammen wegfahren. Wir alle vier."

Die Sorgenfalte auf seiner Stirn wurde noch tiefer, aber er riss sich schnell zusammen. „Ich denke, wir könnten am Wochenende an die Küste fahren."

„Das meine ich nicht." Sie berichtete ihm von Sophies Idee. „Die Bellamys sind unglaublich großzügig. Wir dürften in ihrem Landhaus am Willow Lake wohnen und …"

„Was soll denn das heißen? Sind wir jetzt ein Sozialfall oder was?"

Sie fühlte mit ihm. Ihr stolzer Ehemann. Manchmal machte ihn allerdings sein Stolz blind für das Wesentliche. „So ist das nicht zu verstehen", widersprach sie. „Es ist ja kein Geschenk."

„Wir kennen doch diese Leute gar nicht …"

„Wir kennen aber Sophie. Jacob, wir müssen noch so viel tun. Im letzten Jahr ist unsere Familie auseinandergefallen. Unsere finanzielle Situation ist desaströs, wir sind emotionale Wracks. Der ganze Schmerz während der Therapie und nach der OP war nichts dagegen. Damit bin ich klargekommen. Aber ich kann es nicht ertragen, meine Familie zu verlieren. Manchmal habe ich das Gefühl, ich halte es nicht mehr aus."

Er legte seine Papiere beiseite. „Liebling, du verlierst uns nicht."

„Aber alles hat sich verändert. Die Kinder, du und ich, wir. Wir brauchen so eine Auszeit", drängte sie. „Das ist mir gestern erst richtig klar geworden, als ich von meinem Arzttermin kam. Nur weil meine Therapie abgeschlossen ist, heißt das noch lange nicht, dass alles wieder gut ist. Diese Familie hat einen Schaden erlitten, Jacob. Hier stimmt nichts mehr, und wir alle leiden darunter. Wir befinden uns sozusagen in einem posttraumatischen Zustand."

„Du hast doch deine Therapie gerade erst abgeschlossen", betonte er. „Wir werden uns wieder fangen, aber das braucht Zeit. Mir geht es schon jetzt besser, einfach nur weil ich erfahren habe, dass wir das Schlimmste überstanden haben."

„Wir brauchen mehr als Zeit. Wir sind uns fremd geworden. Andrew stellt sich seine virtuelle Familie am Computerbildschirm her. Valerie ist kaum zu Hause und hat inzwischen eine völlig neue Gruppe von Kids, mit denen sie herumhängt. Du bist ständig am Arbeiten. Und wir ..." Sie wollte nicht davon anfangen, noch nicht. „Ich vermisse dich, Jacob. Ich vermisse unsere Beziehung. Die Verbindung, die wir mal zueinander hatten."

„Eine Woche im Haus von anderen Leuten am See ist auch nicht das Allheilmittel", wandte er ein.

„Das stimmt. Und das erwarte ich auch gar nicht. Aber ich glaube, es könnte ein Anfang sein, um wieder eine Familie zu werden. So können wir jedenfalls nicht weitermachen. Jeder lebt sein eigenes Leben unter diesem gemeinsamen Dach, das mal das Haus einer glücklichen Familie gewesen ist. Wir brauchen diese Auszeit – weg von der Arbeit, von der Schule und allem Stress.

Ich weiß, es ist nur vorübergehend. Aber wir bekommen dabei die Gelegenheit, uns aufeinander zu konzentrieren, ohne Ablenkungen und Unterbrechungen."

„Schatz, ich verstehe, was du meinst. Aber unglücklicherweise können wir uns das im Moment nicht leisten. Die Kinder müssen zur Schule, und ich habe demnächst ein paar größere Aufträge bis …"

„Jacob, wir werden immer irgendwas zu tun haben. Das ist bei uns in der Familie schon immer so gewesen. Das akzeptiere ich auch. Ich hoffe nur, dass du einsiehst, dass man sich Zeit für das nehmen muss, was wichtig ist, auch wenn das nicht die größte Sache der Welt ist. Ich habe schon mit Andrews und Valeries Lehrern gesprochen. Beide haben sich bereit erklärt, den Kindern für die Zeit, die sie wegfahren, eigene Hausaufgaben mitzugeben."

„Wenn ich nicht arbeite, verdiene ich kein Geld", erinnerte er sie. Als könnte sie das jemals vergessen. Sie merkte, dass er sich bemühte, nicht ungeduldig zu klingen.

„Das ist mir klar. Wir müssen eben einfach damit leben."

„Miranda, Liebling, vielleicht können wir was für die nächsten Sommerferien planen." Er umfasste ihre Schultern und küsste sie auf die Stirn. „Im Moment können wir es uns einfach nicht leisten wegzufahren."

Sie blinzelte die Tränen fort. „Wir können es uns nicht leisten, *nicht* wegzufahren."

6. KAPITEL

„So hätte ich mir New York nun wirklich nicht vorgestellt.“ Miranda blickte verwundert aus dem Fenster des Mietwagens. Kilometerweit sah sie nichts als bewaldete, sich sanft erhebende Berge, die in den wunderbarsten Herbstfarben leuchteten, durchzogen von schmalen Landstraßen oder einem Gebirgsbach. Gelegentlich fuhren sie durch ein malerisches Städtchen mit weiß gestrichenen Häusern und Gartenzäunen, flippigen Secondhandläden und Verkaufsständen, Parks im Kolonialstil und Kirchturmspitzen.

„Ich auch nicht“, sagte Jacob hinter dem Lenkrad des gemieteten Ford Escape. „Schön hier draußen.“

Die Kinder schliefen auf der Rückbank. Der Nachtflug von Seattle zum John-F.-Kennedy-Airport hatte ihnen nicht viel Schlaf gelassen, und die Fahrt in die Catskills forderte bei Andrew und Valerie nun ihren Tribut.

Miranda tätschelte Jacobs Knie. Wenn man bedachte, welche Sorgen er sich wegen ihrer finanziellen Situation machte, war es für ihn ein großer Schritt gewesen, sich für die Reise freizunehmen. Nachdem sie sich einmal dazu entschlossen hatten, war er während der ganzen hastigen Vorbereitungen durchweg bester Laune gewesen. Doch Miranda kannte ihn gut. Sie wusste, dass er nachts wach lag, grübelte und Zahlen in seinem Kopf jonglierte.

Ein vertrauter Ärger stieg wieder in ihr auf. Nicht auf ihn. Auf dem Höhepunkt ihrer Krankheit hatte sie ihn ganz sicher verflucht. Auf lächerliche, völlig verrückte Art. Wie konnte er neben ihrem Bett stehen und so jung und gesund aussehen, während sie auf Gummilaken lag, ohne Haare, mit grauem Gesicht, ihr Körper geschwollen, von der Operation verunstaltet und mit Schläuchen versehen, die überall heraushingen? Das war einfach nicht fair.

Doch ihr Ärger war immer nur flüchtig gewesen, ein irrationales Gefühl. Dieser Mann war die Liebe ihres Lebens. Mehr als einmal war er zusammengebrochen und hatte geschworen, er würde ihren Platz einnehmen und sie von den Schmerzen erlösen, wenn er könnte. Und das hatte er auch so gemeint. Sie wusste es. Er beschämte sie damit, weil sie auf ihn wütend gewesen war.

Sie fuhren durch Kingston, das auf einer Geschichtstafel als erste Stadt im Staate New York beschrieben wurde. Sie hielten an, um zu tanken und am örtlichen Krankenhaus vorbeizufahren. Miranda hatte lange mit ihrem Arzt gesprochen, und sie erwartete keine Probleme. Doch er hatte ihr geraten, auf jeden Fall sicherzustellen, dass sich in der Nähe ein Hospital befand.

Nur für den Fall.

Im Kontrast zu den hinreißenden von Flüssen durchzogenen Bergen im Umkreis der Region handelte es sich bei dem Krankenhaus um ein schlichtes modernes Gebäude, dessen Glasfassade sich markant vor dem blauen Herbsthimmel abzeichnete.

„Willst du mal reingehen?“, schlug Jacob vor. „Dich da umgucken?“

„Nein danke. Ich habe erst mal genug Kliniken von innen gesehen.“ Miranda verband ein ambivalentes Gefühl mit Krankenhäusern. Einerseits hatte man ihr im Krankenhaus das Leben gerettet. Dort gab es jede Menge mitfühlender, sozial engagierter Menschen. Andererseits war es ein Hort von Krankheit und Leid, der die fürchterliche Bedrohung und schrecklichen Konsequenzen ihrer Krankheit repräsentierte.

Valerie wachte auf, als sie die malerische Landstraße Richtung Westen entlangfuhren. Sie blinzelte ins blendende Herbstlicht. „Sind wir schon da?“

Miranda drehte sich in ihrem Sitz nach hinten um und sah sie an. „Fast. Sieh mal nach draußen. Die Landschaft hier ist umwerfend.“

„Ich hab’s nicht so mit Landschaften.“

Miranda ging nicht auf die mürrische Laune ihrer Tochter ein. „Sieh doch mal – eine gedeckte Brücke.“

„Nett.“

„Weck doch bitte deinen Bruder, und sag ihm, er soll sich die Brücke ansehen.“

Valerie stieß Andrew mit dem Fuß an. „Hey, du Freak! Mom sagt, du sollst aufwachen und dir die Brücke ansehen."

„Lass mich in Ruhe", knurrte er und rieb sich das Gesicht mit dem Ärmel. Dann blickte er aber tapfer aus dem Fenster. „Cool."

Jacob bremste ab, bevor sie die Brücke überquerten. Kurz darauf tauchten sie in den Schatten, und der Holzboden der Brücke knarrte unter den Autorädern. Als sie am anderen Ende wieder herauskamen, wurden sie von einem gemalten Schild mit der Aufschrift „Willkommen in Avalon – Einwohnerzahl 1347" begrüßt.

„Sieht ja aus, als wäre hier die Hölle los", spottete Valerie.

„Na, jetzt komm schon", ließ sich Jacob vernehmen. „Du könntest ja zumindest so tun, als wenn du das hier genießt und dich freust."

„Okay. Es ist wundervoll, wie aus einer Story von Washington Irving. Und die Herbstfarben der Blätter sind wunderschön. Und, hey, wusstet ihr, dass die Legende sagt, König Artus wäre nach Avalon gegangen, um da zu sterben? Na bitte. Ist das freudig genug?"

„Sehr nett", murmelte Jacob und biss die Zähne zusammen.

„Zumindest haben wir dafür gesorgt, dass du eine Woche nicht zur Schule musst", betonte Miranda.

„Ich wäre aber gern weiter zur Schule gegangen", entgegnete Valerie. „Und wenn ich zurückkomme, muss ich diese riesige ätzende Arbeit abgeben, also ist es auch nicht gerade so, als könnte ich eine Pause einlegen."

Valeries Lehrer und Studienberater waren während Mirandas Therapie äußerst hilfsbereit gewesen, und diesmal war es genauso. „Sie werden gerade rechtzeitig zum Homecoming zurückkommen", hatte Mrs Pratt betont und Miranda die Aufgaben für ihre Extraarbeiten außerhalb des Unterrichts überreicht.

Valerie hatte ihre Studienberaterin nicht angesehen, sondern einfach nur ein Danke gemurmelt und sich aus dem Schulbüro hinausgeschlichen. In dieser Woche musste sie nur vier Dinge tun. Sie sollte „The Specter Bridegroom" von Washington Irving lesen. Sie sollte einen Aufsatz schreiben, eine Matheaufgabe lösen und einen Biologieaufsatz über die Struktur der Moose und Flechten verfassen.

Sie hielten bei einem Supermarkt an, wo sie Lebensmittel für eine Woche einkauften, inklusive Zutaten für ein Barbecue oder mehrere, da sie am See ein Lagerfeuer machen wollten. Auf ihrer Fahrt durch die malerische kleine Stadt machten sie noch einmal bei einem Familienbetrieb namens Sky River Bakery halt, wo sie sich Plunderteilchen, selbst gebackenes Brot und frisch gepressten Apfelsaft von einem lokalen Farmbetrieb kauften. Miranda las die ausgedruckte Wegbeschreibung, die man ihnen geschickt hatte, und sie fuhren die River Road entlang, die nun in allen Herbstfarben leuchtete. Wenige Kilometer außerhalb der Stadt waren sie in die Wildnis zu beiden Seiten der Straße eingetaucht, die den Windungen des Schuyler Rivers folgte.

Die Farbpalette des Herbstlaubs reichte von Buttergelb bis zu einem tiefen feurigen Rotton, der so strahlte, dass es zusammen mit dem blauen Himmel fast schon in den Augen schmerzte. Miranda musste die Tränen zurückdrängen. Ich bin so glücklich, dass ich das sehen darf, dachte sie.

Sie streckte die Hand aus uns schaltete das Radio ein. Gerade spielte noch der letzte Teil von „I'm Gonna Be (500 Miles)" von den Proclaimers, und sie warf Jacob einen Blick zu. An seinem ulkigen Grinsen erkannte sie, dass er sich genauso an den Song erinnerte wie sie. Er hatte ihn morgens stilecht mit nachgemachtem schottischem Akzent geschmettert, als sie noch jünger gewesen waren. Viel, viel jünger. Jung genug, um zu riskieren, dass sie zu spät zur Arbeit kamen, weil sie noch ein bisschen länger im Bett bleiben mussten.

Sie hatte lange nicht mehr an diese Zeiten zurückgedacht. Sie hatte an vieles lange nicht mehr gedacht. Dafür war sie viel zu sehr mit ihrer Krankheit beschäftigt gewesen – zuerst hatte sie alles darüber erfahren wollen, was es zu wissen gab. Dann hatte sie eine von den Ärzten vorgeschlagene Behandlungsstrategie gewählt und war diesen Weg schließlich gegangen, auch wenn sie fast dabei umgekommen wäre.

Das war die Chemo, wie sie sich erinnerte. Dabei sollten die Krebszellen abgetötet werden. Während diese Krankheitswucherungen zerstört wurden, fielen der Therapie noch andere Dinge zum Opfer – das Kopfhaar, die Wimpern, die Energie, der Appetit, die Würde. Denn es war nicht gerade leicht, Haltung zu bewahren, wenn neun verschiedene Ärzte einen abtasteten.

„Wir sollen nach einem Holzschild an einem Baum Ausschau halten", sagte sie. „Da müssen wir einbiegen."

„Hab's schon entdeckt", sagte Andrew. Wunder über Wunder, er klang sogar ein bisschen aufgeregt. „Da links."

Das Schild wies auf einen Kiesweg, der noch schmaler war als die Straße, von der sie kamen, und der bergauf führte. Sie passierten ein Schild mit der Aufschrift „Privatgrundstück" und ließen die Zivilisation weit hinter sich. Kaum vorstellbar, dass sie nur wenige Kilometer von der Stadt entfernt waren. Sie fühlten sich wie Pioniere, die sich als Erste einen Weg in unbekanntes Territorium bahnten.

„Sieht aus, als hätten wir's gefunden", verkündete Jacob.

Miranda beugte sich vor und schaute durch die Windschutzscheibe auf einen rustikalen hölzernen Torbogen, auf dem in schmiedeeisernen Lettern „Camp Kioga, seit 1932" stand. Hinter dem Tor erstreckte sich das Camp, eine atemberaubende Ferienkolonie mit rustikalen Gebäuden, weiten Rasenflächen und Sportplätzen. Jagdhütten und Bungalows säumten einen klaren, ruhigen See – Willow Lake –, der wie ein Saphir im Sonnenlicht funkelte und in dessen Mitte eine winzige Insel mit einem Pavillon lag.

Jacob parkte den Wagen vor dem Hauptgebäude, einem riesigen Holzhaus mit drei Masten davor, an denen Flaggen flatterten. Von einem umzäunten Dachgarten aus konnte man auf den Willow Lake hinaussehen. Sophie hatte erzählt, der Pavillon mit seinem riesigen Speisesaal habe früher als Haupttreffpunkt gedient, als das Camp noch in Betrieb gewesen war.

Sie stiegen aus dem Wagen, alle vier in den ersten Minuten vollkommen still, um all die Eindrücke in sich aufzunehmen. Miranda stellte sich vor, wie es hier zur Blütezeit des Camps gewesen sein musste, als die Familien in Scharen aus den Städten in die Berge gefahren waren. Die Luft duftete so unglaublich süß von frischem Wind und Wasser und dem trockenen Aroma der Herbstblätter. Die farbenprächtigen Laubkronen der Bäume spiegelten sich schimmernd im Wasser. Miranda fühlte sich von all der Schönheit wie betäubt.

Bis auf ein Gebäude waren alle verschlossen und im Lauf der Jahre verwittert. Jacob zeigte auf ein großes gut erhaltenes Cottage, das etwas abseits am See lag. Auf der Veranda standen frische Blumen, und am Dachfirst hing ein Willkommensbanner. „Ich nehme an, das ist unsere Unterkunft", sagte er.

Die Digitalfotos, die Sophie ihnen geschickt hatte, wurden dem Haus nicht gerecht. Es war ein wunderschöner solider Fachwerkbau mit der Patina von Jahren. Auf der Veranda standen eine Hollywoodschaukel und zwei Schaukelstühle, eine Hollywoodschaukel baumelte an Ketten vom hölzernen Vordach herunter. Ein Holzsteg ragte in den See; daran waren ein Kajak und ein kleines Boot mit einem farbenfrohen Segel festgemacht, das eingerollt wie eine alte Barbierfahne aussah.

Im Innern wirkte das Cottage warm und einladend, mit gemütlichen Leseecken, einer Galerie unter hölzernen Dachschrägen mit Gaubenfenstern und einem Kamin aus Flussstein. Vom Hauptschlafzimmer mit einem Doppelbett, dessen Kopfteil aus Birkenholz gearbeitet war, gelangte man in ein Bad mit einer tiefen Wanne auf Krallenfüßen. Überall entdeckte Miranda kleine Akzente, die sie sofort verstehen ließen, warum Sophie so sehr an den Bellamys hing – eine Sammlung von Postkarten, die fünfzig Jahre und älter waren, gerahmte Fotos aus einer Zeit, als Camp Kioga eine Bungalowsiedlung gewesen war, Bilder in handgefertigten Rahmen, Retroposter des Adirondack Great Camps. Auf jedem Bett lag eine handgearbeitete Quiltdecke, und in einem Zedernholzschrank fand sich farbenprächtig gestreifte Hudson's-Bay-Bettwäsche.

Das Cottage war mit hingebungsvoller Sorgfalt für sie vorbereitet worden. Zündholz und Brennholz lagen neben dem Kamin und dem Holzofen gestapelt. Auf dem Tisch stand eine

Steingutvase mit getrockneten Blumen, und auf den Fensterbrettern waren Schalen mit bunten Herbstblättern verteilt. Auf dem Kaffeetisch fanden sie eine Auswahl von Malutensilien und ein Gästebuch, aufgeschlagen auf der ersten freien Seite. Auf dem glänzenden Kiefernholzesstisch lag eine handgeschriebene Nachricht, die sie willkommen hieß, unterzeichnet von Jane und Charles Bellamy. Außerdem gab es noch eine Sammlung von Informationsmaterial über das Camp, einen Naturführer und eine Wanderkarte.

„Wow“, sagte Miranda, während sie das alles begutachtete. „Das ist ja paradiesisch.“

„Kann ich mal rausgehen und mich umgucken?“, fragte Andrew.

„Sicher, aber verlauf dich nicht im Wald.“

„Mo-hom.“ Andrew stürzte aus dem Haus und rannte auf den Steg hinaus und wieder zurück, dann nahm er den Weg hinter dem Haus, der in den Wald führte. In jeder seiner Bewegungen zeigte sich eine Ausgelassenheit, dass es eine Freude war, ihm zuzusehen. Zum ersten Mal, seit ihr Martyrium begonnen hatte, sah Miranda ihren Sohn an und bekam das Gefühl, dass alles gut werden würde.

Als sie ihre Sachen ins Haus trugen, war sie gleichzeitig dankbar und nervös. Sie freute sich über die Möglichkeit, die sich ihnen bot. Doch gleichzeitig ängstigte sie plötzlich und unerwartet diese lange Folge von Tagen, die vor ihnen lag.

„Und?“, fragte Jacob. „Hattest du dir so was vorgestellt?“

Sie lächelte ihn an, immer noch nervös, dann sah sie zu Valerie. „Es ist sogar noch besser, als ich gedacht habe. Und wisst ihr, was verrückt ist?“

Valerie nickte. „Kein Fernseher, kein Telefon. Kein Computer. Das ist verrückt.“

Miranda versuchte, sich nicht von der trüben Stimmung ihrer Tochter beeinflussen zu lassen. „Ich finde es verrückt, dass ich echte Probleme habe, mich daran zu erinnern, wer ich eigentlich war ... wie ich war, bevor ich krank wurde. Ich war es so gewohnt, von einem Termin zum nächsten zu hetzen, auf

Testergebnisse zu warten und zu Beratungen zu gehen, dass ich mich selbst irgendwie verloren habe. Ich habe vergessen, wer ich wirklich bin. Also in dieser Woche habe ich fest vor, diese Person wiederzufinden."

Valerie hob die Augenbrauen. „Mom, bist du sicher, dass du die Psychopillen abgesetzt hast?"

„Sehr komisch." Miranda hatte aufgehört, das Antidepressivum zu nehmen, und auf der einen Seite vermisste sie die besänftigende Wirkung des verordneten Medikaments. Auf der anderen Seite empfand sie auch Triumph. Dass sie die Kontrolle über ihr Leben Stück für Stück zurückgewann. Dass sie wieder lernte, mit ihren Gefühlen, ihren Ängsten klarzukommen, war ein wichtiger Teil davon.

Sie verbrachten den Tag damit, sich einzurichten und das Camp zu erkunden. Miranda fotografierte alles – einen Seetaucher im Flug, wie die Sonnenstrahlen durch den Wald drangen, die Gesichter ihrer Kinder, ihren Ehemann, der sie inmitten des fallenden Herbstlaubes anlächelte. Das Abendessen fiel an diesem Tag schlicht aus: Spaghetti, Salat und Brot, Eiscreme zum Nachtisch. Anschließend nahmen sie und Jacob ihr Glas Wein mit nach draußen, setzten sich auf die Veranda und betrachteten den Sonnenuntergang über dem See. Im Garten vor dem Haus spielten die Kinder Badminton, ihre Stimmen hallten fröhlich vom Wasser her. Sie spielten, bis es zu dunkel wurde, um den Ball zu erkennen, und die ersten Sterne am blassen Abendhimmel erschienen. Aus dem Schilf unten am See erklang ein Chor von Frühlingspfeifern.

Miranda schwang sachte auf der Verandaschaukel und verspürte ein lange nicht erlebtes Gefühl von Zufriedenheit, während sie in die Gesichter ihrer Lieben blickte. „Das muss ich einen Augenblick lang einfach mal nur genießen. Meine Lieblinge sind alle hier versammelt, in diesem Moment."

„Bis auf Gretel." Andrew stieß den Badmintonschläger heftig in den Boden.

„Wie nett!", grummelte Valerie. „Gut gemacht, Idiot."

„Na ja, ist doch so", entgegnete er.

„Ich vermisse Gretel auch“, sagte Miranda und wünschte, dieser friedliche Moment hätte noch etwas länger angehalten. „Kommt, wir gehen besser rein, bevor uns die Mücken finden.“

Jacob zeigte sich erstaunlich talentiert, als er das Feuer im Holzofen anzündete. Doch als diese Arbeit erledigt war, schienen alle ein bisschen ratlos.

„Also, was genau sollen wir denn nun machen?“, meldete sich Valerie.

Andrew wühlte in seinem Rucksack. „Gute Frage“, kommentierte er.

„Wir sitzen hier und unterhalten uns, oder wir malen und zeichnen, spielen Karten oder andere Brettspiele, wir können lesen oder … einfach nur als Familie zusammen sein“, erwiderte Miranda. „Hört mal, das wird nicht funktionieren, wenn wir uns nicht ein bisschen bemühen.“ Sie warf Jacob einen Hilfe suchenden Blick zu, aber der schien gar nicht zuzuhören. Er stand an dem großen Panoramafenster und starrte auf den See hinaus, der immer mehr von der Dunkelheit verschluckt wurde. Er wirkte angespannt.

Die Kinder beschlossen von selbst, sich ihre Hausaufgaben vorzunehmen, die sie für die Fahrt mitgebracht hatten. Es ist erstaunlich, wie interessant die Schulaufgaben plötzlich werden, wenn sie keinen Fernseher oder Computer haben, dachte Miranda.

Jacob fand neben der Eingangstür eine Taschenlampe. „Ich denke, ich gehe mal rüber zum Haupthaus und checke die Nachrichten“, sagte er und verließ das Haus. In Camp Kioga gab es ein Festnetztelefon, hatte man ihnen erzählt, in einem Radius von etwa zehn Kilometern konnten keine Mobilfunksignale empfangen werden.

„Jacob“, sagte Miranda, als sie ihm nach draußen gefolgt war. Sie biss sich auf die Unterlippe und verkniff sich, weiterzureden.

Er wusste genau, was sie dachte. „Das ist unser Unterhalt, Miranda. Es wäre unverantwortlich von mir, einen Auftrag sausen zu lassen, nur weil ich gerade *Der letzte Mohikaner* gespielt habe.“

„Denkst du so über die ganze Sache?“, wollte sie wissen. „Dass wir irgendein Theaterstück aufführen? Mein Gott, Jacob. Wir haben über ein Jahr nichts zusammen mit der Familie unternommen. Das hier hat nichts mit einem Drama oder Rollenspiel zu tun oder damit, irgendeine Fantasie auszuleben.“

Er hob beide Hände in einer Geste der Kapitulation. „Okay, tut mir leid. Du hast recht. Es ist wichtig, dass wir hier sind. Von jetzt an werde ich meine Sorgen draußen vor der Tür lassen.“

Sie wusste, dass er seine Worte ernst meinte, aber ihr war genauso klar, dass er sich weiterhin Gedanken wegen seiner Aufträge machen würde. Nur zeigte er es dann nicht, um seine Sorgen mit ihr zu teilen. Sie seufzte. „Wird das die ganze Woche über so gehen?“ Sie nahm ein besticktes Polster von der Terrassenschaukel und bewarf ihn damit. „Mir fehlen unsere Zweikämpfe.“

„Wie bitte?“

„Du hast mich schon verstanden. Bevor ich krank wurde, haben wir uns wie gleich starke Gegner gefetzt. Jetzt machst du einen Rückzieher, sobald ich mich über irgendwas ärgere.“

„Ich mache keinen …“

„Und dann wurden wir wütend aufeinander, bis der Streit darin endete, dass wir uns gegenseitig verziehen, und dann haben wir uns geliebt und …“

„Könnten wir den Teil mit dem Streiten vielleicht überspringen?“ Er umschloss sie von hinten mit beiden Armen. „Und die Jagd ein bisschen verkürzen?“

Sie lachte und drehte sich zu ihm um. „Du darfst mich jederzeit jagen.“

Er knipste die Taschenlampe aus und küsste sie. Endlich hatte sie das Gefühl, als würden sie langsam Fortschritte machen.

7. KAPITEL

„Mir ist langweilig", sagte Andrew am nächsten Tag, als er von oben aus dem Schlafzimmer kam.

Miranda saß an einem Fensterplatz und malte ganz ruhig in ihrem Skizzenbuch weiter. Sie warf ihrem Sohn einen Blick zu und lächelte. „Auch dir einen guten Morgen. Schläft deine Schwester noch?"

„Na klar. Wahrscheinlich wird sie die ganze Woche über schlafen."

„Wir beide sind die Frühaufsteher in der Familie", sagte Miranda. „Waren wir schon immer." Zu ihrer Überraschung schlief Jacob ebenfalls noch tief und fest. Zu Hause war er immer vor Sonnenaufgang aus dem Bett. Tatsächlich hatte sie sich heute Morgen fast ein bisschen erschreckt, weil er neben ihr lag. Sie konnte sich nicht erinnern, wann sie das letzte Mal beim Aufwachen den warmen, entspannten Körper ihres Ehemannes gespürt hatte.

„Wir haben jede Menge Malzeug hier, Zeichenblöcke, Brettspiele, Karten, Sportsachen", erinnerte sie ihn. „Ganz zu schweigen davon." Sie zeigte auf den Willow Lake, der mit den leichten Nebelwölkchen über der Wasseroberfläche im frühen Sonnenlicht, das durch die Bäume brach, wunderschön und geheimnisvoll aussah. „Ich glaube, Langeweile ist da nicht angesagt."

„Ich weiß auch nicht", sagte er. „Mir ist irgendwie nach gar nichts."

„Mal doch irgendwas", schlug sie vor. Sie drehte das Skizzenbuch um, damit er sehen konnte, was sie gerade produzierte. Mit verschiedenen Farbstiften hatte sie eine ganz passable Skizze von der Aussicht aus diesem Fenster angefertigt. Es war kein großes Kunstwerk, aber bei dem Blick heute Morgen auf den nebelumhüllten See inmitten der Herbstfarben hatte sie das Bedürfnis verspürt, es zu zeichnen.

„Das sieht richtig gut aus", sagte Andrew.

„Es ist nichts Besonderes, aber es ist nett von dir, das zu sagen. Ich habe jede Menge Kunstseminare auf dem College absolviert."

„Warum das denn?“

„Weil ich es geliebt habe.“ Die Worte waren spontan gekommen, bevor Miranda überhaupt darüber hatte nachdenken können. Sie hatte einen Abschluss in Marketing gemacht, was sie überhaupt nicht liebte. Sie hatte das Fach gewählt, weil es sinnvoll war. Eine Ausbildung, die ihr half, nach dem Studium einen Job zu finden. In ihrem ganzen Erwachsenenleben hatte sie Entscheidungen aus der Vernunft heraus gefällt statt aus Leidenschaft.

Sie riss das Blatt aus dem Buch und schrieb ihren Namen in verschnörkelter Schrift auf den rechten unteren Rand der Zeichnung. „Das werde ich mit nach Hause nehmen. Es wird mich jedes Mal, wenn ich es ansehe, an diese Reise erinnern. Hier, du bist dran.“

Andrew sah skeptisch aus, als er den Skizzenblock von ihr entgegennahm. „Ich weiß nicht, was ich zeichnen soll.“

„Irgendwas aus deiner Fantasie.“

„Wie zum Beispiel?“

Ihr Sohn war, wie sie sich erinnerte, einer der am rationalsten denkenden Menschen, die sie kannte. „Zeichne einfach, was dir heute Morgen beim Aufwachen als Erstes durch den Kopf ging.“

„Aufs Klo gehen?“

„Okay, das zweite dann.“

Er blickte mit ernstem Gesicht aus dem Fenster. „Das war das Gleiche, was mir jeden Morgen durch den Kopf geht.“

„Und das wäre?“

„Gretel.“

Ihr Herz machte einen Satz. „Dann solltest du sie vielleicht zeichnen.“

Er nahm einen braunen Farbstift und starrte auf das leere Papier. „Dann werde ich doch nur traurig.“

„Du siehst jetzt gerade schon ziemlich traurig aus“, behauptete Miranda. „Meinst du, das würde es noch schlimmer machen?“

Er dachte einen Augenblick darüber nach. „Ich glaube kaum, dass ich mich noch schlechter fühlen könnte als jetzt schon.“

Miranda nickte. „Ich bin auch traurig wegen Gretel. Ich vermisse sie ganz schön."

„Echt?"

„Natürlich. Ich habe dieses Tier geliebt. Es war herzzerreißend zuzusehen, wie sie alt und krank wurde. Aber wenn ich mich an sie erinnere, dann denke ich immer daran, was für ein fröhlicher Hund das war und wie glücklich sie uns gemacht hat, als sie da war. Pass auf, ich schlage dir was vor. Du setzt dich hierher und zeichnest irgendwas, was du willst, und ich mache uns derweil Frühstück. Klingt das gut?"

Er nickte, und sie ging in die Küche, um sein Lieblingsfrühstück zuzubereiten: Cornflakes mit Banane und Honig darüber getröpfelt. Sie warf Andrew über den Küchentresen hinweg einen Blick zu. Er hatte sich erstaunlich schnell in seine Zeichnung vertieft. Gut, dachte sie. Sich kreativ auszudrücken, war in einer Weise wohltuend, die man nicht messen konnte. Sie wusste einfach, dass es so war. Wenn sie zeichnete oder Blumen arrangierte oder auch einfach nur ein Lied summte, ohne unbedingt die Töne richtig zu treffen, schöpfte sie daraus Trost. Sie beeilte sich mit den Vorbereitungen nicht, um Andrew möglichst viel Zeit und Privatsphäre beim Zeichnen zu lassen. Nach einer Weile trug sie zwei Schalen mit Cornflakes zusammen mit einer Flasche Milch an den Tisch.

„Bist du jetzt hungrig?"

„Und wie!", sagte er, ohne aufzublicken. Er fügte noch ein paar blumige Details zu seiner Skizze hinzu, dann drehte er den Block um und zeigte Miranda sein Werk. „Das hat Spaß gemacht", sagte er kichernd, „aber eigentlich ist es nichts geworden."

„Wie kann es nichts geworden sein, wenn du Spaß beim Zeichnen hattest?" Miranda betrachtete die Zeichnung. „Und außerdem ist es Gretel."

„Es sieht gar nicht richtig aus wie sie", beschwerte er sich.

„Sicher doch. Sieht aus wie eine grinsende Cartoon-Gretel. Jetzt komm, iss dein Frühstück."

Er schrieb seinen Namen in die untere rechte Ecke, so wie Miranda das getan hatte. Dann setzte er sich zu ihr an den Tisch. „Du hast ja das Gleiche wie ich."

„Genau."

„Ich wusste gar nicht, dass du Cornflakes mit Banane und Honig magst."

„War auch nicht der Fall. Ich habe nur beschlossen, ich versuche mal jeden Tag was Neues, und wenn es nur so was Unwichtiges ist wie Cornflakes."

„Warum?"

Sie nahm einen Löffel mit Frühstücksflocken, kaute nachdenklich und schluckte, bevor sie antwortete. „Es ist gut, neue Sachen auszuprobieren. Das bedeutet, dass man sich weiter bewegt."

Er zuckte die Schultern. „Wird wohl so sein."

Sie leerten ihre Schalen mit Cornflakes und stellten das Geschirr in die Spüle. Mit einem Blick auf Andrew wusste Miranda sofort, dass sich gleich dieser „Mir-ist-langweilig"-Schatten langsam wieder auf seinem Gesicht ausbreiten würde. „Hör mal", sagte sie, „was hältst du davon, wenn wir ein Stück wandern?"

„Wandern – wohin?"

Miranda zögerte. Vor nicht allzu langer Zeit war sie bereits müde geworden, wenn sie nur die Treppen im Hafen von Seattle hochstieg. Würde sie das schaffen?

Mit festem Willen zeigte sie auf eine Reihe von Wanderkarten, die die Bellamys für sie hingelegt hatten. „Wir suchen einfach irgendwas heraus. Wir können den Berg hochgehen – Saddle Mountain. Auf dem Weg runter kommen wir an einem Wasserfall vorbei, der Meerskill Falls genannt wird. Klingt das gut?"

Wieder ein Schulterzucken. „Denke schon."

„Mach dir bloß nicht vor Aufregung in die Hose, Schätzchen."

Die beiden hinterließen eine Nachricht – illustriert mit einer von Andrews ulkigen Zeichnungen – und verstauten ein paar Flaschen Wasser und Energieriegel in ihren Provianttaschen. Der Weg hoch zum Saddle Mountain war gut ausgeschildert und schlängelte sich durch einen atemberaubend schönen Wald.

Miranda nahm alles in sich auf: die frisch duftende Luft, das Rascheln des Herbstlaubs auf dem Waldboden, das fruchtige Aroma der Pflanzenwelt. Es dauerte nicht lange, bis nach oben zu gelangen. Die Catskills waren alte sanfte Erhebungen, und der Pfad wand sich seitwärts in einer leicht zu bewältigenden Steigung hoch. Trotzdem musste sie öfter stehen bleiben, um Atem zu schöpfen. Andrew war herzzerreißend geduldig.

„Ich liebe das", sagte sie, als sie die Bergkuppe erreichten und auf der anderen Seite wieder hinunterliefen. „Ich bin gern draußen im Wald. Und jetzt gefällt es mir noch viel mehr, weil du dabei bist."

„Mm-hm." Andrew schien sich darüber zu freuen. „Es ist nicht schlecht."

„Nicht schlecht." Sie machte seinen Tonfall nach. „Du kannst für eine Woche die Schule schwänzen, um hier in dieser unglaublichen Landschaft herumzulaufen, und es ist einfach nur ‚nicht schlecht'?"

Er hörte ihr offensichtlich gar nicht mehr zu. Sein Blick war auf etwas hinter ihr neben dem Weg gerichtet. „Wow", sagte er.

Sie lauschte auf das Rauschen des Wasserfalls unter ihnen und ging aufgeregt weiter, um einen Blick darauf zu werfen. Es war einfach atemberaubend, ein kleiner See, vom Wasserfall gebildet und geformt. Die Steine waren von den unablässig heruntenspritzenden Fluten glatt geschliffen. Miranda fühlte sich von diesem Ort magisch angezogen, vollkommen gebannt von dessen Schönheit. Das Wasser war vollkommen klar, durch die Bewegung erstrahlten Regenbogenfarben vor dem Hintergrund des Felsens. Üppiges, dichtes Moos und Farne umsäumten den Stein, begünstigt durch das Mikroklima des beständig fallenden Wassers. Sie zog ihre Kamera hervor und verließ den Pfad, um ein paar Fotos zu machen.

„Sieh dir das mal an!", rief sie Andrew zu. Aber wahrscheinlich konnte er sie über das Getöse des Wassers nicht hören.

Sie fotografierte eine Zeit lang und packte die Kamera wieder in den Rucksack, denn der feine Wassernebel setzte sich überall ab. Es war fast ein magisches Erlebnis, hier auf dem Felsen inmitten des Wassernebels vom hinunterstürzenden Fluss zu stehen. Ein Gefühl von Stärke und Hoffnung überkam sie, und der feine Sprühregen auf ihrem Gesicht fühlte sich weich und sanft an.

Ich bin so glücklich, dass ich am Leben bin. So glücklich, dass ich hier an diesem Ort stehen kann.

„… bist du?" Andrews Stimme drang an ihr Ohr, fast verschluckt vom Dröhnen des Wasserfalls, und riss sie aus ihren Gedanken.

„Hier bin ich!", rief sie und ging wieder auf den Pfad zurück. „Ich wollte nur ein paar Fotos von … Andrew?"

Da sah sie ihn mitten auf dem Pfad stehen; die Augen panisch aufgerissen, blickte er sich hektisch um und rief: „Mom! Wo bist du?"

„Hey!", rief sie ihm zu und rannte ihm entgegen. „Hey, Kumpel, ich bin doch hier!"

„Mom!" Er umarmte sie fest und barg sein Gesicht an ihrer Schulter. „Mom, wo warst du denn? Ich hab dich plötzlich nicht mehr gesehen."

Er weinte. Andrew weinte fast nie. Das hatte er wie seine Spielsachen in der Kindheit zurückgelassen. Aber jetzt weinte er.

„Ich bin doch hier", tröstete sie ihn und hielt ihn mit geschlossenen Augen fest in den Armen.

„Du warst … einfach weg. Warum hast du denn nichts gesagt?"

„Tut mir leid, Andrew. Ich dachte, du wärst direkt hinter mir."

„War ich nicht. Ich bin vom Weg runter und hab Fotos gemacht, und dann hab ich hochgesehen, und du warst nicht mehr da. Ich dachte, du wärst runtergefallen oder hättest dich verlaufen."

„Es tut mir wirklich leid", sagte sie noch einmal. „Von jetzt an bin ich etwas vorsichtiger. Versprochen."

Sein Ausbruch schien ihm ein bisschen peinlich zu sein, als er einen Schritt zurücktrat und sich das Gesicht mit dem Ärmel trocken wischte. „Ja, ist okay", sagte er.

„Andrew, ich weiß, das ganze vergangene Jahr war schrecklich für dich …"

„Mom."

„Nein, hör mir zu. Ich weiß, du hasst es, über so was zu reden, aber das ist einer der Gründe, weshalb wir hier sind." Das war perfekt, fand sie. Hier befanden sie sich mitten im Nirgendwo. Er konnte sich nicht in seine Computerwelt zurückziehen. Er musste ihr zuhören.

„Ich verstehe nicht, warum wir überhaupt über irgendwas reden müssen." Er schob sein Kinn vor, sein Unmut verdrängte die Tränen.

„Weil wir so viel zu besprechen haben", entgegnete sie. „Unsere Familie hat das ganze Jahr mit Ängsten und Sorgen verbracht. Ich weiß ja nicht, wie es dir geht, aber ich würde das gern hinter mich bringen." Sie wusste, dass der wirkliche Grund seiner Tränen nichts mit ihrem Spaziergang zu tun hatte. „Andrew, das war gerade ein Fehler von mir", sagte sie. „Ich hätte mich vergewissern sollen, dass du weißt, wohin ich gehe. Tut mir leid."

„Oje. Jetzt hörst du dich an wie Barbara." Barbara Mills war die Familientherapeutin, bei der sie zur Beratung gewesen waren.

„Ich versuche, mich wie deine Mom anzuhören, aber ich bin nicht mehr in Übung. Wie auch immer", fuhr sie fort, „es ist Folgendes: Ich hatte mir mal gewünscht, genauso wie deine Mom aus dem Computerspiel zu sein. Die Mutter mit der Stärke und Gesundheit von Herkules und der Superpower. Die Mom, die nie sterben würde. Das wollte ich für dich werden."

Sie lächelte und holte die Wasserflaschen hervor. „Ich will das gar nicht mehr", fuhr sie fort. „Überhaupt nicht. Ich will ich selbst bleiben, und ich bin nicht so vollkommen. Aber ich bin das, was ich bin – deine Mom, mit all ihren Fehlern und Kratzern."

„Du hast Kratzer?"

Sie zerzauste ihm lachend das Haar. „Das war nur so ein Ausdruck. Was ich meine, ist, ich werde nie diese perfekte Videomom sein, und das ist auch gut so. Manchmal denke ich, es sind gerade die kleinen Mängel, die einen Menschen so liebenswert machen."

„Wenn ich also eine richtig schlechte Note nach Hause bringe, ist das für dich in Ordnung?“ In seiner Stimme lag ein humorvoller Tonfall.

„Du bist für mich in Ordnung, egal was passiert“, betonte sie. „Das will ich eigentlich damit sagen. Ich würde dir gern versprechen, dass du mich niemals verlierst, aber das wäre falsch von mir. Was ich garantieren kann, ist, dass ich dich immer lieben werde. Und dass ich niemals perfekt bin, aber es immer versuchen werde. Wie klingt das?“

Er schwieg einen Moment. Dann bückte er sich, um einen der runden Quarzkiesel aufzuheben, die am Rand der Schlucht lagen. Den stopfte er in seine Tasche. „Klingt gut.“

Sie betrachtete ihn eine ganze Weile, sah in ihm den Jungen, der heranwuchs, einen Jungen, der aber noch immer seine Mutter brauchte. „Ich liebe dich, weißt du, das solltest du nicht vergessen.“

„Ja.“ Er warf ihr ein Lächeln zu. „Ich dich auch.“

Sie machten sich beide zusammen langsam wieder auf den Weg nach unten.

8. KAPITEL

Miranda saß auf der Verandaschaukel und las und döste abwechselnd, genoss die Wärme des Spätsommers. Jacob hatte Andrew zum Angeln mitgenommen, und obwohl sie die beiden nicht sehen konnte, hörte sie ab und zu deren Lachen über das Wasser hallen. Unten am Steg überprüfte Valerie die Takelage des kleinen Segelboots und sang dabei zur Musik aus ihrem iPod.

Miranda war in diesem Moment absolut zufrieden, etwas, das sie im vergangenen Jahr kaum so empfunden hatte. Hier am Willow Lake überkam sie dieses Gefühl des Öfteren. Sie liebte diesen langsamen, gemächlichen Tagesrhythmus, den sie hier pflegten, dieses wunderbare einfache Leben, wenn man nichts zu tun hatte.

Es war ihr vierter Tag im Camp Kioga, und es verlief besser, als sie erwartet hatte. Den Schock, von Telefonanschluss, Fernsehprogramm und Computernutzung abgeschnitten zu sein, hatten sie überwunden. Tatsächlich überraschten sie sich selbst mit ihrem Einfallsreichtum. Niemand von ihnen konnte leugnen, dass es seinen Reiz besaß, abends zusammen vor dem Kamin zu sitzen, um Parcheesi oder Scrabble zu spielen. Gestern hatte Andrew ein Buch mit Spukgeschichten gefunden, und Jacob hatte sie zu einem gemeinsamen Lesen einer Geschichte von Edgar Allan Poe überredet. Mit jeder Stunde, die verging, gewöhnten sie sich mehr und mehr an diesen Ort und ihre gegenseitige Gesellschaft. Es war eine zauberhafte Zeit mit erstaunlich seltenen Störungen.

Doch Miranda war keineswegs untätig. Unabhängig davon, dass sie es noch nicht ausgesprochen hatte, entstand in ihrem Kopf bereits ein Plan für die Zeit, wenn sie wieder zurück in Seattle war. Sie wollte mit Lucy eine Geschäftspartnerschaft eingehen. Die Aussicht, etwas so Riskantes, Unternehmerisches in Angriff zu nehmen, machte ihr ein wenig Angst. Doch nachdem sie das vergangene Jahr überstanden hatte, waren ihr Angst und Risiko sehr vertraut geworden, und nichts konnte sie so schnell einschüchtern. Jacob diese Idee zu präsentieren empfand sie als eine viel größere Herausforderung.

„Geschafft!“, rief Valerie vom Steg her, „ich habe die Takelage fertig überprüft.“

Miranda legte ihr Buch beiseite, ging zu ihrer Tochter hinunter und stieg zu ihr ins Boot. „Ich muss dir was gestehen“, sagte sie, als sie das kleine hölzerne Segelboot vom Steg losmachten und sich abstießen. Der Rumpf touchierte das Ständerwerk des Stegs und schaukelte leicht, während Miranda die Ruderpinne bediente.

„Was denn?“, wollte Valerie wissen. Sie lehnte sich etwas zurück, um das Segel näher zu betrachten. Das Boot glitt im Schleichtempo vorwärts, das Segeltuch hing schlaff herunter.

„Ich weiß nicht genau, wie das hier funktioniert“, beichtete Miranda.

Valerie, die in der unförmigen Schwimmweste ganz anders aussah, wirbelte herum und sah sie an.

„Das sagst du jetzt erst? Du meinst, du hast keine Ahnung, wie man das Ding hier fährt?“

„Theoretisch schon. Ich war auf der Highschool im Segelteam, aber wir sind mit einer Laser gefahren. Das hier ist ein bisschen anders. Aber das werden wir schon herausfinden.“ Miranda sagte das betont optimistisch. „Es herrscht eine nette Brise. Das sollte vollkommen reichen.“

Der kleine Einmaster war breit, mit wenig Tiefgang und einem Kielschwert. Für ein Segel seiner Größe war der Wind vollkommen ausreichend. Wie schwer konnte das schon sein?

„Hey, Mom.“ Valerie wirbelte wieder herum. „Es funktioniert.“

Sie hatte recht. Der Wind blähte das Segel, und Miranda zeigte ihrer Tochter, wie sie es manövrieren konnte. „Du behältst das Segel im Auge“, sagte sie. „Sieh zu, dass du immer so weit wie möglich mit dem Wind gehst.“

„Ist das wichtig?“

„Das ist es, wenn wir irgendwohin kommen und vor Dunkelheit wieder an Land sein wollen.“

Sie bildeten ein gutes Team, wenn man bedachte, wie wenig Erfahrung sie hatten. Sie brachten das kleine Boot mit dem Wind in Fahrt, und Valerie kreischte vor Freude auf, als sie losschossen. „Was nun?“, schrie sie. „Wir kentern gleich!“

„Nein, werden wir nicht“, versicherte Miranda ihr. „Setz dich auf die Seite da, um das Gewicht zu verlagern.“

„Wo soll ich sitzen?“, fragte Valerie.

„Auf die Seite, wo das Boot am besten segelt.“

Sie lehnte sich über die Reling und juchzte aufgeregt, als das Boot mit einem Windstoß losjagte. Es war für Miranda ein unglaublich gutes Gefühl, ihre Tochter zur Abwechslung einmal so ausgelassen zu erleben. Vollkommen im Augenblick gefangen, ließ Valerie ihre mürrische Art fallen und schrie vor Begeisterung. „Das ist sagenhaft“, sagte sie. „Ich hatte keine Ahnung, dass du das kannst.“

„Ich kann eine Menge Dinge“, entgegnete Miranda. „Werden deine Arme müde?“

„Total. Ich glaub, die fallen mir gleich ab.“

„Warte, wir werden umlegen.“

Sie führten das Manöver aus und übten noch ein paar andere, während sie auf dem See hin- und zurückglitten. Miranda liebte das Gefühl, wenn der Wind ihr feines neues Haar zerzauste, die goldene Wärme der Sonne auf ihrem Gesicht und das fröhliche Lachen ihrer Tochter, das der Wind mit sich trug. „Das ist fast der perfekteste Nachmittag, den ich je hatte“, erklärte Miranda und lächelte ihre Tochter an. „Solche Tage brauche ich öfter, an denen ich vergessen kann, dass ich jemals krank gewesen bin.“

„Ich bin so froh, Mom. Wirklich.“

„Und wie steht es mit dir? Wie gefallen dir unsere Ferien?“, wollte Miranda wissen. Es war ein gewagter Schritt, das wusste sie. Sie eröffnete Valerie die Möglichkeit, eine ganze Liste von Beschwerden aufzuführen.

„Es ist in Ordnung“, sagte Valerie überraschenderweise. „Ich hatte keine Ahnung, dass Dad so gnadenlos beim Hufeisenwerfen ist.“

„Oder dass Andrew Wörter wie *hintansetzen* kennt und dass man mit einem *Sch* oft ein völlig anderes Wort zaubern kann“, fügte Miranda dazu und bezog sich auf ihre Scrabble-Runde am vergangenen Abend.

„Das Wichtigste ist, dass Dad verloren hat“, erinnerte Valerie sie. „Das bedeutet, dass er heute für das Essen zuständig ist, von Anfang bis Ende.“

Das war keine so große Strafe. Im vergangenen Jahr hatte Jacob mehr als seinen Anteil am Kochen übernommen, die Kinder ebenfalls. „Wir sollten uns auf den Rückweg machen“, sagte Miranda. „Damit wir noch genug Zeit zum Duschen haben.“

Es waren ein paar Manöver notwendig, aber sie schafften es, das Boot wieder zurückzusteuern. Der Nachmittag war heiß geworden und erinnerte daran, dass sie sich mitten im Spätsommer befanden. Als sie das Boot schließlich wieder festgemacht hatten, zog Miranda ihre Sandalen aus. „Weißt du, was ich jetzt machen könnte?“

„Was?“

„Ins Wasser springen.“

„Aber das ist ...“

Miranda wartete nicht darauf, dass man es ihr ausredete. Sie riss sich die Schwimmweste vom Körper und sprang vom Ende des Laufstegs ins kristallklare Wasser. Es war so kalt, dass sie glaubte, einen Schock zu bekommen. Sie tauchte wieder auf und strampelte mit den Füßen. Wegen des Lymphödems konnte sie nicht schwimmen, hielt sich aber mit den Paddelbewegungen über Wasser. „Ein großartiges Gefühl!“, schwindelte sie.

„Du bist verrückt“, sagte Valerie.

„Komm doch mit rein. Du hast doch auch Lust dazu.“

„Verrückt“, wiederholte Valerie und ließ sich vornüber in den See fallen, als hätte man sie erschossen. Sekunden später schoss sie nach oben und schnappte nach Luft wie ein fliegender Fisch. „Oh mein Gott!“, schnaufte sie. „Das ist das kälteste Wasser, das ich jemals erlebt habe!“

„Schwimm ein bisschen herum“, schlug ihr Miranda mit klappernden Zähnen vor. „Dann gewöhnst du dich dran.“

„Deine Lippen werden blau“, bemerkte Valerie nach einer Weile.

„Dein Make-up ist vollkommen verschwunden“, sagte Miranda. Ohne die dicke Mascara, den blutroten Lippenstift und das mit Gel zu allen Seiten abstehende Haar sah Valerie wieder aus wie sie selbst.

Sie blieben noch ungefähr fünf Minuten länger, dann rannten sie an Land. Keuchend und zitternd lagen sie Seite an Seite auf dem Steg und warteten, dass die Sonne sie wieder aufwärmte. Miranda sah zum Himmel hoch und entdeckte Bilder in den Wolken. „So was nenne ich einen geschenkten Augenblick", sagte sie zu Valerie.

„Was soll das sein?"

„Ein wirklich wunderbarer Moment, den man nicht erwartet hat, der aber plötzlich passiert. Einfach nur hier mit dir zu sein und die Sonne auf meinem Gesicht zu spüren."

Valerie blieb einen Augenblick ganz still. Dann sagte sie: „Mir gefällt es auch, Mom."

„Andrew und ich hatten gestern ein gutes Gespräch, als wir den Berg zum Meerskill Falls hochgewandert sind", sagte Miranda. „Ich dachte, wir beide könnten vielleicht auch ein bisschen reden."

„Wir reden doch schon die ganze Zeit."

„Ich weiß, aber …"

„Hör zu, du warst krank, und jetzt geht es dir besser, und alles ist in Ordnung, okay? Müssen wir das alles wirklich zu Tode analysieren?"

„Deshalb sind wir doch hier."

„Super. Na dann, leg los. Analysier mich."

Miranda zögerte. „Weißt du was? Du hast recht. Wir können es auch einfach nur genießen, dass wir jetzt hier zusammen sind."

Valerie lachte leise. „Du willst aber darüber reden. Das wissen wir doch beide."

Miranda lachte ebenfalls. „Erwischt."

Wieder schwieg Valerie ein paar Minuten. Schließlich begann sie zu reden. „Okay. Ich habe dir das vorher nie erzählt, aber dass du Krebs bekommen hast … Mom, es tut mir leid, aber ich habe mich wie ein Freak gefühlt. Dann auch noch Brustkrebs. Die Gleiche Krankheit, an der Grandma gestorben ist. Meine Güte, kannst du dir vorstellen, wie viele ach so hilfsbereite Leute bei mir ankamen, die mich bemitleideten, meinten, sie würden für mich beten, weil jetzt meine Chance, die Krankheit selbst auch zu bekommen, zehnmal höher als normal wäre?"

Miranda drehte sich auf die Seite und sah Valerie an. „Wer sagt so was?"

„Leute, die sich als meine Freunde bezeichnet haben. Da dachte ich mir doch bloß, wer braucht denn überhaupt Freunde?"

Oh mein Gott! Miranda sank das Herz, als sie sich vorstellte, wie Valerie in der Schule litt, ihren Freunden den Rücken zukehrte und ihren Schmerz vor allen verbarg. „Schatz, ich wünschte, du hättest mir gesagt ..."

„Tut mir leid, okay?" Valeries Ärger kochte in Sekundenschnelle hoch. Sie setzte sich auf, zog die Knie an und starrte mürrisch auf den See. „Tut mir leid, dass ich nicht so eine Tochter bin, wie du sie dir wünschst."

„Du weißt genau, dass ich mir nur die Art von Tochter wünsche, die mit sich selbst zufrieden ist. Und mir tut es auch leid, dass es stimmt – du hast ein höheres Risiko. Aber das heißt nicht, dass du unglücklich sein musst und dir Sorgen um etwas machst, was womöglich gar nicht passiert. Es heißt lediglich, dass du dich genauso wie ich besonders sorgfältig um dich kümmern musst. Warum, glaubst du, bin ich schon mit fünfunddreißig zur Mammografie gegangen?"

„So was jagt mir Angst ein, Mom. Ich kann nicht so mutig sein wie du."

Miranda setzte sich auf und stützte sich auf die Hände hinter dem Rücken. „Ach, mein Liebling. Du warst das ganze Jahr über so unglaublich mutig. Genauso Andrew und dein Dad. Ich wünschte, du würdest über etwas nachdenken, Valerie. Das Mädchen, das du seit dem vergangenen Jahr bist – bist das wirklich du selbst?"

Valerie strich mit den Fingern durch ihr feuchtes schwarz gefärbtes Haar. „Ich habe keine Ahnung. Ich weiß nur, dass es sich komisch angefühlt hätte, zu Pep Rallies und Footballspielen zu gehen, nachdem du krank geworden bist."

„Aber Freunde zu haben ist nicht komisch. Freunde sind diejenigen, an die man sich anlehnen kann, wenn das Leben schwer wird. Hey, wenn meine Freundin Sophie nicht gewesen wäre, hätten wir nie die Gelegenheit bekommen, hierherzufahren." Sie betrachtete schweigend das Profil ihrer Tochter, die ohne Make-up so unschuldig aussah. „Vermisst du sie denn nicht, Val?"

Ihre Tochter nickte langsam. „Ich war schrecklich zu ihnen. Zu Megan und Lyssa und besonders zu Pete. Ich wollte sie einfach nicht um mich haben. Ich hasste alle, ich hasste die Welt, weil alles so normal war, während mein Leben auseinanderfiel."

Miranda zuckte innerlich zusammen. „Ich kann eine Menge Dinge, die passiert sind, auf meine Krankheit schieben, und das darfst du auch. Bis zu einem gewissen Punkt. Süße, das war dein erstes Jahr an der Highschool. Ich wollte so gern für dich da sein. Aber es ist passiert, und ich war nicht für dich da, und wir beide sollten uns gegenseitig vergeben und weitermachen."

„Ich habe ja weitergemacht."

Miranda strich Valerie eine feuchte Locke aus der Stirn. „Ich denke, du bist weggelaufen."

Valerie überraschte sie, als sie zustimmend nickte. „Du hast wohl recht."

Miranda lachte. „Okay, jetzt bin ich sprachlos. Du stimmst mit mir überein?"

Valerie ließ den Kopf auf ihre verschränkten Arme sinken. „Ich vermisse sie", sagte sie. „Ich wünschte, wir könnten wieder Freundinnen werden. Aber wo soll ich da anfangen?"

Miranda legte ihrer Tochter den Arm um die Schultern. „Ach Süße, du wirst erstaunt darüber sein, wie viel Menschen vergeben können. Dieser Teil ist einfach."

„Sicher."

„Hast du Pete schon eine Antwort wegen des Schulballs gegeben?"

„Ich, äh, ich wusste nicht so richtig, wie ich ihm absagen sollte."

„Weil du in Wirklichkeit nicht absagen willst", sagte Miranda.

Valerie sah sie an und grinste. „Du findest dich aber wirklich superschlau."

9. KAPITEL

Ich glaub's kaum, dass wir morgen schon nach Hause fahren", sagte Andrew, der Jacob auf die vordere Terrasse hinaus in die Sonne folgte. „Ich wette, kein Mensch wird es merken, wenn wir noch eine Woche länger bleiben."

Miranda und Valerie saßen auf den Stufen zur Veranda und bemalten zur Erinnerung an ihren Aufenthalt am Willow Lake ein Ruder. Die Ruderbemalung war eine lange Tradition in Camp Kioga. Im Haupthaus wurde eine Sammlung davon ausgestellt, einige stammten noch aus den 1930er-Jahren. Miranda und Valerie hatten eine rustikale Seenszenerie kreiert und sich selbst im Segelboot dazugezeichnet. Darunter malten sie ein Banner mit der Aufschrift „Vielen Dank von der Sweeney-Familie".

Miranda legte ihren Pinsel beiseite. Sie wusste, dass jetzt der Moment gekommen war, in dem sie ihrer Familie von ihren Plänen erzählen sollte. „Die ganze Woche über habe ich mich gefragt, wer ich war, bevor ich an Krebs erkrankte", begann sie. „Natürlich ging es mir gut, weil ich eine Familie habe, die ich über alles liebe. Aber eins, was ich während der Krankheit gelernt habe, ist, wie kostbar die Zeit ist. Ich habe jeden Tag der Woche mit einem Job verbracht, den ich nicht mochte. Und so wie man seinen Tag verbringt, verbringt man sein Leben. Ich will nicht mehr so weitermachen. Jetzt wache ich jeden Morgen auf und sage mir: Verschwende diesen Tag nicht. Es hat wirklich meinen Blickwinkel verändert."

„Wir dachten, du magst deinen Job, Mom", betonte Valerie.

„Es ist ja nicht so, dass es eine Tortur gewesen wäre", erwiderte Miranda. „Ich habe mit guten Leuten zusammengearbeitet. Der Job war überschaubar, sicher. Dann bin ich krank geworden und musste feststellen, dass man sich noch so sehr absichern kann, trotzdem passieren einem unvorhergesehene Dinge. Zum Beispiel an Krebs zu erkranken. Wenn wir nach Hause kommen, will ich etwas ändern. Denn während all der Mühen und Planungen hatte ich etwas sehr Entscheidendes vergessen. Nämlich meinen Träumen zu folgen.“ Sie warf Jacob einen Blick zu. „Manchmal frage ich mich, ob es dir nicht genauso geht.“

„Nein“, entgegnete er sofort. „So was denke ich nie.“

„Komm schon, ich kenne dich doch. Es war nie dein Traum, als Vertreter zu arbeiten.“

„Das stimmt schon. Aber wenn du nach meinem Traum fragst, das warst immer du, Miranda. Du und die Kinder. Diese Familie. Wir. Und deshalb bin ich mit unserem Leben in jeder Beziehung glücklich. Der ganze Rest – die Arbeit, das Herumfahren, die Rechnungen – ist nur Nebensache. Daran habe ich mich erinnert, während wir hier in diesem Haus waren. Ich gehe zurück und finde dieselben Konditionen vor, aber in mir hat sich etwas verändert. Ich bin froh, dass ich die Chance hatte, mich daran zu erinnern, was wichtig für mich ist.“

Als er seine kleine Rede beendet hatte, blickte Miranda ihn mit Glückstränen in den Augen an. „Ich liebe dich, Jacob. Wenn du so was sagst, fällt mir wieder auf, wie sehr.“

„Wow, Dad, sehr beeindruckend“, sagte Valerie und hob anerkennend die flache Hand, damit er einschlagen konnte.

„Moment mal“, meldete sich Miranda, während sie sich die Tränen von den Wangen wischte. „Ich hoffe nicht, dass das eure charmante Art ist, mir zu sagen, ich sollte dankbar für das sein, was ich habe, und wieder zu meinem gewohnten Tagesablauf übergehen. Was ich gesagt habe, ist mir wirklich ernst. Ich will etwas verändern.“

Jacob sah sie besorgt an. „Kannst du noch etwas konkreter werden?“

„Ich kann sogar sehr konkret werden.“ Ihr Herz begann schneller zu klopfen, während sie ihnen von Lucys Café berichtete und ihrer Absicht, eine Geschäftsbeziehung mit ihr einzugehen. Das war diese Art von Aufgeregtheit, die sie aus Situationen kannte, in denen sie kurz vor einem lange heiß ersehnten Ziel gestanden hatte – zum College zu gehen, Jacob zu heiraten, ihre Kinder zu bekommen. So etwas hatte sie schon lange nicht mehr empfunden. „Ich weiß, dass es viel von dir verlangt ist“, sagte sie zu Jacob. „Ich weiß, dass es finanziell im Moment vielleicht nicht gerade das Beste ist. Aber …“

„Aber gar nichts“, unterbrach er sie. „Ich kann es gar nicht glauben, dass du uns das nicht schon vorher erzählt hast.“

„Ich dachte, du würdest mir klarmachen wollen, wie unsinnig die Idee ist, finanzieller Selbstmord.“

„Vielleicht solltest du mich nächstes Mal fragen, bevor du dir überlegst, was ich denken könnte.“

Später am Tag lud Jacob sie ein, zum Sonnenuntergang mit dem Zweipersonenkajak auf den See hinauszupaddeln. Der Abend versprach wunderbar zu werden. Es gab nur ein paar hohe zerrissene Wolken am Himmel, und die untergehende Sonne breitete eine weite goldene Decke über dem See aus.

Die Geräusche und Düfte der Natur umfingen sie – eine leichte Brise in den hohen Ästen der Ahornbäume und Weiden, der einsame Schrei eines Seetauchers und dazu das leise Eintauchen ihrer Paddel in das stille Wasser. Alle Farben und Geräusche erhielten auf dem See eine ganz besondere Klarheit. Die Natur besitzt ihre eigene besondere Heilkraft, fand Miranda. Mit jedem Tag, den sie hier verbracht hatten, war sie stärker geworden und wieder näher an ihre Familie herangerückt.

„Ich bin so froh, dass wir diese Reise gemacht haben“, sagte sie über die Schulter hinweg zu Jacob.

„Ich auch. Es hat uns allen gutgetan. Ich habe sogar aufgehört, nachts von meiner Arbeit zu träumen.“

„Ich wusste gar nichts von deinen Arbeitsträumen.“

„Albträume, *Jobalb* könnte man das nennen. Das klassische Programm – ich komme zu spät zu einem Meeting, oder ich erscheine dort und hab keine Hose an, oder ich verirre mich.“

„Das hast du mir nie gesagt. Wir haben uns sonst immer unsere Träume erzählt, die guten und die schlechten. Wann hat das aufgehört?“

„Als meine langweilig wurden, weil es da immer um Arbeit ging“, sagte er.

„Vielleicht sollten wir wieder anfangen, sie uns wieder gegenseitig zu erzählen."

Sie paddelten auf die kleine Insel in der Mitte des Sees zu. Nach dem handgezeichneten Plan im Cottage musste das Spruce Island sein.

„Die Leute, denen dieses Camp hier gehört – die Bellamys –, haben vor fünfzig Jahren auf dieser Insel geheiratet", erzählte Miranda. „Letzten Sommer sind sie wieder hierhergekommen und haben die Zeremonie zum 50. Hochzeitstag wiederholt."

„Lass uns mal einen Blick raufwerfen", sagte Jacob. Sie paddelten ins flache Wasser und zogen das Kajak auf dem sanft ansteigenden Ufer an Land. Alles auf der Insel war klein und faszinierend, eine vollkommene Miniaturwelt. Ein Pfad führte zu einem Gartenpavillon hoch, der nun mit Rosen und Dahlien überwuchert war, die bereits Früchte trugen. Am Pavillon war eine Gedenktafel befestigt, auf der stand: „Charles Bellamy und Jane Gordon haben hier am 26. August 1956 geheiratet. Am 26. August 2006 haben sie ihr Ehegelübde erneuert".

„Sie waren fünfzig Jahre verheiratet", sagte Miranda. „Stell dir das mal vor." Zu ihrer Überraschung bemerkte sie einen Anflug von Ärger in seinem Blick aufflammen. „Jacob?"

Er bemühte sich sichtlich um ein Lächeln. „Ich möchte einfach, dass du alt werden kannst, Miranda. Das ist alles, was ich mir wünsche. Ich versuche, mich für Leute wie die Bellamys zu freuen, aber das ist manchmal verdammt schwierig."

„Ich weiß." Sie legte ihm den Arm um die Hüften. „Ich weiß."

„Ich wünschte, ich hätte dich besser unterstützen können, als du krank warst", sagte er mit leicht bebender Stimme.

„Jacob ..."

„Nein, lass mich zu Ende reden. Ich wünschte, wir hätten mehr Tage wie diesen verbracht. Aber ich hatte solche Angst. Der Krebs hatte uns allen unser Leben genommen, und egal wie sehr ich mich bemüht habe, ich konnte nicht dagegen ankommen. Also habe ich mich stattdessen auf das Einfache konzentriert – meinen Job. Das hätte ich nicht tun sollen. Ich hätte mehr für dich da sein müssen, statt mich in meine Arbeit zu vergraben.

Das ist jetzt keine Entschuldigung, aber die Wahrheit ist, dass ich fast umgekommen wäre vor Angst, Miranda. Die Vorstellung, das Leben allein, ohne dich meistern zu müssen, wie sehr mir das wehgetan hätte. Und so bin ich … zurückgetreten, habe mich auf den Schlag vorbereitet. Als wenn ich dich weniger vermisst hätte, wenn ich mich schon von dir entferne, bevor du nicht mehr da gewesen wärst.“ Er strich sich mit den Fingern durchs Haar. „Ich bin ein fürchterlicher Idiot. Man sollte mich erschießen.“

Miranda nahm seine Hand und drückte sie an ihre Lippen. „Ich habe eine Idee, lass uns Folgendes machen: Statt zu versuchen, fünfzig Jahre verheiratet zu bleiben, wollen wir einfach daran arbeiten, jetzt im Moment eine gute Ehe zu führen.“

Er umarmte sie sanft, trotzdem spürte sie eine gewisse Verzweiflung in seiner Geste. „Ein guter Plan“, flüsterte er.

Sie warteten auf den Sonnenuntergang, dann paddelten sie zur Anlegestelle zurück. Miranda runzelte die Stirn, als sie ein fremdes Auto vor der Auffahrt zum Cottage parken sah. „Ich habe keinen Besuch erwartet“, sagte sie zu Jacob. „Du vielleicht?“

Er antwortete nicht, aber sein verräterisches Grinsen sagte ihr alles. „Hilf mir doch mal, das Boot festzumachen, bitte, ja?“

„Was geht denn hier vor?“, erkundigte sie sich.

In dem Moment erschien Sophie mit ihren beiden Kindern Daisy und Max vor der Haustür. „Überraschung!“, rief Sophie. „Wir waren gerade in der Gegend …“

Miranda lachte erfreut und lief ihrer Freundin entgegen, um sie zu umarmen. „Es ist fantastisch hier. Ich kann dir gar nicht genug danken!“

„Wir haben ein kleines bisschen was für euren letzten Abend am See vorbereitet“, sagte Sophie und ging mit ihr zurück ins Innere des Hauses.

Miranda schnappte nach Luft. Der Tisch war für zwei Personen gedeckt, festlich mit einer Leinentischdecke, Kerzen, einer Flasche Wein und einem köstlichen Abendessen. „Ich nehme die Kids mit ins Autokino in Coxsackie zur letzten Vorstellung dieser Saison. Wir werden wohl erst spät zurückkommen … wenn euch das recht ist.“

„Wir haben schon gesagt, dass es okay ist", meldete sich Valerie, die gerade aus dem Schlafzimmer oben kam. Sie sah mehr aus wie ihr altes Selbst, in abgeschnittenen Jeans und einem Camp-Kioga-Sweatshirt.

„Mir ist es recht", sagte Miranda und verspürte eine aufregende Vorfreude.

Sie verließen lachend und scherzend das Haus, und Miranda blieb mit Jacob allein zurück. Er schob den Stuhl für sie zurecht. „Das Dinner ist angerichtet."

Es kam ihr vor wie ein richtiges Date mit einem köstlichen Essen, einem Glas Wein und dem Wissen, dass sie sich anschließend lieben würden. Sie blickte ihrem Ehemann im Schein der Kerzen ins Gesicht und verspürte eine so intensive Welle von Liebe, dass ihr Tränen in die Augen traten.

Obwohl sie kein Wort gesagt hatte, musste er ihre Stimmung gespürt haben. Er stellte das Weinglas ab. „Lass uns ins Bett gehen."

Miranda ließ sich mit den Vorbereitungen Zeit, bestäubte sich mit einem Hauch Parfüm, so wie sie es getan hatte, als sie jünger gewesen war, und nahm ein Nachthemd heraus, das sie sich extra für diese Reise zugelegt hatte. Es war cremefarben, bodenlang und leicht tailliert.

Als sie aus dem Badezimmer kam, stand Jacob in Boxershorts und T-Shirt am Nachttisch. Er hatte die Bettdecke zurückgeschlagen und blätterte durch ein paar Fotos.

Sein Gesicht erhellte sich bei ihrem Anblick. „Du siehst gut aus, Miranda", sagte er lächelnd.

„Ich fühle mich auch gut." Sie ging zu ihm hinüber. „Was ist das?"

„Das sind die Fotos, die ich von dir am Abend vor der OP gemacht habe."

Miranda fühlte sich, als wenn sie einen Schlag in den Magen erhalten hätte. Sie erinnerte sich sehr gut an diesen Abend. Sie hatte ihn gebeten, sie zu fotografieren, nackt und zum letzten Mal unversehrt. Es waren unglaublich intime Bilder geworden, die Kamera hatte auf gewisse Art viel mehr erfasst als ein Blick in den Spiegel. Sie erinnerte sich an ihre Unterhaltung in dieser Nacht, wie sie zusammen geweint und sich dann mit einer so fiebrigen Intensität geliebt hatten, die sie seitdem nicht wieder erlebt hatte.

„Ich wusste gar nicht, dass du die Fotos dabeihast. Mein Gott, Jacob. Kein Wunder, dass du dich nicht daran gewöhnen kannst, wie ich jetzt aussehe."

„Nein, Miranda." Jacob ergriff ihre Hand. „Das verstehst du falsch. Das hier sind Fotos meiner Ehefrau, meiner besten Freundin, meiner Geliebten, der Liebe meines Lebens. Du hattest dich gerade darauf vorbereitet, unglaubliche Schmerzen zu erleiden, und dabei hattest du immer noch die Kraft, mich so anzusehen. Ich trage die Bilder nicht mit mir herum, um mich daran zu erinnern, wie du ausgesehen hast. Sondern um mich daran zu erinnern, wie stark und mutig du bist."

Ihr fiel ein, dass sie sich nach der Operation nie im Tageslicht geliebt hatten. Und immer wenn sie zusammen gewesen waren, hatte Jacob sie sanft und rücksichtsvoll behandelt, immer darauf bedacht, sie vorsichtig zu berühren – zu vorsichtig. „Dann verhalte dich mir gegenüber auch so, als wäre ich diese starke, mutige Frau, Jacob. Nicht jemand, der gleich zerbrechen wird. Das habe ich in diesem vergangenen Jahr vermisst. Du bist zu vorsichtig mit mir umgegangen."

„Ich will dir nicht wehtun, Miranda."

„Ich schwöre dir, ich falle nicht auseinander." Sie beugte sich vor und küsste ihn – es war kein Gutenachtkuss, sondern ein sehr sinnlicher, herausfordernder Zungenkuss.

Er lehnte sich ein Stück zurück und lächelte sie an. „Bist du dir sicher?", flüsterte er.

„Natürlich. Ich bin jetzt so weit, das Patientinnendasein hinter mir zu lassen, verstanden?"

„Verstanden."

Etwas strahlte aus seinem Gesicht heraus, eine Liebe, so stark, dass Miranda die Wärme am ganzen Körper spürte, so als würde sie im Sonnenlicht stehen. In diesem Moment wurde ihr wieder etwas klar, etwas, das sie schon immer gewusst, aber in all der Hetze ihres Alltags geschafft hatte zu vergessen. Ihre Liebe besaß eine solche Kraft, dass sie nie enden würde, egal was mit ihr geschehen sollte.

„Ach Jacob“, sagte sie leise. „Ich fühle mich, als wenn ich von einer langen Reise zurückkomme. Ich hatte dich so vermisst.“

Er drückte sie aufs Bett und begann ihr Nachthemd aufzuknöpfen. „Mein Liebling. Ich habe dich auch vermisst.“

EPILOG

Bitte nur noch ein Mal lächeln!" Miranda wusste, dass sie wahrscheinlich Valeries Geduld strapazierte, aber sie konnte nicht anders. „Du siehst in diesem Kleid so umwerfend aus! Wie wär's mit einer Aufnahme hier vor der Veranda?"

„Okay, Mom." Valeries Laune schien gut genug zu sein, um noch einmal zu posieren. Aber sie warf ihrem Begleiter einen besorgten Blick zu. Pete, in einem geliehenen Smoking, mit neuem Haarschnitt und glänzend polierten Schuhen, schien gleichzeitig nervös und in Hochstimmung. „Nur noch ein paar Minuten, ja?"

„Ist mir recht." Er errötete leicht und sah dabei so liebenswert und nett aus, dass Miranda ihn am liebsten umarmt hätte.

„Ich habe gelogen", gestand Miranda. „Ich will nicht nur noch ein Foto machen."

„Miranda", mischte Jacob sich ein. „Du hast bestimmt schon genug Bilder."

Doch das hatte sie nicht, und letztendlich bekam sie ihren Willen. Sie fotografierte ihre Tochter in allen möglichen Kombinationen – Valerie mit ihrem Begleiter, mit ihrem Dad, mit ihrem Bruder. Und dann eine Aufnahme von Valerie und Andrew mit dem Welpen Kioga. Nachdem sie von ihrem einwöchigen Aufenthalt im Cottage zurückgekommen waren, hatten sie den jungen Hund aus dem örtlichen Tierheim adoptiert. Mit seinen ungefähr zwölf Wochen sah er aus wie ein Schäferhundmischling, ein Ohr aufgestellt, das andere herunterhängend. Und er war der Mittelpunkt von Andrews Universum geworden. Der Junge zog den Hund auf und trainierte ihn, das war eine harte Arbeit. Tatsächlich nahm sie ihn so in Anspruch, dass er kaum noch Zeit für seine Computerspiele hatte. Doch die schien er kein bisschen zu vermissen.

„Gute Nacht, Mom und Dad." Valerie umarmte ihre Eltern, bevor sie zu Pete ins Auto stieg. Als sie Miranda in den Arm nahm, drückte sie noch einmal besonders fest zu. „Danke, Mom", flüsterte sie.

Jacob stand hinter Miranda und legte die Arme um sie, während sie beobachteten, wie der Wagen sich entfernte. Die Abendsonne schien noch und tauchte den vorderen Garten in schimmerndes Gold. Sie lehnte sich an ihn, dankbar für seine zuverlässige Gegenwart, dankbar für … alles. In diesem vergangenen Jahr hatte sie gelernt, sich nicht vor dem Tod zu fürchten, sondern zu akzeptieren, dass er zum Dasein gehörte. Als Erinnerung daran, unser Leben so zu gestalten, wie wir es wünschen, und unsere Tage nicht zu verschwenden.

– ENDE –

Liebe Leserinnen,

vielen Dank, dass Sie sich etwas Zeit für Miranda und ihre Familie genommen haben. Ich hoffe, Sie waren genauso bewegt wie ich von der großartigen Arbeit, die Cottage Dreams leistet. Marie S., eine Frau, die den Krebs überwand und sich mit mir über Cottage Dreams ausgetauscht hat, schrieb: „Obwohl ich das Gefühl hatte, dass mir während meiner Krebserkrankung ein Teil meiner Seele genommen wurde, muss ich einfach anerkennen, wie wichtig Menschen sind, die immer wieder auf andere zugehen, die gerade eine harte Prüfung durchlaufen …"

Nun haben Sie die Möglichkeit, auf andere zuzugehen, die Hand auszustrecken. In dieser fiktionalen Geschichte hat sich Sophie von Cottage Dreams inspirieren lassen und einer Familie einen Zufluchtsort angeboten, die es ganz dringend nötig hatte, wieder zusammenzufinden und die Wunden verheilen zu lassen. Die Organisation ist tatsächlich nur in der Lage, ihre Arbeit fortzuführen, wenn mitfühlende Menschen ihren Beitrag dazu leisten. Wenn es Ihnen möglich ist, öffnen Sie Ihr Herz und helfen Sie Cottage Dreams. Es werden auch Dinge für die Willkommenskörbe benötigt, die für anreisende Familien zusammengestellt werden.

Um zu erfahren, wie Sie helfen können, besuchen Sie die Website der Organisation www.cottagedreams.org oder schicken Sie einen Scheck an: Cottage Dreams, The Heritage Building, 33A Pine Avenue, P.O. Box 1300, Haliburton, ON K0M 1S0.

Vielen Dank für Ihre Hilfe,
Susan Wiggs

Rolling Bay, WA

Linda Lael Miller

Ein Liebhaber wie Tony

Roman

Aus dem Amerikanischen von
Angelika Lohde

mtb

1. KAPITEL

Sharon Morelli konzentrierte sich auf ihre Arbeit. Sie hängte ein zartes Negligé aus Chiffon ordentlich und in genauem Abstand zu den anderen Stücken auf den Kleiderständer. So vertrieb sie sich die Zeit, wenn nur wenige Kunden in ihr „Traumland“, ein Geschäft für Damenunterwäsche, kamen.

Sie war so vertieft, dass sie zusammenzuckte, als hinter ihr plötzlich jemand sagte: „Die Geschäfte gehen wohl schlecht?“

Sharon holte tief Luft, um sich von dem Schrecken zu erholen. Tony besaß zweifellos das Talent, immer dann aufzutauchen, wenn sie sich in einer nicht gerade vorteilhaften Lage befand. Auch nach der Scheidung hatte sich daran nichts geändert.

„Ich kann mich nicht beklagen“, antwortete sie schnippisch, dann eilte sie hinter den Ladentisch und blätterte geschäftig in alten Rechnungen, die schon längst geprüft und abgelegt worden waren.

Sharon wusste, dass Tony ihr gefolgt war und ganz in der Nähe stand. Er trug verbeulte Jeans und ein altes, weit aufgeknöpftes Arbeitshemd. Selbst das hatte Sharon in der kurzen Zeit registriert, obwohl sie es sich nicht eingestehen wollte.

„Sharon“, sagte er ruhig, aber mit der Bestimmtheit, die sein Auftreten so wirkungsvoll machte. Dieser Eigenschaft hatte er es zu verdanken, dass er nicht nur der Chef einer prächtig florierenden Baufirma war, sondern auch der Vater der beiden Kinder aus erster und zweiter Ehe.

Sharon hob den Kopf, sah Tony in die Augen und schob das Kinn leicht vor.

„Was willst du?“, fragte sie. Sie war bereit, sich gegebenenfalls zu verteidigen. Diese Woche stand es ihr zu, drei Tage mit den Kindern im Haus zu verbringen, und wenn Tony etwas dagegen hatte, würde sie um ihr Recht kämpfen.

Tony verdrehte seine ausdrucksvollen Augen und verschränkte die Arme vor der Brust.

„Beruhige dich“, sagte er mit dunkler Stimme. Seine männliche Ausstrahlung schien den ganzen Raum zu erfüllen. „Ich war gerade in der Nähe und wollte dir nur sagen, dass Marc Hausarrest hat. Außerdem hat der Kieferorthopäde gestern Brianas Zahnspange nachgestellt, und danach bekam sie solche Schmerzen, dass ich sie zu Mama brachte.“

Sharon seufzte und schloss für einen Moment die Augen. Wie oft hatte sie versucht, den Ärger über Tonys Mutter herunterzuschlucken! Aber es gab Momente wie diesen, wo alles wieder hochkam. Nach all den Jahren ließ die alte Dame Sharon immer noch spüren, dass nicht sie, sondern Carmen die Mutter von *Brian* war.

Die schöne und perfekte Carmen, um die Mrs Morelli sen. auch jetzt noch trauerte. Vor elf Jahren war Carmen das Opfer eines tragischen Verkehrsunfalls geworden, und Tonys gesamte Familie konnte es bis heute nicht verwinden.

Zu Sharons Überraschung hob Tony zärtlich ihr Kinn an. „Hey!“ In seiner Stimme lag ein sanfter Unterton. „Was beschäftigt dich denn so?“

Es war eine ganz normale Frage, aber Sharon konnte sie nicht beantworten, wenn sie sich nicht völlig lächerlich machen wollte. Wenn es etwas gab, womit sie sich jetzt überhaupt nicht auseinandersetzen mochte, dann war es die höfliche Missbilligung, die Maria Morelli ihr entgegenbrachte. Sharon musste sich erst umdrehen und ihre Gedanken ordnen, bevor sie Tonys Blick wieder standhalten konnte.

„Ich würde es sehr schätzen, wenn du Brian abholen und nach Hause zurückbringen würdest, sobald du mit deiner Arbeit fertig bist“, sagte sie mit dünner Stimme.

Tony zögerte. Er hatte nie verstanden, warum Sharon seine Mutter nicht mochte und nicht mehr Zeit als nötig mit ihr verbringen wollte.

„Also gut“, stimmte er schließlich zu.

Als Sharon sich wieder umdrehte, war er bereits verschwunden. Augenblicklich vermisste sie ihn.

Sharon war froh, dass sie vier Stunden später das Geschäft schließen konnte. Draußen schlug sie das Verdeck ihres Kabrioletts zurück und zwängte sich aus der engen Parklücke. Dies waren die letzten schönen Sommertage, und es wurde allmählich Zeit, mit den Kindern den alljährlichen Einkauf der Schuluniformen zu machen.

Sie fuhr vorbei an hübschen, gepflegten Häusern, idyllisch gelegenen Restaurants und einer Drogerie, die gleichzeitig als Postamt diente. Port Webster lag am Puget Sound in Washington. Es war eine malerische kleine Stadt, die sich aber langsam vergrößerte.

Sharon befand sich auf dem Weg zu dem Haus, das Tony und sie damals gebaut hatten, um für immer darin gemeinsam zu leben. Vor ihr lag der Hafen mit seinen vielen Booten. Die bunten Segel bildeten einen reizvollen Kontrast zum blauen Wasser, aber Sharon achtete gar nicht darauf.

Sie dachte über die Verrücktheit ihrer Situation nach. Dieses ständige Hin- und Herpendeln zwischen ihrer Wohnung und dem Haus war alles andere als angenehm. Der Scheidungsrichter hatte diese Lösung vorgeschlagen, um die Kinder nicht aus ihrer gewohnten Umgebung zu reißen. Deshalb lebte sie einen Monat lang drei Tage die Woche im Haus, den nächsten Monat vier Tage je Woche. Die restliche Zeit verbrachte Tony mit den Kindern.

Sharon fühlte sich dadurch oft zerrissen und heimatlos. Sie glaubte, dass es den anderen ebenso ging, sie es aber nicht zugaben. Es war nicht einfach, sich zu merken, wer wann wo lebte, aber sie musste lernen, damit umzugehen. Schließlich war es für sie die einzige Möglichkeit, beide Kinder zu sehen. Würde sie es auf eine gerichtliche Entscheidung ankommen lassen, hätte sie auf Brian keinerlei Ansprüche, und Tony könnte ihr ganz einfach verbieten, die Kleine zu sehen. Das aber würde ihr das Herz brechen.

Zwar hatte Tony etwas Derartiges nie angedeutet, aber man konnte nie wissen.

Das Haus stand am Ende einer langen Straße und war umgeben von hoch aufragenden Kiefern. Marc trainierte in der Auffahrt mit seinem Skateboard. Er war jetzt sieben Jahre alt und das genaue Abbild seines Vaters.

Als er Sharon bemerkte, erhellte sich seine Miene. Gekonnt sprang er vom Skateboard und klemmte es sich unter den Arm.

„Ich denke, du hast Hausarrest?", fragte Sharon, nachdem Marc sie stürmisch begrüßt hatte.

Das Lachen verschwand, und er sah plötzlich sehr bedrückt aus.

„Ja, aber das war ungerecht von Daddy", behauptete er ein bisschen trotzig.

Sie strich ihm zärtlich durchs dunkle Haar, während sie gemeinsam die breiten Steinstufen hinaufgingen, die zur Rundbogenhaustür führten.

„Das lass mich mal entscheiden", sagte Sharon in gespielter Ernsthaftigkeit und öffnete die Tür. „Also los, was hast du angestellt?"

Sie betraten die Vorhalle, und Sharon legte ihre Handtasche auf den schimmernden antiken Holztisch, den Tonys italienische Vorfahren nach Amerika gebracht hatten. Die Reisetasche konnte sie später noch aus dem Auto holen.

„Nun?", ermunterte sie Marc, der mit der Antwort zögerte.

„Ich habe Brianas Goldfische in den Swimmingpool gesetzt", gestand er kleinlaut. „Aber ich konnte doch nicht wissen, dass das Chlorwasser ihnen schadet."

„Dein Vater hatte ganz recht, dich zu bestrafen." Sie zog einen Mundwinkel hoch und versuchte, wie ein alter Gangsterboss zu klingen. „Du kennst die Gesetze, Junge. Lass die Finger von anderer Leute Sachen."

Marc hatte keine Chance, darauf zu antworten, da Mrs Harry, die Haushälterin, das Staubsaugen unterbrach und Sharon strahlend begrüßte.

„Willkommen daheim, Mrs Morelli."

Bei diesen Worten krampfte sich Sharons Herz zusammen, aber sie erwiderte die freundliche Begrüßung, bevor sie sich entschuldigte und nach oben ging.

Das Schlafzimmer zu betreten, in dem sie so viele schöne Nächte mit Tony verbracht hatte, fiel Sharon immer noch ziemlich schwer.

Eine Weile verharrte sie still mitten im Raum; ihr Blick glitt über die Einrichtung, blieb auf dem breiten Bett haften. *Oh Tony … warum? Warum musste alles so kommen?*

Schließlich gab Sharon sich einen Ruck, zog ihre Bundfaltenhose und die Seidenbluse aus; dann schlüpfte sie in bequeme Jeans und ein T-Shirt. Danach betrachtete sie sich im Spiegel. Ihren goldbraunen Haaren, der schlanken Figur und den braunen Augen widmete sie nur wenig Aufmerksamkeit. Dafür umso mehr der Tatsache, dass sie nur eins zweiundfünfzig groß war und die Oberschenkel eine Spur zu dick wurden.

Mit einem Seufzer kniete Sharon sich vor den geöffneten Schrank, um ihre Lieblingsschuhe zu suchen. Als sie ein leises Lachen hörte, zuckte sie zusammen und fuhr herum. Tony stand strahlend in der Tür.

„Es muss dir einen unheimlichen Spaß machen, mich laufend zu erschrecken, Mr Morelli!“

Ihr Exehemann setzte sich auf die Bettkante, sah Sharon mit Unschuldsmiene an und legte die Hand aufs Herz.

„Ich war so stolz darauf, dich nicht gekniffen zu haben, obwohl mein italienisches Blut danach verlangte. Und jetzt verletzt du mich, indem du mir so etwas vorwirfst“, sagte er dramatisch.

Sharon nahm die Suche nach ihren Schuhen wieder auf. Als sie sie endlich gefunden hatte, setzte sie sich aufs Bett und zog sie an.

„Wo sind die Kinder?“, fragte sie, um das Thema zu wechseln, das ihr nicht behagte.

„Warum willst du das wissen?“, fragte Tony mit einem verschmitzten Lächeln zurück.

Er hatte geduscht und die Arbeitskleidung gegen Shorts und Pullover eingetauscht. Er sah so unwahrscheinlich gut aus, dass erneut alte Erinnerungen in Sharon aufstiegen und sie seinem Blick ausweichen musste.

Tony lachte, und sie unterdrückte einen Seufzer. Er hatte also mal wieder ihre Gedanken gelesen, so wie schon in den guten Tagen ihrer Ehe.

Sharon stand auf und ging zum Frisiertisch, um sich zu kämmen. Ihr wurde bei dem Gedanken, wie oft Tony und sie sich in diesem Zimmer geliebt hatten, ganz heiß. Tonys Liebkosungen, seine Zärtlichkeiten …

Plötzlich stand er hinter ihr, berührte sanft ihre Schultern, drehte Sharon um und zog sie an sich. Bei seinem Kuss durchlief sie ein vertrauter Schauer. Tony drückte sie noch fester an sich. Es wäre so einfach, jetzt die Tür abzuschließen und sich ihm hinzugeben. Seine Verführungskünste hatten immer noch den gleichen Erfolg wie damals.

Sharon kämpfte mit sich und ihrem Verlangen nach ihm, dann entzog sie sich der Umarmung. Nein, das durfte nicht passieren. Sie war von Tony geschieden, und wenn sie jetzt mit ihm ins Bett gehen würde, könnte sie niemals so weiterleben wie bisher.

„Es geht nicht, Tony." Die Worte sollten leichtherzig klingen, aber man hörte deutlich das Bedauern heraus.

Er stand immer noch ganz dicht bei ihr, zu dicht. Sie war sich jedes einzelnen Muskels seines Körpers bewusst.

„Warum nicht, Darling?", fragte Tony mit leiser, fast hypnotisierender Stimme und legte die Hände behutsam auf Sharons nackte Oberarme.

Diese Frage konnte und wollte sie nicht beantworten. Zu ihrer Erleichterung musste sie das auch nicht, denn genau in diesem Moment kam Brian herein.

Brian war schon jetzt eine Schönheit, obwohl sie erst zwölf Jahre alt war. Das kräftige rotbraune Haar fiel ihr bis über die Schultern, und ihre braunen Augen leuchteten. Nur der bockige Gesichtsausdruck und die silbernen Drähte der Zahnspange verhinderten, dass sie aussah wie das Bildnis eines Engels aus der Renaissance.

Sharon liebte dieses Kind, als wäre es ihr eigenes.

„Hallo, Sweetie", begrüßte sie Brian, erfreut darüber, endlich Tonys Nähe entkommen zu können. Liebevoll strich sie dem Mädchen übers Haar. „Wie fühlst du dich?"

„Lausig. Jeder einzelne Zahn tut mir scheußlich weh, und Daddy hat dir bestimmt erzählt, was Marc mit meinen armen Fischen gemacht hat." Bevor Sharon etwas zu sagen vermochte, fuhr Brian anklagend fort: „Du hättest es sehen sollen, Mom. Das war Mord, glatter Massenmord."

Sharon nahm Brian in den Arm.

„Wir kaufen dir neue Fische", versprach sie.

„Marc kauft ihr neue Fische", korrigierte Tony. Es lag ein ungeduldiger Zug um seinen Mund, als er an den beiden vorbei aus dem Zimmer ging. „Wir sehen uns dann zur nächsten Wachablösung!", rief er grantig zurück.

Sharon schaute ihm traurig nach. Jedes Mal, wenn er sie verließ, fühlte sie eine eigenartige Leere. Nimm dich zusammen! befahl sie sich, unterdrückte dieses Gefühl und wandte sich ihrer Aufgabe als Mutter zu.

„Hat jemand Hunger?", fragte Sharon wenig später in der geräumigen Küche. Normalerweise war dies Tonys Reich, aber in den nächsten drei Tagen – oder waren es vier? – musste sie sich um das Essen der Kinder kümmern.

„Gehen wir doch 'ne Pizza essen", schlug Marc enthusiastisch vor. Er stand an der Feuerstelle des doppelten Kamins, der sowohl die Küche als auch das Wohnzimmer beheizte. Sharon nahm an, dass Marc nach wie vor die Öffnung benutzte, um schneller von einem Raum zum anderen zu kommen. Obwohl sie es ihm mehrmals verboten hatte, tat er es immer wieder.

„Was für ein gemeiner Vorschlag!", jammerte Brian und sah Sharon flehend an. „Mom, ich leide."

Marc wollte gerade protestieren, als Sharon die Hände hob, um für Ruhe zu sorgen.

„Es reicht, ihr beiden. Wir gehen heute nicht weg, sondern essen hier."

Damit ging sie zum Vorratsschrank und schaute hinein. Einige Fertiggerichte – Spaghetti, Ravioli und Lasagne – standen zur Auswahl.

„Grandma würde einen Herzanfall bekommen, wenn sie wüsste, dass du uns mit diesem Zeug fütterst“, bemerkte Brian, während sie die Teller aus dem Schrank holte.

„Was sie nicht weiß, macht sie nicht heiß“, antwortete Sharon gereizt, nahm das Silberbesteck und deckte den Tisch.

Im Kühlschrank entdeckte sie verschiedene Gemüse, Tomaten und Gurken und machte sich daran, Salat zuzubereiten. Dabei beruhigte sie sich wieder.

Nach dem Essen räumten Sharon und Brian das Geschirr in die moderne Spülmaschine und ließen alle Spuren von Fertiggerichten im Müllschlucker verschwinden. Danach sprach Sharon mit den Kindern über die Schule.

Der Sommer war fast vorbei, und der erste Schultag rückte immer näher. Marc würde dann die zweite Klasse und Brian die siebente besuchen.

„Wollen wir morgen die Schulsachen einkaufen gehen?“, fragte Sharon. Helen, die einzige Angestellte, die sie sich im „Traumland“ leisten konnte, würde allein im Laden zurechtkommen.

„Das haben wir schon mit Grandma gemacht“, erwiderte Marc und handelte sich damit einen bösen Blick ein. Offensichtlich hatte er ein Geheimnis verraten.

Sharon war verletzt. Seit Wochen freute sie sich auf diesen Ausflug. Es war jedes Jahr das gleiche Ritual: Sie fuhren zu einer der großen Fußgängerzonen von Seattle, aßen nach dem Einkauf in einem Restaurant, und abends gingen sie ins Kino.

Sharon setzte sich an den Tisch, der in der Mitte der Küche stand, und fragte scharf: „Wann war das?“

Marc sah sie verwundert an. Seit der Scheidung tat er das öfter, weil er vieles nicht mehr verstand.

„Letztes Wochenende“, antwortete Briana. Ihre Miene drückte Bedauern aus, passte eher zu einer Erwachsenen als zu einem zwölfjährigen Mädchen. „Grandma meinte, dass du zurzeit stark beansprucht bist.“

„Stark beansprucht?“, wiederholte Sharon und erhob sich langsam von der Küchenbank.

„Mit dem Laden und so weiter", erklärte Briana.

„Die Steuer müsstest du auch bezahlen", sagte Marc.

„Und die Rechnungen der Sachen, die du auf Kredit gekauft hast", fügte Brian hinzu.

Sharon sank zurück auf die Bank.

„Ich brauche euch beide nicht, um zu wissen, was ich in den letzten zwei Monaten gemacht habe." Sie wusste, dass sie überreagierte, aber die Enttäuschung und der Zorn waren so groß, dass sie am liebsten losgeheult hätte.

Später saßen die Kinder vorm Fernseher, und Sharon ging nach kurzer Überlegung hinüber zum Wandtelefon und wählte Tonys Nummer. Nach dem dritten Klingeln nahm er ab.

Das ließ Sharons Wut ein wenig verfliegen. Wenigstens hatte er keine Verabredung, sondern war zu Hause.

„Hier ist Sharon. Bevor du in Panik gerätst, will ich dir gleich sagen, dass dies kein Notruf ist."

„Gut, und weshalb rufst du dann an?" Tony klang beschäftigt.

Sharon hörte im Hintergrund etwas brutzeln. Sie sah ihn so lebhaft vor sich, wie er kochte, als würde sie neben ihm in seiner kleinen, praktisch eingerichteten Küche stehen. Zumindest dachte Sharon, dass die Küche seiner Eigentumswohnung klein und praktisch war, denn gesehen hatte sie sie noch nie.

Sharon biss sich auf die Unterlippe, um die Tränen zu verdrängen, und konnte einen Moment lang nicht sprechen. Schließlich jedoch begann sie: „Du findest es vielleicht albern, aber das ist mir egal. Tony, ich wollte selber mit den Kindern die Einkäufe für die Schule machen. So, wie ich es immer getan habe. Es wäre wichtig für mich gewesen."

Nach einer kurzen Pause erwiderte Tony gelassen: „Mama wollte dir nur einen Gefallen tun."

Die liebe Mama mit ihrem Wald von Fotografien auf dem Fernseher. Fotos von Tony und Carmen natürlich! Sharon hangelte geschickt mit dem Fuß nach einem Stuhl und setzte sich.

„Tony, ich bin doch nicht unfähig!" Sie fuhr sich mit der Hand durchs Haar.

„Das hat auch niemand behauptet", erwiderte er schnell.

Eigentlich lag weder in seinen Worten noch in seinem Tonfall irgendetwas, das Sharon zusätzlich hätte verärgern können. Dennoch schwelte die Wut in ihr nun so sehr, dass sie sich wie gelähmt fühlte.

„Warum sprichst du denn nicht weiter, Sharon?" Tony klang jetzt ziemlich besorgt.

Sie musste jetzt etwas sagen, sonst würde er vielleicht herkommen und nach ihr sehen. Das aber hätte sie im Moment nicht verkraften können.

„Vielleicht mache ich nicht alles perfekt, doch für Marc und Brian kann ich in jedem Falle sorgen", erklärte sie. „Niemand darf einfach meine Rolle übernehmen, als wäre ich völlig unfähig. Und deine liebe Mutter schon gar nicht!" – Tony atmete tief durch. „Sharon …"

„Verdammt noch mal, Tony, tu nicht so erhaben!"

Wären die Kinder nicht im Nebenraum gewesen, hätte sie laut losgeschrien. Tony zeigte eine Engelsgeduld, aber Sharon glaubte zu wissen, dass er nur verständnisvoll tat, damit sie sich lächerlich vorkam.

„Sweetheart, hörst du mir jetzt bitte mal in Ruhe zu?", sagte er sanft.

Sharon wischte sich die Tränen weg. Erst jetzt bemerkte sie, dass sie geweint hatte.

„Nenn mich nicht so. Schließlich sind wir geschieden", protestierte sie.

„Wenn du nicht die sturste Frau bist, die ich jemals …"

Sie legte einfach den Hörer auf und war nicht im Geringsten überrascht, als das Telefon gleich darauf klingelte. Langsam nahm sie den Hörer wieder ab.

„Tu das nicht noch mal!", schrie Tony.

Sharon lächelte. Er war eben doch nicht vollkommen.

„Tut mir leid", log sie mit zuckersüßer Stimme.

Kurz nachdem das Gespräch beendet war, entschloss sich Sharon, mit den Kindern am nächsten Morgen ins Inselhaus zu fahren. Sie rief ihre Angestellte Helen an und unterrichtete sie von den neuen Plänen. Anschließend erfuhren es die Kinder.

Die beiden liebten das Holzhaus und freuten sich so sehr darauf, dass sie sogar ohne den sonst üblichen Streit ins Bett gingen.

Sharon las noch, bis sie müde wurde. Dann ging sie ins Badezimmer und duschte. Als sie, in ein Handtuch gehüllt, das Schlafzimmer betrat, erinnerte sie sich unwillkürlich an den Kuss, den Tony und sie ausgetauscht hatten. Sie fühlte wieder Sehnsucht und Verlangen in sich aufsteigen und wusste, sie würde heute Nacht nicht hier schlafen können.

Rasch zog sie einen blauen Seidenpyjama an, klemmte sich Decke und Kopfkissen unter den Arm und marschierte niedergeschlagen hinunter ins Parterre. Es war nicht die erste Nacht, in der sie aus dem Schlafzimmer flüchtete, weil zu viele Erinnerungen damit verbunden waren. Und bestimmt würden noch weitere Nächte hinzukommen.

Im Arbeitszimmer machte Sharon sich die Schlafcouch zurecht, schlüpfte unter die Decke, nahm die Fernbedienung und schaltete den Fernseher ein.

Es lief ein alter Film mit Joseph Cotten und Ginger Rogers. Die beiden schauten sich beim Tanz tief in die Augen.

„Was Fred Astaire wohl dazu sagen würde?“, dachte Sharon laut und zog die Decke höher.

Nach Liebesfilmen war Sharon im Moment überhaupt nicht zumute. Deshalb schaltete sie auf einen Einkaufskanal und schaute ohne Interesse einer schönen Frau im Safarianzug zu, die ein komplettes Essbesteck zum Sonderpreis anbot.

Schließlich machte Sharon den Fernseher aus, löschte das Licht und kuschelte sich in die Kissen. Sie wälzte sich von einer Seite zur anderen, ohne Schlaf zu finden.

Als sie tief einatmete, wurde ihr klar, warum. In der Bettwäsche haftete der Duft von Tonys Rasierwasser.

Dieser Mann scheint wirklich immer gegenwärtig zu sein, dachte sie und seufzte abgrundtief.

2. KAPITEL

Am nächsten Morgen fühlte Sharon sich wie gerädert und hatte schlechte Laune. Sie vergewisserte sich, dass die Kinder die richtigen Sachen für die Fahrt auf die Insel eingepackt hatten, dann ging sie in die Küche, um die Cornflakes anzurichten.

Plötzlich klopfte es an der Hintertür, und gleich darauf stand Tony im Türrahmen.

„Komm nur rein", sagte Sharon nicht gerade freundlich.

„Ich war gerade in der Nähe", fing er an, als ihm auch schon Marc und Brian um den Hals fielen.

„Wir fahren auf die Insel!", jubelte Marc.

Und Brian fügte strahlend hinzu: „Für ganze drei Tage!"

Tony sah Sharon an.

„Großartig", sagte er, aber sein Lächeln war nicht echt.

Die Kinder rannten los und verstauten ihre Taschen im Kombi, der nur zum Einkaufen oder für längere Ausflüge mit den Kindern benutzt wurde. Sharon goss inzwischen Kaffee in Tonys Lieblingsbecher und reichte ihn hinüber.

„Ich wollte es dir noch sagen", bemerkte sie.

„Wann denn? Nach eurer Rückkehr?" Tony drehte den Becher in den Händen.

Sharon hatte keine angenehme Nacht hinter sich, und nun schien auch der Morgen nicht gut zu werden. Ihre Augen waren geschwollen, das Haar hatte sie nur schnell zu einem Pferdeschwanz zusammengebunden, und zum Schminken war sie nicht gekommen. Sie trug die älteste Jeans, die sie besaß, und dazu ein T-Shirt, das nicht viel besser aussah.

Nach einem kräftigen Schluck Kaffee meinte sie: „Du machst aus einer Mücke einen Elefanten."

„Ich würde nur gerne informiert werden, wenn du mit den Kindern die Stadt verlässt."

„Also gut. Tony, ich verlasse mit den Kindern die Stadt."

In seinen Augen blitzte es zornig auf. „Vielen Dank." Dann ging er ins Arbeitszimmer.

Dieser Mann war ein echtes Genie darin, Sachen herauszufinden, die sie, Sharon, ihm lieber verheimlicht hätte!

Mit Akten unter dem Arm kehrte Tony gleich darauf zurück und fragte verblüfft: „Du hast unten geschlafen?"

Sharon ärgerte sich, dass sie das Bettzeug nicht vorher weggeräumt hatte.

„Ich habe mir einen Film mit Joseph Cotten und Ginger Rogers angesehen", erwiderte sie.

„Funktioniert denn der Fernseher in unserem Zimmer nicht mehr?"

Sie stemmte die Hände in die Hüften und stieß hervor: „Was ist das hier? Ein Verhör? Mir war eben danach, unten zu schlafen, klar?"

Tonys Lächeln war fast ein bisschen wehmütig, und für einen Moment sah es so aus, als wolle er ihr etwas sagen. Dann aber trank er nur den Kaffee aus, stellte den Becher in die Spüle und ging ohne ein weiteres Wort hinaus zu den Kindern.

Sharon lief nach oben und packte eilig ein paar Sachen zusammen. Dabei fiel ihr Blick auf ihr Spiegelbild, und es tat ihr leid, sich nicht geschminkt zu haben.

Als sie wieder nach unten kam, waren die Kinder mit dem Frühstück fertig, und Tony hatte das Haus verlassen. Sie empfand sowohl Erleichterung als auch Enttäuschung. Der Tag hatte schlecht angefangen, aber Sharon war fest entschlossen, wenigstens den restlichen zu retten.

Das Glück schien heute allerdings nicht auf ihrer Seite zu sein. Der Geldautomat hätte beinahe die Scheckkarte einbehalten, im Supermarkt mussten sie ewig lange an der Kasse warten, und auf dem Weg zur Fähre ging auch noch ein Autoreifen kaputt.

Erst am späten Nachmittag fuhr Sharon mit dem Kombi auf das Schiff, das zwischen Port Webster und Vashon Island verkehrte. Inzwischen bedeckten dunkle Regenwolken den Himmel.

Marc und Brian kauften am Imbissstand Zimtrollen und stiefelten aufs Oberdeck, um die Möwen zu füttern. Sharon beobachtete die beiden und lächelte vor sich hin. Was für wunderbare Kinder das doch waren!

Als Tony, damals noch ein aufgeregter junger Vater, Sharon heiratete, befand Brian sich im Babyalter. Sharon hatte Brianas Windeln gewechselt, war, als die Kleine eine Kolik bekam, nächtelang mit ihr den Flur auf und ab gegangen. Sie hatte verletzte Ellenbogen und Knie verarztet, Engelskostüme für die Aufführung der Weihnachtsgeschichte genäht und Brian nach ihrem Eintritt bei den Pfadfindern von Haus zu Haus begleitet, um selbst gebackene Kekse zu verkaufen.

Ja, ich glaube, ich bin eine gute Mutter, dachte Sharon.

Die Schiffsglocke erklang, und die kurze Überfahrt neigte sich dem Ende zu. Sharon fragte sich gespannt, welche Überraschungen wohl auf sie warteten.

Sie holte die Kinder, und gemeinsam gingen sie zum Unterdeck, wo das Auto stand. Genau in dem Moment, als sie über die Rampe das Schiff verließen, brach ein gewaltiges Gewitter los.

Sharon hielt die Tüte mit den Lebensmitteln in der einen Hand, während sie mit der anderen versuchte, das feuchte Schloss des Holzhauses aufzubekommen.

„Mom, ich bin schon ganz nass“, jammerte Brian hinter ihr.

Sharon rüttelte wie wild an der Tür. Ein Blitz zuckte über den Himmel und schlug ins aufgewühlte Meer.

„Egal, was passiert, Drahtschnabel“, sagte Marc zu seiner Schwester und zeigte auf die dunklen Wolken über ihnen, „bloß nicht lächeln. Du bist ein menschlicher Blitzableiter.“

„Sei still, Marc“, erwiderten Sharon und Brian wie aus einem Mund. Endlich gab das Schloss nach, und sie konnten das Haus betreten. Sofort vernahm Sharon ein zischendes Geräusch, das sicherlich nichts Gutes bedeutete. Sie stellte die Lebensmittel ab und knipste das Licht im Vorraum an. Brian und Marc rannten los, um die Herkunft des Geräusches auszumachen.

„Um Himmels willen!“, schrie Brian auf, als sie die drei Stufen heruntergestürmt waren, die von der Küche zum Wohnbereich führten. „Der Teppich ist völlig durchnässt.“

Marc reagierte darauf mit einem Jubelschrei. Er sprang um den Tisch herum und freute sich über die patschenden Laute, die dadurch entstanden.

„Fasst keinen der Lichtschalter an“, warnte Sharon, stürzte an den beiden vorbei und folgte dem Lauf des Wassers bis ins Badezimmer.

Ein gebrochenes Rohr unter dem Abfluss war die Ursache des Übels. Sharon kniete nieder und drehte den Absperrhahn rasch zu, um das Wasser zu stoppen.

„Was mache ich jetzt?“, fragte sie sich leise und lehnte den Kopf an den Unterschrank des Waschbeckens. Ihre Schuhe und der untere Teil ihrer Jeans waren durchnässt.

Als Sharon sich gerade wieder aufrichtete, läutete das Telefon.

Gleich darauf schallte Marcs Stimme durch das Sommerhaus, das Tony und sie vor drei Jahren nach einem besonders guten Vertragsabschluss des Familienunternehmens gekauft hatten.

„Ja, wenn man von dem platten Reifen absieht, sind wir gut angekommen. Es ist wirklich ganz prima, Dad. Wahrscheinlich ist irgendwo ein Rohr gebrochen, denn es steht alles unter Wasser, und der Boden ist ganz matschig.“

Sharon holte tief Luft, ging ins Wohnzimmer und riss Marc den Hörer aus der Hand.

„‚Prima‘ ist wohl nicht der richtige Ausdruck“, sagte sie sauer und warf Marc einen tadelnden Blick zu.

Tony stellte ein paar sachliche Fragen, und Sharon beantwortete sie.

Ja, sie hätte die undichte Stelle gefunden, ja, sie hätte den Hahn abgedreht, ja, es sei praktisch alles überschwemmt.

„Also, wen rufe ich jetzt an?“, wollte Sharon dann wissen.

„Niemanden“, kam die Antwort klipp und klar. „Ich komme mit der nächsten Fähre zu euch.“

Sharon brauchte etwas Abstand. Das war einer der Gründe, warum sie auf die Insel gefahren war.

„Ich glaube, das ist keine gute Idee“, begann sie, hörte aber nur noch ein Klicken. „Tony?“

Ein beständiger Summton war alles, was sie vernahm.

Hastig wählte sie seine Nummer. Nur der automatische Anrufbeantworter schaltete sich ein. In aller Deutlichkeit sprach Sharon aufs Band, was sie von Tonys Überheblichkeit hielt, und knallte den Hörer auf die Gabel.

Brian und Marc sahen sie mit großen Augen an. Haare und Kleider der beiden waren vom Regen völlig durchnässt, ihre Schuhe vom Wasserschaden. Mütterliche Schuldgefühle stiegen in Sharon auf. Sie fing an zu erklären, warum sie so böse auf Tony war, brach aber mittendrin ab und machte eine resignierende Geste.

„Was soll ich sagen? Zieht die nassen Sachen aus, und legt euch aufs Sofa."

Der Regen trommelte gegen die Scheiben, und es war kalt im Zimmer. Entschlossen ging Sharon zum Kamin, legte zerknülltes Zeitungspapier und Anmachholz hinein und zündete es mit einem Streichholz an. Ein Feuer flammte auf, als sie die Luftklappe öffnete. Sie nahm ein Holzscheit aus dem Kupferkessel, der neben dem Kamin stand, und warf es in die Flammen. Marc und Brian hatten es sich inzwischen auf der Couch bequem gemacht. „Kommt Daddy?", fragte Brian leise.

Sharon seufzte. Es überkam sie ein Gefühl der Unzulänglichkeit. Dann nickte sie. „Ja."

„Wieso bist du so sauer auf ihn?", erkundigte sich Marc. „Er will uns doch nur helfen, oder?"

Sharon tat, als hätte sie die Frage nicht gehört, und ging in die Küche, die ihr wie eine goldene Oase in der Dunkelheit vorkam. Am liebsten hätte sie sich hier verkrochen.

„Wer möchte heiße Schokolade?", rief sie so fröhlich wie möglich.

Marc und Brian sagten zwar, dass Kakao jetzt genau das Richtige wäre, aber ihre Stimmen klangen dabei etwas dünn.

Sharon setzte Milch auf und holte Kakao und Kaffee aus dem Schrank. Draußen heulte der Wind, und dicke Regentropfen prasselten aufs Dach und an die Fenster.

„Ab und zu finde ich so ein richtiges Gewitter sehr schön", bemerkte sie.

„Was passiert, wenn wir kein Holz mehr haben?", fragte Briana. „Wir werden erfrieren."

Marc lachte sie aus. „Kein Mensch erfriert mitten im August, du Superhirn."

„Du kommst dir wohl wie Superman vor, was?"

Sharon schloss die Augen und zählte bis zehn. „Hört auf, und vertragt euch, ja? Wir müssen alle aus dieser Situation das Beste machen."

In dem Moment, in dem die Worte heraus waren, verließ Sharon die Kraft.

Als sie sich damit abgefunden hatte, dass sie ihren eigenen Rat nicht befolgen konnte, brachte sie den Kindern lauwarmen Kakao und goss sich ebensolchen Kaffee ein. Sie warf noch ein Holzscheit ins Feuer, zog ihre nassen Schuhe und Strümpfe aus und kuschelte sich in einen Sessel.

„Ist das nicht gemütlich?", fragte sie.

Brian verdrehte die Augen.

„Ja, Mom. Ganz großartig."

„Unheimlich toll", stimmte Marc zu und schaute ins Feuer. „Wir könnten irgendetwas spielen", schlug Sharon vor. „Was denn?", fragte Brian verächtlich. Sie hielt sich die Hände vors Gesicht. „Blindekuh?"

Es war wirklich recht dunkel; inzwischen war der Strom ausgefallen. Sharon legte den Kopf zurück und schloss die Augen.

Einen Moment später kamen die Erinnerungen wieder.

Tony und sie hatten sich oft auf die Insel geflüchtet, nachdem sie das Haus gekauft hatten. Meist befanden sich nicht viel mehr als Wein und romantische Kassetten in ihrem Gepäck. Sie gingen stundenlang Hand in Hand den steinigen Strand entlang. Jeder hatte dem anderen so viel zu sagen, dass die Worte ohne Überlegung nur so heraussprudelten.

Und später, nach Sonnenuntergang, wenn das Feuer im Kamin brannte, hörten sie im Dunkeln Musik und liebten sich mit jener zärtlichen Leidenschaft, die nur denen eigen ist, die einander faszinieren.

Sharon öffnete die Augen und war froh, dass die Dunkelheit ihre Tränen verbarg.

Wann hat sich das geändert, Tony? dachte sie in stiller Verzweiflung. *Wann haben wir aufgehört, uns im Dunkeln auf dem Boden zu lieben, umgeben von süßer Musik?*

Es dauerte eine ganze Weile, bis Sharon sich wieder gefangen hatte. Sie richtete sich auf und sah zu Brian und Marc hinüber.

Die beiden waren, jeder an einem anderen Ende der großen Couch, eingeschlafen. Lächelnd ging Sharon auf Zehenspitzen über den nassen Teppich zur Treppe.

Das gewaltige Dachgeschoss war unterteilt in ein Badezimmer und drei Schlafzimmer. Sharon betrat das größte. Es hatte Fenster, die vom Boden bis zur Decke reichten und einen Ausblick auf den gesamten Sound boten.

Sie sah hinaus und konnte in der Ferne die Lichter einer ankommenden Fähre ausmachen. Vorhin noch hätte sie dieser Anblick sehr gestört, jetzt aber beflügelte er sie.

Sie vermied es, das große Messingbett anzusehen, das Tony und sie geteilt hatten. Die Erinnerungen, die am Wohnzimmer hingen, waren schon schlimm genug. Aus der Zederntruhe, die am Ende des Bettes stand, nahm sie zwei Wolldecken und ging wieder hinunter.

Nachdem Sharon die Kinder zugedeckt hatte, warf sie noch ein Holzscheit ins Feuer und setzte sich wieder in den Sessel. Sie stützte den Kopf in die Hände und starrte in die Flammen. Ihre Gedanken glitten erneut in die Vergangenheit zurück.

Probleme hatte es schon von Anfang an gegeben. Richtig zum Ausbruch kamen sie aber erst vor zwei Jahren, als Marc in den Kindergarten ging.

Sharon hatte sich gelangweilt und eine neue Aufgabe haben wollen. Sie hatte das „Traumland" eröffnet, und danach war es mit ihrer Ehe nur noch bergab gegangen, die Risse in ihrer Beziehung waren immer größer geworden. Sharon gähnte, lehnte sich zurück, und die Augen fielen ihr zu.

Irgendwann hörte Sharon ein klopfendes Geräusch, und durch ihre Lider drang helles Licht. Als sie die Augen öffnete, sah sie, wie Tony vor dem Kamin kniete und trockenes Holz ins Feuer warf. Tonys dunkles Haar war nass und kräuselte sich leicht im Nacken. Sharon überkam das Verlangen, ihn dort zu küssen.

Früher hätte sie das ohne zu überlegen getan. Früher …

„Hallo, schöner Mann", begrüßte sie ihn bewusst burschikos. Er sah über seine breite Schulter und schenkte Sharon dieses gewisse Lächeln, mit dem er schon vor zehn Jahren ihr Herz gewonnen hatte. Damals arbeitete Sharon in einer Buchhandlung. Tony war hereingekommen und hatte sie sofort zum Essen eingeladen.

„Hallo", erwiderte er.

„Bist du schon lange hier?"

Tony schüttelte den Kopf. Der Feuerschein legte einen purpurnen Schimmer auf sein schwarzes Haar. „Seit zehn Minuten vielleicht."

Sharon fragte sich, ob die Schatten in seinen braunen Augen wohl von Erinnerungen an frühere glücklichere Aufenthalte hier im Inselhaus hervorgerufen worden waren.

Sie hatte das Gefühl, sie müsse Konversation machen. Über reale Dinge, die nichts mit flackerndem Feuerschein, Gewitter, Musik oder Liebe zu tun hatten.

„Ist der Strom auf dem Festland auch ausgefallen?", fragte sie.

Wieder schüttelte Tony den Kopf. Sein Gesichtsausdruck war ernst, und wenn sie es auch nicht wusste, so fühlte Sharon doch, dass er ähnliche Gedanken hatte wie sie. Er streckte die Hand aus, und Sharon ergriff sie unwillkürlich.

„Ich habe Hunger", beschwerte sich ein verschlafener Marc.

Tony lachte, ließ Sharons Hand los, wandte sich seinem Sohn zu und strich ihm übers Haar. „Gibt es sonst noch Neuigkeiten?"

„Daddy, bist du das?" Die Erleichterung in Marcs Stimme war so offensichtlich, dass Sharon sich fragte, ob sie ihre Sache denn so schlecht gemacht hatte, dass nur noch Tony alles retten konnte.

Aber auch für sie klang sein Lachen warm und beruhigend.

„Höchstpersönlich. Du hattest recht, mein Sohn. Der Boden ist wirklich matschig."

Jetzt regte sich auch Briana. Sie gähnte, richtete sich auf und schlang mit einem Jubelschrei die Arme um Tonys Nacken.

„Fahren wir jetzt nach Hause?", fragte sie. „Jetzt gleich?"

Tony schob sie sanft zurück. „Wir können nicht gehen, bevor wir etwas gegen das Wasser unternommen haben. So lange müssen wir noch primitiv weiterhausen." Marc und Brian verzogen das Gesicht, und Tony lachte wieder. „Das bedeutet natürlich, dass wir im Sea-Gull-Café essen gehen werden."

„Haben die da in der ‚Seemöwe' Licht?", fragte Brian begeistert.

„Und 'ne Heizung?", fügte Marc hinzu. „Ich erfriere."

„Kein Mensch erfriert mitten im August, du Superhirn", erinnerte Brian ihn sofort.

„Ich sehe schon, hier ist so ziemlich alles beim Alten", meinte Tony ironisch und warf Sharon einen Blick zu.

Sharon nickte, stand auf und griff nach ihren Schuhen und den Strümpfen.

„Nur etwas Verzweiflung hat sich offensichtlich breitgemacht. Als Beweisstück A gebe ich diese beiden Kinder an, die soeben zugestimmt haben, das Sea-Gull-Café mit ihrer Anwesenheit zu beglücken."

„Dieser Laden hat seinen Namen nicht umsonst", erwiderte Brian weise, während sie in ihre Schuhe schlüpfte. „Bestellt bloß kein frittiertes Hühnchen oder Eier. Es gibt da in der Nähe so viele Möwen ..."

Tony schmunzelte, Sharon fühlte sich dabei innerlich leer und ausgebrannt. Sie sehnte sich nach den alten Zeiten zurück, aber aus zu vielen Gründen konnte es nie mehr so werden wie damals. Etwas anderes zu hoffen war Selbsttäuschung.

Es regnete noch immer in Strömen, als die vier zu Tonys Auto liefen. Auf dem Rücksitz lagen Kartons voller Arbeitspläne. Für die Kinder war das ein gewohnter Anblick, kannten sie doch die Arbeitswut ihres Vaters. Deshalb stießen sie die Kartons einfach nur zur Seite.

Sharon hingegen merkte, wie der alte Zorn in ihr aufstieg. Sie vermied es, Tony anzublicken, während sie einstieg und sich anschnallte. Sie fühlte sich jämmerlich und dachte, sie würde ebenso aussehen. Umso überraschter war sie, als Tony sanft mit der Hand über ihre Wange strich.

„Lächle", bat er.

Sharon versuchte es, aber es wollte ihr nicht gelingen.

Deshalb antwortete sie scherzhaft: „Wie soll ich lächeln können, wenn mich ein Essen nach Südstaatenart im Sea-Gull-Café erwartet?"

Tony vermochte darüber nicht zu lachen. Er zog nur ganz schnell die Hand zurück und legte etwas zu heftig den Rückwärtsgang ein.

Das Restaurant, von dem aus man die stürmische See überblicken konnte, war erfüllt von Licht, Wärme und fröhlichem Gelächter. Fast die ganze Inselbevölkerung hatte sich eingefunden. Die Leute redeten über das heftige Gewitter und verglichen es mit den Stürmen, die Jahre zuvor geherrscht hatten. Die Musikbox spielte unaufhörlich.

Nach einer erfreulich kurzen Wartezeit bekamen die Morellis einen Tisch zugewiesen.

Jeder könnte denken, dass wir immer noch eine Familie sind, ging es Sharon durch den Kopf. Dann sah sie ihre Lieben einen nach dem anderen an. Zum Schluss erblickte sie im Fenster ihr eigenes Spiegelbild. Die Haare hingen strähnig herunter, und von Make-up war auch keine Spur mehr zu sehen. Sie seufzte.

Tony hatte sie beobachtet. In seinen Augen lag ein traurig verträumter Ausdruck.

„Du siehst wunderschön aus", sagte er leise.

Marc stöhnte auf. Solch sentimentale Ausbrüche in der Öffentlichkeit fand er peinlich.

„Bussi, Bussi", stichelte Brian nun, um nicht zurückzustehen.

„Was haltet ihr beiden von einem Schweizer Internat?", fragte Tony, ohne eine Miene zu verziehen. „Ich denke da an einen

Ort hoch oben in den Alpen, wo jedes Kind von fünf Nonnen umsorgt wird."

Brian und Marc kicherten, und Sharon verspürte einen Stich im Herzen, weil Tony so locker mit den Kindern umgehen konnte. Welch guter Vater er war! Sie war müde, hungrig und mehr als verwundbar. Schnell rief sie sich die Kartons mit den Bauplänen ins Gedächtnis zurück, um wieder einen Grund zu haben, böse auf Tony zu sein.

Dieser Mann tat keinen Schritt, ohne irgendwelche Unterlagen der Morelli-Baufirma bei sich zu haben. Und gerade er konnte nicht verstehen, warum das „Traumland" ihr so viel bedeutete!

Immer tiefer steigerte Sharon sich in ihren Groll hinein, und als die Cheeseburger, Pommes frites und Milchshakes kamen, war sie mehr als sauer. Tony sah sie forschend an, sagte aber nichts.

Der Strom war wieder da, als die vier Morellis ins Haus zurückkamen. Sharon brachte die Kinder nach oben ins Bett, und Tony holte ein paar Werkzeuge, einen Wassersauger und Ventilatoren aus dem Auto.

Während Sharon dann mit dem Gerät literweise das Wasser aus dem Teppich saugte, reparierte Tony das gebrochene Rohr im Badezimmer. Anschließend nahm er teilweise den Teppich hoch und platzierte die Ventilatoren, damit der Boden trocknen konnte.

Sharon hatte frischen Kaffee gebrüht und goss Tony einen Becher voll ein. Sie war entschlossen, sich nicht mehr so wie im Restaurant zu benehmen, sondern wie eine moderne aufgeschlossene Exehefrau. Was immer das auch sein mochte.

„Ich weiß zu schätzen, was du hier alles getan hast", sagte sie mit einem steifen Lächeln und reichte ihm den Kaffee hinüber.

Tony, der inzwischen am Esstisch saß und ausgerollte Entwürfe vor sich hatte, sah sie ironisch an.

„Das tust du nicht", meinte er. Dann nahm er ihr den Kaffee aus der Hand und brummte: „Danke."

Sharon zog einen Stuhl heran und setzte sich ebenfalls.

„Einen Moment mal", sagt sie rasch, bevor Tony sich wieder seinen Entwürfen widmen konnte. „Jetzt hör mir bitte verdammt noch mal eine Sekunde lang zu!"

„Ich warte. Was willst du mir mitteilen?"

„Ich finde es wirklich gut, dass du hergekommen bist."

Tony sah sie nur an. In seinen Augen spiegelten sich Ungläubigkeit und Ärger.

Sharon atmete tief durch.

„Also gut, du hast die Nachricht gehört, die ich dir auf den Anrufbeantworter gesprochen habe, stimmt's?", mutmaßte sie und konnte ein leichtes Zittern in ihrer Stimme nicht vermeiden.

„Sehr richtig", antwortete er, und die Worte kamen wie ein Donnerschlag.

„Ich habe es nicht so gemeint, als ich sagte, du seist ein übereifriger, anmaßender …" Ihre Stimme versagte. „… chauvinistischer Kerl", ergänzte Tony. Sharon biss sich auf die Unterlippe.

„Vielleicht hätte ich es auch etwas anders ausdrücken können", gab sie dann zu. „Aber ich war so wütend, weil ich nie wissen werde, ob ich mit einer Krise allein fertigwerde, wenn du schon bei der kleinsten Kleinigkeit als Retter daherkommst."

„Warum hast du so schreckliche Angst davor, mich zu brauchen?" Tony war jetzt richtig böse.

Sharon stand auf, ging in die Küche und holte sich auch einen Kaffee. Als sie zurückkam, war sie fest entschlossen, sich keinesfalls wieder aufzuregen. Sie wechselte das Thema. „Ich habe an die Zeiten gedacht, als deine Baufirma noch nicht so groß war und ich das ‚Traumland' noch nicht hatte."

Tony stöhnte auf. „Du weichst schon wieder mal aus, das weißt du sehr genau."

Sharon sah ins Feuer und dachte an die Nächte, die von Musik und Liebe erfüllt gewesen waren. Es gab ihr einen Stich ins Herz.

„Ich weiß nicht, was du meinst", antwortete sie.

„Du lügst", gab er mit schonungsloser Offenheit zurück und widmete sich wieder seiner Arbeit.

„Wo schläfst du heute Nacht?" Diese Frage sollte desinteressiert und unbekümmert klingen. So als hätte sie, Sharon, andere

Sachen zu tun, als sich mit Betten und Scheidungen auseinanderzusetzen.

Tony blickte nicht auf. Seine einzige Antwort war ein Achselzucken.

Sharon gähnte. „Ich glaube, ich gehe jetzt ins Bett. Gute Nacht."

„Gute Nacht", erwiderte Tony aus Höflichkeit, ohne den Blick von seinen Entwürfen für das nächste Bauprojekt zu wenden.

Bevor sie vom Tisch aufstand, verspürte Sharon ein kindliches Verlangen, ihren Kaffee über Tonys Pläne zu schütten.

Auf der Mitte der Treppe drehte Sharon sich um und sah, dass Tony sie beobachtete. Für einen Moment war sie wie erstarrt von den zärtlichen Gefühlen, die sie durchfluteten. Es ging aber sofort vorüber, als Tony den Kopf wieder über die Arbeit neigte.

Sharon ging ins Badezimmer, duschte kurz, putzte sich die Zähne und zog ein Baumwollnachthemd an. Wenig später schlüpfte sie in das breite Bett im großen Schlafzimmer. Sie starrte an die schrägen Wände, bemühte sich, die Tränen zu unterdrücken. Schließlich kroch sie noch tiefer unter die Decke und versuchte zu schlafen.

Aber unwillkürlich ließ sie die Geschehnisse des Abends noch einmal Revue passieren und fragte sich, warum sie mit Tony nicht mehr reden konnte. Jeder Versuch endete damit, dass sie ihn erst reizte und dann unsichtbare Türen zwischen ihnen zumachte oder einfach weglief.

Schmerzlich wurde Sharon seine Nähe bewusst. Nach all den Monaten der Trennung brauchte sie ihn noch immer. Sie legte eine Hand auf den Mund, um nicht seinen Namen auszusprechen.

Von unten hörte sie leise Klänge vertrauter Musik. Es hatte eine Zeit gegeben, in der diese süßen Klänge ihr Herz erhellt hatten.

Sie ließen sie in schwindelnden Höhen schweben, wenn sie in Tonys Armen lag und die Leidenschaft sie überwältigte.

Sharon zog sich die Decke übers Gesicht, und Ewigkeiten später schlief sie ein.

Als Sharon erwachte, war das Zimmer sonnendurchflutet, und es roch nach frischem Kaffee.

Sie streckte sich genüsslich und öffnete die Augen. Im selben Augenblick erblickte sie ein sonnengebräuntes Gesicht neben sich und fühlte ein muskulöses Bein an ihrem Oberschenkel.

„Ach du Schreck“, flüsterte sie. „Wir haben uns geliebt, und ich habe es verschlafen.“

Tony brach in schallendes Gelächter aus. „Leider nicht. Wir haben uns nicht geliebt.“

Sharon setzte sich auf und hielt sich die Decke vor die Brust, obwohl sie ein bis oben geschlossenes Nachthemd trug. Sie erinnerte sich noch, es angezogen zu haben. Als sie unter die Decke schaute, stellte sie fest, dass das Nachthemd noch in tadellosem Zustand war.

„Was bildest du dir eigentlich ein, Tony Morelli?“, rief sie wütend.

Tony rollte sich auf die Seite, ohne auch nur die Augen zu öffnen. Gleichzeitig zog er die Decke übers Gesicht und brummte irgendetwas Unverständliches.

„Ihr habt euch also wieder vertragen?“ Brian war im Türrahmen erschienen und strahlte. In der Hand hielt sie ein Tablett, auf dem zwei Tassen Kaffee standen.

„Nein, haben wir nicht“, antwortete Sharon.

„Nicht gerade eine diplomatische Antwort“, bemerkte Tony unter der Decke. „Jetzt wird sie bestimmt fragen …“

„Wieso liegt ihr dann zusammen im Bett?“, wollte Brian prompt wissen.

„Siehst du?“, brummelte Tony.

Sharon stieß ihm den Ellenbogen in die Seite und wurde puterrot.

„Ich weiß es nicht“, sagte sie aus ehrlicher Überzeugung. „Ich hab wirklich keine Ahnung.“

Brian stellte das Tablett mit den Tassen auf Sharons Nachttisch, wobei sie ein bisschen Kaffee verschüttete. Tränen standen plötzlich in ihren großen Augen.

„Da hast du es“, zischte Sharon, als ob Brian es nicht hören könne. „Erklär es ihr, aber sofort.“

Stöhnend kam Tony unter den Decken hervor und setzte sich auf.

„Es gibt nur ein Bett hier“, sagte er sachlich, fuhr sich mit der Hand durch das zerzauste Haar und gähnte. „Das Sofa ist zu kurz für mich, also bin ich zu deiner Mom gegangen.“

„Ach so“, murmelte Brian unwirsch und ging aus dem Zimmer.

„Sie hat es nicht verstanden“, klagte Sharon.

Tony fasste vor ihr her und nahm sich eine Tasse Kaffee.

„Kinder müssen nicht immer alles verstehen“, erwiderte er.

Hätte er nicht die heiße dampfende Tasse in der Hand gehabt, Sharon hätte ihn geschlagen. So aber nahm sie sich nur selber einen Kaffee.

Nach einer Weile stand Tony auf und ging ins angrenzende Badezimmer. Sharon sah erst gar nicht hin, ob er einen Pyjama trug oder nicht. Ein paar Minuten später kam er zurück, legte sich wieder zu ihr und schob ein Bein über ihres.

Sein Mund näherte sich ihrem. Tony roch nach Zahnpasta und war völlig unbekleidet.

„Tony, nicht …“

Der Kuss war warm, zärtlich und fordernd. Sharon erschauerte. Alle früheren Gefühle waren wieder erweckt. Trotzdem drückte sie Tony mit beiden Händen weg.

Tony verlagerte sein Gewicht, sodass er jetzt leicht auf ihr lag. Die intime Nähe war also immer noch gegeben, aber Sharon bemühte sich, das zu ignorieren.

„Nein“, sagt sie klar und deutlich.

Tony glitt etwas tiefer und küsste ihren Hals, den Nacken, den Ansatz der Schultern.

„Nein“, wiederholte Sharon nicht mehr so überzeugend.

Jetzt streichelte er durch den Stoff des Nachthemdes ihre Brüste.

Ihre Stimme war nur noch ein Flüstern. „Nein“, kam es zum dritten Mal.

Tony berührte ihren Mund und fuhr mit der Zunge über die Lippen. „Das meinst du nicht wirklich."

Sharon wollte gerade zugeben, dass er recht hatte, da klopfte es an der Tür.

„Das Frühstück ist fertig", rief Briana.

Als die Kinder, mit Tabletts beladen, das Schlafzimmer betraten, saß Tony bereits aufrecht im Bett.

3. KAPITEL

Der Teppich im Wohnzimmer war noch immer nicht trocken.

„Lass die Ventilatoren noch einen Tag lang laufen", sagte Tony. Er rollte die Baupläne zusammen und legte sie wieder in die Kartons.

Sharon war traurig, dass er ging, obwohl sie wusste, dass es das Beste war. Die Scheidung war endgültig, und sie mussten sich beide damit abfinden. Sie schaffte es zu lächeln.

„Ja, gut – und vielen Dank", erwiderte sie unbeholfen.

In Tonys Augen spiegelten sich gleichzeitig Frust und Verzweiflung. Er wollte etwas sagen, ließ es dann aber und blickte nur aus dem Fenster.

Sharon schaute ebenfalls hinaus.

Draußen jagten sich Marc und Brian gegenseitig über den Strand. Ihr Lachen klang herüber und erinnerte Sharon daran, dass es noch Menschen gab, die glücklich waren.

Sie blickte kurz zu Boden, schluckte schwer und fragte dann: „Tony, bist du glücklich?"

Die kräftigen Schultern unter dem blauen Leinenhemd hoben und senkten sich wieder.

„Bist du es denn?", gab er zurück, ohne sich umzudrehen.

„Das ist unfair. Ich habe dich zuerst gefragt."

Tony seufzte und wandte sich um. „Ich war es vielleicht einmal. Inzwischen bin ich mir nicht sicher, ob ich überhaupt weiß, was es heißt, glücklich zu sein."

Sharons Herz krampfte sich zusammen. Es tat ihr leid, die Frage gestellt zu haben. Gern hätte sie etwas Weises, Gutes oder Tröstliches erwidert, aber kein Wort kam über ihre Lippen.

Tony ging auf Sharon zu, legte sanft die Hand unter ihr Kinn und sah ihr in die Augen. „Was ist passiert, Sharon? Was, zum Teufel, ist passiert?" Sie schüttelte den Kopf.

Einen Moment lang schwiegen beide, dann atmete Tony tief durch.

„Leb wohl, Sharon."

„Auf Wiedersehen, Tony."

Er gab ihr einen Kuss auf die Stirn, belud sich mit den Kartons und verließ das Haus.

Durchs Fenster beobachtete Sharon, wie Tony sich von Marc und Brian verabschiedete, und kämpfte mit den aufkommenden Tränen. Tonys Worte hallten in ihrem Kopf und Herzen wider: Was, zum Teufel, ist passiert?

Als ob sie damit Körper und Seele zusammenhalten könnte, ging sie in die Küche und goss sich einen Kaffee ein. Dann hörte sie, dass Tony das Auto startete, und hielt sich mit aller Kraft am Küchentisch fest, um dem Drang zu widerstehen, hinauszurennen und Tony zu bitten, doch bei ihr und den Kindern zu bleiben. Erst nachdem er abgefahren war, konnte sie den Griff lösen.

„Geht's dir gut, Mom?"

Sharon erschrak, als sie Brianas Stimme hörte. Seit wann stand das Mädchen auf der Schwelle? Hatte es sie beobachtet? Keinesfalls wollte sie, dass Brian sich belastet fühlte.

„Ja, ich bin okay", antwortete Sharon mit einem aufgesetzten Lächeln und stellte wieder einmal fest, dass Brian von Tag zu Tag Carmen ähnlicher sah. Ob Tony es wohl auch bemerkt hatte? Sie wünschte, sie hätte den Mut, ihn zu fragen.

„Du siehst aber nicht gut aus", widersprach Brian, kam in die Küche und machte die Tür zu.

Sharon musste sich wegdrehen und gab vor, an der Spüle beschäftigt zu sein. Sie schüttete den Kaffee weg, den sie sich gerade eingegossen hatte, und spülte den Becher aus.

„Wo ist Marc?", erkundigte sie sich.

„Er dreht Steine um und sieht dann zu, wie die Sandkrabben auseinanderlaufen. Gehen wir heute fischen?"

Sharon hatte alles andere als Lust, mit baumelnden Beinen am Pier zu sitzen, Köder auszuwerfen und zappelnde Kabeljaus und kleine Hundshaie an Land zu ziehen. Viel lieber wollte sie ins Bett kriechen und sich ausheulen. Diesen Luxus aber konnte sie sich als Mutter nicht leisten.

„Aber natürlich“, antwortete sie deshalb. Sie hob das Kinn, straffte die Schultern und drehte sich lächelnd zu Brian um.

Erleichtert atmete das Mädchen auf.

„Ich befestige auch die Köder für dich“, bot es an.

Sharon lachte und umarmte Briana. „Du bist ein richtiger Glückstreffer, mein Schatz. Womit habe ich das eigentlich verdient?“

Vor Sharons geistigem Auge erschien Carmen mit ihrem Zahnpastalächeln, und es war, als würde sie die Frage beantworten: *Verdient? Ich bin gestorben. Dadurch bist du an den Glückstreffer gekommen. Wo wärst du heute, wenn dieser betrunkene Autofahrer nicht gewesen wäre?*

Sharon erschauerte, aber sie war entschlossen, ihre dunkle Stimmung abzuschütteln. In zwei Tagen musste sie Brian und Marc schon wieder an Tony abgeben und in ihr einsames Apartment zurückkehren. Sie konnte es sich nicht leisten, trüben Vorstellungen nachzuhängen und sich selbst leidzutun. Dafür war die Zeit, die ihr noch blieb, zu kostbar; sie würde viel zu schnell zerrinnen.

Sharon holte die Angelausrüstung, während Brian im Kühlschrank nach den Köderfischen suchte, die sie schon Wochen vorher in einem Anglerladen gekauft hatten.

Marc stieß draußen zu Sharon und seiner Schwester, und gemeinsam gingen sie zum Pier.

Brian stand zu ihrem Wort. Mit viel Geschick, das sie von Tony hatte, befestigte sie die Köder an den Haken.

In Wahrheit fand Sharon diese Arbeit gar nicht so ekelhaft, wie Brian dachte, aber sie wollte dem Kind die Freude, hilfsbereit zu sein, nicht nehmen.

„Danke, Brian“, sagte sie. „Ich bin froh, dass ich das nicht selber machen musste.“

„Frauen!“, bemerkte Marc mit seinen sieben Jahren Lebenserfahrung verächtlich.

Sharon musste sich ein Lächeln verkneifen, bevor sie mit gespielt ernster Miene sagte: „Soll ich meinen Standardvortrag über Chauvinismus halten?“

„Nein", antwortete er knapp. Das war die Antwort eines modernen aufgeschlossenen Kindes, das genau wusste, was „Chauvinismus" bedeutete.

Brian sah nachdenklich aus. „Urgroßmutter isst nach wie vor in der Küche. Wie ein Dienstmädchen."

Sharon suchte nach den richtigen Worten. Tonys Großmutter war in Italien aufgewachsen und sprach bis heute nicht sehr viel Englisch. Auch wenn sie an den alten Traditionen festhielt, hatte sie es neben vielen anderen Sachen geschafft, ihre sechs Kinder zu verantwortungsvollen Menschen zu erziehen. Diese Frau verdiente allen Respekt.

„Wusstest du, dass sie schon mit sechzehn Jahren nach Amerika kam? Sie konnte kein Wort Englisch, und die Heirat mit deinem Urgroßvater hatte ihre Familie vorher bestimmt. Ich halte sie für eine sehr tapfere Frau."

Brian dachte einen Moment nach.

„Glaubst du, meine Mutter war auch tapfer?", fragte sie dann.

Obwohl Fragen wie diese in regelmäßigen Abständen aufkamen, trafen sie Sharon jedes Mal wieder völlig unvorbereitet. Sie holte tief Luft und erwiderte: „Du weißt, dass ich sie nie kennengelernt habe, Sweetheart. Wäre es nicht besser, du fragst deinen Vater danach?"

„Glaubst du, er hat sie geliebt?"

Sharon zuckte nicht mit der Wimper. Sie konzentrierte sich darauf, die Angel gerade zu halten. „Ja, er hat sie geliebt. Sehr sogar."

„Carl hat mir erzählt, die beiden haben nur geheiratet, weil Mom mit mir schwanger war. Seine Mutter erinnert sich noch daran."

Carl war eines der vielen Mitglieder der großen Morelli-Familie. Irgendein Cousin zweiten oder dritten Grades und obendrein ein recht unangenehmer Zeitgenosse.

„Er weiß nicht alles", antwortete Sharon und fragte sich, warum diese Themen nie in Anwesenheit von Tony aufkamen. „Und seine Mutter auch nicht."

Sharon seufzte. Oh ja, Tony konnte viel besser mit solchen Dingen umgehen. Er war der geborene Diplomat. Carmen und er hätten bestimmt ein perfektes Paar abgegeben. Mindestens ein halbes Dutzend Kinder mehr würden dann jetzt dem Familienclan angehören, und keine Scheidung hätte die Aufnahme in den Familienstammbaum verhindert. Maria Morelli hatte ihn ihr einmal gezeigt. Er reichte bis weit in die Vergangenheit zurück.

Sharon war wieder deprimiert. Doch bevor Brian eine weitere beunruhigende Frage stellen konnte, begannen die Fische anzubeißen. Brian holte zwei ein, Marc ein paar mehr, und dann war es Zeit fürs Mittagessen.

Das Telefon klingelte, während Sharon Sandwiches machte und eine Dosensuppe erhitzte. „Es ist Grandma!", rief Marc.

„Sag ihr, dass dein Daddy nicht hier ist", entgegnete Sharon. „Sie möchte dich sprechen."

Sharon schob den Topf vom Herd, trocknete sich die Hände ab und ging zum Telefon. „Hallo", meldete sie sich.

„Hallo, Sharon", antwortete Maria Morelli und klang dabei recht umgänglich.

Trotzdem war Sharon befangen. „Was gibt's?"

„Nächste Woche ist Michaels Geburtstag." Maria sprach von ihrem jüngsten Sohn, an dem sowohl Tony als auch die Kinder sehr hingen.

Sharon hatte das Ereignis völlig vergessen. Dennoch erwiderte sie: „Ja, richtig."

„Wir veranstalten wie immer eine Party", fuhr Maria fort. „Natürlich hätten Vincent und ich gern die Kinder dabei."

Sharons Gesicht erstarrte zu einer Maske. Nach kurzer Überlegung kam sie zu dem Schluss, dass Marc und Brian sowieso mit Tony auf diesen Geburtstag gehen würden.

„Kein Problem", antwortete sie deshalb.

Es entstand eine kleine Pause, dann fragte Maria Morelli: „Wie geht es dir, meine Liebe? Vincent und ich haben gerade darüber gesprochen, dass wir dich gar nicht mehr zu Gesicht bekommen."

Sharon unterdrückte ein Seufzen. Vincent war ein sanfter, umgänglicher Mensch, und sie betrachtete ihn als Freund. Bei

Maria dagegen kam es immer nur darauf an, die richtigen Dinge zu tun und zu sagen. „Es – es geht mir gut, danke. Ich hatte viel im Laden zu tun. Wie geht's dir?"

Marias Stimme hatte plötzlich einen kühlen Unterton. „Sehr gut, wirklich. Dann werde ich dich nicht länger stören. Sharon, kann ich noch kurz mit Brian sprechen?"

„Selbstverständlich", sagte Sharon, glücklich, das Gespräch beenden zu können. Sie rief nach Brian, die hinterm Haus die Fische ausnahm und säuberte. „Deine Großmutter möchte mit dir sprechen, Briana."

Das Mädchen stürmte in die Küche, eilte zum Spülbecken, wusch sich die Hände, eilte zum Telefon und langte hastig nach dem Hörer. Die tiefe Zuneigung, die diese Familie miteinander verband, erstaunte Sharon jedes Mal. Es machte ihr aber auch immer wieder bewusst, dass sie nicht dazugehörte – eine Außenstehende war. Selbst während der glücklichen Zeit mit Tony hatte sie sich ständig wie ein Eindringling gefühlt.

„Hallo, Grandma!", rief Brian aufgedreht. „Zwei Fische habe ich gefangen, und der Fußboden war völlig durchnässt, und heute Morgen habe ich gedacht, dass Mom und Dad sich wieder vertragen hätten, weil sie zusammen im Bett lagen …"

Peinlich berührt drehte Sharon sich weg, um ihr rot angelaufenes Gesicht zu verbergen. Oh Brian, stöhnte sie innerlich auf, jedem Menschen hättest du das erzählen können, nur nicht deiner Großmutter!

„Genau", sagte Brian nun; sie war jetzt nicht mehr so aufgeregt. „Es gibt heute", sie verrenkte den Hals, um in den Kochtopf gucken zu können, „Hühnersuppe. Ja, aus der Büchse."

Sharon schüttelte den Kopf.

„Hör mal, Grandma, ich muss da unbedingt etwas wissen."

Eine schreckliche Ahnung überkam Sharon. Sie wirbelte herum, um Brian einen warnenden Blick zuzuwerfen, aber es war schon zu spät.

„War meine Mutter schwanger, als sie Daddy heiratete?"

„Um Himmels willen", stöhnte Sharon und fuhr sich mit den Händen durchs Haar. Brian lauschte aufmerksam.

„Gut, das werde ich“, sagte sie dann in ganz normalem Tonfall. „Ich hab dich auch lieb. Wiedersehen.“

Sharon forschte in dem jungen Gesicht Brianas nach irgendwelchen Anzeichen eines Schocks, aber sie fand keine.

Nachdem Brian die Fische ins Haus gebracht hatte – ohne natürlich vorher das Chaos auf der Veranda beseitigt zu haben –, erkundigte Sharon sich so beiläufig wie möglich: „Was hat Grandma gesagt?“

„Das Gleiche wie du. Ich muss wohl wirklich Daddy danach fragen.“

Sharons Gesicht verriet nichts, obwohl Tony ihr schon vor langer Zeit von der stürmischen Affäre und späteren Blitzhochzeit mit Carmen erzählt hatte. Für Sharon stand fest, dass die beiden eine große Leidenschaft verbunden hatte. Romantisch und wunderschön, allerdings mit tragischem Ausgang. Der richtige Stoff für einen Liebesroman, wären nicht wirklich Menschen und Gefühle darin verwickelt gewesen.

„Ich könnte Daddy anrufen“, sagte Briana.

Sharon schloss für einen Moment die Augen. „Brian, meinst du nicht, so etwas sollte man besser von Angesicht zu Angesicht besprechen?“

„Du weißt etwas!“, meinte das Mädchen.

„Wasch dir noch mal die Hände, bitte.“

„Dad hat's dir erzählt, stimmt's?“, bohrte Brian weiter und seifte sich gehorsam die Hände ein.

Sharon fühlte sich in die Enge getrieben, und für einen Augenblick war sie richtig wütend auf Brian, Carmen und Tony.

„Kannst du mir mal folgende Frage beantworten?“, verlangte sie etwas scharf. „Warum hast du dieses brennende Verlangen nach Wissen nicht schon vor ein paar Stunden gehabt, als Daddy noch hier war?“

Brian schwieg und starrte auf den Boden.

„Hab ich's mir doch gedacht. Hör zu, wenn es dir schwerfällt, mit Dad zu reden und du moralische Unterstützung brauchst, helfe ich dir. Einverstanden?“

Brian nickte.

Am Nachmittag zog wieder ein Gewitter auf, und heftiger Regen setzte ein. Bald darauf fiel der Strom aus. Solange es noch hell war, spielte Sharon mit den Kindern Parcheesie. Danach rösteten sie über dem Feuer im Kamin Würstchen. Obwohl Sharon sich redlich bemühte, war die Stimmung längst nicht so gut wie am Abend zuvor. Deshalb atmete Sharon fast erleichtert auf, als es Zeit wurde, schlafen zu gehen.

Richtig erleichtert fühlte sie sich allerdings nicht, denn im Schlafzimmer schien immer noch ein Hauch von Tonys Anwesenheit zu liegen. Als sich endlich der Schlaf einstellte, fing Sharon an zu träumen: Sie befand sich auf ihrer Hochzeit, trug das weiße Kleid, das sie von ihren gesamten Ersparnissen gekauft hatte, und schritt an Tonys Arm zum Traualtar.

„Wollen Sie diesen Mann zu Ihrem rechtmäßig angetrauten Ehemann nehmen?“, fragte der Pastor.

Bevor Sharon antworten konnte, erschien Carmen, ebenfalls im Hochzeitskleid, an Tonys anderer Seite.

„Ja, ich will“, antwortete Carmen, und Sharon entschwand wie ein Geist.

Beim Erwachen war ihr elend zumute. Sie umklammerte mit beiden Händen die Bettdecke und hatte Mühe, wieder in die Wirklichkeit zu kommen. Erschöpft sank sie zurück in die Kissen. Es gab keinen Strom, der Regen prasselte aufs Dach, und Sharon fühlte sich einsamer als je zuvor.

Der nächste Tag verlief besser. Der Sturm hatte aufgehört zu wüten, und der Strom funktionierte wieder. Sharon sorgte dafür, dass sie für die nächste Nacht ein Buch zur Hand hatte, sollten ihre Träume wiederkehren.

Aber in der folgenden Nacht träumte sie weder von Carmen noch von Tony. Verwirrt und ruhelos wachte Sharon auf. Es kam fast einer Erlösung gleich, das Holzhaus am Nachmittag abschließen und wegfahren zu können.

Das große Haus im Tudorstil wirkte verlassen, als Sharon und die Kinder dort ankamen. Mrs Harry war bereits nach Hause gegangen, und Tony schien ebenfalls abwesend zu sein.

Das kleine rote Licht am Anrufbeantworter blinkte in einem fort.

Sharon wollte es erst ignorieren, aber schließlich ließ sie das Band zurücklaufen und drückte auf die Starttaste. Tonys Stimme erklang.

„Hallo, Baby. Schön, dass du wieder zu Hause bist. Laut Mama muss ich mich mit Brian unterhalten. Nach dem Essen heute Abend kümmere ich mich darum. Mach dir also keine Sorgen."

Es trat eine kleine Pause ein, dann lief ein Anruf von Sharons Mutter ab.

„Sharon, hier ist Bea. Da ich dich in der anderen Wohnung nicht erreicht habe, versuch ich's jetzt hier. Ruf mich bitte so schnell wie möglich an. Tschüss."

Die anderen Nachrichten waren alle für Tony. Also spulte Sharon das Band wieder zurück und wählte die Nummer ihrer Mutter in Hayesville, einem sehr kleinen Ort am Peninsula.

Bea hob sofort ab, und Sharon setzte sich in Tonys Schreibtischstuhl. „Bea, ich bin's. Ist irgendetwas los?"

„Wo bist du?", fragte Bea sofort zurück.

„Im Haus."

„Komische Vereinbarung", murmelte Bea. Sie war weder mit Sharons Heirat noch mit dem Haus einverstanden gewesen. Und mit der Situation, die jetzt herrschte, schon gar nicht. „Rein, raus, vorwärts, rückwärts, ich weiß nicht, wie du das aushältst. Abgesehen davon, ist es für die Kinder bestimmt auch nicht gut."

„Bea!"

„Schon gut, schon gut. Ich wollte nur wissen, ob du dieses Wochenende kommst."

Sharon fuhr sich durchs Haar. Sie hasste es, der eigenen Mutter aus dem Weg zu gehen, aber in ihrem derzeitigen Zustand hätte sie ein Treffen mit Bea nicht ertragen.

„Ich kann mich nicht erinnern, gesagt zu haben, dass ich komme", antwortete Sharon vorsichtig.

Wie sich herausstellte, hatte Bea auch keine große Lust, Sharon zu treffen. „Nicht dass ich nicht möchte, dass du kommst, aber Samstag ist großer Bingotag, und einer der Gewinne ist ein Auto."

Sharon lächelte. „Ich verstehe. Ich habe sowieso Inventur im Laden. Ruf mich an, wenn du gewonnen hast, ja?“ Es entstand eine kleine Pause.

„Gut“, antwortete Bea, aber an ihrer Stimme war zu erkennen, dass ihre Gedanken schon wieder um ganz andere Dinge kreisten.

Bea war Kosmetikerin und besaß einen eigenen Salon. Ihre große Leidenschaft galt dem Bingospiel. Mutter wurde sie eigentlich eher zufällig. Diese Aufgabe hatte sie dann auch bis heute nicht in den Griff bekommen.

„Ein Teil der Mühle ist abgebrannt“, fügte Bea nun noch hinzu.

Sharons Vater war nie auf den Gedanken gekommen, Bea zu heiraten. Und selbst wenn er sie hätte heiraten wollen, hätte Bea wahrscheinlich abgelehnt. Er stammte aus der Harrison-Familie, der die Mühle gehörte. Daher vermutete Bea, dass es Sharon interessieren würde.

„Wie schade“, sagte Sharon. „Ist jemand verletzt worden?“

„Nein“, antwortete Bea schon wieder geistesabwesend. „Einen Fernseher mit eingebautem Videorekorder gibt’s auch zu gewinnen. Beim Bingo, meine ich.“

„Schön.“ Sharon verspürte einen zunehmenden Schmerz in der rechten Schläfe. „Wenn nichts weiter ist, mache ich jetzt lieber Schluss. Ich muss noch die Kinder versorgen, bevor ich in mein Apartment zurückkehre.“

Bea sagte erneut etwas Missbilligendes. Sharon verabschiedete sich hastig und legte auf. Als sie sich mit dem Stuhl umdrehte, sah sie, dass Tony am Türrahmen lehnte.

Sie atmete schwer und legte die Hand aufs Herz. „Ich wünschte wirklich, du würdest das unterlassen.“

„Was?“, fragte Tony unschuldig, aber in seinen Augen blitzte es belustigt. Er kam ins Zimmer und setzte sich auf die Schreibtischkante.

Selbst in seiner schmutzigen Arbeitskleidung fand Sharon ihn ungemein anziehend.

„Das war meine Mutter“, sagte sie, um sich von diesem Gedanken abzulenken.

Tony lächelte. Er beobachtete ihre Lippen, als fasziniere ihn jede ihrer Bewegungen. „Ich hoffe, du hast ihr allerbeste Grüße von mir bestellt."

„Das glaubst du wohl selber nicht", erwiderte Sharon schroff und rollte mit dem Stuhl ein paar Zentimeter nach hinten.

Tony beugte sich vor und ergriff ihre Arme.

„Ich habe dich vermisst", sagte er, und sein Mund war so dicht an ihrem, dass Sharon Tonys Atem spüren konnte.

„Die Kinder sind hier", murmelte sie.

Er küsste sie, und ein süßer Schauer durchlief sie. Mit dem Zeigefinger strich Tony über den Ausschnitt ihrer Bluse. „Hör auf damit", bat Sharon.

Er zog sie aus dem Stuhl, küsste sie erneut und umarmte sie dabei so fest, dass sie sich schmerzlich seiner Kraft und Männlichkeit bewusst wurde. Sie war ganz benommen, als der Kuss schließlich endete.

Noch eine Minute, und sie würde Tony bei der Hand nehmen und ins Schlafzimmer führen. Entschlossen machte Sharon sich aus seiner Umarmung frei.

„Warum, Tony? Warum ist es nach all den Monaten plötzlich so wichtig für dich geworden, mich zu verführen?"

Er verschränkte die Arme vor der Brust.

„Glaub mir", sagte er, „es kam nicht plötzlich. Hast du schon einmal darüber nachgedacht, ob unsere Scheidung vielleicht ein Fehler gewesen sein könnte?"

„Nein", log Sharon.

In seinen Augen war zu lesen, dass er sie durchschaut hatte. „Nicht ein einziges Mal?" Als sie den Kopf schüttelte, lachte Tony auf. Es klang traurig und reuevoll. „Ich habe schon immer gesagt, dass du stur bist, meine Liebe."

Sie war schon an der Tür. „Sprichst du mit Brian?"

„Habe ich doch gesagt", erwiderte Tony leise.

Sharon räusperte sich. „Hat dir deine Mutter erzählt, worum es geht?"

Er nickte, blickte nun ziemlich wachsam. „Ich bin überrascht, dass es nicht schon vorher auf den Tisch kam. Die Leute redeten doch damals über nichts anderes. Sharon?"

Sie griff nach hinten zum Türknauf und hielt sich daran wie an einem Anker fest. „Was?"

„Es stört dich, dass ich Carmen geheiratet habe, als sie schwanger war, stimmt's?"

Es wäre dumm und altmodisch, sich an einer Sache wie dieser zu stören, dachte Sharon.

„Natürlich nicht", sagte sie deshalb.

Tony wurde wütend, und im nächsten Moment schlug er mit der Faust auf den Schreibtisch und fluchte.

Sharon wollte etwas sagen, aber Tony hob drohend den Zeigefinger.

„Lüg mich nicht an", warnte er sie.

Sharon trat wieder ins Zimmer und schloss die Tür, damit die Kinder nichts hörten.

„Also gut", sagte sie ärgerlich, „du hast gewonnen. Ja, es stört mich, dass Carmen schwanger war. Es stört mich, dass sie überhaupt jemals existiert hat. Bist du jetzt zufrieden?"

Tony starrte sie an. „Du warst eifersüchtig auf Carmen?"

Sie drehte sich um, um die Tränen zu verbergen, die sie nicht verdrängen konnte, und legte die Stirn an die Tür. Sekundenlang stand Sharon einfach nur da, atmete schwer und versuchte, die Fassung wiederzuerlangen. Als sie Tonys starke Hand sanft auf der Schulter spürte, machte sie sich steif.

„Ich habe das nicht gewusst, Baby. Es tut mir leid."

Sharon brachte kein Wort heraus. Tony drehte sie um und nahm sie in die Arme. Sie verbarg ihr Gesicht an seiner breiten Schulter, und Tony strich ihr übers Haar.

„Ich habe eine Menge Fehler gemacht", gab er zu.

Sharon nickte, hob den Kopf, konnte Tony aber nicht in die Augen sehen. „Ich ebenfalls. Und jetzt fahre ich besser zu meiner Wohnung."

Er drückte sie noch einmal ganz fest und ließ sie dann gehen.

Sie verließ das Haus, lief zur Garage und glitt hinter das Lenkrad ihres Autos. Per Fernbedienung öffnete Sharon das Garagentor und fuhr vorsichtig hinaus. Es war ihr nicht einmal in den Sinn gekommen, sich von Marc und Brian zu verabschieden, so betroffen war sie.

4. KAPITEL

Das kleine Gartenapartment erschien Sharon wie eine Gefängniszelle, als sie dort eintraf. Unterwegs hatte sie sich aus einem Restaurant etwas zu essen mitgenommen. An den Wänden ihrer Wohnung, die von Nikotin ganz vergilbt waren, hing kein einziges Bild, und die billigen Möbelstücke hatten schon viele Mieter vor Sharon benutzt.

Sie fühlte sich immer schrecklich einsam, wenn sie aus dem großen Haus und von den Kindern hierher zurückkam. Sie stellte den Fernseher ein, setzte sich auf die Couch, packte das Essen aus und sah sich das Neueste auf dem Einkaufskanal an.

Sie stand kurz davor, ein Set von Schraubenziehern mit Marmorgriffen zu bestellen, als es an der Tür klopfte. Sharon schaltete den Ton ab und warf die Reste ihres Essens in den Mülleimer.

„Wer ist da?", rief sie.

„Ich bin's, Helen."

Sharon öffnete und bat ihre Angestellte lächelnd herein.

Helen war, genau wie Sharon, Anfang dreißig, hatte gepflegtes schwarzes Haar und eine schlanke Figur. Die mandelförmigen Augen zeugten von ihrer orientalischen Abstammung.

Helens Blick fiel auf die Reisetasche, die immer noch auf dem Boden stand. „Wie war's mit den Kindern?"

Sharon sah weg.

„Schön", erwiderte sie.

Helen hockte sich auf die Lehne eines Sessels. „Du bist so ruhig. Was ist los?"

Sharon tat, als hätte sie die Frage nicht gehört, ging zur Kochnische und holte zwei Becher aus dem Schrank. „Möchtest du Kaffee?"

„Sicher", antwortete Helen neben ihr.

Sharon zuckte zusammen; denn sie hatte nicht bemerkt, dass Helen ihr gefolgt war. Offensichtlich hatte sie es immer nur mit Leuten zu tun, die sich anschlichen.

Sie füllte die Becher mit Wasser, platzierte sie im Mikrowellenherd und stellte die Zeit ein. Nach wie vor vermied sie es, Helen anzusehen.

„Mann, bist du heute gesprächig! Hattest du Ärger mit Tony?"

Sharon schluckte, und für einen Moment brannten ihre Augen.

„Hör mal", sagte sie etwas zu fröhlich und zu schnell, „ich habe mir gedacht, ich sollte mal etwas in der Wohnung tun. Renovieren, ein paar nette Möbel kaufen und so weiter."

Helen legte ihr die Hand auf die Schulter. „Was ist passiert?"

Sharon überlegte kurz. „Nichts Dramatisches."

Die Uhr des Mikrowellenherdes klingelte, und Sharon war über diese Unterbrechung sehr dankbar. Sie nahm die Becher mit dem kochend heißen Wasser heraus und schüttete Pulverkaffee hinein.

Helen folgte Sharon ins Wohnzimmer. „Ich bin vorbeigekommen, um mir deine burgunderfarbenen Schuhe auszuleihen, die mit dem Schlangenleder auf der Spitze."

Sharon blickte zum Fernseher. Der Ton war immer noch ausgeschaltet, und es sah so aus, als verkaufe man pantomimisch Küchenplatten aus Kristall. „Bedien dich."

Helen ging in das winzige Schlafzimmer und kam wenig später mit den Schuhen zurück. Sie blickte Sharon entschlossen an. „Warum gibst du nicht alles auf und kehrst nach Hause zurück? Du bist ohne Tony nicht glücklich."

„So einfach ist das nicht", gab Sharon zurück.

„Hat er eine andere?"

Sharon schüttelte den Kopf. „Ich glaube nicht. Die Kinder hätten sonst etwas erwähnt."

„Warum dann also …?"

„Es ist zu spät, Helen. Zu viel ist passiert."

Helen setzte sich wieder auf die Armlehne, nahm die Kaffeetasse und trank nachdenklich. „Ich verstehe." Ihr Gesichtsausdruck war unergründlich.

Sharon betrachtete die schmuddelige Tapete und sagte mit

gespielter guter Laune: „Es wird Zeit, dass ich ein neues Leben anfange. Und zuerst werde ich diesen Ort hier in ein Heim verwandeln."

„Großartig", stimmte Helen zu, blickte aber noch undurchdringlich. „Wenn du aber anfängst, Bilder zu sticken, siehst du mich hier nicht mehr."

Sharon lachte. „Keine schlechte Idee. Ich könnte mir einen tiefsinnigen Wahlspruch in Kreuzstich anfertigen: Jeder, der da behauptet, mit Geld könne man kein Glück kaufen, war noch nie im Neiman-Marcus-Einkaufsparadies."

Nun lächelte Helen. „Ein gutes Lebensmotto." Sie stellte den Becher zur Seite und stand auf. „Tja, ich habe eine aufregende Verabredung mit meinem Ehemann und muss mich beeilen. Wir sehen uns morgen im Laden." An der Tür drehte sie sich um und hielt die Pumps hoch. „Vielen Dank fürs Ausleihen." Dann war sie weg.

Sharon fühlte sich noch einsamer als vorher. Also musste sie unbedingt etwas unternehmen. Sie zog eine Jacke an, fuhr sich mit der Bürste kurz durchs Haar und flüchtete aus der Wohnung, um in ein nahe liegendes Malergeschäft zu gehen.

Mit diversen Farbeimern und dem dazugehörigen Werkzeug kehrte Sharon zurück. Nur eine Leiter hatte sie nicht. Es wäre Unsinn gewesen, eine zu kaufen, da in der Garage des Hauses mehrere davon herumstanden.

Morgen nach Geschäftsschluss werde ich kurz vorbeifahren und mir eine holen, beschloss Sharon.

Sie hatte noch nie in ihrem Leben etwas gestrichen, und am liebsten hätte sie sich sofort auf diese neue Aufgabe gestürzt, aber zuerst mussten die Vorbereitungen getroffen werden.

Sie stemmte die Hände in die Hüfte, während sie sich vorzustellen versuchte, wie die Wohnung nach dem Streichen aussehen würde. Das Wohnzimmer sollte in Beige gehalten werden, die Kochnische in Hellblau, und Schlaf- und Badezimmer in einem zarten Rosa. Koste es, was es wolle, sie würde diese Wohnung schon auf Schwung bringen und ihr eine persönliche Note verleihen.

Und wenn sie schon dabei war, konnte sie das auch gleich auf ihr ganzes weiteres Leben übertragen. Es war an der Zeit, neue Männer kennenzulernen.

Sharon kaute auf einem Fingernagel und überlegte.

„Wie stellt man so etwas eigentlich an?“, fragte sie sich laut und starrte auf die leeren Wände.

Sharon duschte, föhnte sich die Haare und schlüpfte in einen Pyjama. Sie hatte sich gerade ins Bett gelegt, als es klingelte. Sie stand auf und tapste zur Tür. „Ja?“

„Mom“, jammerte Brian draußen. „Ich bin ein ungewolltes Kind.“

Sharon öffnete hastig die Tür und sah mit Entsetzen, dass das Kind zu dieser späten Stunde allein unterwegs war.

„Das bist du nicht“, sagte sie sachlich und zog Brian in die Wohnung.

„Doch“, erwiderte das Mädchen bekümmert. Alle Leidenschaft, die eine Zwölfjährige zu fühlen vermag, lag dabei in ihrer Stimme. Mit offener Jacke und tränenverschmiertem Gesicht stand Brian vor Sharon. „Mein ganzes Leben ist ruiniert. Ich werde zur Fremdenregion gehen.“

„Es heißt ‚-legion‘, Darling“, sagte Sharon sanft und führte Brian zu einem Stuhl. „Ich glaube aber, die nehmen überhaupt keine Frauen.“

„Noch mehr Chauvinisten“, stellte Brian schniefend fest und wischte sich mit dem Handrücken die Tränen fort.

„Die gibt’s überall.“ Voller Mitgefühl beugte Sharon sich vor und gab Brian einen Kuss auf die Stirn. „Weiß dein Vater, wo du bist?“

„Nein“, antwortete Brian, ohne zu zögern. „Es ist mir auch egal, ob er sich Sorgen macht.“

„Mir nicht.“ Sharon ging zum Telefon und wählte die vertraute Nummer.

„Ich nehme an, ihr habt euch über deine Geburt unterhalten“, sagte sie vorsichtig und hoffte, dass es diplomatisch klang. Inzwischen läutete es am anderen Ende der Leitung.

Brian riss sich regelrecht die Jacke vom Leib, um Sharon zu zeigen, dass sie die Nacht bei ihr verbringen würde, und nickte.

„Hallo?", meldete sich Tony.

„Es ist zehn Uhr abends. Weißt du, wo deine Tochter ist?", fragte Sharon freundlich. „Im Bett", antwortete er verwirrt.

„Falsch. Es tut mir leid, Mr Morelli, aber Sie haben die wöchentliche Lieferung von Motoröl und die Reise nach Bremerton nicht gewonnen. Brian sitzt völlig aufgelöst hier in meiner Wohnung."

„Wie, zum Teufel, hat sie das angestellt?"

Sharon zuckte die Achseln, obwohl Tony es nicht sehen konnte. „Vielleicht hat sie ein Taxi gerufen oder ist mit dem Bus gefahren, ich weiß es nicht. Tatsache ist …"

„Tatsache ist, dass ich meinen Vater hasse!", rief Brian so laut dazwischen, dass Tony es hören konnte.

Er stöhnte.

„Wie ich sehe, ist euer Gespräch sehr positiv verlaufen", flötete Sharon zuckersüß ins Telefon. Der Gedanke, in welcher Gefahr das Kind sich auf dem Weg zu ihr befunden hatte und wie viel Schmerz es jetzt ertragen musste, steigerte ihren Zorn. „Tony, was hast du dem Kind erzählt?"

„Er sagte", begann Brian dramatisch, „dass er und meine Mutter wie die Tiere waren und nicht warten konnten, bis sie …"

Sharon legte die Hand über den Hörer. „Wäre ich du, würde ich ruhig sein", sagte sie mit warmer zärtlicher Stimme. Am anderen Ende der Leitung fluchte Tony leise vor sich hin.

„Ich bin gleich da, um sie abzuholen", erklärte er dann.

„Und Marc willst du allein lassen? Das finde ich nicht gut."

„Dann bring du sie hierher."

Sharon war verärgert über Tonys Unverfrorenheit. „Vielleicht", erwiderte sie kühl, „wäre es besser, Brian schläft heute bei mir. Sie ist ganz durcheinander und …"

„Brian ist meine Tochter, Sharon", unterbrach Tony sie knallhart. „Und ich entscheide darüber, was gemacht wird."

Sharon fühlte sich, als hätte er sie geschlagen. „Brian ist meine Tochter …" Tony hatte ihr solche Worte niemals vorher ins

Gesicht geschleudert, niemals auf der Tatsache bestanden, dass Brian ausschließlich sein Kind war.

„Entschuldige", sagte er in die schmerzliche Stille.

Sharon konnte nichts sagen.

„Verdammt, Sharon, bist du noch dran?"

Sie schluckte. „Ich … bringe dir Brian in ein paar Minuten."

„Ich will nicht dorthin zurück", warf Brian ein.

Wieder begann Tony zu fluchen. „Und ich dachte, ich wäre taktvoll gewesen."

Sharons Augen füllten sich mit Tränen.

„Offensichtlich nicht", erwiderte sie mit gebrochener Stimme. „Sie kann bei dir bleiben", bestimmte Tony. Sharon fuhr sich mit einer Hand durch die Haare. „Zu großzügig von dir. Gute Nacht, Tony." Dann legte sie auf.

Während Brian sich im Badezimmer wusch und einen Pyjama anzog, machte Sharon das Sofa als Schlafstelle zurecht. Tonys Worte schmerzten sie noch immer. „Brian ist meine Tochter. Und ich entscheide darüber, was gemacht wird."

Brian kam aus dem Bad und sah verlegen und wieder kindlich aus. Der erste Gefühlsausbruch war offensichtlich vorüber. „Ist Daddy böse auf mich?"

Sharon schüttelte den Kopf. „Das glaube ich nicht, Sweetie. Aber du warst böse auf ihn, stimmt's?"

Brian setzte sich aufs Sofa und nickte.

Sharon ging zu ihr und legte den Arm um sie. „Möchtest du darüber reden?" Um Brianas Mund zuckte es.

„Ich bin ein Versehen", flüsterte sie, und Tränen schössen ihr wieder in die Augen.

Sharon drückte sie an sich. „Das stimmt nicht."

„Wahrscheinlich wurde ich auf dem Rücksitz eines Chevrolets oder so was gezeugt", stieß die Kleine schluchzend hervor. Sharon lachte.

„Oh Bri", sagte sie und legte ihre Stirn an Brianas, „ich liebe dich so."

Brian schlang die Arme um Sharons Nacken.

„Ich liebe dich auch, Mom", erwiderte sie überschwänglich, aber sehr müde. „Ich wünschte, du würdest wieder nach Hause kommen."

Dazu sagte Sharon nichts, sie strich dem Kind nur durch das zerzauste Haar. „Du musst gleich schlafen, aber vorher möchte ich noch wissen, wie du hierhergekommen bist."

„Ich habe mir ein Taxi gerufen. Dad kümmerte sich gerade um die Wäsche, deshalb hat er nicht gehört, wie ich ging."

Sharon seufzte. „Sweetheart, was du da gemacht hast, war gefährlich. Versprich mir, dass du das nicht wieder tust."

Brian zögerte. „Was ist, wenn ich einmal mit dir reden möchte?"

„Dann rufst du an, und wir überlegen gemeinsam, wie wir uns treffen können. Versprichst du mir das?" Sharon hatte Brianas schönes Gesicht, das dem Carmens so glich, zwischen die Hände genommen.

Brian überlegte kurz und dann nickte sie. „Okay."

Sharon drückte sie sanft in die Kissen und gab ihr einen Gutenachtkuss. Genauso wie sie es unendliche Male in der Vergangenheit gemacht hatte. Erst als sie allein in ihrem Schlafzimmer war, brach sie vor Kummer fast zusammen.

Tony holte Brian früh am nächsten Morgen ab. Sharon kam aus der Dusche und fand eine kurze Nachricht auf dem Küchentisch, in der er sich für alles bedankte.

Sie zerknüllte den Zettel und warf ihn gegen die Wand. „Ich danke dir auch für alles, Morelli. Vielen Tausend Dank."

In fürchterlicher Laune fuhr Sharon zum „Traumland". Helen hatte das Geschäft bereits geöffnet.

Da einige Kunden im Laden waren, zwang sich Sharon zu einem Lächeln und ging nach hinten in das kleine Büro.

Wenig später erschien Helen im Türrahmen.

„Geht's dir gut?", fragte sie vorsichtig.

„Nein", war die knappe Antwort.

„Kann ich irgendetwas für dich tun?"

Sharon schüttelte den Kopf. Sie musste sich zusammenreißen

und diesen Tag hinter sich bringen. Tony würde jetzt auch auf keinen Fall herumstehen und sich darüber beklagen, dass seine Familie zerbrochen war. Sobald es darum ging, sich auf die Arbeit zu konzentrieren, konnte er sein Privatleben ganz einfach zur Seite schieben.

Sharon atmete tief durch und straffte die Schultern.

Glücklicherweise war der Vormittag dann so mit Arbeit ausgefüllt, dass sie gar keine Zeit hatte, an etwas anderes zu denken.

Mittags ging Helen gerade los, um aus der Pizzeria am Ende der Fußgängerzone Salat zu holen, als Tony das „Traumland" betrat. Statt der üblichen Arbeitskleidung trug er einen maßgeschneiderten dreiteiligen Anzug, der seine Figur noch besser zur Geltung brachte. Er kam zum Verkaufstresen, neigte den Kopf leicht zur Seite und schien Sharon erst mit seinen dunklen Augen zu liebkosen, bevor er sprach.

„Es tut mir leid, dass wir heute Morgen nicht miteinander reden konnten."

„Das glaube ich dir aufs Wort", sagte Sharon ironisch und dachte an die knappe Nachricht, die er zwischen den Pfeffer- und Salzstreuern auf dem Küchentisch hinterlassen hatte. „Wie kommt's, dass du so schick angezogen bist?"

„Ich hatte einen Termin", antwortete Tony. Er zog eine Augenbraue hoch. „Ich nehme an, du hast keine Zeit, mit mir essen zu gehen?"

Bevor Sharon etwas erwidern konnte, kam Helen zurück. „Stell dir vor, in der Pizzeria gab's kein einziges Salatblatt mehr. Du hast wohl keine andere Wahl, als Tonys Einladung anzunehmen."

Sharon nahm ihr diese Geschichte nicht ab, denn der Laden hatte immer einen gewaltigen Salatvorrat. Finster blickte sie Helen an.

„Ich habe eine Idee", sagte sie scharf. „Warum gehst du nicht mit Tony essen?"

Wie der Zuschauer eines Tennismatches drehte Tony den Kopf zu Helen und wartete auf den Rückschlag.

„Ich habe etwas vor“, erwiderte Helen hochtrabend, ging um den Ladentisch herum und stieß den Ellenbogen leicht in Sharons Seite. „Ich bin nämlich dabei, mein eigenes Unterwäscheimperium zu gründen, Mrs Morelli. Also, passen Sie auf.“

Tony lachte, trat ebenfalls zu Sharon und nahm sie am Arm. Da sie keine Szene machen wollte, erlaubte sie Tony, sie aus dem Laden und hinein ins Menschengewühl zu führen. Die Straße war überfüllt mit Müttern und Kindern, die nach Schulkleidung suchten.

Sharon schob das Kinn vor, lief etwas schneller und ignorierte Tony, so gut es ging. „Wo möchtest du essen?“, fragte er schließlich. „Ist mir egal.“

„Ich mag entschlossene Frauen.“ Er nahm sie noch etwas fester beim Arm und schob sie in ein Restaurant, das mit viel Messing und Hängepflanzen ausgestattet war.

Sie bekamen einen Tisch am Fenster. Sharons Selbstbeherrschung geriet langsam ins Wanken. „Wie konntest du so etwas sagen?“ Sie bemühte sich, leise zu reden, und vermied es, Tony in die Augen zu schauen.

„Was?“, fragte er völlig erstaunt, sodass Sharon ihm am liebsten die Speisekarte um die Ohren geschlagen hätte.

„Das, was du letzte Nacht gesagt hast“, zischte sie wütend. „Dass Brian deine Tochter ist.“

„Ist sie das etwa nicht?“ Tony besaß die Unverschämtheit, in der Karte zu lesen, während er auf Sharons Antwort wartete.

Sie unterdrückte das Verlangen, ihn gegen das Schienbein zu treten, schob stattdessen den Stuhl zurück, wollte aufstehen und das Lokal verlassen.

„Du weißt genau, dass ich das damit nicht gemeint habe“, warf sie ihm vor.

Tony machte ein Gesicht, als hätte er Kopfschmerzen.

Männer, dachte Sharon, benehmen sich wie Babys, wenn es darum geht, Probleme zu lösen.

„Offensichtlich können wir nicht vernünftig miteinander reden“, bemerkte er einen Augenblick später.

„Weil einer von uns beiden dumm ist. Ich bin es nicht."

Tony seufzte. „Vielleicht war ich ein bisschen unsensibel..."

„Ein bisschen? Tony, du hast die Fähigkeit, unsensibel zu sein, fast zu einer Kunst entwickelt. Du weißt ja noch nicht einmal, wieso ich wütend bin."

„Nachdem du mich ein paar Stunden lang gequält hast, wirst du es mir bestimmt sagen", erwiderte Tony verbissen.

Eine junge Serviererin trat an den Tisch. „Unser Extraessen heute ist gebackenes Hühnchen."

„Wir nehmen es", sagte Tony, den wütenden Blick Sharons ignorierend.

„Gut", erwiderte die Serviererin und ging davon.

Tony wartete nicht, bis Sharon wieder anfing zu sprechen.

„Etwas schwöre ich dir", seine Stimme war verdächtig leise, „wenn du jetzt sagst, du magst kein gebackenes Hühnchen, strangulier ich dich."

„Ich wusste noch gar nicht, dass dir Geflügel so viel bedeutet."

„Sharon", warnte Tony sie.

Sie lehnte sich zurück. „Brian ist nicht nur deine Tochter, egal, in welchem Chevy sie gezeugt wurde. Ich habe dieses Kind großgezogen und liebe es genauso wie Marc."

Er war völlig verblüfft. „Egal, in welchem ..." Er verstummte. Plötzlich kam ein Ausdruck des Verstehens in sein Gesicht. „Letzte Nacht. Du bist böse darüber, dass ich gestern Nacht am Telefon gesagt habe, dass Brian meine Tochter ist."

Sharon schwieg. Sie brauchte auch nichts zu sagen, denn ihr Blick verriet alles.

„Das war's also. Ich entschuldige mich dafür."

Sie war den Tränen nahe, versuchte aber, sie zu unterdrücken. Schließlich besaß sie in dieser Fußgängerzone ein Geschäft; die Leute kannten sie. Sie konnte es sich nicht leisten, ein öffentliches Spektakel zu verursachen. „Und du meinst, damit ist alles wieder in Ordnung? Du sagst einfach, es tut dir leid, und schon ist es, als wäre nichts passiert."

Die Bedienung brachte das Hühnchen. Als sie weg war, erwiderte Tony: „Was soll ich denn sonst sagen, Sharon!"

Sie schluckte und blickte angewidert auf das Essen. Keinen einzigen Bissen würde sie davon hinunterbekommen.

„Brian ist auch meine Tochter, und ich liebe sie", betonte sie nochmals eindringlich, stand auf und ging hocherhobenen Hauptes aus dem Restaurant.

Sharon kehrte ins „Traumland" zurück und musste sich sofort auf die Arbeit stürzen. Sie war heilfroh, als endlich Feierabend war. Im Gegensatz zu allen anderen Läden in der Zone schloss das „Traumland" bereits um halb sechs.

„Du solltest wirklich überlegen, ob du nicht noch jemanden einstellst, der bis abends um neun arbeitet", regte Helen an, nachdem die beiden die Abrechnung gemacht hatten.

Sharon zuckte nur die Schultern. Sie fühlte sich seit dem Treffen mit Tony innerlich ausgedorrt.

Dieses Gefühl zu durchleben war die einzige Möglichkeit, es zu bewältigen.

Helen sah sie freundlich an.

„Was ist passiert, Sharon?", fragte sie. Als sie keine Antwort bekam, fuhr sie fort: „Ich weiß, es geht mich nichts an, aber ich habe noch nie zwei Menschen gesehen, die sich so sehr lieben wie du und Tony. Und trotzdem seid ihr voneinander geschieden und unfähig, ein zivilisiertes Mittagessen zusammen einzunehmen."

Sharon schwieg beharrlich und hoffte, dass Helen das Thema fallen lassen würde.

So einfach machte Helen es ihr aber nicht. „Du gehst ihm über alles, Sharon. Jeder kann das sehen, warum nicht auch du?"

Die Zahlen auf den Rechnungen verschwammen vor Sharons Augen. Sie beschloss, Helens Bemerkung über Tonys Gefühle zu ignorieren. „Du weißt, dass meine Mutter mich gleich vor dieser Heirat gewarnt hatte. Tony war damals schon sehr erfolgreich, und Bea fand, ich passe nicht in diese Gesellschaftsklasse. Tony würde bald genug von mir haben und mit anderen Frauen ausgehen."

Helen explodierte beinahe. Sharon brauchte ihre Freundin gar nicht erst anzusehen, um das zu bemerken.

„Entschuldige meine Offenheit, aber was, zum Teufel, weiß deine Mutter schon? Wer ist sie? Frau Irene?“ Helen hielt kurz inne. „Tony hat dich nie betrogen, oder?“

„Nein, aber er ist meiner müde geworden. Ich bin sicher, es wäre nur eine Frage der Zeit gewesen, wann er sich mit anderen Frauen eingelassen hätte.“

„Woher weißt du, dass er dich satthatte? Hat er es dir gesagt?“

„Nein“, antwortete Sharon traurig und zugleich nachdenklich. „Das war auch nicht nötig. Er hatte angefangen, immer mehr zu arbeiten, und wenn wir uns sahen, gab es nur Streit. Genau wie heute.“

„Worüber habt ihr euch denn immer gestritten?“, fragte Helen beharrlich weiter.

Sharon sah sich im Laden um. Ihr Blick streifte über die teuren Stücke, die nur aus den feinsten Materialien hergestellt waren. „Meist über das ‚Traumland‘.“ Damit war das Thema für sie beendet. Sie nahm ihre Tasche und ging zur Tür.

5. KAPITEL

Tony schlug mit der Faust auf die Kofferhaube des Kleintransporters, der den Schriftzug der Firma trug, und fluchte. Gerade hatte er, Tony, einen der besten Vorarbeiter des Baugeschäftes gefeuert, und nun musste er seinen Stolz hinunterschlucken und sich bei dem Mann entschuldigen.

„Tony?"

Er erstarrte, dann drehte er sich um und sah seinem Vater in die Augen. „Du weißt es schon?"

Vincent Morelli war ein Mann von mittlerer Statur und Größe, strahlte aber sehr viel Würde aus. Im Alter von fünfzehn Jahren hatte er eine Ausbildung zum Zimmermann begonnen. Fünfzig Jahre später übergab er seinen Söhnen ein blühendes Unternehmen.

„Jeder weiß es", antwortete er. „Wie ist das passiert, Tony?"

Tony fuhr sich mit der Hand durchs Haar.

„Ich bin mir nicht sicher, Papa", gab er zu und blickte auf die lange Reihe von Eigentumswohnungen, die sich gerade im Bau befanden. „Fest steht nur, es war meine Schuld. Ich habe überhaupt in letzter Zeit sehr viele Fehler gemacht."

Vincent kam zu ihm und stellte einen Fuß auf die Stoßstange des Lieferwagens.

„Ich höre dir zu", sagte er.

Tony hatte diese Worte seit frühester Kindheit von seinen Eltern gehört, und er wusste, dass sie ernst gemeint waren. Er war dankbar für die solide, vernünftige Erziehung, die er genossen hatte, und wünschte sich nichts sehnlicher, als sie seinen Kindern auch geben zu können.

„Es ist Sharon", begann er. „Und die Kinder, einfach alles."

Vincent wartete, dass Tony weitersprach.

„Ich wollte die Scheidung nicht." Er erzählte seinem Vater nichts, was der ohnehin schon wusste. Vincent hatte den Kummer und den Schmerz gesehen, den Tony vor Sharon so sorgsam versteckt hatte. „Seit der Trennung habe ich ständig versucht, einen Weg zu finden, alles rückgängig zu machen. Papa, ich kann noch nicht einmal mit dieser Frau reden, ohne dass sie böse auf mich wird."

Sein Vater lächelte traurig. Er hatte Sharon immer gemocht und sie auch unterstützt, als sie etwas Eigenes machen wollte. Nach seiner Überzeugung war für Sharon die Eröffnung des „Traumlandes" nur ein Weg, sich selbst zu prüfen. Tony hingegen hatte es von Anfang an als Blödsinn abgetan.

„In vielen Sachen, Tony, kommst du zu sehr nach mir", sagte Vincent mit ruhiger Stimme.

Tony war erstaunt. Niemanden verehrte er mehr als seinen Vater. Zu sehr nach ihm zu kommen war völlig unmöglich.

„Ich musste viele, viele Jahre lang hart arbeiten, um diese Firma aufzubauen. Aber als Ehemann und Vater war ich manchmal auch ein Versager. Ich kannte meine Söhne nicht, bevor sie Männer waren und an meiner Seite arbeiteten. Und ich glaube, meine Töchter kenne ich ebenso wenig."

Tony wollte widersprechen, aber Vincent hob die Hand, deren Schwielen von dem langen Arbeitsleben zeugten.

„Michael, Richard und du, ihr seid alle zu erfolgreichen Männern geworden", fuhr er fort. „Auch eure Schwestern sind prächtige Frauen, aber ich habe dafür nur sehr wenig getan. Das meiste habt ihr eurer Mutter zu verdanken, denn sie hat euch all die Sachen gelehrt, die ihr brauchtet, um stark zu sein. Selbstbewusstsein, klares Denken, Verantwortungsbewusstsein, Aufrichtigkeit."

Tony senkte den Kopf.

„Fünfundsechzig Jahre alt musste ich werden, bevor ich endlich anfing, Maria als die Frau zu schätzen, die sie ist. Wenn du klug bist, Tony, wartest du nicht so lange, Sharon mit dem Respekt zu behandeln, den sie verdient."

„Ich respektiere sie", sagte Tony, den Blick noch immer nach unten gerichtet. „Sie kam in mein Leben, als ich dachte, ich möchte sterben, Papa. Sie gab mir meine Seele zurück, und sie war stets eine gute Mutter für Briana."

Vincent legte die Hand auf Tonys Schulter. „Schöne Worte, Tony. Du solltest es ihr sagen, anstatt davon auszugehen, sie wüsste es. Vielleicht läuft dann alles besser?"

„Sie würde mir nicht zuhören. Da sind immer zu viele Ansprüche, zu viele Störungen."

„Wenn's weiter nichts ist. Du bringst die Kinder zu uns und überredest Sharon, für ein paar Tage ins Inselhaus zu fahren. Dort hältst du ihre Hand und sprichst ganz sanft zu ihr. Und bei Wein und Musik sagst du ihr, dass du sie liebst. Mehrmals."

Plötzlich kam ein Gefühl der Hoffnung in Tony auf, und er grinste verschmitzt. „Du bist immer noch der alte Frauenheld, Papa."

Vincent schmunzelte und klopfte seinem Sohn auf die Schulter. „Schließlich habe ich nicht zufällig drei Söhne und vier Töchter gezeugt."

In dem Moment hielt der entlassene Vorarbeiter vor den beiden, wobei er eine Menge Staub aufwirbelte. Er stieg aus dem Auto, rannte auf Tony zu und fuchtelte mit den Armen.

„Ich hab Ihnen noch etwas zu sagen, Morelli!", schrie er.

Tony seufzte, sah seinen Vater verlegen an und wandte sich seinem wütenden Exarbeiter zu. „Ich muss Ihnen auch etwas sagen. Ich hatte unrecht, Charlie. Es tut mir leid."

Charlie Peterson sah ihn erstaunt an.

„Was haben Sie gesagt?", fragte er langsam.

„Sie haben es doch gehört. Ich habe einen Vorarbeiterposten zu vergeben, sind Sie interessiert?"

Charlie lachte. „Ich nehme ihn."

Die beiden Männer schüttelten sich die Hände, und Charlie ging hinüber zum Baugerüst, das in den Himmel ragte.

„Hey, Markus!", rief er einem der Mitarbeiter zu. „Wenn ich dich noch einmal ohne Schutzhelm erwische, fliegst du raus. Egal, ob du Gewerkschaftsführer bist oder nicht."

Tony lachte und kehrte zu seiner eigenen Arbeit zurück.

Sharon hatte ihr Geschäft früher verlassen, um die Leiter aus der Garage holen zu können, ohne Tony zu treffen. Es gelang ihr; nur die Kinder waren daheim.

„Schade, dass wir dir beim Anstreichen nicht helfen können", sagte Marc und biss in einen Keks. „Aber wir lieben Stubenarrest!“

Brian, die auf einem der Stühle vorm Küchentresen saß, nickte niedergeschlagen.

Sharon gab vor, nachzudenken, und legte einen Finger ans Kinn.

„Lass mich überlegen“, sagte sie zu Marc. „Du bist wegen des Massenmordes an den Goldfischen bestraft worden, stimmt's?“

Marc sah seine Schwester entschuldigend an und nickte.

„Und ich, weil Daddy meint, dass mein Weglaufen nicht in Ordnung war“, erklärte Briana.

„Er hat recht“, meinte Sharon. „Habt ihr euch schon ausgesprochen?“

Brian schüttelte den Kopf. „Noch nicht. Wir reden heute Abend miteinander.“

Sharon legte sanft die Hände auf Brianas Schultern. „Manchmal ist dein Vater nicht gerade der taktvollste Mensch dieser Welt. Du musst versuchen, den Unterschied zwischen dem, was er sagt, und dem, was er meint, herauszubekommen.“

„Das könntest du aber auch tun, Mom“, bemerkte Brian mit der klaren Logik, die Kinder mitunter an den Tag legen.

„Touché“, antwortete Sharon und küsste erst Brian, dann Marc.

Marc verzog das Gesicht, ersparte ihr aber seinen sonst üblichen Kommentar. „Wie sollen wir Onkel Michael ein Geburtstagsgeschenk kaufen können, wenn wir Hausarrest haben?“, fragte er, als Sharon Anstalten machte, die Küche zu verlassen.

„Grandma hat uns doch gesagt, dass die Feier verschoben werden muss, weil Onkel Michael nicht in der Stadt ist und Daddy andere Pläne fürs Wochenende hat“, belehrte Brian ihn in einem Ton, der nur für kleine Brüder und ähnlich niedere Lebewesen reserviert war. „Junge, bist du doof.“

Sharon schloss die Augen. Sie versuchte sich einzureden, dass ihr Tonys Verabredung am Wochenende völlig egal war, aber es funktionierte nicht. Und würde auch nie funktionieren.

Marc hatte nicht vor, die Bemerkung seiner Schwester auf sich sitzen zu lassen. „Deshalb hat Onkel Michael aber immer noch am Samstag Geburtstag, wir müssen ihm trotzdem ein Geschenk kaufen, und du gehst mir mit deinem Gerede gehörig auf den Wecker, Brian Morelli."

Sharon erinnerte sich daran, dass es rechtmäßig Tonys Aufgabe war, sich um die beiden zu kümmern. Also winkte sie noch einmal zum Abschied und ging zur Tür.

Inzwischen hatte sich die Auseinandersetzung zu einem handfesten Streit entwickelt, der wahrscheinlich nur noch durch Friedensverhandlungen geschlichtet werden konnte. Mrs Harry, die Haushälterin, würde die beiden schon davon abhalten, sich gegenseitig umzubringen, bis Tony zurückkam.

Sharon hatte die Leiter vorher schon aus der Garage geholt und verstaute sie zusammen mit einer alten Jeans und zwei alten Arbeitshemden, die sie aus Tonys Schrank entwendet hatte, im Auto.

Die Veränderung der Sharon Morelli und ihrer Umgebung konnte beginnen.

Zweieinhalb Stunden später hatte Sharon alle Möbel in ihrem Apartment weggerückt und abgedeckt. Jede Lichtschalter- und Steckdosenverkleidung war abmontiert, der Fußboden mit Zeitungspapier ausgelegt. Langsam fing Sharon an, ihren Entschluss zu bedauern, und wünschte, sie hätte alles beim Alten gelassen. Es klopfte heftig an der Tür.

Mein Essen wird geliefert, dachte Sharon und öffnete. Tony stand im Hausflur und bezahlte den Jungen vom China-Restaurant. Den Karton mit Reis und süßsaurem Hühnchen hatte Tony schon in der Hand.

Sharon entriss ihn ihm, ging in die Küchennische und nahm Löffel und Gabel aus einer Schublade.

„Oh, du bist immer noch da?", fragte sie freundlich, als sie sich umdrehte und Tony vor ihr stand. Er hatte den Kopf leicht zur Seite geneigt und die Arme vor der Brust verschränkt.

„Nein." Der Blick, mit dem er Sharon bedachte, erregte sie. „Ich bin nur eine Illusion, hervorgerufen durch den geschickten Einsatz von Spiegeln."

„Ich wünschte, es wäre so“, sagte sie leise und marschierte an ihm vorbei ins Wohnzimmer. Das Zeitungspapier raschelte unter ihren Füßen. Sie wusste, dass sie nicht gerade todschick aussah mit der alten Jeans, den schmutzigen Schuhen, dem Hemd, das ihr bis übers Knie reichte, und dem Kopftuch. Aber im fließenden Kaftan konnte man schlecht Wände und Decken streichen.

Tony folgte ihr. Das Apartment war viel zu klein für seine Ausstrahlung.

Sharon wünschte, er würde gehen, war aber gleichzeitig froh, dass er es nicht tat.

„Setz dich.“ Sie machte eine großzügige Geste. Dann fiel ihr ein, dass beide Stühle und die Couch abgedeckt waren. Also setzte sie sich wie ein Indianer auf den Fußboden.

Tony gesellte sich zu ihr und hob die rechte Hand. „How, reich die Friedenspfeife und das Feuerwasser herum.“

Sharon lächelte und fing an zu essen.

„Würde ich gern machen“, sagte sie zwischen zwei Bissen. „Aber ich bin schrecklich hungrig.“

Tonys Blicke wanderten über ihre Rundungen. Sharons Bemerkung ließ er unbeantwortet im Raum stehen.

Sharon wurde verlegen und spießte schnell ein Stück Hühnchen auf die Gabel. „Bist du aus einem bestimmten Grund hier?“

Tony sah sich im Raum um. „Ich bin gekommen, um dir beim Streichen zu helfen.“

Sie seufzte. „Tony …“

Er beobachtete ihren Mund, was sie als sehr störend empfand. „Ja?“ Tonys Stimme klang wie ein nahendes Erdbeben.

„Ich schaffe das allein.“

Er lächelte zwar etwas gezwungen, aber immerhin lächelte er. Er gab sich Mühe, und Sharon musste ihm das anrechnen. „Da bin ich mir ganz sicher, aber ich möchte dir gern helfen. Betrachte es als persönliche Marotte von mir.“

„Ich nenne das arrogant“, antwortete Sharon, musste jedoch schmunzeln.

„Ich liebe dich.“

Sharon hielt mit dem Essen inne und dachte daran, dass die Kinder von Tonys Verabredung am Wochenende gesprochen hatten. Sie drückte den Rücken durch. „Übst du für dein aufregendes Treffen am Wochenende?"

„Bist du eifersüchtig?"

„Nicht im Geringsten", log Sharon und rammte die Gabel mit voller Wucht in den Reis.

Tony nahm ihr den Karton aus der Hand und stellte ihn weg. Dann zog er Sharon zu sich heran.

„Lassen wir dieses Mal die üblichen Vorrunden weg, ja?", schlug er atemlos vor und streifte dabei ihre Lippen.

Sie legte ihm die Arme um den Nacken.

„Einverstanden", flüsterte sie und wusste gleichzeitig, dass sie einen Fehler beging, aber sie vermochte nicht zu widerstehen. Tony war ein Mann, zu dem keine Frau Nein sagen würde, und für Sharon kam noch erschwerend hinzu, dass sie ihn liebte.

Tony küsste sie so ausdauernd und leidenschaftlich, dass Sharon eine Zeit lang nichts anderes mehr wahrnahm. Sie hatte nicht einmal bemerkt, dass sie inzwischen beide ausgestreckt auf dem Fußboden lagen. Unwillkürlich fragte sie sich, wie sie hinterher mit ihren Gefühlen fertigwerden sollte.

Als Tony begann, die Knöpfe ihres Hemdes zu öffnen, hielt sie seine Hand fest.

„Wer ist diese Frau, die du am Wochenende triffst?", wagte Sharon zu fragen.

Er küsste sie noch einmal, diesmal aber weniger intensiv, und erwiderte dann: „Diese Frau bist du. Vorausgesetzt natürlich, du weist mich nicht ab."

Sie gab seine Hand frei, und Tony zog ihr das Hemd aus und öffnete den Büstenhalter.

Sharon stöhnte leise auf. „Oh Tony …"

„Ist das ein Ja oder ein Nein?"

Sie konnte seinen Atem dicht über ihren Brüsten spüren.

„Wie lautet die Frage?", stieß sie hervor und erschauerte, als er mit der Zungenspitze sanft über die Brustwarzen strich.

Tony lachte auf und betrachtete erst genussvoll das Territorium, das er gerade als seines abgesteckt hatte, bevor er antwortete: „Wir sprechen später darüber."

Sharon fuhr ihm durchs Haar. Ein spontanes, unerklärliches Glücksgefühl erfüllte sie.

Tonys warme Finger streichelten ihre Brustwarzen, die von seinen Liebkosungen noch feucht waren.

„Wie sehr habe ich dich vermisst!", sagte er und küsste sie nun derartig hungrig, dass ihr die Luft wegblieb.

Aber Sharon ließ es sich nur zu gern gefallen.

Tony liebkoste ihren Oberkörper und widmete sich dann wieder ausgiebig den Brustwarzen. Jede seiner Berührungen entlockte ihr ein Seufzen oder Stöhnen.

Als er schließlich, ohne von ihren Brüsten zu lassen, die Jeans öffnete, wand Sharon sich wie im Fieber. Völlig gefangen genommen von den Wundern, die Tony vollbrachte, warf sie den Kopf hin und her, atmete schwer und zerrte an seinem T-Shirt. Wäre sie kräftiger gewesen, hätte sie es ihm vom Leib gerissen.

Tony ließ sich von ihr ausziehen, und Sharon erwiderte die Zärtlichkeiten, die sie empfangen hatte.

Die Vereinigung geschah erst ganz sanft und zärtlich, wurde aber mit jeder Bewegung ihrer Körper stürmischer und gipfelte schließlich in einem süßen Rausch von Triumph und Hingabe. Völlig erschöpft sanken Sharon und Tony zurück.

Tony erholte sich als Erster, gab Sharon einen Kuss und begann, nach seinen Kleidungsstücken zu angeln. Das Zeitungspapier raschelte, und Sharon fing an zu lachen.

„Was ist denn so lustig?", fragte er, rollte sich herum und stützte sich mit den Armen ab, sodass er genau über ihr war. Seine Augen blitzten vor Liebe und Übermut.

„Wahrscheinlich habe ich Druckerschwärze auf meinem Hinterteil."

„Dreh dich um, ich seh mal nach", bot Tony großzügig an.

„Nein, vielen Dank." Sie schlüpfte unter ihm hindurch und griff nach ihren Kleidern.

Als sie den Slip anziehen wollte, tat Tony so, als würde er mühsam lesen.

„Wohnungsbaumarkt auf tiefstem Stand."

Sharon lachte und schlug mit der Jeans nach ihm. Das führte zu einem Ringkampf, der lange später im Bett endete.

„Was wolltest du mich vorhin wegen des Wochenendes fragen?" Es tat gut, wieder so dicht neben ihm zu liegen, den Kopf an seine Schulter gelehnt.

Tony presste das Kinn an Sharons Kopf. Er brauchte einen Halt, sollte er gleich eine Abfuhr bekommen. „Ich möchte für ein paar Tage ins Inselhaus fahren. Nur du und ich."

Sharon nahm es schweigend auf. Eigentlich wollte sie an diesem Wochenende Inventur im Laden machen, aber eine Geschäftsfrau musste schließlich flexibel sein. Sie seufzte zufrieden und küsste seine nackte Schulter. „Hört sich nach einem unzüchtigen Angebot an."

Er lachte und nahm sie noch fester in den Arm. „Worauf Sie sich verlassen können, Lady."

Sharon hob den Kopf, um auf die Uhr zu schauen, die auf dem Nachttisch stand. „Meine Güte. Tony, wer ist überhaupt bei den Kindern?"

„Mrs Harry bleibt länger. Warum? Wie spät ist es?"

„Da muss sie aber wirklich ganz schön lange bleiben. Es ist schon nach Mitternacht."

Tony fluchte, warf die Bettdecke zurück und suchte nach seinen Sachen.

Sharon lachte.

„Ist dir klar, was diese Frau für Überstunden verlangt?", fragte er, als er mit Jeans und T-Shirt aus dem Wohnzimmer wiederkam.

„Nein, aber ich weiß, wie sehr sie es hasst, so lange zu arbeiten. Ich bin froh, dass nicht ich, sondern du dem Drachen Harry unter die Augen treten musst."

„Vielen Dank." Er nahm seine Armbanduhr vom Nachttisch. „Freitag fahren wir zur Insel", erinnerte Tony Sharon dann, beugte sich über sie und gab ihr noch einen Kuss. „Also sieh zu, dass du vorher alles regelst."

Sie wollte gegen seinen gebieterischen Ton protestieren, sagte dann aber nichts. Sie mochte sich jetzt wirklich nicht mit ihm streiten. Diese Dinge konnten sie ebenso gut im Inselhaus besprechen.

„Gute Nacht, Baby“, verabschiedete Tony sich und ging zur Tür.

Sharon war plötzlich sehr traurig, dass er ging. „Gute Nacht“, antwortete sie und war froh, dass er ihr Gesicht nicht sehen konnte. Als sie die Tür zuklappen hörte, stand sie auf. Wenig später legte sie die Kette vor.

So ist es also, wenn man statt eines Ehemanns einen Geliebten hat, dachte sie.

Während sie ihre Kleider aufhob, überlegte sie, welche der beiden Möglichkeiten wohl die bessere sei. Geliebte zu sein, das hatte etwas Vergängliches an sich. Irgendwann verschwanden Geliebte wieder. Ehemänner stellten viel höhere Ansprüche. Sharon kam zu dem Schluss, dass beides seine Vor- und Nachteile hatte.

Sie beschloss, jetzt, nachdem Tony und sie sich stundenlang geliebt hatten, nicht einfach wieder ins Bett zu gehen. Sie würde vorläufig doch nicht einschlafen können.

Also duschte sie, zog sich an und begann, den ersten Eimer Farbe anzurühren.

Gut zwei Stunden später begutachtete Sharon ihr Werk. Der zarte Beigeton gab dem Wohnzimmer eine erfrischend neue Atmosphäre, und mit dem Nachklingen der verlebten Liebesstunden erhellte das auch Sharons Geist.

Seit Monaten, genauer, seitdem sie die Scheidung eingereicht hatte, schöpfte sie zum ersten Mal wieder Hoffnung für die Zukunft.

Um drei Uhr morgens tat sie den letzten Pinselstrich. Nachdem sie aufgeräumt hatte, stolperte sie ins Bett und schlief auf der Stelle ein.

Am nächsten Morgen um Punkt neun Uhr betrat Sharon summend und mit strahlenden Augen das „Traumland“. Helen saß hinter dem Ladentisch und war in einen Liebesroman vertieft.

Vom Umschlag blickte ein schneidiger Pirat, der eine üppige Schönheit im Arm hielt. Helen hatte ein Flackern in den Augen, als sie Sharon aufgeregt von diesem Buch erzählte.

„Die Frau hatte die Möglichkeit, auf der Fahrt nach Marokko entweder im Laderaum des Schiffes zwischen Ratten zu schlafen oder im Bett des Kapitäns."

Sharon sah sich den Held auf dem Umschlag an. Er war ein gut aussehender Mann mit einem fantastischen Körper. „Im Laderaum schmachten oder sein Bett teilen, ja? Immer diese Entscheidungen."

Helen legte das Taschenbuch unter den Ladentisch. Aufmerksam und neugierig blickte sie Sharon an.

„Du siehst glücklich aus", bemerkte sie.

Sharon ging ins Hinterzimmer und schob ihre Tasche in ein Schubfach ihres Schreibtisches. Dann setzte sie sich, nahm einen Bogen Geschäftspapier und schrieb eine Anzeige für die Stellenangebotsseite der Zeitung.

„Danke", antwortete Sharon dann etwas verspätet auf Helens Bemerkung. „Dieses Wochenende machen wir keine Inventur, aber ich brauche dich am Samstag zum Arbeiten."

Helen schaute über Sharons Schulter und las den Text für die Anzeige. „Du suchst eine neue Mitarbeiterin? Entschuldige, aber gibt es da etwas, was ich wissen sollte?"

Sharon wandte den Kopf und lächelte ihre Freundin an. „Um Himmels willen, fragst du mich damit etwa, ob ich dich feuere?"

Helen nickte. „Ja, das tue ich."

„Keine Sorge. Ich finde nur, dass du recht hattest. Wir brauchen jemanden, der abends arbeitet, und ich hätte gerne ein bisschen mehr Freizeit. Das bedeutet, wir brauchen gleich zwei Halbtagskräfte."

Im Laden erklang die Türglocke, und Helen war gezwungen, hinauszugehen und einen Kunden zu bedienen. Sie beeilte sich, um schnell zurück sein zu können. Sharon hatte ihre Anzeige gerade telefonisch durchgegeben.

„Mit etwas Glück haben wir schon Montag einige Bewerber", sagte sie und legte den Hörer auf.

Helen sah sie mit weit geöffneten Augen an.

„Ich weiß, was hier vor sich geht!", rief sie triumphierend aus. „Es ist wie in diesem Film von James Stewart, wo er nicht mehr leben wollte und plötzlich ein Engel erscheint, der ihn aufrichtet. Seine Freunde erkennen ihn nicht wieder, seine Eltern auch nicht. Sein gesamtes Leben hatte sich verändert, weil er endlich begriffen hatte, wie wichtig er eigentlich war. Und das machte ihn so glücklich …"

Sharon schüttelte den Kopf. „Du glaubst doch nicht wirklich, dass so etwas passiert?"

Helen seufzte. „Nein, aber manchmal packt es mich eben."

„Das kann man wohl sagen." Sharon holte die Geschäftsbücher hervor und begann, Soll und Haben aufzulisten.

6. KAPITEL

„Die Bilder müssen weg, Mama“, sagte Tony sanft und zeigte auf die Fotografien von Carmen und ihm, die auf dem Fernseher seiner Eltern standen.

Maria Morelli betrachtete ihre im Schoß gefalteten Hände. Sie war eine schöne Frau mit klassischen Zügen, die ihr dunkles Haar immer tadellos nach oben gesteckt trug. Obwohl sie die beste Köchin in der gesamten Familie war, hatte sie genau wie ihre Töchter eine schlanke Figur.

„Carmens Mutter war meine beste Freundin“, antwortete sie mit leiser und weicher Stimme. „Fast so, als wären wir Schwestern gewesen.“

Tony nickte. „Das weiß ich, Mama. Ich versuche nur, es Sharon etwas leichter zu machen. Das ist alles.“

Für eine Sekunde verhärtete sich das makellose und anscheinend nie alt zu werdende Gesicht.

„Sharon hat sich von dir scheiden lassen“, erinnerte Maria ihn. „Sie ist nicht mehr deine Frau.“

Tony atmete tief durch.

„Verabscheust du sie so sehr, Mama?“, fragte er leise.

„Keineswegs. Schließlich ist sie die Mutter meines Enkelsohnes.“ Ein vorwurfsvoller Blick traf Tony.

„Die Bilder stören sie. Kannst du das nicht verstehen?“

„Carmen gehörte sozusagen zur Familie. Ihr seid praktisch zusammen aufgewachsen. Sie …“

„Ja“, unterbrach Tony seine Mutter sanft. „Und ich habe Carmen geliebt. Aber sie ist tot.“

„Noch ein Grund mehr, sie in guter Erinnerung zu behalten. Hast du vergessen, dass sie Brianas Mutter war, Tony?“

Tony schüttelte den Kopf. „Nein, Mama, aber Sharon hat auch niemanden von uns gebeten, Carmen jemals zu vergessen.“

Maria überlegte und nickte dann zustimmend. Ihr Blick fiel auf die Bilder, die seit zwölf Jahren dort ordentlich nebeneinanderstanden. „Sie war so schön, Tony.“

Tony betrachtete das Hochzeitsfoto, auf dem er glücklich lachend Carmen im Arm hielt. Für einen Moment überkamen ihn die alten Gefühle. „Ja“, sagte er rau.

„Nimm du die Bilder“, entschied Maria plötzlich. „Heb sie für Brian auf. Eines Tages wird sie sie haben wollen.“

Tony nickte und sammelte die Bilder ein.

Maria stand mit dem Rücken zu ihm. „Du liebst Sharon also immer noch?“

„Ja“, antwortete er. „Vielleicht mehr als je zuvor.“

„Ihr hattet so viele Probleme miteinander.“

Er dachte an die Stunden, die er letzte Nacht mit Sharon verbracht hatte. Im Bett hatten sie sich immer gut verstanden, besonders am Ende ihrer Ehe. Aber jetzt dachte er nicht daran, dass der Sex gestern so gut war wie noch nie, sondern an das Lachen und die ruhigen Gespräche.

„Es gibt nichts auf der Welt, was ich mehr möchte, als eine zweite Chance mit Sharon“, sagte er zu seiner Mutter und verabschiedete sich.

Tony fuhr nicht zum Haus, sondern zu seiner Wohnung. Er brauchte etwas Zeit für sich selbst.

Als er die Wohnung betrat, die er seit der Trennung von Sharon bewohnte, stellte er die Fotos von Carmen ab und vergaß sie augenblicklich. Seine Großmutter Lucia hatte einen ihrer überraschenden Auftritte. Sie kam mit weit ausgebreiteten Armen aus der Küche.

Lucia genoss aufgrund ihres Alters und ihrer Stellung innerhalb der Morelli-Familie das Privileg, sich aufhalten zu können, wo sie wollte. Tony küsste sie auf die Stirn und begrüßte sie auf Italienisch.

Lucia erzählte, dass seine Schwester Rose sie hergebracht hatte. Wie alle Familienmitglieder wusste auch Lucia, wo Tony den zweiten Schlüssel zur Wohnung aufbewahrte. Und jetzt wollte sie für Tony kochen.

Er verehrte die alte Dame, aber im Moment war er nicht in der Stimmung, zu essen oder nett mit ihr zu plaudern.

„Ein anderes Mal. Ich muss gleich wieder weg.“

Lucia lächelte, berührte sein Gesicht mit einer ihrer kleinen Hände und antwortete, dass sie das Essen in Schüsseln füllen und in den Kühlschrank stellen werde, er brauche es später nur aufzuwärmen.

Tony beugte sich vor und küsste sie auf die Wange. „Viel Spaß, Großmutter." Dann verließ er die Wohnung, stieg ins Auto und fuhr zu dem versteckten Plätzchen, von dem aus man den Sound überblicken konnte.

An diesem Ort mit seinen Bäumen und dem Meer konnte man wunderbar nachdenken, Hoffnung schöpfen und planen. Zweimal jedoch hatte er an diesem Ort geweint.

Sharon kehrte von der Mittagspause zurück. Tief in ihrer Tasche steckte ein Buch. Helen sollte es nicht sehen. Was zwischen ihr, Sharon, und Tony passierte, war noch zu frisch und zerbrechlich, um darüber zu reden. Auch nicht mit der besten Freundin, und sie wusste, dass ein italienisches Kochbuch Fragen hervorrufen würde.

Helen war noch bei ihrem üblichen Salatessen. Sharon rief Tonys Schwester Rose an und bat sie um einen Gefallen. Rose war seit zwei Jahren verheiratet und erwartete ihr erstes Kind. Sie versprach, Marc und Brian abzuholen und mit zu sich zu nehmen.

Nach Feierabend machte Sharon schnell die Abrechnung und eilte dann in den Supermarkt. Mit dem Kochbuch unter der Nase suchte sie alle Dinge zusammen, die sie für Spaghetti mit Venusmuscheln brauchte. Wenn sie es mit diesem Essen nicht schaffte, Tony zu beeindrucken, dann schaffte sie es überhaupt nicht.

Nach dem Einkaufen machte Sharon sich auf den Weg zum Haus am Tamarack Drive. Auf der großen schwarzen Tafel in der Küche hatte Brian in sauberer Schrift eine Nachricht hinterlassen: „Lieber Daddy, wir sind bei Tante Rose. Ich habe ihr gesagt, dass wir Hausarrest haben, aber sie meinte, die Strafe sei zur Bewährung ausgesetzt, und du sollst in deine Wohnung fahren. Alles Liebe, Bri."

Darunter hatte Rose geschrieben: „Mach dir keine Sorgen um Großmutter. Ich hole sie ab. Ciao, schöner Mann! R."

Lächelnd ging Sharon zum Schlüsselkasten, suchte Tonys Wohnungsschlüssel heraus, steckte ihn in die Rocktasche und verließ das Haus.

Tonys Wohnanlage befand sich am äußersten Rande der Stadt. Sharon wusste es sehr genau. Als sie Tony damals die Scheidungspapiere dorthin schickte, hatte er den Bau der Anlage überwacht.

Diese Adresse war fest in ihr Gedächtnis gebrannt. Genauso wie Tonys wütender Auftritt im „Traumland", wo er mit den Papieren in der Hand Erklärungen haben wollte, die Sharon ihm nicht geben konnte.

Er wohnte am Ende der ersten Reihe von Eigentumswohnungen. Brian und Marc hatten es ihr vor Wochen nach einem Besuch dort erzählt. Sharon fuhr in die Einfahrt und blieb noch ein paar Minuten im Auto sitzen, um Mut zu sammeln.

Ihre Hand zitterte leicht, als sie schließlich die Tür der Wohnung öffnete und eintrat.

Wie die Wohnungen fast aller geschiedenen Männer war auch diese nur spärlich möbliert.

Neben dem Kamin stand ein beleuchtetes Aquarium, in dem bunt schillernde Fische schwammen. Auf dem Kaminsims lächelten die beiden Kinder von einem Foto, das in glücklichen Zeiten in Disneyland aufgenommen worden war. Tonys Mutter, seine Schwestern und Tanten hatten ihn mit selbst gestickten Kissenbezügen versorgt, die auf der Couch platziert waren. Sharon wusste, dass er diese Sachen nicht aufbewahrte, weil er sie so schön fand, sondern weil er seine Familie liebte.

Sharon hatte ein gemischtes Gefühl aus Hoffnung und Trauer, während sie das Licht anmachte und in die Küche ging. Genau wie sie erwartet hatte, war sie klein, aber rationell. Alles war bestens organisiert. Ein köstlicher Geruch von Tomatensoße und Kräutern lag in der Luft.

Sharon packte die Lebensmittel aus, holte das Kochbuch aus ihrer Tasche und summte vergnügt vor sich hin. Als das Telefon klingelte und der Anrufbeantworter sich einschaltete, bekam sie einen Moment lang ein schlechtes Gewissen, weil sie einfach ohne Tonys Wissen hierhergekommen war.

Der Anrufer war Tonys jüngster Bruder Michael. „Ruf zurück, wenn du kannst, Tony. Wir haben den Vertrag über den Supermarkt in der Tasche, deshalb ist heute Abend bei mir eine Party. Bring die Blonde mit."

Michaels letzte Worte hallten durch die Wohnung, und Sharon erstarrte. Sie überlegte, ob sie das Kochbuch und die Lebensmittel nehmen und gehen sollte. Dann erinnerte sie sich daran, dass Tony und sie schließlich geschieden waren und er durchaus das Recht hatte, sich mit anderen Frauen zu treffen. Andererseits tat diese Vorstellung schrecklich weh.

Sharon entschied sich, zu bleiben. Wo sie schon so weit gekommen war, könnte sie ebenso gut das Essen fertig kochen.

Welche Blonde? fragte sie sich und tat Fett in die Pfanne.

Als das Essen fast fertig war, stellte sie fest, dass es besser roch als jedes Gericht von Maria Morelli. Sharon machte das Radio an und wollte etwas Lippenstift auflegen und sich die Haare kämmen.

Auf dem Weg ins Badezimmer, das am Ende des Flurs liegen musste, bemerkte sie einen unheimlichen Schimmer, der aus dem Schlafzimmer drang.

Irritiert hielt sie inne und ging hinein. Was sie dort sah, ließ ihr beinahe das Herz stehen bleiben. Der Schock war so groß, dass sie sich am Türknauf festhalten musste, um nicht umzufallen.

Als Sharon sich etwas erholt hatte, hörte sie, wie Tony kam.

Sie starrte noch immer auf die Familienbilder, die einmal Marias Wohnzimmer geschmückt hatten. Ordentlich aufgereiht standen sie auf Tonys Herrenkommode, und eine Kerze flackerte davor.

Sharon presste die Hand vor den Mund, drehte sich mit Tränen in den Augen um und prallte direkt gegen Tonys Brust.

Er hielt Sharon fest, und obwohl es im Flur ziemlich dunkel war, konnte sie seinen erstaunten Gesichtsausdruck sehen. Hastig machte sie sich frei und stürzte ins Wohnzimmer, um ihre Tasche zu holen.

„Sharon, warte einen Moment", bat Tony. „Geh nicht. Was ist denn nur los?"

Sie wischte sich die Tränen aus dem Gesicht, lief in die Küche und drehte den Herd ab. „Wahrscheinlich habe ich es nicht besser verdient." Sie wusste, dass sie völlig hysterisch reagierte.

Tony stand wie ein Wachsoldat neben der Eingangstür. „Sharon ..."

„Es war schwachsinnig von mir, einfach herzukommen und zu glauben, dass wir wieder dort anfangen könnten, wo wir aufgehört haben."

„Du bist jederzeit willkommen. Tag und Nacht."

„Die Frau, von der Michael nur als ‚die Blonde' spricht, wäre bestimmt ganz begeistert davon", sagte Sharon. Es sollte gleichmütig klingen, dennoch lag ein bitterer Unterton darin. Hastig griff sie nach dem Türknauf. „Auf Wiedersehen, Tony. Es tut mir leid, dass ich hier eingedrungen bin. Wirklich sehr leid."

Sie öffnete die Tür, aber Tony hielt Sharon zurück. Im Radio ertönte ein romantisches Liebeslied, das sie einst oft zusammengehört hatten.

„Verdammt noch mal, Sharon, ich lasse dich nicht gehen. Nicht noch einmal."

Sie wand sich aus seiner Umklammerung. „Du kannst mich nicht aufhalten." Und diesmal war nichts als Ärger in ihrer Stimme. Angestrengt blickte Sharon auf die Straße, ohne etwas zu sehen.

„Du bist zu durcheinander, um noch mit dem Auto zu fahren", sagte Tony sachlich, machte aber keine Anstalten, sie erneut festzuhalten. „Komm rein, und wir reden über alles. Bitte."

„Wir sollten inzwischen gelernt haben, dass wir nicht mehr miteinander reden können."

Tony seufzte. „Sharon, wenn es wegen dieser Frau ist, wir beide sind geschieden..."

„Das ist es nicht", erwiderte sie hart. „Es ist diese nette Gedenkstätte in deinem Schlafzimmer." Sie drehte sich um und sah ihm ins Gesicht. „Mein Anwalt wird sich wegen der Vereinbarung, die Kinder zu sehen und das Haus zu teilen, mit deinem in Verbindung setzen. Wir müssen irgendeine andere Lösung finden."

„Sharon!" Tonys Stimme hatte einen verzweifelten Unterton bekommen. Vorsichtig fasste er Sharon beim Arm und zog sie zurück in die Wohnung.

Sharon sah, wie sich seine Muskeln unter dem Hemd anspannten.

„Meine Güte", sagte er leise und atmete tief durch. „Du wirst mir niemals glauben, also brauche ich erst gar nicht versuchen, es dir zu erklären. Jedenfalls jetzt nicht." Er ließ ihren Arm los. „Ich ruf dich später an."

„Es wird kein ‚später' mehr geben", erwiderte Sharon. „Nicht für uns." Damit drehte sie sich um und ging hinaus. Tony versuchte nicht, sie aufzuhalten.

Nach der Rückkehr in ihr Apartment zog Sharon ihre Malerklamotten an und stürzte sich auf die Arbeit. Zwar rannen ihr unaufhörlich die Tränen übers Gesicht, aber sie hörte mit dem Streichen nicht auf. Die Küche, das Schlafzimmer und das Bad bekamen einen neuen Anstrich. Danach strich sie die Decke und die Wände des Wohnzimmers noch einmal über.

Inzwischen war es draußen bereits hell geworden, und es hatte keinen Sinn mehr, noch ins Bett zu gehen. Sharon entfernte das Zeitungspapier, stellte die restliche Farbe und die Malerutensilien fort und ging unter die Dusche. Sie hoffte, außer den Farbklecksen auch Tonys Berührungen wegwaschen zu können.

„Um Himmels willen, wie siehst du denn aus?", rief Helen, als Sharon eine Stunde später das „Traumland" betrat.

Ohne ein Wort ging Sharon ins Büro und setzte sich an den Schreibtisch. Sie holte das Scheckbuch hervor und stellte für Helen einen Gehaltsscheck aus.

Danach ging sie die Post durch und entdeckte eine Ankündigung für eine Modenschau in Paris. Vielleicht sollte man langsam dazu übergehen, die Waren selbst, statt von Großhändlern, zu kaufen.

Sharon überlegte, ob ihr Reisepass abgelaufen war oder nicht.

Sie wollte gerade in den Laden gehen und sich der Kundschaft widmen, als sie eine Überraschung erlebte.

Michael, Tonys jüngster Bruder, kam ins Büro. Er sah sehr ärgerlich aus. Sharon hatte ihn immer gemocht. Jetzt war sie betroffen über das Flackern in seinen Augen.

„Was hast du mit ihm gemacht?“, fragte er leise.

„Soll ich die Polizei rufen?“, erkundigte sich Helen von der Tür aus.

Sharon schüttelte den Kopf und bedeutete Helen, sie mit Michael allein zu lassen.

„Setz dich“, bat sie ihren ehemaligen Schwager dann.

Er nahm Platz und starrte sie an. „Ich habe gestern Abend eine Party gegeben.“

Sharon setzte sich ebenfalls und faltete die Hände im Schoß.

„Ich weiß“, antwortete sie.

„Tony war da.“

Bei diesen Worten baute Sharon eine Mauer aus Eis um sich herum. „Schön.“

Michael war ziemlich wütend. Trotzdem versuchte er, in sachlichem Tonfall weiterzureden. „Sharon, mein Bruder sieht aus wie ein Wrack. Als er gestern stinkbesoffen bei mir auftauchte, redete er unentwegt von Gedenkstätten, irgendeiner Blondine und Muschelsoße. Der einzig vernünftige Satz, den man aus ihm herausbekommen konnte, war, dass dein Anwalt sich mit seinem in Verbindung setzen würde.“ Michael hatte sich etwas beruhigt. „Das bringt mich zu meiner einleitenden Frage zurück. Was hast du mit Tony gemacht?“

Sharon war viel zu müde und verletzt, um Michael böse zu sein.

„Ich habe ihm überhaupt nichts getan“, antwortete sie seufzend. „Verzeih, Michael, aber das alles geht wirklich nur Tony und mich etwas an.“

Michael beugte sich vor. „Es interessiert mich nicht, ob du meinst, dies sei nicht meine Angelegenheit. Tony ist mein Bruder, und ich liebe ihn.“

Sharon hatte Kopfschmerzen. Wahrscheinlich das Ergebnis der Auseinandersetzung und des Farbgeruchs zu Hause. Sie wollte nur noch, dass die ganze Welt sie in Ruhe ließ. „Ich wünsche dir alles Gute dabei, Michael. Es ist sehr schwer, Tony zu lieben. Ich habe es aufgegeben."

Michael fuhr sich mit der sonnengebräunten Hand durchs Haar. „Also gut, ich habe es versucht und bin gescheitert", erwiderte er frustriert. „Tony bringt mich um, wenn er erfährt, dass ich hier war und mit dir darüber gesprochen habe."

„Von mir wird er es nicht erfahren", versicherte Sharon. „Herzlichen Glückwunsch übrigens zum Vertrag über den Supermarkt."

Michael sah sie einen Moment lang überrascht an, dann stand er auf. Nervös knetete er die Hände. „Danke. Sharon, eines möchte ich noch sagen, bevor ich gehe. Tony liebt dich, wie noch nie ein Mann eine Frau geliebt hat, und wenn ihr beide es nicht bald schafft, wieder zueinanderzufinden, dann ist es zu spät."

„Das ist es bereits", sagte Sharon traurig. „Und wir hätten es niemals versuchen sollen."

Michael schüttelte den Kopf und ging.

Als sich die Ladentür hinter ihm geschlossen hatte, erschien Helen im Büro. „Geht's dir gut?"

„Nein, ganz und gar nicht. Ich habe schreckliche Kopfschmerzen." Und ein gebrochenes Herz, fügte Sharon im Geiste hinzu. „Ich möchte nach Hause gehen. Wenn du auch nicht bleiben möchtest, dann schließ einfach den Laden ab, und mach Feierabend."

Helen sah Sharon an, als hätte sie ihr gerade gesagt, sie wolle sich vom Dach des Hauses stürzen. „Ich schließe den Laden um halb sechs."

Sharon nickte. „Gut. Dann sehe ich dich morgen."

„Ja", stimmte Helen zu. „Aber du musst morgen nicht kommen. Ich schaffe es auch allein."

Obwohl es nicht nötig gewesen wäre, setzte Sharon sich die Sonnenbrille auf, ehe sie zu ihrem Auto ging. Bevor sie aus der

Parklücke setzte, öffnete sie das Verdeck, weil sie den Wind im Gesicht spüren wollte. Ohne ein bestimmtes Ziel vor Augen zu haben, fuhr sie auf die Autobahn, die stadtauswärts führte.

Nach über einer Stunde Fahrt stellte Sharon fest, dass sie geradewegs nach Hayesville fuhr. Dem Ort, in dem sie ihre Kindheit verbracht hatte und in dem Bea heute noch lebte.

Es begann stark zu regnen, und Sharon stoppte, um das Verdeck zu schließen. Nach einer weiteren Stunde steuerte sie ein Restaurant an, um einen Kaffee zu trinken und die Kinder anzurufen.

„Wo bist du, Mom?“, jammerte Briana. „Du solltest doch hier sein.“

Marc sprach von einem der anderen Telefone. „Außerdem fängt morgen die Schule an“, fügte er hinzu.

Sharon versuchte, sich zusammenzureißen.

„Aber Mrs Harry ist doch bei euch, oder?“

„Nein“, erwiderte Briana. „Dad ist hier. Aber er hat Kopfschmerzen, und wir dürfen uns nicht in seinem Arbeitszimmer blicken lassen.“

Verantwortungsbewusst erwiderte Sharon: „Sagt Daddy bitte, er soll ans Telefon gehen. Ich muss ihm erklären, warum ich nicht kommen kann.“

Brian plapperte nun unentwegt von ihrer Lieblingspopgruppe, den Chancen, die siebente Klasse zu schaffen, und was der Kieferorthopäde zu den kaputten Zähnen ihrer Freundin Mary Kate gesagt hatte. Deshalb lief Marc hinüber ins Arbeitszimmer.

Sharon musste sich noch eine Weile Brianas Pubertätsgerede anhören, bevor Tony in die Leitung kam.

„Leg auf, Brian“, sagte er knapp.

Unter Protest gehorchte sie.

„Tony, hör mir zu“, begann Sharon. „Ich …“

„Nein, Lady“, unterbrach Tony sie brüsk. „Du hörst mir zu. Ich weiß zwar weder, wo du bist, noch, was du tust, aber es wäre deine verdammte Pflicht, hier zu sein. Also mach, dass du herkommst und auf diese Kinder aufpasst.“

Sharon holte tief Luft. „Ich kann nicht. Ich … ich bin außerhalb der Stadt."

Tony klang wie ein Fremder. „Na, wunderbar! Wird denn dein Anwalt meinen auch davon unterrichten?"

„Bitte, Tony", flüsterte Sharon, „sei nicht so grausam."

„Ich versuche es. Ich dachte nur, wir würden von nun an in dieser Form miteinander reden: von Anwalt zu Anwalt. Anders geht es offensichtlich nicht mehr."

„Das stimmt doch auch, oder? Wir passen ganz einfach nicht zusammen."

„Wo bist du?", fragte Tony nach einem kurzen Schweigen.

„Ich werde meine Mutter besuchen." Die Worte klangen etwas steif und fast herausfordernd, obwohl Sharon das nicht beabsichtigt hatte.

„Großartig! Solltest du sie zwischen zwei Bingospielen erwischen, kannst du ihr ja dein Herz ausschütten."

„Das war unfair, Tony. Habe ich jemals Bemerkungen über deine Mutter gemacht?"

„Des Öfteren."

Es hatte keinen Sinn. Sharon war froh, dass Tony ihre Tränen nicht sehen konnte.

„Sag den Kindern bitte, dass ich sie liebe und morgen wieder nach Hause komme. Dann werden wir essen gehen, um ihren ersten Schultag zu feiern."

Tony schwieg so lange, dass Sharon schon glaubte, er hätte aufgelegt. Dann aber antwortete er: „Ich sag's den Kindern."

„Danke." Sie hängte ein und ging zurück zu ihrem Auto.

Es regnete noch immer so stark, und das trübe Wetter passte genau zu ihrer Stimmung.

7. KAPITEL

Gegen Abend erreichte Sharon Hayesville. Sie fuhr die Center Road herunter, vorbei an der Bank, dem Lebensmittelgeschäft und der Tankstelle, und bog dann links in die Bedford Road.

Sharons Mutter wohnte in einem kleinen Mietshäuschen am Ende der Straße. Der Zaun benötigte dringend einen neuen Anstrich, der Briefkasten wies einige Roststellen auf, und der Garten war völlig verwildert. Sharon parkte in der Einfahrt und stieg aus.

Sie öffnete die schon etwas zerfetzte Fliegentür an der Hinterseite des Hauses. Der Schlüssel hing wie immer an dem kleinen Haken neben dem Wäschetrockner. Sharon nahm ihn herunter, schloss auf und betrat die Küche.

„Bea?" Sharon, obwohl sie rief, wusste, dass niemand da war. Zweifellos hatte Tony recht gehabt. Bea spielte in der Grange Hall Bingo. Zurzeit arbeitete sie nur halbtags, da sie eine mysteriöse Geldquelle aufgetan hatte, über die Bea aber beharrlich schwieg.

Sharon fragte sich, warum sie den langen Weg hierhergefahren war. Schließlich hatte sie vorher gewusst, dass Bea nicht für sie da sein würde.

Sie blickte zum Wandtelefon und spürte das Verlangen, Tony einfach anzurufen, um seine Stimme zu hören. Plötzlich klingelte es, und Sharon erschrak. Sie nahm den Hörer ab. „Hallo?"

„Sharon?", fragte Bea vorsichtig, als wolle sie sichergehen, dass sie auch mit ihrer Tochter sprach und nicht mit einem Einbrecher.

Sharon lächelte. „Ja, ich bin gerade eingetroffen."

„Melba Petersson hat dich in deinem schicken gelben Wagen vorbeifahren sehen, aber ich wusste nicht, ob ich das glauben sollte. Sie erzählte mir nämlich auch, dass es beim Bingo heute Abend einen Tausenddollarjackpot gibt. Dabei bestehen die Gewinne lediglich aus ein paar Dosen Motoröl und einem kostenlosen Ölwechsel bei der Texaco-Tankstelle."

Sharon spielte mit der Telefonschnur. „Heißt das, du kommst gleich nach Hause?"

Bea war ehrlich überrascht. „Natürlich. Denkst du, ich lasse dich allein herumsitzen?"

„Ja, ich meine, nein."

„Ich bin sofort da, Darling. Hast du schon etwas gegessen?"

„Na ja ..."

„Also nicht. Ich bringe ein paar Hamburger mit." Sharon setzte an: „Mir ist eigentlich nicht ..."

„Bis gleich dann", unterbrach Bea sie fröhlich, als wären sie und ihre Tochter immer die besten Freundinnen gewesen.

Kurze Zeit später fuhr Bea lautstark in die Einfahrt. Ihr Auspuff verursachte Geräusche, die eher an einen Feuer speienden Drachen als an ein Auto erinnerten. Sharon hatte sich inzwischen etwas frisch gemacht.

Im Sturmschritt kam Bea aufs Haus zu, in der einen Hand ihre Tasche, in der anderen die Tüte mit dem Essen.

„Was hat dir dieser Ganove angetan?", rief sie.

Sharons Hoffnungen, dass sie wieder einigermaßen gefasst aussah, waren dahin. Sie seufzte und hielt Bea die Tür auf. „Tony ist kein Ganove, und er hat überhaupt nichts mit mir gemacht."

„Natürlich nicht. Deshalb bist du auch mitten in der Woche hierhergekommen und siehst aus, als hättest du um eine Zahl den Bingojackpot verfehlt." Sie zeigte auf die Tüte, und Sharon folgte Bea in die Küche.

Bea war eine zierliche Person mit kunstvoll frisiertem, blond gefärbtem Haar und trug wie immer eine Strickhose, ein geblümtes Oberteil und Leinenschuhe. Die Tüte mit den Hamburgern warf sie achtlos auf den Küchentisch und hob belehrend den Zeigefinger. „Es wird Zeit, dass du den Mann aufgibst und nach einem anderen Ausschau hältst."

„Du selbst hast das nie getan", bemerkte Sharon verärgert. Sie stand wie früher in der Tür und hielt sich am Holzrahmen fest.

Bea setzte sich an den Tisch und begann, die Hamburger und Pommes frites zu essen, und überließ Sharon die Wahl, es ihr gleichzutun oder zu hungern.

„Wie kommst du darauf, dass ich es jemals musste?", fragte Bea.

Sharon nahm nun ebenfalls Platz und griff nach einem Cheeseburger. „Willst du damit sagen, du hattest in deinem Leben eine Romanze, von der ich nichts wusste?"

Bea lächelte und trommelte mit den rosa Fingernägeln auf die Tischplatte. „Es gab eine Menge Sachen, von denen du nichts wusstest, Sweetheart."

Sharon sah sie mit großen Augen an, und Bea brach in schallendes Gelächter aus.

Danach aßen beide einige Minuten schweigend weiter.

Schließlich brach es aus Sharon heraus: „Ich liebe Tony noch immer."

„Erzähl mir doch zur Abwechslung mal was Neues", stöhnte Bea.

Die Kehle war Sharon plötzlich wie zugeschnürt. Sie legte den Rest ihres Cheeseburgers zurück und sah auf den Boden. „Wahrscheinlich hattest du recht damit, dass es nicht funktionieren würde."

Bea griff zögernd nach Sharons Hand. „Ich wollte damals nicht, dass man dir wehtut. Tony war jung, hatte gerade seine Frau verloren und musste ein Baby großziehen. Ich hatte Angst, er würde dich nur benutzen."

„Aber du sagtest doch ..."

„Ich weiß. Ich sagte, er passe nicht zu dir und würde deiner rasch müde werden."

Sprachlos blickte Sharon auf ihre Mutter. Diese verständnisvolle, sympathische Bea war nicht die Frau, die sie kannte.

„Ich hatte gehofft, dich entmutigen zu können", gestand Bea gedankenverloren. „Es war nie leicht für uns beide, miteinander zu reden."

„Ja", stimmte Sharon zu.

Bea lächelte traurig. „Ich weiß auch nicht, warum. Damals

gab es keine Fernsehpsychologen, die uns gesagt haben, wie man es macht."

Sharon drehte ihre Hand so, dass sie die ihrer Mutter drücken konnte. „Dann lass uns jetzt damit anfangen. Ich kann nicht mehr denken, Bea. Das Einzige, wozu ich noch fähig bin, ist fühlen. Und es tut so weh."

„Das ist Liebe. Wie denkt Tony darüber?"

„Keine Ahnung. Manchmal glaube ich, er liebt mich auch, und dann passiert wieder irgendetwas, und alles ist dahin."

„Was heißt: ‚Es passiert irgendetwas'?"

Sharon senkte die Lider. „Gestern kam ich auf die fixe Idee, Tony mit einem echt italienischen Essen zu überraschen. Leider war ich diejenige, die eine Überraschung erlebte."

„Erzähl weiter", forderte Bea sie auf.

Sharon berichtete, wie sie auf die Bilder von Carmen und die brennende Kerze davor gestoßen war. „Es gibt doch bestimmt eine Erklärung dafür. Tony würde so etwas nicht machen. Und schon gar nicht nach so langer Zeit."

„Inzwischen weiß ich das auch", erwiderte Sharon kläglich.

„Und du kannst nicht einfach zurückgehen und dich entschuldigen? Oder ihn anrufen?"

„Tony hat sich von mir distanziert, und es tut so weh."

„Du hast ihn das eine oder andere Mal auch ganz schön verletzt. Hast du mir nicht erzählt, dass er zum Beispiel fürchterlich wütend wegen der Scheidung war?"

Sharon schloss bei dem Gedanken daran die Augen und nickte. Bis zu dem Tag, an dem Tony mit den Scheidungspapieren ins „Traumland" gestürzt kam, hatte sie nie Angst vor ihm gehabt. Da aber sah er aus, als würde er sie ohne zu zögern,umbringen. Sie hatte innerlich gezittert, stand aber stolz hinterm Ladentisch und wagte ihm nicht zu sagen, warum sie die Scheidung wollte. Sie war sich auch nicht sicher gewesen, ob sie überhaupt eine Antwort darauf wusste.

„Du sagst, du liebst Tony. Ich nehme an, dir ist selber nicht klar, was eigentlich mit euch beiden schiefgelaufen ist. Und du wagst nicht, zu ihm zurückzugehen, bis du es weißt."

„Was kann ich tun?", flüsterte Sharon und fühlte sich innerlich zerbrochen. Sie sehnte sich danach, in Tonys Armen zu liegen, mit ihm zu lachen und mit ihm zu streiten.

„Lass dir Zeit", antwortete Bea. „Versuch, ein bisschen mehr Abstand zu gewinnen, um wieder klar denken zu können. Es ist unmöglich, objektiv zu sein, wenn du jemandem, den du liebst, zu nahe bist."

„Wie bist du zu dieser Weisheit gelangt?", fragte Sharon zwar unter Tränen, aber mit einem Lächeln.

Bea war sichtlich erfreut über das Kompliment. „Durch die vielen Fehler, die ich gemacht habe, nehme ich an." Sie stand auf, um Kaffee zu kochen.

Sharon räumte den Tisch ab.

„Tony ist kein schlechter Kerl", sagte Bea leise. „Wahrscheinlich mag ich ihn bloß deshalb nicht, weil er dich so sehr verletzen kann."

Sharon sah ihre Mutter schweigend an. Ihre Beziehung zueinander war nicht die beste, aber wenigstens begannen beide, sich zu öffnen und über ihre Gedanken und Gefühle zu sprechen.

Sharon schlief diese Nacht in ihrem alten Kinderzimmer. Am nächsten Morgen fühlte sie sich schon ein bisschen besser und stärker. Sie hatte verhältnismäßig gut geschlafen.

Bea bereitete in der Küche das Frühstück zu. Beim Speckbraten erzählte sie Sharon von dem neuen Auto, das sie heute beim Bingospielen gewinnen wollte. Das Läuten des Telefons unterbrach sie.

Sharon goss den Kaffee ein und hatte ein Auge auf den Speck, während sich Bea mit einem freundlichen „Hallo!" meldete.

„Ja, sie ist hier", sagte sie nach einer kurzen Pause. „Einen Moment bitte."

Sharon wandte sich ihrer Mutter zu und sah sie fragend an.

„Es ist Vincent Morelli", flüsterte Bea, nachdem sie den Hörer vor die Brust gepresst hatte.

Eine Vorahnung veranlasste Sharon, sich erst zu setzen, bevor sie mit ihrem Schwiegervater sprach.

„Vincent?“ Ihre Stimme klang brüchig.

„Ich habe schlechte Nachrichten für dich, Sweetheart“, begann er, und Sharon griff automatisch nach Beas Hand. „Heute Morgen hatte Tony einen Unfall und wurde verletzt. Die Ärzte wissen noch nicht, wie schlimm es ist.“

Die Küche verschwamm vor Sharons Augen, und sie brauchte einige Zeit, um sich zu beruhigen.

„Wie ist es passiert?“, fragte sie schließlich.

Vincent seufzte. „Tony kletterte auf ein Baugerüst und stürzte hinunter. Er trug keinen Sicherheitsgurt.“ In seinen Worten lagen Besorgnis und Angst.

Sharon schluckte und stellte sich den Unfall bildlich vor. „Sind Marc und Brian okay?“

„Sie sind in der Schule, wir haben ihnen nichts gesagt. Der Rest der Familie ist hier im Krankenhaus.“

„Ich bin so schnell wie möglich da. Vielen Dank, dass du mich angerufen hast, Vincent.“

„Dank dem Himmel, dass dein Hauswart wusste, wo du warst. Fahr vorsichtig, meine Kleine, ein Unfall genügt.“

Sharon versprach es und legte auf. Dann fing sie wie eine Wilde an, ihre Tasche zu suchen. Sie war verwirrt und völlig aufgeregt. Tränen rannen ihr über die Wangen.

Bea hielt sie an beiden Händen fest und zwang sie, stillzustehen. „Was ist los? Ist eines der Kinder verletzt? Nun sag endlich, was geschehen ist. Hatte Maria einen Unfall?“

Sharon schüttelte den Kopf. „Nein, Tony. Er ist gestürzt, die Ärzte wissen nicht…“ Sie machte eine Hand frei und fasste sich an die Stirn. „Es wird Stunden dauern, bis ich dort bin. Meine Handtasche, wo ist meine Handtasche?“

Bea nahm die Tasche, die auf dem Geschirrspüler lag, und holte ohne zu zögern Sharons Autoschlüssel heraus. „Ich werde fahren. Du bist viel zu aufgeregt.“

Wenig später saß Bea hinter dem Lenkrad des gelben Sportwagens und raste in Richtung Port Webster. Sharon hockte wie betäubt auf dem Beifahrersitz.

Sharon wäre an der Eingangstür des Krankenhauses fast mit Michael zusammengeprallt, hätte er es nicht noch rechtzeitig verhindert.

„Tony …?“, stammelte Sharon. Mehr brachte sie nicht heraus. Sie wusste, dass sie verheulte Augen hatte und leichenblass aussah.

Michael blickte sie liebevoll an.

„Er kommt wieder auf die Beine“, beruhigte er sie schnell.

Vor Erleichterung wurden ihre Knie weich. „Gott sei Dank.“ Vor Freude schlang sie die Arme um Michaels Nacken.

Michael hielt sie fest, bis sie sich von ihm löste und fragte: „Wo ist Tony? Ich will ihn sehen.“

Er blickte skeptisch. „Ich glaube, das ist keine gute Idee, Prinzessin. Jedenfalls im Moment nicht.“

„Wo ist er?“, wiederholte Sharon heftig. Ihre ganze Körperhaltung strahlte Entschlossenheit aus.

Michael seufzte. „Zimmer zweihundertneunundzwanzig. Aber, Sharon …“

Sie war bereits auf dem Weg zum Fahrstuhl. Bea, die immer noch einen Parkplatz suchte, musste sich in diesem Irrgarten von Krankenhaus eben selber zurechtfinden.

Zimmer zweihundertneunundzwanzig befand sich in einer Ecke, und sämtliche Mitglieder der Morelli-Familie bevölkerten den Flur. Sharon war froh, dass sie dank Michael Bescheid wusste, sonst hätte sie das Allerschlimmste vermutet.

Ihre Ankunft sprach sich schnell herum, und alle traten zur Seite, um sie ins Zimmer zu lassen.

Tony saß mit einem Verband um den Kopf im Bett. Blaue Flecken und Schrammen bedeckten sein Gesicht, und ein Arm lag in Gips. Aber nicht das, sondern sein Blick ließ Sharon in der Mitte des Zimmers erstarren.

Seine Augen waren kalt und hasserfüllt.

Vincent und Maria, die neben dem Bett standen, zogen sich schweigend zurück.

Das Herz klopfte Sharon bis zum Hals, und sie musste erst zweimal schwer schlucken, bevor sie sprechen konnte.

„Ich bin so schnell wie möglich hergekommen. Geht's dir besser?"

Tony nickte nur. Das ganze Ausmaß seiner Frustration spiegelte sich in seinen Augen wider.

Ein kalter Hauch streifte Sharons Seele. „Tony ..."

„Geh", sagte er und richtete den Blick aufs Fenster. In der Ferne schimmerte und funkelte das Meer in der Nachmittagssonne. „Bitte, bleib mir fern."

Sharon wollte auf ihn zurennen, gleichzeitig aber auch flüchten, doch sie regte sich nicht.

„Ich gehe nirgendwohin, bevor du mir nicht erzählt hast, was los ist." Es klang so sachlich und gelassen, dass Sharon sich fragte, ob wirklich sie es war, die diese Worte gerade gesprochen hatte.

Tony sah noch immer aus dem Fenster.

„Wir fügen uns gegenseitig zu viel Schmerz zu", erwiderte er nach einer langen Pause.

Sie wagte, einen Schritt vorzugehen, und sehnte sich danach, Tony zu berühren, seine Schmerzen zu lindern und ihn zu pflegen. Aber sie stand nur einfach da. Seine Worte, so wahr sie auch waren, hatten sie tief getroffen und schmerzten sehr.

Sharon wartete, bis Tony weitersprach.

„Wir müssen aufhören, in der Vergangenheit zu leben, jeder von uns beiden muss sein eigenes Leben führen. Durch den Unfall wurde mir das erst richtig klar."

Tränen stiegen Sharon in die Augen, und sie senkte den Kopf.

„Du kannst das Haus haben", fuhr Tony fort, und Sharon spürte seinen Blick auf ihrer Haut. „Ich war niemals wieder fähig, in unserem Zimmer zu schlafen. Wusstest du das?"

Sie zwang sich, den Kopf zu heben.

„Ich habe auch sehr oft im Arbeitszimmer übernachtet", gestand sie.

Das folgende Schweigen hing unerträglich im Raum. Sharon trat an Tonys Bett, obwohl sie wusste, dass er es nicht wollte.

„Ich hatte solche Angst", flüsterte sie. Ihre Hand zitterte, als sie vorsichtig den Kopfverband berührte, der nicht nur Tonys

Haare, sondern auch ein Auge verdeckte, was ihm den Anschein eines Piraten verlieh.

„Das glaube ich dir. Du hattest Angst, dass Carmen und ich schließlich doch noch einen Weg gefunden haben könnten, um zusammen zu sein“, bemerkte er mit grausamer Kälte.

Diese spöttische Bemerkung traf Sharon wie ein Schlag. Der Schmerz zuckte durch ihren Körper, während sie den Blick nicht von Tony ließ.

„Die Gedenkstätte, wie du es nennst, war das Werk meiner Großmutter.“ In einem Anflug von bitterem Humor verzog er die Mundwinkel, und seine Augen funkelten. „Da dich die Bilder so gestört haben, überredete ich Mama, sie mir zu überlassen. Ich hatte vor, den Streit mit Brian zu bereinigen und sie ihr dann zu geben. Zwischenzeitlich aber fand Großmutter die Bilder und wollte sich die Zeit vertreiben, indem sie die Toten ehrte.“

Sharon legte ihm den Zeigefinger auf den Mund, damit Tony nicht weitersprach. Sie konnte es nicht mehr ertragen. Er hatte recht; er hatte ja so recht. Sie fügten einander zu viel Schmerz zu.

Wie eine Ertrinkende nach einem Strohhalm griff sie zu einem etwas weniger brisanten Thema. „Was ist mit Brian? Werde ich sie weiterhin sehen dürfen?“

Tony wirkte plötzlich betroffen. „Du bist für sie die einzige Mutter, die sie je gekannt hat. Niemals würde ich Brian oder dich verletzen wollen, indem ich euch voneinander trenne.“

„Danke.“ Sharon küsste ihn sanft. „Schlaf jetzt“, sagte sie leise, bevor sie sich umdrehte, um zu gehen.

Tony ergriff ihren Arm und hielt sie auf. Als Sharon über die Schulter blickte, hatte er Tränen in den Augen.

„Leb wohl“, flüsterte er.

Sie versuchte, ihre eigenen Gefühle unter Kontrolle zu halten, und lief aus dem Zimmer. Bis auf ihren Schwiegervater war niemand mehr auf dem Flur.

Vincent sah sie an und nahm sie in die Arme.

„Ist ja gut“, sagte er mit weicher Stimme. „Jetzt wird alles wieder gut. Tony ist bald wieder gesund.“

Die Tränen, die Sharon bisher unterdrückt hatte, quollen nun hervor. Sie lehnte den Kopf an Vincents Schulter und ließ all ihren Kummer und Schmerz hinaus.

„Erzähl's mir, meine Kleine", bat er vorsichtig, als sie sich etwas beruhigt hatte. „Sag mir, was dich so sehr bedrückt."

Sharon blickte hoch und versuchte zu lächeln. Sie ignorierte seine Worte und sagte: „Tony kann sich glücklich schätzen, einen Vater wie dich zu haben." Dann stellte sie sich auf die Zehenspitzen, küsste Vincents sonnengebräunte wettergegerbte Wange und ging.

Bea, die mit Maria zusammen im Wartezimmer gesessen hatte, kam auf Sharon zu, als sie den Knopf vom Fahrstuhl drückte. Schweigend fuhren die beiden hinunter und gingen zum Wagen. Sharon setzte sich hinters Steuer und bedeutete Bea mit einer Geste, ihr die Autoschlüssel zu geben.

Kopfschüttelnd stieg Bea ein und reichte sie ihr. „Wohin fahren wir?"

Sharon startete den Motor, legte den Sicherheitsgurt an und wischte sich die Tränen aus dem Gesicht.

„Nach Hause", erwiderte sie. „Wir fahren nach Hause. Tony hat mir gerade das Haus überlassen."

„Er hat gerade was?", rief Bea. „Tony verschenkt seine Besitztümer? Vor einer Viertelstunde erst hat mir Tonys Mutter erzählt, dass er wieder gesund wird und das Krankenhaus schon morgen verlassen kann."

Sharon war froh, sich auf den Verkehr konzentrieren zu müssen, sonst wäre sie sicherlich zusammengebrochen. „Das Haus ist nicht sein ‚Besitztum', Mutter. Es gehört uns beiden."

Zum ersten Mal seit fünfzehn Jahren hatte sie Bea nicht mit ihrem Vornamen angeredet. Sharon war bewusst, dass dies eine besondere Bedeutung haben musste, aber im Moment war sie zu überreizt, um darüber nachzudenken.

„Wenn es dir recht ist, würde ich morgen gerne zurückfahren. Ich könnte den Bus nehmen", sagte Bea, als sie in den Tamarack Drive einbogen.

Sharon nickte. Zu diesem Zeitpunkt hätte sie allem und jedem zugestimmt.

Beim Motorengeräusch von Sharons Wagen stürmten Marc und Brian, die immer noch ihre Schuluniformen trugen, aus dem Haus. Dicht hinter ihnen folgte Rose; beide Hände auf ihren bereits dicken Bauch.

Sharon begrüßte ihre frühere Schwägerin zuerst. „Du weißt schon, dass es Tony gut geht, stimmt's?"

„Ja, Papa rief mich an. Sorgen haben wir uns um dich gemacht."

Brian und Marc fielen Sharon stürmisch um den Hals. Sie lachte heiser, als sie versuchte, beide Kinder gleichzeitig zu halten.

„Mom, ist Daddy wirklich obenauf?", wollte Brian wissen, nachdem sie alle in der Küche versammelt waren.

Sharon vermied es, dem Kind in die Augen zu sehen. „Ja, Baby. Alles in Ordnung."

„Warum ist er dann nicht mitgekommen?", fragte Marc. Er stand ungewöhnlich dicht neben ihr. Sharon konnte gut verstehen, dass er ein Gefühl der Sicherheit brauchte, denn ihr ging es ebenso.

„Sie wollen ihn über Nacht noch im Krankenhaus behalten.

Reine Routinesache", erklärte sie Marc. „Er hat einen gebrochenen Arm, ein paar Schrammen und Kratzer und einen Kopfverband. Ansonsten scheint ihm nichts passiert zu sein."

„Ehrlich", bestätigte Sharon. „Und nun möchte ich alles von eurem ersten Schultag hören."

Beide sprudelten gleichzeitig mit den Neuigkeiten heraus, sodass Sharon eingreifen musste.

„Einer nach dem anderen. Wer möchte zuerst?"

Brian ließ Marc großzügig den Vorrang, und er begann, bis ins kleinste Detail von seinem Tag zu erzählen.

Später, nach dem Abendessen, verzogen sich die Kinder in ihre Zimmer. Sharon richtete im Arbeitszimmer das Bett für Bea her. Die ging dann sofort schlafen.

Sharon kehrte noch einmal in die Küche zurück, um einen Kräutertee zu trinken. Erstaunt bemerkte sie, dass Michael hereingekommen war. Er lehnte mit verschränkten Armen am Küchentresen, genauso wie Tony es unzählige Male getan hatte. Die Ähnlichkeit war in der Tat verblüffend.

„Ich habe versucht, dich vor Tonys Gemütszustand zu warnen", sagte Michael freundlich und blickte sie voller Sympathie und Mitgefühl an.

Sharon musste erneut feststellen, dass Tony wirklich ein Glückspilz war. Er hatte nicht nur einen Vater wie Vincent, sondern auch ein ganzes Heer von Menschen, die ihn aufrichtig liebten.

„Ja", antwortete sie mit dünner Stimme. „Das hast du."

„Was immer er auch sagte", fuhr Michael unbeirrt fort. „er hat es nicht so gemeint."

Sharon sehnte sich danach, allein zu sein. „Dann hättest du ihn hören sollen." Damit drehte sie sich um und ging nach oben, in der Hoffnung, Michael würde es verstehen.

Sie hatte keine Kraft mehr.

8. KAPITEL

Sharon suchte im Schreibtisch nach ihrem Reisepass. Sie fand ihn inmitten von Tonys alten Steuerbescheiden und entwerteten Schecks, die beim Herumwühlen zu Boden fielen. Sie kniete sich hin, um alles wieder einzusammeln.

Da entdeckte sie einen Scheck, der auf ihre Mutter ausgestellt war. Tony hatte ihn schwungvoll unterzeichnet, und das Datum lag nur ein paar Wochen zurück.

Stirnrunzelnd begann Sharon, nun auch die anderen Schecks durchzusehen. Es stellte sich heraus, dass Tony praktisch seit Jahren ihre Mutter unterstützte.

Sharon vergaß ihren Reisepass, richtete sich auf und griff zum Telefonhörer. Es war Samstagmorgen, und wenn Tony sich nicht plötzlich grundlegend verändert hatte, würde er lange schlafen.

Aber Sharon plagten keinerlei Gewissensbisse, ihn jetzt zu wecken. Seit zwei Monaten hatte sie Tony nicht mehr gesehen. Nur einmal vom Fenster aus, als er die Kinder abholte. Sie hatte es auch vermieden, mit ihm zu telefonieren, obwohl es ihr schwerfiel.

Eine Frau meldete sich, und Sharon biss sich auf die Lippe. Sie hatte nicht erwartet, nach dieser langen Zeit noch einen so heftigen Schmerz zu empfinden.

„Kann ich bitte mit Tony sprechen?“

„Wer ist denn da?“ Sharon fragte sich, ob dies wohl die blonde Dame war, die Michael erwähnt hatte. Und ob sie inzwischen Tonys Bett teilte.

„Hier ist Sharon Morelli“, erwiderte sie freundlich. „Und wer sind Sie?“

„Mein Name ist Ingrid“, kam die nüchterne Antwort. Also doch, dachte Sharon traurig. *Frauen, die Ingrid heißen, sind immer blond.* „Ich möchte mit Tony sprechen“, erinnerte sie seine Freundin. „Richtig. Hey, Tony, deine Exfrau.“

„Du Biest“, raunte Sharon.

„Wie bitte?", fragte Ingrid höflich.

Tony kam an den Apparat, bevor Sharon antworten musste. Er klang besorgt. „Ist alles in Ordnung?"

Sharon blickte auf die Schecks in ihrer Hand.

„Seit wann unterstützt du meine Mutter?", platzte sie heraus.

„Sie hat es dir also erzählt", meinte er resigniert.

„Den Teufel hat sie getan", fluchte Sharon. Sie wurde immer aufgebrachter. Und nicht wegen der Schecks, sondern wegen Ingrid und einer Menge anderer Sachen. „Kein Mensch erzählt mir irgendetwas."

„Beruhige dich", sagte Tony sachlich. „Gönnst du Bea das Geld etwa nicht?"

„Natürlich gönn ich es ihr."

„Und wo liegt dann das Problem?"

„Du hast es mir nicht gesagt. Das ist das Problem. Ich meine, eine Kleinigkeit, wie jemanden zu unterstützen, taucht normalerweise in den Alltagsgesprächen aller Ehepaare auf, findest du nicht?"

„Wir sind aber kein Ehepaar mehr", stellte Tony klar.

„Als du anfingst, diese Schecks auszuschreiben, waren wir noch eins, verdammt noch mal. Und keiner von euch beiden hat mir auch nur ein Sterbenswörtchen gesagt."

„Tut mir leid. Vielleicht haben wir nur versucht, unser Image aufrechtzuerhalten. Jeder glaubte doch, wir könnten uns nicht riechen."

Sharon stöhnte und sank in einen Stuhl. Es war so schrecklich frustrierend, mit diesem Mann zu sprechen. Andererseits tat es aber auch gut.

„Schickst du meiner Mutter immer noch Geld?", fragte sie geradeheraus. – „Ja", antwortete Tony knapp.

„Ich möchte, dass du damit aufhörst. Wenn Bea finanziell Hilfe braucht, werde ich mich darum kümmern."

„Ich sehe ja ein, dass du dich von mir befreien willst, aber ich muss dich leider enttäuschen. Die Sache wird jeden Monat automatisch von meiner Bank erledigt, genau wie mit dem Kindergeld."

Sharon atmete ein paarmal ruhig ein und aus. Sie würde nicht zulassen, dass Tony ihre Selbstbeherrschung zerstörte, die sie in den letzten zwei Monaten entwickelt hatte.

„Bea ist kein Kind mehr“, sagte sie.

„Das ist Ansichtssache. Ich glaube, wir sollten persönlich darüber reden.“

Eine süße Unruhe ergriff sie. Seit dem Tag im Krankenhaus hatte sie es vermieden, in seine Reichweite zu kommen. Sie war unsicher, ob sie es ertragen könnte, mit Tony in einem Raum zu sein. Doch der Vorschlag hatte auch etwas Reizvolles.

„Ich habe zu tun“, wich sie aus.

Zu spät erkannte Sharon, wie fadenscheinig dieses Argument klang; dank der Aushilfen, die sie nun im „Traumland“ beschäftigte, hatte sie mehr Zeit als gewöhnlich.

„Was denn?“, fragte Tony auch prompt mit der ihm angeborenen Dreistigkeit.

Sharons Blick fiel auf den blauen Reisepass. Mit einem Lächeln antwortete sie: „Ich fahre nach Paris, um eine neue Kollektion einzukaufen.“

„Die Kinder haben das gar nicht erwähnt“, erwiderte Tony leicht vorwurfsvoll.

Brian und Marc erstatteten ihrem Vater also tatsächlich Bericht; genau wie sie es umgekehrt auch bei ihr, Sharon, machten. So etwas hatte sie sich schon gedacht.

„Offensichtlich erzählen sie dir nicht alles.“

Tony brauchte einen Augenblick, um diesen Satz zu verdauen. „Was haben die Kinder mir denn noch verschwiegen?“

„Och, vermutlich dies und das. Nichts Wichtiges. Jetzt will ich dich aber nicht länger aufhalten, ich weiß, du bist beschäftigt.“ Sharon hoffte, es hätte gleichgültig und desinteressiert geklungen. Dann legte sie auf.

Zwanzig Minuten später erschien Tony überraschend bei Sharon im Arbeitszimmer. „Hallo“, begrüßte er sie.

Sharon lächelte, weil er diesmal keine Ausrede für sein Kommen hinzufügte. Sie schob die Geschäftsbücher, die sie immer noch einmal durchsah, bevor sie der Steuerberaterin übergeben wurden, ein Stückchen beiseite. „Hallo, Tony." Im Kamin flackerte ein lustiges Feuer, und aus dem Radio erklang Unterhaltungsmusik. „Wie ich sehe, brauchst du keinen Gips mehr zu tragen."

Tony nickte und steckte die Hände in die Jackentasche. „Sind die Kinder in der Nähe?"

Brian und Marc waren mit Tonys Schwester Gina und deren Mann im Inselhaus. Das wusste auch Tony.

Sharon wollte jedoch nicht näher darauf eingehen und antwortete nur mit einem knappen: „Nein."

„Ist der November nicht ein scheußlicher Zeitpunkt, um nach Paris zu fahren?"

Sharon wandte sich schnell wieder den Büchern zu, weil sie sich ein Schmunzeln nicht verkneifen konnte. „Für Paris gibt es keinen scheußlichen Zeitpunkt."

Er ging in die Küche und kehrte mit zwei Tassen Kaffee zurück. Eine davon stellte er etwas widerwillig auf den Schreibtisch.

„Wir haben unsere Flitterwochen in Paris verbracht", bemerkte Tony, als ob das ihre Pläne ändern würde.

„Ich weiß."

„Auf den Bahamas ist es jetzt wärmer."

„Dort zeigen sie aber nicht die Frühlingskollektion für Damenunterwäsche", stellte Sharon sachlich fest. Sie traute sich nach wie vor nicht, in Tonys braune Augen zu schauen, weil sie sonst verloren gewesen wäre.

Tony stellte sich vor den Kamin und drehte ihr seinen kräftigen Rücken zu. „Wir können noch immer nicht miteinander reden. Es hat sich nichts geändert."

Erst jetzt bemerkte Sharon, dass sie ein Spiel gespielt hatte. „Ich dachte, das hätten wir inzwischen aufgegeben." Ihre Stimme war weich und verriet ein bisschen von der Trauer, die sie empfand.

„Es ist mir nie leichtgefallen", sagte Tony gedankenverloren. „Das Aufgeben, meine ich. Gehst du zu der Party unserer Firma?"

Die Erwähnung dieser Feier, die Maria und Vincent jedes Jahr vorm Erntedankfest veranstalteten, ließ Sharon wieder an Ingrid denken.

„Ich bin eingeladen“, sagte sie. Die nächsten Worte kamen so schnell über ihre Lippen, dass sie sie nicht mehr verhindern konnte. „Nimmst du Ingrid mit?“

Tonys Schweigen schien wie die Ruhe vor dem Sturm.

„Ja“, bestätigte er schließlich.

Ich habe es schon wieder getan, dachte Sharon. *Ich habe eine Frage gestellt, auf die ich keine Antwort wollte.* „Sollte ich dann schon aus Paris zurück sein, komme ich wahrscheinlich kurz vorbei.“

„Gut.“ Tony stellte seine Kaffeetasse ab. „Ich gehe jetzt wohl besser ins Fitnessstudio.“

Sharon täuschte großes Interesse für ihre Zahlen in den Büchern vor, obwohl sie ihr im Moment eher wie chinesische Schriftzeichen vorkamen. „Hast du nicht etwas vergessen?“

„Was denn?“, fragte er angriffslustig zurück.

„Wir haben kein einziges Wort über deine finanzielle Unterstützung für Bea gesprochen. Ich will, dass du damit aufhörst. Ich fühle mich sonst verpflichtet.“ Nun sah sie ihm doch in die Augen.

Tony wurde zornig. „Wozu, zum Teufel, fühlst du dich verpflichtet? Habe ich dich jemals um etwas gebeten?“ Sie schüttelte den Kopf. „Nein, aber …“

Er verschränkte die Arme und blitzte Sharon böse an. „Ich kann es mir leisten, Bea zu unterstützen, und damit basta!“ Sharon seufzte.

„Es ist nicht deine Aufgabe, dich um meine Mutter zu kümmern“, sagte sie sanft. „Im Übrigen verstehe ich nicht ganz, warum du überhaupt meinst, es sei nötig.“

„Das würdest du auch nie“, erwiderte Tony scharf und verließ das Haus.

Die gemütliche Stimmung, die der Herbst oft in Sharon hervorrief, war verflogen. Sie stützte den Kopf in beide Hände.

Wenigstens hatte er es nicht geschafft, sie zum Weinen zu bringen. Sie betrachtete es als Fortschritt.

„Du musst zu dieser Party gehen." Helen lehnte am Ladentisch und sah Sharon ernst an. Die beiden hatten einen harten Arbeitstag hinter sich. Gleich würde Louise, die neue Verkäuferin, kommen und den Laden bis abends um neun weiterführen. „Außerdem musst du dort mit einem Bild von Mann aufkreuzen, damit Tony Morelli die Augen aus dem Kopf fallen."

„Und wo soll ich so einen Mann herkriegen?", fragte Sharon säuerlich. Wieso bereitete es ihr so viel Schwierigkeiten, neue Kontakte aufzunehmen, während es für Tony offensichtlich die einfachste Sache der Welt war? Seit der Scheidung war sie mit drei Männern ausgegangen, von denen ihr keiner gefiel.

Helen rieb sich nachdenklich das Kinn. Dann erhellte sich ihre Miene. „Du könntest Michael um Hilfe bitten."

Sharon sah sie verdutzt an. „Tonys Bruder?"

„Er muss doch eine Menge toller Kerle kennen, wo er doch selber eine solch markante Erscheinung ist."

„Ja", bestätigte Sharon. „Zum Beispiel kennt er Tony. Und Michael würde sofort zu seinem großen Bruder rennen und ihm alles brühwarm berichten. Ich höre ihn schon: Tony, Sharon ist so verzweifelt, dass sie mich gebeten hat, Treffen mit anderen Männern für sie zu arrangieren. Unmöglich, Helen."

„Ich versuche nur, dir zu helfen. Schade, dass du nicht in einer Branche arbeitest, in der du mehr Männer kennenlernst."

„Wie wäre es denn mit einem Kunden aus dem ‚Traumland'?", bemerkte Sharon mit einem Lachen.

„Der ist entweder verheiratet oder aber recht seltsam." Helen zog eine Grimasse. „Ich werde Allan fragen, ob er nicht im Fitnessstudio jemanden auftun kann."

Sharon zuckte bei der Vorstellung, wie Helens Ehemann fremde Männer fragte, ob sie am Abend des zweiundzwanzigsten schon etwas vorhätten, zusammen. Es wäre gut möglich, dass die Männer das falsch verstehen würden. „Nein, vielen Dank. Ich mag keine Muskelpakete."

„Und was ist Tony? Oder sind seine stahlharten Bauchmuskeln etwa nur eine Illusion?"

„Bitte, wann“, forschte Sharon mit gespieltem Ernst, „hattest du die Gelegenheit, den Bauch meines Exmannes zu betrachten? Los, beichte.“

Helen klimperte mit den Wimpern und versuchte, lüstern auszusehen. „Vierter Juli, Picknick. Vor zwei Jahren. Auf Vashon Island. Erinnerst du dich an das Volleyballspiel?“

Sharon erinnerte sich nur zu gut. Tony hatte Shorts und ein recht kurzes T-Shirt getragen. Und jedes Mal, wenn er nach dem Ball sprang …

Sie fühlte die Hitze in sich aufsteigen.

Helen warf ihr einen verschmitzten Blick zu, ging in den hinteren Raum und holte die Mäntel und Handtaschen. Als sie wiederkam, war Louise bereits eingetroffen, um den Laden zu übernehmen.

„Ich werde Allan bitten, die Muskelpakete zu inspizieren“, sagte Helen, während sie und Sharon die Fußgängerzone entlangliefen.

„Wahrscheinlich bin ich sowieso nicht rechtzeitig zur Party aus Paris zurück, also bemüh dich nicht.“

„Vielleicht triffst du jemanden im Flugzeug?“, spekulierte Helen.

Sharon verdrehte die Augen und eilte mit großen Schritten zu ihrem Auto.

Zu Hause erwartete Sharon eine große Überraschung. Maria saß am Küchentisch und plauderte mit Marc und Briana. Mrs Harry servierte noch den Tee und verabschiedete sich dann. Auch die Kinder verzogen sich, nachdem sie Sharon begrüßt hatten. Sie wollten im Arbeitszimmer fernsehen.

Sharon hatte den begründeten Verdacht, dass es vorher so abgesprochen war. „Hallo, Maria! Schön, dich zu sehen.“ Sie bemerkte verblüfft, dass sie diese Worte tatsächlich ernst meinte.

Maria erwiderte Sharons Lächeln. „Ich hoffe, ich komme nicht ungelegen.“

„Du bist jederzeit willkommen“, antwortete Sharon aufrichtig. Da Mrs Harry offensichtlich schon das Abendessen vorbereitet hatte – im Ofen schmorte etwas –, goss sie sich eine Tasse Tee ein und setzte sich zu Maria, die plötzlich beklommen und fast verschüchtert dreinblickte.

„Ich bin hier, um dich zu fragen, ob du zu unserer Party kommst“, sagte die alte Dame. „Vincent und ich hoffen es sehr. Wir sehen dich so selten, Sharon.“

„Ich weiß nicht, ob ich kommen kann“, antwortete Sharon vorsichtig. „Ich fahre nämlich diese Woche nach Paris.“

Maria schien enttäuscht zu sein. „Oh, wie wunderbar für dich.“

Es klang derartig unaufrichtig, dass Sharon lächeln musste. Maria tat es ihr gleich, und Sharon bemerkte zum ersten Mal, wie weich die Züge ihrer Schwiegermutter wurden, wenn sie lächelte.

„Warum ist es denn so wichtig für dich, dass ich komme?“

Maria sah auf ihre Hände, die sie im Schoß gefaltet hatte. „Ich denke, ich habe etwas gutzumachen. Wenn auch recht spät. Ich habe dich die ganze Zeit schlecht behandelt und bedaure es.“

Sharon griff nach Marias Hand. „Ich habe auch Fehler gemacht. Ich war nie bereit einzusehen, wie sehr du Carmen geliebt haben musstest.“

Maria schluckte. „Ja, ich liebte sie wie mein eigenes Kind, aber ich hätte dir das Gefühl geben müssen, zur Familie zu gehören. Verzeih mir bitte, dass ich durch meinen Schmerz unserer Freundschaft im Wege gestanden habe.“

Sharon traten Tränen in die Augen. „Es gibt nichts zu verzeihen.“ Nach einer kurzen Pause fügte sie hinzu: „Weißt du, Maria, ich wäre sehr stolz, wenn ich Marc und Brian eine ebensolche Mutter sein könnte, wie du es deinen Kindern warst.“

Maria errötete über das Kompliment, und in ihre Augen trat ein Leuchten. Sie gehörte einer anderen Generation an. In ihrem Leben drehte sich alles um ihren Mann, die Kinder und Enkelkinder. „Wie schön, dass du das gesagt hast. Danke.“

Sharon lehnte sich vor, sie hielt noch immer Marias Hand. „Sie sind alle, von Tony über Michael bis hin zu Rose, so selbstsicher und stark. Verrat mir dein Geheimnis.“

Maria blickte überrascht drein. „Ich liebe sie ganz einfach. Genau wie du Marc und Brian liebst.“ Sie lächelte schelmisch. „Und natürlich hatte ich das große Glück, Vincent geheiratet zu haben.

Die Selbstsicherheit, wie du es nennst, haben sie von ihm, da bin ich mir ganz sicher. Es gab Zeiten, in denen ich meine Kinder ganz anders genannt hätte. Nämlich unverschämt. Manchmal können sie ganz schön widerlich sein.“

Sharon wollte ihr gerade zustimmen, dass zumindest Tony diese Eigenschaft besaß, als es kurz an der Tür klopfte und er hereinkam. Tony sah Sharon nicht an, sondern ging direkt auf seine Mutter zu und küsste sie auf die Wange.

Brian und Marc hatten seinen Wagen gehört und stürmten nun mit Freudengeschrei in den Raum. Tony wurde immer wie ein Held begrüßt, der die beiden vor einem schrecklichen Tod gerettet hatte. Sharon versetzte das jedes Mal einen Stich.

„Hallo“, sagte sie, als das Spektakel etwas nachließ.

„Hallo“, antwortete er leise.

Plötzlich fiel ihr das Essen im Ofen ein. Bestimmt war inzwischen alles verschmort. Sie sprang auf und eilte zum Herd.

„Möchtest du zum Essen bleiben, Maria?“ Mach kurzem Zögern fragte sie auch Tony.

Beide schüttelten den Kopf.

„Ich treffe mich mit Vincent in unserem Lieblingsrestaurant“, erklärte Maria. „Und wenn ich mich jetzt nicht beeile, komme ich zu spät.“

Sie verabschiedete sich von Tony und den Kindern und zuletzt von Sharon. „Lass dich nicht von ihm ärgern.“ Nachdem Maria gegangen war, richtete Sharon ihre Aufmerksamkeit auf Tony. „Und was hast du zu deiner Entschuldigung zu sagen, Morelli? Warum kannst du nicht zum Essen bleiben?“

„Weil ich die Überraschungsaufläufe vom Hausdrachen Harry nicht ausstehen kann. Das letzte Mal war es keine Überraschung, sondern ein echter Schock.“

Natürlich stimmten die Kinder den gleichen Tenor an.

„Überraschungsauflauf?“, rief Brian entsetzt, als wolle man ihr Katzenfutter vorsetzen. „Iiiih!“

„Könnten wir nicht essen gehen?“, fragte Marc.

„Siehst du, was du angerichtet hast? Vielen Dank“, sagte Sharon zu Tony.

Der steckte die Hände in die Hosentaschen und wippte auf den Füßen auf und ab. Er sah sehr zufrieden aus.

„Ich könnte euch drei doch wirklich zum Essen einladen“, meinte er mit Unschuldsmiene.

Brian und Marc waren völlig aus dem Häuschen.

„Bitte, Mom“, flehten sie in ungewöhnlicher Eintracht. „Bitte, bitte.“

Sharon blickte Tony an. „Das war ein ganz gemeiner Trick von dir. Es würde euch ganz recht geschehen, wenn ich Nein sagen würde.“ Dann sah sie auf Mrs Harrys Auflaufkreation, die in der Tat nichts Gutes versprach.

„Sie wird schwach“, bemerkte Tony zu den Kindern.

Sharon bemühte sich um einen strengen Gesichtsausdruck. „Habt ihr beiden auch eure Hausaufgaben gemacht?“

Die Kinder nickten und sahen sie erwartungsvoll an.

„Dann bleibt mir wohl nichts anderes übrig, als Ja zu sagen.“ Resignierend hob sie die Hände.

Fünf Minuten später stiegen sie in Tonys Wagen. „Schnallt euch an“, sagte Tony über die Schulter, und Marc und Brian gehorchten sofort.

Sharon fragte sich, wieso er mit drei Worten erreichte, was sie nur mit Bitten, Flehen und schließlich Drohen schaffte.

Als sie im Restaurant alle vor der absoluten Lieblingsspeise der Kinder, Spaghetti, saßen, wandte Tony sich Sharon zu.

„Fliegst du wirklich nach Paris?“

Sie betrachtete die aufgedrehten Nudeln auf ihrer Gabel. Vielleicht war es falsch, aber sie freute sich, dass Tony sich dafür interessierte, was sie tat.

„Ja“, antwortete sie. Nur dank übermenschlicher Beherrschung und in Anbetracht der Kinder gelang ihr, nicht zurückzufragen, ob er mit Ingrid schliefe.

Ein unangenehmes Schweigen entstand, das Tony schließlich brach.

„Weißt du noch, wie wir dort waren?“, fragte er leise.

Sharon verspürte einen Kloß im Hals; Vincent und Maria hatten ihnen die Reise zur Hochzeit geschenkt, und sie war einfach märchenhaft gewesen.

„Wie könnte ich das vergessen?“, erwiderte sie kaum hörbar. Bis jetzt hatte sie überhaupt nicht daran gedacht, welch bittersüße Erinnerungen sie in Frankreich erwarten würden.

„Sharon?“

Sie hob den Kopf und sah Tony fragend an.

„Wenn ich schon wieder etwas Falsches gesagt habe, dann entschuldige bitte.“

Sie bewerkstelligte ein Lächeln. „Das hast du nicht.“ Mit Erstaunen stellte sie fest, dass sie freudig zugestimmt hätte, hätte Tony mitfliegen wollen.

Aber leider würde er sie nicht fragen, denn er hatte ja Ingrid.

9. KAPITEL

Sharon sah einfach umwerfend aus. Das lange, mit roten Pailletten bestickte Abendkleid war tief ausgeschnitten und hatte an der Seite einen aufreizenden Schlitz.

„Das kann ich mir nicht leisten", flüsterte sie Helen zu. Die beiden Frauen befanden sich im teuersten Warenhaus der Fußgängerzone und schauten fasziniert auf Sharons Spiegelbild.

„Tony wird glatt in die Bowle fallen, wenn er dich so sieht", bemerkte Helen, als hätte Sharon nichts gesagt.

Die betrachtete sich von allen Seiten und drückte die Schultern durch. „Findest du, es macht mich größer?"

Helen nickte. „Oh ja."

Sharon seufzte und überschlug rasch, wie viel Geld sie noch auf dem Konto hatte. Nach der Scheidung war der Spielraum kleiner geworden, und wenn sie dieses Kleid kaufen würde, wären ihre Mittel erschöpft.

„Ich habe doch noch nicht einmal eine Verabredung", gab sie zu bedenken.

„Hab ein bisschen mehr Vertrauen, ja? Allan überprüft sämtliche Mannsbilder im Fitnessstudio. Es ist nur noch eine Frage der Zeit."

„Bis er seine Zähne gerichtet bekommt, meinst du."

Helen schüttelte lächelnd den Kopf. „Hör auf, dir Sorgen zu machen, und kauf dieses Kleid. Wenn unser Plan nicht funktioniert, kannst du es immer noch zurückgeben."

Diese Logik war unwiderlegbar. Sharon ging in die Umkleidekabine, schlüpfte wieder in Hose und Bluse und bezahlte wenig später das Kleid. Dann verabschiedete sie sich von Helen und fuhr nach Hause.

Die Kinder saßen in der Küche und machten brav ihre Hausaufgaben. Aus dem Ofen kam ein herrlicher Duft. Die Idylle war so friedlich, dass Sharon es gar nicht fassen konnte. „Ich hab's!", rief sie und küsste Marc und Briana. „Ich bin in eine Zeitmaschine geraten und mitten in der alten Familienserie ‚Mutter ist die Allerbeste' gelandet, richtig?"

Brian warf ihr einen verächtlichen Blick zu. „Mrs Harry ist früher gegangen. Sie hat eine Plombe verloren und musste zum Zahnarzt. Sie versuchte, dich im Laden zu erreichen, aber du warst nicht da. Und deshalb …"

„… und deshalb ist dein Vater eingesprungen", ergänzte Sharon. Die Aussicht, Tony zu treffen, versetzte sie in eine merkwürdige Stimmung. „Wo ist er?"

In dem Moment trat Tony aus dem Arbeitszimmer. Er trug Jeans und einen dunkelblauen Velourpullover. Sein Blick glitt langsam an Sharon hinab, was ihr nicht unangenehm war. Lässig ging er hinüber zum Ofen und sah nach dem fantastisch riechenden Essen.

„Hast du für deine Reise eingekauft?"

Sharon bemerkte, dass sie immer noch den Karton mit dem Kleid in der Hand hielt. Rasch stellte sie ihn zur Seite.

„Nicht direkt", erwiderte sie mit einer Überschwänglichkeit, die sich selbst in ihren Ohren falsch anhörte. „Wie ist es dir ergangen, Tony?"

„Ganz hervorragend", antwortete er mit ironischem Unterton, während er die Backofentür zumachte. „Ein Mensch namens Sven hat angerufen. Er sagte, dass er die Nummer von Bea bekommen hätte."

Sven? Sharon kramte in ihrem Gedächtnis. Der einzige Sven, der ihr einfiel, war ein schwedischer Austauschschüler. Vor langer Zeit, als sie noch die Highschool besuchte, verbrachte er ein Jahr in Hayesville.

„Hat er eine Nachricht hinterlassen?", fragte sie leichthin, um Tony zum Grübeln zu bringen.

„Nur dass er wieder anruft", erwiderte Tony genauso leichthin und nahm die Teller aus dem Schrank. „Deine Steuerberaterin möchte dich auch sprechen."

Sharon bemühte sich, ihre Besorgnis darüber zu verdecken. Ihre Steuerberaterin rief nur an, wenn es schlechte Neuigkeiten gab.

Auf ein Zeichen ihres Vaters hin räumten Marc und Brian die Schulsachen weg und deckten den Tisch.

„Du möchtest sie zu Hause zurückrufen", sagte Tony noch. Dann wusch er sich die Hände, holte einige Plastiktüten aus dem Kühlschrank und begann, den Salat zu zupfen.

Sharon war jetzt ernsthaft beunruhigt. Sie zog den Mantel aus, nahm ihre Kleiderschachtel und ging nach oben. Im Schlafzimmer angekommen, suchte sie die Nummer heraus und griff zum Telefon.

Wenig später hatte sie Susan Fenwick am Apparat, und die legte gleich los. „Was soll das heißen, ich kann es mir nicht leisten, nach Paris zu fahren?", flüsterte Sharon schließlich entsetzt. „Das ist eine Geschäftsreise …"

„Ist mir egal", unterbrach Susan sie. „Wie gesagt, du musst demnächst deine Steuern bezahlen, Sharon. Auch wenn du inzwischen finanziell etwas Boden gewonnen hast, bringst du dich durch irgendwelche größeren Extraausgaben in ernsthafte Gefahr."

Sharon seufzte. Jedem hatte sie von der Fahrt nach Paris erzählt: Tony, den Kindern, Helen, Louise … Sie würde wie ein Trottel dastehen.

„Gut." Sie zwang sich zu einem Lächeln. In einem Seminar hatte sie einmal gehört, dass ein Geschäftsmann während eines Telefongespräches immer einen freundlichen Gesichtsausdruck haben müsse. „Vielen Dank, Susan."

„Gern geschehen. Tut mir leid wegen der Reise. Vielleicht geht's im Frühling."

„Ja. Wiederhören."

Sharon lief wieder hinunter. Die Kinder aßen bereits, und Tony packte im Arbeitszimmer die ständig präsenten Baupläne zusammen.

„Sind das die Pläne für den Supermarkt?", fragte Sharon in dem fast unmöglichen Bestreben, eine ganz normale Unterhaltung über ein ganz normales Thema mit ihm zu führen.

Tony nickte, und ihr schien es, er vermied es, sie anzusehen. „Die Kinder essen. Möchtest du dich nicht zu ihnen gesellen?"

„Ich bin nicht hungrig." In Wahrheit hatte Sharon einen Bärenhunger, aber wenn sie in das wundervolle aufreizende Kleid passen wollte, musste sie auf Tonys Kochkünste verzichten.

Tony drehte sich um und taxierte sie. „Versuchst du, dich auf Pariser Verhältnisse runterzuhungern?", fragte er trocken.

Sharon hätte ihm gern erzählt, dass die Reise abgesagt war, dass sie es sich nicht leisten konnte. Aber ihr Stolz erlaubte es nicht. Das Bedürfnis, der Welt ihren Stempel aufzudrücken, hatte die Scheidung ausgelöst. Und Sharon wollte nicht, dass Tony dahinterkam, wie ihr Lebensstandard seitdem gesunken war. Sie ignorierte seine Frage. „Vielen Dank fürs Herkommen."

„Jederzeit."

Es lag, selbst als er lächelte, ein verlorener Ausdruck in seinen Augen. Sie verspürte den Drang, auf ihn zuzugehen und die Arme um seine schlanke Taille zu legen. Das Verlangen, Tony wieder körperlich und emotional nahe zu sein, war sehr stark.

Doch Sharon widerstand der Versuchung. „Hat Sven eine Nummer hinterlassen?" Sie sprach mit weicher Stimme.

Tony sah müde aus und gähnte. Dann lächelte er bitterböse. „Ist sie denn nicht irgendwo auf deinem Körper eintätowiert?"

Sharon errötete und fuhr sich durchs Haar. Sie ging an ihm vorbei zum Schreibtisch und versuchte, Tony so gut wie möglich zu ignorieren. Auf dem Block neben dem Telefon stand außer der Notiz von Susans Anruf eine Nummer. Zwiespältige Gefühle packten Sharon. Einerseits wollte sie mit Fäusten auf Tony losgehen, anderseits sehnte sie sich danach, mit ihm ins Bett zu steigen.

Sie war erstaunt, als Tony sie plötzlich umdrehte und in den Arm nahm. Sanft hob er ihr Kinn an. „Es tut mir leid."

Sharon verzieh ihm. Nicht etwa aus irgendwelchen edlen Gründen, sondern weil sie nicht anders konnte.

Sie stellte sich auf die Zehenspitzen, und gerade als ihre Lippen Tonys berührten, klingelte es an der Tür.

„Die Kinder werden schon aufmachen", versicherte Tony Sharon, die sich schon von ihm lösen wollte, und beide versanken in einen innigen Kuss.

Danach war Sharon mehr als durcheinander und blickte Tony stumm an.

Brian kam ins Zimmer gerannt und verkündete: „Da ist ein Mann, der dich sprechen will, Mom. Sein Name ist Sven Svenson."

„Sven Svenson", wiederholte Tony mit einem Kopfschütteln. Er ließ Sharon los und widmete sich wieder dem Einrollen der Baupläne.

Einen Augenblick später erschien Sven – blond, groß und gut aussehend – im Türrahmen. Er war tatsächlich der Sven, den Sharon von der Highschool kannte, und seine Überschwänglichkeit erfüllte den ganzen Raum.

„All die Jahre habe ich von dir geträumt!", rief er und streckte die Arme aus. Dann fiel sein Blick auf Tony. „Ist das dein Mann? Der Vater deiner Kinder?"

„Die letzte Frage trifft zu, die erste muss ich verneinen", erwiderte Sharon. „Tony und ich sind geschieden."

Sven strahlte, als ihm die Tragweite dieser Aussage bewusst wurde.

Sharon stellte die beiden Männer einander vor.

Tony hob indigniert eine Augenbraue, als Sven Sharon übermütig durch die Luft schwang. „Du bist noch genauso schön wie damals."

Sharon wurde fast schwindelig. „Du hast dich auch nicht sehr verändert." Sie lächelte auf ihn hinunter.

Sven setzte sie wieder ab und strahlte weiterhin überglücklich. Tony hingegen machte ein Gesicht, als würde er jeden Moment mit den Papprollen zuschlagen, in denen sich die Baupläne befanden.

„Wie kommt es, dass du wieder in Amerika bist?", fragte Sharon ihren unerwarteten Gast und spielte nervös an den Nähten ihrer Hose.

„Ich bin inzwischen ein erfolgreicher Geschäftsmann", erwiderte Sven großspurig. „Ich reise um die ganze Welt."

Sharon sah aus den Augenwinkeln, dass Tony ging, aber sie gab vor, es nicht zu merken. Sollte er ruhig ein wenig eifersüchtig sein. Schließlich hatte sie sich um die mysteriöse Ingrid auch schon genug den Kopf zerbrochen. Plötzlich kam Sharon eine Idee. „Bist du noch eine Weile hier in der Gegend, Sven?“ Sie nahm seinen Arm. „Am zweiundzwanzigsten findet nämlich eine Party statt.“

„Sprich du mit ihm!“, rief Michael wild gestikulierend seinem Vater zu. Vincent betrat gerade den Wohnwagen, der auf dem Baugrundstück des neuen Supermarktes stand. „Dieser Mensch hat einen derartigen Dickschädel, dass man sich überhaupt nicht sachlich mit ihm unterhalten kann.“

Tony sagte nichts. Er blitzte seinen Bruder nur böse an. Der Streit hatte bereits am frühen Morgen begonnen und war im Laufe des Tages immer heftiger geworden.

Vincent blickte erst zu Tony, dann zu Michael. „Ich kann euch förmlich hören, wie ihr beide fachlich miteinander redet. Also, worum geht's?“

Tony war froh, dass Michael mit einer Antwort herausplatzte, denn er selber hatte keine parat. Er wusste nur, dass ihm der Sinn nach Kämpfen stand.

„Ich sage dir, wo das Problem liegt“, begann Michael aufgebracht. „Tony hat Ärger mit Sharon, und seit er hier ist, lässt er alles an mir aus.“

Michael hatte recht, aber Tony brachte es nicht fertig, es zuzugeben. Er verschränkte die Arme und presste den Mund zusammen. Offensichtlich tat Michael alles, um es zu einer saftigen Schlägerei kommen zu lassen.

Vincent sah flehend zur Decke. „Ich habe mich zur Ruhe gesetzt. Wieso bin ich eigentlich nicht wie alle anderen Männer meines Alters in Florida und liege in der Sonne?“

Tonys Gedanken schweiften ab. Er dachte daran, wie dieser Sven Sharon durch die Luft gewirbelt hatte. Einst hatte er, Tony, das mit ihr getan. Obwohl der Kragen seines Hemdes offen stand, konnte er nicht frei atmen. Ob Sharon solch einen Typ Mann attraktiv fand? Es gab schließlich Frauen, die ausländische Akzente und abgedroschene Anmachtouren mochten.

„Tony?“ Michael fuchtelte mit dem Finger vor Tonys Gesicht herum. „Glaubst du, du könntest eventuell auch etwas zu dieser Unterhaltung beitragen, oder sollen wir gleich ohne dich weitermachen?“

Vincent lachte leise auf. „Quäl deinen Bruder nicht so, Michael. Du siehst doch, dass es ihm schlecht geht.“

Michael seufzte, aber in seinen Augen stand immer noch die blanke Wut. „Du hattest deine Gedanken bei Sharon, als du vom Baugerüst fielst und dich beinahe umgebracht hättest, stimmt's, Tony?“

Weil der hartnäckig schwieg, fuhr Michael fort: „Und nun meinst du, du müsstest es dir mit jedem Handwerker im Umkreis von fünfzig Meilen verscherzen. Wie, zum Teufel, willst du dieses Projekt rechtzeitig und im Rahmen des gesetzten Budgets fertigstellen, wenn wir keinen einzigen Arbeiter mehr haben?“

Vincent räusperte sich. „Tony“, sagte er diplomatisch, „ich sollte schon vor einer Stunde zu Hause sein. Wenn ich jetzt diesen Wohnwagen verlasse, was habe ich dann für eine Absicherung, dass ihr beide euch nicht gegenseitig umbringt?“

Tony seufzte. „Vielleicht war ich in letzter Zeit ein wenig gereizt.“

„Ein wenig?“ Michael hielt Tony erneut den Finger unter die Nase.

„Wenn du nicht sofort aufhörst, mir mit deinem verdammten Finger vor dem Gesicht herumzuwedeln, beiß ich ihn dir ab.“

Das erbitterte Schweigen, das folgte, wurde von Vincent gebrochen, der inzwischen zum Telefon gegangen war. „Hallo, Maria? Hier spricht der Vater deiner sechs Kinder. Ich fürchte, wenn ich nach Hause komme, hast du nur noch vier … Ja, ich werd's ihnen sagen. Bis dann, meine Liebe.“

„Was wirst du uns sagen?“, fragte Michael.

„Maria erzählte, dass ihre Cousine Ernestine auch mit vier Kindern glücklich lebte.“ Vincent griff nach seinem Hut. „Der Befehl lautet, ich soll euch eure Meinungsverschiedenheiten selbst austragen lassen. Egal, ob ihr euch umbringt oder nicht. Gute Nacht, meine Söhne.“

Tony und Michael grinsten, als Vincent den Wohnwagen verlassen hatte.

„Na los“, sagte Michael schroff. „Ich spendiere dir ’n Bier, und wir reden über deine Probleme.“

Tony hatte sowieso nichts Besseres vor, aber er wunderte sich über Michael. „Hast du denn keine Verabredung?“

Michael sah auf die Uhr. „Ingrid wird verstehen, warum ich etwas später komme. Sie weiß, dass du gerade eine harte Zeit durchmachst.“

Tony stemmte die Hände in die Hüften und machte ein böses Gesicht. „Gibt es irgendjemanden in Port Webster, dem du nicht die schaurige Tony-Morelli-Geschichte erzählt hast?“

„Ja. Sharon. Wenn du dieser Frau nicht sagst, dass du verrückt nach ihr bist, sollte ich es vielleicht tun.“

„Tu das, und eine ganz bestimmte alte Dame wird vor deinem Bild eine Menge Kerzen anzünden.“

Michael zuckte die Achseln, und die beiden verließen gemeinsam den Wohnwagen.

Helens Augen funkelten, und sie musste sich ein Lachen verkneifen, als Sharon von Sven Svensons Besuch berichtete.

„Und Tony hat seine Ankunft mitbekommen?“, fragte Helen sensationslüstern.

Sharon nickte. „Sven hat geschäftlich in Seattle zu tun, aber er wird mich am zweiundzwanzigsten auf die Party begleiten.“

Helen klatschte in die Hände. „Dem Himmel sei Dank, dass Mrs Morelli auch Allan und mich eingeladen hat. Um nichts in der Welt möchte ich das verpassen. Du ziehst natürlich das fantastische Kleid an.“

Wieder nickte Sharon; sie wirkte plötzlich ein wenig geistesabwesend.

„Ich muss dir etwas zu meiner Reise nach Paris sagen“, begann sie widerstrebend.

Helen lehnte sich vor. Fragend hob sie die perfekt geformten Augenbrauen.

„Ich werde nicht fahren. Susan meint, dass ich es mir absolut nicht leisten kann."

„Na ja, der nächste Frühling kommt bestimmt. November ist auch nicht gerade der schönste Monat, um …"

„Das ist nicht das Problem", fiel Sharon ihr ins Wort. „Ich habe Tony von der Reise erzählt und mich schrecklich wichtig damit gemacht. Auslachen wird er mich, wenn er es erfährt."

„So etwas würde Tony nie tun."

„Dann solltest du dir seine Einkommenssteuererklärung ansehen. Er zahlt mehr Steuern im Monat, als ich in sechsen verdiene."

„Er hat sich ins gemachte Nest gesetzt", meinte Helen. „Du stehst erst am Anfang. Die Morelli Construction ist ein Familienunternehmen. Natürlich trägt Tony einen großen Anteil am Erfolg der Firma, aber es ist nicht ausschließlich sein Verdienst."

Sharon seufzte. Draußen studierte eine Frau die Schaufensterauslagen. Sie machte jedoch keine Anstalten, hereinzukommen und etwas zu kaufen. Eigentlich sollte langsam das Weihnachtsgeschäft losgehen, aber die Kunden waren offensichtlich noch nicht in Kaufstimmung. „Was würdest du an meiner Stelle tun?"

Helen holte tief Luft. „Ich würde zu Tony gehen und ihm sagen, dass ich ihn liebe. Weiterhin würde ich ihn nicht nur bitten, die Reise zu bezahlen, sondern ihn einladen, mitzukommen. Dann wird er gnädig zustimmen, und ich küsse ihm vor lauter Dankbarkeit die Füße."

„Du bist mir eine echte Hilfe", erwiderte Sharon, warf Helen einen schiefen Blick zu und begann, die Tangaslips auf dem Kleiderständer zu ordnen.

Sharon saß vor dem beleuchteten Spiegel ihres viel zu großen, viel zu leeren Schlafzimmers und legte sorgfältig ihr Make-up auf.

„Ich verstehe trotzdem nicht, warum du mit diesem Typen ausgehen willst", sagte Brian und zog einen Schmollmund. Vom Fußende des Bettes aus beobachtete sie Sharon. „Er sieht lange nicht so gut aus wie Daddy."

Innerlich gab Sharon ihr recht, aber Sven war wie ein Geschenk des Himmels, genau zum richtigen Zeitpunkt aufgetaucht. Sonst hätte es für sie nur zwei Alternativen gegeben: entweder der Party fernzubleiben oder aber ohne Begleiter den ganzen Abend mit ansehen zu müssen, wie Tony mit Ingrid flirtete. Der Gedanke daran ließ sie erschauern.

„Du wirst nett frieren in diesem Kleid", meinte Marc. „Man kann ja fast bis zum Bauchnabel sehen."

Sharon zog die Augenbrauen hoch. „Hast du das von deinem Vater?"

„Er würde es jedenfalls sagen, wenn er das Kleid sehen könnte", verteidigte Brian ihren Bruder.

„Wirst du den Eindringling heiraten?", wollte Marc wissen.

Sharon neigte den Kopf nach hinten und fasste sich mit einer dramatischen Geste an die Stirn. „Nein, nein, tausendmal nein!"

„Ich finde, sie sollte Daddy wieder heiraten", kam Brianas Kommentar von der Bettkante.

Sharon ließ ihn unbeantwortet. Sie war mit ihrem Make-up fertig und widmete sich nun den Haaren.

„Du könntest doch Daddy mitnehmen nach Paris", schlug Marc vor. „Vielleicht stellt ihr fest, dass ihr euch noch mögt und wieder heiraten möchtet."

„Paris ist eine Stadt für Liebende", stimmte Brian enthusiastisch zu.

„Euer Vater und ich sind aber keine Liebenden." Ein schlechtes Gewissen überkam Sharon. Sie hatte es nicht fertiggebracht, den Kindern von der abgesagten Reise zu erzählen. Hauptsächlich deshalb, weil die beiden es sofort an Tony weitergereicht hätten. Er sollte aber nicht wissen, dass es ihr finanziell schlecht ging, während er einen Erfolg nach dem anderen verbuchte. Dieser Demütigung wollte Sharon sich nicht aussetzen.

Sie plante, für ein paar Tage auf der Insel unterzutauchen, damit jeder glaubte, sie sei in Paris. Wohl fühlte sie sich bei dieser Lüge nicht, aber im Moment war es nur wichtig, Tony zu beeindrucken.

„Ich verstehe nicht, warum auf dieser Party keine Kinder erlaubt sind", jammerte Briana. „Es würde mir so viel Spaß machen, etwas Glitzerndes anzuziehen."

„Das zu deinem Drahtvorbau passt, wie?", ärgerte Marc sie.

Sharon war froh, dass sich das Gespräch in eine andere Richtung entwickelt hatte. Weg von Paris, von Liebenden und von Tony. „Streitet nicht. Mrs Harry wird sonst den doppelten Lohn verlangen, um auf euch aufzupassen."

Brian hatte die Arme verschränkt und tat, als sei Marc Luft für sie. Die Mimik erinnerte stark an Tony. „Grandma und Grandpa schließen uns Kinder doch sonst nicht aus. Warum ist dann diese Party nur für Erwachsene?"

„Du hast es eben selber gesagt", erwiderte Sharon und drehte den Kopf von einer Seite zur anderen, um die Frisur zu überprüfen. „Deine Großeltern laden dich und deine neunhundert Cousinen zu jeder Festivität ein. Deshalb müssen wenigstens einmal die Erwachsenen unter sich sein."

„Warum?", fragte Brian bockig. „Es gibt ja auch keine Party ausschließlich für Kinder."

Zum Glück läutete es in diesem Moment an der Tür.

„Würdet ihr bitte aufmachen gehen?", bat Sharon, während sie ihr Lieblingsparfum großzügig auflegte.

„Das ist bestimmt der Eindringling", grummelte Marc. Brian war schon aus dem Schlafzimmer gestürmt und raste nach unten.

Fünf Minuten später schritt Sharon in ihrem glitzernden roten Kleid die Treppe hinab, um einen hochgewachsenen, gut aussehenden Mann im Smoking zu begrüßen. Alles wäre perfekt gewesen, wenn es sich bei diesem Mann nicht um Sven, sondern um Tony gehandelt hätte.

Der Schwede hatte nicht übertrieben, als er sich als erfolgreichen Geschäftsmann bezeichnete. Offensichtlich musste Sven sogar sehr erfolgreich sein, denn vor dem Haus wartete eine Limousine mit Chauffeur.

Sharon sank in die weichen Lederpolster des Wagens und sah sich mit großen Augen um.

„Gefällt er dir?", fragte Sven mit der Begeisterung eines Kindes, das sein Lieblingsspielzeug vorführt.

„Und ob er mir gefällt! Ich bin sehr beeindruckt. Aus dir scheint tatsächlich etwas geworden zu sein, Sven."

„Aus dir doch aber auch; mit deinem Geschäft, in dem du Unterwäsche verkaufst."

Sharon lachte. „Oh Sven, du hast eine Art, dich auszudrücken …"

„Ich glaube, das wird ein sehr interessanter Abend. Erzähl mir von diesem Mann, den du nicht mehr haben willst – deinem Exehemann."

Sharon begann ein paar ganz normale alltägliche Dinge über Tony zu berichten. Aus der Art, wie sie sprach, ging jedoch anscheinend hervor, was sie wirklich fühlte, denn Sven nahm plötzlich freundschaftlich ihre Hand und drückte sie verständnisvoll. So saßen die beiden nebeneinander, während die elegante Limousine dem ersten großen Ereignis der diesjährigen Partysaison entgegenfuhr.

10. KAPITEL

Der Bankettsaal des Port Webster Jacht Clubs schimmerte in silbernem Licht. Obwohl unzählige Leute dort waren, verschmolz Sharons Blick sofort mit Tonys, als sie an Svens Seite durch die Tür kam.

Für einen Moment glaubte Sharon, ihr Herz würde in zwei Teile zerspringen, aber sie fasste sich wieder. Tony sah fantastisch aus in seinem Smoking. Eine hochgewachsene, geschmeidig wirkende Frau mit wallendem blonden Haar, das bis zur Taille reichte, stand neben ihm.

Zweifellos war es Ingrid.

Niedergeschlagen stellte Sharon fest, dass sie nichts von dieser eleganten Schönheit an sich hatte. Sie war viel kleiner als Ingrid und eher ein kecker Typ. Niedlich sozusagen. Damals in der Highschool kamen ihr diese Attribute zugute, heute jedoch schienen sie absolut fade.

„Ist jemand gestorben?“, fragte Sven, als er Sharons bedrücktes Gesicht bemerkte. In seinen Augen lag ein übermütiger Ausdruck. „Oder ist vielleicht der Börsenmarkt zusammengebrochen?“

Sharon zwang sich zu einem Lächeln, was sich als gut erwies, denn genau in diesem Augenblick kam Tony mit Ingrid auf sie zu.

Ein Ober versorgte Sven und seine nervöse Begleiterin mit Champagner. Sharon stürzte sich förmlich auf das Getränk.

Sven machte galant Konversation.

„Nun treffen wir uns also erneut“, sagte er zu Tony, blickte aber nur auf Ingrid.

Tony fielen die Augen fast aus dem Kopf. Ingrid schob den Arm durch seinen und faltete die Hände.

Sharon fragte sich, warum diese Frau nicht gleich einen Armhebelgriff ausführte, um Tony zu bezwingen. Aber lieber hätte sie ins Tischtuch gebissen, als die beiden merken zu lassen, wie schlecht es ihr ging.

„Sie sind also Sharon?“, bemerkte Ingrid, noch bevor Tony die beiden einander vorgestellt hatte. Freundlich streckte sie zur Begrüßung die Hand aus. „Ich war so gespannt darauf, Sie kennenzulernen."

Das kann ich mir vorstellen, dachte Sharon, ließ sich aber äußerlich nichts anmerken. „Ja, und Sie sind bestimmt Ingrid."

Die Blonde nickte. Sie sah wirklich atemberaubend aus. Das schlichte schwarze Cocktailkleid brachte ihre langen, wohlgeformten Beine bestens zur Geltung. Inzwischen ruhte ihr Blick auf Sven.

„Hallo", sagte sie mit kehliger Stimme.

Sharon trank hastig einen Schluck Champagner und verschüttete etwas, als Tony sie plötzlich am Ellenbogen nahm und zur Seite zog. „Wenn ich diesen aufgeblasenen Typen mit einer Nadel pike, wird ihm dann die Luft ausgehen?"

Sharon sah ihren Exmann an.

„Ich glaube, du würdest gehörig eins auf den Mund bekommen, wenn du das tust", antwortete sie.

Tony schien völlig unbeeindruckt zu sein. Er führte sein Glas an die Lippen und trank, während er Sharons Kleid begutachtete. „Wo hast du das denn gekauft? Verschleudert Dolly Parton neuerdings ihre alten Kleider an die Leute?"

Nur wegen Sven und Ingrid unterdrückte Sharon das Verlangen, Tony kräftig auf den Fuß zu treten.

„Gefällt es dir nicht?", konterte sie mit süßer Stimme. „Das ist auch gut so."

„Ingrid und ich kommen aus derselben Stadt in Schweden!", rief Sven heiter.

„Würde es Ihnen etwas ausmachen, wenn ich mir Ihren Begleiter für einen Tanz ausborge?", fragte Ingrid zu Sharon gewandt. Was Tony davon hielt, schien sie nicht im Geringsten zu interessieren.

„Bitte bedienen Sie sich", erwiderte Sharon großmütig.

„Michael wird begeistert sein", bemerkte Tony leise, als Sven und Ingrid zur Tanzfläche gingen.

Sharon wollte die Unterhaltung in seichtere Bahnen lenken. Deshalb kam ihr die Bemerkung von Tony gerade recht. Suchend sah sie sich nach Michael um. „Einen Walzer mit Michael würde ich jetzt auch nicht verachten. Schließlich ist er der beste Tänzer in der Familie."

Tony nahm ihr das Glas aus der Hand und stellte es zusammen mit seinem auf dem Tisch ab. „Du musst dich mit mir begnügen. Mein Bruder ist nämlich gar nicht hier." Er ergriff Sharons Hand und steuerte die Tanzfläche an.

Um sich von dem prickelnden Gefühl abzulenken, das Tonys Nähe hervorrief, blickte Sharon auf und fragte: „Michael verpasst eine Party? Ich kann's nicht glauben."

„Es stimmt aber. Er ist außerhalb der Stadt und legt unser Angebot für den Bau einer neuen Fußgängerzone vor."

Sharon hob die Augenbrauen. „Sehr beeindruckend."

„Es wird uns zur größten Baufirma des Staates machen", sagte Tony ohne besonderen Enthusiasmus.

Sharon dachte an ihre abgesagte Reise nach Paris und seufzte. „Der eine hat's eben, der andere nicht."

Tony legte die Hand unter ihr Kinn. „Was willst du damit sagen?" Seine Stimme klang weich, und er sah Sharon erwartungsvoll an.

Fast hätte sie ihm die Wahrheit gestanden, doch in letzter Sekunde verließ sie der Mut. Es hätte lediglich zu einem selbstzufriedenen „Ich hab's dir ja gleich gesagt" seinerseits geführt. Oder aber – was noch viel schlimmer gewesen wäre – er hätte ihr großzügig und nachsichtig seine Hilfe angeboten. Beides wollte Sharon nicht riskieren.

„Nichts", antwortete sie und lächelte.

Ein enttäuschter Ausdruck huschte über Tonys Gesicht. „Ist es denn so schwer, mit mir zu reden?"

Sharon tat, als hätte sie die Frage nicht gehört, und drehte den Kopf zur Seite, um Sven und Ingrid beim Tanzen zu beobachten.

„Die beiden sehen so verdammt vergnügt aus", flüsterte sie.

Tony lachte, aber es hörte sich nicht echt an. Vielleicht, durchfuhr es Sharon, ist er eifersüchtig wegen Ingrids offensichtlicher Sympathie für Sven.

Entschlossen, diesen Abend mit Würde hinter sich zu bringen, lächelte Sharon zu Tony auf. „Ich bin erstaunt, dass ich Ingrid bisher noch nie getroffen habe."

Tony zuckte die Achseln. „Wärst du in der letzten Zeit zu einem der Familientreffen gekommen, hättest du es." Er klang, als sei es das Normalste der Welt, dass seine Exfrau mit der neuen Geliebten verkehrte.

Tony bezog Ingrid also bereits in den Familienclan mit ein. Sharon war unendlich verletzt. Sie rief sich ins Gedächtnis, dass sie nach der Scheidung nicht erwarten konnte, noch ein Teil seines Lebens zu sein, aber das linderte ihren Schmerz nicht.

Die volle Wahrheit war, dass Ingrid inzwischen ihren Platz eingenommen hatte. Vor diesem Moment hatte Sharon sich seit Langem gefürchtet. Ihr Lächeln erlosch.

„Ich hatte in letzter Zeit viel zu tun", sagte sie.

Dann hörte die Musik auf zu spielen, und Sven und Ingrid traten zu ihnen. Sharon flüchtete aus Tonys Armen, direkt in Svens.

„Tanz mit mir", flüsterte sie mit Verzweiflung in der Stimme, während das Orchester einen Walzer anstimmte.

Sven sah Sharon besorgt an. „Dir bricht das Herz, so sehr liebst du diesen Mann noch. Mein armes kleines Vögelchen, ich kann es nicht ertragen, dass du leidest."

Sharon legte den Kopf an seine Schulter und versuchte, Haltung zu bewahren. Schließlich wäre es katastrophal, vor all diesen Menschen die Beherrschung zu verlieren.

„Es geht schon", sagte sie wenig überzeugend.

„Wir werden die Party verlassen", erwiderte Sven fest. „Es ist nicht gut für dich, hier zu sein."

Sharon atmete tief durch. Sie konnte nicht gehen, noch nicht. Auch wenn sie den Mann, den sie liebte, verloren hatte, durfte der Schmerz darüber sie nicht derartig in die Knie zwingen. Sie hob den Kopf. „Nein. Ich bleibe, wo ich bin."

Ein Ausdruck von Respekt lag in Svens blauen Augen. „Wir werden das Beste aus dieser Situation machen." Jetzt sah er wieder aus wie der schüchterne, unbeholfene Teenager, der er in der

Highschool gewesen war. „Es gibt noch andere Männer, die dich wollen. Ich bin einer davon."

Sanft berührte Sharon sein Gesicht. Er hatte ihr so viel Freundlichkeit entgegengebracht, und sie wollte ihn nicht verletzen. Bevor sie etwas sagen konnte, legte Sven den Finger auf ihren Mund.

„Sag nichts. Ich weiß, dass du dir keinen neuen Mann in deinem Leben vorstellen kannst. Willst du ihn zurückhaben, deinen Tony?"

„Das habe ich mich schon hundertmal gefragt", gestand Sharon. „Ich will schon, aber es würde niemals funktionieren."

„Hat er dich betrogen? Ich meine, wurde er dir untreu?" Sharon schüttelte den Kopf.

„Hat er getrunken?", bohrte Sven weiter und runzelte die Stirn. „Oder dich geschlagen?"

Sharon lachte. Tony mochte guten Wein, aber in all den Jahren hatte sie ihn kein einziges Mal betrunken erlebt. Und von Schlagen konnte schon gar keine Rede sein.

„Nein", antwortete sie.

„Warum hast du dich dann von ihm scheiden lassen?", fragte Sven und sah Sharon verdutzt an. „Es gibt andere Gründe für eine Scheidung."

Das Orchester legte eine Pause ein.

„Zum Beispiel?", wollte Sven wissen, als er Sharon von der Tanzfläche führte. Sie setzten sich an den Tisch, und Sven sorgte für Getränke.

Aus irgendeinem Grund, vielleicht wegen des vielen Champagners, hatte Sharon das Gefühl, sie könne mit Sven darüber reden, und die Worte strömten nur so aus ihrem Mund. „Tony war schon einmal verheiratet. Seine Frau starb bei einem schrecklichen Autounfall, und Tony hatte plötzlich allein ein Baby zu versorgen. Nur wenige Monate später lernten wir uns kennen."

Sven nahm ihre Hand. „Und?"

„Man sagt zwar, dass es so etwas nicht gibt, aber es war Liebe auf den ersten Blick."

Sven lächelte traurig und drückte ihre Hand noch fester. „Erzähl mir, wie ihr euch kennengelernt habt."

„Ich arbeitete in einer Wirtschaftshochschule." Sharon machte eine kurze Pause und dachte an damals. „Er kam in den Laden und traf seine Auswahl. Ich gehörte offensichtlich auch dazu, denn noch am selben Abend gingen wir aus, und sechs Wochen später war die Hochzeit."

„So, wie du das sagst, hört es sich an, als wärst du nur eins der Bücher gewesen, die er gekauft hat. Warum?"

Sharon blickte betrübt. „Manchmal fühlte ich mich auch so: ausgesucht für einen bestimmten Zweck. Er war einsam und brauchte eine Mutter für sein Kind."

„Kinder können ohne Weiteres nur von ihrem Vater großgezogen werden", meinte Sven.

Sharon nickte.

„Ja natürlich", stimmte sie zu. „Und es gibt auf der anderen Seite viele Kinder, die ohne Vater aufwachsen. Aber für Tony ist eine Familie das Wichtigste auf der Welt." Sie schluckte. Nach Carmen hatte er sehr schnell wieder geheiratet, und allem Anschein nach wollte er jetzt das Gleiche tun: Exfrau Nummer zwei tritt ab, die neue Frau tritt auf.

„Gleich fängst du an zu weinen", bemerkte Sven. „Das geht aber nicht, denn dein Buchkäufer schaut die ganze Zeit zu uns herüber." Er erhob sich von seinem Stuhl und bedeutete Sharon, es ebenfalls zu tun. „Vertrau mir bei dem, was ich jetzt mache, mein Vögelchen."

Ohne noch ein Wort zu verlieren, zog er Sharon in die Arme und gab ihr einen Kuss. Danach fühlte sich Sharon, als hätte sie fünf Minuten lang den Kopf unter kaltes Wasser gesteckt.

Sie wurde puterrot, legte dann die Hand aufs Herz und zischte: „Sven!"

Er blinzelte ihr zu. „Nun können wir gehen. Wir haben deinem lieben Tony eine schöne Vorstellung geboten, über die er heute Nacht bestimmt noch lange nachdenken wird."

Es war recht unwahrscheinlich, dass Tony diese Nacht mit Denken zubringen würde, nicht wenn Ingrid neben ihm im Bett lag, aber Sharon wusste, dass Sven in einem Punkt recht hatte: Sie konnte nun diese grässliche Party verlassen, ohne wie die gehörnte Exehefrau auszusehen.

Sharon fühlte Tonys Blick, während sie wartete, dass Sven mit den Mänteln zurückkam, aber sie erwiderte ihn nicht. Es war an der Zeit, sich endgültig von Tony abzunabeln.

Sie wechselte noch rasch ein paar Worte mit Vincent und Maria sowie mit Helen und Allan und verließ hocherhobenen Hauptes an Svens Seite die Party. Das elegante Interieur der Limousine erschien warm und einladend.

„Du möchtest nicht eventuell noch auf einen Drink mit in meine Suite kommen und über alte Zeiten plaudern?", fragte Sven.

„Nein."

„Du musst aber."

Sharon wurde es unbehaglich. Vielleicht war Sven doch nicht der verständnisvolle Mann, für den sie ihn gehalten hatte.

„Wenn ich mich verteidigen muss, dann tue ich es", warnte sie ihn.

Er lachte. „Ich bin ein größerer Gentleman, als du denkst, kleines Vögelchen. Und weil ich ein Mann bin, weiß ich auch ganz genau, was dein Tony jetzt machen wird. Entweder versucht er, dich telefonisch zu erreichen, oder er fährt direkt zu deinem Haus. Möchtest du dann dort sitzen, heiße Schokolade schlürfen und stricken? Natürlich möchtest du das nicht."

Svens Theorien entbehrten nicht einer gewissen Logik, aber Sharon war noch nicht so weit, eine intime Beziehung mit einem anderen Mann einzugehen. Deshalb musste sie sicher sein, dass Sven es auch so verstand.

„Versprichst du mir, von weiteren Lippenversiegelungen abzusehen?", fragte sie ernsthaft.

Er brach in schallendes Gelächter aus. „Was, bitte, ist ‚Lippenversiegelung'?"

„Ich meine den Kuss auf der Party." Sharon verschränkte die Arme. „Siebzehnjährige hätten das ohne Begleitung ihrer Eltern nicht sehen dürfen."

Svens Augen, so blau und klar wie ein Fjord, blitzten übermütig. „Ich wünschte, du hättest Tonys Blick sehen können, Vögelchen. Dann würdest du dich besser fühlen.“

Sharon überlegte. Es bestand ebenfalls die Möglichkeit, dass Svens Trick nach hinten losging und Tony sich nun von einem Liebesabenteuer ins nächste stürzte. Aber sie wollte Sven nicht die Freude verderben und behielt es für sich. „Ich möchte kein Wort mehr von Tony hören. Erzähl mir von dir, Sven.“

Da es in Port Webster kein Hotel gab, rollte die Limousine Richtung Tacoma, wo Sven eine Suite belegt hatte. Während der Fahrt erzählte er von seiner Skiherstellungsfirma, deren Produkte demnächst auf den amerikanischen Markt kommen würden. Auch seine kurze und unglückliche Ehe, die vor zwei Jahren geschieden worden war, ließ er nicht unerwähnt.

Als sie das Hotel erreicht hatten, half Sven Sharon aus dem Auto. Dabei trat sie auf den Saum ihres Kleides, sodass der Schlitz weiter aufriss.

„Na wunderbar“, murmelte Sharon ärgerlich.

Sven lachte verschmitzt. „Gibt es Probleme?“

„Allerdings. Ich habe mein Kleid zerrissen“, antwortete sie. „Und mit diesem Singledasein werde ich auch nicht fertig. Ich kann mich einfach nicht daran gewöhnen.“

Sven legte den Arm um ihre Schultern und ging mit ihr dem warmen Licht des Foyers entgegen.

„Es braucht seine Zeit“, sagte er sanft. „Viel Zeit.“

Sie betraten das elegante Hotel, und Sharon war froh, dass sie einen langen Mantel trug. Die vielen Leute, die sich dort befanden, mussten nicht unbedingt den inzwischen etwas zu aufreizenden Schlitz bemerken.

„Bist du hungrig?“, fragte Sven, als sie das Restaurant mit Blick auf die Commencement Bay passierten.

Außer einigen Horsd'œuvres hatte Sharon an diesem Abend nichts gegessen, dafür aber umso mehr Champagner getrunken. In ihrem Magen rumorte es verdächtig.

„Ich glaube schon“, erwiderte sie. „Aber meinen Mantel möchte ich gern anlassen.“

Sven amüsierte sich. „Mein Vögelchen, da drinnen ist nur Kerzenlicht. Wer sollte schon sehen, dass dein Kleid aufgerissen ist?"

Sharon gab nach. Einerseits weil sie wirklich Hunger hatte, andererseits weil sie den Moment, in dem sie Svens Suite betreten würde, so lange wie möglich hinausschieben wollte. Sie liebte Tony Morelli von ganzem Herzen, aber ihr Verlangen nach Zärtlichkeit war noch nicht gestorben, Svens Kuss hatte das nur zu gut bewiesen.

Das Essen verlief in entspannter Atmosphäre. Sharon und Sven redeten, lachten und tranken erneut jede Menge Champagner. Sharon gähnte, und ihr Geist war leicht benebelt, als sie schließlich in Svens Suite gingen.

Sven gab ihr einen harmlosen Kuss und sagte: „Ich wünschte, ich wäre der Typ Mann, der deine derzeitige Situation ausnützen könnte. Nur für diese Nacht wäre ich schon gern ein solcher Schurke."

Sharon lächelte beschwipst. Ihr Haar hatte sich gelöst und hing locker herunter. „Weißt du was? Ich wünschte auch, ich wäre anders. Hier bin ich nun: In einer Luxussuite, mit einem Mann, der ohne Schwierigkeiten zum ‚Mann des Jahres' ernannt werden könnte, und was mache ich aus dieser einmaligen Gelegenheit? Ich vergeude sie."

Sven schmunzelte und nahm ihr Gesicht in die Hände. „Seit der Highschool sah ich immer, wenn ich an Amerika dachte, sofort dich vor meinem geistigen Auge." Er seufzte. „Ach, Sharon, du hast so fabelhaft in deinen Jeans ausgesehen, dass bei mir der Wunsch entstand, mich aus meinem Land abzusetzen und hier um politisches Asyl zu bitten."

Sharon küsste ihn auf die Wange. „Aus Schweden braucht man sich nicht abzusetzen", erklärte sie.

Mit sanfter Entschlossenheit, die viel über sein Ehrgefühl aussagte, ließ Sven sie los und blickte auf seine goldene Armbanduhr. „Ich glaube, es wird Zeit, dich nach Hause zu bringen", sagte er. „Sonst geht mein Wunsch, ein Schurke zu sein, doch in Erfüllung."

„Oh!" Sharon schluckte und trat einen Schritt zurück. Sie hüllte sich enger in ihren Mantel.

„Wenn ich das nächste Mal nach Amerika komme, hast du vielleicht aufgehört, Tony zu lieben", fuhr Sven fort und blickte dabei aus dem Fenster über die Bay. Die Sterne leuchteten wie Diamanten auf schwarzem Samt. „Ich möchte, dass du mich für diesen Fall in guter Erinnerung behältst."

Sharon hatte viel getrunken, aber sie war klar genug, um Svens Worte richtig zu verstehen.

„Darüber brauchst du dir keine Gedanken zu machen", sagte sie mit weicher Stimme. „Ich werde dich in guter Erinnerung behalten. Ich stelle zwar keine allzu hohen Ansprüche, aber ich weiß, dass Männer wie du rar sind."

Als Sven sich ihr wieder zuwandte, lag erneut dieses strahlende Lächeln auf seinem Gesicht. Es war so beruhigend wie das Licht eines Leuchtturms auf stürmischer See. „Jetzt, mein Vögelchen, musst du nur noch lernen, dass du auch etwas Besonderes bist. Du bist Amerika für mich: Feuerwerk, Bluejeans und Volksfeste."

Sharon wurde verlegen. Ein Gefühl von Geborgenheit stieg in ihr auf. „Ich nehme das als Kompliment. Für alles andere bin ich zu betrunken."

Sven lachte und ging zum Telefon, um die Limousine zu bestellen.

Um Punkt drei Uhr hielt die Limousine vor dem Haus am Tamarack Drive. Tonys Auto stand in der Einfahrt.

Sven grinste verschmitzt, er sah seine Theorie bestätigt. Er begleitete Sharon zur Haustür und fragte dann: „Soll ich noch mit hineinkommen?"

Sharon verneinte. Sie wusste, dass sie von Tony, selbst wenn er stinkwütend war, nichts zu befürchten hatte. Bei Sven konnte sie das nicht voraussagen. Die beiden Männer würden wahrscheinlich übereinander herfallen und sich halb umbringen, wodurch die Kinder einen Schock fürs Leben bekommen würden.

„Vielen Dank für alles", verabschiedete sie sich und griff zum Türknauf. Wie sie es erwartet hatte, war die Tür nicht verschlossen. „Gute Nacht."

Sven gab Sharon einen freundschaftlichen Kuss auf die Stirn und ging zum Wagen zurück. Im Flur und im Arbeitszimmer brannte Licht. Mit den silbernen Abendschuhen in der Hand folgte Sharon der Spur, die Tony für sie gelegt hatte.

Er lag im Arbeitszimmer auf der Couch und sah fern. Auch als Sharon neben ihm stand, blickte er nicht auf.

Im Fernsehen wurde eine scheußlich verzierte Uhr mit passenden Kerzenleuchtern zu einem Preis angeboten, den man ungefähr für den erstgeborenen Sohn eines Ölscheichs auf dem Schwarzmarkt bekommen würde.

„Möchtest du umdekorieren?", fragte Sharon.

Tony stöhnte auf. „Was glaubst du, wer ich bin? Frankenstein?"

Sie warf ihre Schuhe in die Ecke und setzte sich auf die Kante der zum Bett umfunktionierten Couch. „Was tust du hier?"

Er rieb sich das Kinn. „Ich scheine eine Vorrichtung in meinem Gehirn zu haben, die mich immer wieder hierher zurückkommen lässt. Manchmal vergesse ich ganz einfach, dass ich nicht mehr in diesem Haus lebe."

Sharon verspürte eine große Traurigkeit. Der Schlitz ihres Kleides riss noch weiter, als sie die Beine an den Körper zog. Verlegen zupfte sie an der Bettdecke und senkte die Lider. „Oh."

Tonys Stimme klang rau. „Weißt du, wie spät es ist?"

Die Traurigkeit wich leiser Empörung. „Ja. Es ist drei Uhr fünf, die Party ist vorbei, jeder hatte einen netten Abend, und du kannst jetzt jederzeit gehen, Tony."

Er fasste mit einer derartigen Heftigkeit nach ihrem Handgelenk, dass Sharons Augen sich weiteten. Obwohl Tony ihr nicht wehtat, raste ihr Herz, und ihr Atem ging schneller.

Bevor sie wusste, wie ihr geschah, lag sie auf dem Rücken und starrte Tony an. In seinem Gesicht zuckte ein Muskel. Ein Teil des Körpergewichts hatte Tony auf Sharon verlagert, was sie trotz ihrer Wut als sehr angenehm empfand.

„Hast du dich in diesen Schweden verliebt? Ich will eine Antwort, und zwar sofort!“

Sharon schluckte. „Lass uns darüber reden, wenn ich nüchtern bin.“

Tony sah aus, als wisse er nicht, ob er sie nun küssen oder umbringen sollte. „Gut, dann werde ich gleich anfangen, dir Kaffee einzuflößen. Und wenn es die ganze Nacht lang dauert.“

Sie schloss die Augen. „Ich glaube, du lässt mich jetzt besser aufstehen.“

„Nenn mir einen vernünftigen Grund dafür.“

„Ich muss mich übergeben.“ Tony rollte auf die Seite.

„Das ist wahrhaftig ein guter Grund“, stimmte er zu, während Sharon aufsprang und mit vorgehaltener Hand ins Badezimmer rannte.

Nach wenigen Minuten kam Sharon wieder. Tony hatte inzwischen Kopfschmerztabletten, ein Glas Wasser und ihren Bademantel geholt.

Sie schluckte die Tabletten, wandte sich dabei von Tony ab. Er hob eine Augenbraue, als er den Schlitz, der bis zu den Hüften reichte, bemerkte, schwieg jedoch und öffnete den Reißverschluss des Kleides.

Sharons Frisur war hin, die Wimperntusche verlaufen und das Kleid, für das sie noch in sechs Monaten bezahlen würde, ruiniert. Die Reise nach Paris konnte sie sich nicht leisten, und sie liebte einen Mann, mit dem sie nicht fähig war zu leben.

Es fiel immer schwerer, der Zukunft positiv entgegenzusehen.

11. KAPITEL

Am nächsten Morgen hatte Sharon einen fürchterlichen Kater. Mit rasendem Kopfschmerz und einem revoltierenden Magen vergrub sie stöhnend das Gesicht im Kissen. Sie hörte, wie Tony den Kindern befahl, leise zu sein.

Sharon hob leicht den Kopf an und öffnete ein Auge. Sie befand sich im Arbeitszimmer.

Im Kamin flackerte ein Feuer, und Marc saß am Fußende der Couch und sah fern. Tony arbeitete am Schreibtisch, während Brian Sharons Kleid vor der Brust hielt und damit auf und ab stolzierte.

„Das muss ja eine schöne Party gewesen sein", meinte Brian, als sie sich den aufgerissenen Saum näher anschaute.

„Kaffee", stöhnte Sharon. „Wenn einer in diesem Raum auch nur einen Funken Anstand besitzt, dann bringt er mir sofort einen."

Tony schmunzelte und erhob sich.

Als er mit dem dampfenden Kaffee zurückkam, waren die Kinder aus dem Zimmer verschwunden.

„Bitte schön, du Partylöwe", sagte er, und Sharon setzte sich mühsam auf, um ihm den Becher aus der Hand zu nehmen.

„Danke", grummelte sie.

Tony ließ sich auf der Bettkante nieder. „Möchtest du Frühstück?"

„Du brauchst nicht gleich wieder gemein zu werden", erwiderte sie und nahm einen Schluck. Der Kaffee schmeckte gut, aber sie merkte, dass er ihrem Magen nicht bekam.

Tony lachte und küsste sie auf die Stirn. „Nachher wird es dir besser gehen", sagte er sanft. „Das verspreche ich dir."

Sie stellte den Kaffee zur Seite und fuhr sich durch das zerzauste Haar. „Du bist schrecklich nett zu mir. Wie spät ist es?" Sie versuchte, die Uhr auf dem Kamin zu erkennen.

„Es ist Zeit, aufzustehen und dich für die Reise fertig zu machen. Dein Flugzeug geht heute Nachmittag, oder?"

Sharon lehnte sich zurück und stöhnte wieder. Sie hätte ihm so gern erzählt, dass sie die nächsten vier Tage auf der Insel verbringen wollte, aber sie konnte es nicht. Schließlich hatte sie ein Image zu verteidigen. „Ja."

„Ich fahre dich zum Flughafen."

Wenn er das tat, würde er wissen, dass sie nirgendwohin flog. „Das ist nicht nötig", antwortete sie.

Tony musste immer alles ganz genau erklärt haben. „Warum nicht?"

Sharon saß in der Falle. Es gab nur zwei Möglichkeiten: Entweder ihn anlügen oder zugeben, dass sie eine Versagerin war.

„Sven fährt mich hin!", stieß sie nach kurzer Überlegung hervor.

Es entstand eine kurze und tödliche Stille, dann stand Tony auf.

„Großartig", sagte er, ging zum Schreibtisch und packte seine Arbeitsunterlagen zusammen.

Sharon widerstand dem Impuls, ihm zu versichern, dass Sven und sie nichts miteinander hatten. Immerhin ließ Tony auch nichts anbrennen, er hatte ja Ingrid.

„Ich wusste, du würdest es verstehen", entgegnete sie, griff nach ihrem Bademantel und stieg aus dem Bett. Sie band gerade den Gürtel zu, als Tony sich umdrehte und sie ansah.

„Ich habe kein Recht, dich das zu fragen", begann er, „aber ich muss es wissen. Fährt er – Sven – mit dir nach Paris?"

Sharon schluckte. Ihr war klar, was es in Anbetracht seines Stolzes für ihn bedeutete, diese Frage gestellt zu haben. Sie schüttelte nur den Kopf.

Tony nickte, und in seinen Augen lag ein Ausdruck, den Sharon nicht deuten konnte. „Ich nehme die Kinder mit zu mir. Gute Reise."

Schuldgefühle drohten Sharon zu ersticken. Sie belog die Menschen, die sie liebte. Inszenierte nur um des Stolzes willen ein Theaterstück.

„Die werde ich haben", sagte sie. „Danke."

„Natürlich", bemerkte Tony traurig-ironisch.

Innerhalb von fünf Minuten hatten sich die Kinder von Sharon verabschiedet und verließen mit Tony das Haus.

Mit marionettenhaften Bewegungen ging sie nach oben und stellte sich unter die heiße Dusche. Hinterher fühlte sie sich zwar körperlich besser, aber ihr Gefühlsleben war immer noch ein einziges Chaos.

Sie zog Jeans, einen burgunderfarbenen Wollpullover, dicke Socken und Stiefel an. „Genau die richtige Kleidung, um nach Paris zu fliegen", meinte sie spöttisch, warf sich aufs Bett und griff nach dem Telefon.

Beim zweiten Klingeln hob Helen ab. „‚Traumland', guten Tag. Kann ich Ihnen helfen?"

Sharon seufzte. „Ich wünschte, du könntest es. Wie läuft das Geschäft?"

„Sehr gut. Alles unter Kontrolle. Der Kuss von Sven gestern auf der Party hatte es aber in sich, meine Liebe."

„Ich hoffte, niemand hätte es bemerkt."

„Tony schon. Er machte sich fünf Minuten nach euch fort, und Maria und Vincent mussten die Blonde nach Hause fahren, weil er sie völlig vergessen hatte."

Daraufhin stieg Sharons Laune etwas, aber sie ließ sich nichts anmerken und schwieg. Helen würde schon für weiteren Gesprächsstoff sorgen.

„Sollte ich jemals bezweifelt haben, dass Tony Morelli verrückt ist nach dir – und nur nach dir! –, dann jetzt bestimmt nicht mehr." Helen hielt inne und atmete tief durch. „Du wirst ihm doch nun über die Paris-Geschichte hoffentlich reinen Wein einschenken, oder?"

„Unmöglich", erwiderte Sharon und massierte ihre Schläfen.

„Blödsinn."

Sharon sah keinen Sinn darin, sich mit Helen auseinanderzusetzen. Das Geschäft war damals einer der Hauptgründe für die Scheidung gewesen. Tony vertrat mitunter recht altmodische Ansichten, und Sharon konnte sich nicht vorstellen, dass sich daran etwas geändert haben sollte. Bestimmt hatte er nach wie vor kein Verständnis für ihr Bedürfnis, einen eigenen Laden zu führen. Wenn sich jetzt herausstellte, dass sie versagt hatte, würden Tonys Bedenken auch noch bestätigt werden.

„Einen Tag vorm Erntedankfest bin ich zurück", entgegnete sie sachlich. „Du weißt, wo du mich in dringenden Fällen erreichen kannst."

Helen stöhnte auf. „Das kann nicht gut gehen. Eines Tages kommt die Wahrheit heraus."

„Vielleicht. Aber ich wünsche, dass niemand sie von dir erfährt, meine Liebe. Irgendwann werde ich Tony schon alles beichten."

„Sicherlich", erwiderte Helen. „Eins noch, welche Nummer willst du ihm hinterlassen, sollten die Kinder krank werden? Tony denkt doch wohl, dass du in einem Hotel absteigst."

„Ich habe ihm vor einigen Tagen erzählt, dass ich mich regelmäßig bei dir melden werde. Wenn also irgendwelche Vorkommnisse sind, hörst du in jedem Falle von Tony. Und dann rufst du mich im Inselhaus an."

„Das ist wirklich bescheuert, Sharon."

„Ich kann mich nicht erinnern, um deine Meinung gefragt zu haben."

„Und was ist mit Ansichtskarten?", schoss Helen zurück. „Mit Souvenirs für die Kinder? Begreif endlich, dass es völliger Unsinn ist, was du da vorhast."

Sharon nagte an ihrer Unterlippe. Das Lügengespinst lag wie eine Schlinge, die sich immer fester zuzog, um ihren Hals. Aber nun war es zu spät. „In dem Importgeschäft in Seattle werde ich schon was Passendes finden."

„Du bist verrückt."

„Schön zu wissen, dass meine Freunde derartig hinter mir stehen", zischte Sharon in den Apparat.

Es entstand eine Pause, bevor Helen leise sagte: „Du weißt, dass ich nichts anderes will, als dich glücklich zu sehen, oder?"

„Ja", antwortete Sharon geistesabwesend. „Ich melde mich bei dir, wenn ich aus Paris zurück bin. Auf Wiedersehen, Helen."

„Auf Wiedersehen."

Sharon packte statt der leichten Kleider, die sie nach Europa mitgenommen hätte, warme Pullover und Flanellnachthemden ein. Dann lud sie die Reisetasche in den Kofferraum ihres Sportwagens und fuhr Richtung Seattle, wo sie den Importladen aufsuchen wollte.

Die wichtigsten Dinge zuerst, dachte sie trübsinnig, während sie die Autobahn entlangrauschte.

Auf halbem Wege rief sie plötzlich aus: „Was tue ich hier eigentlich?“ Sie nahm die nächste Ausfahrt und steuerte wieder Port Webster an.

Was zu viel war, war zu viel! Sich zur Insel zu flüchten war erniedrigender, als Tony die Wahrheit zu berichten.

Zunächst fuhr sie zu seiner Wohnung, doch niemand öffnete. Dann wollte sie es im Haus seiner Eltern versuchen, aber als sie dort ankam, sah sie auf dem Grundstück viele Autos parken. Offensichtlich fand ein Treffen statt, ein ziemlich großes sogar. Sharons Mut sank.

Schließlich stellte sie ihren Sportwagen jedoch auch ab und ging auf das gewaltige Haus zu. Gelächter schallte ihr entgegen, während sie mit einem traurigen Lächeln die Türglocke betätigte.

Ich gehöre nicht mehr hierher, dachte Sharon. *Vielleicht habe ich auch nie hierhergehört.*

Vincent öffnete die Tür, und sein warmes Lächeln wirkte auf Sharon wie ein Licht im Dunkeln.

„Komm rein, komm rein“, begrüßte er sie und zog sie aus der beißenden Novemberkälte ins Haus. „Wir sind am Feiern.“

Sharon blieb in der Eingangshalle stehen. „Eine Feier?“

Vincent breitete die Arme aus und strahlte. „Nun heiratet mein sturer Sohn schließlich doch.“

Sharons erste Reaktion war sehr impulsiv. Der Magen drehte sich ihr um, und sie wollte wie ein ängstliches Kaninchen einfach davonlaufen. Sie atmete einige Male tief durch, und ihr Verstand setzte wieder ein. Auch wenn Tony und sie sich nicht verstanden, auch wenn sie sich nicht wie erwachsene Menschen unterhalten konnten, so hätte Tony ihr dennoch von seiner bevorstehenden Heirat erzählt. Etwas derartig Wichtiges verschwieg man schließlich nicht.

„Komm, trink ein Glas Wein mit uns", bat Vincent. Er hatte Sharons Nervosität bemerkt, ersparte ihr aber irgendwelche Fragen.

Sie schüttelte den Kopf. „Ich möchte bloß Tony für ein paar Minuten sprechen."

Vincent machte eine resignierende Geste und verschwand.

Tony erschien wenig später und warf einen Blick auf Sharons Kleidung. „Hallo."

Sharon nahm allen Mut zusammen. „Ich muss mit dir reden." Zu ihrer Überraschung schossen ihr Tränen in die Augen.

Tony nahm ihre Hand, und sie setzten sich auf die Treppenstufen. Mit dem Daumen strich er sanft über Sharons Finger.

„Ich höre dir zu, Baby", sagte er weich.

Sie versuchte, ein Schluchzen zu unterdrücken.

„Ich habe gelogen", gestand sie. „Ich kann es mir gar nicht leisten, nach Paris zu fahren. Das ‚Traumland' läuft zu schlecht dafür."

Tony seufzte und blickte auf die goldenen Sonnenstrahlen, die durchs Dachfenster auf den Teppich der Eingangshalle fielen. „Warum hattest du das Gefühl, lügen zu müssen?"

„Weil ich mich geschämt habe. Ich dachte, du würdest mich auslachen, weil ich mir nicht einmal ein Flugticket leisten kann."

„Auslachen?" Seine Stimme klang wie ein Donnerschlag, sein Blick verriet, dass er tief verletzt war. „Du denkst, ich lache dich aus, weil es dir schlecht geht? Du meine Güte, Sharon, glaubst du wirklich, dass ich so ein Schweinehund bin?"

Sie staunte über diesen Gefühlsausbruch. Tony sah aus, als hätte sie ihm mitten ins Gesicht geschlagen.

„Es tut mir leid", flüsterte sie.

„Dafür kann ich mir nichts kaufen", fuhr er sie an und ließ ihre Hand jäh los. „Verdammt noch mal, wie lange kennst du mich eigentlich schon? Wir waren zehn Jahre lang verheiratet, und du weißt überhaupt nicht, wer ich bin."

„Das ist nicht wahr", erwiderte sie schmerzerfüllt.

„Oh doch." Die Worte klangen kalt und distanziert. Er stand auf. „Und ich kenne dich ebenso wenig."

Sharon sprang auf. „Tony, bitte, hör mich an!"

„Wenn du mich bitte entschuldigen möchtest? Mein Bruder feiert nämlich gerade seine Verlobung." Er machte eine Pause und blickte Sharon an. „Ich hoffe, dass Michael und Ingrid es besser machen." *Michael und Ingrid. Michael und Ingrid.* Die Worte trafen Sharon wie ein Schlag in den Magen. Sie schloss die Augen und schlang die Arme um ihren Körper.

„Kannst du die Kinder trotzdem bei dir behalten?", brachte sie schließlich hervor.

Tony schwieg so lange, dass Sharon dachte, er sei gegangen und hätte sie allein hier stehen lassen. Dann aber antwortete er rau: „Sicher, und was soll ich ihnen sagen?"

„Dass ich sie liebe." Blindlings drehte Sharon sich um und griff nach dem Türknauf. Tonys starke Hand stoppte sie.

„In der Verfassung kannst du nicht fahren", sagte er ohne einen Anflug von Gefühl in der Stimme. „Du gehst nirgendwohin, bevor du dich gefasst hast."

Sharon konnte ihn nicht ansehen. Sie wusste, er hatte recht. Sie kämpfte wieder mit den Tränen und lehnte die Stirn an die Tür.

Zögernd berührte Tony ihre Schulter.

„Sharon", sagte er. Hoffnungslosigkeit und Kummer lagen in seiner Stimme.

Sharon zitterte und versuchte, ihre Gefühle unter Kontrolle zu bekommen. „Ich bin auf der Insel."

„In Ordnung", flüsterte Tony und trat einen Schritt zur Seite, um Sharon aus der Tür gehen zu lassen.

Sharon fuhr mit dem Auto auf die Fähre und blieb die ganze Zeit über im Wagen sitzen. Sie verspürte keine Lust, aufs Oberdeck zu gehen und die Ansicht zu genießen.

Nachdem die Fähre angelegt hatte, steuerte Sharon den nächsten Supermarkt an, kaufte lustlos ein und fuhr dann weiter zum Holzhaus.

Es war völlig ausgekühlt, und sie drehte die Heizung an. Nicht wegen der Kälte, sondern aus einem anderen Grund fühlte Sharon sich seelisch und körperlich taub.

Sie sank auf das Sofa im Wohnzimmer. Weinen hätte ihren Schmerz sicherlich ein bisschen gelindert, aber es ging nicht. Offensichtlich waren all ihre Tränen im Haus von Maria und Vincent geblieben.

„Wie konnte bloß alles so schieflaufen?“, fragte sie sich laut und blickte mit trockenen Augen an die Decke.

Das Läuten des Telefons schreckte Sharon aus ihren Gedanken. Am liebsten wäre sie nicht aufgestanden, aber sie hatte zwei Kinder. Wenn diese sie brauchten, musste sie zur Stelle sein. Sie mussten schon so genug aushalten.

Sharon durchquerte den Raum, nahm den Telefonhörer ab und versuchte, so normal wie möglich zu klingen. „Hallo?“

„Geht es dir besser?“, fragte Tony.

„Und wie! Ganz fantastisch. Ist etwas passiert?“

„Den Kindern geht es gut“, erwiderte er.

Sharon war beruhigt. „Gut, dann sei mir bitte nicht böse, wenn ich auflege. Wiedersehen, Tony, und viel Spaß noch auf der Party.“

„Außer in der Nacht, wo wir eigentlich dein Apartment streichen wollten, aber in deinem Bett gelandet sind, hatte ich in den letzten Monaten an gar nichts Spaß“, antwortete Tony. „Und wehe, du legst jetzt wieder auf.“

„Was soll ich darauf sagen? Los, sag es mir. Vielleicht trete ich dir dann nicht auf die Füße und du nicht auf meine. So könnten wir uns die sonst üblichen fünfzehn Runden Boxkampf ersparen.“

Tonys weicher Tonfall schlug um. „Im Moment könnte ich mit beiden Fäusten gegen die nächstbeste Wand schlagen. Woher soll ich wissen, was du jetzt sagen sollst?“

„Wahrscheinlich kannst du es wirklich nicht. Niemand kann es. Gute Nacht, Tony, und richte Michael und Ingrid meine herzlichsten Glückwünsche aus.“

„Ja, mach ich“, versprach er, dann legte er auf.

Es dämmerte bereits, und Sharon kochte sich Kaffee, schob ein Fertiggericht in den Ofen und machte Feuer im Kamin. Aber auch das konnte die Kälte in ihrem Körper nicht vertreiben.

Sharon saß gerade beim Essen, als das Telefon erneut klingelte.

„Mom?“, piepste eine Stimme am anderen Ende. „Hier ist Marc.“

Zum ersten Mal huschte heute ein Lächeln über ihr Gesicht. „Ich weiß. Wie geht es dir, Sweetheart?“

„Gut.“ Trotzdem klang er besorgt. „Brian und ich sind bei Grandma. Wie kommt es, dass du nicht nach Paris gefahren bist?“

Sharon fuhr sich über die Nase. „Das erkläre ich euch, wenn ich wieder zu Hause bin, Honey. Wieso seid ihr denn nicht bei Daddy?“

Brian mischte sich vom zweiten Telefon aus ein. „Irgendetwas geht vor. Du und Daddy, ihr benehmt euch so seltsam.“

Das konnte Sharon nicht widerlegen. „Ich denke, du hast recht“, gab sie zu. „Aber ich verspreche euch, es wird alles wieder gut.“

Sie fühlte förmlich Brianas Verwirrung.

„Wirklich?“, fragte das Mädchen mit dünner Stimme. Wie gern hätte Sharon die beiden Kinder in den Arm genommen und sie fest an sich gedrückt!

„Bestimmt“, versicherte sie sanft.

Nun kam Maria an den Apparat. „Sharon? Wie geht es dir, Liebes?“

Sharon schluckte. „Einigermaßen. Maria, warum sind die Kinder noch bei euch? Ich dachte, Tony wollte sie mit in seine Wohnung nehmen.“

Maria zögerte mit der Antwort.

„Tony war völlig durcheinander, als er von hier wegging“, erklärte sie schließlich. „Vincent machte sich Sorgen und wollte ihm folgen. Seitdem habe ich keinen von beiden mehr gesehen.“

Sharon erschrak. Vincent Morelli mischte sich normalerweise nicht in das Leben seiner Kinder. Wenn er Tony gefolgt war, bestand wirklich Grund zur Besorgnis.

„Hat Tony vorher etwas gesagt?"

Maria seufzte. „Nein. Sonst würde ich mich besser fühlen. Er war so verletzt ..."

„Ich verstehe", entgegnete Sharon.

„Tony kann sehr unfreundlich werden, wenn er Kummer hat", bemerkte Maria nach einem kurzem Schweigen. „Aber er liebt dich, Sharon. Er liebt dich sehr."

Sharon nickte. „Ich liebe ihn auch, doch manchmal reichen große Gefühle allein nicht aus."

„Liebe ist die größte Macht der Welt", belehrte Maria sie. „Ihr beide wisst bloß nicht, wie sie funktioniert. Das ist alles."

Sie dachte darüber nach, während Maria das Thema wechselte.

„Zum Erntedankfest bist du wieder da, oder?"

„Ja", erwiderte Sharon zögernd. An den Feiertag hatte sie überhaupt nicht mehr gedacht.

„Wir haben dich vermisst. Du bist immer noch eine von uns, egal, was zwischen dir und meinem dickköpfigen Sohn passiert ist. Vincent und ich würden uns sehr freuen, wenn du Donnerstag zum Essen kämst."

Eine Essenseinladung zum Erntedankfest bei der Familie Morelli mochte vielleicht keine große Sache sein, aber Sharon war tief bewegt. Schließlich hätte Maria diesen besonderen Tag auch ohne die Exfrau eines ihrer Söhne verbringen können.

„Danke. Ich komme gern."

„Natürlich ist deine Mutter ebenfalls herzlich willkommen."

Bea machte sich nichts aus Feiertagen, aber Sharon würde die Einladung weiterreichen. „Ist dir klar, dass Tony meine Anwesenheit unangenehm sein könnte?"

„Mach dir keine Sorgen wegen Tony. Er wird sich anständig benehmen."

Trotz ihres schrecklichen Gemütszustandes musste Sharon bei Marias mütterlichen Worten lachen.

„Ruh dich aus", schloss die alte Dame. „Und mach dir auch keine Gedanken um die Kinder. Ich kümmere mich um sie."

„Danke." Die beiden wechselten noch einige Sätze, dann legte Sharon auf.

Sie ging nach oben und nahm ein heißes Bad. Danach kroch sie frierend unter die Bettdecke. Bevor Sharon einschlief, machte sie Pläne für den nächsten Morgen.

Sie musste endlich aufhören, sich kindisch zu benehmen, und ein neues Leben beginnen. Tony und sie waren zwar geschieden, aber sie hatten zwei Kinder. Also mussten sie anfangen, wie zivilisierte Menschen miteinander zu reden.

Diese Aufgabe erschien Sharon sehr verlockend.

12. KAPITEL

Ein Geräusch schreckte Sharon aus dem Schlaf. Sie saß mit heftig klopfendem Herzen aufrecht im Bett und horchte.

Da war es wieder! Ein dumpfes Rumpeln. Sharon griff nach dem Telefon und wählte hastig die Nummer der Vermittlung, aber selbst nach dem neunten Klingeln hob niemand ab.

Wer ist da? wollte Sharon rufen, aber kein Wort kam über ihre Lippen. Nun war es ohnehin besser, den Einbrecher nicht wissen zu lassen, dass sie da war. Wenn sie sich ruhig verhielt, würde er sicherlich nur ein paar Dinge stehlen und wieder verschwinden.

Andererseits – mein Auto steht draußen, ein klarer Beweis dafür, dass jemand zu Hause ist, dachte Sharon und schob sich aus dem Bett.

Erneut hallten Geräusche durchs Holzhaus.

Nein, sie konnte nicht einfach hierbleiben, sonst würde sie noch so enden wie diese Frauen in den Horrorfilmen.

Auf Zehenspitzen schlich sie hinüber in Marcs Zimmer und fand, ohne lange suchen zu müssen, seinen Baseballschläger. Damit bewaffnet, stieg sie vorsichtig die Treppe hinunter.

Als sie die letzte Stufe erreicht hatte, bemerkte Sharon plötzlich einen Schatten. Sie schrie auf und holte mit dem Baseballschläger aus. Glas zersplitterte.

Eine vertraute Stimme fluchte, und dann war das Wohnzimmer plötzlich hell beleuchtet.

Tony stand da, die Hand am Lichtschalter, und starrte Sharon verblüfft an. Die Tiffanylampe, die sie auf einem Flohmarkt gekauft hatte, lag in tausend Scherben zerbrochen auf dem Boden.

Langsam ließ Sharon den Baseballschläger sinken. „Du hättest klopfen können“, bemerkte sie lahm. Ihr Puls raste noch immer.

„Warum sollte ich, wenn ich doch einen Schlüssel habe?“, erwiderte Tony, zog die Jacke aus und warf sie aufs Sofa. „Los, zieh dir was an, du Baseballcrack. Ich hole derweil einen Besen.“

Sharon ging ohne ein Wort nach oben und versuchte, ihre Gedanken zu ordnen.

Wenig später kam sie angezogen wieder herunter. Tony kehrte gerade die letzten Scherben zusammen.

„Was tust du eigentlich hier?", wollte sie wissen.

Er seufzte. „Es war Papas Idee."

Sharon verdrehte die Augen und stemmte die Hände in die Hüften. „Das klingt ja sehr romantisch."

Er verschwand mit dem Besen und den Scherben in die Küche.

Als Tony zurückkam, lag ein fast verlegener Ausdruck auf seinem Gesicht. Schweigend ging er hinüber zum Kamin und machte Feuer.

Sharon beobachtete ihn kurz, bevor sie sich abwandte, um Kaffee zu kochen.

Ein Gefühl der Hoffnung überfiel sie. Eigentlich sonderbar, dachte sie. Denn wie oft hatten Tony und sie schon probiert, wieder zueinanderzufinden. Und wie oft war es fehlgeschlagen!

Sharon setzte das Kaffeewasser auf und holte zwei Becher aus dem Schrank. Plötzlich spürte sie Tonys Blick und drehte sich um.

Tony stand im Türrahmen.

„Ich gehe nicht, bevor wir beide zu einer Einigung gekommen sind", erklärte er entschlossen. „Das könnte aber sehr lange dauern."

Er tat unbeeindruckt, aber in seinen Augen flammte die Leidenschaft. „Es ist mir wirklich egal, ob wir hier aus der Luft mit Lebensmitteln versorgt werden müssen oder anderenfalls verhungern. Ich bleibe bis zum bitteren Ende."

Das Wasser kochte, Sharon nahm den Kessel vom Herd und füllte die Becher. „Angesichts der Tatsache, dass es nicht deine, sondern die Idee deines Vaters war, herzukommen, klingt das sehr überzeugend."

Tony verzog das Gesicht. Er stand nun dicht neben Sharon, nahm ihr die Kaffeebecher aus der Hand und stellte sie zur Seite. Seine Nähe weckte Sharons Sinne zu neuem Leben.

„Sharon", begann er sanft. „Ich liebe dich, und du liebst mich ganz bestimmt auch. Könnten wir nicht erst mal daran festhalten, bis alles wieder geordnet ist?"

Sie schluckte. „Da gibt's so viele Probleme ..."

„Die hat jeder", unterbrach er sie und führte sie ins Wohnzimmer. Dort setzten sie sich auf das Sofa vorm Kamin. Sharon kam sich vor wie ein schüchterner Teenager.

„Wieso hast du mich glauben lassen, dass du mit Ingrid eine Liaison hast?", platzte sie heraus.

Tony grinste verschmitzt. „Das ist doch wohl sonnenklar. Ich wollte dich eifersüchtig machen."

„Und es hat funktioniert."

Er rückte näher an sie heran. „Als der Schwede dich gestern geküsst hat, bin ich beinahe aus der Haut gefahren. Meinst du nicht, wir sind jetzt quitt?"

„Vielleicht", gab Sharon mit einem Lächeln zurück. Sie war entschlossen, sich aufs dünne Eis zu wagen, alles auf eine Karte zu setzen, denn zu verlieren gab es nichts mehr.

Tony küsste sie. Im Kamin knisterte das Feuer, und in der Ferne erklang die Schiffsglocke der Fähre.

„Stammt diese Idee auch von deinem Vater?", fragte Sharon mit zitternder Stimme, nachdem Tony ihre Lippen freigegeben hatte, und sah ihm in die Augen.

Er lächelte auf eine Art, dass Sharon fast den Verstand verlor. „Pa schlug nur Wein und Musik vor. Alles andere hat er mir wohl selber zugetraut."

Von süßen Erinnerungen erfüllt, schloss sie einen Moment die Augen.

Danach blickte sie ihm wieder voll ins Gesicht. „Weißt du noch, damals, als Brian noch ein Baby war?", flüsterte sie.

Er küsste sie erneut, und eine Welle der Erregung durchlief Sharon.

„Wir liebten uns bei leiser Musik auf dem Fußboden", sagte er dann.

„Tony!", stieß sie atemlos hervor. „Was ist?"

„Auf diese Art und Weise werden wir kaum irgendwelche Sachen klarstellen."

Er lächelte wieder. „Lass mich meine Meinung zu diesem Thema sagen. Ich liebe dich, und ich will dich. Solange ich dich nicht auch bekomme, kann ich mich unmöglich auf etwas anderes konzentrieren."

Sharon erbebte. „Ich würde sagen, du setzt deine Prioritäten richtig, Morelli."

Er zog ihr das Sweatshirt über den Kopf und warf es zur Seite. Dann öffnete er ihren BH. Sie hielt die Luft an, als Tony mit den Daumen sanft an den Brustwarzen spielte.

„Ich bin so froh, dass du mir zustimmst", neckte er Sharon, bevor er mit der Zunge über ihren Busen fuhr.

Sie stöhnte vor Lust und ließ die Finger durch sein Haar gleiten.

„Ich glaube, ich weiß jetzt, was wir falsch gemacht haben", brachte sie mühsam heraus. „Wir hätten niemals aus dem Bett steigen dürfen."

Tony lachte leise auf. „Sharon?" – „Ja?"

„Halt den Mund."

Er drückte sie auf den Rücken und öffnete ihre Hose. Dann stand er kurz auf, um das Licht zu löschen und Musik anzumachen. Bei Feuerschein und romantischer Musik kniete er vor Sharon nieder und liebkoste sie.

Sharons Geist war in schwindelerregende Höhen entschwunden, als Tony feststellte, dass er ihren Körper genauso gut kannte wie sie selbst. Zu diesem Zeitpunkt konnte sie nur noch unzusammenhängende Antworten stammeln. Tony hob sie auf die Arme und stieg die Treppe zum Schlafzimmer empor. Sharon knöpfte ihm das Hemd auf.

Das Novemberlicht fiel auf Tonys muskulöse Brust und auf seine zerzausten Haare. In solchen Momenten betete Sharon, dass sie Tony weniger lieben würde. Denn das, was sie fühlte, war zu stürmisch und zu schön, als dass es jemals wieder enden dürfte.

Tony bebte, als sie mit der Zunge eine Brustwarze berührte. Sharon wusste, dass er seine Erregung kaum noch ertragen konnte. Die Worte, die über seine Lippen kamen, waren nicht mehr von dieser Welt, sondern aus einer, die die Liebe erschaffen hatte. In ihrem Herzen verstand Sharon jede Silbe davon.

Als Tony seine Grenze erreicht hatte, drehte er Sharon mit sanfter Gewalt um. Sein Körper, so kräftig und geschmeidig wie der eines Panthers, lag jetzt über ihr.

Im silbernen Mondlicht sah Sharon ihm in die Augen, die voller Zärtlichkeit und Begierde waren.

Sie hob den Kopf, um Tonys Halsbeuge zu küssen. Er vermochte sich nicht länger zu beherrschen; unverständliche Worte der Liebe wurden herausgestöhnt, und dann drang er in Sharon ein.

Die beiden Körper schienen miteinander um die vollkommene Verschmelzung zu kämpfen; die Seelen waren eins geworden. Tony und Sharon schwebten hoch über den Wolken, bevor sie wieder in diese Welt zurückkamen.

Irgendwann blickte Sharon Tony ins Gesicht und küsste die kaum auffallende Furche am Kinn.

„Ich fürchte, meine Zehen sind abgestorben", gestand sie mit einem zufriedenen Lächeln.

Er drehte sich mit ihr, und sie lag nun auf ihm. „Eines musst du mir versprechen", sagte er leise. „Wenn ich dich das nächste Mal verärgere, dann denk daran, dass es derselbe Mann ist, der deine Zehen zum Absterben bringen kann."

„Ich werde mich bemühen", erwiderte sie, rollte sich herunter und kuschelte sich an Tony. Sie wünschte sehnlichst, dass dieser Moment der Harmonie niemals enden würde. Leider aber konnten sie nicht für den Rest ihres Lebens im Bett bleiben.

„Woran denkst du?", fragte Tony und strich ihr zärtlich eine Haarsträhne aus dem Gesicht.

„Dass ich dich liebe, Tony. Ich will, dass unsere Beziehung wieder die alte wird, aber ich weiß nicht, wie wir das bewerkstelligen sollen."

Er setzte sich auf und knipste die Nachttischlampe an. „Ich hätte ein paar Theorien darüber."

Sharon richtete sich ebenfalls auf und verschränkte die Arme. Sie konnte sich schon denken, was er sagen wollte: dass sie sich zu wenig öffnete, dass ohne das „Traumland" alles anders wäre …

Tony hob ihr Kinn an. „Einen Moment. Sturmwolken brauen sich auf deiner Stirn zusammen … das bedeutet bestimmt, du glaubst, ich fange wieder mit meiner ‚Ich-Tarzan-du-Jane-Tour' an, stimmt's? Dabei habe ich das gar nicht vor."

Sharon warf ihm einen ungläubigen Blick zu. „Na gut, wie also sieht deine Theorie aus, Morelli?"

„Wir kämpfen nicht fair. Wir prallen aufeinander wie die Wagen beim Autoskooter, und dann fahren wir wieder auseinander. Ich versuche, dich zu verletzen, und du versuchst, mich zu verletzen. Wir sind immer nur damit beschäftigt, uns zu streiten oder zu versöhnen. Bei alledem vergessen wir völlig, darüber zu reden, was eigentlich wirklich schiefläuft."

„Das leuchtet mir ein", sagte Sharon. Ins Gesicht sehen konnte sie ihm nicht, deshalb widmete sie die ganze Aufmerksamkeit ihren Fingernägeln. „Wo sollen wir anfangen?"

„Bei Carmen, denke ich."

Nach zehn Jahren Ehe und etlichen Monaten der Trennung machte die Erwähnung dieses Namens Sharon immer noch wütend. „Ich hasse sie."

„Ich weiß."

Sharon blickte Tony nun doch in die Augen. „Das ist dumm von mir, stimmt's?"

„So würde ich es nicht unbedingt bezeichnen, aber unsinnig ist es auf jeden Fall."

„Du hast sie geliebt."

„Das habe ich nie abgestritten."

Sharon holte tief Luft und setzte dann an: „Selbst noch nach unserer Heirat. Ich war doch zuerst bloß ein Ersatz für Carmen."

Er fuhr sich durchs Haar, und für den Bruchteil einer Sekunde verfinsterte sich sein Gesicht. Im letzten Augenblick jedoch zwang er sich, nicht wie beim Autoskooter einfach wieder auseinanderzufahren.

„Es stimmt, dass ich mir für die Überwindung meines Schmerzes nicht die nötige Zeit genommen habe", gab Tony zu. „Die Einsamkeit riss mich einfach mitten entzwei. Ich weiß nicht, wie ich es anders erklären soll. Ich konnte es nicht ertragen, allein zu sein. Und bei meiner Familie zu bleiben war noch schlimmer. Sie schienen alle ihr Leben im Griff zu haben, nur ich nicht."

Sharon tastete nach seiner Hand und umschloss sie. „Sprich weiter."

„Da gibt es nicht mehr viel, Sharon. Ich wollte eine Frau und eine Mutter für Brian, aber ich war nicht bereit, eine zu heiraten, die auf Mamas Wunschzettel stand. Mama, meine Tanten und Cousinen, sie alle hatten ganz genaue Vorstellungen von meiner neuen Frau. Ich nahm jedoch dich, weil ich dich wollte."

„Du wolltest mich? Das ist alles?"

Tony seufzte, lehnte den Kopf zurück und blickte gedankenverloren an die Decke.

„Nein. Ich liebte dich, nur war es mir damals noch nicht bewusst. Zunächst hatte ich dich benutzt."

Die Ehrlichkeit dieser Worte verletzte Sharon. „Ich nehme an, dann warst du meiner bestimmt bald müde, oder?"

Er nahm sie in den Arm und drückte sie an sich.

„Weißt du, wann ich bemerkte, dass ich dich mehr liebte als Carmen jemals zuvor? Es war bei diesem Picknick am vierten Juli. Du bist die vier Meter hohe Palme hochgeklettert, um irgendein Kinderspielzeug herunterzuholen. Dann bist du gestürzt und hast dir den Arm gebrochen."

Sharon sah ihn überrascht an. Ihre vorrangige Erinnerung an diesen Tag, den Tag der Unabhängigkeit, war eine ganz andere: Sie versäumte das Feuerwerk und die Wassermelonen, weil sie den Nachmittag und den Abend beim Röntgen und Gipsanlegen im Krankenhaus verbrachte. „Deshalb hast du dich in mich verliebt? Das ist ja nicht gerade sehr schmeichelhaft, Morelli."

Er küsste sie auf die Stirn. „Du hast mir nicht richtig zugehört. Ich sagte, dass ich an diesem Tag bemerkte, wie sehr ich dich schon immer geliebt hatte."

Beide hingen schweigend ihren Gedanken nach.

Schließlich sagte Sharon: „Ich bin nicht in einer Familie wie deiner aufgewachsen, Tony. Ich hatte zu keiner Zeit ein solch ausgeprägtes Selbstbewusstsein wie du, und ich werde es auch niemals haben. Heute weiß ich, dass meine Unsicherheit die

Ursache für viele Probleme war." Sie legte eine Pause ein und seufzte. „Und dann ist da noch das ‚Traumland'. Wie denkst du wirklich darüber?"

„Ich verabscheue es", antwortete er. „Aber das ist mein Problem, nicht deines." Er gab ihr einen Kuss.

Sharon durchfuhr ein Glücksgefühl. „Heißt das, du möchtest es noch einmal mit mir probieren?"

Er legte ihr die Hand auf die Brust. „Ja. Gibst du mir eine zweite Chance?"

„Für eine Heirat oder unsere nächtlichen Aktivitäten?", neckte sie.

Tony begann wieder, Sharon zu liebkosen. „Heirat natürlich. Für alles andere kann ich selbst sorgen, Lady."

Sharon lachte, doch dann stöhnte sie auf, weil Tony über ihren Bauch strich.

„Heirate mich. Bitte."

Sharon atmete schwer. „Vielleicht … vielleicht sollten wir zunächst nur zusammenziehen. Bis wir gelernt haben, fair zu kämpfen."

„Na gut. Du erklärst es aber Marc und Brian und meiner Großmutter und …"

„Ich heirate dich", unterbrach Sharon ihn. Sie wusste, wann sie verloren hatte. „Aber es wird eine Menge Kämpfe geben. Wir haben beide sehr viel zu lernen."

„Hmm … hmm." Tony klang nun völlig desinteressiert. „Wahrscheinlich."

Er vollbrachte so herrliche Dinge unter der Bettdecke, dass es Sharon schwerfiel zu sprechen. „Manchmal werde ich gewinnen, manchmal du."

Er schlug die Decke zurück und löschte das Licht. „Ich glaube fast, du wirst noch die ganze Nacht lang reden." Aber er hatte unrecht. Sharon sagte kein Wort mehr.

Als Sharon am nächsten Morgen erwachte, lag Tony nicht neben ihr im Bett. Für einen Moment war sie beunruhigt, dann hörte sie ihn die Treppe hochkommen und atmete erleichtert auf.

Völlig verschwitzt vom Joggen stürmte er ins Schlafzimmer, lächelte Sharon zu und verschwand unter der Dusche.

Sie wartete, bis er das Wasser anstellte, bevor sie ihm folgte.

Dieser Tag wurde wunderschön. Sie gingen Hand in Hand am Strand entlang, sprachen ganz offen über ihre Gefühle und Träume, und sie beschlossen, ihre Beziehung von nun an anders anzugehen. In unregelmäßigen Abständen stritten sie sogar, aber sie verletzten einander nicht.

Am späten Abend bereitete Tony ein kompliziertes Nudelgericht zu. Während des Essens wurde der Entschluss, ehrlich zueinander zu sein, auf die Probe gestellt.

Sharon sprach von der Gelegenheit, die sie verpasst hatte, weil sie nicht nach Paris fahren konnte.

„Du hättest mich um Geld bitten sollen", sagte Tony.

„Das ging nicht", entgegnete sie. Sie hatte es sich in dem Sessel vorm Kamin bequem gemacht und hielt ihren Teller in der Hand.

„Wegen deines verdammten Stolzes."

„Als ob du den nicht auch besitzen würdest!"

Ein Anflug von Zorn spiegelte sich in Tonys Augen, aber der verschwand so schnell, wie er gekommen war.

„Also gut. Jeder zurück in seine Ecke vom Ring. Keine Nierenschläge, keine Schläge unter die Gürtellinie", bemerkte er.

Sharon stellte den Teller zur Seite, stand auf, machte die Musik an und löschte das Licht. Sie streckte sich vor dem Kamin aus und genoss die wohlige Wärme des Feuers.

Als Tony zu ihr kam, legte sie ihm die Hände um den Nacken. „Ich habe dich schrecklich vermisst."

Leise Musik hüllte die beiden ein. Bald würde sie sie aufschweben lassen und in einem sanften Strom davontragen. Sharon hatte nicht vor, dagegen anzukämpfen.

„Ich liebe dich", flüsterte sie und zog Tony weiter zu sich herunter, um ihn zu küssen.

Bald darauf wanden sich ihre Körper vor Leidenschaft. Sharon strebte mit heftigen rhythmischen Bewegungen dem Höhepunkt entgegen. Sie schrie Tonys Namen heraus, während ihre

Hände wie im Fieber über seinen Körper glitten. Tony sprach zärtlich und liebevoll auf sie ein, bevor auch er Befriedigung fand.

Das Haus war von Gelächter und herrlichem Truthahnduft erfüllt. Vincent lächelte, als er Tony und Sharon hereinkommen sah. Maria nahm Sharons Hand und bemerkte den goldenen Ring an ihrem Finger.

„Wann?", fragte sie mit leuchtenden Augen.

Tony küsste sie auf die Stirn. Marc und Brian bahnten sich einen Weg durch die Menge der Cousinen, Onkel und Tanten, die alle zum selben Zeitpunkt eingetroffen waren.

„Irgendetwas ist passiert", stellte Brian fest und blickte Tony und Sharon an. „Was?"

„Sie haben wieder geheiratet, Drahtschnabel", erklärte Marc verächtlich, aber liebevoll. „Siehst du denn die Ringe nicht?"

Sharon bemerkte den hoffnungsvollen Ausdruck in Brianas Augen und nickte zustimmend. Das Mädchen flog ihr mit einem Jubelschrei um den Hals.

Michael schüttelte unterdessen Tonys Hand.

„Heißt das, man kann wieder vernünftig mit dir zusammenarbeiten?", fragte er strahlend.

Tony lachte und schloss dann den aufgeregten Marc in die Arme.

„Wohnen wir jetzt alle gemeinsam in einem Haus?", wollte der Kleine wissen. –„Ja", bestätigte Tony.

„Wieso konntet ihr derartig schnell heiraten?", rief Rose von irgendwo aus der Gruppe erfreuter Verwandter.

„Wir sind heute Morgen in Nevada getraut worden. Dann habe ich ein Flugzeug gechartert, damit wir noch rechtzeitig hier sein konnten", erklärte Tony. „Sind jetzt alle zufrieden, oder muss ich eine Pressekonferenz anberaumen?"

Sharon zog den Mantel aus und ging mit Maria, Brian und Rose in die Küche.

Dort war ein wahres Schlemmerland aufgebaut: Pasteten, Süßkartoffeln, besondere Gemüsegerichte, Salate, Preiselbeersoße – die ganzen traditionellen Gerichte. Sharon wollte ihren Teil zu dem Fest beitragen und begann, den Berg von Kartoffeln zu schälen.

Maria bereitete ein Tablett mit Soßen vor, während Rose und Brian über das Footballspiel am heutigen Nachmittag stritten. Es ging nicht so sehr darum, wer das Spiel gewann, sondern vielmehr, welche Mannschaft die bestaussehenden Spieler hatte.

Eine Stunde später konnte serviert werden. Bea traf ein und überreichte stolz den mexikanischen Bohneneintopf, den sie zum Essen beisteuerte.

Bei Tisch saß Sharon neben Tony und hielt seine Hand. Sie zählte die Frauen, Männer und Kinder, die hier unter einem Dach versammelt waren. Sie entdeckte dreiundvierzig lächelnde Gesichter. Es wurde ein Gebet gesprochen, und dann tranchierte Vincent den ersten der drei Truthähne.

Tränen des Glücks standen Sharon in den Augen, als sie erst Tony anschaute und danach Marc und Briana.

Sie sandte ein stilles Dankgebet zum Himmel, bevor sie Vincents Tranchierkünste, gemeinsam mit dem Rest der Familie, bejubelte.

Gemeinsam mit ihrer Familie.

– ENDE –

Cindy Gerard

Mit Charme und Champagner

Roman

Aus dem Amerikanischen von
Alina Lantelme

1. KAPITEL

So etwas sollte ihr nicht passieren. Sie sollte nicht derart beeindruckt sein von einem Mann wie ihm. Rachael Matthews bemühte sich, die unglaubliche Anziehung zu ignorieren, die sie in dem Moment gespürt hatte, als sie Grant McGrory zum ersten Mal in die Augen gesehen hatte. Sie hielt ihren Blumenstrauß wie einen Schutzschild vor sich und zwang sich, dem Trauzeugen ins Gesicht zu sehen, als er mit einem selbstbewussten Grinsen zu ihr in den Mittelgang der Kirche trat.

Schließlich war er auch nur ein Mann. Allerdings ein Mann, der eine Mischung aus Pierce Brosnan und Antonio Banderas war. Welche Frau würde darauf nicht heftig reagieren? Man brauchte ihn ja nur anzuschauen …

Seine blitzenden braunen Augen hatten die gleiche Farbe wie die perfekt gestylten Haare, die er modisch lang und streng nach hinten gegelt trug. In seinem sonnengebräunten Gesicht mit dem ausgeprägtem Kinn und der geraden Nase sorgten zwei Grübchen für frappierenden Charme. Einzig die sichelförmige Narbe, die sich von der linken Augenbraue zur Schläfe zog, passte nicht in das perfekte Bild. Doch anstatt sein Gesicht zu verunzieren, verlieh ihm die Narbe eine Verletzlichkeit, die in völligem Kontrast zu dem Selbstvertrauen stand, das er ausstrahlte. *Ja, ich bin Herr der Lage und ein Meister auf meinem Gebiet*. Das schien er zu verkünden. *Aber keine Sorge, ich führe mit sanfter Hand. Übrigens, ich stehe auf scharfe Frauen.*

Das rückte die Dinge wieder in die rechte Perspektive. Ihm strömte die Arroganz aus allen Poren, und das war es, was Rachael wieder zur Vernunft brachte. Ja, sie kannte solche Typen gut genug, die mehr Probleme machten, als sie wert waren. Als sie ihm kurz zunickte, vertiefte sich sein umwerfendes Grinsen noch. Er schaute sie mit zunehmendem Interesse an, und sein Blick enthielt eine klare Botschaft. *Endlich sind wir uns begegnet. Wir lassen die beiden hier heiraten, und dann müssen wir uns unbedingt kennenlernen.*

Karen und den rund zweihundert Gäste zuliebe, die darauf warteten, dass das Brautpaar die Kirche betreten würde, sorgte Rachael dafür, dass ihr Lächeln höflich ausfiel, aber es blieb bedeutend kühler als seines. Sie hoffte, dass ihre skeptisch hochgezogene Augenbraue ihm einen weiteren Wink geben würde, dass sie die Lage ganz anders einschätzte als er.

Doch er sah sie nur herausfordernd mit seinen ausdrucksvollen Augen an. *Lady, wenn ich entschieden habe, dass ich dich haben will, hast du nicht die geringste Chance, dagegen Widerstand zu leisten.*

Rachael fügte zur Arroganz noch Egomanie hinzu. Nein, sie würde seinem Charme ganz gewiss nicht erliegen. Die Tatsache, dass zwischen ihr und diesem Mann die Funken hin- und herflogen, würde zu nichts führen. Dafür fehlte ihr nicht nur die Zeit, sondern auch die Geduld. Außerdem verspürte sie auch nicht die geringste Neigung dazu, etwas mit ihm anzufangen. Sie war mit ihrem Leben zufrieden, so wie es war.

Sicher, die akribische Planung und Organisation der Hochzeit ihrer besten Freundin hatte sie etwas mitgenommen. Doch die Organisation von Hochzeiten war ihr Job. Sie war darin sehr erfolgreich und hatte in den letzten Jahren ihr ganzes Leben auf ihren Beruf ausgerichtet. Da es dieses Mal um Karen ging, war Rachael natürlich mit noch stärkerem Engagement bei der Sache als sonst. Sie wollte, dass alles perfekt war, und hatte sich um jedes Detail selbst gekümmert. Um die Blumen, die Musik und den anschließenden Empfang im „Royal Palms Hotel", dem Sitz der Hochzeitsagentur „Brides Unlimited", die sie leitete. Bis jetzt war alles perfekt gelaufen. Karen sah wunderschön aus. Als Rachael das leuchtende Gesicht ihrer besten Freundin sah, ließ ihre Anspannung nach, und ihre romantische Ader meldete sich zu Wort. Zumindest der klägliche Rest Romantik, den sie sich trotz einiger turbulenter Beziehungen, mit denen sie Schiffbruch erlitten hatte, bewahrt hatte.

Als Grant McGrory ihr den Arm bot, um dem Brautpaar zum Altar zu folgen, schreckte sie kurz auf. Doch dann fasste sie sich, straffte die Schultern und legte ihre Hand auf seinen Arm. Es war keine große Sache. Ihre Reaktion war wahrscheinlich nur darauf zurückzuführen, dass der Mann, von dem Karen so geschwärmt hatte, jetzt leibhaftig vor ihr stand.

„Rachael, warte nur, bis du ihn siehst", hatte ihre Freundin bei einem Treffen im letzten Monat begeistert erzählt.

Da sie beide sehr beschäftigt waren, fanden sie leider nur selten Zeit für gemeinsame Verabredungen. Nach einem Einkaufsbummel waren sie zum Mittagessen in ein kleines Lokal gegangen, wo man draußen sitzen und West Palm Beach von einer seiner schönsten Seiten erleben konnte. Im Hintergrund war das Geplätscher der Springbrunnen zu hören gewesen. Und die in allen Farben blühenden Blumen Floridas hatten sie in einen betörenden Duft eingehüllt.

Karen war ebenfalls regelrecht aufgeblüht. Sie hatten gerade ihren Brautschleier gekauft, und nun ließ sie sich begeistert über die Vorzüge Grant McGrorys aus, der mit Sam in derselben Studentenverbindung gewesen war. Der einflussreiche Anwalt und Millionär aus Miami würde sich in seinem Privatjet zur Hochzeit fliegen lassen.

„Wenn ich nicht so in Sam verliebt wäre, hätte ich bei Grants Anblick schwach werden können", fuhr Karen verzückt fort. „Es muss diese Mischung aus irischem und lateinamerikanischem Blut sein. Rachael, ich übertreibe nicht, wenn ich sage, er ist ein Mann zum Verlieben. Nicht nur, dass er charmant und steinreich ist, er sieht auch wahnsinnig gut aus."

„Das tun Hibiskusblüten auch, und sie halten nur gerade mal einen Tag. Ich bin wirklich nicht interessiert", hatte Rachael ihre Freundin gewarnt.

„Aber er ist perfekt", hatte Karen entgegnet.

„Süße, selbst wenn er Ben Affleck, Donald Trump und ein heißblütiger Latin Lover in einer Person wäre, wäre er mir egal. Bitte, Karen, heirate, führe ein wundervolles Leben, aber hör damit auf, mich verkuppeln zu wollen. Ich habe alles, was ich zu meinem Glück brauche – gute Freunde und einen tollen Job." Warum konnten ihre Freunde nicht akzeptieren, dass ihr Leben für sie genau richtig war? Sie leistete viel, war erfolgreich und ihr eigener Herr. Auch wenn sie manchmal ein nagendes Gefühl beschlich, dass ihr etwas entging. Etwas, das sie nicht hatte und auf das sie ein Anrecht hatte.

Sie schüttelte diese Gedanken ab, wandte sich wieder dem Pfarrer zu und warf dann einen unbehaglichen Blick auf Grant McGrory. Zähneknirschend musste sie zugeben, dass Karen nicht übertrieben hatte. Mister Perfekt wirkte in der Tat perfekt in seinem schwarzen Smoking, der seine breiten Schultern betonte. Groß, dunkel und gefährlich gut aussehend stand er nun neben Sam und hörte aufmerksam zu, während der Pfarrer die Trauung vollzog. Verflixt, sie hatte ihn fast während der ganzen Zeremonie mit den Augen verschlungen. Doch daran gab sie eindeutig nur ihren Schuhen die Schuld. Weil sie neben Karen und Sam, die beide groß und gertenschlank waren, mit ihren knapp eins sechzig nicht zu klein aussehen wollte, hatte sie Schuhe mit zehn Zentimeter hohen Absätzen angezogen, die zudem an den Zehen drückten. Diese verdammten Schuhe schnürten ihr offenbar irgendwie das Blut ab, sodass zwar ihr Unterleib, nicht aber ihr Gehirn ausreichend mit Sauerstoff versorgt war. Und sie hatte schon seit ein paar Jahren ihren Unterleib nicht mehr zu Wort kommen lassen.

„… Hiermit erkläre ich euch zu Mann und Frau."

Die abschließenden Worte des Pfarrers rissen Rachael aus ihren Überlegungen. Als sich das frisch getraute Paar küsste, fingen die Hochzeitsgäste an, begeistert zu applaudieren. Und der Trauzeuge und beste Freund des Bräutigams blinzelte ihr vielsagend zu. Rachael tat einfach so, als habe sie die Geste nicht bemerkt. Und sie gab vor, das Kribbeln im Bauch unter Kontrolle zu haben, das Grant McGrory bei ihr auslöste. Was gar nicht so einfach war.

Sie zwang sich zu einem strahlenden Lächeln, das, wie sie hoffte, ausdrückte, wie sehr sie sich für Karen und Sam freute. Dann biss sie die Zähne zusammen, denn Mister Wundervoll lachte erneut und schien ihr sagen zu wollen: Du kannst dich wehren, so viel du willst, ich kriege dich so oder so.

Sie sah ihm kurz in die Augen, als sie seinen Arm nahm, um dem Brautpaar aus der Kirche zu folgen, und vermittelte ihm mit diesem Blick ihre eigene Botschaft. *Träum weiter, Amigo.*

2. KAPITEL

„Ich möchte auch so geliebt werden", murmelte Kim Clancy und seufzte wehmütig. Dann rückte sie mit dem Stuhl ein wenig vom Tisch zurück, der an der Seite des Ballsaals im sechsten Stock des „Royal Palms Hotels" stand. Rachael, die neben ihr saß, spielte mit den dunkelroten Bändern an ihrem Blumenstrauß. Vor ihnen tanzten die Paare, überall lachten und amüsierten sich die Leute. Wobei natürlich das Brautpaar bei allen die größte Beachtung fand.

Während das Pink der Brautjungfernkleider Kims rosigem Teint und ihren schwarzen Haaren schmeichelte, fürchtete Rachael, mit dieser Farbe weniger gut in Szene gesetzt zu sein. Ihrer Meinung nach passte das schrille Pink überhaupt nicht zu Rotschöpfen mit grünen Augen, auch wenn die begehrlichen Blicke Grant McGrorys, die ihr schon den ganzen Abend folgten, bedeuteten, dass ihm ihr Outfit zu gefallen schien.

Sie legte ihr Blumenbouquet zur Seite und ging jetzt dazu über, die Papierservietten in dünne Streifen zu zerreißen. Während sie an etwas anderes zu denken versuchte als an die beunruhigende Aufmerksamkeit, die ihr der Trauzeuge die ganze Zeit schenkte, warf sie Kim einen verständnislosen Blick zu. „Ich möchte dir ja deine Illusionen nicht rauben, aber so eine Liebe gibt es nur in Filmen, Liedern und Liebesromanen." Und vielleicht manchmal auch im richtigen Leben, gestand sie sich ein. Nur nicht in *ihrem* Leben. Sie stützte das Kinn auf die Hand und seufzte tief, als Karen und Sam an ihnen vorbeitanzten und sich dabei verliebt in die Augen schauten.

„Ich kann nicht glauben, dass du dich nicht für Karen freust", bemerkte Kim irritiert.

„Natürlich freue ich mich für sie", versicherte Rachael eilig. „Sam ist ein toller Mann. Aber ich weiß nicht, was ich mache, wenn er ihr wehtut."

„Das wird er bestimmt nicht."

„Wir werden sehen."

Kim schüttelte den Kopf, wobei die kleinen Babyrosen, die ihre hochgesteckten schwarzen Locken zierten, zu wippen begannen. Das erinnerte Rachael daran, dass auch ihre hochgesteckten Haare mit Blumen geschmückt waren. Bei Kim wirkte das elegant, doch Rachael war sich ziemlich sicher, dass es bei ihr eher den Anschein erweckte, als sei sie in ein Beet mit welkem Unkraut gefallen. Der strahlende Friseur dagegen hatte sie nach getaner Arbeit als Waldnymphe mit Wildblumen im Haar bezeichnet.

„Trägst du nicht selbst schwer an all dem Zynismus?", fragte Kim.

Rachael hob das Glas mit dem inzwischen warm gewordenen Champagner. „Ich mache die Regeln ja nicht. Ich nehme sie nur zur Kenntnis."

„Eines Tages wird es dich richtig erwischen. Und ich kann es kaum erwarten, dich dann zu erleben."

Rachael trank einen Schluck Champagner und schüttelte den Kopf, wobei sich eine Haarsträhne löste und ihr in den Nacken fiel. „Das wird nie passieren, deshalb warte lieber nicht darauf."

„*Nie* ist eine lange Zeit, Rachael", entgegnete Kim weich.

Doch Rachael hatte auch schon eine lange Zeit das Gefühl, dass sie nur auf sich selbst zählen konnte. Und es war okay für sie. Sie war stolz auf ihre Unabhängigkeit. Außerdem fühlte sie sich bei dem bloßen Gedanken, an eine Person gebunden zu sein, unbehaglich. Sowohl Karen als auch Kim bescheinigten ihr, dass sie Probleme damit hatte, jemandem zu vertrauen. Und sie gab auch zu, dass sie recht hatten. Aber sie hielt es nicht für verkehrt, vorsichtig zu sein. Ebenso wenig wie sie es falsch fand, ein zufriedener Single zu sein.

Sie zwang sich, die ewig optimistische Kim anzulächeln. Rachael sah ihr die in ihren Augen naive Denkweise nach, weil sie fast wie eine Schwester für sie war. Und weil sie verstand, dass Kim keinen Grund hatte, nicht an ewige Liebe, Romantik und ein Happy End zu glauben. Rachael dagegen hatte den Traum vom Glück schon selbst zerplatzen sehen. Sie dachte flüchtig an ihre Mutter und fragte sich, wie sie nach all dem, was sie durchgemacht hatte, die Kraft gefunden hatte, es noch einmal zu versuchen.

„Ich setze einfach auf die pure Lust. Das ist zumindest ehrlich", sagte sie zu Kim.

„Ja, richtig", gab Kim spitz zurück. „Als wenn du dich jemals auf ein solches Arrangement einlassen würdest."

Kim kannte sie zu gut. Rachael hatte keine bloßen Bettgeschichten, obwohl sie sich ab und zu wünschte, eine dieser Frauen zu sein, die Sex ohne jegliche Bindung genießen konnten. Bei Männern schien diese Einstellung ja immer gut zu funktionieren. „Man weiß nie", meinte Rachael betont forsch. „Vielleicht schlage ich ein neues Kapitel in meinem Leben auf und suche Spaß ohne jeglichen Kummer."

„Du willst dich ändern? Es sieht so aus, als könntest du gerade die Chance dazu bekommen." Als Rachael ihr einen neugierigen Blick zuwarf, deutete Kim mit dem Kopf in die Richtung des Mannes, der sich an den tanzenden Paaren vorbei zu ihnen durchschlängelte. „Der Prachtkerl ist schon auf dem Weg. Was für ein Bild von einem Mann! Würdest du ein gutes Wort für mich einlegen, wenn du ihn nicht willst?"

Rachael erstarrte innerlich. Sie hatte Grant McGrorys begehrliche Blicke schon den ganzen Abend auf sich gespürt. Beim Empfang nach der Trauung, in der Limousine auf dem Weg hierher, während des Essens und in den drei Stunden, seitdem die Band zum Tanz aufspielte. Nach dem traditionellen Tanz des Trauzeugen mit der Ehrenbrautjungfer, der von ihr erwartet worden war, hatte sie es aber geschafft, Grant auf Distanz zu halten.

„Hallo, Ladies", sagte er zur Begrüßung und lächelte hinreißend.

Rachael versuchte, gelangweilt zu wirken, während sie daran dachte, wie gut er geduftet hatte, als sie diesen einen scheinbar endlosen Tanz miteinander getanzt hatten. Nach Moschus und Gewürzen und nach etwas Exotischem, das sie sehr sexy fand. Sie versuchte, sich nicht an seine große Hand auf ihrem Rücken zu erinnern – oder daran, wie beschützt sie sich gefühlt hatte, als er mit dem Kinn ihren Kopf berührt und sein Atem die Blumen in ihren Haaren gestreift hatte. Und dass ihr dabei ganz warm geworden war. Sie versuchte auch, zu vergessen, wie eng ihre

Körper sich beim Tanzen aneinandergeschmiegt hatten, sodass ihre Brüste an seinen Oberkörper gepresst wurden.

„Ihr beide seht heute sehr pinkfarben aus", stellte er trocken fest, als er sich auf den leeren Stuhl neben Rachael setzte.

Rachael spielte mit den Minzeblättchen, die neben dem nicht angerührten Hochzeitskuchen auf ihrem Teller lagen, und hoffte, dass man ihr lautes Herzklopfen nicht hören konnte. „Das kannst du laut sagen", erwiderte sie mit aufgesetzter Heiterkeit. „Wir haben den pinkfarbenen Kleidern nur zugestimmt, weil Karen für uns über heiße Kohlen gehen würde."

Sein Lächeln wurde vertraulicher und irgendwie viel zu freundlich, als er einen Ellbogen auf den Tisch stützte und sich genau in ihr Gesichtsfeld lehnte.

Dickköpfig hielt Rachael seinem Blick stand und versuchte ihm auf diese Weise deutlich zu machen, dass er ihr überhaupt nichts anhaben konnte. Bis er mit dem Zeigefinger in die Glasur ihres prächtigen Hochzeitskuchens stach, den Finger dann still betrachtete und zu seinem Mund führte. Da schluckte sie, weil ihr Mund ganz trocken wurde, als er langsam die Kuchencreme vom Finger schleckte.

„Gut."

Das eine Wort und seine tiefe Stimme sorgten dafür, dass ihre Sinne in Aufruhr gerieten. Eine Hitzewelle breitete sich in ihrem Körper aus. Abrupt wandte Rachael den Blick ab. *Du meine Güte!*

„Und wie geht es so, Grant?" Kim trat Rachael unter dem Tisch leicht gegen das Schienbein. Zweifellos um sie dazu zu bewegen, etwas mehr Interesse zu zeigen.

„Nicht so gut", antwortete er, und Rachael bemerkte, dass sein Blick von ihren geröteten Wangen über ihr Kinn und dann ganz langsam weiter nach unten zu ihrer nackten Schulter und dem tiefen Ausschnitt ihres Kleides wanderte. „Das ist eines meiner Lieblingslieder", sagte er mit schmollendem Unterton, der seiner Stimme noch mehr Sex-Appeal verlieh. „Und ich habe niemand zum Tanzen."

Rachael, die seinen Blick auf ihrem Ausschnitt ruhen fühlte, spielte mit dem Stiel ihres Champagnerkelchs und widmete ihre ganze Aufmerksamkeit dem Berg Papierstreifen vor sich.

„Gibst du einem Mann eine Chance und tanzt mit mir?“, fragte er.

Rachael war kurz davor, ihm höflich, aber bestimmt einen Korb zu geben, als ihr klar wurde, dass er Kim zum Tanzen aufgefordert hatte. Sorgsam darauf bedacht, ihre Überraschung zu verbergen, nickte sie Kim zu. „Nun geh schon. Viel Spaß.“

Mit völlig verdutztem Gesicht folgte Kim dem Traummann auf die Tanzfläche und sank ihm dann in die weit geöffneten Arme.

Was für eine Erleichterung! dachte Rachael, als sie die beiden im Gewühl verschwinden sah. Wirklich eine große Erleichterung, dass er den Wink endlich verstanden hatte und sie in Ruhe ließ. Sie war nicht durcheinander oder fühlte sich zurückgewiesen, weil er Kim vorgezogen hatte. Nein, überhaupt nicht. Selbst nicht, als die beiden auch die nächsten drei Tänze wegblieben, die Köpfe zusammensteckten, miteinander lachten und offensichtlich so miteinander beschäftigt waren, dass sie alles andere um sich herum nicht mehr wahrnahmen. Und nicht einmal merkten, wie Rachael aufstand und den Ballsaal verließ, um noch einmal die vielen weißen Luftballons und das herzförmige Konfetti zu überprüfen, die um Mitternacht, wenn das Brautpaar in die Flitterwochen verschwinden würde, auf sie herabregnen sollten.

Nein, das Geturtel der beiden störte Rachael nicht im Geringsten.

Von der Tanzfläche aus beobachtete Grant, wie Rachael sich still und heimlich aus dem Ballsaal schlich. Er war sich nicht sicher, warum ihn die kleine Rothaarige mit den grünen Augen so faszinierte. Verdammt, sie hatte ihn fast den ganzen Tag angesehen wie ein Stück Fleisch, das zu lange in der Sonne gelegen hatte! Er grinste. An übertriebene Reaktionen von Frauen war er gewöhnt. Dass er gemieden wurde, gehörte allerdings nicht dazu. Er war nicht eingebildet, aber auch nicht blind. Er war sich bewusst, wie gut er aussah, was aber nicht sein Verdienst war, sondern an seinen Genen lag. Auch das Vermögen seiner Familie und sein Ruf als einer der begehrtesten Junggesellen Floridas sorgten dafür, dass sich viele Frauen für ihn interessierten. Und bis zu einem gewissen Grad genoss er die Aufmerksamkeit auch und gestand sich ein, dass er sein Aussehen, sein Vermögen und seine soziale Stellung ab und zu schon zu seinem Vorteil eingesetzt hatte.

Nicht dass ihm das alles bei Rachael etwas bringen würde. Ihre Reaktion amüsierte ihn ebenso, wie sie ihn matt setzte. Da er Rachael nicht lange genug kannte, um sie beleidigt haben zu können, musste es seiner Meinung nach die Lady selbst sein, die ein Problem hatte. Und er entschied, dass es ihm sehr gefallen würde, die Rolle des Problemlösers zu spielen.

„Okay, du kannst die Show jetzt sein lassen."

Grant sah die hübsche Frau in seinen Armen an. „Entschuldigung?"

Kim lächelte. „Rachael ist weg." Sie deutete mit dem Kopf in Richtung Ausgang. „Also können wir zur Sache kommen. Was willst du über sie wissen?"

Er lächelte verlegen. „Bin ich so leicht zu durchschauen?"

„Ja."

„Tut mir leid. Macht es dir etwas aus?"

Kim sah ihn ganz offen an. „Es würde mir etwas ausmachen, wenn du Rachael wehtun würdest. Sie ist keine Spielerin, Grant. Hinter der frechen und widerspenstigen Fassade ist sie sehr zerbrechlich. Falls du also nur ein Abenteuer im Sinn hast, würde ich es als ihre Freundin zu schätzen wissen, wenn du dir dafür eine andere suchst."

Er war sich nicht sicher, was er eigentlich im Sinn hatte, aber bei einer Frau, die auf so viel Loyalität von einer anderen Frau zählen konnte, kam ein schnelles Abenteuer bestimmt nicht in Betracht. „Wie wäre es, wenn wir irgendwohin gehen, um zu reden?" Er führte Kim von der Tanzfläche.

„Über Rachael?"

„Was soll ich sagen? Ich denke, es hat mich erwischt." Er grinste über ihren wenig mitfühlenden Gesichtsausdruck. „Sei ein Kumpel, und erzähl mir etwas über sie."

3. KAPITEL

Der Montag nach Karens Hochzeit war einer derjenigen Tage, die Rachael zugleich genoss und fürchtete. Um Viertel nach sieben hatte sie die große, schön geschwungene Eingangstür des „Royal Palms Hotels" passiert. Und als es beinahe schon Zeit für das Mittagessen war, war sie noch nicht einmal zum Luftholen gekommen.

Sie hatte ihr Büro im dritten Stock mit der atemberaubenden Aussicht auf den Strand und das Meer kaum betreten, als Sylvie Baxter anfing, sie mit Fragen zu bombardieren. Ob sie sich an das Meeting mit dem Chef der Druckerei um acht Uhr dreißig erinnere. Ob sie schon gehört hatte, dass Alejandro, Koch des Restaurants im vierten Stock, mit der Frau des Managers auf und davon war. Die Sanburns mussten angerufen werden, und Mrs Buckley wollte sie sprechen.

Vor drei Jahren hatte Rachael das Management des Hotels dazu gebracht, den Hochzeitsservice „Brides Unlimited" zu einem Komplettangebot auszubauen. Nachdem sich der Umsatz des Hochzeitsservice unter ihrer Leitung im ersten Jahr um zwanzig Prozent gesteigert hatte, hatte sie darum gebeten, eine Assistentin einstellen zu dürfen. Sylvie, eine Witwe Anfang sechzig, die jetzt seit anderthalb Jahren für sie arbeitete, brachte den Laden zusätzlich in Schwung. Und Rachael konnte sich gar nicht mehr vorstellen, wie es ohne Sylvie laufen sollte. Ebenso wenig konnte sie sich vorstellen, etwas anderes zu tun. Dieser Job war das einzig Wichtige in ihrem Leben. An ihm hielt sie sich fest. Und die harte Arbeit zahlte sich wirklich aus. Das Unternehmen lief immer besser.

Doch der Tag heute verlangte ihr einiges ab. Sie saß an ihrem Schreibtisch und sprach mittlerweile bereits zum vierten Mal mit Mrs Buckley, die einem gewaltig auf den Nerv gehen konnte. Aber Gweneth Buckley stellte auch das mögliche Ticket für „Brides Unlimited" zur High Society Palm Beachs dar. Wenn es Mrs Buckley gefiel, wie Rachael die Hochzeit für ihre Tochter gestaltete, dann würden bald auch die sehr Reichen und Schönen zu ihrer Kundschaft zählen. Deshalb versuchte Rachael den Umstand zu ignorieren, dass es fast halb zwölf war und Gweneth heute bereits zum vierten Mal Details in den Hochzeitsplänen ihrer Tochter geändert haben wollte.

Rachael warf einen Blick auf die Uhr und fragte sich, ob sie die Verabredung mit Kim zum Mittagessen würde einhalten können. Seit der Hochzeit am Samstag hatte sie weder mit Kim geredet noch sie gesehen. Und natürlich interessierte es sie, wie es mit Mr Wundervoll weitergegangen war. Also, natürlich war sie dabei an Kim interessiert und nicht an Grant McGrory. Kim war romantisch und naiv, und Rachael wollte wissen, was McGrory mit ihr angestellt hatte, bevor er zu seiner Anwaltskanzlei in Miami zurückgekehrt war. Und zu den Heerscharen von Frauen, die ihm stets folgten, wenn man dem Artikel in „Florida Today" Glauben schenken wollte, über den Rachael heute früh zufällig gestolpert war.

„Ja, Mrs Buckley", stimmte sie freundlich zu, „sehr gern ersetzen wir die Grand-Marnier-Crème-brûlée durch Sherrytrüffel und Biscotti. Eine exzellente Wahl für ein Dessert." Doch eigentlich war es ihr egal, ob Mrs Buckleys Gäste irgendein Sorbet, Parfait oder eine Mousse au Chocolat essen würden. Sie brauchte eine endgültige Entscheidung für den Chef der Konditorei. „Entschuldigen Sie?", fragte sie, als sie merkte, dass sie einen Moment nicht zugehört hatte, und lauschte aufmerksam. „Oh ja. Ich bin in der Lage, einen Vertrag mit ‚Butterflies Inc.' auszuhandeln, der Ihrem Budget entspricht." Sie holte tief Luft. „Mrs Buckley, Ihre Auswahl ist wirklich brillant, inklusive der kleinen Verbesserungen. Alles wird perfekt werden. Die Gäste werden noch Wochen vom Essen schwärmen. Doch jetzt sind wir an dem Punkt, an dem ich allen Mitarbeitern definitiv sämtliche Änderungen bestätigen muss." Zehn Minuten später schaffte sie es endlich, das Gespräch zu beenden.

Gerade als sie auflegte, klopfte es, und Sylvie steckte den Kopf durch die Tür. „Deine Verabredung zum Mittagessen wartet draußen." Sie grinste.

Rachael sah sie leicht verwirrt an. Sie traf sich schließlich jeden Montag mit Kim zum Mittagessen. Das war doch nichts Neues. „Und?“

„Ich dachte, du hörst nie auf zu telefonieren.“

„Mrs Buckley war dran“, erklärte Rachael.

„Ach so. Nun, ich werde dich dann einfach zum Mittagessen gehen lassen“, sagte Sylvie fröhlich und verschwand.

„Lass die Tür offen. Ich komme sofort!“, rief Rachael und stand auf. Sie schlüpfte in den königsblauen Blazer mit dem Logo des „Royal Palms Hotels“ auf der Brusttasche und strich den dazu passenden Rock glatt. Als sie aus der Tür eilte, kramte sie in der Handtasche nach ihrer Sonnenbrille. „Schnell“, murmelte sie, ohne aufzusehen, „nur weg von hier, bevor sie noch mal anruft.“ Sie hielt schlagartig inne, als sie bemerkte, wer im Vorzimmer auf sie wartete.

Es war *nicht* Kim.

Rachael drehte sich zu Sylvie um, die aufmerksam zwischen ihr und dem Mann, der es sich auf einem gepolsterten Stuhl bequem gemacht hatte, hin- und hersah. Auf dem Gesicht des Mannes breitete sich genau das strahlende Lächeln aus, von dem Rachael die letzten beiden Nächte geträumt hatte, wie sie sich eingestehen musste. Grant McGrorys edles Poloshirt aus graubrauner Seide betonte seine breiten Schultern und die schmalen Hüften. Seine langen Beine wurden durch eine schwarze Hose zur Geltung gebracht. Das legere und sehr maskuline Outfit war ausgesprochen sexy und stand ihm fast noch besser als der Smoking. Vielleicht hatten die gut geformten Bizepse, seine gebräunte Haut und die Brusthaare, die am den Halsausschnitt sichtbar wurden, auch etwas damit zu tun. Rachael lief förmlich das Wasser im Mund zusammen. Reiß dich zusammen! ermahnte sie sich.

Sie sah Sylvie vorwurfsvoll an. „Wo ist Kim?“

Sylvie deutete nur wortlos mit dem Kopf auf Grant.

„Kim ist bedauerlicherweise verhindert“, erklärte er, während er sich aus dem Stuhl erhob. „Ich bin aber sehr gern für sie eingesprungen. Ich hoffe, das ist Ihnen recht.“

Rachael schloss die Augen und atmete tief aus. „Weißt du, das ist wirklich sehr nett, aber gerade fällt mir ein, dass ich jetzt noch eine andere Verabredung außerhalb des Büros habe."

Er grinste noch breiter. „Dann werde ich dich hinfahren. Wir können ja unterwegs zum Essen mitnehmen. Ich möchte nicht, dass du auf dein Mittagessen verzichten musst." Seine Augen waren sehr dunkel, und sein Lächeln war sehr warm.

Genauso warm wie Rachaels Wangen und andere Stellen ihres Körpers, an die sie nicht denken wollte. Sie ärgerte sich über ihre starke körperliche Reaktion. „Sylvie, sieh bitte in meinem Terminkalender nach. Ich kann mich getäuscht haben. Ich glaube, das Treffen findet doch hier im Hotel statt. In fünf Minuten, richtig?", fügte sie mit einem Unterton hinzu, der nichts Gutes verhieß, falls Sylvie widersprechen sollte.

Sylvie setzte ein unschuldiges Lächeln auf. „Nein, ich habe hier nur das Mittagessen mit Kim stehen."

Rachael bedachte sie mit einem tödlichen Blick, der Sylvie allerdings nur ein amüsiertes Grinsen entlockte.

Grant lachte. Der Klang ging ihr durch und durch und ließ ihr Herz schneller schlagen. „Es sieht so aus, als wenn du mich nicht loswerden würdest. Füg dich einfach in dein Schicksal, und mach das Beste daraus. Du kannst das nicht wissen, aber es geht das Gerücht, dass eine Verabredung mit mir Spaß macht", fügte er mit dem atemberaubenden Grinsen hinzu, an das sie sich noch von der Hochzeit erinnerte.

„Das ist keine Verabredung", entgegnete sie und versuchte, ihre Abwehr aufrechtzuerhalten.

„Wenn es das einfacher für dich macht", sagte er liebenswürdig und legte ganz leicht seine Hand auf ihren Rücken. „Nenn es einfach, wie du willst. Ich für meinen Teil mag die Vorstellung, dass es eine Verab…"

„Keine Verabredung", unterbrach Rachael ihn schnippisch und hoffte, dass es sich nicht so verzweifelt anhörte, wie sie sich fühlte. Sie warf Sylvie, die sich viel zu gut zu amüsieren schien, einen finsteren Blick zu. Okay, das reichte jetzt. Sie würde nicht weiter fieberhaft nach irgendwelchen Ausreden suchen. Es würde sie ja nicht das Leben kosten, mit ihm zum Mittagessen zu gehen. Dabei würde sie ihm klarmachen, dass er seine Zeit verschwendete, und dann würde er sie in Ruhe lassen. Ende der Geschichte.

„Ich bin um halb eins zurück“, sagte sie zu Sylvie und marschierte dann einfach vor ihm aus der Tür, um der Berührung seiner Hand zu entgehen. Es war nicht so, dass diese leichte, aber besitzergreifende und sehr männliche Geste sie belästigte. Nein, sie hatte Rachael zum Erschauern gebracht. Ihr war heiß geworden, und sie hatte sich entblößt gefühlt. Und verletzbar – was wirklich am schlimmsten war und sie völlig aus der Fassung brachte. Denn verletzbar wollte sie auf gar keinen Fall sein. Besonders nicht, wenn dieser Mann in ihrer Nähe war. Denn er könnte in der Lage sein, ihre Abwehr zu durchbrechen. Dieser Mann mit seinem unglaublichen Lächeln hatte sie schon beim ersten Mal, als er ihr in die Augen gesehen hatte, tief beeindruckt. Und sie hatte ihn trotz aller Versuche, ihn zu ignorieren, nicht mehr vergessen können.

Was machst du eigentlich hier? fragte sich Grant, als er vom Hotelparkplatz fuhr. Neben ihm saß Rachael Matthews in kerzengerader Haltung, die Hände sittsam im Schoß gefaltet. Sie hätte genauso gut eine Polizistenuniform statt des Blazers und des Rocks tragen können, so steif wirkte sie. Die weiße Bluse und der korrekt geknotete, rote Schlips komplettierten das schicke, aber betont professionelle Erscheinungsbild. Wenn auch die Art, wie der kurze Rock und der taillierte Blazer Rachael Matthews' weibliche Kurven betonte, das geschäftsmäßige Auftreten etwas unterlief.

Wie auf Sams Hochzeit sah sie auch jetzt zum Anbeißen aus. Sie war ihm einfach nicht mehr aus dem Kopf gegangen, Und nun fragte er sich, was die adrette Miss Matthews wohl heute unter ihrer züchtigen Arbeitsuniform trug. Er tippte auf sehr feminine Dessous aus zarter Spitze, die vielleicht ein bisschen unanständig waren. Denn das würde ihrer unübersehbaren Sinnlichkeit entsprechen, ganz egal, wie professionell sie sich gab.

Bereits in dem Moment, als er sie das erste Mal gesehen hatte, hatte er große Lust auf sie bekommen. Und die hatte er auch jetzt noch, sonst wäre er wahrscheinlich nicht hier und würde Fantasien über ihre Unterwäsche entwickeln, während er versuchte, Rachaels Abneigung gegen ihn zu überwinden. Auf der Hochzeit hatte ihm die Lady sehr deutlich die kalte Schulter gezeigt, und nun war sie regelrecht zu einem Eisblock erstarrt.

Doch ihre Reaktion änderte nichts an der Tatsache, dass er sehr an ihr interessiert war – nicht nur an ihrem ansprechenden Körper, sondern auch an der Person selbst. Also, was genau sah er eigentlich in ihr? Bisher hatte sie ihn doch nur vor den Kopf gestoßen. Oder war es gerade das? Es war ihm fast peinlich, wie sehr die Frauen sonst hinter ihm her waren. Rachael hingegen konnte ihm sehr gut widerstehen. Genau das gefiel ihm, auch wenn es ein wenig verrückt war.

Er bremste vor einer roten Ampel. Reizte ihn also einfach die Herausforderung? Bei ihren Freunden verhielt sie sich kein bisschen reserviert. Er hatte sie fast den ganzen Abend beim Hochzeitsempfang beobachtet. Der Toast, den sie auf Karen ausgebracht hatte, war so bewegend gewesen, dass vielen Gästen Tränen der Rührung in die Augen gestiegen waren. Warum hatte eine Frau, die offensichtlich so liebesfähig war, Männern abgeschworen, wie Kim ihm erzählt hatte? Und warum konnte eine Frau, die wunderbare Hochzeiten für andere Frauen organisierte, nicht daran glauben, auch ihr eigenes Glück zu finden?

Das Gespräch mit Kim hatte nur noch bestätigt, was Sam ihm bereits erzählt hatte. Rachael war eine Frau, die hart arbeitete und auf eigenen Füßen stand. Und sie hatte laut Kim kein Glück in der Liebe. Rachaels panischer Gesichtsausdruck, als sie beim Empfang zufällig Kims Hochzeitsstrauß gefangen hatte, hatte Bände gesprochen. Sie hatte die Blumen sofort an Kim weitergereicht. Hatte ein Mann sie verletzt? Danach sah es aus, aber selbst Kim, die sich während des Gesprächs zunehmend für die Rolle der Kupplerin erwärmt hatte, hatte ihm keine Details verraten. Was nur noch einmal deutlich gemacht hatte, welche Loyalität Rachael genoss.

Grant spürte, dass seine Annäherungsversuche wenig Erfolg haben würden. Augenscheinlich hatte Rachael etwas an sich, dass latente masochistische Tendenzen in ihm zum Vorschein brachte, denn er legte sich trotzdem mächtig ins Zeug. Er war tatsächlich einen Tag länger in Palm Beach geblieben, nur um die Möglichkeit zu haben, Rachael wiederzusehen. Und sie hatte gerade erneut sehr deutlich gemacht, dass sie alles andere lieber täte, als mit ihm zu essen und sich ein bisschen zu unterhalten. Er warf ihr einen Blick zu. Die Sonne setzte ihr Profil vor dem blauen Himmel wunderbar in Szene. Rachael war wirklich hübsch.

Er sah kurz in den Rückspiegel, bevor er die Spur wechselte. *Hübsch* war vielleicht ein zu einfaches Wort für ihr faszinierendes Aussehen. Sie war nicht klassisch schön zu nennen. Obwohl die sehr großen, klaren, leuchtend grünen Augen vor Intelligenz, Unabhängigkeit und Stolz sprühten und ihn mehr bezauberten, als die irgendeiner Titelschönheit auf der „Vogue". Und obwohl ihre seidigen kupferroten Haare, die sie heute offen trug, eine atemberaubende Wirkung hatten und jeden Mann in Versuchung führten, mit den Händen hindurchzufahren. Ihr Mund war zu breit und die Lippen waren zu voll, um als perfekt zu gelten. Ihre Nase war klein, süß, niedlich. Genau wie die ganze Frau. Grant grinste, als er sich vorstellte, was dem Mann blühen würde, der ihr sagen würde, dass sie *niedlich* sei. Oder *süß*.

Nein, Miss Rachael Matthews betrachtete sich selbst nicht als niedlich. Kultiviert. Ja. Und absolut professionell. Und zweifellos dynamisch. Ja, all das war sie. Und hübsch. Ja, es hatte ihn schlimm erwischt.

„Ich muss in fünfundvierzig Minuten zurück sein", informierte Rachael ihn knapp, als sie über die Brücke hinter dem Okeechobee Boulevard nach West Palm hineinfuhren. „Ich habe heute noch viel zu erledigen."

„Dann ist es nur gut, dass du eine Weile aus dem Büro herauskommst. Das wird dir neuen Schwung für den Nachmittag geben."

Keine Erwiderung. Grant hatte auch keine erwartet. Als er zu einem Drive-in einer Fast-Food-Kette einbog, zeigte sie allerdings eine Reaktion. Es war kaum zu glauben, aber sie lächelte. Obwohl für ihn ganz offensichtlich war, dass sie es nur widerwillig tat.

„Also, mit wem hast du geredet?“, fragte sie und klang jetzt weniger gereizt.

„Sorry. Aber ich gebe meine Quellen niemals preis. Aber die Information stimmt, nicht wahr? Du wirkst zwar wie eine Frau, die Kaviar und Trüffel bevorzugt, aber eigentlich bist du ein Fast-Food-Junkie.“

Sie neigte den Kopf zur Seite. „Ich hätte gern die Nummer vier, bitte.“

Er lächelte und beugte sich aus dem Fenster, um zu bestellen: „Zwei Mal die Nummer vier und bitte große Portionen, okay?“ Als er sich wieder zu Rachael umdrehte, schaute sie aus dem Beifahrerfenster. Aber er musste ihr nicht ins Gesicht sehen, um zu wissen, dass sie immer noch lächelte. Eins zu null für mich, dachte er und fuhr ein Stück weiter, um zu bezahlen. Es ging definitiv aufwärts.

„Also, hast du nur etwas gegen mich, oder betrachtest du Anwälte im Allgemeinen als öde Zeitgenossen?“

Grant war zurück nach Palm Beach gefahren und hatte das Auto auf einem der Plätze am Ocean Boulevard geparkt. Rachael hatte angesichts der warmen Märzsonne ihren Blazer im Mietwagen gelassen. Sie saßen nebeneinander auf einer Bank an der Mauer, die den Strand begrenzte, sahen aufs Meer und verspeisten ihre großen Portionen. Rachael wusste, dass das Essen sie später müde machen würde, doch jetzt war sie hellwach. Sie stand unter Hochspannung. Sie reagierte auf diesen Mann in einer Weise, die ihr Angst machte. Denn sie wollte ihre Gefühle unter Kontrolle haben. Sie war zu sehr damit beschäftigt, an ihrer Karriere zu arbeiten und unter Beweis zu stellen, dass sie niemand brauchte, um ein erfülltes Leben zu führen.

Sie hatte ihre Reaktion auf ihn schon das erste Mal, als sie ihn gesehen hatte, nicht verstanden. Und sie tat es immer noch nicht. Er war zu aufdringlich, zu unverfroren und viel zu sehr von sich eingenommen. Und genau wie im ersten Moment war sie sich der unerklärlichen sexuellen Anziehung zwischen ihnen nur zu bewusst. Und es konnte nur sexuell sein, denn für alles andere kannte sie ihn nicht gut genug. Dazu kam wohl, dass Karen so sehr von ihm geschwärmt und ihr den Mund wässerig gemacht hatte.

Der Wind hatte aufgefrischt. Ein Rettungsboot schaukelte an der Anlegestelle im Wasser. Am Strand lagen eingeölte Sonnenanbeter auf bunten Handtüchern. Kinder bauten Sandburgen, Surfer machten sich mit ihren Brettern auf den Weg ins Wasser. Weiter draußen waren teure Jachten zu sehen. Der Motorenlärm von der Straße hinter Grant und Rachael mischte sich mit dem Rauschen der Brandung, den Rufen einiger Leute auf dem Strand und dem Kreischen der Möwen. Und dennoch bestand Rachaels Welt in diesem Moment nur aus dem Mann, der neben ihr saß, mit Appetit sein Mittagessen verzehrte und ihr Unbehagen augenscheinlich nicht bemerkte. Obwohl sie sich dagegen wehrte, konnte sie sich seiner männlichen Ausstrahlung kaum entziehen. Sie spürte seine dunklen Augen auf ihrem Gesicht und nahm seinen Duft, eine Mischung aus Zitrone, Meersalz und Männlichkeit, wahr.

Er hatte ihr eine Frage gestellt. *„Hast du nur etwas gegen mich, oder betrachtest du Anwälte im Allgemeinen als öde Zeitgenossen?“ Oh, wie wäre es mit dieser Antwort? „Du bringst mich vollkommen durcheinander, und ich weiß nicht, wieso.“* Als ob sie das zugeben würde. Anstatt reinen Tisch zu machen, stellte sie ihm ihrerseits eine Frage. „Was ist heute eigentlich genau mit Kim passiert?“

Grant kaute genüsslich, während er auf das Wasser sah. Gegen ihren Willen beobachtete sie fasziniert das Muskelspiel seines Kiefers, die kleine Narbe über seiner Augenbraue und seinen sinnlichen Mund. „Nun, ich habe Kim angerufen und sie gefragt, ob sie denkt, dass ich dich zu einem Mittagessen überreden könnte. Und sie hat mir sehr liebenswürdig vorgeschlagen, dass ich sie einfach ersetzen soll.“

Sein unbeschwerter Ton machte Rachael ärgerlich. „Kim ist etwas Besonderes.“ Sie sah in seine glitzernden braunen Augen. „Sie ist keine Frau, mit der man spielt und sie dann wegwirft.“

Er starrte sie perplex an. „He, ich mag Kim. Sie ist großartig.“

„Und warum hast du dich dann erst an sie herangemacht und versuchst anschließend, dich mit mir zu verabreden?“

Grant schüttelte erst den Kopf. Doch dann dämmerte es ihm. „Du sprichst von dem Empfang nach der Hochzeit?“

„Ihr scheint euch sehr nahe gekommen zu sein.“

„Ich habe mich bei ihr nach dir erkundigt. Und sie hat mir sehr gern einige Informationen zukommen lassen.“

Also deshalb haben die beiden die Köpfe so zusammengesteckt, dachte Rachael. Sie wollte sich nicht von dem Gedanken geschmeichelt fühlen. Und sie wollte sich nicht von seinem Charme einwickeln lassen. „Du hättest mich selbst fragen können.“

„Und du hättest mir geantwortet?“ Er schnaubte. „Das denke ich nicht. Du bist jedes Mal, wenn ich nur aufgetaucht bin weggerannt wie ein aufgescheuchtes Huhn.“

„Ich bin nicht weggerannt, sondern dir ausgewichen. Das ist ein Unterschied. Die meisten Männer hätten das als Hinweis gedeutet, dass ich nicht interessiert bin.“

Er grinste entwaffnend. „Ich bin nicht wie die meisten Männer. Und du *bist* interessiert.“

Nein, Grant ist in der Tat nicht wie andere Männer, dachte sie missmutig und sah hinaus auf den Ozean. Sie wünschte, er hätte unrecht, und sie wäre wirklich nicht interessiert. Sie hatte keine Zeit, um interessiert zu sein. Sie konnte es sich einfach nicht leisten.

„Ich würde dich gern näher kennenlernen, Rachael“, sagte er ruhig. „Würde das so schlimm sein?“

Seine plötzliche Aufrichtigkeit war ebenso entwaffnend wie sein Lächeln. Entschlossen, sich nicht von ihrem Entschluss abbringen zu lassen, schüttelte sie den Kopf. „Schau mal, Grant …“

Er unterbrach sie, indem er ihre Wange streichelte. Langsam drehte sie ihm den Kopf zu. „Wovor hast du Angst?“

Abrupt stand Rachael auf und ging zu einem Abfallkorb, um das restliche Essen wegzuwerfen. Sie hatte keine Angst, sie war nur klug. Und ihr Instinkt sagte ihr, dass sie sich vor Grant in Acht nehmen musste. „Sagen wir einfach, dass es jetzt kein guter Zeitpunkt ist, und belassen es dabei, okay?"

Er schwieg einen Moment. Dann hörte sie, wie er aufstand. „Und wann wäre dann guter Zeitpunkt?"

Als sein Schatten auf dem Gehweg über ihren fiel, ging sie die paar Schritte zur Mauer, um Abstand einzulegen. Sie starrte hinaus auf die Wellen, fühlte den Wind im Haar und atmete die salzhaltige Luft ein. Plötzlich spürte sie, dass Grant wieder neben ihr stand. Sie sah über die Schulter. Die Sonne tauchte sein markantes Gesicht in helles Licht, als er die Sonnenbrille abnahm, sich zu ihr beugte und dann auch ihr die Sonnenbrille abnahm. Rachael unterdrückte den Impuls, mit dem Finger über die Narbe über seiner Augenbraue zu streichen. Er würde ihr nur das Herz brechen. Und sie war einfach zu klug, das zu riskieren.

„Wie lange ist es her, dass du mit jemandem liiert warst?" Er setzte sich lässig auf die Kaimauer und sah Rachael ins Gesicht. Er wirkte so aufrichtig interessiert, dass sie beschloss, es ihm zu erzählen.

Lange genug, um zu wissen, dass ich nicht offen für eine Beziehung bin, dachte sie. *Lange genug, um zu wissen, dass ich mich nicht für eine Beziehung eigne.* Sie entschied, dass die kurze Version die beste war. „Lange genug."

„Dann ist doch jetzt der perfekte Zeitpunkt, um es erneut zu probieren." Seine Stimme war sehr tief, und es klang der Vorschlag darin mit, dass er dafür der geeignete Kandidat sei.

„Nein, das denke ich nicht." Doch als er sie drängend ansah, gab sie nach. „Sieh mal …" Plötzlich fühlte sie sich unter Druck gesetzt, es ihm zu erklären, und seine ernste Miene veranlasste sie, mehr zu sagen, als sie wollte. „Erstens geht mir das alles viel zu schnell. Zweitens bin ich nicht interessiert. Und falls dir das noch nicht reicht, tue ich mich drittens mit Beziehungen schwer." Sie hielt inne, als sie bemerkte, wie heiser ihre Stimme klang. Sie wurde rot, als ihr ihre Wortwahl bewusst wurde. *Be-*

ziehungen. Nun, das sollte ihn in die Flucht schlagen. Männer wie Grant McGrory hatten keine Beziehungen. Sie hatten ihren Spaß, sprich Affären, Bettgeschichten.

Und dennoch machte er noch nicht einmal den geringsten Fluchtversuch, sondern sah ihr eindringlich ins Gesicht. „Warum ist das so?“, fragte er so sanft, dass sie ihn nur mit Mühe verstand.

„Warum ist was so?“ Sie hatte ihre Furcht vor dieser Unterhaltung ganz vergessen, so fasziniert war sie von seinem leidenschaftlichen Blick.

„Warum tust du dich schwer mit Beziehungen?“

Sie lachte nervös und zog wieder eine Mauer um sich herum. *Weil man sich in einer Beziehung dem anderen ganz öffnen muss und schutzlos wird.* Und genau das würde nicht passieren. „Die üblichen Gründe. Es wäre zu langweilig, darauf näher einzugehen.“

„Versuch es doch mal.“

Sie fuhr sich durch die Haare. „Schau mal, Grant …“, sie versuchte, die Fassung zu bewahren, drehte sich ganz zu ihm um und sah ihm ins Gesicht, „… dein Interesse schmeichelt mir. Du bist wirklich ein Bild von einem Mann. Ich bin sicher, dass du sehr nett bist, aber ich bin einfach nicht für eine Bindung bereit“, formulierte sie schließlich, weil dieses Wort ein großes Spektrum an Möglichkeiten offen ließ.

Seine Augen waren sehr dunkel, als er aufstand und ihre Schultern umfasste. „Ich bitte dich nur darum, über die Möglichkeit einer Bindung nachzudenken“, erwiderte er sanft und grinste. „Und während du das tust“, flüsterte er und sah sie an, „denke an das hier.“

4. KAPITEL

Rachael hätte es kommen sehen sollen. Sie hätte spüren sollen, dass Grant sie küssen würde, als er ihre Schultern umfasste, und hätte ihn stoppen können. Aber sie hatte es nicht getan. Stattdessen stand sie da und ließ das Schlimmste passieren, was passieren konnte, als er sie an sich zog.

Mit seinen dunklen, von langen Wimpern umrahmten Augen sah er sie forschend an und ließ ihr die Möglichkeit auszuweichen. Er hätte sie gehen lassen, wenn sie ihm auch nur ein ganz klein wenig Widerstand geleistet hätte. Und dennoch stand sie einfach nur da und wartete darauf, was geschehen würde.

Die erste Berührung mit seinem Mund war elektrisierend. Er strich nur ganz zart mit seinen Lippen über ihre. Aber nicht zögerlich, sondern eher, als sollte es ein Auftakt sein oder ein Versprechen. Ein sanftes Wecken ihrer weiblichen Wünsche, von denen Rachael geglaubt hatte, dass sie in ihrem Leben keine Rolle spielten. Sie hatte sich getäuscht. Sie hatte dieses leise Ziehen, dieses körperliche Sehnen vermisst. Ebenso wie das Herzklopfen. Grant brachte ihr Herz zum Rasen wie noch kein anderer Mann vor ihm.

Als er den Kuss beendete, hörte Rachael einen Seufzer, und auf einmal wurde ihr bewusst, dass sie es war, die geseufzt hatte, als sie sein Lächeln spürte. Dann nahm er sie fester in die Arme und küsste sie, wie sie noch nie in ihrem Leben geküsst worden war. Ein Wirbel von Gefühlen riss sie fort und sie war machtlos dagegen, denn es war einfach zu schön. Sehnsucht und Verlangen ließen sie jeglichen Protest vergessen, und ihr einziger klarer Gedanke war mehr, mehr, mehr. Unwillkürlich schlang sie die Arme um seine Taille und lehnte sich an ihn. Sie nahm nur seine Hitze wahr. Und ihre. Seine breite muskulöse Brust, an die sich ihre Brüste schmiegten, seine Hüften an ihren und seine deutlich spürbare Erregung.

Bevor sie geschockt darauf reagieren und sich von ihm lösen konnte, flüsterte er heiser: „Tut mir leid. Das passiert einfach, wenn ich in deiner Nähe bin." Und dann folgte ein weiterer heißer Kuss.

Rachael hatte noch nie irgendwelche Drogen probiert, aber jetzt fühlte sie sich wirklich wie im Rausch. Warum sonst waren all ihre Schutzmechanismen derart außer Kraft gesetzt? Warum sonst ließ sie Grant mit ihrem Mund Dinge anstellen, die sie innerlich erglühen ließen? Verspielt zog er mit der Zunge die Konturen ihrer Unterlippe nach und vertiefte den Kuss. Rachael nahm ihre Umgebung nicht mehr wahr und gab sich ganz dem heißen und sehr verführerischen Kuss hin. Er drängte sie sanft, aber beharrlich dazu, die Lippen zu teilen, um ihren Mund zu erkunden.

Und dennoch forderte er nichts. Er spielte mit ihrer Zunge, neckte und erforschte ihren Mund – eine Ermunterung, es ihm nachzumachen. Rachael konnte nicht widerstehen. Sie folgte der Einladung und genoss das aufregende Gefühl, das sie dabei durchströmte. Grant stöhnte tief und hob sie auf die Kaimauer, sodass er sich zwischen ihre Beine stellen konnte. Rachael vergaß Raum und Zeit, als er sich nun eng an sie presste, ihre Hüften umfasste und sie ganz fest an seinen harten, erregten Körper zog.

Schließlich rissen Pfiffe sie aus ihrer erotischen Verzauberung. Rachael hörte Skateboards vorbeisausen.

„Ey, Alter, du gehst ja ganz schön ran!", rief ein Jugendlicher.

Rachael machte die Augen auf und kehrte wieder in die Realität zurück. Sie beendete den Kuss und blickte blinzelnd in Grants dunkle Augen, in denen deutlich zu lesen war, wie gut ihm die Wendung der Dinge gefiel.

Er lockerte den Griff und strich über ihren Rücken. „Hm." Er lehnte sich mit der Stirn an ihre. „Soso." Sie wirkt wie ein kleiner Vogel, dachte er. *Ein bezaubernder Vogel, der total durcheinander und einfach zum Küssen süß ist.* Er hatte nicht so weit gehen, sondern ihr nur einen Kuss geben wollen, um ihr zu zeigen, was zwischen ihnen möglich war. Und er hatte die erotische Spannung zwischen ihnen ein bisschen abbauen wollen.

Er hatte sich nicht in ihrem Kuss oder in der engen Berührung mit ihren weichen Brüsten verlieren wollen. Doch jetzt hätte er den Kuss am liebsten bis in alle Ewigkeit fortgesetzt – oder zumindest so lange, bis er Rachael irgendwo nackt vor sich hatte. Keine Frau hatte ihn so schnell erregt, seit er ein hormongeplagter Teenager gewesen war. Nun, jetzt wusste er definitiv, dass es zwischen ihnen auf keinen Fall nur bei einem leidenschaftlichen Kuss bleiben würde. Er war sehr zufrieden mit sich selbst, weil er Rachael Matthews aus der Reserve gelockt hatte. Vielleicht sollte er einfach damit fortfahren, an Ort und Stelle Überzeugungsarbeit zu leisten …

Er neigte den Kopf, um sie von Neuem zu küssen, doch sie legte eine Hand auf seine Brust und schob ihn von sich.

„Was ist?“, fragte er, hatte aber nur ein vages Interesse am Grund ihrer Abwehr. Ihr verbaler Protest kümmerte ihn nicht mehr sehr, denn sie hatte ihm ja gerade gezeigt, dass sie das Gleiche wollte wie er. Sie beide mussten nicht analysieren, warum zwischen ihnen auf Anhieb eine solche Spannung herrschte. Sie mussten sich nur darauf einlassen.

„So etwas tue ich nicht“, platzte sie heraus und nahm jetzt auch noch die andere Hand zu Hilfe, um ihn zu stoppen. „Ich küsse keine Männer, die ich kaum kenne. Und ich mache auch kein öffentliches Spektakel auf einem Gehweg daraus.“

Wenn Grant ihr Eingeständnis nicht sehr gefallen hätte, hätte er sich schuldig gefühlt. Die unerschütterliche Miss Matthews war definitiv total durcheinander. Und es gefiel ihm besonders gut, dass sie zugegeben hatte, dass er es war, der sie dazu gebracht hatte, ihre Ritterrüstung abzulegen.

„Dafür, dass du es *nicht* hast“, sagte er und lächelte, „hast du es bemerkenswert gut getan.“

„Lass mich los.“

Er erfüllte ihr den Wunsch. Und obwohl ihm überhaupt nicht danach war, musste er wieder lächeln, was er angesichts seiner Erregung insgeheim beachtlich fand. Sie hatte etwas an sich, was ihn spontan ansprach. Sie war so süß, so sexy und so verletzlich, auch wenn ihre Fassade noch so geschäftsmäßig wirkte. Es war wirklich unglaublich, wie sehr Rachael ihn faszinierte. Diese Anziehung war nicht nur sexuell – wenn die Lady ihm auch schier den Verstand raubte. Er mochte sie und hatte sich nicht mehr auf eine solche Weise zu einer Frau hingezogen gefühlt seit Tia.

Dieser Gedanke ließ ihn innehalten. Bis jetzt hatte er Tia immer absichtlich aus seinen Geschichten mit Frauen herausgehalten. Er liebte Tia und würde sie immer lieben. Leider würde er sie nie bekommen können und konnte seine Liebe deshalb nicht leben. Aber er war ein Mann. Und seine Liebe zu Tia hielt ihn nicht davon ab, mit anderen Frauen seinen Spaß zu haben. Doch er ging keine langfristigen, ernsten Beziehungen ein, weil er das weder den Frauen noch sich selbst gegenüber fair fand. Also, warum hatte er dann darauf gedrängt, Rachael näher kennenlernen zu wollen? Warum verabschiedete er sich nicht einfach mit der unverbindlichen Floskel: „Es war schön, dich getroffen zu haben. Wir sehen uns."

Verdammt, genauso wenig wusste er, warum allein der Gedanke, ihr die züchtige Royal-Palms-Uniform auszuziehen und sie nackt zu sehen, seine Libido sofort auf Hochtouren brachte. Und bereits im selben Moment versuchte er einen Weg zu finden, wie er diese Fantasie in die Realität umsetzen könnte.

„Lass mich dich heute Abend zum Essen einladen", sagte er abrupt.

„Nein."

Er lachte über ihre prompte Antwort und nahm dann ihre Hände in seine. „Du hast nicht einmal darüber nachgedacht."

„Das muss ich nicht. Du hast mich überrumpelt, okay?" Rachael entzog ihm ihre Hände, erhob sich von der Mauer und strich ihren Rock und die Bluse sorgfältig glatt. „Aber dieser …" Sie suchte nach den richtigen Worten.

„Du meinst den unglaublich erregenden Kuss, den du ebenso genossen hast wie ich?", ergänzte Grant. Er griff nach ihrem Schlips und rückte ihn für sie zurecht.

„Wie auch immer." Sie wurde rot und wehrte seine Hände sanft ab. „Es war ein Fehler. Ich kenne dich nicht einmal." Sie drehte sich um und ging zurück zum Leihwagen.

„Im Juli werden es zweiunddreißig Jahre, dass ich als Nathan Alejandro McGrory, zweiter Sohn von Gloria Sanchez McGrory und Ryan Nathaniel McGrory, in Miami auf die Welt gekommen bin", sagte er und beschloss, sich hinterher über das Warum und die Konsequenzen Gedanken zu machen, während er ihr folgte. „Mein Bruder heißt Antonio Nicholas McGrory. Der Name seiner Frau ist Tia. Sie haben vor fünf Jahren geheiratet und haben zwei wundervolle Kinder, Marco und Meredith."

Als Rachael ihn über das Dach des Geländewagens hinweg wütend anfunkelte, grinste er nur und öffnete mit der Fernbedienung die Türen.

„Ich habe in Ohio meinen Schulabschluss gemacht und habe anschließend in Harvard Jura studiert. Danach habe ich in der Geschäftsführung der Reederei meiner Familie mitgearbeitet, bevor ich vor fünf Jahren, ebenfalls in Miami, meine eigene Anwaltskanzlei eröffnet habe. Ich habe noch alle meine Zähne. Ich jogge acht Kilometer am Tag und bin gesund wie ein Pferd. Und wenn du darüber hinwegsehen kannst, dass mein Teddybär immer noch in meinem Bett schläft, bin ich ein ziemlich normaler Mann." Ich habe sie, dachte er, als er den Anflug eines Lächelns auf ihrem Gesicht bemerkte. „Was würdest du sonst noch gern wissen?" Er fuhr los.

„Ich würde gern wissen …", Rachael setzte ein strenges Gesicht auf, als er losfuhr, „… wie ich dich davon überzeugen kann, dass ich nicht an dir interessiert bin."

Grant warf ihr von der Seite einen Blick zu, während er das nur wenige Straßen entfernte „Royal Palms Hotel" ansteuerte. „Mit einer erheblich kühleren Reaktion als die auf meinen Kuss."

Im Wagen breitete sich Schweigen aus. Bis Grant vor dem eindrucksvollen Portal des Hotels anhielt, herrschte Stille.

„Auf Wiedersehen, Grant. Danke für das Mittagessen." Sie stieg aus.

„Ich ruf dich an", erklärte er, als sie die breiten Stufen zum Eingang des Hotels hinauflief.

„Bemüh dich nicht."

„Das ist keine Mühe", sagte er zu sich, als sie in dem eleganten Hotel verschwand. Er saß noch einen Moment still da, bevor er den Motor anließ. Und verdammt, er grinste schon wieder! Nein, es war überhaupt keine Mühe. Es würde ihm ein Vergnügen sein.

„Und?" Sylvie stand in der Tür zu Rachaels Büro und schien gar nicht zu wissen, wonach sie zuerst fragen sollte. „Wie war das Mittagessen?"

Rachael verstaute ihre Handtasche in der linken Schublade ihres Schreibtisches und ließ sich auf ihren Stuhl fallen. Sie musste sich setzen, denn sie hatte ganz weiche Knie. Grant war ihr unter die Haut gegangen, und sie musste einen Weg finden, sich wieder unter Kontrolle zu bekommen. Es war wirklich erschreckend, was dieser Mann in ihr auslöste. Verärgert über sich selbst und wütend, weil ihre Mitarbeiterin diese Verabredung forciert hatte, warf sie Sylvie einen grimmigen Blick zu.

„Okay, okay", meinte Sylvie. „Schon gut. Du bist also sauer. Aber wie hätte ich wissen sollen, dass du völlig den Verstand verloren hast und nicht mit einem solchem Prachtkerl, nach dem sich jede Frau die Finger lecken würde, ausgehen willst?"

„Oh, ich weiß nicht", antwortete Rachael spöttisch. „Vielleicht durch die unübersehbaren und mehr als deutlichen Hinweise, die ich dir gegeben habe?"

Sylvie winkte mit ihrer perfekt manikürten Hand ab. „Dann klage mich also an. Ich dachte, du hättest einen geistigen Aussetzer. Ich meine, welche Frau, die bei Sinnen ist, würde nicht mit diesem Mann ausgehen wollen?"

„Die Frau, die vor dir sitzt", beharrte Rachael. Und wenn sie das nur oft genug wiederholen würde, würde sie noch anfangen, es selbst zu glauben.

„Dann habe ich wirklich eine Frage: Bist du krank?" Sylvie kam auf sie zu und legte ihr die Hand auf die Stirn. „Hast du etwa Fieber?"

Rachael musste lächeln. Sylvie meinte es ja gut. „Er ist nicht mein Typ, okay?"

Sylvie lachte. „Oh, Süße, er ist der Typ, auf den jede Frau steht."

„Und wenn schon. Ich habe keine Zeit für ihn."

„Du hättest sie, wenn du nicht mit deinem Job verheiratet wärst."

„Ich liebe diesen Job", protestierte Rachael, holte ihren Timer hervor und überprüfte ihre Termine für den Nachmittag. Sie beabsichtigte, sich in die Arbeit zu stürzen.

„Auch wenn dein ganzes Leben darin besteht?", fragte Sylvie ernst und sah Rachael besorgt in die Augen.

„Warum tun sich alle Leute so schwer damit, zu akzeptieren, dass ich mein Leben so mag, wie es ist?"

„Weil die Arbeit nicht alles sein kann, Rachael. Du bist jung. Du bist schön. Es sollte jemanden in deinem Leben geben, der etwas ganz Besonderes für dich ist."

„Ich lebe von meinem Job. Und Grant McGrory sucht keine Frau, die ihm etwas bedeutet. Er ist auf der Suche nach einer schnellen heißen Affäre."

„Und was ist verkehrt daran, wenn es flott und hitzig zugeht und er dich zur Abwechslung mal ein bisschen auf Touren bringt? Du musst dich ja nicht in ihn verlieben. Hab einfach deinen Spaß mit ihm."

Sylvies Kommentar schockierte Rachael. „Und das von einer Frau, die fünfunddreißig Jahre mit der Liebe ihres Lebens verheiratet war! Kannst du einfach nur den Sex genießen und den Rest vergessen?"

„Es geht hier nicht um mich. Buck und ich waren Seelenverwandte. Wir waren wie füreinander geschaffen und gehörten einfach zusammen. Ich habe kein Interesse an kurzen, bedeutungslosen Begegnungen."

„Und du denkst im Ernst, dass ich es hätte?"

„Nein", sagte Sylvie nüchtern. „Aber vielleicht könnte ja mehr daraus werden. Ich habe beobachtet, wie er dich angesehen hat. Er war wirklich interessiert."

„Er ist nur an einer neuen Eroberung interessiert. Und die werde ich nicht sein. Also, ist das Thema damit vom Tisch?"

„Okay, okay. Es ist dein Leben. Die Davises werden in fünf Minuten hier sein", fügte sie hinzu. „Die Akte liegt auf deinem Schreibtisch."

„Danke." Rachael beobachtete Sylvie auf ihrem Weg zur Tür. „He … Es tut mir leid, dass ich meine schlechte Laune an dir ausgelassen habe. Danke, dass du dich so lieb um mich sorgst. Das bedeutet mir viel."

„Dass lässt du ja gar nicht zu", murrte Sylvie im Hinausgehen. „Ich komme überhaupt nicht dazu, mich einzumischen. Dabei könnte ich das sehr gut, denke ich."

Rachael grinste. „Glaube mir, du kannst es sehr gut."

Sylvie war tüchtig, immer für einen Spaß zu haben und manchmal ein bisschen schrullig. Rachael mochte sie sehr. Nicht nur bei der Arbeit konnte sie stets auf Sylvie zählen. Ihre Mitarbeiterin brachte sie auch zum Lachen und nahm sich immer die Zeit, nach ihrem Befinden zu fragen, wenn sie Rachael anmerkte, dass es ihr nicht gut ging. Bei einer dieser seltenen Gelegenheiten, als Rachael sich ihr tatsächlich geöffnet hatte, hatte Sylvie sie nach einem langen Gespräch gefragt, wann sie das letzte Mal mit ihrer Mutter geredet hatte.

Unfreiwillig blieb Rachaels Blick an dem gerahmten Familienfoto auf ihrem Bücherregal hängen. Auf dem Foto hätte sie eigentlich auch zu sehen sein sollen. Aber sie hatte sich damals in letzter Minute mit irgendeiner Entschuldigung verzogen. Sie ging zu dem Foto, nahm es in die Hand und strich mit dem Daumen über die lächelnden Gesichter ihrer blonden Stiefschwestern. Allison und Carrie waren damals zwölf und dreizehn Jahre alt gewesen. Hinter ihnen stand Rachaels Mutter, die den beiden Mädchen liebevoll die Hände auf die Schultern gelegt und voller Mutterstolz gelächelt hatte. John, Rachaels Stiefvater, stand neben ihrer Mutter und hatte den Arm um sie gelegt. Es war das Porträt der glücklichen Bilderbuchfamilie. Rachael stellte das Foto zurück. Nach all den Jahren war sie immer noch überrascht, dass sie sich wünschte, zu diesem perfekten Bild zu gehören, obwohl sie ja diejenige gewesen war, die sich vor der Aufnahme gedrückt hatte. Genau wie vor einer tieferen Beziehung zu ihrer Familie. Sie verdrängte die Sehnsucht nach etwas, das sie selbst nicht zugelassen hatte, und war erleichtert, als das Telefon klingelte.

„Ja, Sylvie."

„Deine Mutter auf Leitung zwei."

Rachaels Herz setzte einen Moment aus. „Hallo, Mom", meldete sie sich dann betont fröhlich.

„Hallo, meine Kleine. Wie geht es dir?"

„Gut. Ich habe viel zu tun."

„Genau deshalb rufe ich an. Ich will sichergehen, dass du das Abendessen am Donnerstag nicht vergisst."

Rachael stöhnte. Sie hatte es tatsächlich vergessen. „Oh, Mom. Tut mir leid." Sie sank schuldbewusst tiefer in den Stuhl. „Entschuldige", meinte sie, als ihre Mutter nur vorwurfsvoll schwieg. „Ich habe noch einen späten Termin, den ich unbedingt einhalten muss. Können wir das Treffen verlegen?", fragte sie schnell, um den Schaden zu begrenzen.

„Das wäre dann schon das zweite Mal", erinnerte sie ihre Mutter. „Also, ich weiß nicht … Manchmal denke ich, du tust das mit Absicht."

„Du weißt, dass das nicht stimmt." Zumindest glaubte Rachael das. „Wie wäre es, wenn ich nächste Woche anrufe, und wir machen eine neue Verabredung aus?"

Ihre Mutter seufzte. „Sicher, Schatz. Wann immer es dir am besten passt."

„Ich melde mich wieder bei dir, okay?"

„Okay."

Doch sie wussten beide, dass Rachael es wahrscheinlich nicht tun würde. Sie würde es sich vornehmen, aber wohl einfach nicht dazu kommen. Sie verabschiedete sich und legte auf. Dann starrte sie auf das Telefon und wünschte, sie könnte endlich über all die Dinge hinwegkommen, die sie von ihrer Mutter trennten.

„Du hast das Abendessen wieder abgesagt, oder?", fragte Sylvie durch die offene Tür hindurch.

Rachael zwang sich zu einem Lächeln. Sylvie und sie hatten

sich einmal spätabends bei einer Flasche Wein unterhalten, und dabei hatte sie Sylvie auch von ihrer Kindheit erzählt.

„Da dein Vater dich und deine Mutter schlecht behandelt hatte und deine Mutter schließlich jemanden gefunden hatte, mit dem sie glücklich war, hast du irgendwann die Schlussfolgerung gezogen, dass du das Problem gewesen sein musst", hatte Sylvie daraufhin klug die Situation richtig erkannt.

Das war der eigentliche Grund, weshalb Rachael nicht fähig war, Liebesbeziehungen einzugehen. Sie wusste, dass ihre abweisende Art ein Mechanismus war, um sich selbst zu schützen. Sie verstand sogar, warum sie das tat, und konnte es damit rechtfertigen, dass sie eben etwas Stabileres in ihrem Leben haben musste als Liebe. Denn Liebe war zu schwer fassbar. Bei den Menschen, die beteuert hatten, sie zu lieben, hatte Rachael nie auf dieses Gefühl zählen können.

„Ich habe das Essen nur verschoben", antwortete sie Sylvie. „Wir werden einen neuen Termin ausmachen."

Sylvie nickte nur. „Die Davises sind hier."

„Großartig." Rachael ignorierte Sylvies zweifelnden Blick und zwang sich zu einem breiten Lächeln. „Gib mir noch eine Minute. Dann schick sie herein."

Sie brauchte diese Zeit, um sich daran zu erinnern, dass sie neunundzwanzig Jahre alt war. Und nicht das neunjährige Mädchen, das sich an seine Mutter klammerte und sich fragte, warum ihr Vater sie hasste, während sie Zuflucht in einem Frauenhaus suchten, um dem gewalttätigen Mann zu entkommen. Unzählige Male waren sie mitten in der Nacht weggerannt, bevor ihre Mutter schließlich den Mut aufgebracht hatte, die Scheidung einzureichen und nach Florida zu gehen. Dann war Rachael mit ihrer Mutter allein gewesen. „Zwei gegen den Rest der Welt", hatte ihre Mutter immer zu ihr gesagt. Bis ihre Mutter John Cooper getroffen hatte, der das genaue Gegenteil von ihrem Vater war. John war freundlich, trank nicht, behandelte ihre Mutter wie eine Königin und schien auch Rachael gernzuhaben. Alles entwickelte sich wunderbar. Bis zwei Jahre später, als Rachael zwölf wurde, das erste gemeinsame Kind der beiden zur Welt kam.

Wie alle anderen hatte auch Rachael die kleine Allison abgöttisch geliebt. „Verwöhne sie nicht“, hatte ihre Mom sie gewöhnlich ermahnt. „Sie braucht ein bisschen Freiraum. Wie ich.“

Es stellte sich heraus, dass alle ein bisschen Abstand von Rachael brauchten, die so sehr zu dieser neuen tollen Familie gehören wollte, dass sie die anderen mit ihrer Liebe überschüttete. Nach und nach schlossen die anderen sie immer ein bisschen mehr aus. Rachael war sicher, dass ihrer Mutter nicht einmal bewusst war, was sie und John ihr angetan hatten. Und wie sehr es sie verletzt hatte, immer die Außenseiterin zu sein. Wie wenn sie als Teil der Vergangenheit ihre Mutter an diese schlimme Zeit erinnern würde. Selbst als ihre Mutter ihr vor einigen Jahren anvertraut hatte, dass sie nach Allisons Geburt unter einer schweren Depression gelitten hatte, fühlte Rachael immer noch den Schmerz über das Verhalten der Mutter. Und so hatte sie sich angewöhnt, Zurückweisungen zu vermeiden, indem sie selbst die Rolle der Zurückweisenden übernahm.

Sie war ein Musterfall für jeden Psychiater, das stand fest. Doch warum sollte sie zu einem Psychiater gehen? Sie wusste ja, dass sie Probleme damit hatte, anderen zu vertrauen und Bindungen einzugehen. Deshalb war auch Sylvies Vermutung, aus dem Mittagessen mit Grant McGrory könne mehr werden, völlig abwegig. Rachael ließ andere Menschen gar nicht nahe genug an sich heran, damit sich eine Beziehung entwickeln könnte. Und genau aus diesem Grund kam ihr der Job im Hotel auch so gelegen. Sie konnte in aller Ruhe die Hochzeiten anderer Leute planen, die kamen und auch wieder gingen. Diese Leute wollten nur ein spektakuläres Ereignis von ihr gestaltet haben und verschwanden wieder aus ihrem Leben. Mehr erwarteten sie nicht von ihr. Und das genügte Rachael.

Am nächsten Tag fing Grant damit an, ihr Blumen zu schicken. Den Rosen am Dienstag lag eine Notiz bei.

Habe ich erwähnt, dass mich kleine Kinder und große Hunde mögen?

Seine Nachricht, die am Mittwoch mit den Lilien kam, lautete:

Ein Wort von dir, und Ted ist Geschichte.

„Ted?“, fragte Sylvie belustigt.

„Sein Teddybär“, erklärte Rachael und unterdrückte ein Grinsen.

„Oh, diese Botschaft wirst du aber mögen“, sagte Sylvie am nächsten Tag und lachte, als sie Rachael den exotischen Blumenstrauß ins Büro brachte.

„Ich kann mich nicht erinnern, dir erlaubt zu haben, meine persönliche Post zu lesen“, nörgelte Rachael, als sie Sylvie die Karte aus der Hand nahm. Doch als sie die Karte las, verdrehte sie die Augen und grinste schließlich.

Ich bin stark wie ein Bulle.

„Du musst dem Mann einfach eine Chance geben. Er ist wirklich hartnäckig. Und Hunde und Kinder mögen ihn“, fügte Sylvie mit einem Grinsen hinzu. „Und er ist stark wie ein Bulle.“

„Ha, ha.“

Aber es war das Präsent am Freitag, das Rachaels Widerstand bröckeln ließ. Diesmal schickte er ihr keine Blumen, sondern ließ ihr heißes köstliches Fast Food von ihrem Lieblingslokal mit folgender Notiz bringen:

Wo das herkommt, gibt es noch sehr viel mehr davon.

„Bringt das endlich deinen Widerstand zum Schmelzen?“ Sylvie nahm sich eine Fritte aus der Tüte.

Oh ja. Rachael schmolz dahin. „Nein. Ich bin verärgert.“

„Dass ich nicht lache!“, sagte Sylvie.

„Okay. Es ist sehr schmeichelhaft. Aber ich bin dennoch verärgert. Und ich bin wirklich nicht interessiert.“

Sylvie schüttelte amüsiert den Kopf. „Der Mann ist bereit, seinen Teddybären für dich aufzugeben“, erinnerte sie Rachael. „Glaube mir, ein solches Opfer kann man nicht auf die leichte Schulter nehmen.“

„Ich habe dazu nur zwei Worte zu sagen“, erwiderte Rachael zuckersüß. „Zisch ab.“

Ihre Mitarbeiterin fauchte wie eine Katze und marschierte aus dem Zimmer.

Rachael grinste, schnupperte an den Blumen und aß eine Fritte. Und sie sagte sich, dass Grant so viele Blumen und so viel Junkfood schicken konnte, wie er wollte, sie würde sich trotzdem nicht auf ihn einlassen. Und da er in Miami lebte und sie in West Palm Beach, würde sie jede Wette eingehen, dass sie ihn zum letzten Mal gesehen hatte.

5. KAPITEL

So viel zu meiner Wette, dachte Rachael zwei Wochen später. Nicht nur, dass sie Grant McGrory wider Erwarten sehr deutlich vor Augen hatte. Er saß auch noch viel zu dicht bei ihr, während sie Karen und Sam dabei zusahen, wie sie auf der Party ihre Hochzeitsgeschenke auspackten.

„Wie es aussieht, waren die Flitterwochen wohl ein voller Erfolg", wisperte Grant Rachael ins Ohr.

Er war ihr so nahe, dass sie seinen warmen Atem auf ihrer nackten Schulter spüren konnte. Seine Stimme klang sehr gedämpft. Offensichtlich wollte er nicht von dem frisch verheirateten Paar ablenken. Oder er wollte sie in eine intime kleine Unterhaltung hineinziehen.

Rachael erinnerte sich daran, dass sie sich auf keinen Fall auf Grant McGrory einlassen wollte, und beschwor sich innerlich, nur ja nicht auf ihn zu reagieren. Weder auf sein Aussehen, seinen Duft, sein Lächeln noch auf den Körperkontakt. Denn er hatte es irgendwie geschafft, seinen nackten Oberschenkel an ihr Bein zu pressen. Dann wieder lehnte er sich scheinbar unabsichtlich zu ihr herüber und streifte mit seiner breiten Brust ihre nackte Schulter. Oder er arrangierte es so, dass er mit seinen Fingern ihre Schulter berührte, als er ihr ein Glas Wein reichte. Und zwischendurch brachte er mit seinem Atem ihre Nackenhärchen dazu, sich aufzurichten, da Rachael wegen der Hitze ihre Haare zu einem lässigen Knoten hochgesteckt hatte.

Nicht zum ersten Mal an diesem Nachmittag war Rachael froh darüber, dass sie zu ihrem gelbem Tanktop eine weiße Caprihose statt Shorts angezogen hatte. Und mehr als einmal hatte sie sich bereits gewünscht, Grant ignorieren zu können, während sie Karen und Sam von Weitem zulächelte. Gerade erst zurück von den Flitterwochen, strahlten die beiden vor Glück. Sie waren braun gebrannt, sehr erholt und so verliebt, dass es fast schon wehtat, ihnen zuzusehen.

Zusammen mit den nächsten Familienangehörigen von Karen und Sam hatten sich fast alle Gäste der Hochzeitsfeier im neuen

Heim des frischgebackenen Ehepaars in Jupiter, im Norden vom West Palm Beach, versammelt. Karen und Sam hatten entschieden, eine schnell improvisierte Party zu veranstalten, auf der die Gäste dabei sein konnten, wenn sie ihre Hochzeitsgeschenke auspackten. So waren mindestens dreißig Leute hier zusammengekommen. Nach dem Auspacken der Geschenke würde im Garten gegrillt werden, und anschließend stand offenbar ein Volleyballspiel auf dem Programm. Zumindest deutete das in der Nähe des Pools aufgespannte Netz darauf hin. Rachael war auch gesagt worden, dass sie ihren Badeanzug mitbringen sollte. Was nichts heißen musste, denn ihr war schließlich auch versichert worden, dass Grant nicht zur Party kommen würde.

Sie hatte Grant seit dem Tag, als er sie bei ihrem kleinen Picknick so toll geküsst hatte, nicht mehr gesehen. Doch in den folgenden Wochen hatte er dafür gesorgt, dass sie jeden Tag an ihn denken musste. Und obwohl sie es sich oft vorgenommen hatte, ihn zu ignorieren, hatte sie es nicht über sich gebracht, seine Präsente zurückzuschicken oder einfach wegzuwerfen. Angerufen hatte er sie allerdings nicht, wie sie mit einer Mischung aus Erleichterung und Bedauern registriert hatte, wofür sie sich dann wieder zur Ordnung rief.

Jetzt war er hier. Und sie konnte nicht aufhören, daran zu denken, dass er noch beeindruckender und toller war, als sie ihn in Erinnerung hatte. Und er war ihr so nah. Seine schwarzen Shorts und das weiße Tanktop kontrastierten wundervoll mit seiner dunklen Haut und gaben den Blick frei auf seine muskulösen Beine und Arme. Im Ausschnitt des Tops lugten dunkle Härchen hervor. Bei dem puren Gedanken, die weichen Haare auf seiner Brust zu berühren und seine heiße Haut zu fühlen, spürte Rachael ein eigenartiges Ziehen im Bauch.

„Du duftest großartig. Habe ich das schon erwähnt?“

„Zwei Mal“, erwiderte sie mürrisch und wünschte, dass seine Hartnäckigkeit sie nicht irgendwann schwach werden ließ. Die Leute legten bei ihr in der Regel keine große Ausdauer an den

Tag. Besonders Männer nicht. Normalerweise reichte es, wenn Rachael ihnen ein oder zwei Mal die kalte Schulter zeigte. Doch Grant hatte ihr den ganzen Nachmittag immer wieder kleine Komplimente gemacht und so dafür gesorgt, dass sie ihn nicht ignorieren konnte.

Sie sah ihn von der Seite an, bemerkte das Feuer in seinen funkelnden Augen, nippte an ihrem Wein und schaute schnell wieder weg. Warum musste er trotz seiner fast aufdringlichen Flirtversuche nur so süß sein? Und warum musste er nur so blendend aussehen, obwohl jeder andere Mann mit weit von sich gestreckten Beinen, aufgestützten Ellbogen und einer verkehrt herum aufgesetzten Baseballkappe kein gutes Bild abgeben würde? Sie schüttelte in Gedanken den Kopf. Er hätte wirklich neben jedem der anderen Gäste sitzen können, überlegte sie, als sie ihn ein bisschen wegrückte. Dennoch hatte er Wert darauf gelegt, sich zu ihr zu setzen – auf einen Schemel, der kaum genug Platz für eine Person bot.

„Kannst du in diesen Schuhen Volleyball spielen?“, flüsterte er, stützte sein Kinn auf ihre nackte Schulter und schaute unter seinen dichten dunklen Wimpern zu ihr auf. Um solch tolle Wimpern zu haben, würde sie fast alles tun. Bei den meisten Männern würden so schöne Wimpern unmännlich wirken. Doch da er nicht wie die meisten Männer war, wie er ganz richtig betont hatte, unterstrichen sie seine geheimnisvolle und gefährliche Ausstrahlung.

Rachael rutschte nach vorn, um dem engen Körperkontakt mit ihm zu entkommen. Sein Blick und seine Berührung waren zu vertraulich und viel zu stark sexuell aufgeladen. Sie versprachen Spaß und waren so prickelnd, dass sie Gefahr lief, darauf hineinzufallen.

Sie begutachtete ihre Sandaletten, die hohe Keilabsätze hatten. „Ich kann in Cowboystiefeln Volleyball spielen“, erklärte sie, „und dich immer noch schlagen.“ Sie wusste nicht, warum sie das gesagt hatte. Sie würde sich den Knöchel brechen, wenn sie die Sandaletten nicht vor dem Spiel auszog. Vielleicht hatte sie sich auch nur deshalb so drastisch ausgedrückt, weil Grant sie dermaßen in Hochspannung versetzt hatte. Oder vielleicht, weil er so selbstsicher war. Und so entschlossen, jeden ihrer Hinweise, dass sie nicht interessiert war, einfach zu übergehen. Vielleicht aber auch, weil sie log. Sie *war* interessiert, wollte es aber nicht sein. Und er wusste das.

„Oh, oh, Süße." Seine braunen Augen blitzten amüsiert. „Ich denke, das war wohl eine eindeutige Herausforderung."

„Nein, keine Herausforderung", sagte sie langsam, „sondern eine Tatsache."

„Ich weiß nicht, wie ich dir das am besten beibringen soll, Kleines", wisperte er, sodass es die anderen nicht hören konnten, „aber dieses Spiel hält noch ganz andere Herausforderungen für dich bereit. Ich bin ziemlich sicher, dass du nicht einmal an die untere Netzkante heranreichst."

Rachael wurde klar, dass sie so überzogen reagierte, weil sie sich immer stärker zu ihm hingezogen fühlte und einfach noch kein Gegenmittel gefunden hatte. „Nun, Kleiner", erwiderte sie in ähnlich provozierendem Ton wie er, „was mir an Körpergröße fehlt, mache ich durch Schnelligkeit und schlichte Gemeinheit wieder wett."

Grant bedeckte das Gesicht mit den Händen und grinste sie dann durch seine gespreizten Finger an. „Ich kann kaum erwarten herauszufinden, wie gemein du werden kannst, wenn du erst richtig anfängst zu spielen."

Sie war ziemlich sicher, dass er jetzt nicht mehr über Volleyball redete. Und sie musste sich sehr beherrschen, um sein Grinsen nicht zu erwidern. Das war kein gutes Zeichen. Sie zwang sich, hart zu bleiben. „Ich kann nur für dich hoffen, dass wir im selben Team sein werden, McGrory."

Er zwinkerte ihr zu. „Wann immer du ein Team aufstellen willst, Matthews, stehe ich dir nur zu gern zur Verfügung."

„Onkel Grant!", rief eine aufgeregte Kinderstimme.

Froh über die Ablenkung, sah Rachael sich um und beobachtete, wie ein kleines blondes Mädchen mit Sommersprossen, Pferdeschwanz und strahlendem Lächeln auf Grant zurannte und in seinen Armen landete.

„Emily“, rief er, hob sie auf seinen Schoß, umarmte sie fest und gab ihr einen lauten Schmatzer auf die Wange. „Was treibt denn meine kleine süße Kichererbse so?“

„Ich bin jetzt sieben Jahre alt“, verkündete die Kleine stolz, während sie Grant die Arme um den Hals legte und ihn mit unverhohlener Bewunderung anlächelte.

„Sieben? Schon?“, fragte er ganz erstaunt.

„Ja. Schon sehr bald werde ich so groß sein wie du, und dann können wir heiraten, erinnerst du dich?“

Grant drückte sie fest und lachte. „Ja. Ich werde auf dich warten, Püppchen.“

Die kleine Neckerei sorgte dafür, dass Emily vor Freude übers ganze Gesicht strahlte und dass es Rachael ganz warm ums Herz wurde. Das war nicht fair. Okay, Grant McGrory war ein Bild von einem Mann, sexy und charmant. Und nicht zu vergessen, stark wie ein Bulle. Aber musste er auch noch süß, sanft und nachsichtig mit Kindern umgehen? Hunde und Kinder mögen mich, schoss es Rachael durch den Kopf.

„Ich werde genauso hübsch wie Karen werden, nicht wahr?“, fragte Emily hoffnungsvoll.

„Mindestens, Herzchen. Kennst du meine Freundin Rachael?“

Na toll. Nun bezog er sie auch noch in die Unterhaltung mit diesem liebenswerten kleinen Racker ein und sorgte so dafür, dass sie ihn noch mehr mochte. „Hallo, Emily.“

Emily lächelte sie an. „Findest du nicht auch, dass Onkel Grant wahnsinnig gut aussieht?“

„Äh … Nun …“

„Sicherlich tut sie das“, warf Grant ein und grinste Rachael über Emilys Kopf hinweg zu. „Sie ist nur ein bisschen schüchtern, wenn es darum geht, zu sagen, was sie denkt. Nicht wahr, Rachael?“

Sie zwang sich Emily zuliebe zu einem Lächeln. „Ja.“

„Er ist nicht wirklich mein Onkel“, erklärte Emily. „Er ist Onkel Sams Freund. Also sage ich Onkel Grant zu ihm, weil er fast zur Familie gehört. He, willst du schwimmen gehen?“, fragte sie jetzt Grant und wendete sich damit wieder den wichtigen Dingen des Lebens zu.

„Sicher", sagte Grant. „Willst du mitkommen?", fragte er Rachael und forderte sie mit einem frechen Grinsen heraus.

Gerade als sie mit einem nachdrücklichen „Nein danke" die Gelegenheit ergreifen wollte, den dringend benötigten Abstand zu Mr Perfekt einzulegen, mischte sich Emily ins Geschehen ein.

„Komm doch mit, Rachael. Es wird Spaß machen."

„Ja", bekräftigte Grant und mustere sie begehrlich von oben bis unten. „Es wird Spaß machen", fügte er mit rauchiger Stimme hinzu.

„Lass uns unsere Badesachen anziehen." Emily rutschte von Grants Schoß und griff nach Rachaels Hand. „Ich habe einen roten Bikini mit. Und du?"

Ja, was hatte sie dabei? Grants offensichtliches Interesse an Rachael Badeanzug machte deutlich, dass sie in Schwierigkeiten steckte.

„Na, los. Beeil dich", drängte Emily und zog an Rachaels Hand. „Oder Grant wird uns schlagen und vor uns im Wasser sein."

„Der Letzte muss mit einem Kuss bezahlen", sagte Grant und lachte leise, als Emily Rachael praktisch zum Poolhaus schleppte.

Um zehn Uhr abends warf Rachael einen Blick hinüber zum Beifahrersitz ihres Autos, wo Grant saß und sich einen Eisbeutel auf das rechte Auge hielt. Sie atmete tief aus und bremste vor einer roten Ampel. Sie hatte ihm die Lippe nicht blutig schlagen wollen. Sie fühlte sich auch ein bisschen mies, weil sein rechtes Auge geschwollen war. Sie hatte ihm nur etwas beweisen wollen. Nun, wenn sie ganz ehrlich war, hatte sie mehr als das tun wollen. Als sie Grant nach dem Schwimmen beim Volleyball am Netz gegenübergestanden hatte, und sein Team fast nur durch seinen Einsatz vier Punkte in Führung gelegen hatte, hatte sie ihm sein hübsches, überlegenes Lächeln einfach aus dem attraktiven Gesicht schlagen wollen, um ihn sozusagen zurechtzustutzen. Das, so hatte sie gehofft, würde sein Ego treffen, und dann hatte sie ihm dabei zusehen wollen, wie er den Rückzug antrat und jeden Versuch aufgab, sie zu erobern.

Bis jetzt hatte sich ihr Plan als glatter Reinfall erwiesen. Größtenteils, weil Rachael neben seinem offenkundigen Interesse an ihr eine Seite an Grant entdeckt hatte, von der Karen ihr erzählt hatte. Aber sie hatte ihr nicht glauben wollen. In dem Moment, als er in den Pool gesprungen war, ließ er sie in Ruhe ein bisschen schwimmen. Er holte sich sein Küsschen von Emily ab, die Wert darauf gelegt hatte, als Letzte ins Wasser zu gehen. Dann beschäftigte er sich ausschließlich mit Emily, hatte offensichtlich viel Spaß mit dem Mädchen und brachte ihr verschiedene Schwimmstile bei. Er ging freundlich, sanft und geduldig mit dem kleinen Mädchen um. Als er Rachael in ihrem schlichten Badeanzug in Augenschein genommen hatte, hatte er sie zwar mit Blicken fast verschlungen, aber dann hatte er offenbar ihr Unbehagen wahrgenommen und war auf Distanz gegangen.

Gerade als Rachael gedacht hatte, dass er ihr unsympathisch werden könnte, weil er ein kleines Mädchen dazu benutzte, sich an sie heranzumachen, verwandelte er sich in einen Gentleman. Wie sollte sie sich nun gegen solch eine hinterhältige Taktik wehren? In ihm steckte wirklich mehr, als es den Anschein hatte. Er war ein sehr natürlicher und netter Mann. Ein Mann, bei dem sie den Kopf verlieren könnte … Und genau deshalb konnte sie nicht zulassen, dass sich zwischen ihnen etwa anbahnte. War sie denn der einzige Mensch, der das Desaster förmlich kommen sah? Es war egal, ob Grant wirklich so nett war, wie alle sagten. Wie etwa Karen, die schwärmte, dass er nicht wie die meisten reichen Männer herrisch, kalt oder nur mit sich selbst beschäftigt war. Er war *normal*. Und, verdammt, das sollte er nicht sein! Er sollte schwere charakterliche Mängel aufweisen. Stattdessen nahm er sich heraus, normal, nett, charmant, geduldig, sexy und einfach umwerfend zu sein.

Und das war der wirkliche Grund, warum sie beim Volleyball ausgerastet war. Ihr war nur noch die Wahl geblieben, ihn zu schlagen oder ihm in die Arme zu fallen. Ja, sie hatte wirklich eine gemeine Ader, und die war heute mit aller Macht zum Ausdruck gekommen. Grant hatte den Preis dafür zahlen müssen. Was er mit Fassung tat, wie sie zähneknirschend zugeben musste.

„Was macht das Auge?", fragte sie, als ihre Schuldgefühle die Oberhand gewannen. Wie bereits vorhin, als sie widerwillig zugestimmt hatte, ihn zu fahren, da sie ihn ja – so seine Worte – lädiert hatte. Dass sie ihn zum Hotel brachte, weil er noch nicht wieder in der Verfassung sei, selbst zu fahren, sei ja wohl das Mindeste. Sie war eigentlich der Meinung gewesen, dass er sehr gut selbst fahren könnte. Aber da war sie die Einzige gewesen. Also hatte sie sich mürrisch gefügt.

Aber auch Kim, Karen und Sam, die alle in ihrem Team gewesen waren, hatten großen Anteil an dem Vorkommnis gehabt, überlegte sie verstimmt, als sie auf die rechte Spur wechselte. Kim hatte sich fast die ganze Zeit nur über ihren abgebrochenen Nagel beschwert. Und Karen und Sam hatten fast jede Gelegenheit genutzt, aufeinanderzuprallen und sich heiß zu küssen. Rachaels angeborener Wettbewerbsgeist war erwacht. Es musste einfach *jemand* etwas tun, um das gegnerische Team mit dem überragenden Spieler zu stoppen. Sie hatte sich dazu verpflichtet gefühlt. Und dann hatte sie Grant den Ball direkt ins Gesicht geschlagen.

„Ich werde es überleben", sagte er. Und als sie zu ihm hinsah, bemerkte sie, wie er den Mund zu einem Lächeln verzog. „Ich würde lieber darüber reden, wie du das wiedergutmachen willst."

Sein Tonfall ließ wenig Zweifel daran, wie seine Vorstellung von einer Wiedergutmachung aussah. Nämlich, sie beide irgendwo nackt in leidenschaftlicher Umarmung. Und nachdem Rachael ihn heute in seiner Badehose gesehen hatte, konnte sie sich sehr gut vorstellen, was sie auf diesem Gebiet erwarten könnte. „Ich sagte doch, dass es mir leidtut."

„Aber kam das von Herzen?"

Mist! Wenn sie nicht aufpasste, würde er sie wieder zum Lächeln bringen. „Von Herzen kam der Ball, den ich in dein Gesicht geknallt habe. Aber meine Entschuldigung geht mit guten Vorsätzen einher, falls das ein Trost ist."

„Dann verstehst du ja sicher, dass ich *meine* guten Vorsätze vergessen haben muss, wenn mein Anwalt eine Klage gegen dich anstrengt."

Sie drehte ihm den Kopf zu. „Du machst Witze."

„Wahrscheinlich." Grant lehnte den Kopf ganz entspannt an die Kopfstütze und tat, als würde er nachdenken. „Ich bin noch nicht sicher. Vielleicht können wir das unter uns regeln. Sagen wir bei einer schönen Flasche Merlot und einem Abendessen bei Kerzenschein morgen Abend?"

Sein Gesichtsausdruck war sowohl liebenswert als auch zum Verrücktwerden. Verdammt, er ließ einfach nicht locker! „Ich versteh dich nicht, McGrory", entgegnete sie. „Neben der Tatsache, dass ich ganz klar nicht interessiert bin, verkehre ich auch nicht in deinen gesellschaftlichen Kreisen. Wir haben wahrscheinlich keinerlei Gemeinsamkeiten. Warum machst du dir so viel Mühe?"

„Warum geht die Sonne auf?", erwiderte er und imitierte dabei spielerisch ihren dramatischen Tonfall.

Rachael verdrehte die Augen.

Grant lachte, aber es klang etwas frustriert. „Okay. Statt ständig nach dem Warum zu fragen, versuche es doch einmal mit einem ‚Warum nicht?'! Warum nicht einfach dieser Anziehung folgen und sehen, wohin sie führt? Warum machst du es so kompliziert? Warum gehst du es nicht locker an und schaust erst einmal, ob wir so viel Spaß miteinander haben werden, wie mein Instinkt mir sagt?"

Ihr Instinkt sagte ihr das Gleiche. Aber den verleugnete sie wohl besser. „Ich will nicht mit dir schlafen."

Grant war ihr einen kurzen Blick zu. „Und jetzt erzähl mir, dass es dir leidtut, mein Gesicht getroffen zu haben. Dann werde ich versuchen, auch das zu glauben."

„Okay. Ich könnte mit dir schlafen wollen", gab Rachael schließlich zu. Doch dann, als er sich aufrichtete, den Eisbeutel vom Auge nahm und ihr siegessicher zulächelte, hätte sie sich am liebsten dafür in den Hintern getreten. Hatte sie das wirklich gesagt?

„Endlich ein Fortschritt."

„Aber das ist nur Biologie", wehrte sie hastig ab. „Simple Chemie."

„Zwei meiner Lieblingsfächer."

Sie seufzte tief. „Ich habe keinen Gelegenheitssex, Grant."

„Wer redet denn davon?", fragte er leise.

Also glaubte sie ihm nicht. „Geht es nicht nur darum?"

Er schwieg einen Moment. „Denkst du nicht, dass du uns beiden etwas unterstellst, was unter unserem Niveau liegt?"

Rachael fiel nichts ein, was sie darauf hätte erwidern können.

„Wie wäre es, wenn ich dir sage, worum es geht?", fuhr er ernsthaft fort. „Es geht um die Anziehung zwischen uns beiden und das Gefühl, dass es uns beiden sehr leidtun würde, wenn wir einfach auseinandergehen würden, ohne in Erfahrung gebracht zu haben, wohin unsere Begegnung hätte führen können." Als sie hartnäckig schwieg, fragte er: „Nun, komm schon, Rachael, hast du dich noch nie einfach fallen lassen?"

So beunruhigend es war, sie musste sich dennoch eingestehen, dass sie weiterhin schwieg, weil ihr schlichtweg die Argumente ausgegangen waren. Oder sie zumindest keine Kraft mehr hatte, sich zur Wehr zu setzen.

„Hast du noch nie etwas riskiert, ohne an die Konsequenzen zu denken?"

Endlich eine einfache Frage. „Nein. Nie." Das Stichwort „Risiko" brachte sie schließlich wieder zur Vernunft. Sie ging keine Risiken ein, sondern setzte immer auf Sicherheit. Die brauchte sie, um sich wohlzufühlen. Und Grant versprach alles andere als Sicherheit.

„Glaubst du dann nicht, dass es Zeit wäre, es einmal auszuprobieren?"

Wie schon so oft wich Rachael ihm lieber aus, als die Frage zu beantworten. „Ich glaube, das ist dein Hotel." Sie hielt vor dem sehr schönen und teuren „Brazilian Court" an und ließ absichtlich den Motor laufen, als wie von Zauberhand ein Hotelpage die Beifahrertür öffnete. Es kostete sie ihre ganze Kraft, nach vorn zu starren, anstatt Grant in die Augen zu schauen.

„Ich nehme nicht an, dass eine allerletzte Bitte um Barmherzigkeit dich davon überzeugen würde, mit auf mein Zimmer zu kommen und mich zu verarzten?“

Sie presste entrüstet die Lippen zusammen und umklammerte das Lenkrad, als wollte sie sich festhalten. „Nein.“

Einen Moment lang herrschte betretenes Schweigen.

„Und wenn ich dir meine Telefonnummer gebe, wirst du mich nicht anrufen, nicht wahr?“, fragte Grant dann.

Rachael schüttelte resolut den Kopf, um sich von seinem deutlich herauszuhörenden Bedauern nicht umstimmen zu lassen. Das war es dann also, dachte sie. Und auch in ihrer Stimme klang für sie unerwartet eine Spur Enttäuschung mit. „Nein, ich werde nicht anrufen.“

Grant ließ noch einen langen Moment verstreichen, bevor er schließlich ausstieg. Dann bückte er sich noch einmal, um sie anzusehen. „Dann werde ich dich anrufen.“

Sie drehte ruckartig den Kopf zu ihm um. „Grant …“

Er beachtete ihren Protest nicht. „Ich werde dich anrufen, Rachael.“ Dann drehte er sich um und ging ins Hotel.

Als Rachael fünfzehn Minuten später die Wohnungstür aufschloss, klingelte das Telefon.

„Ich wollte nur, dass du weißt, dass ich meine Versprechen halte“, sagte Grant ohne jegliche Einleitung, als sie den Hörer abnahm und sich atemlos am Telefon meldete.

Sie sank auf ihr Sofa und war sich nur zu sehr darüber im Klaren, wie sehr es sie freute, seine Stimme zu hören. Jetzt kämpfte sie einmal nicht gegen das Lächeln als Reaktion auf seine Hartnäckigkeit an. „Ein Mann, der sein Wort hält.“

„Ich glaube, dass ich das schon auf einer der Karten, die ich jeweils zusammen mit den Blumen geschickt hatte, angedeutet hatte.“

Rachael, die immer noch lächelte, lehnte den Kopf gegen das Rückenpolster. „Ja, das hast du.“

„Hatte ich auch erwähnt, dass ich ausdauernd bin?“

„Ja, unter anderem auch das, glaube ich.“

Stille breitete sich aus. Rachael war bis zum Äußersten angespannt, und ihr Herz klopfte, weil sie befürchtete, dass er sie wieder bitten würde, mit ihm auszugehen. Denn zugleich befürchtete sie, dass sie dann zusagen würde.

„Gute Nacht, Rachael."

„Gute Nacht", wisperte sie, als sie begriff, dass er das Gespräch beenden wollte. Sie ermahnte sich, nicht enttäuscht zu sein. „Pass auf dein Auge auf."

Er lachte leise. „Das werde ich tun." Damit legte er auf.

Rachael saß noch ein paar Minuten in der Dunkelheit und machte sich Gedanken über all die Dinge, über die sie eigentlich gar nicht hatte nachdenken wollen. Zum Beispiel darüber, dass sie anfing zu glauben, dass Grant trotz seiner arroganten Fassade wirklich ein netter und großzügiger Mann war. Ihr fiel ein, dass er sie sogar gegen ihren Willen zum Lachen gebracht hatte. Oder wie sie vor Aufregung erschauert war, als er ihr in die Augen gesehen hatte. Sie überlegte, wie lange es schon her war, dass sie so stark auf einen Mann reagiert hatte, und wann sie eine solche Reaktion überhaupt das letzte Mal zugelassen hatte. Und schließlich gestand sie sich ein, wie gern sie mit Grant McGrory zusammen sein wollte.

Sie stöhnte frustriert, stand auf und ging ins Bad, um zu duschen. Als sie sich gerade die Haare wusch, bemerkte sie plötzlich, dass sie eine alte Melodie vor sich hin summte. Wenn sie diesen Mann nur genauso leicht aus ihrem Leben spülen könnte wie das Shampoo aus ihrem Haaren!

6. KAPITEL

Das sonntägliche Mittagessen im Haus der McGrorys in Miami war immer ein Familientreffen, bei dem es auch ums Geschäft ging, und eine Tortur für Grant. Was aber natürlich nie jemand erfahren würde, dafür sorgte er schon.

Sein Bruder Tony und ihr Vater saßen auf der Terrasse im Schatten einer Kokospalme, spielten Schach und unterhielten sich über die Reederei und Baseball. Grant spielte mehrere Meter entfernt im Hof mit dem kleinen Marco, Tonys und Tias vierjährigem Sohn. Meredith, ihre zwei Jahre alte Tochter, hielt im Kinderzimmer ein Schläfchen.

Ungeachtet des umfangreichen Personals im Haushalt, bestand Gloria, Grants Mutter, stets darauf, selbst das Essen am Sonntag zuzubereiten. Im Augenblick legte sie nach dem Hauptgang letzte Hand an das sündhaft süße Dessert an, das sie schließlich hinaus auf die Terrasse bringen würde. Natürlich würde sie alle dazu drängen, es aufzuessen, obwohl sie alle noch von dem unglaublichen guten Hauptgang, einer eigenwilligen Mischung aus kubanischer und irischer Küche, wirklich bis oben hin satt waren.

„Wir sehen dich kaum noch, Grant. Die Kinder vermissen dich. Genauso wie Tony und ich."

Grant nahm sich zusammen und schaffte es zu lächeln, als er über die Schulter in die Augen der Frau sah, die er liebte und an seinen Bruder verloren hatte. Die schöne, sensible, sanfte Tia bei diesen Familientreffen sonntags zu sehen erinnerte ihn immer wieder daran, dass er sie liebte. Aber da Tony klug genug gewesen war, ihr seine Liebe einzugestehen und dann auch die notwendigen Schritte zu unternehmen, hatte Grant den Kürzeren gezogen. Bis heute hatte er keinen Weg gefunden, sich von seiner heimlichen Liebe zu befreien.

„Du weißt doch, wie das so ist, Tia. Zu viel Arbeit." Und es war einfach zu hart für ihn, sie und seinen Bruder zusammen zu sehen. Natürlich wusste niemand, dass er sie liebte. Grant hatte nie über seine Gefühle gesprochen, denn er wollte weder Tony noch Tia verletzen. Alle drei waren sie Freunde gewesen, und dann hatte Tony eines Tages aus heiterem Himmel angekündigt, dass er Tia heiraten würden. Grant war sprachlos gewesen. Er hatte nur noch daran denken können, wie blind er gewesen sein musste, dass er nicht vorher bemerkt hatte, was er selbst für Tia empfand.

Und als er nach einer Weile feststellte, dass keine Frau mit Tia mithalten konnte, kam er schließlich zu der Einsicht, dass seine Liebe für sie ihn davon abhielt, sich an eine andere Frau zu binden. Die meisten der anderen Frauen wirkten im Vergleich zu ihr wie verwöhnte Prinzessinnen, die ihn nur wegen seines Vermögens und seines Ansehens begehrten. Es dämmerte ihm, dass er seine Seelengefährtin verpasst hatte. Aber er hatte sein Leben einfach fortgesetzt, sich in die Arbeit gestürzt und versucht, auch seinen Spaß zu haben. Doch Tony und Tia jeden Tag zusammen zu sehen war einfach zu viel für ihn gewesen. Deshalb war er vor fünf Jahren, kurz nach ihrer Hochzeit, aus dem Familiengeschäft ausgestiegen. Seinem Vater hatte Grant gesagt, dass er einfach auf eigenen Füßen stehen müsste.

Und nun hatte er Rachael Matthews getroffen, und sie faszinierte ihn wie schon lange keine Frau mehr vor ihr.

„Was hat es denn mit der neuen Frau in deinem Leben auf sich, von der ich gehört habe?“, riss ihn Tia aus seinen Gedanken.

Grant fing den Ball, den Marco ihm zuwarf, und setzte wieder ein Lächeln auf. Tia sah ihn mit ihren großen braunen Augen neugierig an. „Tony hat so etwas erwähnt, und du weißt, dass ich verschwiegen bin.“ Sie verzog ihren sinnlichen Mund zu einem Lächeln.

Im Gegensatz zu Rachael hatte er Tia nie geküsst. Und er hatte oft an den heißen Kuss und Rachaels heftige Reaktion gedacht. Sogar jetzt wurde ihm beim bloßen Gedanken daran ganz heiß. Das war wirklich interessant. Er hatte auch nie einen Versuch unternommen, Tia seine Gefühle zu offenbaren. Die Ehe war heilig. Und die Liebe seines Bruders für ihn tabu. So war Grant erzogen worden. Er glaubte an die Institution der Ehe. Auch wenn er im Moment nicht davon ausging, dass er jemals heiraten würde. Und das bedauerte er wirklich, denn früher einmal hatte er ein Heim und eine Familie haben wollen. Doch da er die Frau, die in dieses Bild passte, nicht haben konnte, hatte er sich diesen Traum abgeschminkt. Also, warum hast du Rachael Tony gegenüber erwähnt? fragte er sich.

Er wusste es wirklich nicht. Er kannte eine Menge Frauen. Und solange die Frauen nur ihren Spaß haben wollten, hatte er diese Affären auch sehr genossen. Aber bei seiner Familie hatte Grant nie auch nur eine dieser Frauen erwähnt. Warum dann also Rachael? Die meisten Frauen machten viel Aufhebens um ihn, während Rachael ihn kaum beachtete. Es ärgerte ihn fast, dass sie nicht von seinem Geld, seinem Aussehen oder seiner gesellschaftlichen Stellung beeindruckt war. Sie war gescheit, feinfühlig, motiviert und zielstrebig. All diese Eigenschaften waren auch ihm schon nachgesagt worden. Kurz und gut, sie fesselte ihn einfach. Aber er würde nie zulassen, dass sich zwischen ihnen etwas Ernsthaftes entwickelte. Das wäre Rachael gegenüber nicht fair, da er sein Herz an Tia verloren hatte.

Allerdings hatte er Rachael gesagt, er sei an ihr interessiert. Wie reimte sich das zusammen? Fing er jetzt schon an zu lügen, um eine Frau ins Bett zu kriegen? Und wenn das so war, warum musste es gerade Rachael sein? Reizte ihn sie nur, weil sie eine Herausforderung darstellte? Oder begann er, der unverbindlichen Affären müde zu werden?

„Hallo."

Mit einem Ruck drehte er den Kopf zu ihr.

Ebenso amüsiert wie neugierig sah Tia ihn an. „Wo bist du denn mit deinen Gedanken, Grant?"

Er hatte sie völlig vergessen gehabt. „Entschuldige. Ich habe mich auf meinen Spieler hier konzentriert", log er und warf Marco den Ball zu.

„Alle herkommen!", rief Grants Mutter auf der Veranda. „Das Dessert ist fertig."

„Unser Stichwort, Marco." Grant, der erleichtert war, dem Gespräch unter vier Augen mit Tia entkommen zu können, hob den Jungen hoch, setzte ihn sich auf die Schultern und machte sich auf den Weg.

Den Rest des Nachmittags verbrachte er dann damit, sich zu fragen, warum er sich – mal abgesehen von ihren geheimnisvollen grünen Augen und dem unwiderstehlichen Mund – so viel Mühe gab, um Rachael Matthews Verteidigungslinien zu durchbrechen.

Zwei Wochen nach Karens und Sams Party kam Rachael zu dem Schluss, dass Grant McGrory ihre Botschaft wohl endlich verstanden haben musste. Er hatte einige Male angerufen, aber Sylvie hatte ihn auf ihren ausdrücklichen Wunsch hin abgewimmelt. Und dann hatten die Anrufe aufgehört. Rachael hatte seitdem auch keine einzige Rose oder Lilie mit irgendeiner albernen Nachricht mehr bekommen. Das ist wirklich großartig, sagte sie sich, als sie an ihrem Schreibtisch saß und sich verschiedene Angebote für die Häppchen und Weine ansah, die sie für den Hochzeitsempfang der Jensons aussuchen musste. „Und um das zu bewirken, bedurfte es nur eines blauen Auges und einer blutigen Lippe", murmelte sie vor sich hin.

Sie hob den Kopf, weil sie an der geöffneten Tür ein Geräusch hörte. Und als sie in Grants blitzende braune Augen sah, begann ihr Herz zu rasen, und eine Hitzewelle erfasste ihren Körper.

Seine einzige Reaktion bestand dagegen darin, dass er den Mund zu einem gewinnenden jungenhaften Lächeln verzog. „Die Tür stand offen", entschuldigte er sich für die Störung.

„Ich … Äh …"

Sein Lächeln wurde breiter. „Kein Leibwächter heute?"

„Bitte?"

„Ich meine, deine Assistentin schirmt dich heute gar nicht ab."

„Ich glaube, sie hat etwas zu erledigen."

„Mein Glück."

Rachael konnte Grant nur anstarren, als er die Hände in die Hosentaschen schob und sich an den Türrahmen lehnte. Doch das Läuten des Telefons half ihr erst einmal aus ihrer Verlegenheit. Während sie das Telefonat erledigte, beobachtete sie Grant dabei, wie er das Zimmer durchstreifte und sowohl die Aussicht als auch ihre persönlichen Dinge in Augenschein nahm.

„Deine ältere Schwester?“, fragte er, als sie aufgelegt hatte. Er hielt das Foto mit ihren Stiefschwestern, ihrer Mutter und ihrem Stiefvater in der Hand.

Eilig ging sie um ihren Schreibtisch herum und nahm ihm das Foto aus der Hand. „Meine Mutter“, sagte sie steif.

Grant sah sie neugierig an, aber sie stellte das Bild einfach wieder zurück auf das Regal. Er verstand den Wink. „Also, Rachael, wie läuft es so?“, fragte er stattdessen.

In den zwei Wochen, seitdem sie ihn vor seinem Hotel mit dem Versprechen abgesetzt hatte, ihn nicht anzurufen, hatte sie jeden Tag und jede Nacht an ihn gedacht. Daran, wie er dicht neben ihr auf dem kleinen Hocker gesessen hatte. An seine bronzefarbene Haut, seinen muskulösen Körper, das unverschämte Grinsen und die braunen Schlafzimmeraugen. Und sie hatte sich daran erinnert, wie sanft er mit Emily umgegangen war, an seine Freundschaft mit einem Mann wie Sam und an die Enttäuschung, die sie in seinen Augen las, als sie ihm gesagt hatte, dass sie sich nicht bei ihm melden würde. *So* ging es ihr.

„Ich habe viel zu tun“, antwortete sie und beließ es dabei.

„Ah. Das würde erklären, warum du meine Anrufe annehmen konntest.“

Rachael blinzelte, legte die verschränkten Hände vor sich auf den Schreibtisch und befahl sich, hart zu bleiben. „Wenn du dich besser fühlst, wenn du das denkst.“

Er lachte. „Willst du gar nicht wissen, was mich nach Palm Beach führt?“

Sie stand auf und schob die Unterlagen auf ihrem Schreibtisch zusammen. „Ich nehme an, etwas Geschäftliches, da es sonst ja hier nichts für dich zu tun gibt.“

Grant tat so, als würde er sich ein imaginäres Messer in die Brust rammen und sank gegen den Türrahmen. „Du hast wirklich eine gemeine Ader.“

Rachael durchquerte das Zimmer, verstaute die Unterlagen wieder im Schrank und betete, dass Grant nicht bemerken würde, wie stark ihre Hände zitterten und wie heftig ihr Herz klopfte. „Ich dachte, das hätten wir bereits festgestellt."

„Ja, nun, meinem Auge geht es gut. Danke der Nachfrage." Er strahlte sie an und setzte sich lässig auf die Schreibtischkante.

Rachael warf ihm einen – wie sie hoffte – ganz ausdruckslosen Blick zu, ging zurück zu ihrem Schreibtisch und setzte sich hinter ihn.

„Okay, ich mache dir einen Vorschlag", kam er zur Sache. „Ich habe nachgedacht, und dieses Mal werde ich es besser machen. Ich war bei dir einfach ein bisschen zu zaghaft."

Sie lehnte sich im Stuhl zurück, betrachtete ihn ungläubig und lachte dann, weil er einfach unmöglich war. „Du bist wirklich alles andere als zaghaft."

„Die Blumen, die Telefonanrufe", fuhr er fort und ignorierte ihren ungläubigen Blick, „das macht bei einer Frau wie dir einfach keinen einschneidenden Eindruck. Ich muss entschiedener auftreten und mein Anliegen deutlicher zur Geltung bringen."

„Grant ...", fing sie an, aber er fiel ihr ins Wort.

„Also habe ich für heute Abend einen Tisch im ‚Mara Lago' reserviert."

Hatte er „Mara Lago" gesagt? Den palastartigen Privatclub hatte Rachael schon immer gern mal besuchen wollen, aber es überstieg ihre Möglichkeiten. Das „Mara Lago" war das berühmte Garnisonsgebäude am South Ocean Boulevard, das Donald Trump gekauft und zu einen exklusiven Privatclub umgebaut hatte. Dort Mitglied zu sein konnten sich wirklich nur die ganz Reichen leisten. Rachael richtete für diese Leute Hochzeiten aus, doch sie verkehrte ganz bestimmt nicht in denselben Lokalen wie sie.

Sie sah Grant prüfend ins Gesicht und musterte ihn dann von Kopf bis Fuß. Sein weißes Seidenhemd stammte vermutlich von Armani, und die butterweichen Slipper kamen bestimmt aus einer Kollektion von Prada oder Gucci. Rachael kannte diese Designer und bewunderte ihre Kreationen, konnte sie sich aber kaum leisten. Und damit wurden die Unterschiede zwischen ihnen so groß, dass sie seine Hartnäckigkeit kaum mehr nachvollziehen konnte. „Das ‚Mara Lago'?" wiederholte sie, während er siegessicher lächelte.

„Ja." Er genoss sichtlich die Wirkung seines Schachzugs. „Ich habe entschieden, dass es an der Zeit ist, dicker aufzutragen."

„Also, dann soll ich wohl jetzt beeindruckt sein?"

„Wenn du es bist, gut. Hauptsache, du sagst Ja." Als sie ihn nur anstarrte, fuhr er fort: „Schau mal, ich bin zu dem Schluss gekommen, dass jemand dich in der Vergangenheit sehr verletzt hat und ich den Preis dafür zahlen muss. Das scheint mir nicht fair zu sein."

„Fair?", wiederholte sie nur. Sie war sprachlos, dass er die Situation so genau erfasst hatte.

„Gut. Du stimmst also zu?"

„Wozu?"

„Ich schicke dir eine Limousine, die dich um sieben abholt." Damit erhob er sich und marschierte aus der Tür.

Als Sylvie fünf Minuten später den Kopf in das Büro ihrer Chefin steckte, starrte Rachael immer noch völlig verdutzt in die Luft und fragte sich, was eben eigentlich passiert war.

Rachael warf einen Blick auf den Wecker neben ihrem Bett und stöhnte. Fünf vor sieben. Die Limousine würde jeden Augenblick vorfahren. Zum hundertsten Mal erwog sie, ihre Meinung zu ändern. Schließlich hatte sie Grant ihr Kommen nicht zugesagt. Aber hier ging es um das „Mara Lago".

Sie wollte sich nicht dadurch gesellschaftlich aufwerten, dass sie mit den Superreichen im „Mara Lago" oder einem anderen exklusiven Privatclub verkehrte, für die Palm Beach bekannt war. Sie machte sich keine Illusionen darüber, wer sie war und wohin sie gehörte, und das war ganz bestimmt nicht die High Society von Palm Beach, in der Frauen wie Gweneth Buckley das Sagen hatten, deren Leben aus gesellschaftlichen Events wie Wohltätigkeitsveranstaltungen bestand. Nein, daran wollte Rachael gar nicht teilhaben. Aber das „Mara Lago" übte eine mystische Anziehungskraft auf sie aus. Sie hatte schon viele Geschichten über das prachtvolle alte Garnisonsgebäude und die

Partys dort gehört. Und sie hatte immer davon geträumt, einmal dorthin eingeladen zu werden.

Kim steckt dahinter! schoss es ihr plötzlich durch den Kopf. Kim kannte ihre Faszination für das „Mara Lago". Obwohl Rachael ihr das Versprechen abgenommen hatte, nicht mehr mit Grant über sie zu reden, war es offensichtlich, dass ihre Freundin trotzdem geplaudert hatte. Ohne Zweifel hatte Grant wieder mit Kim geredet und ihr diese Information entlockt. Und natürlich hatte er Kapital daraus geschlagen. Also war sie manipuliert worden. Diesen Abend würde Grant dann wohl allein verbringen. Doch da es um das „Mara Lago" und einen lange gehegten Traum ging, begann Rachael auch diesen Entschluss wieder zu überdenken. Schließlich hatte sie bereits ihr Make-up aufgetragen und sich frisiert. Und sie hatte sich schon für diesen Abend angezogen.

Da sie öfter bei den Hochzeitsempfängen im „Royal Palms Hotel" als Hostess auftrat, erhielt sie einen großzügigen Zuschuss für Kleider, was die zahlreichen Cocktailkleider bewiesen, die sie anprobiert, wieder ausgezogen und dann achtlos auf ihr Bett geworfen hatte. Heute erschienen ihr die Kleider, die sie einmal elegant und geschmackvoll gefunden hatte, irgendwie langweilig. Im Gegensatz zu dem Kleid, das sie jetzt trug. Sie sah sich im Spiegel an und musterte das mit Pailletten besetzte rote Schlauchkleid. Es war gar nicht ihr Stil. Kim hatte sie zu dem Kauf überredet, aber Rachael hatte bisher nie den Mut aufgebracht, es anzuziehen, denn es ließ zu viel Bein und zu viel Dekolleté sehen. Und es war ein eindeutiges Signal an jeden Mann. *Ich trage dieses Kleid, damit du es mir wieder ausziehen kannst.*

Was dachte sie sich nur? Sie war gerade im Begriff, sich das Kleid wieder auszuziehen, das darunter lediglich Platz für einen Stringtanga ließ, als es an der Tür klingelte. Plötzlich hatte sie Herzklopfen. Sie holte tief Luft, ging ins Foyer und drückte auf den Knopf der Gegensprechanlage. „Ja?"

„Miss Matthews?"

„Ja."

„Mister McGrory hat mich gebeten, Ihnen einen guten Abend zu wünschen und Sie darüber zu informieren, dass jetzt das Auto zu Ihrer Verfügung steht."

„Danke", sagte Rachael und fügte dann doch hinzu, „ich werde in wenigen Minuten unten sein." Sie straffte die Schultern und machte sich auf die Suche nach ihren hochhackigen silberfarbenen Sandaletten. Sie würde Grant seinen Willen lassen und ihn treffen. Aber sie war fest entschlossen, das Problem ein für alle Mal zu lösen, und würde ihn dafür bezahlen lassen, dass er sie so manipuliert hatte. Er wollte Spielchen spielen? Das konnte er haben. Sie war an einem Punkt angelangt, an dem es ihr egal war, wer gewinnen würde oder was auf dem Spiel stand. Sie wollte ihm nur zeigen, dass sie sich gegen ihn behaupten konnte. Und heute Abend würde sie es ihm beweisen. Bei ihrer Arbeit musste sie mit Raffinesse so viele Entscheidungen beeinflussen, wie es sich kaum einer vorstellen konnte. Das gehörte zum Geschäft. Der Kunde bekam, was er wollte – man musste nur dafür sorgen, dass man ihm die Idee als seine eigene verkaufte –, und dann ging er zufrieden nach Hause.

Grant McGrory dachte, dass er sie wollte? Nun, er würde sie bekommen – bis sie sagen würde, dass das Spiel jetzt vorbei sei. Von Natur aus war sie keine Frau, die sich aufreizend gab und Männer provozierte. Aber auch sie verfügte über eine ganze Bandbreite von Grant McGrorys Taktiken. Es war Zeit, selbst einmal mit ein paar Tricks aufzuwarten. Rachael trug rotes Lipgloss auf. Das knallrote Kleid war schließlich doch eine gute Wahl gewesen. Dann tupfte sie ein sehr sinnliches Parfüm mit ausgeprägter Moschusnote hinter die Ohren, zwischen ihre Brüste und auf die Handgelenke und rückte den Ausschnitt des engen Kleids noch ein wenig nach unten, um mehr Dekolleté zu zeigen. Zufrieden mit dem Resultat griff sie nach ihrer Abendtasche und ging zur Tür.

Und was genau glaubst du, mit diesem Spielchen zu erreichen? fragte eine innere Stimme. Auf jeden Fall Genugtuung. Er hatte ja damit angefangen, nicht sie. Sie hatte es nicht gewollt, aber er sie gedrängt. Und nun würde zur Abwechslung einmal sie etwas

Druck ausüben. Wenn Grant McGrory nicht in sie vernarrt wäre und nur noch stammeln würde, wenn sie heute Abend mit ihm fertig war, würde sie ins Kloster gehen.

Als es sieben Uhr wurde, bekam Grant Angst, er hätte es vermasselt, weil er Rachael zu sehr bedrängt hatte. Sie war ungeheuer dickköpfig, und er hatte sich sehr anmaßend, arrogant und widerlich verhalten. Er behielt das Tor im marrokanischen Stil im Auge, das das „Mara Lago" von der Straße abschirmte, wartete auf die Limousine und dachte an die Liste seiner Sünden. Erstens hatte er einfach vorausgesetzt, dass Rachael heute Abend noch nichts anderes vorhatte. Zweitens hatte er ihren Schock über sein unerwartetes Auftauchen dazu benutzt, ihren Widerstand zu schwächen. Und drittens hatte er dank Kims vertraulicher Information das „Mara Lago" ganz unschuldig als Trumpf ausgespielt.

„Heute ist anscheinend mein Glückstag", murmelte er erleichtert, als um zehn nach sieben die gemietete Limousine durch das Tor fuhr und vor dem Eingang des Clubs anhielt. Jetzt fühlte sich Grant wieder glänzend. Er strich über das Revers seines Smokings und ging die Stufen hinunter, wo er wartete, dass der Chauffeur ausstieg und Rachael die Tür öffnete.

Und dann erhaschte er einen Blick auf sie und war wie vom Blitz getroffen.

„Hallo", sagte er heiser, als er ihre Hand nahm, um ihr beim Aussteigen zu helfen. Sie sah umwerfend aus. Ihre seidige nackte Haut – und sie zeigte sehr viel davon – und die schlanken, schön geformten Beine, die durch die hochhackigen silberfarbenen Sandaletten betont wurden, das alles setzte ihn sofort unter elektrische Spannung. Rachael sah schick und elegant aus. Nicht nur hübsch, sondern einfach sensationell. Ja, die Lady war einfach toll mit ihrem kleinen sexy Po, der gerade mal von dem sehr kurzen Kleid bedeckt wurde. Und ihre üppigen festen Brüste wurden kaum vom Oberteil des roten Kleides im Zaum gehalten.

Grant war an die Gesellschaft von sehr sexy zurechtgemachten und offensichtlich interessierten Frauen gewöhnt, aber bei

Rachael, die sich sonst so professionell, kühl und züchtig gab, war die Abweichung von der Norm einfach umwerfend. Das Tier in ihm kam zum Vorschein. Und wenn er dem Biest nicht sehr schnell Zügel anlegte, würde er Rachael wieder auf den Rücksitz der Limousine verfrachten und ihr das winzige rote Kleid von den aufregenden Kurven streifen. Er hätte es ihr fast schon vorgeschlagen, als er ihr in die Augen sah.

In Rachaels geheimnisvollen grünen Augen entdeckte er ein siegessicheres Funkeln, das er noch nie bei ihr bemerkt hatte. Und in diesem Augenblick erkannte er, was los war. Sie spielte mit ihm. Das würde ja ein toller Abend werden! Er zog sie in seine Arme, lachte und legte den Zeigefinger unter ihr Kinn, sodass sie ihn ansehen musste.

„Du gerissene kleine Hexe. Du versuchst, mich umzubringen, nicht wahr?“

Sie lächelte gelassen. „Das ginge ein bisschen zu weit. Außerdem wäre es illegal.“

„Sagen wir, du versuchst, mich zu quälen?“

„Das trifft es eher.“

Grant lachte erneut und senkte den Kopf, bis sein Mund nur noch Zentimeter von ihrem entfernt war. „Wie wäre es, wenn wir das Abendessen überspringen und direkt ins nächste Bett gehen, bevor ich noch hier in der Einfahrt etwas tue, das illegal ist?“

Sie wich ein wenig zurück und betrachtete ihn mitleidig. „Ich hasse es, dir das sagen zu müssen, aber du bist nicht die Hauptattraktion hier.“

„Das ‚Mara Lago‘ ist dir wichtiger“, folgerte er und wusste, dass er seinen Meister gefunden hatte. „Bravo! Du hast mich mit den eigenen Waffen geschlagen.“

„Kaum zu glauben – du bist nicht nur gut betucht, du hast auch Grips in deinem hübschen kleinen Kopf.“ Rachael streichelte seine Wange und lächelte, als wäre er ein Hündchen, das ihr gerade das Stöckchen geholt hätte. „Was kann eine Frau mehr verlangen?“ Sie küsste ihn ganz leicht auf den Mund, löste sich aus der Umarmung und ließ ihre Hände noch einen Moment auf dem Revers seines Smokings liegen, bevor sie sich langsam umdrehte und zum Eingang spazierte.

„Ich bin erledigt!“, murmelte Grant, als er ihren aufregenden Hüftschwung sah.

„Das würde ich auch sagen, Sir“, stimmte ihm der Chauffeur hinter ihm zu.

Grant drehte sich um und grinste ihn an. „Was für ein Gang!“

„In der Tat.“

„Kommst du, Grant?“, hatte das Weib den Nerv, ihn zu fragen, als sie an der Tür auf ihn wartete.

„Oh ja.“ Er zog eine Grimasse. „Ob mit dir oder ohne dich, ich werde heute Nacht ganz bestimmt kommen.“

„Sag mir eines“, forderte Grant Rachael auf, als sie später barfuß im Sand standen, während die Wellen rauschten, und das Mondlicht ihr Gesicht in ein silbernes Licht tauchte.

„Du fragst dich, was ich unter diesem Kleid anhabe, richtig?“ Sie blinzelte ihn unschuldig an, während ihre roten Lippen schimmerten.

„Das ist das eine“, gestand er und grinste. Er hatte sich das tatsächlich den ganzen Abend gefragt und war ziemlich sicher, es herausgefunden zu haben. Außer einem bisschen Stoff und Mondlicht war nicht viel zwischen ihm und ihr. Schnell zwang er seine Gedanken, dieses gefährliche Terrain zu verlassen, nahm ihre Hand und führte Rachael den Strand zur Mole hinunter. „Aber eigentlich hatte ich etwas anderes im Sinn.“ Er ließ seine Schuhe und Socken zusammen mit ihren Sandaletten am Ende der Holzstufen im Sand zurück. Auf der Straße hinter der niedrigen Mauer wartete diskret der Chauffeur in der Limousine.

Als sie das „Mara Lago“ verlassen hatten, hatte Grant nicht vorgehabt, mit Rachael an den Strand zu gehen. Aber er war auch noch nicht bereit gewesen, sie nach Hause zu bringen. Doch nun war ihm klar, dass er genau das tun musste. Das war der einzige Weg, sie davon zu überzeugen, dass es ihm nicht nur darum ging, sie zu erobern. Er hatte immer noch nicht genau herausgefunden, welches Spiel er mit ihr spielte – oder ob es überhaupt noch ein Spiel war – aber in der Zwischenzeit brachte sie ihn mit ihrem aufreizenden Lächeln und dem glitzernden hautengen Kleid fast um.

Oh ja. Rachael zahlte es ihm kräftig heim und schlug ihn mit seinen eigenen Waffen. Mit einer Ausnahme. Für ihn war von Anfang an offensichtlich gewesen, dass sie ihm heute Abend eine Lektion erteilen und ihn dann einfach stehen lassen würde. Es wurde Zeit, klein beizugeben. „Rachael, gibt es auch nur eine winzige Chance, dass wir noch einmal von vorn anfangen?"

Sie blieb stehen und sah ihn an. „Womit?"

„Oh, ich denke, mit allem." Er lächelte. „Ich habe mich wie ein Schuft benommen."

Rachael betrachtete ihn ebenso überrascht wie interessiert. „Du hast es endlich doch noch begriffen, nicht wahr?" Ihr weiches Lächeln nahm ihrer Bemerkung den Stachel.

„Ja, nun, du hast mir meine eigenen Taktiken vor Augen geführt. Ich habe meine Lektion gelernt."

Betont unschuldig senkte sie den Blick. „Und welche Lektion könnte das sein?"

„Ich sehe ein, dass ich mich auf dich gestürzt habe wie ein Seemann, der seit einem Jahr kein Land mehr gesehen hat. Ich war unverfroren, aufdringlich, widerlich. Zögere nur nicht, mich zu stoppen", schlug er vor, als würde er um Gnade bitten.

Sie dachte kurz nach. „Nein, das habe ich nicht vor. Dafür genieße ich deinen Anfall von Selbsterkenntnis viel zu sehr."

„Genauso wie du es genossen hast, mich heute Abend in meine Schranken zu weisen."

„Das habe ich, nicht wahr?"

„Oh ja. Du hast mich auf Hochtouren gebracht und ins Leere laufen lassen. Und du hast keinerlei Absicht, mich über die Türschwelle deines Apartments treten zu lassen, oder?"

„Du hast es erfasst, Seemann."

Grant schaute hinauf in den Nachthimmel, grinste und sah ihr in die Augen. Dann nahm er ihre Hände in seine und streichelte mit den Daumen ihre Finger. „Lass es mich mal so versuchen." Er machte eine Pause, dann sagte er weich: „Ich bin

Grant McGrory. Ich habe dich bei Karens und Sams Hochzeit gesehen. Ich habe seither immer wieder an dich denken müssen und würde dich wirklich sehr gern kennenlernen."

Oh, verdammt, dachte Rachael mürrisch, als sie in seine Augen sah. Warum musste er ausgerechnet jetzt, wo sie ihn genau da hatte, wo sie ihn haben wollte, so nett sein? Warum konnte er nicht einfach mit seiner Eroberungsstrategie fortfahren, sodass sie ihn nachher einfach vor ihrer Tür stehen lassen und sich selbst dazu gratulieren konnte, ihn letztendlich geschlagen zu haben?

Seine Augen wirkten so dunkel und aufrichtig. Es schien ihm wirklich leidzutun. Und das ließ sie einfach dahinschmelzen. Ihre Warnglocken schlugen laut Alarm. Sie sagte sich, dass sie ganz schnell umkehren, den Strand und die Holzstufen wieder hinaufrennen, sich ein Taxi schnappen und so weit wie möglich vor diesem Mann flüchten sollte. Und dennoch blieb sie stehen. Mit einem einzigen Blick und wenigen Worten hatte er es geschafft, den Kampf zu gewinnen, den sie geführt hatte, um seinem Charme und seiner Arroganz nicht zu erliegen. Heute Abend hatte sie es darauf angelegt, ihm mit provozierenden Andeutungen und frecher Anmache zu demonstrieren, dass auch sie dieses Spielchen beherrschte und es nach ihren eigenen Regeln spielen konnte. Regel Nummer eins: Bringe ihn so weit, dass er in die Knie geht. Regel Nummer zwei: Lass ihn dann frustriert stehen. Regel Nummer drei: Sag ihm Auf Wiedersehen.

Seit drei Jahren hatte sie sich von solchen Verwicklungen ferngehalten, indem sie sich in ihre Arbeit gestürzt und einen eisernen Willen entwickelt hatte, sich niemandem zu öffnen. Und dennoch stand sie jetzt hier, sah auf ihre miteinander verschränkten Hände und dann wieder in seine Augen. „Hallo", flüsterte sie und warf in einem verrückten Moment sämtliche Verteidigungsmechanismen über Bord, die sie sich zugelegt hatte, um nicht Hals über Kopf in eine unglückliche Liebesbeziehung zu stolpern. „Ich bin Rachael. Und ich denke, dass ich dich vielleicht auch gern kennenlernen würde."

7. KAPITEL

Heute Abend schon wieder?" Sylvie hob gespannt die Augenbraue, als sie sich in den Stuhl gegenüber Rachaels Schreibtisch setzte. Sie betrachtete ihre Fingernägel. „Was wird das denn? Drei Mal in dieser Woche?"

„Zwei Mal", korrigierte Rachael sie. „Und ich wusste nicht, dass du mitzählst."

„Süße, jedes Mal, wenn dieser Mann anruft oder mit diesem unwiderstehlichen Lächeln hier auftaucht, kann ich mitzählen, wie mein Herz schlägt."

Okay, dachte Rachael. Die Sache geriet außer Kontrolle. Seit dem Abend im „Mara Lago" und ihrer Unterhaltung am Strand waren zwei Wochen vergangen. Sie wusste nicht, wie Grant es schaffte, einfach alles stehen und liegen zu lassen und von Miami nach West Palm zu fliegen, wann immer sie Zeit für ihn hatte. Sein Privatjet war da hilfreich. Und sein Geld. Doch beides erinnerte sie auch fortwährend daran, dass sie Welten trennten. „Du bauschst die Angelegenheit viel zu sehr auf. Wir unternehmen einfach gern etwas zusammen", versicherte Rachael Sylvie. Und das war auch alles, was bislang zwischen ihnen passiert war. Darauf hatte sie bestanden.

Bei dem langen Spaziergang am Strand in dieser Nacht hatte sie wider besseres Wissen zugestimmt, ihn näher kennenzulernen. Aber als er sie vor ihrer Apartmenttür abgesetzt hatte, hatte sie noch eine Bedingung gestellt. „Wir müssen feste Grundregeln haben", hatte sie gefordert, als sie die Tür aufgeschlossen und gespürt hatte, dass er sie mit seinen dunklen Augen beobachtete.

Grant hatte ihre Schultern umfasst und sie zu sich herumgedreht. Seine Hände hatten sich warm und kräftig auf ihrer Haut angefühlt. Und sie hatte sich so danach gesehnt, dass er ihr mit seinen Händen über die Arme strich und sie ihr um die Taille legte.

„Grundregeln?", hatte er irritiert gefragt.

„Ich habe dir ja schon gesagt, Grant", hatte sie so entschlossen wie möglich begonnen, „dass ich mich mit Beziehungen schwertue. Lass uns erst gar nicht versuchen, eine Beziehung anzustreben. Ich will sichergehen, dass uns beiden eines ganz klar ist: Wenn es so weit ist, dass einer von uns Schluss macht, wird der andere es hinnehmen und einfach gehen. Es wird keinen Streit, keine Verletzungen und kein böses Ende geben."

Seine Augen hatten sich verdunkelt. Er fühlte sich zugleich herausgefordert und verwirrt. „Was macht dich so sicher, dass irgendwann Schluss sein wird?"

Diese Frage war für Rachael leicht zu beantworten gewesen. „Weil es immer so ist."

Lange hatte er ganz offensichtlich verwundert ihr Gesicht betrachtet. Aber er hatte nicht widersprochen und sie auch nicht gefragt, warum sie schon ans Ende dachte, bevor sich etwas zwischen ihnen entwickelt hatte. Er hatte nur ihre Schultern gedrückt und gesagt: „Lass es uns langsam angehen und sehen, wohin es führt, okay?"

„Und was ist, wenn es nicht in die Richtung geht, die dir vorschwebt? Was ist, wenn ich sage, dass ich immer noch nicht sicher bin, ob ich mit dir schlafen werde?" Sie hatte angenommen, dass diese Frage ihn ärgern würde, und hatte gespannt den Atem angehalten.

„Ich würde sagen, dann werde ich einfach so lange warten, bis du einen Entschluss gefasst hast."

Rachael hatte ihm verwirrt in die Augen gesehen, denn sie hatte keine Ahnung, was diesen Mann antrieb. „Ich war noch nicht einmal nett zu dir. Warum willst du das tun?"

„Du hast recht. Du bist nicht nett gewesen." Grant hatte den Mund zu einem wundervollen, zugleich provozierenden und geduldigen Lächeln verzogen. „Stell dir nur einmal vor, was alles möglich sein wird, wenn du dich endlich zu der Erkenntnis durchringst, dass ich gar kein so schlechter Typ bin."

Sie hatte sein Gesicht gemustert und sich gefragt, wer dieser Mann eigentlich war.

„Doch du musst mir ein Zeichen geben."

Sein sanfter Blick hatte sie noch stärker aus der Fassung gebracht. „Ein Zeichen?"

„Wenn du dich dafür entschieden hast, dass ich mit dir Liebe machen kann."

Grant hatte sie erneut überrascht. Sie war davon ausgegangen, dass er sie drängen würde. Und dass er sagen würde: „He, ohne Sex geht es mit uns nicht weiter." Das war eine unausgesprochene Bedingung jede ihrer bisherigen Beziehungen gewesen. Aber Grant und sie hatten ja keine Beziehung, sagte sie sich dann. Rachael hatte nicht anders gekonnt, als sich auf die Zehenspitzen zu stellen, mit den Fingerspitzen sein markantes Kinn zu berühren und ihn zu küssen. „Glaub mir", hatte sie geflüstert und sich gezwungen, aus dem kurzen Kuss nicht ein langes sinnliches Vergnügen zu machen, „du wirst sehr gut merken können, ob und wann ich so weit bin." Und bevor sie in ihr Apartment gegangen war, hatte sie noch hinzugefügt: „Gute Nacht, Grant. Und danke für die Einladung ins ‚Mara Lago'."

Er hatte die Hände in die Taschen gesteckt. „Es war mir ein Vergnügen." Und als sie die Tür schloss, hatte er immer noch dort gestanden und sie mit forschendem Blick beobachtet.

„Hier ist Houston. Gibt es ein Problem?"

Rachael zwang sich in die Gegenwart zurück und bemerkte, dass Sylvie sie amüsiert anschaute. „Nein, es gibt kein Problem."

„Dann läuft also alles glatt?"

„Mach nicht mehr daraus, als es ist", wiederholte Rachael. Ganz offensichtlich interpretierte Sylvie zu viel in ihre Verabredungen mit Grant hinein. Rachael war dazu bestimmt, ihren Weg allein zu gehen. Diese Lektion hatte sie schon früh gelernt. Von ihrem Vater und ihrer Mutter. Und ihrer eigenen Unfähigkeit, Bindungen zu Männern einzugehen. Sie konnte ihnen einfach nicht das geben, was sie brauchten. Jedes Mal wenn Grant mit ihr ausgegangen war, hatte sie sich diese Tatsache vor Augen halten müssen. „Mach nicht mehr daraus, als es ist" war ihr Mantra geworden, um sich daran zu erinnern, dass sie die Zeit mit diesem Mann einfach nur genießen sollte, ohne von mehr zu träumen.

Es bedeutete überhaupt nichts, dass sie beide dieselbe Musik, dieselben Filme, Fast Food und das ‚Mara Lago' mochten.

Ebenso wenig hatte es zu bedeuten, dass er sie zum Lächeln brachte, Rücksicht auf ihre Wünsche nahm und sie nicht drängte, mit ihm ins Bett zu gehen. Die Wahrheit war – und Rachael war deswegen ein bisschen ärgerlich auf sich selbst –, dass sich ein Teil ihres Ichs wünschte, Grant würde etwas mehr sexuelles Interesse zeigen. Sie schien nicht zu wissen, was sie wollte. Er war der perfekte Gentleman gewesen und hatte es bisher immer bei einem züchtigen Kuss auf die Wange belassen, wenn er sie zu ihrer Apartmenttür begleitet hatte.

Und das hatte sie doch so gewollt, oder? Kein Druck und keine Komplikationen. Als das Telefon klingelte, war sie dankbar für die Ablenkung. Zumindest bis Sylvie ihr ankündigte, dass Mrs Buckley am Apparat war, und ihr den Hörer reichte.

Rachael unterdrückte ein Stöhnen, hörte dann aufmerksam zu und machte sich Notizen, als Mrs Buckley noch einige Änderungswünsche zu den Arrangements für die Hochzeit ihrer Tochter ankündigte.

Sie sieht aus wie eine Nixe, dachte Grant. Er betrachtete Rachael, die auf dem Vorderdeck saß und sich an der Klampe des Segelboots festhielt, das er für den Nachmittag gemietet hatte. Wie ein mystisches Geschöpf aus einem Märchen oder den nächtlichen Träumen eines einsamen, aber sehr romantischen Seemannes.

Grant war wie gebannt. Seit der Nacht am Strand, als sie eingewilligt hatte, noch einmal von vorn anzufangen, sah er Rachael in einem anderen Licht. Er hatte oft darüber nachgedacht, was sie dazu veranlasst hatte, schon von einem Ende ihrer Beziehung ohne Bedauern und böse Worte zu reden, bevor sie überhaupt etwas miteinander angefangen hatten. Und warum sie sich dessen so sicher gewesen zu sein schien, dass sie sich trennen würden. Aber heute genoss er einfach nur den Tag und freute sich, sie ansehen zu können.

Trotz des strahlenden Sonnenscheins war Rachael immer noch durchnässt, denn er hatte das Boot kentern lassen und hoffte, dass sie sein Täuschungsmanöver nicht durchschaut hatte. Der Wind blies ihr das nasse Haar aus dem Gesicht. Die

Sonne und die Aufregung sorgten dafür, dass ihre Wangen gerötet waren. Und ihr staunender Gesichtsausdruck entlockte ihm ein Grinsen.

„Das ist wirklich wundervoll!" rief sie über das Rauschen des Windes hinweg, als sie über den Lake Worth segelten.

„Vor fünf Minuten, als du im Wasser gelandet bist, hast du das nicht gesagt", erinnerte er sie und bemerkte vergnügt, wie sie rot wurde, dann lachte und über den See schaute, als würde sie ihn zum ersten Mal sehen.

Sie hatte wirklich Sportsgeist bewiesen, denn er hatte das kleine Segelboot schon zwei Mal zum Kentern gebracht, seit sie vor ein paar Stunden ihren Segeltörn gestartet hatten. Das erste Mal war es ein Missgeschick gewesen. Er war schlichtweg zu sehr damit beschäftigt gewesen, Rachael anzuschauen. Beim zweiten Mal hatte er es mit Absicht getan, weil ihm die Rettungsaktion beim ersten Mal so sehr gefallen hatte. Sie hatten sich beide an dem gekenterten Boot festgehalten. Grant hatte seine Arme um Rachael gelegt, um sie abzusichern, wobei sich ihre nackten Beine berührt hatten. Und dann hatte er natürlich auch einen guten Grund gehabt, ihren kleinen süßen Po zu umfassen und sie ganz langsam mit einem Schubs zurück ins Boot zu verfrachten.

Du bist krank, McGrory. Wie ein Schuljunge erschleichst du dir eine Berührung, hatte er gedacht. Aber er hatte gegrinst, als er das Segel wieder gesetzt hatte. Bei Rachael fühlte er sich wie ein Schuljunge, so nervös und aufgeregt war er. Aber er wollte bei dieser Frau einfach nichts verkehrt machen. Sie wurde zunehmend lockerer, war aber immer noch reserviert. Und er wurde einfach das Gefühl nicht los, dass ihr irgendjemand einmal böse mitgespielt hatte.

Und Rachael, ob mit Absicht oder nicht, ließ ihn leiden. Er hatte noch nie eine so keusche Beziehung zu einer Frau gehabt. Obwohl Sex nicht das Einzige war, das für ihn zählte, war die körperliche Anziehung zwischen ihnen so stark, dass er darauf brannte, endlich mit ihr zu schlafen. Er genoss es unglaublich, mit ihr zusammen zu sein. Sie hatte Sinn für Humor, teilte seine Leidenschaft für Filme und Musik und war auch sehr schnell für einige seiner Lieblingssportarten, wie etwa Tauchen, Kajakfahren und Segeln, zu begeistern gewesen.

„*Wie* lange lebst du schon in Florida? Und du hast wirklich noch nie zuvor gesegelt?“ Das gehörte zu den Dingen, die ihn wirklich erstaunten. Rachael war als kleines Kind mit ihrer alleinstehenden Mutter von Ohio nach Florida gezogen und hatte diese Fun-Sportarten unter freiem Himmel noch nie ausprobiert. Den spärlichen Informationen nach zu urteilen, die er ihr entlockt hatte, gönnte sie sich nur wenig Spaß im Leben. Und sie gab unglaublich wenig von sich preis. Sie lebt sehr zurückgezogen, dachte Grant und beobachtete, wie sie sich eine flatternde Haarsträhne aus dem Gesicht strich. Sein Herz setzte kurz aus, um dann nur noch schneller zu schlagen, als sie den Arm hob, um ihr Haar zurückzuhalten. Denn dabei bog sie sich so anmutig zurück, dass ihre hübschen Brüste sich unter dem nassen schwarzen Badeanzug deutlich abzeichneten.

Bei dem Anblick lief ihm das Wasser im Mund zusammen. Er wollte ihre Brüste mit Mund und Zunge liebkosen und dann ihren übrigen Körper. Die Frau war unglaublich gut gebaut. Sie war klein, zierlich, schlank. Grant hatte schon vor dem heutigen Tag immer wieder von ihrem reizvollen Körper geträumt. Aber heute hatte Rachael etwas Besonderes an sich. Sie war entspannt und schön. Und am verblüffendsten war, dass sie offenbar gar nicht ahnte, wie verlockend sie war. Und dass ihn allein der Gedanke verrückt machte, sie würde sich ihm ganz hingeben. Lust durchzuckte ihn wie ein Stromschlag. Irgendwann fing ein Mann an, darunter zu leiden, abends lediglich mit einem Küsschen auf die Wange verabschiedet zu werden.

Und er sah im Moment nur eine Möglichkeit, sich etwas Linderung zu verschaffen. Er zog am Segel und ließ das Seil los. Postwendend landete er wieder gemeinsam mit ihr im Wasser.

„Hoppla“, sagte er, als er auftauchte und Rachael direkt vor ihm an die Oberfläche kam.

Sie lachte und strich sich mit einer Hand das nasse Haar aus dem Gesicht, während sie sich mit der anderen am umgekippten Boot festhielt. „Entweder bist du im Segeln wirklich sehr gut oder wirklich ganz schlecht", meinte sie und überraschte ihn damit, dass sie ihm mit den Fingern die Haare aus der Stirn strich. „Ich habe mich noch nicht entschieden."

Grant nutzte eine heranrollende Welle aus, um Rachael näher zu kommen, bis sich ihre Oberkörper schließlich fast berührten. Ermutigt durch den Ausdruck in ihren Augen und ihre Hand, die jetzt auf seiner Schulter lag, glitt er noch näher zu ihr heran. „Man kann sich schon fragen, ob ich eigentlich weiß, was ich tue, oder?", murmelte er und war wie gebannt von dem plötzlichen Feuer in ihren Augen.

„Wenn ich es mir recht überlege ...", flüsterte sie, als er einen Arm um sie schlang und sie so eng an sich zog, dass sich im kühlen Wasser ihre Oberschenkel berührten, und er die weiche Wölbung ihrer Brüste an seiner nackten Haut spürte, „... denke ich, dass du ganz genau weißt, was du tust."

Er sah ihr forschend ins Gesicht, ließ den Blick zu ihren Brüsten wandern, presste Rachael an sich und schluckte dann schwer. „Ja, das kann gut sein." Und dann küsste er sie. Und zwar auf eine Weise, wie er sie bereits küssen wollte, seit er sie damals bei ihrem spontanen Fast-Food-Picknick zum ersten Mal geküsst hatte. Fordernd, forschend, mit unverhülltem Verlangen.

Rachael war nass und ihre Lippen waren kühl. Aber ihr Mund war heiß. Bereitwillig ging sie auf sein Zungenspiel ein und zeigte ihm ohne Worte, dass ihr Verlangen ebenso groß war wie seines.

Mit einem leisen Stöhnen ließ Grant das Boot los und schlang beide Arme um sie. Dann bahnte er sich mit einer Hand den Weg nach unten, fuhr unter ihren Badeanzug und umfasste ihren nackten Po. Als sie ihr Bein um seine Hüfte legte, presste er sie an sich, sodass sie seine Erregung hautnah spüren konnte. Und dann küsste er sie mit einer Leidenschaft und Gier, die ihm ganz sicher Angst gemacht hätte, wenn er einen klaren Kopf behalten hätte. Er hörte ein leichtes Gurgeln, als ihre Köpfe langsam unter Wasser sanken. Aber dass er im Begriff war, sie beide untergehen zu lassen, registrierte er erst, als Rachael anfing, ihn heftig von sich zu stoßen. Er packte sie bei der Taille und brachte sie beide mit einem schwungvollen Beinschlag wieder an die Wasseroberfläche, wo sie nach Luft schnappten.

„Es tut mir leid. Bist du in Ordnung?“ Er hielt sie fest und legte seine Hand um ihr bleiches Gesicht.

„Ich denke, das hängt ganz davon ab, ob …“

„Ja?“

„Davon, ob du jetzt noch so weit schwimmen kannst.“ Rachael deutete mit dem Kopf in die Richtung hinter ihm.

Grant wandte eilig den Kopf. Ihr Boot, die „Sunfish“, war weit abgetrieben, während er seiner Begierde nachgegeben hatte. Er strich sich die Wassertropfen vom Gesicht. „Bei einer Verabredung mit mir hat man wirklich seinen Spaß, nicht?“, bemerkte er voller Selbstironie.

Rachael sah ihm zögernd in die Augen, machte sich dann von ihm los und schwamm zu dem gekenterten Boot.

Er beobachtete, wie sie mit langen, kräftigen Zügen durchs Wasser glitt, und fragte sich, was dieser Kuss bedeutet hatte. Und der Ausdruck in ihren Augen. Wusste er wirklich, worauf er sich bei dieser Frau eigentlich einließ? Sie machte ihn verrückt. Schon mit einer unschuldigen Berührung. Und mit diesen unergründlichen und geheimnisvollen grünen Augen, in denen so viel Kummer offenbar wurde, von dem er sie liebend gern befreien würde. Aber er hatte auch den Verdacht, dass er eines Tages noch zu ihrem Kummer beitragen könnte. Und das machte ihn ärgerlich auf ihn selbst. Und auf den Mann, der sie verletzt hatte.

Was willst du von ihr? fragte er sich, als er begann, ihr zu folgen. *Was willst du wirklich?* Ich will sie für immer, sagte eine kleine Stimme in ihm, und das ließ bei ihm sämtliche Alarmglocken schrillen. Für immer – das war nicht möglich. Es gab nur eine Frau, bei der er jemals an ewige Liebe gedacht hatte. Und die war für ihn unerreichbar.

Später, nachdem Grant sie an ihrem Apartment abgesetzt hatte, stand Rachael unter der Dusche und wusch sich das Seesalz und die Sonnenlotion von der Haut.

Sie dachte an Grants Geduld, seine Sanftheit und sein Lächeln, als er versucht hatte, ihr die grundlegenden Techniken des Segelns beizubringen. Er hatte eine fast unendliche Geduld gezeigt, was sie viel liebenswerter fand, als gut für sie war. Da Geduld nicht gerade eine ihrer Tugenden war, war sie davon fasziniert. Ebenso wie von seinen Küssen, dachte sie und erschauerte unter der heißen Dusche. Sie spürte, wie sich Verlangen in ihr ausbreitete, das sie nur mühsam unter Kontrolle halten konnte. Sie hatte Grant immer noch vor Augen, wie er da auf der „Sunfish" gestanden und sein markantes Gesicht in den Wind gehalten hatte, während er geschickt das Segel gesetzt hatte. Seine gebräunte Haut und der schlanke, muskulöse Körper waren besonders zur Geltung gekommen, als er sich aus dem Wasser wieder ins Boot geschwungen hatte. Seine breiten Schultern, sein schwarzes nasses Haar, seine langen Wimpern – wie schön er doch war! Und wie wundervoll war es, als er sie küsste!

Rachael erinnerte sich an jeden Moment, den sie an diesem Tag mit ihm zusammen verbracht hatte. Und sie betete, dass sie genug Kraft haben würde, ihm weiterhin zu widerstehen. Denn sie wusste, dass es fantastisch mit ihm sein würde. Seine Küsse hatten ihr das anschaulich demonstriert. Er ließ sich offensichtlich gern Zeit, verführte raffiniert mit Lippen und Zunge. Und zeigte erst dann wirklich, wonach ihm der Sinn stand.

Und dennoch hat er mich nie gedrängt und nichts gefordert, dachte sie, während sie sich die Brüste einseifte. Sie erschauerte, als sie mit den Fingerspitzen über die zarten Knospen strich. Ihr wurde bewusst, wie sehr sie sich danach sehnte, dort seinen warmen Mund zu spüren. Der Kuss im Wasser war spontan gewesen. Grant hatte sie diesmal nicht in die Situation hineinmanövriert, wie er das bei ihrem ersten Kuss getan hatte. Es war einfach passiert.

Sie hielt noch einmal das Gesicht in den Duschstrahl, bevor sie das Wasser abdrehte. Dann wischte sie mit einem Handtuch den beschlagenen Spiegel ab und betrachtete ihr Gesicht. Trotz der leichten Sonnenbräune wirkte sie blass. Du bist willensschwach, sagte sie sich, als sie sich abtrocknete und dann ihre Haare föhnte.

Anschließend stützte sie sich auf ihren Frisiertisch und senkte geschlagen den Kopf. Sie würde mit ihm schlafen. Das nächste Mal, wenn er herkommen würde, um sie zu sehen, würde sie die Gelegenheit ergreifen. Einmal in ihrem Leben würde sie nicht an die Konsequenzen denken. Hitze breitete sich in ihrem ganzen Körper aus.

Rachael hatte sich noch nie so nach der Berührung eines Mannes gesehnt und sie so sehr gebraucht. „Sex", erklärte sie laut und straffte resolut die Schultern, „muss zu nichts anderem führen als zu mehr Sex." Sie erwärmte sich für dieses Argument. Sehr warm wurde ihr auch bei dem Gedanken, Grants Mund auf ihrem Körper zu spüren. Ihre Brustspitzen prickelten bereits bei der Vorstellung.

Sie wusste schließlich, worum es ging. Sie wusste, dass sie noch nie über Liebe geredet hatten. Und sie wusste auch, dass Liebe nur ein Gefühl war, auf das sie nicht zählen konnte. „Ja, das weiß ich ganz bestimmt", versicherte sie ihrem Spiegelbild und trug eine dezent duftende Lotion auf ihre von der Sonne noch warme Haut auf. Dann ging sie ins Schlafzimmer, um Slip und BH anzuziehen.

Was spielte es also für eine Rolle, dass sie ihn sehr mochte? Was machte es schon, dass er ihr zuhörte und ihr das Gefühl gab, dass er aufrichtig an ihrem Leben interessiert sei? Und daran, was sie dachte? Wenn er sie erst besser kannte, würde er dieses Interesse sehr schnell wieder verlieren. Oder besser gesagt, wenn er bemerkte, dass er sie niemals wirklich kennenlernen würde. Es war lange her, dass sie sich einem Mann hatte öffnen wollen und gedachte hatte, einem Mann ausreichend vertrauen zu können. Rachael wusste, dass sie Grant mit ihrer Weigerung, ihn an sich heranzulassen, schließlich vertreiben würde. So war sie einfach. Und sie hatte keine Ahnung, wie sie das ändern sollte, ohne sich zu verletzbar zu machen.

Früher einmal hatte sie an die Liebe glauben wollen und daran, dass sie die große Liebe finden würde. Aber sie hatte schon lange, bevor Grant McGrory auf der Bildfläche aufgetaucht war, akzeptiert, dass ihr das nicht passieren würde. Und falls sie sich irgendwelchen Illusionen wegen einer möglichen Beziehung mit Grant hingeben sollte, musste sie nur den Tatsachen ins Auge sehen. Wenn man einmal davon absah, dass sie beide Singles waren und es genossen, etwas zusammen zu unternehmen, hatten sie außer der körperlichen Anziehung nicht eine einzige Gemeinsamkeit. Grant lebte in Miami, hatte einen Privatjet und konnte sich, wenn man den Hochglanzmagazinen glaubte, vor Frauen kaum retten. Und er mochte das Leben, das er führte.

Weil Rachael nicht länger ihren trüben Gedanken ausgeliefert sein wollte, schnappte sie sich das Telefon und wählte Kims Nummer.

„Hallo", sagte sie, als Kim sich meldete. „Hast du Lust, mit mir ins Kino zu gehen?"

„Sicher", meinte Kim. „Welchen Film willst du sehen?"

Vor allem etwas, das sie nicht mehr an Grants zärtlich streichelnde Hände und seinen heißen Mund denken lassen würde. „Alles, wenn es nur kein Liebesfilm ist", antwortete sie. Ein Film, in dem am Schluss die Frau den Mann ihrer Träume bekam, war wirklich das Letzte, was sie sehen wollte.

8. KAPITEL

Mom würde stolz auf mich sein, dachte Grant frustriert eine Woche nach ihrem Segelabenteuer. Er war wieder in West Palm Beach, ungefähr zwanzig Schritte von Rachaels Schlafzimmer entfernt. Ihre Beziehung, die angeblich keine war, dauerte nun schon einige Wochen und war immer noch rein wie frisch gefallener Schnee. Tatsächlich täte ihm im Augenblick etwas Schnee ganz gut. Er könnte ihn brauchen, um sich abzukühlen.

„Ich habe keinen Merlot mehr, aber einen guten Pinot noir", rief sie von der Küche aus, wo sie mit Gläsern und der Flasche hantierte.

„Klingt gut."

Es war Freitag. Grant saß auf der Terrasse von Rachaels Apartment und blätterte in einem Roman, den er drinnen auf ihrem Tisch hatte liegen sehen. Er wartete darauf, dass Rachael sich zu ihm setzte. Nach ihrem Segeltörn letzte Woche hatten sie sich für ein Festival verabredet, das an diesem Abend draußen auf der City Place Plaza stattfinden würde. Er war bereits am Morgen hergeflogen, um einen Geschäftstermin wahrzunehmen – und war damit früher fertig geworden. Nachdem er im Hotel eingecheckt, geduscht und sich ein weißes Poloshirt, beigefarbene Shorts und Sandalen angezogen hatte, hatte er auf der Worth Avenue ein bisschen Zeit totgeschlagen. Aber dann hatte er es keine Minute länger ausgehalten und war einfach früher bei Rachael aufgetaucht, obwohl er wusste, dass sie gerade erst von der Arbeit gekommen war.

Sie war überrascht gewesen, als sie ihm vor einigen Minuten die Tür aufgemacht hatte. Ihn unerwartet vor sich stehen zu sehen hatte sie verunsichert. Das war gut so. Miss Matthews war seiner Meinung nach viel zu kontrolliert, und er glaubte, sie etwas durcheinanderzubringen täte ihr gut. Und es wäre vielleicht auch gut für ihn.

Grant mochte es, wie sie im Moment aussah. Ihren Blazer und den Schlips hatte sie bereits abgelegt, trug aber immer noch den

Rock und die weiße Bluse, bei der die beiden obersten Knöpfe offen standen. Allein das sollte seinen Puls eigentlich nicht zum Rasen bringen, aber es tat es. Gepaart mit dem Stückchen weiße Spitze, das aus dem Ausschnitt der Bluse hervorblitzte, bewirkten diese beiden im Grunde nicht sehr aufreizenden Elemente, dass er darauf brannte, auch noch die anderen Knöpfe ihrer Bluse zu öffnen.

Und das sagte eine Menge über seine momentane Verfassung aus. Seine Selbstkontrolle ließ allmählich nach. „Hast du vielleicht auch eine Kleinigkeit zu essen da?" Er musste einfach irgendetwas in den Händen haben, wenn Rachael zu ihm kam. Sonst würde er sie noch auf seinen Schoß ziehen und sie spüren lassen, wie sehr er sie begehrte. Wenn er ein Weinglas in der einen und etwas zu essen in der anderen Hand hätte, würde ihn das genug beschäftigen, um sich an ihre Bedingungen zu halten, was ihm immer schwererfiel.

„Ich kann dir Brie und Cracker anbieten!", rief Rachael von der Küche aus.

„Das reicht vollkommen."

Ja, er musste sich gewaltig zusammenreißen. Die vergangenen Wochen waren die spannendsten, amüsantesten, aufregendsten und sexuell frustrierendsten seines Lebens gewesen. Mit Rachael zusammen zu sein und sie nicht haben zu können brachte ihn fast um. Aber er musste auch zugeben, dass ihm gerade diese Wochen mit ihr ohne jeglichen Sex viel gebracht hatten. Er hatte Dinge über sie erfahren, die er wohl nie herausbekommen hätte, wenn er die meiste Zeit mit ihr im Bett verbracht hätte. Zum Beispiel, dass Rachael sehr sentimental war. Sie liebte spektakuläre Sonnenuntergänge und würde nie in ein Tierheim gehen, weil sie es nicht ertragen konnte, die vielen verlassenen Kätzchen und Hündchen zu sehen.

Und dann war da die andere Seite von ihr. Sie war in politischen Fragen sehr beschlagen und hatte über einige Themen hitzige Debatten mit ihm geführt. Sie arbeitete in ihrer freien Zeit ehrenamtlich in einem Frauenhaus, was ihn wirklich nachdenklich gemacht hatte. Was hatte sie wohl in ihrer Kindheit durchmachen müssen? Eines Tages würde er sie das fragen. In der Zwischenzeit würde er sich mit dem begnügen müssen, was sie ihm anvertrauen wollte. Bücher verschlang sie geradezu. Von Biografien über Sachbücher bis hin zu Liebesromanen. Rachael war ein Widerspruch in sich. Und aus irgendeinem Grund machte ihm das Regal mit den Liebesromanen Hoffnung.

Seit er ihr schön eingerichtetes Apartment gesehen hatte, war er auch zunehmend zu der Ansicht gelangt, dass sie im Grunde ihres Herzens ein sehr sinnlicher Mensch war. Sie mochte leuchtende Farben, weiche Stoffe, viel freien Platz, moderne Kunst, Duftkerzen, sündhaft süße Desserts und Salsamusik. Sogar hier draußen auf der Terrasse umgab sie sich mit allen möglichen anderen blühenden Pflanzen, die exotisch dufteten. Er konnte es kaum abwarten, bis sie ganz auftaute und ihm ihre sinnliche Seite zeigte.

Doch im Augenblick kam sie erst einmal zu ihm auf die Terrasse und stellte ihm wortlos eine Platte mit Käse und Crackern und ein Glas Wein hin. Als sie dabei versehentlich gegen seine Schulter stieß, schien es zwischen ihnen regelrecht zu knistern.

„Ist es auch wirklich in Ordnung, dass ich zu früh gekommen bin?“, fragte er, als sie eilig Abstand einlegte. Hatte sie das Knistern auch gespürt?

„Na klar. Ich werde nur schnell unter die Dusche gehen, wenn es dir nichts ausmacht, etwas zu warten.“

Ihre heisere Stimme setzte ihn unter Strom. Genauso wie die Vorstellung, dass sie ihren Rock und die Bluse ausziehen und dann unter der heißen Dusche stehen würde. Wenn er daran dachte, wie das Wasser wie ein Sturzbach zwischen ihre eingeseiften Brüste und dann über ihren Nabel und weiter nach unten laufen würde, spannte sich jeder Muskel seines Körpers an. Er sah nicht hoch. Das traute er sich nicht, weil er Angst hatte, dann nicht die Finger von ihr lassen zu können. „Gut. Lass dir nur Zeit.“

Er trank einen großen Schluck Wein, als er sie mit bloßen Füßen über den Küchenfußboden laufen hörte. Dann steckte er sich einige Cracker in den Mund. Es musste etwas passieren. Und zwar bald. Sonst würde er den Verstand verlieren.

Rachael stellte die Dusche ab, griff nach einem Handtuch und wickelte sich darin ein. Ihr Herz klopfte in schnellem und hartem Rhythmus, was so gar nicht zu der lateinamerikanischen Gitarrenmusik passte, die sie im angrenzenden Schlafzimmer aufgelegt hatte, bevor sie ins Bad gegangen war. Ihre Knie waren weich, als sie vor dem Spiegel stand und an den Mann dachte, der auf der Terrasse auf sie wartete.

Dunkle Augen, ein schlanker muskulöser Körper, kaum verhülltes Verlangen, das immer aufblitzte, wenn sie ihn ansah. Er wollte sie. Und – Fehler hin, Fehler her – sie wollte ihn. Obwohl sie bereits vergangene Woche entschieden hatte, dass sich in dieser Nacht die Dinge zwischen ihnen ändern würden, war es doch ein großer Schritt für sie. Sie hatte die ganze Woche Zeit gehabt, sich selbst davon zu überzeugen, dass sie eine körperliche Beziehung mit diesem attraktiven, aufmerksamen Mann genießen konnte. Und dann, wenn es zu Ende gehen würde, ohne Bedauern mit ihm Schluss machen konnte.

Sie hatte schon alles perfekt geplant. Wenn Grant zur verabredeten Zeit geklingelt hätte, hätte sie ihm in ihrem mit Pailletten besetzten roten Kleid die Tür aufgemacht. Dann hätte er zweifellos mit einem Blick erfasst, was sie im Sinn hatte. Das wäre ein guter Auftakt gewesen. Aber leider war er zu früh aufgetaucht, und nun wusste sie nicht, wie sie am besten vorgehen sollte. Er würde ganz sicher nicht den ersten Schritt machen. Denn er war ein Mann, der sein Wort hielt. Bis auf den erregenden Kuss beim Segeln hatte er sich bislang ausnahmslos an ihre Regeln gehalten. Aber diese dummen Regeln hatten nur bewirkt, dass sie ganz verrückt vor Verlangen nach ihm geworden war.

Rachael trocknete sich ab und trug eine nach Melone und Erdbeeren duftende Lotion auf ihre Arme und Beine auf. Ihre feuchten Haare kämmte sie schlicht nach hinten. Dann schlüpfte sie in ihren grünen Seidenkimono. Sie verdrängte ihre Selbstzweifel und Ängste. Nach einem letzten Blick in den Spiegel ging sie aus dem Badezimmer, um sich der Sache zu stellen, die sie so sehr wollte.

Grant hörte, wie die Badezimmertür geöffnet wurde, und wappnete sich. Er konnte im Wohnzimmer, wo er seit einer Viertelstunde ruhelos umhergelaufen war, schon Rachaels Duft wahrnehmen. Er wusste nicht, was sie für eine Lotion aufgetragen hatte, aber sie duftete nach tropischen Früchten, und dieser Duft benebelte ihn. In seiner Fantasie, die er mit äußerster Anstrengung in Schach zu halten versuchte, malte er sich aus, wie er Mangosaft von Rachaels Brüsten leckte.

„Du überstehst das, McGrory“, murmelte er vor sich hin. Was purer Zweckoptimismus war, denn seine Erregung nahm von Minute zu Minute zu. Doch das ignorierte er und tat einfach so, als wäre er total in die Betrachtung des Ölgemäldes vertieft, das im Esszimmer hing. Es war lebhaft, kühn und sinnlich – wie Rachael.

Er warf einen Blick auf die Schale mit Früchten, die auf dem Tresen stand, der den Wohnbereich von der Küche trennte, und dachte an Sex. Bemerkte die Eiszange auf der Geschirrablage und dachte an Sex. Verdammt, dass er nun schon bei Küchenutensilien an Sex dachte, ging wirklich zu weit! Er drehte sich wieder um und erstarrte, als er hörte, dass Rachael mit bloßen Füßen über die Küchenfliesen lief.

„Grant?“

Eisern versuchte er daran zu denken, dass sie einen weiteren Abend ohne Sex verbringen und das Festival besuchen würden. Umgeben von unzähligen Leuten und auf einem öffentlichen Platz konnte man davon ausgehen, dass ganz bestimmt nichts zwischen ihnen beiden passieren würde.

„Bist du startklar?“, fragte er und drehte sich zu ihr um.

Als er sie sah, schien er den Boden unter den Füßen zu verlieren.

Nein, sie war ganz und gar nicht startklar. Sie trug einen grünen Morgenmantel. Und seiner Einschätzung nach sonst nichts. Das kühle glänzende Grün des Mantels entsprach genau dem Farbton ihrer Augen. Der Seidenstoff bedeckte Rachaels Oberschenkel nur bis zur Hälfte, was wie ein Aphrodisiakum auf Grant wirkte. Er schluckte, während sein Blick von ihrem

Oberschenkel zu ihrer Taille wanderte, wo der Mantel von einem Stoffgürtel zusammengehalten wurde, der jedoch so locker gebunden war, dass der V-Ausschnitt verführerisch tief ging und die Ansätze ihre Brüste ahnen ließ. Ihrer Brüste, die er sich in seiner Fantasie schon unzählige Male vorgestellt hatte. Volle Brüste, die nicht von einem BH gehalten wurden und bei jedem Schritt, den sie auf ihn zumachte, ganz leicht wippten, während sich die aufgerichteten Knospen unter dem Stoff abzeichneten.

Grant schluckte und konnte vor Lust kaum mehr klar denken. „Ich … Ich brauche ein wenig Hilfe", hörte er Rachael sagen, während das Blut in seinen Adern kochte. Er ballte die Hände zu Fäusten und zwang sich, den Blick von ihren Brüsten abzuwenden und in ihre grünen Augen zu sehen. Augen, in denen er versinken konnte. Und ein Körper, in dem er sich verlieren könnte.

„Hilfe?", brachte er schließlich heraus, aber es hörte sich eher wie eine Bitte an und nicht wie eine Frage.

„Ja, damit … Wenn du so freundlich wärst." Sie blieb neben dem Küchentresen stehen und hielt ihm die geöffnete Flasche mit der Lotion hin. Der Duft der Lotion und Rachaels eigener Duft brachten seine ohnehin schon überreizten Sinne noch mehr auf Touren. „Ich komme nicht an meinen Rücken", fügte sie hinzu.

Grant ging zu ihr, nahm mit tauben Fingern die Lotion aus ihrer Hand und beobachtete angespannt, wie sie begann, ihm ihren Rücken zu präsentieren. Sie ließ den Mantel von den Schultern gleiten und die samtige Haut ihres schmalen Rückens sehen, während er regungslos hinter ihr stand, obwohl er sich am liebsten auf sie gestürzt hätte.

Während Rachael mit einer Hand vorn den Mantel zusammenhielt, hob sie mit der anderen ihre feuchten Haare aus dem Nacken und sah ihn über ihre nackte Schulter hinweg an. Offenbar wartete sie auf seine Reaktion. „Grant?"

Er schluckte und musterte sehnsüchtig die Linie ihres Rückens, die Taille und ihre schmalen Hüften, die nur spärlich von grüner Seide bedeckt waren. Rachael sagte noch einmal seinen Namen, bevor er seine Stimme wiederfand. „Ja", erwiderte er mit heiserer Stimme.

„Nur falls es irgendwie nicht ganz klar ist – das Zeichen, dass ich dir geben sollte … nun, das hier ist es."

Sein Herz hämmerte wild. Dann lächelte er. Und sie erwiderte sichtbar erleichtert sein Lächeln. „Ja." Er räusperte sich und stellte sich ganz dicht hinter sie. Er schloss die Augen und atmete tief ein. Dann beugte er sich über ihren Nacken und berührte ihn zärtlich mit dem Mund. „Ich kann in deiner Nähe kaum denken, Rachael. Du machst mich verrückt."

„Ich komme mir auch ein bisschen verrückt vor."

Obwohl er förmlich nach ihr hungerte, bemerkte er, dass sie unsicher war. Und sein Beschützerinstinkt drängte ihn dazu, sein Verlangen zurückzustellen. „Bist du dir sicher, dass du es willst?", flüsterte er und betete im Stillen, dass sie mit einem Ja antworten würde. Denn er wusste, dass er nur so stark sein konnte, weil er wie berauscht von den Möglichkeiten war, die ihre Einladung enthielt. Rachael seufzte leise und lehnte sich an ihn, als er den Arm um ihre Taille gleiten ließ und sie sanft drückte. Er stellte die Flasche mit der Lotion auf dem Tresen ab, legte die andere Hand auf ihren festen Bauch und zog sie an sich.

„Ja, Grant. Ich bin sicher." In diesem Moment wusste sie, dass sie sich noch nie einer Sache so sicher gewesen war. Im festen Vertrauen darauf, dass sie sich richtig entschieden hatte, schloss sie die Augen. Jetzt, da Grant sie endlich in der Realität in seinen Armen hielt, überließ sie sich ganz dieser neuen Erfahrung.

„Es wird wunderbar mit uns beiden werden", wisperte er und überzog die Linie vom Nacken zur Schulter mit einer Spur heißer Küsse. Rachael erschauerte, und er barg das Gesicht in ihrem feuchten Haar. „Ich habe das schon so …" Er hielt inne, und Rachael konnte die Anstrengung erahnen, die ihn seine Zurückhaltung kostete. „Ich habe das schon so lange gewollt", sagte er mühsam beherrscht, während sie deutlich spüren konnte, wie groß und hart er geworden war.

Sie wollte sich in seinen Armen umdrehen, aber er hielt sie fest.

„Oh nein", flüsterte er. „Nun, da es endlich passieren wird, habe ich vor, mir sehr viel Zeit mit dir zu lassen. Wir haben keine Eile."

Rachael lachte nervös auf. „Da sprichst du aber nur für dich."

Er lachte leise. Sie spürte die Erschütterung an ihrem Nacken, den er liebkoste. Und sie erbebte erneut.

„Denkst du, ich will nach all der Zeit nicht, dass es unvergesslich sein wird? Ich werde dich ganz langsam lieben, okay? Ich werde deinem süßen kleinen Körper jede erdenkliche Reaktion entlocken. Und dann … Weißt du, was ich dann tun werde, Rachael?“

Seine Frage war eine süße erotische Drohung, und Rachael konnte es kaum erwarten, dass er sie wahr machte. Sie sog die Luft ein, als er die Sehne, die von ihrer Schulter zum Hals lief, mit kleinen Küssen bedeckte und anschließend zart mit der Zunge darüberstrich. „Ich … Ich fürchte mich, dich zu fragen.“

Mit seinen großen Händen umspannte er jetzt ihre Hüften und zog sie fest an seine Lenden. „Fürchte dich nur, Rachael Matthews. Fürchte dich sehr, denn wenn ich damit fertig bin, werde ich einfach wieder von vorn anfangen.“

Ihre Knie gaben nach, und Grant hielt sie mit der Hand, mit der er sie an sich presste, aufrecht. Mit der anderen strich er langsam über ihren Körper, fuhr über ihre Taille und dann zwischen ihren Brüsten entlang. Dann umfasste er ihr Kinn und bog ihren Kopf zurück, sodass sie ihn ansehen musste. Seine dunklen Augen glühten. Er senkte den Kopf und dann zog er sie mit seinem heißen wilden Kuss in einen Strudel der Leidenschaft hinein. Geschockt stellte sie fest, dass sie vor Lust fast verging.

Als Grant wieder den Kopf hob, atmete er schwer.

„Meine Güte!“, stammelte sie und musste sich ganz schnell am Tresen festhalten, weil ihre Beine sie nicht mehr trugen, als Grant sie losließ.

„Ich denke“, sagte er mit heiserer Stimme, griff erneut nach der Körperlotion und gab einen Klecks auf die Handfläche, „dass du gesagt hast, du würdest Hilfe brauchen.“

„Hm.“

„Ja“, murmelte er, und das Feuer in seinen Augen stand dem in ihren in nichts nach. „Ich auch. Und wir werden uns gegenseitig helfen. In aller Ruhe. Heb deine Haare für mich hoch, Rachael.“ Grant schaute ihr über die Schulter hinweg in die Augen.

Plötzlich wurde sie schüchtern, fühlte sich diesem Mann nicht mehr gewachsen, der mit einem einzigen Kuss bewirkt hatte, dass sie vollkommen dahingeschmolzen war. Doch sie tat, worum er sie gebeten hatte, und hob den Arm, während sie mit der anderen Hand den Mantel vor den Brüsten zusammenraffte.

Langsam trug er die kühle, exotisch duftende Lotion auf ihrem Nacken auf, ging zu der empfindsamen Stelle zwischen den Schulterblättern und massierte die cremige Flüssigkeit dann mit beiden Händen in die zarte Haut ihrer Schultern ein. „Hier?“, fragte er, während er die Partie rund um ihren Nacken liebkoste. Dann verstrich er die Lotion weiter bis zu ihrem Schlüsselbein, widmete sich auch hier ausgiebig jedem Zentimeter Haut, sparte ihr Dekolleté jedoch aus.

Rachael neigte den Kopf und seufzte, weil sie sich danach sehnte, dass Grant seine Hände tiefer gleiten ließ. Sie wollte, dass er ihre Brüste berührte und die Knospen streichelte, bevor er sie mit den Lippen reizte. Sie hatte sich in ihrem ganzen Leben noch nie so sinnlich, empfindsam und hingebungsvoll erlebt wie in diesem Moment. Er konnte alles mit ihr machen, wirklich alles. Und ihre einzige Reaktion darauf wäre die hilflose Bitte, niemals aufzuhören.

„So weich“, murmelte Grant, während er über ihre Haut strich. Nun wieder hoch zu den Schultern, die Nacken- und Schulterpartie entlang nach unten und dann langsam wieder hinauf. Sie genoss das Gefühl, seine Hände auf ihrem Körper zu spüren, genoss den kleinen Schauer der Vorfreude, der durch ihren Körper lief. „Heb deine Arme für mich hoch, Rachael.“

Sie schloss die Augen. Und ohne auch nur eine Sekunde an eine Weigerung zu denken, hob sie die Arme, legte sie über seine Schultern und verschränkte locker die Hände in seinem Nacken. Sie verschwendete keinen Gedanken daran, dass sie hier im hellen Tageslicht in ihrer Küche standen. Und auch nicht daran, dass sie fast ganz entblößt vor ihm stand, während er vollständig angezogen war. Ihr Morgenmantel stand offen. Die Schlaufe des Stoffgürtels hatte sich gelöst, und die Seide glitt wie kühles Wasser über ihre sensibilisierte Haut. Sie zitterte, als er mit den Händen ihre nackten Brüste bedeckte.

Rachael stöhnte vor Verlangen. Endlich berührte er sie. Mit den Handflächen umfasste er ihre Brüste und streichelte sie, wobei er die Knospen absichtlich ausließ, um die Spannung zu erhöhen. Es schien endlos zu dauern, bis er schließlich mit den Daumen die hoch aufgerichteten Brustspitzen zu reizen begann. Rachael erschauerte vor Lust. Ihre sinnlichen Empfindungen erfüllten sie so sehr, dass sie kaum merkte, dass Grant ihre Arme heruntergenommen hatte, damit er ihr den Mantel ganz abstreifen konnte. Dann streichelte er ihre Arme und legte die Hände wieder auf ihren Nacken.

„Ich liebe deinen Duft", wisperte er, und sie konnte nichts tun, als ihn dabei zu beobachten, wie er erneut Lotion auf seine Handflächen gab. „Und ich liebe es, wie du dich anfühlst", murmelte er und presste beide Handflächen auf ihre Brustspitzen.

Geschockt über die kühle Lotion auf ihren erhitzten Knospen, sog Rachael heftig die Luft ein. Und dann hatte Grant seine Hände überall. Er trug die Lotion auf ihren Brüsten auf, verstrich sie über die Rippen bis zur Taille und legte denselben Weg dann wieder zurück, widmete sich ihren Armen und dann erneut ihren Brüsten. „Fühlt sich das gut an?"

„Ich …"

Rachael fühlte sein Lächeln, als er spielerisch an ihrem Ohrläppchen knabberte. „Das nehme ich jetzt einfach einmal als ein Ja." Er presste seine heißen Lenden und seine harte Männlichkeit an ihren nackten Po, während er ihren Körper mit den Händen ohne Pause liebkoste, massierte und so unter Strom setzte, dass sie sehnsüchtig seufzte: „Oh, Grant …"

„Pst …" Sein Atem streifte ihren Nacken. „Lass es einfach zu. Ja, lass dich einfach ganz fallen." Mit einem Arm hielt er sie und umfasste ihre rechte Brust, die andere Hand ließ er weiter nach unten gleiten.

Rachael legte den Kopf zurück auf seine Schulter und befeuchtete ihre plötzlich trockenen Lippen, als er langsam und aufreizend in ihren Locken wühlte, bis sie vor Verlangen laut aufstöhnte. Sie bedeckte seine Hand mit ihrer und presste sie an sich. „Bitte", seufzte sie. „Bitte, bitte."

9. KAPITEL

Mit Rachaels Hand auf seiner gelangte Grant schließlich zu ihrem empfindsamsten Punkt, ließ den Finger darüber gleiten … Und stöhnte dann ebenso wie Rachael, als er sie mit unglaublicher Finesse liebkoste.

„Grant, ich kann nicht mehr …"

„Lass los. Ich will nicht, dass du dich zurückhältst." Sie spürte seinen Atem an ihrem Ohr, als er seinen Oberschenkel zwischen ihre Beine schob. „Du bist so schön, wenn du erregt bist. Komm einfach." Um sicherzugehen, dass sie es tun würde, streichelte er sie noch intensiver, bis sie laut aufseufzte.

Ihr Herz raste, und sie atmete heftig, während sie die Wellen der Lust auskostete. Die Heftigkeit ihrer Empfindungen nahm ihr alle Kraft, sie fühlte sich, als würde sie von einer Naturgewalt überrollt – einer Naturgewalt, der sie sich von ganzem Herzen überließ. Sie erlebte den längsten und schönsten Höhepunkt ihres Lebens und wusste, alle Worte der Welt würden nicht ausreichen, um ihre Gefühle zu beschreiben.

Während die Wellen der Lust langsam abebbten und Rachael allmählich wieder zu sich kam, hielt Grant sie einfach in seinen Armen.

„Wahnsinn!", stieß sie schließlich aus und lehnte den Kopf an seine Schulter.

Grant küsste sie auf die Schläfe. „Bist du okay?"

Rachael brachte ein schwaches Lachen zustande. „Ich bin weit mehr als nur okay. Und vollkommen egoistisch", fügte sie hinzu.

„Und wunderschön." Grant drehte sie in seinen Armen zu sich um. Sie legte die Hände auf seine Schultern, als er ihre Taille locker umfasste. „Hallo." Er beugte sich zu ihr und küsste sie zärtlich auf den Mund.

Nicht zum ersten Mal fragte sich Rachael, wer dieser Mann eigentlich war. Er hatte ihr ganz selbstlos die unglaublichste sexuelle Erfahrung ihres Lebens geschenkt und stand ganz unbekümmert vor ihr, obwohl er doch in Flammen stehen musste. Sie nahm ihn bei der Hand. „Komm“, sagte sie leise und führte ihn zu ihrem Schlafzimmer.

„Oh, das habe ich vor, Liebling.“ Grant grinste aufreizend. „Aber ich muss vorher noch eine Besorgung machen.“ Mit einem kummervollen Blick blieb er in der Tür ihres Schlafzimmers stehen. Und dann zog er sie in seine Arme, um sie leidenschaftlich zu küssen.

Nachdem er den Kuss beendet hatte und Rachael aus der nächsten sinnlichen Verzauberung wieder zu sich kam, wiederholte sie verständnislos: „Besorgung?“

„Du hast mich kalt erwischt, Rachael.“ Mit seinen großen Händen fuhr er über den Rücken, umfasste ihren nackten Po und presste sie an sich. „Ich bin nicht darauf vorbereitet.“

Sie löste sich von ihm, ging zu ihrem Nachttisch und holte eine Packung Kondome aus der Schublade.

Falls Grant durch ihre Voraussicht aus dem Konzept gebracht war, ließ er sich das nicht anmerken. Er grinste und zog eilig sein Hemd über den Kopf. Es folgten seine Sandalen, die Shorts und der Slip.

Rachael lächelte. „Oh. Du meine Güte!“ Und dann kreischte sie, als er mit einem Satz aufs Bett sprang, lachte, sie am Arm packte und neben sich zog.

„Dass wir uns viel Zeit dabei lassen, gilt jetzt nicht mehr, okay?“ Grant schnappte sich ein Kondom, riss die Verpackung mit den Zähnen auf und streifte sich den Schutz über, während in seinen Augen die Leidenschaft brannte.

„Okay.“ Rachael fuhr Grant durch die Haare und stöhnte, als er mit einem kraftvollen Stoß in sie eindrang, dann ihre Beine um seine Hüften legte und sie liebte, wie sie noch nie ein Mann geliebt hatte – pure männliche Begierde in perfektem Einklang mit ihrer tiefen Sehnsucht, ihn endlich ganz zu spüren und mit ihm eins zu werden. Kurz bevor sie von einem weiteren Höhepunkt durchzuckt wurde, seufzte sie: „Oh Grant, es ist so schön mit dir.“ Und dann konnte sie gar nicht mehr sprechen – die Wogen der Lust trugen sie beide davon.

Das nächste Mal ließen Rachael und Grant es langsam angehen. Und auch das Mal danach. Und es tat Grant wirklich gut, dass er die Selbstkontrolle der kühlen Rachael jedes Mal überwinden konnte.

Das Mondlicht schien durch das Fenster und tauchte das Zimmer und die Frau, die ausgestreckt auf dem Bauch in den zerwühlten Laken lag, in ein goldenes Licht. Abwesend warf er einen Blick auf die Uhr auf ihrem Nachttisch. Kurz vor drei. Seit dem letzten Mal, als sie sich geliebt hatten, war kaum eine Stunde vergangen. Und er wollte sie schon wieder – fast hatte er das Gefühl, ihr verfallen zu sein. Ihrem Anblick, dem Duft von Melonen und Blüten. Der Freude, sie zu spüren, und dem fabelhaften Sex mit ihr. Es war unglaublich. Er hatte gewusst, dass es mit ihnen beiden schön werden würde. Aber er hätte nie angenommen, dass es so fantastisch werden würde.

Im dämmrigen Licht betrachtete er Rachaels Gesicht. Und begriff plötzlich, welches Geschenk sie ihm gemacht hatte. Das war eine schwerwiegende Entscheidung für sie gewesen. Sie hatte ihm mehr als ihren Körper geschenkt. Und mehr als Sex. Großartigen Sex, dachte er, weil er die Erfahrung auch nicht nur einen Moment lang schmälern wollte. Besonders dankbar war er dafür, dass sie ihm vertraut hatte. Und wenn er in den letzten Wochen eine Sache über Rachael Matthews gelernt hatte, dann die, dass sie ihr Vertrauen nicht leicht verschenkte. Und deshalb fühlte er sich dazu aufgerufen, auch ihr etwas zu schenken. Etwas, das verdächtig nach einem Versprechen aussah.

Und genau diese Überlegung machte Grant stutzig. Was geht hier eigentlich vor? fragte er sich. Er dachte kurz an Tia – und dann bewegte sich Rachael und gab diesen leisen Laut von sich, der wie ein Schnurren klang und auf der Stelle wieder eine heftige körperliche Reaktion bei ihm hervorrief. Grants einziger Gedanke war, wie er ihnen beiden Vergnügen bereiten konnte.

Er ging hinter ihr auf die Knie, spreizte ihre Beine, zog sie zu sich heran und genoss das Gefühl, sie zu berühren. Sanft streichelte er ihren Rücken und liebkoste jeden Zentimeter ihrer Haut, bis Rachael müde die Hand hob, um sich eine Strähne ihrer zerzausten roten Haare aus dem schönen Gesicht zu streichen.

„Grant?“

Er beugte sich über sie, um sie zwischen ihren Schulterblättern zu küssen, fuhr dann mit der Zunge jeden einzelnen Wirbel entlang, bis er bei den beiden Grübchen rechts und links oberhalb ihres Pos angelangt war. Rachael bewegte sich unruhig, ließ es zu, dass er sie hochhob, bis sie vor ihm kniete. Ihr hübscher kleiner Po war so verführerisch, dass Grant den Kopf neigte, um ihn zu küssen.

„Wie ist es möglich, dass ich dich schon wieder so brauche?“, flüsterte er, nachdem er sich ein Kondom übergestreift hatte. Vor Lust stöhnend, glitt er schließlich von hinten in Rachael hinein. Er umklammerte ihre Hüften, um sie näher an sich zu ziehen, und sie krallte sich in den Laken fest und nahm ihn tief in sich auf.

Sein Herz war ganz von ihr erfüllt, und sein Körper brannte vor Verlangen, als er sich rhythmisch in ihr bewegte. Dann verlangsamte er das Tempo, bis sie kurz vor dem Gipfel war. Schließlich wurde er durch seine Begierde wieder so angefeuert, dass er sie beide mit harten, heftigen Stößen zum Höhepunkt trieb.

Hinterher bettete er Rachael erschöpft auf die Seite, legte sich hinter sie und nahm sie in die Arme. Er umfasste ihre Brust, barg sein Gesicht in ihrem Haar und versuchte, nicht über die Gefühle nachzudenken, die ihn bewegten.

Doch der Versuch schlug fehl. Diese Frau bedeutete ihm viel. Er respektierte sie. Und vor allem begehrte er sie. Und das war das Einzige, was wirklich infrage kam. Liebe war nicht vorgesehen. Das hatte er von Anfang an gewusst. Er liebte eine andere, und Rachael ließ sich erst gar nicht auf Beziehungen ein. Im Rhythmus ihres Herzschlags schlief er ein. Und versuchte das plötzliche Gefühl der Leere zu ignorieren, denn das wollte er erst gar nicht näher erforschen.

Es ist, als ob ein Damm gebrochen wäre, dachte Rachael am nächsten Morgen, als sie unter der Dusche stand und zwischen den Beinen ein leichtes Ziehen spürte, das eindeutig auf die gestrigen Aktivitäten zurückzuführen war. Ihre seit Jahren unterdrückte Sexualität war zum Leben erweckt worden. Sie hatte Dinge getan und um Dinge gebeten, von denen sie nicht einmal gewusst hatte, dass sie sie brauchte oder wollte. Denn Grant war ein sehr einfallsreicher Liebhaber.

Sie hatte sich im Bett noch nie so hemmungslos gehen lassen. Zugegeben, ihr Erfahrungsschatz war begrenzt, aber Grant hatte Sachen mit ihr gemacht, die sie rot werden ließen, als sie jetzt aus der Dusche stieg und vorsichtig ihren empfindsamen Körper abtrocknete. Bereute sie es? Nein. Sie hatte nur etwas Muskelkater, über den sie sich nicht beklagen wollte. Jeder Moment dieser Nacht war es wert gewesen. Und sie hatte keine Zeit mit der Überlegung verschwendet, wie es nach dieser Nacht mit ihr und Grant weitergehen würde. Sie hatte sich ganz auf den Moment und den Mann konzentriert, der ihr so viel Freude bereitete. Entschlossen, keinen dieser furchtbaren „Morgen danach“ zu erleben, zog sie ihren Morgenmantel an und ging in die Küche, wo es verführerisch nach Kaffee duftete.

Grant, der Kaffee gekocht hatte, wirkte noch ein bisschen verschlafen und sah zum Anbeißen aus. Er stand am Herd, blickte auf, als sie hereinkam und grinste. „Morgen“, sagte er weich. Seine Augen waren voller Fragen.

Rachael ignorierte die Tatsache, dass sie beim Blick in seine Augen fast dahinschmolz, ebenso wie den nagenden Schmerz, der sie davor warnte, sich zu sehr auf ihn einzulassen. Sie setzte sich auf einen der Barhocker an der Theke und nickte ihm dankbar zu, als er ihr einen Becher Kaffee hinstellte. „Auch dir einen schönen Morgen.“ Sie deutete auf den Herd. „Und du kochst auch?“

Er hielt einen Kochlöffel in der Hand und war nur mit seinem blauen Slip bekleidet, der lässig auf seinen schmalen Hüften saß. Grant wirkte sehr häuslich und sexy, als er nun zu ihr kam und ihr übers Haar strich. „Ich hoffe, du hast nichts dagegen. Ich sterbe vor Hunger. Und ich dachte, dass du auch hungrig sein könntest.“

„Lass mich mal überlegen. Habe ich etwas dagegen, wenn mir morgens frischer Kaffee serviert wird und ein toller Mann mir das Frühstück macht? Nein, kein Gedanke."

Grant beugte sich zu ihr und küsste sie. Es war ein sanfter, zärtlicher Kuss nach dem besten Sex ihres Lebens. Wie ihre Lippen waren auch seine noch etwas geschwollen, und sein Atem duftete leicht nach ihrer Zahncreme, nach Kaffee und Orangensaft. Rachael wurde es ganz heiß, und sie bog sich ihm unwillkürlich entgegen, als er mit der Hand unter ihren Seidenmantel fuhr, um ihre Brust mit einer solchen Zärtlichkeit zu umfassen, die ihr Tränen in die Augen trieb. „Bist du okay?", fragte er besorgt, als er die Hand wieder wegnahm.

Ich muss besser mit meinen Gefühlen zurechtkommen, dachte sie, als sie sich wieder aufrecht hinsetzte. „Mir ging es noch nie besser. Und dir?"

Er schenkte ihr nur ein umwerfendes Lächeln und wandte sich seinen Omeletts zu, zufrieden mit sich und der Welt.

Du wirst mir das Herz nicht brechen, Grant McGrory, sagte Rachael sich. Sie wusste schließlich, was sie tat.

„Was hast du denn am Wochenende vor?", fragte er beiläufig, als er das Omelett wendete und Brot in den Toaster schob. „Arbeitest du?"

An den meisten Wochenenden erledigte sie Arbeiten für „Brides Unlimited". Da sie aber die Möglichkeit in Erwägung gezogen hatte, dass Grant die Nacht bei ihr verbringen würde, hatte sie sich zumindest für heute nichts vorgenommen. „Eigentlich nicht."

Er nahm zwei Teller vom Regal. „Verbringe das Wochenende mit mir."

Rachaels Herz machte einen Sprung, doch dann erkannte sie, dass sie sich hier auf gefährliches Terrain begab. Ihr Verstand riet ihr, dass es wohl nicht die klügste Entscheidung wäre, Grants Einladung anzunehmen.

„Bitte", fügte er hinzu, stellte die Teller ab und kam wieder an ihre Seite. Er küsste sie erneut mit diesem zugleich festen und sanften Mund, mit dem er in der Nacht Sachen angestellt hatte, die ihr heute, am helllichten Tag, die Röte ins Gesicht trieben. Er strich mit den Lippen immer wieder über ihre, was eine ziemlich effektive Überredungsmethode war. „Bitte, bitte."

Diese beiden Worte sorgten schon wieder dafür, dass sie von einer Hitzewelle erfasst wurde. Er war einfach ein Bild von einem Mann. Die bronzefarbene Haut, der geschmeidige, muskulöse Körper und das tiefschwarze Haar ließen ihn wie einen irisch-lateinamerikanischen Rhett Butler wirken, der den Süden erobern wollte – oder in diesem Fall, den Quadratmeter Boden Floridas, auf dem sie gerade saß. Und er gehörte über das Wochenende ihr, wenn sie es wollte. Was gab es da noch zu überlegen? „Nun, da du so nett gefragt hast – ja."

Zum Dank küsste er sie und ließ sie etwas benommen zurück. Dann tischte er die Omeletts auf und setzte sich ihr zum Essen gegenüber. „Was würdest du gern unternehmen?"

Rachael probierte das Omelett und stöhnte begeistert. „Das hier aufessen", erwiderte sie und biss in den gebutterten Toast. „Es ist köstlich."

„Nach dem Frühstück, meine ich. Was würdest du gern tun?"

Als sie sich ein Stück nach vorn setzte, erinnerten sie gewisse Muskeln an ihre Liebesnacht. „Eine Fahrradtour und ein Ausritt scheiden auf jeden Fall aus."

Grant lachte und lächelte dann mitfühlend. „Wie wäre es, wenn wir den Tag mit einem langen heißen Bad in deiner Wanne beginnen?"

Als sie ihm in die Augen sah, hatte sich neben seinem Mitgefühl auch noch ein loderndes Feuer ausgebreitet. Sie versuchte, ganz ruhig zu bleiben. „So verlockend das auch klingt, wenn wir beide in der Wanne sind, wird kein Wasser mehr hineinpassen."

Er lächelte wieder. „Armes Baby. Wie wäre es dann, wenn ich dir ein Bad einlasse und du dich *allein* im heißen Wasser entspannst, während ich einige Telefonanrufe erledige?"

Rachael hätte auf der Stelle ihr Herz verlieren können. Und sagte sich, dass das jeder anderen Frau ebenso ergehen würde. Nachdem sie gegessen hatten und *er* die Küche aufgeräumt hatte, ließ er ihr ein heißes Bad ein, wobei er darauf achtete, dass es genau die richtige Temperatur hatte, gab duftendes sprudelndes Badesalz hinzu und half Rachael dann in die Wanne. Zum Abschluss küsste er sie so heiß, dass sie wieder erregt war, und erst dann ging er aus dem Zimmer.

Sie erging sich gerade in wilden Liebesfantasien, als er wieder den Kopf zur Tür hereinstreckte, sein Handy am Ohr. „Wie viel Zeit kannst du für mich erübrigen?“, fragte er.

Sie blinzelte. „Bis Montagmorgen?“

„Kannst du Montagmittag daraus machen?“

Sie blinzelte erneut. Blitzschnell ging sie im Geist ihren Terminplan durch und fragte sich, ob sie übergeschnappt sei. „Sicher“, sagte sie rasch, bevor sie es sich wieder anders überlegen konnte.

Er lächelte ihr zu, sagte etwas ins Handy und verschwand wieder.

Eine Stunde später hielt sie die Luft an, weil sie sich fast wie Alice im Wunderland fühlte. Sie saßen in Grants Privatjet und waren auf dem Weg nach Key West.

Das Wochenende verflog wie im Traum. Angefangen von Grants luxuriösem Privatjet bis hin zu dem unbeschreiblich schönen Sonnenuntergang am Mallory Square, wo Straßenkünstler die Passanten unterhielten und am rötlich gefärbten Horizont die Segeljachten und Luxusliner vorbeizogen, war es wie eine romantische Fantasie, die Wirklichkeit geworden war.

Sie aßen Cheeseburger bei „Jimmy Buffett’s Margaritaville“ in der Duval Street und probierten die Krebse bei „Crabby Dicks“. Am Sonntag verbrachten sie einige Stunden im Hemingway-Haus und gingen dann durch die bunten Straßen mit den unzähligen Geschäften. Erst am späten Nachmittag kehrten sie nach Key West zurück. Bis Sonnenuntergang faulenzten sie dann in Bikini und Badehose am Privatstrand vor McGrorys Haus, tranken Drinks mit Rum und tauschten lange heiße Küsse. Und in der Nacht hatten sie unglaublichen Sex miteinander. Es war perfekt. Die Sonne. Der Mann. Die Brandung.

Und dann war es, wie alle guten Dinge im Leben, irgendwann vorbei.

Während des Rückflugs am Montagmorgen ging Grant nach vorn, um sich mit dem Piloten zu unterhalten. Rachael blätterte ein Magazin durch und hielt sich die Tatsachen vor Augen. Es spielte keine Rolle, dass Grant sehr nett, freundlich, lustig und aufmerksam gewesen war und sie angesehen hatte, als wäre sie die einzige Frau auf der Welt. Und es spielte keine Rolle, dass er sie auf eine Weise geliebt hatte, die weit über rein körperliche Begierde hinauszugehen schien. Entscheidend war, dass ihr gemeinsames Wochenende nun bald vorbei sein und Grant dann nicht mehr bei ihr sein würde. Sie musste sich sagen, dass sie wahrscheinlich nur eine von vielen Frauen gewesen war, die er eingeladen hatte, mit ihm ein Wochenende im Paradies zu verbringen.

Rachael war sich darüber im Klaren, dass es dieses Paradies nicht wirklich gab, sondern dass es nur eine Illusion war. Die Realität sah so aus, dass entweder Grant sie verlassen oder sie ihn vertreiben würde. Und wenn die Zeit dafür reif wäre, würde sie es nicht zulassen, dass sie sein Herz an ihn verloren hatte.

„Also ...“, sagte Tony und grinste, als er mit Grant Montagabend an einem Tisch in der „Surf Club Bar“ in Miami Beach saß. „Ich gehe davon aus, dass es entweder um Autos, Geld oder Frauen geht.“

Grant musterte seinen Bruder, der im Gegensatz zu ihm das Ebenbild ihres Vaters war. Er hatte einen hellen Teint, schwarze Haare und eine bullige Statur. „Was? Kann ich mit meinem Bruder nicht einmal etwas trinken gehen, ohne dass etwas dahintersteckt?“

„Doch, das kannst du. Aber das hast du schon seit sehr langer Zeit nicht mehr getan.“

Während im Hintergrund auf einem Piano leise Jazzmusik gespielt wurde, starrte Grant auf seinen Scotch auf Eis. „Ja“, stimmte er schließlich zu. „Es ist zu lange her.“

Tony nickte nur und trank einen Schluck seines Whiskys. „Also, was gibt es, Bruderherz?“

Grant sah an Tony vorbei auf die lange Reihe der Likör- und Schnapsflaschen hinter der kunstvoll verzierten Bar. „Wie hast du erkannt, dass es bei Tia Liebe war?"

Einen Moment lang schwieg Tony. Er setzte sich im Stuhl zurück und sah Grant scharf an. „Willst du wissen, wie ich erkannt habe, dass ich mich in Tia verliebt habe, oder wie ich erkannt habe, dass *du* dich in sie verliebt hast?"

Grant starrte ihn entgeistert an. „Du hast es gewusst?"

Sein Bruder lachte. „Dass du in meine Frau verliebt bist? Oh ja."

„Und du hast mir keinen Kinnhaken verpasst? Warum?"

Tony zuckte die Achseln. „Weil du so ernsthaft bemüht warst, es dir nicht anmerken zu lassen und dich ehrenhaft zu verhalten. Und weil Tia mir die Hölle heißgemacht hätte, wenn ich das getan hätte. Und …"

„Moment. Warte. Tia weiß es auch?" Grant hatte das Gefühl, als wäre ihm gerade der Stuhl weggezogen worden.

Wieder zuckte Tony die Schultern, als wolle er sagen: „Ich fürchte, ja." Er lehnte sich nach vorn. „Und ich habe nichts gesagt, weil ich wusste, dass du irgendwann herausfinden wirst, dass du nicht wirklich in sie verliebt bist."

Grant starrte seinen Bruder lange an. „Und warum hast du mich dann nicht an deiner weisen Erkenntnis teilhaben lassen?"

„Warum ich dich nicht habe wissen lassen, dass du nicht wirklich in sie verliebt bist? Hätte es irgendetwas genützt?" Tony schnaubte. „Nie im Leben. Erstens hättest du mir nicht geglaubt. Zweitens wärst du gekränkt gewesen und hättest dich noch weniger blicken lassen als jetzt schon. Und drittens wusste ich, dass du es eines Tages selbst herausfinden würdest. Und deinem Gesichtsausdruck nach zu urteilen, ist heute dieser Tag. Oder er ist jedenfalls verdammt nahe gerückt."

Oder verdammt nahe gerückt, dachte Grant, der total durcheinander war, weil er ständig an Rachael denken musste. Und nun sagte ihm sein Bruder, dass er schon die ganze Zeit über die Gefühle, die er für Tia hegte, Bescheid gewusst hatte. Und dass er sich diese Gefühle nur eingebildet hatte. Er kippte seinen

Scotch hinunter und hob das Glas, um dem Kellner zu zeigen, dass er noch einen Whisky wollte. Einen Moment später stand ein neues Glas vor ihm. „Es ist so ungeheuer verwirrend", gestand er ein und nickte dem Kellner dankbar zu, bevor er den amüsierten Gesichtsausdruck seines Bruders bemerkte. „Okay. Tu dir keinen Zwang an. Lach mich schon aus."

Tony grinste. „Oh, der Don Juan gibt klein bei. Es ist unterhaltsam, mitzuerleben, wie unser Traummann den Kopf verliert."

„Mach dich ruhig über mich lustig." Grant rieb sich das Kinn. „Ich denke, ich werde mich betrinken."

Sein Bruder zeigte nur wenig Mitgefühl. „Das könnte dir guttun. Nichts ist wirksamer als ein Kater, um einen Mann wieder zur Räson zu bringen. Und nur eine Frau bringt einen Mann dazu, sich zu betrinken. Also geht es um die schwer fassbare Rachael?"

Grant runzelte die Stirn. „Wie kann ich die ganze Zeit Tia lieben … Und dann einfach … Zum Teufel, was ist nur mit mir los?"

Der tiefe Seufzer Tonys sagte alles. Sein Bruder brauchte wirklich seine Hilfe. „Auch auf die Gefahr hin, zu analytisch zu klingen, zähle ich es dir noch einmal auf. Erstens liebst du Tia nicht wirklich. Du bist in die Vorstellung verliebt, sie zu lieben. Zweitens war es nur eine Frage der Zeit, bis irgendein süßes kleines Ding dir klarmacht, was dir fehlt. Und drittens warst du nie wirklich in Tia …"

„Sag es nicht", fiel Grant ihm düster ins Wort. „Ich bin noch nicht bereit, dir zu folgen."

„Also, wozu bist du bereit?"

Total verwirrt starrte Grant in die Luft. „Ich weiß es nicht. Ich kann es nicht herausfinden. Ich werde nicht aus Rachael schlau. Ich mag sie sehr. Ich respektiere sie. Sie ist witzig und gescheit und hat einen so verdammten Dickkopf, dass es mich ganz verrückt macht."

„Ich denke, sie macht dich noch aus einem ganz anderen Grund verrückt."

Grant legte den Kopf zurück und sah wortlos an die Decke. Oh ja. Sie machte ihn mit ihrer hemmungslosen Leidenschaft fast wahnsinnig.

„Also bist du auf ein heißes kleines Weib scharf. Das wird vorbeigehen."

Sofort warf Grant seinem Bruder einen eisigen Blick zu.

Der Schuft lachte. „Oh Mann. Hab ich mich etwa falsch ausgedrückt?"

„Du hast mich hereingelegt." Grant musste grinsen.

„Ja, das habe ich. Du bist so leicht zu durchschauen. Diese Frau bedeutet dir sehr viel. Du hast nur noch nicht herausgefunden, wie du damit umgehen sollst."

„Vor allem weiß ich nicht, wie ich mit *ihr* umgehen soll. Sie will keine Beziehung und arbeitet sehr hart daran, gefühlsmäßig Distanz zu wahren. Sie scheint entschlossen zu sein, unter Beweis zu stellen, dass wir nur körperlich voneinander angezogen sind."

„Und wie reagierst du darauf?"

„Da ich Angst habe, sie zu verschrecken, richte ich mich danach. Irgendein Idiot muss ihr sehr wehgetan haben. Und sie will sich keinem Mann mehr öffnen, um nicht wieder verletzt zu werden. Mich eingeschlossen."

„Und wirst du ihr wehtun?", fragte Tony nach einer langen Pause.

Grant trank sein zweites Glas aus. Ich hoffe nicht, dachte er. „Was ich tun werde, ist, ihr ein bisschen Freiraum zu lassen."

„Wirst du sie nicht mehr sehen?"

„Meine Güte, nein! Ich werde sie nur nicht bedrängen. Und vielleicht finden wir ja zusammen einen Weg, wenn wir es langsam genug angehen lassen." Das hoffte er zumindest. Genauso wie er hoffte, herauszufinden, wohin das Ganze dann führen würde.

10. KAPITEL

Der Mondschein sorgte für ein mitternächtliches Wechselspiel zwischen Licht und Schatten auf den zerwühlten Laken. Durch das offene Fenster strömte von der Terrasse aus Blumenduft in Rachaels Schlafzimmer.

„Das war kein Witz." Rachael schnappte nach Luft. Eine tropische Brise kühlte ihre erhitzte Haut, als Grant befriedigt stöhnte und sich neben Rachael rollte.

„Was war kein Witz?"

„Dass du stark wie ein Bulle bist."

Er lag ausgestreckt auf dem Rücken neben ihr, lachte müde und klang geschmeichelt, selbstzufrieden und nicht annähernd so erschöpft, wie er es sein sollte. „Das, was ich noch versprochen habe, war ebenfalls ernst gemeint. Das Versprechen, dich zum Schreien zu bringen."

Oh ja. Auch die Einhaltung dieses Versprechens hatte ihr sehr gefallen. Und alles andere, was vorgefallen war, seit er um zehn Uhr bei ihr aufgetaucht war. Eine späte Verabredung am Freitagabend, zu der er zwei Portionen chinesisches Essen mitgebracht hatte. Und einen Hunger nach etwas, das – seinen Worten nach – noch viel köstlicher war als das tollste Essen.

Rachael streckte sich und seufzte. „Jetzt gibst du gerade ziemlich an, McGrory."

„Und du bist gerade ziemlich schön."

Sie drehte ihm den Kopf zu und begegnete seinem Blick. Der Ausdruck in seinen Augen war so zärtlich und ließ auf Gefühle schließen, die er unmöglich empfinden konnte. *Ich habe dich vermisst.* Ich liebe dich, schien er ihr lautlos mitzuteilen. Sie verdrängte den idiotischen Gedanken sofort wieder. Hier ging es nur um Sex. *Tollen* Sex. Das war das Arrangement, und mehr war nicht zu erwarten. Aber Grant hatte ihre Erwartungen durch die selbstlose Aufmerksamkeit in den vergangenen Wochen hochgeschraubt. Er hatte ihr jeden Wunsch erfüllt und war auf alle ihre Bedürfnisse eingegangen.

Und nun ließ er sie wieder ihre Vorsicht vergessen, als er

seine Hand auf ihren Bauch legte, sich auf den Ellbogen stützte, über sie beugte und das von weichen Locken bedeckte Dreieck zwischen ihren Schenkel streichelte. Rachael hob den Kopf und sah die Hitze in seinen Augen, als er ihren Körper von oben bis unten betrachtete, während er fortfuhr, ihre Haut mit Küssen zu bedecken.

Erstaunt blinzelte sie. „Schon wieder?"

Er lächelte. „Schon wieder."

Rachael lachte ebenso erschöpft wie entzückt auf. „Du kannst kein menschliches Wesen sein."

Grant ließ sich auf allen vieren nieder und lauerte wie eine kraftvolle Raubkatze auf der Jagd nach Beute über ihr. Dann senkte er über ihren Brüsten den Kopf und strich mit der Zunge über eine Brustspitze. „Dann kennst du mein Geheimnis."

„Dein Geheimnis?"

„Ich komme vom Planeten Luxor", murmelte er, während er sich ihrer anderen Brust widmete und so ihr Verlangen schürte, „einem weit von unserer Galaxie entfernten Stern, auf dem ich von klein auf darauf trainiert wurde, rothaarigen Frauen mit grünen Augen Vergnügen zu bereiten."

Sie lachte, schnappte dann Luft und stöhnte, denn er liebkoste mit Mund und Zunge ihre Brust, während er gleichzeitig mit dem Finger in sie eindrang und sie sanft reizte. „Gibt es dort noch mehr Exemplare deiner Art?"

Grant biss zärtlich zu und setzte dann wieder Lippen und Zunge ein. „Mehr kannst du gar nicht verkraften."

Rachael war sich noch nicht einmal sicher, ob sie mit *ihm* fertigwerden würde. Und im Moment wollte sie das auch nicht. Denn sie war mehr als zufrieden, dass er mit ihr beschäftigt war. Und er machte seine Sache wirklich gut. Mit seinem Mund neckte und liebkoste er sie, und mit seinen Fingern berührte er ihre empfindsamsten Stellen. Sie beobachtete mit vor Leidenschaft verschwommenem Blick, wie er sich wieder weiter nach unten bewegte, sich vor sie kniete und sich mit den Schultern zwischen ihre Beine drängte. Er sah ihr ins Gesicht, bevor er den Kopf neigte und den Mund auf ihren Venushügel senkte.

Als er dann die Augen schloss, hielt sie den Atem an. Er war so schön anzusehen mit seinen langen Wimpern und den hohen Wangenknochen, dass es fast schmerzte. Er genoss es sichtlich, sich mit der Zunge zu ihrem sensibelsten Punkt vorzutasten und sie langsam und gekonnt in Ekstase zu versetzen, wie Rachael es nie zuvor erlebt hatte.

„Grant", flüsterte sie und konnte an nichts anderes denken als an ihn. Selbstlos und so geschickt, dass Rachael die Worte fehlten, bereitete er ihr Vergnügen und entlockte ihr derart lustvolle Empfindungen, dass sie sich über sich selbst wunderte. Mit seiner Ausdauer und Raffinesse brachte er sie schließlich, wie versprochen, zum Schreien.

Als er sich wieder ihrem Gesicht näherte, waren seine Augen fast schwarz. Sie nahm sein Gesicht in ihre Hände und zog ihn näher zu sich heran. Dann küsste sie ihn und schmeckte ihn und sich. Und als er mit einer Bewegung tief in sie eindrang, überkam sie in diesem Moment das Gefühl, dass alles richtig und gut war.

Doch Rachael traute diesem Gefühl nicht. Und kurz bevor sie in dieser Nacht einschlief, erinnerte sie sich daran, dass alles, was zu gut zu sein schien, um wahr zu sein, sich in ihrem Leben bisher immer am Ende als Illusion entpuppt hatte.

„Mrs Buckley", begrüßte Rachael am Montagmorgen ihre Kundin am Telefon. Sie versuchte, nicht in Panik zu geraten, als Gweneth in letzter Minute noch weitere Änderungswünsche für die Hochzeitsfeier ihrer Tochter anmeldete. Denn bis zur Hochzeit nächsten Samstag waren es nur noch sechs Tage. „Wir müssen wirklich bis morgen jedes Detail fest zugesagt haben." Rachael unterdrückte einen Seufzer. „Ja. Bis morgen. Aber das ist wirklich kein Grund zur Panik. Alles ist unter Kontrolle. Trotzdem würde ich Ihnen gerne etwas vorschlagen. Warum kommen Sie heute Nachmittag nicht in mein Büro? Dann werden wir jedes Detail noch einmal durchgehen. Ich denke, Sie haben ein besseres Gefühl, wenn Sie alles noch einmal vor sich sehen mit allen Änderungen, die Sie vorgenommen haben." Mit allen fünfhundert Änderungen, dachte sie grimmig und presste die Fingerspitzen an ihre Schläfen, während Gweneth ihr antwortete.

„Ja, halb drei Uhr wäre perfekt." Rachael notierte kurz, dass Sylvie den Termin mit den Lundstrums verschieben musste. Und sie selbst musste etwas dagegen tun, dass sie immer wieder an Grant dachte und ihn im Geist vor sich sah. Grant nackt. Grant, wie er lachte. Grant, der sie im Bett mit Mangostücken fütterte und dann den Saft von ihren Brüsten, aus ihrem Bauchnabel und von ihren Beinen leckte.

„Wir werden jeden Punkt noch einmal überprüfen", sagte sie, sank dann aber ermattet in ihrem Stuhl zurück, als Gweneth Buckley eine weitere Änderung einfiel. „Natürlich sind zweihundert Tauben statt der üblichen zwei als Metapher für das vermählte Paar durchaus eine Möglichkeit", bestätigte sie zuckersüß. „Zweifellos erregt es mehr Aufsehen, zweihundert Tauben fliegen zu lassen. Doch auch die Schmetterlinge, die wir freilassen, werden spektakulär wirken", gab sie zu bedenken – ein Versuch, Mrs Buckley so taktvoll wie möglich von der Idee mit den Tauben abzubringen. „Denn dabei ist auch zu bedenken", fuhr sie fort, „dass zweihundert Tauben über ein enormes Potenzial verfügen, die Kleidung der Gäste zu beschmutzen."

Sie blinzelte ungläubig, als Mrs Buckley ihr kühl riet, dass sie einfach dafür sorgen müsse, dass so etwas nicht passieren würde. Wie bitte? Als ob es für diese Vögel Stöpsel gäbe und Rachael eigenhändig zweihundert Tauben damit ausrüsten könnte. Aber der Kunde hat immer recht, sagte Rachael sich während der nächsten zehn Minuten vor, bis Mrs Buckley endlich auflegte. Sie hoffte auf ein Wunder, das Gweneth doch noch von der haarsträubenden Idee mit den vielen Tauben abzubringen vermochte.

Als sie sich gerade wegen ihrer Kopfschmerzen die Schläfen massierte, kam Sylvie in ihr Büro, machte die Tür hinter sich zu und sah sie erwartungsvoll an.

„Was ist los?"

„Ich habe mich wirklich zurückgehalten, Rachael. Ich habe keine Fragen gestellt und nicht herumgeschnüffelt. Doch ich platze fast vor Neugier wegen Grant McGrory. Willst du nicht endlich erzählen, wie es zwischen euch läuft? Bitte.“

„Da gibt es nicht viel zu erzählen“, log Rachael. Nicht viel, außer dass er ein toller Mann war, sie eine tolle Zeit miteinander verbrachten und eine Menge tollen Sex hatten.

„Hat dir deine Mutter nie gesagt, dass deine Nase länger wird, wenn du lügst?“

Wenn Rachael aus den Augen verloren hatte, dass es mit Grant keine Zukunft gab, brachte die Erwähnung ihrer Mutter ihr diese Tatsache wieder ins Bewusstsein. Sie hatte ihre Mutter nie zurückgerufen. Irgendwie war die Zeit verflogen, und sie war einfach nicht dazu gekommen, einen neuen Termin für die abgesagte Einladung zum Abendessen auszumachen.

Alles in allem fand sie es ziemlich erbärmlich, dass sie noch nicht einmal in der Lage war, ihrer eigenen Mutter und der übrigen Familie genug Vertrauen zu schenken, um sie an ihrem Leben teilhaben zu lassen. Und Grant gehörte nicht zur Familie, sondern war nur ein Mann. Nur ein Mann, mit dem sie zusammen sein konnte, ohne sich in ihn zu verlieben. Bis jetzt, erinnerte sie sich streng. Er war nur ein Mann, dessen Lächeln, Freundlichkeit und Humor sie lieben konnte, ohne den Mann selbst zu lieben. Sie konnte lieben, was er mit ihr machte. Aber sie konnte und würde nie zulassen, Grant zu lieben. Genauso wie er sie nie würde lieben können, wenn ihm wirklich klar werden würde, was für ein Feigling sie war.

„Du machst viel zu viel aus der Sache, Sylvie“, beharrte sie und sah ihrer Assistentin direkt in die Augen. „Wie alle diese Geschichten wird es nach einer Weile vorbei sein.“ Ihr Herz tat ihr ein bisschen weh, als sie sich das vorstellte, und ihr Magen krampfte sich zusammen. Sie hatte sich im Kopf doch schon alles zurechtgelegt. Und sie hatte alles unter Kontrolle. Wenn ihre Affäre zu Ende sein würde, würde sie darauf vorbereitet sein. Sie brauchte Grant McGrory nicht. Sie brauchte niemand. Sie hatte ihren Job. Und sie hatte schon vor Grant dafür gesorgt, dass ihr das reichte. Und das würde sie auch nach ihm tun.

„Wie ist denn das große Ereignis der Buckleys gestern über die Bühne gegangen?“, fragte Grant, als er sich am darauffolgenden Sonntagabend an Rachaels Tisch zurücklehnte und an seinem Wein nippte.

„Reibungslos“, antwortete Rachael erleichtert. Sie lachte und erzählte ihm von den Tauben und dem möglichen Desaster, das daraus hätte werden können. „Zumindest sah es ganz danach aus, als ich gegangen bin. Denn nachdem die Band die ersten paar Songs gespielt hatte, habe ich meinen Mitarbeitern den Rest überlassen. Was für eine Erleichterung, dass ich diese Hochzeit hinter mir habe!“

„Du liebst doch den Druck und den Stress.“

„Ja.“ Rachael lächelte. „Tue ich. Und wenn ich auch nicht den Lauf der Welt damit verändern kann, ich bin gut in dem, was ich tue. Ich kann mir nichts vorstellen, was ich lieber täte. Oder was zumindest sonst für mich infrage käme.“

Sie arbeitet zu hart, dachte Grant, als er sie beobachtete. Das hatte er in den letzten Wochen herausgefunden. Aber sie blühte bei einem randvollen Terminkalender regelrecht auf. Genau wie er. Bis vor Kurzem hatte er auch nie etwas dagegen gehabt. Doch in letzter Zeit hätte er lieber mehr Zeit für Rachael gehabt. Heute war für beide in dieser Woche die erste Gelegenheit, sich zu sehen. Es hatte ihn im Stillen sehr gefreut, dass sie selbst köstlichen Couscous, gegrillten Fisch und grünen Salat zubereitet und auf ihrer Terrasse serviert hatte. Wie sie da entspannt in einem dünnen hellgelben Sommerkleid und mit nackten Füßen am Tisch saß, sah sie jung, zerbrechlich und viel verletzlicher aus, als sie jemals zugegeben hätte zu sein.

Nachdem er zwei wunderbare Wochenenden mit ihr verbracht hatte – und zwischendurch immer wieder so viel Zeit, wie sie bei ihren vollen Terminkalendern aufbringen konnten –, wusste Grant jetzt, wie verletzbar sie wirklich war. Nicht weil sie ihm diese Seite von sich gezeigt hatte, sondern weil sie sich so viel Mühe gab, sie vor ihm zu verbergen. Und weil sie große Anstrengungen unternahm, ihn nicht zu nahe an sich herankommen zu lassen. Sie wusste inzwischen fast alles über seine Familie, aber er immer noch sehr wenig über ihre. Und das störte ihn gewaltig, denn er wollte ihr näherkommen. Nach der Aussprache mit Tony hatte Grant nachgedacht und war sich darüber klar geworden, dass sein Bruder recht hatte. Er hatte Tia nie wirklich geliebt. Er war in die Idee verliebt gewesen, sie zu lieben. In den Gedanken, an eine Frau gebunden zu sein, ein Heim und eine Familie zu haben, zu der er nach Hause kommen konnte. Er hasste es, zugeben zu müssen, dass Tony ihn durchschaut hatte. Aber es war so. Grant war noch nie verliebt gewesen.

Bis jetzt. Er beobachtete aufmerksam die Frau, die er liebte. Sie hob gerade das Weinglas an ihre Lippen. Er war bis über beide Ohren verliebt in Rachael Matthews. Und er hätte es am liebsten jedem erzählt und war sich ziemlich sicher, dass sie auch in ihn verliebt war. Oder im Begriff war, sich zu verlieben. Genauso wusste er aber auch, dass sie mit äußerster Hartnäckigkeit dagegen ankämpfte. Und wegen ihres Widerstands war ihm klar, dass er es langsam und locker angehen lassen musste, um sie nicht abzuschrecken. Irgendwann, das hoffte er jedenfalls, würde sie herausfinden, dass er nicht vorhatte, sie zu verlassen.

„Was ist?", fragte sie, und er merkte, dass er sie anstarrte. Ihr angespannter Gesichtsausdruck verriet, wie leicht sie zu irritieren war. Sie hatte gespürt, dass er sich ernsthafte Gedanken machte, und wollte nicht der Grund dafür sein.

Er atmete tief aus und lächelte. „Ich habe gerade nachgedacht …" *Was würdest du tun, wenn ich dir sagen würde, dass ich dich liebe? Ganz fix die Beine in die Hand nehmen, das würde sie tun.*

„Worüber?" Sie neigte den Kopf und wirkte plötzlich ein bisschen gereizt.

„Über …" Fast hätte er es gesagt, doch dann fehlte ihm der Mut. „Über das Dessert."

Rachael wirkte sichtlich erleichtert. „Oh, tut mir leid, ich habe keines vorbereitet."

Also würden sie heute Abend nicht über ihre Gefühle reden. Aber sie hatten ja Zeit. Und jetzt hatte er noch etwas anderes im

Sinn. Sie blickte ihm erwartungsvoll in die Augen, als er aufstand. „Du bist das Dessert, *mi corazón*", flüsterte er ihr zu. Dann hob er sie auf seine Arme und trug sie ins Schlafzimmer. *Und ich denke, ich werde mindestens zwei Portionen brauchen.*

„Oh", sagte sie und schlang die Arme um ihn. „Gut."

Mi corazón. Rachael wachte mitten in der Nacht auf. Das Herz schlug ihr bis zum Hals, und ihre Hände zitterten. Grants Koseworte gingen ihr wie zum Hohn ständig im Kopf herum. *Mi corazón* – mein Herz. Sie schnappte hektisch nach Luft, setzte sich aufrecht hin, strich sich die Haare aus dem Gesicht und presste die Handflächen auf ihre heißen Wangen. Ihre Hände waren ganz kalt. Sie hatte noch nie eine Angstattacke gehabt. Doch sie wusste, dass sie gerade einen solchen Anfall von Panik erlebte. Ihr Herz raste, ihre Hände zitterten, und sie konnte nicht tief durchatmen.

Mi corazón. Rachael hätte seine beiläufig dahingesagten Worte eigentlich schon wieder vergessen müssen. Sie bedeuteten nichts. Es waren nur gängige Koseworte. Und dennoch gingen sie ihr nicht mehr aus dem Kopf und versetzten sie noch Stunden später in Alarmbereitschaft. Sie versuchte Luft zu holen und sich zu beruhigen. Das war doch einfach dumm. Grant hatte ihr auch schon vorher spanische Koseworte zugeflüstert. Aber das war mitten in der Nacht im Bett gewesen, als Feuer und Leidenschaft Regie geführt hatten und sie beide nicht ganz bei Sinnen gewesen waren. Doch am helllichten Tag hatte Grant so etwas noch nie zu ihr gesagt. Sie wusste, sie durfte seine Worte nicht ernst nehmen. Denn sie lag ihm nicht am Herzen. Das wusste sie.

Mi corazón. Rachael stiegen Tränen in die Augen, doch sie blinzelte und hielt sie zurück. Nein, sie lag ihm nicht am Herzen. Aber nicht nur sein umwerfendes Lächeln und seine heißen Küsse hatten dafür gesorgt, dass sie sich wünschte, dass er sie liebte. Sie ließ wegen dieses Eingeständnisses die Schultern hängen. Sicher bedeutete sie ihm nicht viel. Aber sie hatte zugelassen, dass er ihr viel bedeutete. Die Angst, durch die sie aufgewacht war, wich einem solchen Kummer, dass ihr ganz eng um die Brust wurde. Mit Tränen in den Augen schaute sie ihn an. Er schlief fest und sah mit seinen schwarzen Haaren so schön aus. Und sie hatte es zugelassen, dass sie sich in ihn verliebt hatte.

Mit weichen Knien stieg sie leise aus dem Bett und ging ins Badezimmer. Sie schloss sich ein und lehnte sich mit dem Rücken an die Tür. Sie war in Grant McGrory verliebt. Lange stand sie dort im Dunkeln, versuchte gleichmäßig und ruhig zu atmen. Sie war kurz davor, die Fassung zu verlieren. Sie presste die Faust auf ihren Mund, zwang sich, die Tränen hinunterzuschlucken, und versuchte sich stattdessen dadurch abzulenken, dass sie ärgerlich wurde.

„Verdammt!" Rachael verfluchte sich selbst kräftig dafür, so dumm gewesen zu sein, ihr Herz an Grant zu verlieren. Wie hatte sie das nur zulassen können? Und wie konnte sie sich dazu bringen, dass sie sich davon verabschiedete, etwas zu wollen, was sie nie würde haben können? Einen Mann, der sie so akzeptierte, wie sie war. Einen Mann, der sie trotz ihrer Unfähigkeit liebte, sich zu öffnen. Einen Mann, der sie brauchte. Ein schönes Heim, das diesen Namen verdiente, weil es voller Leben war. Ein Herz, das nicht in ständiger Angst verharrte, verletzt zu werden.

Rachael sank auf den Boden und schlang die Arme um ihre Knie. Und als sie dort eine Zeit lang saß, den kalten Boden unter sich und die harte Tür an ihrem Rücken spürte, setzte irgendwann eine Art Betäubung ein. Schon seit sie denken konnte, hatte sie sich durch ihren Panzer und ihre Isolation geschützt. Sie wusste, dass sie kein Kind mehr war, das sich vor der Gewalttätigkeit des Vaters fürchtete und sich trotzdem nach seiner Liebe sehnte. Und sie wusste, dass sie auch nicht mehr das verlorene kleine Mädchen war, das sich fragte, warum seine Mutter ihm nun auch noch den Rücken zugedreht hatte. Sie war eine Frau. Und sie war stärker als damals. Aber sie hatte immer noch das überwältigende Bedürfnis, sich um jeden Preis schützen zu müssen. Und sie wusste, was sie zu tun hatte.

Es würde sehr schwer werden, Grant gehen zu sehen.

Bis der Morgen anbrach, saß sie im Sessel am Bett, betrachtete ihn, während er schlief, und wartete darauf, dass es hell werden würde. Sie hatte das Gefühl, als wäre alles in ihrem Leben zusammengebrochen. Denn ihr war klar, dass sie jetzt mit ihm Schluss machen musste. Wenn sie es zuließ, dass ihre Gefühle für ihn noch stärker wurden, würde sie sich nie wieder davon erholen.

Als Grant frisch geduscht und schon im Anzug, weil er um neun Uhr ein geschäftliches Meeting hatte, in die Küche kam, lief gerade der Kaffee durch. Er lächelte, als er Rachael sah, die mit dem Rücken zu ihm vor der Spüle stand. Nicht nur die pure Lust, sondern auch Zärtlichkeit stieg in ihm auf. Miss Rührmichnichtan trug wieder ihren königsblauen Rock und den Blazer. Er musste sich nicht länger fragen, was sie wohl unter diesem braven Geschäftskostüm trug. Er wusste es. Genauso wie er die empfindlichsten Stellen ihres Körpers kannte. Oder wie er Rachael, wenn er Zeit hätte, vielleicht davon überzeugen könnte, ihre Kleider noch einmal ein bisschen durcheinanderzubringen. Er brauchte nur jetzt zu ihr zu gehen und das Richtige zu sagen.

„Guten Morgen." Er trat hinter sie.

Sie schrak auf und presste die Hand aufs Herz.

„Entschuldige. Ich wollte dich nicht erschrecken", sagte er weich, als er ihre Anspannung bemerkte. Er umfasste ihre Schultern und drehte Rachael zu sich herum. „Bist du in Ordnung?"

Ganz nüchtern warf sie ihm einen Blick zu, bevor sie schnell wegsah. Ihre Hände waren eiskalt, als Grant sie in seine nahm. Sie entzog sie ihm hastig und schenkte sich Kaffee ein.

Und während er sich sagte, dass er überreagierte, hatte er plötzlich ein schlechtes Gefühl, weil sie seinem Blick auswich. Entschlossen, keine voreiligen Schlüsse zu ziehen, verschränkte er die Arme vor der Brust. „Was ist los, Rachael?"

Trotz aller Versuche, es zu verbergen, zitterten ihre Hände, die ihren gelben Lieblingsbecher umklammerten. „Wir müssen reden", sagte sie und hob den Kaffeebecher an den Mund.

„Okay", entgegnete er langsam und war überrascht, wie ruhig er sich anhörte in Anbetracht der Tatsache, dass ihr Benehmen ihn alarmierte. „Lass uns reden."

„Ich denke …“, begann sie und sah ihn immer noch nicht an, „… ich denke, wir sollten in Erwägung ziehen, die Sache zwischen uns ein bisschen abzukühlen.“

Grant starrte sie an. Das heißt, er starrte auf ihren Kopf, weil sie ihn absolut nicht anschauen wollte. „Die Sache abkühlen“, wiederholte er und hörte selbst die Härte in seiner Stimme, war aber nicht fähig, seine innere Anspannung zu überspielen.

Etwas in seiner Stimme musste sie davor gewarnt haben, dass er dafür sorgen würde, dass sie ihn ansehen würde, wenn sie ihm jetzt nicht ins Gesicht schaute. Und das würde bedeuten, dass er sie berühren würde. Und Rachael wollte jetzt ganz eindeutig nicht von ihm berührt werden. Also hob sie den Kopf und sah ihm in die Augen. Und Grant entdeckte in ihrem Blick kaum verhüllte Panik und wilde Entschlossenheit. Sie versuchte, ein Lächeln zustande zu bringen, schaffte es aber nicht. „Das ist mir alles ein bisschen schnell gegangen. Deshalb denke ich, wir sollten uns vielleicht für eine Weile nicht mehr treffen.“

Er riss sich zusammen, um nicht zu fluchen, und versuchte angestrengt, Geduld zu zeigen. *Sie ist nur gerade in der Phase, in der sie kalte Füße bekommt, McGrory. Deshalb musst du nicht in Panik geraten.* „Ja, es ging ziemlich schnell“, stimmte er sanft zu. „Und es ging ziemlich gut“, betonte er mit Nachdruck. „Ich bin nicht sicher, wo hier das Problem ist.“

„Das Problem ist, dass mir das alles ein wenig zu intensiv ist. Ich fühle mich bedrängt.“ Grant schwieg, und sie schaute wieder weg und nahm eine starre Körperhaltung ein. „Wir waren uns einig, dass wir ohne Streit auseinandergehen, wenn die Zeit dafür reif ist, und es zu Ende …“

„Was? Warte. Zu Ende?“ Nun war er nicht mehr ruhig. Jeder Muskel in seinem Körper war zum Zerreißen gespannt, um seine Wut unter Kontrolle zu halten. Genauso wie jeder Muskel in Rachaels Körper es war. Es kostete ihn eine ungeheure Kraft, besonnen zu reagieren. „Rachael … Warum erzählst du mir nicht, worum es dir wirklich geht?“

„Es geht um das, was wir vereinbart haben", antwortete sie. „Wir haben vereinbart, den anderen gehen zu lassen, wenn für einen von uns die Zeit gekommen ist, sich zu verabschieden."

„Du hast das vereinbart. Ich nicht. Und für mich ist die Zeit zum Gehen nicht gekommen. Und für dich ebenso wenig, verdammt!" Als sie den Mund aufmachte, um Grant an die Grundregeln zu erinnern, schnitt er ihr abrupt das Wort ab. „Nein. Und ich denke nicht, dass diese Auseinandersetzung hier wirklich irgendetwas mit unserer Beziehung zu tun hat. Ich denke, dass es nicht einmal etwas mit unseren sogenannten Grundregeln zu tun hat, sondern damit, dass du vor irgendetwas Angst hast."

Sie schloss die Augen und schlang ganz fest die Arme um ihre Taille. „Bitte, lass uns keine hässliche Szene daraus machen."

Er lachte grimmig. „Ich mache keine hässliche Szene. Du machst sie. Rachael. Nun komm schon. Lass doch nicht zu, dass wir auseinandergehen, nur weil du kalte Füße ..."

„Ich habe keine kalten Füße. Und es gibt kein ‚wir'. Sieh mal, ich habe einen vollen Terminkalender. Ich habe meine Karriere, und die lässt keinen Raum dafür, eine Beziehung aufzubauen. Es tut mir leid. Aber es ist nun einmal so. Wir hatten einige Wochen viel Spaß, nicht wahr? Und jetzt ist es vorbei."

„Vorbei? Einfach so? Nur weil du zu viel Angst hast, um zu sehen, in welche Richtung sich unsere Beziehung entwickeln könnte?", fragte Grant in dem verzweifelten Versuch, zu ihr durchzudringen.

„Weil es vorbei ist", beharrte sie nun lauter und wurde glühend rot. „Ich weiß, dass das völlig neu für dich ist, aber du stellst hier nicht alle Regeln auf. Du hast nicht bei allem das Sagen. Du bist derjenige gewesen, der am Anfang die Initiative ergriffen hat. Und es tut mir leid, wenn es dich kränkt, aber ich bin diejenige, die den Schlussstrich zieht."

Ärger und Panik ließen seine Stimme schroff klingen. „Und was, wenn ich sage, dass ich nirgendwohin gehe?"

„Dann würde ich dich daran erinnern, dass wir eine Abmachung haben."

„Vergiss die Abmachung." Bis jetzt hatte nichts funktioniert. Vielleicht würde das wirken. Grant setzte alles auf eine Karte. „Rachael, ich liebe dich."

Sie zuckte zusammen, als ob er sie geschlagen hätte. Dann starrte sie ihn einige Sekunden an, bevor sie den Blick abwandte. „Ich denke, du gehst jetzt besser."

Es wurde ganz still. „Und das war es?", fragte er dann verblüfft und folgte ihr zur Haustür. Ungläubig beobachtete er, wie sie die Tür öffnete und ihn ganz offensichtlich dazu aufforderte, ihr Apartment zu verlassen. „Ich sage dir, dass ich dich liebe. Und du weist mir dir Tür?"

„Auf Wiedersehen, Grant."

Er fuhr sich mit der Hand über das Gesicht, um sich zu beruhigen, denn am liebsten hätte er mit den Fäusten gegen die nächste Wand geschlagen. „Rachael, was zum Teufel ist in der Zeit zwischen Mitternacht und jetzt passiert, dass du so viel Angst vor mir hast?"

„Ich habe keine Angst."

„Doch die hast du. Du hast eine Heidenangst davor zu akzeptieren, wie gut es zwischen uns läuft. Du hast so eine Panik, dass du nicht mehr klar denken kannst." Grant fluchte leise, als sie einfach nur mit gesenktem Kopf vor ihm stand und nichts von dem, was er sagte, an sich heranließ. „Du hast eine Menge Eigenschaften, Rachael. Aber ich habe dich nie für feige gehalten. Schau mich an, verdammt! Schau mich an, und sage mir, dass du mich nicht mehr in deinem Leben haben willst."

Langsam hob sie den Kopf. Ihre grünen Augen wirkten kühl und ausdruckslos wie Glas, als sie ihn ansah. „Du musst jetzt gehen."

Es war hoffnungslos, mit ihr reden zu wollen, wenn sie in dieser Stimmung war. Sie hatte vollkommen dichtgemacht. Grant atmete tief aus. „Gut." Diese Runde würde er nicht gewinnen. „Ich gehe. Aber ich will, dass du über etwas nachdenkst. Und ich will, dass du die Wahrheit zugibst. Es geht hier nicht um *uns*. Mit uns stimmt alles. Es geht auch nicht um mich. Es geht um *dich*. Irgendjemand hat dir sehr wehgetan, du hast Angst und fühlst dich verletzbar. Wir sind alle verletzbar, Rachael", fügte er hinzu und empfand eine Mischung aus Liebe, Ärger und Schmerz. „Denkst du, dass du der einzige Mensch bist, dem das passiert? Denk darüber nach. Wir sind alle verletzbar." Erst in diesem Moment wurde ihm bewusst, wie verletzbar er war, wenn es um sie ging. „Und jeder geht anders damit um."

Er umklammerte den Türgriff, überquerte die Schwelle, blieb dann noch einmal stehen und drehte sich zu Rachael um. „Wer hat dich verletzt? Kannst du mir zumindest das sagen?"

„Bitte geh."

„Ich kann nicht gegen etwas ankämpfen, das passiert ist, bevor ich dich getroffen habe. Ich kann nicht in Ordnung bringen, was in deinem Leben nicht stimmt, wenn du mir nicht die Chance dazu gibst."

Rachael sah an ihm vorbei und war für ihn unerreichbar.

„Du weißt, wo du mich finden kannst", sagte er und ging nach einem langen prüfenden Blick aus der Tür.

11. KAPITEL

Bist du okay?", fragte Sylvie sanft, als Rachael um neun Uhr am selben Morgen in ihr Büro kam.

Ich kann nichts vor ihr verbergen, dachte Rachael. *Sie kennt mich einfach zu gut und durchschaut mich, wenn ich ein falsches Lächeln aufsetze.* Aber sie fühlte sich nicht imstande, mit Sylvies Fürsorglichkeit umzugehen. „Ich muss sofort die Rechnungen für die Buckleys auf dem Tisch haben, ja? Kannst du mir die Akte heraussuchen?"

„Schatz", Sylvie folgte ihr ins Büro, „was ist los?"

Rachael schüttelte den Kopf und kämpfte gegen die aufsteigenden Tränen an. „Es geht mir gut. Ich muss nur arbeiten, okay?"

„Okay", sagte Sylvie vorsichtig. „Lass es mich einfach wissen, wenn du mit jemandem reden willst. Ich bin für dich da."

Rachael schluckte, nickte und versuchte Sylvie mit einem kurzen Blick zu zeigen, dass es ihr leidtat, so kurz angebunden zu sein, aber dass sie im Moment einfach ihre Ruhe brauchte. Sie fühlte sich, als ob sie eine riesige offene Wunde hätte. Und das war ihr eigener verdammter Fehler. Und Grants. Denn er hatte dafür gesorgt, dass sie ihn liebte.

Warum hatte er ihr gesagt, dass er sie liebte? Sie starrte verständnislos auf den aufgeschlagenen Aktendeckel auf ihrem Schreibtisch. Warum hatte er Wünsche bei ihr geweckt, die er unmöglich erfüllen konnte? Die Leute gebrauchten das Wort „Liebe" ständig. Und keiner meinte es wirklich so. Sie dachte an ihre Mutter. Und an ihren Vater, der sie hätte lieben sollen, aber nie etwas anderes getan hatte, als sie zu verletzen. Die Leute beteuerten ständig ihre Liebe. Das bedeutete überhaupt nichts. Zumindest nicht, wenn sie diese Worte zu ihr sagten. Aber es tat so furchtbar weh. Sie konnte sich nichts vorstellen, was mehr schmerzte. Mit dem Gedanken, dass sie die Sache gerade noch beendet hatte, bevor ihr das Herz brach, machte sie sich an die Arbeit und hoffte, darüber alles andere vergessen zu können.

„Rachael.“ Sylvie stand in der Tür. „Mr Iverson will, dass du sofort in sein Büro kommst.“

Iverson, der im Hotel verantwortlich für die Events war, war ihr direkter Vorgesetzter. „Habe ich etwa ein Meeting vergessen?“

„Nicht dass ich wüsste. Er will dich wahrscheinlich zu der tollen Hochzeit der Buckleys beglückwünschen. Es war ein großer Erfolg für das Hotel und könnte viele neue Aufträge nach sich ziehen.“

„Ganz zu schweigen von den möglichen Wohltätigkeitsveranstaltungen und Tagungen, wenn Gweneth das Hotel ihren reichen Freunden empfiehlt“, fügte Rachael hinzu, als sie aufstand und zur Tür ging. Sie hatte sich wieder ganz unter Kontrolle. Ja, sie verstand ihr Metier. Und ihre Arbeit würde immer für sie da sein. „Bis heute Nachmittag habe ich keine Termine, also notiere einfach die Anrufe, bis ich wieder zurückkomme.“

Plötzlich hatte sie wieder Boden unter den Füßen. Ihre Arbeit war das Einzige, worauf sie sich verlassen konnte. Sie war das Einzige, was ihr helfen würde, die Trennung von Grant zu überstehen.

„Entschuldigung … Haben Sie ‚suspendiert‘ gesagt?“ Rachael starrte Iverson ungläubig über seinen Lackschreibtisch hinweg an.

Der Mann hatte zumindest den Anstand, sich zu winden. „Es ist nur vorübergehend. Nur bis wir die Sache geklärt haben.“

„Ich verstehe das nicht.“

William Iverson war in den späten Fünfzigern, hatte Geheimratsecken und war in exzellenter körperlicher Verfassung. Er wurde blass unter seiner Sonnenbräune und schüttelte den Kopf. „Es ist ein ziemlicher Mist“, stimmte er wenig professionell zu, was ihm gar nicht ähnlich sah. „Und ich verspreche Ihnen, dass wir Sie wieder auf Ihren Posten zurückholen werden oder Ihnen eventuell eine andere Position anbieten werden. In ein paar Wochen, höchstens in einem Monat, ist die Sache ausgestanden.“

„Ich will weder eine andere Position, noch ist die Rückkehr auf meinen Posten ein Thema. Ich habe mir nichts zuschulden kommen lassen." Rachael stand auf und ging zum Fenster. Doch als der Schock langsam der Wut wich, drehte sie sich wieder und sah ihm ins Gesicht. „Okay. Mal sehen, ob ich das irgendwie auf die Reihe kriege. Auf der Hochzeit der Buckleys, die reibungslos verlaufen ist – das dachte ich jedenfalls –, gab es schließlich doch noch ein Problem. Die Tauben – die unsäglich vielen Tauben, die Gweneth gegen meinem Rat unbedingt haben wollte – haben genau das getan, was Tauben nun mal zu tun pflegen. Sie haben auf eine von Gweneths Freundinnen aus dem Wohltätigkeitsverein ein unerwartetes Geschenk fallen lassen."

„Auf ihre Haare", präzisierte Iverson mürrisch. „Und es war nicht nur eine Freundin, sondern die Vorsitzende des Vereins."

Rachael fuhr fort, als hätte sie ihn nicht gehört. „Und Gweneth schiebt mir die Schuld an dem kleinen Malheur in die Schuhe. Das ist der Grund für die Suspendierung? Warum?"

„Weil Gweneth es sich nicht leisten kann, vor ihren Freundinnen aus der besseren Gesellschaft schlecht dazustehen. Es wäre für sie tödlich, aus dem Wohltätigkeitsverein ausgeschlossen zu werden. Und deshalb hat Gweneth entschieden, sich einen Sündenbock zu suchen. Sie hat nicht nur den Hotelmanager, sondern auch mehrere Aktionäre angerufen und gefordert, dass Sie vor die Tür gesetzt werden."

„Das ist zu lächerlich, um auch nur darüber nachzudenken. Ganz zu schweigen davon, dieser Forderung Folge zu leisten."

„Rachael – Sie verstehen doch bestimmt, dass diese Frauen großen Einfluss in Palm Beach haben?"

„Oh, ich verstehe das sehr gut. Und niemand hat diese Spiele der High Society besser mitgespielt als ich, um den Auftrag der Buckleys zu ergattern und der Frau genau das zu geben, was sie wollte. Ich habe ihr die perfekte Hochzeit organisiert – mit Ausnahme dieser verdammten Tauben, auf denen sie bestanden hat. Und was ich jetzt verstehe, ist, dass ich aus ihrem Blickfeld verschwinden muss, damit sie ihr Gesicht wahren kann. Ich wiederhole es noch einmal: Das ist zu lächerlich, um darüber zu reden."

„Ich stimme Ihnen zu, aber ich habe trotzdem die Order, ihre Suspendierung zu veranlassen."

Rachaels Fassungslosigkeit legte sich und machte unglaublicher Empörung Platz. „Sind Sie sich darüber im Klaren, dass ich rechtliche Schritte dagegen einlegen werde?"

„Aber Rachael, dazu muss es doch nicht kommen. Wir können uns etwas für Sie einfallen lassen."

„Oh, ich wette, dass Sie das können. Ich gebe Ihnen eine Woche. Dann werden Sie von meinem Anwalt hören."

„Tun Sie nur nichts Voreiliges. Denken Sie doch mal eine Minute nach, und betrachten Sie es mal aus der Perspektive des Hotels. Wissen Sie zufällig, wie viel Geld das ‚Royal Palms' durch ‚Pettibone Pharmaceuticals' im Jahr einnimmt? Inklusive der Seminare und Tagungen beläuft sich dieser Betrag auf Millionen. Sie buchen etwa fünfzig Prozent der Events hier. Und wissen Sie zufällig, wie Mrs Buckley mit Mädchennamen heißt?"

„Soll ich wüst spekulieren?", fragte sie sarkastisch. „Ich tippe auf Pettibone."

„Genau. Wir können uns nicht leisten, diesen Betrag zu verlieren. Und unsere Aktionäre wissen das. Versuchen Sie doch, es zu verstehen. Ich würde alles geben, um das umgehen zu können."

„Alles, außer mir meinen Job zurückzugeben."

„Halten Sie zu uns."

„Aber ja doch. So wie Sie zu mir gehalten haben."

„Also … Beförderung und Gehaltserhöhung?", fragte Sylvie ängstlich, als Rachael fünfzehn Minuten später in ihr Büro zurückkehrte.

Rachael ging an Sylvie vorbei, sank in den Stuhl hinter ihrem Schreibtisch und hielt sich die Hände vor das Gesicht. Sie fühlte sich krank und war tödlich verletzt.

„Rachael?"

Langsam hob sie den Kopf und nahm mit zitternden Händen ihre Handtasche aus der Schreibtischschublade. „Ich bin auf unbestimmte Zeit suspendiert worden."

„Was hast du gesagt?“

Kurz und präzise erzählte Rachael ihr, was vorgefallen war.

„Oh, Rachael. Das ist schrecklich unfair.“

„Ja.“ Sie stand auf und sah sich im Büro um. Dann ging sie zum Bücherregal, klemmte sich das Familienfoto unter den Arm und machte sich auf den Weg zur Tür.

„Rachael?“

Sie blieb stehen, drehte sich um und ließ zu, dass Sylvie sie umarmte. „Wehr dich, Schatz. Lass sie nicht ungeschoren davonkommen.“

„Das habe ich nicht vor. Aber ich muss hier raus, bevor ich noch etwas sehr Dummes tue.“ Zum Beispiel sie sehen zu lassen, dass sie weinte. Wieder machte es sie furchtbar wütend, dass das der Dank für all die harte Arbeit war, die sie geleistet hatte.

Am Boden zerstört, fuhr Rachael nach Hause. Sie schloss sich in ihrem Apartment ein. Der Schock hielt ungefähr noch fünfzehn Minuten an. Hier bei sich zu Hause musste sie endlich nicht mehr die Starke spielen. Sie weinte und knallte vor Wut Sachen an die Wand. Sie saß hinter verschlossener Tür und heruntergelassenen Jalousien für Tage allein in ihrem Apartment. Und sank in das tiefste und dunkelste Loch ihres Lebens.

Sie vermisste Grant. Sie wollte, dass er die Arme um sie legte, sie hielt und dafür sorgte, dass der Schmerz aufhörte. Aber Grant war weg und würde nicht mehr zurückkommen. Genauso wie ihr Job weg war. Alles, was ihr etwas bedeutete, war fort.

Als das Telefon läutete, ignorierte sie es. Als Sylvie vor ihrer Tür stand, weigerte sie sich, sie hereinzulassen. Sie wollte einfach niemanden sehen. Sie aß nichts und schlief nicht. Sie konnte nicht aufhören daran zu denken, dass ihr nicht einmal das Einzige sicher war, von dem sie geglaubt hatte, darauf zählen zu können: der Job, für den sie gelebt hatte. Und dabei spielte es keine Rolle, dass sie schuldlos an der lächerlichen Wendung der Dinge war. Sie leitete „Brides Unlimited“ besser, als es irgendjemand sonst könnte.

Wohin hatte sie das gebracht? Sie war fix und fertig, demoralisiert und vollkommen allein. So allein, wie sie es schon immer gewesen war. Am vierten Tag erreichte Rachael ihren Tiefpunkt. Und endlich fand sie wieder die Kraft, die ihr Gweneth Buckley zusammen mit dem Job genommen hatte. Sie schaute auf das mitleiderregende Bündel Mensch, das ihr der Spiegel zeigte, und traf eine Entscheidung. Von nun an würde der Kummer nicht mehr ihr Leben beherrschen. Sie hatte offenbar diese Zeit gebraucht, um zu trauern und sich in Selbstmitleid zu ergehen. Aber diese Phase war jetzt vorbei. Sie musste ihr Leben fortsetzen. Und sie brauchte Vergeltung. Gerechter Zorn trieb sie dazu, den Telefonhörer in die Hand zu nehmen und die Nummer der Person zu wählen, an die sie vor allen anderen glauben wollte.

Grant, der das Jackett seines Anzugs abgelegt und die Ärmel des weißen Hemdes bis zu den Ellbogen hochgekrempelt hatte, lehnte sich im Stuhl zurück. Links neben ihm saß sein bester Anwalt, Bryan Morgan, und rechts seine Chefsekretärin, Clarice Fox. Ihm gegenüber am anderen Ende des langen Konferenztisches hatte seine neuesten Klienten, die Borlin-Brüder, Platz genommen, die darauf zählten, dass er sie bei einer Klage wegen Verstoßes gegen das Patentrecht vertrat.

Als das rote Licht der Haussprechanlage aufleuchtete, spannte sich in seinem Körper jeder Muskel an. Er hatte bei der Telefonzentrale hinterlassen, dass nur eine Person wichtig genug wäre, um ihn in der Konferenz stören zu dürfen. „Entschuldigen Sie", sagte er. Seine Hand lag einen langen Moment auf dem Hörer, bevor er abnahm. „Ja."

„Rachael Mattews auf Leitung eins, Sir."

„Stellen Sie den Anruf bitte in mein Büro durch. Ich werde ihn dort entgegennehmen", erwiderte er. Dann stand er auf. „Tut mir leid", meinte er. „Ein dringendes Gespräch. Aber bei Bryan sind Sie in besten Händen", versicherte er den Borlin-Brüdern und verließ den Konferenzraum.

„Rachael", sagte er, als er in den Stuhl hinter seinem Schreibtisch sank. „Hallo."

Am anderen Ende der Leitung blieb es still. Er konnte fast sehen, wie sie angespannt den Telefonhörer umklammerte. Und dennoch wartete er. Sie hatte ihn angerufen. Sie war am Zug. Und er würde ihr den nächsten Schritt überlassen.

„Entschuldige, dass ich dich bei der Arbeit störe."

„Das ist keine Störung", versicherte Grant ihr und sorgte sich wegen der Anspannung in ihrer Stimme.

„Ich hoffe, ich bin nicht in etwas zu Wichtiges hineingeplatzt." Nur in einen möglichen Sieg vor Gericht und einen Abschluss mit neuen Klienten, mit denen eine Stange Geld zu verdienen wäre. „Es ist kein Problem. Wie geht es dir?" Er vermisste sie so sehr, dass es ihm egal war, ob sie ihm das anmerken würde.

„Nicht so gut."

Nein, es ging ihr nicht gut. Das hörte er ihr an. Geduldig wartete er ab, bis sie fortfuhr.

„Grant, ich brauche einen Anwalt."

Er brauchte einen Moment, bevor er begriff, was sie gesagt hatte. Es war nicht das, was er gern gehört hätte. Oder was er zu hören erwartet hatte. „Einen Anwalt?", wiederholte er.

„Außer dir kenne ich keinen. Ich habe noch nie einen gebraucht. Ich hatte gehofft, du könntest mir in West Palm Beach einen Anwalt empfehlen, auf den ich mich verlassen kann."

Grant starrte durch das Fenster in seinem Büro, das einen Ausblick auf Miami Beach bot, und unterdrückte seine Enttäuschung. Okay. Rachel hatte also nicht angerufen, um ihm ihre unsterbliche Liebe zu bekennen. Aber sie hatte angerufen. Er würde nehmen, was er kriegen konnte, und sich um den Rest später Gedanken machen. Er war fast gestorben, als er Stunde um Stunde auf ihren Anruf gewartet hatte. Er vermisste sie. Er brauchte sie. Er wollte sie, egal zu welchen Bedingungen. Und wenn er bis Ende der Woche nichts von ihr gehört hätte, hätte er aller Voraussicht nach einen Trip nach West Palm Beach unternommen, um mit ihr zu reden. „Erzähl mir, was passiert ist."

Präzise und fast emotionslos berichtete Rachael es ihm.

Er hörte zu, machte sich Notizen, schüttelte den Kopf über diese Ungerechtigkeit und fühlte fast selbst den Schmerz, den sie so tapfer zu überspielen versuchte. Er wusste, was der Job für sie bedeutete. Und er wusste, dass das Hotelmanagement Rachael mehr genommen hatte als nur ihre Position. Sie hatten ihr den Stolz genommen. Und er war genau der richtige Mann, um ihr das alles wieder zu verschaffen. „Ich werde es in Ordnung bringen", sagte er nur.

„Oh nein. Ich wollte nicht, dass du …"

„Ich werde es in Ordnung bringen", wiederholte er fest. „Ich möchte das gern für dich tun, Rachael. Und du kannst mir vertrauen. Ich werde das Richtige für dich veranlassen."

„Grant …"

Er hatte jedoch schon aufgelegt.

„So. Das Kleid kommt auch weg", murmelte Rachael, als sie den Schrank im Gästezimmer durchsah. Sie war schon seit drei Tagen – seitdem sie mit Grant telefoniert hatte – mit Aufräumen und Ausmisten beschäftigt. Dieses Kleid hier hatte sie schon vier Jahre nicht mehr getragen. Es war grau, geschmackvoll und so schlicht, dass es fade wirkte. Sie warf es auf den Haufen bereits ausrangierter Sachen, die sie zur Altkleidersammlung bringen würde. Sie hatte viel zu viele langweilige, triste Sachen in ihren Schränken vorgefunden und bislang nie bemerkt, wie wenig bunte, aufregende und witzige Klamotten sie besaß. Und sie brauchte keine grauen Kleider mehr.

Sie brauchte eine Menge Dinge nicht, sagte sie sich fest. In alten Jeansshorts und einem ausgebeulten T-Shirt marschierte sie in die Küche, um sich einen weiteren Becher Kaffee einzuschenken. Sie dachte noch einmal genau darüber nach, was sie sonst noch ändern musste. Was sie wirklich nicht brauchte, war die Opfermentalität, die sie unabsichtlich schon seit jeher an den Tag gelegt hatte. Sich mehrere Tage im Selbstmitleid zu suhlen und sich dann aus dem Dreck zu ziehen war zermürbend und schmerzvoll gewesen. Aber es war auch das Beste gewesen, was ihr jemals passiert war. Sie war gezwungen gewesen, sich mit ihren Gefühlen auseinanderzusetzen. Gefühle, die sie jetzt schon seit zu vielen Jahren verdrängt hatte. Und es war wie ein

Befreiungsschlag gewesen und hatte ihr wirklich gutgetan. Sie hatte neuen Schwung und fühlte sich großartig.

Ihre Innendekoration war ebenfalls reif für eine Veränderung, entschied Rachael, nachdem sie schnell geduscht hatte. Sie trocknete ihre Haare und trug dann Körperlotion auf ... Das erinnerte sie an den Abend, an dem Grant das für sie getan hatte. Ihre Sehnsucht nach ihm war so stark, dass ihr das Herz wehtat. Entschlossen, nach vorn zu blicken und nicht zurück, zog sie ihren Morgenmantel an. Morgen würde sie die Wohnung neu streichen. Mit hellen, frechen und bunten Farben, die zu Florida passten. Sie hatte sich an ihren weißen Wänden sattgesehen. Ihre Vorliebe für Farben hatte sie bislang höchstens in sorgsam ausgewählten Accessoires ausgelebt. Und in ihrem Leben gab es nicht genug Farbe. Nicht einmal annähernd. Besonders seit Grant nicht mehr zu ihrem Leben gehörte.

Genau das war der springende Punkt. Sie war ihr ganzes Leben lang vorsichtig gewesen. Vorsichtig und feige. Und wohin hatte sie das gebracht? Sie war allein, arbeitslos und im Grunde verdammt erbärmlich. Seit sie Grant aus ihrem Leben verbannt und ihren Job verloren hatte, hatte sie so einiges über sich selbst in Erfahrung gebracht. Und das meiste davon war nicht sehr schmeichelhaft. Sie hatte noch mehr erfahren, als sie sich ihren ältesten Ängsten gestellt, ihre Mutter angerufen und auf einem Gespräch unter vier Augen bestanden hatte. Das war vor drei Tagen gewesen, direkt, nachdem sie Grant angerufen hatte, um sich einen guten Anwalt empfehlen zu lassen. Jetzt habe ich einen, dachte Rachael und lächelte bei dem Gedanken, wie schnell er ihr zu Hilfe geeilt war.

Sie setzte sich aufs Sofa, lackierte sich die Fußnägel und grübelte über die Enthüllungen ihrer Mutter nach. Jetzt verstand Rachael ihre Beziehung viel besser und bedauerte es, dass sie ihre Mutter nicht schon vorher zu einer Aussprache gedrängt hatte. Aber jetzt hatten sich all die Missverständnisse aufgeklärt. Und sie würde versuchen, einige ihrer Fehler wiedergutzumachen.

Bei Grant würde sie damit anfangen. Er fehlte ihr so sehr. Und sie wollte ihn zurückhaben. Sie brauchte einfach noch ein bisschen Zeit, um herauszufinden, wie sie das erreichen konnte. Zunächst musste sie nämlich herausfinden, was sie mit dem Rest ihres Lebens anfangen wollte. Finanziell würde sie einige Monate über die Runden kommen, weil sie Geld zur Seite gelegt hatte. Sie streckte einen Fuß aus und bewunderte das klare Rot auf ihren Zehennägeln. Es lag nicht daran, dass sie Grant nicht zutraute, ihr aus der verfahrenen Situation im „Royal Palms Hotel" herauszuhelfen, aber sie hatte bereits entschieden, auf gar keinen Fall dorthin zurückzugehen, denn das Hotel hatte eine Mitarbeiterin wie sie einfach nicht verdient.

Denn ich bin gut, stark und mag mich, dachte sie und lächelte. Es war erstaunlich, dass diese Euphorie immer stärker geworden war, seit sie gründlich mit sich ins Gericht gegangen war und einen freien Kopf bekommen hatte. Jetzt verstand sie vieles. Und als es unten an der Tür klingelte und sich am anderen Ende der Gegensprechanlage Grant meldete, wusste sie, dass sie bereit war, sich ihm und ihren Gefühlen zu stellen. Ihr Herz machte einen Sprung, als sie seine Stimme hörte und daran dachte, dass sie ihn gleich sehen würde. Sie hatte gewusst, dass er kommen würde. Sylvie hatte sie angerufen und vorgewarnt. Und es passte ihr gut, dass er heute zu ihr kam, denn sonst wäre sie morgen zu ihm gegangen.

Rachael drückte auf den Summer, raste dann in ihr Schlafzimmer und zog schnell weiße Shorts und ein leuchtend rotes Trägertop an, beides neu gekauft. Dann kämmte sie sich noch einmal flüchtig, denn er musste jeden Moment vor ihrer Apartmenttür stehen.

Die alte Rachael Matthews hätte versucht, das Treffen noch einige Tage hinauszuschieben, um sich ausgiebig wappnen zu können. Dann wäre sie ganz langsam, Schritt für Schritt, ins kalte Wasser gewatet. Die neue Rachael Matthews war da ganz anders. Sie hatte vor, direkt ins Wasser einzutauchen, und hatte keine Angst mehr, dass sie untergehen könnte. Sie wusste jetzt, was sie wollte. Wusste, was sie brauchte. Und was sie verdiente. Und sie würde alles in ihrer Macht Stehende tun, um es auch zu bekommen. Und heute Abend würde sie damit anfangen. Als es an der

Tür läutete, warf sie einen letzten kurzen Blick in den Spiegel.

„Du wirst es schaffen", sagte sie sich mit einem Grinsen. „Und du wirst gut sein."

Grant war darauf vorbereitet, in welchem Zustand er Rachael vorfinden würde. Er hatte mit Sylvie geredet. Er wusste, wie verzweifelt Rachael gewesen war, als Iverson ihr den Job weggenommen hatte. Er erinnerte sich an den Ausdruck in ihren Augen, als sie ihm gesagt hatte, dass es mit ihnen beiden vorbei sei. Erinnerte sich daran, wie niedergeschlagen sie geklungen hatte, als sie sich telefonisch nach einem Anwalt bei ihm erkundigt hatte. Sie war schwer getroffen, voller Angst und so verletzbar gewesen, dass er sie um jeden Preis in seinen Armen halten und trösten wollte, bis ihr Kummer verging. Also war er auf alles gefasst, als sie die Tür aufmachte. Nur nicht auf die Frau, die nun vor ihm stand.

„Hallo", meinte sie, und ein Lächeln zuckte um ihre Mundwinkel.

„Äh ... Hallo." Diese Frau sah nicht niedergeschlagen und verletzt aus, sondern atemberaubend frech und so sexy, als wolle sie am Samstagabend die Stadt unsicher machen.

„Hast du vor hereinzukommen?", fragte sie und blitzte ihn mit funkelnden Augen neckisch an.

„Bist du in Ordnung?", fragte er vorsichtig. Etwas stimmte hier nicht. „Rachael, hast du etwa getrunken?"

Sie lachte bloß. „Nicht einen Tropfen. Bitte komm herein. Wir müssen miteinander reden."

„Ja, deshalb bin ich hier. Wir müssen über deinen Job reden."

Sie schüttelte den Kopf und winkte ab. „Nein, ich möchte nicht darüber sprechen. Noch nicht. Ich will über uns reden."

„Über uns?" Er war vollkommen irritiert. Er hatte etwas ganz anderes erwartet als ihr Aussehen und dieses Auftreten. Sie wirkte fröhlich und voller Selbstvertrauen. Und das kleine Wort „uns" ließ seine Hoffnung so groß werden, dass er sich zwang, wieder auf den Boden der Realität zurückzukehren. „Uns?", wiederholte er verhalten. „Ich dachte es gibt kein ‚uns'."

„Setz dich, bitte."

„Rachael …“

„Nein. Warte. Ich weiß, ich verdiene es nicht, dass du mir zuhörst. Ich war ekelhaft zu dir, und dafür möchte ich mich bei dir entschuldigen. Kannst du mir die Gelegenheit geben, dir ein paar Dinge zu erklären?“

Grant würde ihr alles geben. Aber das konnte er gerade jetzt nicht sagen. Das letzte Mal, als er bei ihr gewesen war und ihr gesagt hatte, dass jeder Mensch auf seine Weise verletzbar wäre, hatte er nicht gelogen. Er fühlte sich immer noch ungerecht behandelt, weil sie ihn vor die Tür gesetzt und aus ihrem Leben verbannt hatte. Er war noch nicht so weit, sich ihr wieder zu öffnen und möglicherweise erneut abgewiesen zu werden. Also setzte er sich und wartete. Und betete, dass er das hören wollte, was sie ihm zu sagen hatte.

12. KAPITEL

Rachael beobachtete Grant, der schweigend im Sessel saß, und hatte Herzklopfen. Er wirkte nervös – es war ihm anzumerken, wie viel ihm diese Aussprache bedeutete. Und Rachael verliebte sich gleich noch ein bisschen mehr in ihn. Sie wollte ihm sagen, dass sie ihn liebte. Aber zuerst schuldete sie ihm eine Erklärung.

„Nun", sie strich sich die Haare hinter das Ohr und war einen Moment sprachlos, „das ist schwerer, als ich dachte."

„Was ist so schwer, Rachael?", fragte er vorsichtig, und sie sah ihm an, dass es ihn verletzte, dass sie plötzlich wieder kalte Füße bekam. Und sie wollte ihn nicht verletzen. Nie mehr.

„Fehler einzugestehen. Keiner macht gern welche – besonders ich nicht. Zu realisieren, dass ich ziemlich viele gemacht habe, hat mir ganz schön die Augen geöffnet. Und nun muss ich mich vor dir dazu bekennen." Sie hielt inne, atmete tief ein. „Steh es mit mir durch … Ich werde jetzt alle Karten auf den Tisch legen, okay?"

Er nickte und plötzlich war sein Gesicht zu einer Maske geworden. Ihm war keine Regung mehr anzumerken. Das ist das Gesicht, das er als Anwalt aufsetzt, dachte sie. Und im selben Moment wurde ihr klar, dass er immer noch unsicher war, was er für sie empfand. Das wunderte sie nicht. Schließlich hatte sie ihm nichts gegeben, woran er sich halten konnte.

„Du hast mir eine fürchterliche Angst eingejagt." Sie hielt inne und lächelte. „Schon beim ersten Mal, als ich dich gesehen habe. Du hast Gefühle in mir ausgelöst, die meiner Meinung nach für mich nicht vorgesehen waren. Du hast für mich alles verkörpert, was ich jemals wollte. Und ich hatte Angst davor zu glauben, es bekommen zu können. Deshalb habe ich alles in meiner Macht Stehende getan, dich zu vertreiben. Aber das weißt du ja alles schon, nicht wahr?"

Er nahm ihre Hand in seine und wartete.

„Du weißt allerdings nicht, warum das so ist. Und jetzt kommt der schwere Teil. Nun muss ich dir sagen, wie erbärmlich ich bin. Nein, ich muss mich verbessern. Wie erbärmlich ich war." Sie atmete wieder tief ein. „Okay, einfach heraus damit, richtig?"

Grant drückte ihre Hände. „Ja."

„Ich muss ziemlich weit ausholen. Meine Kindheit war schwer. Mein Vater war, nun, lass es mich so ausdrücken, nicht gerade der Vater, den man sich wünscht. Am lebhaftesten kann ich mich an seine Fäuste erinnern. Und an sein Gesicht, das fast immer vor Jähzorn rot anlief, wenn er meine Mutter anschrie. Einmal musste sie sogar ins Krankenhaus."

„Rachael …"

Sie schüttelte den Kopf und umklammerte seine Hände. „Nein. Ich muss das erzählen. Um es kurz zu machen: Nachdem wir uns einige Male im Frauenhaus in Sicherheit gebracht hatten, hatte meine Mutter endlich den Mut, aus dem Kreislauf der Gewalt auszubrechen und meinen Vater zu verlassen. Damals war ich neun. Ich erinnere mich immer noch an den antiseptischen Geruch in diesen Häusern und die mitleidigen Blicke der Mitarbeiter dort." Wieder holte sie tief Luft, und ermutigt durch seine Geduld und seine liebevolle Art fuhr sie fort: „Jedenfalls verließen wir Ohio und zogen nach West Palm Beach. Eine Weile lief alles ganz gut. Und es wurde noch besser, weil Mom John traf und sich in ihn verliebte. Sie heirateten, und ich hatte ein Heim. Zum ersten Mal in meinem Leben fühlte ich mich geborgen. Es war perfekt."

„Und warum hört es sich dann nicht so perfekt an?", fragte Grant weich.

Rachael zuckte die Achseln. „Weil es nicht so war", erklärte sie. „Mom und John waren glücklich. Kurz nach ihrer Heirat fingen sie an, eine Familie zu gründen. Und sosehr ich meine Stiefschwestern liebte, ich war plötzlich das fünfte Rad am Wagen. Oder habe es damals zumindest so empfunden. Ich war zwölf Jahre alt und konnte es einfach nicht verstehen. Ich sah nur, dass ich plötzlich für niemand mehr wichtig war, nachdem die Mädchen auf der Welt waren. Für mich schien es offensichtlich zu sein, dass ich für meine Mom ein Teil der Vergangenheit war, den sie am liebsten vergessen wollte und für den in ihrem Leben kein Platz mehr war."

„Aber das stimmte nicht, oder?"

Sie lächelte traurig. „In Wirklichkeit war meine Mom in eine schwere Depression gerutscht und hatte sich nicht nur von mir abgewandt, sondern von uns allen. Armer John! Er hatte alle Hände voll damit zu tun, sich um sie und die Babys zu kümmern. Ich war alt genug, um für mich selbst sorgen zu können. Aber ich war nicht alt genug, um zu verstehen, dass ich nicht der Grund für ihr verändertes Verhalten war."

„Aber du hast die Konsequenzen zu spüren bekommen. Und hattest das Gefühl, nicht geliebt zu werden und allein zu sein."

Rachael lächelte ihn an. „Ich danke dir dafür. Ja, genauso habe ich mich gefühlt." Sie dachte zurück an all die Jahre, in denen ihre Mutter ihr den Rücken zugekehrt hatte. Sie war ein Kind gewesen und hatte mit zwölf Jahren ohnehin mit ihrer Selbstachtung zu kämpfen gehabt. Und sie hatte nur die Zurückweisung wahrnehmen können. Ihr Vater hatte sie nicht geliebt. Und nun liebte ihre Mutter sie ebenfalls nicht mehr. „Mir ging es so miserabel, und ich war so sicher, nicht liebenswert zu sein, dass ich nicht begriff, dass meine Mutter selbst zu kämpfen hatte. Und dann habe ich mich über die Jahre immer weiter von ihr entfernt. Sogar als meine Mutter die Depression überwunden hatte, habe ich mich ihr nur noch als selbstständige Frau präsentiert, die sie nicht mehr brauchte."

„Weil sie dich dann nicht mehr verletzen konnte, richtig?"

Rachael nickte. „Und so haben wir alle beide irgendwie die Distanz zwischen uns immer größer werden lassen. Und dachten, dass wir es genauso haben wollten – während wir in Wahrheit beide darunter gelitten haben." Sie hielt inne, drückte seine Hände und fasste sich ein Herz. „Und das bringt mich zu dir."

„Ich denke, ich verstehe es. Du hast dich so kratzbürstig und abwehrend verhalten, weil du nicht glauben konntest, dass ich oder sonst irgendjemand dich vielleicht lieben könnte, weil du ja nicht liebenswert bist?"

Verlegen nickte sie. „Nun, ich habe auch immer mein Möglichstes getan, um diese Theorie bestätigt zu bekommen. Jeden Mann, der nur die kleinste Andeutung machte, eine längerfristige Bindung eingehen zu wollen, habe ich sofort verscheucht."

„Sie könnten mir fast leidtun."

„Nun, das sollten sie nicht. Ich habe keinen von ihnen geliebt."

„Und was ist jetzt? Was denkst du?"

Grants Augen waren so voller Sehnsucht, Leidenschaft und Liebe, dass ihr Herz vor Liebe fast überzulaufen schien. „Jetzt weiß ich, was Liebe ist", sagte sie, ohne zu zögern. „Jetzt weiß ich, dass ich ihr noch nie so nahe war."

Er lächelte dieses umwerfende Lächeln, das sie so vermisst hatte. „Wie nahe bist du ihr denn jetzt, Rachael?"

„So nahe." Sie legte die Hand auf seine Brust, dorthin, wo sein Herz schlug. „So nahe, dass ich es fühlen kann."

Grant bedeckte ihre Hand mit seiner. „Aber wirst du es jemals sagen?"

Sie lachte und fiel ihm in die Arme. „Ich denke, dass habe ich gerade getan, als ich dir von meiner Kindheit und meinem mangelnden Vertrauen erzählt habe. Das war ein großer Schritt für mich, McGrory."

„Ich weiß."

„Ich kann nicht versprechen, dass ich immer ganz offen sein werde, wenn es darum geht, was ich fühle und brauche."

„Ich weiß, was du brauchst. Du brauchst mich. Ich bin der Mann, der dich versteht und da sein und warten wird, wenn du dich wie eine Auster verschließt. Ich liebe dich, Rachael. Und ich werde nicht zulassen, dass du mich wegstößt."

Sie lehnte sich zurück, sodass sie sein schönes Gesicht sehen konnte. „Das ist es, was ich so an dir liebe, McGrory. Du kannst nicht aufgeben."

„Nicht wenn es um dich geht."

„Ich liebe dich." Sie küsste ihn auf die Augenbraue. „Ich liebe dein Lächeln." Nun küsste sie ihn auf die Lippen. „Und dein

Lachen. Und deinen scharfen Verstand und dein großes Herz." Sie konnte nicht aufhören, ihn zu küssen. „Ich liebe es, dass du hier bist, obwohl ich alles getan habe, um dich zu vertreiben. Und ich liebe es, dass du dir die Geschichte meiner dramatischen Kindheit und Jugend angehört hast."

Er stoppte sie mit einem Kuss, der so zärtlich und liebevoll war, dass ihr Tränen in die Augen stiegen. „Spiel nicht herunter, was dir passiert ist. Deine Kindheit war traumatisch. Und dafür, dass du daraus als starke, dickköpfige und selbstständige Frau hervorgegangen bist, liebe ich dich nur noch mehr."

„Danke, dass du nicht aufgegeben hast."

„Du meinst, nachdem ich ein kleines Vermögen für Blumen und den Abend im ‚Mara Lago' ausgegeben habe?"

Rachael lächelte. „Ja."

„Und nachdem du mir ein blaues Auge verpasst und die Lippen blutig geschlagen hast?"

„Äh. Ja." Sie berührte mit den Fingerspitzen zärtlich seine Mundwinkel. „Du wirst auch zukünftig nicht lockerlassen, oder?"

„Dich werde ich nicht wieder loslassen, nein."

„Versprochen?"

„Versprochen. Du magst in der Vergangenheit kein Glück in der Liebe gehabt haben, Miss Matthews. Aber von jetzt an kannst du dich als die glücklichste Frau auf der Welt betrachten."

„Bedeutet das, dass du mich heute Abend glücklich machen wirst?"

Grant lachte, drückte sie auf die Couch und schob die Träger ihres Tops nach unten. „Ich würde sagen", flüsterte er, während er ihre entblößte Brust küsste und Rachael wohlig erschauerte, „du wirst sehr, sehr glücklich sein."

„Vielleicht sollte ja alles so sein", sagte Rachael später und weckte damit Grant aus einem leichten Dämmerzustand. Sie stützte den Kopf auf die Hände und genoss das Gefühl, ausgestreckt auf ihm im Bett zu liegen.

„Kann sein“, stimmte er zu. Er strich über ihren Körper, liebte das Gefühl, ihre zarte Haut zu spüren, und legte dann die Hände auf ihren Po, um sie an sich zu drücken.

Sie hatten sich geliebt und geredet und sich dann wieder geliebt. Er hatte Rachael von Tia erzählt. Und dass ihm erst durch die Begegnung mit ihr klar geworden war, dass er Tia nie wirklich geliebt hatte.

„Oh, ich hätte fast vergessen zu erzählen, dass ich dir deinen Job zurückgeholt habe“, sagte er lässig.

Sie fuhr hoch. „Wie hast du das denn angestellt?“, fragte sie ungläubig und lachte.

Grant zog sie wieder an sich und küsste sie auf die Schulter. „Auf die Gleiche Art, wie alles in der besseren Gesellschaft von West Palm Beach funktioniert. Ich habe einige sehr wichtige Leute angerufen und Loblieder auf dich gesungen. Und die haben diese Loblieder wiederum einigen Mitgliedern des Wohltätigkeitsvereins vorgetragen, die sie ihrerseits Mrs Buckley vorgesungen haben. Und um ihr Gesicht zu wahren, hat sie selbst wieder einige Anrufe getätigt und darum gebeten, dass du deinen Posten wiederbekommst.“

Rachael streichelte sein Gesicht. „Toll. Danke, dass du das für mich getan hast. Wirst du es mir sehr verübeln, wenn ich dir sage, dass ich nicht vorhabe, ins Hotel zurückzukehren?“

„Weil sie eine Mitarbeiterin wie dich dort nicht verdient haben?“

„Genau.“

Er lachte und umarmte sie. „Irgendwie hatte ich im Gefühl, dass deine Dickköpfigkeit ins Spiel kommen könnte. Also habe ich dafür gesorgt, dass das Hotel dir in diesem Fall eine gehörige Abfindung zahlen wird, um dich für die Verleumdung, den Kummer und den Verdienstausfall zu entschädigen.“

Sie lachte. „Der Teil mit dem Kummer gefällt mir besonders.“

„Dieser Teil wird dir noch besser gefallen.“ Und Grant nannte die Summe, die er bei den Verhandlungen erwirkt hatte.

„Meine Güte!“ Jetzt setzte sie sich aufrecht mit gespreizten Beinen auf ihn. Sie sah so verlockend und sexy aus, dass er sie sofort wieder zu sich herunterziehen musste, um ihre Dankbarkeit auszunutzen.

„Ich will haben, was Tony hat", flüsterte er eine gute Stunde später.

Rachael schmiegte sich fest an ihn. „Das nennt man wohl Rivalität unter Geschwistern."

Grant genoss es, dass sie sich jetzt seiner Liebe so sicher war. „Es heißt, dass ich alles will, Rachael. Ich will dich heiraten."

Sie stützte sich auf den Ellbogen, und ihre Augen schimmerten wie Smaragde. „Nun, ich weiß zufällig, wo du jemanden findest, der ganz toll Hochzeiten planen kann. Und für dich wird sie sich bestimmt etwas besonders Aufregendes einfallen lassen."

„Ich habe bereits etwas sehr Aufregendes."

Rachael küsste ihn auf den Mund. „Ich bin die glücklichste Frau auf der Welt."

„Das nehme ich jetzt mal als ein Ja. Oder?"

„Definitiv ja." Sie küsste ihn wieder. „Ja." Zufrieden schmiegte sie sich wieder an seine Seite und machte ihrer Freude mit einem nochmaligen lauten „Ja" Luft.

EPILOG

Wie gut, dachte Rachael, als Sylvie sich um die letzten Feinheiten in der Hochzeitsplanung kümmerte, dass ich mir bei meiner eigenen Hochzeit keine Gedanken über die Details machen muss. Sylvie, ihre Partnerin in Miamis jüngster Hochzeitsagentur, „Miami Brides“, hatte ihre Hochzeit schon seit sechs Monaten geplant, um sicherzugehen, dass alles perfekt werden würde.

Und das war es auch. Es war perfekt, dass der Mann, der vor dem Altar auf Rachael wartete, in dem Moment ihr Herz gestohlen hatte, als er sie das erste Mal angelächelt hatte. Seine Liebe für sie stand ihm deutlich ins Gesicht geschrieben, als er nun in seinem schwarzen Smoking vor ihr stand, zusammen mit seinen beiden Trauzeugen Tony und Sam.

Und Rachael war voller Liebe für ihn, als sie am Arm ihres Stiefvaters auf den Altar zuging. Liebe empfand sie auch für ihre Mutter, die während der letzten Monate viel mit ihr gelacht und geweint hatte. Auf diese Weise hatten sie wieder zueinandergefunden.

Du bist schön, las Rachael in Grant McGrorys Augen, die sie zärtlich ansahen. *Komm, mi corazón. Lass uns dieses Gelöbnis hinter uns bringen, damit ich ganz offiziell sagen kann, dass du meine Frau bist.*

Sie hoffte, dass er auch in ihren Augen lesen konnte. *Ich habe dir schon immer gehört. Und ich werde dir immer gehören.*

Jeder Moment dieses Tages würde ihr ewig in Erinnerung bleiben. Der Stolz ihrer Mutter. Karen und Kim, die Tränen in den Augen hatten; so sehr freuten sie sich für sie. Die Rührung und Freude ihrer Familie und der von Grant machten diesen besonderen Tag noch schöner.

Aber woran sie sich vor allem erinnern würde, war der Ausdruck in den Augen ihres Ehemanns, als er sie in dieser Nacht in den Armen hielt.

„Ich liebe dich, Rachael Matthews", sagte er. „Für immer und ewig."

In diesem Moment war sie die glücklichste Frau auf der Welt.

– ENDE –

Lori Wilde

Im süßen Rausch der Sinne

Roman

Aus dem Amerikanischen von
Charlotte Kesper

mtb

1. KAPITEL

Amabile: italienisch für liebenswert

Außerdem eine Bezeichnung für süßen Wein

Wyatt DeSalme stand früh am Morgen des 1. Juni am Bug der Fähre und sah zu der nebelverhüllten Insel hinüber, die eben vor der nordkalifornischen Küste in Sicht kam.

Die Motoren der Fähre ließen den Boden unter seinen Füßen sanft vibrieren. Die Seeluft schmeckte salzig, und über ihm flog ein Schwarm kreischender Möwen. Je näher sie der Insel kamen, desto aufgeregter wurden auch die Stimmen der anderen jungen Männer und Frauen um ihn herum. Wie es schien, waren es allesamt neue Praktikanten, genau wie er einer sein sollte.

Allmählich lichtete sich der Nebel, und vor ihnen tauchten, in der Morgendämmerung schimmernd, die zwei großen Steilhänge des Twin Hearts auf, der in der Mitte der Insel hoch emporragte.

Da war es. Sein Ziel.

Ein seltsames Gefühl überkam Wyatt. Ein Gefühl, das ihm sagte, wenn du das jetzt tust, wirst du nie wieder derselbe sein.

Unwillkürlich verkrampfte sich sein Magen.

Ich will nicht.

Aber weshalb nicht? Normalerweise liebte er Rollenspiele. Woher kam also der plötzliche Impuls, an Ort und Stelle stehen zu bleiben, während alle anderen von Bord gingen?

Was ist los? Feige?

Es war die Stimme seines Bruders Scott, die spöttisch in seinem Hinterkopf erklang und ihn aufzog, wie schon damals als Kind. Wyatt hatte es nie auf sich sitzen lassen können, wenn man ihn feige nannte.

Der ständige Spott, die Wetten und Mutproben hatten einiges dazu beigetragen, seinen Charakter zu formen. Immer um die Wertschätzung seiner älteren Brüder kämpfend, war er zu einem unerschrockenen Abenteurer geworden. Hier stand er nun, mit einunddreißig Jahren, und wollte immer noch ihre Anerkennung gewinnen.

Als Tarnung trug er eine Brille aus Fensterglas mit dicker dunkler Fassung, hatte sich seit zwei Tagen nicht rasiert und sein Haar bereits seit Monaten wachsen lassen, sodass es ihm jetzt in dunklen Wellen bis auf die Schultern hing. Seit dem College hatte er die Haare nicht mehr so lang getragen.

Er hatte eine graue Strickmütze aufgesetzt, dazu blaue Jeans mit einem Loch am Knie und einen grauen Kapuzenpulli angezogen. Seine Turnschuhe zierten zerfranste Schnürsenkel, und statt der Rolex trug er eine billige Allerweltsuhr.

Was er damit bezweckte? So unscheinbar wie möglich zu wirken und sich besser in seine neue Rolle einzufühlen, die das Gegenteil seines sonst üblichen Auftretens bedeutete. Normalerweise hatte er einen Hang zu schicken Anzügen und High-Society-Partys. Er liebte es, in seinem Lamborghini über die europäischen Autobahnen zu düsen, und vergnügte sich gern in Monte Carlo beim Glücksspiel.

Sein Trick schien zu funktionieren. Er war schon über eine Stunde an Bord, und noch keine der hübschen Studentinnen hatte ihn bisher auch nur eines Blickes gewürdigt. Einerseits war das der Sinn der Sache, andererseits tat es seinem Ego nicht besonders gut.

Er schob sich näher an eine lebhaft plappernde Mädchengruppe heran.

„Wie, kennst du die Geschichte nicht?“, rief eine hübsche Brünette.

Wyatt lauschte angespannt. Als Spion konnte man nie genug erfahren.

„Ach, das ist so romantisch!“, fuhr die junge Frau fort. „Es soll so gewesen sein: Als vor ewiger Zeit der Gründer von Bella Notte in unserem Alter war, verliebte er sich in ein Mädchen vom Festland. In einer schönen Vollmondnacht im Juni packte er eine Flasche seines ersten selbst gekelterten Weins ein und führte seine Liebste hinauf auf den Gipfel des Twin Hearts.“ Sie zeigte auf die schroffen Berge. „Sie tranken den Wein gemeinsam, und er hielt um ihre Hand an. Im Juni darauf ließen sie sich im Weinberg trauen und lebten dann vierundsechzig Jahre als Ehepaar glücklich und zufrieden."

„Das ist wirklich süß!"

„Und genauso ging es später ihren drei Söhnen. Und deren Söhnen. Bei den Romanos hat es noch nie eine Scheidung gegeben. Und kein anderes Paar, das seitdem im Juni bei Vollmond auf dem Twin Hearts eine Flasche Wein gemeinsam geleert hat, musste je den Scheidungsanwalt bemühen."

„Keins?"

„Keins."

„Wow", sagte eine Blonde. „Das ist wirklich verrückt!"

Was für ein Schwachsinn, dachte Wyatt. Er fand die Sage aber trotzdem sehr hübsch. Zugegeben, die Romanos wussten offensichtlich, wie man einen Mythos werbewirksam einsetzt.

Mittlerweile hatte die Fähre angelegt, und fast alle Passagiere stiegen um in kleine, mit dem Bella-Notte-Logo bedruckte Busse, die sie zu dem gleichnamigen Weingut brachten.

Der Morgennebel hatte sich fast ganz aufgelöst und gab den Blick auf Idyll frei. Ein passender Name für die Insel, fand Wyatt, denn auf der einen Seite der Berge sah das Land zwar trocken und karg aus, auf der anderen Seite jedoch lagen die üppigen Weinberge. Auf Idyll herrschte das gleiche weinfreundliche Klima wie im Napa Valley, und es schien auch das gleiche unbekümmertsonnige Flair in der Luft zu liegen.

Der Eingang zu Bella Notte war, ebenso wie alles andere auf Idyll, eher altmodisch gehalten und erinnerte mit seinen überrankten Gemäuern an die alten Weingüter der Toskana. Hinter dem Gebäude erstreckten sich schier endlose Reihen vorzüglich gepflegter Rebstöcke. Wyatt war inmitten von Weinbergen aufgewachsen, die ihn, um ehrlich zu sein, nie interessiert hatten – viel zu viel Arbeit. Als er jetzt aber über das Tal blickte und den kräftigen Duft des fruchtbaren Lehmbodens einatmete, fühlte er sich seltsam inspiriert.

Seine Brüder würden ihn dafür auslachen. Weshalb sollte ihn dieses winzige Weingut inspirieren, wenn ihn das riesige und sich immer weiter vergrößernde Unternehmen der DeSalmes völlig kaltließ?

Was ihn daran erinnerte, weshalb er eigentlich hier war: um herauszufinden, wodurch es diesem kleinen Familienbetrieb gelungen war, einen beachtlich großen Marktanteil an sich zu reißen. Bella Nottes Weine waren tatsächlich ausgesprochen gut. Was machten sie anders? Seine Brüder hatten den Wein sogar analysieren lassen, aber sie hatten nicht entdecken können, was ihn besonders auszeichnete. Sie brauchten einen Spion, und genau das war er.

Ein großer dunkelhaariger Mann kam, noch während sie aus dem Bus ausstiegen, zu Wyatts Gruppe und führte sie dann in eines der Gebäude. Seine langen Haare waren mit einem Lederband zusammengebunden, er trug ein T-Shirt, das eindeutig aus Hanffaser gewebt war, und hatte eine Tätowierung am Unterarm, eine Traube dunkelblauer Weinbeeren. Seine ganze Ausstrahlung war die eines Künstlers.

Eine schwarzhaarige Frau in einem leichten blauen Kleid kam über den Hof zu dem Mann hinüber, kuschelte sich an ihn und hob ihm ihren Kopf entgegen. Er gab ihr einen langen, innigen Kuss, tätschelte sie liebevoll und zog sie an seine Seite.

Im Inneren des Gebäudes war es kühl, abgesehen von einem rustikalen Holztisch und den dazu passenden Stühlen gab es keine Möbel. Ganz offensichtlich wurde dieser Raum für Weinproben und Ähnliches genutzt.

Es roch nach Trauben: süß, kräftig und berauschend. Ein Geruch, den Wyatt niemals vergessen würde, ganz gleich, wohin in der Welt er mit seiner Jacht segelte.

Alle aus der Gruppe sahen auf, als sich die Hintertür öffnete.

Eine Frau, etwa so alt wie Wyatt selbst, trat ein, in einem Outfit, das Wyatt nur als „verhüllend“ beschreiben konnte. Sie trug eine Nickelbrille wie einst seine Oma, ein formloses Kleid mit Blumenmuster, das bis zur Mitte ihrer Waden reichte und eher zu einer Frau über sechzig gepasst hätte, darüber eine grün- und burgunderfarbene Schürze mit dem Bella-Notte-Logo.

Ihre Füße steckten in klobigen, bereits ziemlich abgenutzten Wanderschuhen mit dicken Gummisohlen. Ihre Haut war von der Sonne gebräunt, aber sie trug weder Make-up noch sonst etwas, um ihr Äußeres zu unterstreichen, lediglich ein Paar schlichte goldene Ohrstecker.

Das dunkle kastanienbraune Haar hatte sie zu einem nachlässigen Zopf gebunden, aus dem sich einzelne, wirr abstehende Strähnen gelöst hatten.

Sie hob den Kopf. Der Blick ihrer grünen Augen bohrte sich geradewegs in Wyatts und brachte sein Herz … gewaltig ins Stolpern.

Sie sah ihn an, als wäre er irgendein ekliger Käfer in ihrem Müsli.

Sie weiß es!

Ungewohnte Panik erfasste ihn. Plötzlich wurde ihm klar, dass das hier viel mehr als nur ein Spiel war. Es ging um mehr als seinen Stolz. Er hatte seinen Brüdern gesagt, er würde es schaffen, und Wyatt hasste es, zu versagen. Außerdem war er bereit, mehr Verantwortung zu übernehmen. Er hatte den ewigen Spott seiner Brüder satt. Er verdiente es, ein ebenbürtiges Mitglied des DeSalme-Clans zu sein. Wenn er das Geheimnis von Bella Notte lüften könnte, würden sie akzeptieren müssen, dass er es wert war, und ihn nicht länger nur als ihren kleinen Playboy-Bruder abtun.

Um den finsteren Blick vom Gesicht der Frau zu vertreiben, tat er, was er immer tat, um Frauen einzuwickeln. Er lächelte breit und zwinkerte ihr verwegen zu.

Sie sah einfach nur weg, griff nach einem Korkenzieher und einer der Flaschen.

Der große Mann deutete auf die Stühle. „Bitte nehmen Sie Platz."

Während sich alle setzten, verteilte er die Gläser, je drei pro Gast für die unterschiedlichen Weinsorten.

Die schwarzhaarige Frau im blauen Kleid öffnete gekonnt

drei verschiedene Weinflaschen, dann schenkte sie jedem jeweils einen Schluck davon ein. Sie bewegte sich wie in einem einstudierten Tanz. Offensichtlich hatte sie das hier schon viele, viele Male getan.

„Ich bin Maurice Romano, und das …“, sagte der große Mann und legte einen Arm um die Taille der Schwarzhaarigen, „… ist meine Frau Trudy. Abgesehen davon, dass sie sich um unsere vier Kinder kümmert, leitet sie den Souvenirladen und ist für unsere Gäste zuständig.“

„Und das …“, stellte Trudy nun die Frau mit den kastanienbraunen Haaren vor, „… ist meine Cousine Kiara. Unsere Großeltern haben das Weingut Bella Notte im Jahre 1934 gegründet, seither ist es im Besitz unserer Familie.“

Das war also die berühmte Kiara Romano, die angeblich so begabt war, dass sie es geschafft hatte, das kurz vorm Bankrott stehende Gut zu einer der vielversprechendsten Kellereien in ganz Kalifornien zu machen. Das hätte Wyatt ihr, rein optisch, gar nicht zugetraut.

Sie stand ihm genau gegenüber, auf der anderen Seite des Tisches, und hatte eben jemandem von dem Weißwein eingeschenkt, als sie den Kopf hob und sich ihre Blicke erneut trafen. Sie presste ihren Mund zu einem schmalen Strich zusammen und verengte grimmig die Augen.

Was war das? Konnte sie ihn etwa auf den ersten Blick nicht leiden? Das war ungewöhnlich. Die meisten Frauen mochten ihn. Zumindest so lange, bis sie herausfanden, dass er nicht zu den Männern gehörte, die feste Bindungen schätzten.

Wyatts Körper spannte sich an. Er hörte nicht mehr zu, was Maurice sagte, denn seine ganze Konzentration galt einzig dieser Frau.

Er wusste nicht, weshalb, aber sie berührte ihn auf einer instinktiven Ebene. Vielleicht lag es an der eleganten Art, wie sie sich trotz der schweren Stiefel bewegte. Vielleicht war es der Kontrast zwischen ihrer eher zarten Figur und der professionellen Ausstrahlung einer Geschäftsfrau. Vielleicht lag es aber auch nur an der romantischen Umgebung.

Aber wenn Bella Notte seine Fantasie beflügelte, weshalb bezauberte ihn dann Kiara und nicht irgendeine der anderen Frauen im Raum?

Wyatt kam nicht mehr dazu, weiter darüber nachzudenken, denn Kiara hatte seinen Platz erreicht.

Sie beugte sich vor, um sein Glas zu füllen. Augenblicklich umhüllte ihn ihr faszinierender Duft. Sie roch ehrlich, frisch – wie Wildblumen und Sonne.

Wyatt war mit einem hoch entwickelten Geruchssinn gesegnet. Seine Familie hatte geglaubt, dass er mit seinem Talent, die feinen Nuancen des Weins zu erkennen, ganz bestimmt ins Weingeschäft einsteigen würde. Aber Wyatt war ein Rebell. Er tat nie, was man von ihm erwartete. Außerdem gab es die ganze Welt zu erforschen, weshalb sich also auf eine einzige Bestimmung beschränken?

Wie in Zeitlupe verging der Moment, und er nahm alles konzentriert in sich auf: wie ihre Hand seine Schulter sacht streifte, die Wärme ihres Körpers, als sie sich halb drehte, um zwischen die Stühle zu schlüpfen, das leise Geräusch ihres ruhigen flachen Atems. Er sah nicht halb so viel von ihr, wie er sie spürte.

Ein unerwarteter, erschreckender Gedanke machte sich in ihm breit.

Diese Frau. Sie ist die eine.

Und dann war sie wieder weg, ließ ihn wie beraubt und verwirrt zurück, als sie zur anderen Seite des Tisches ging.

Beunruhigt schüttelte er den Kopf und versuchte, den Gedanken zu verdrängen. Was zur Hölle sollte das? Er war nicht der Typ Mann, der eine Frau für sich beanspruchte. Jeder wusste das. Wyatt DeSalme war frei und ungebunden und …

Er konnte nicht aufhören, Kiara Romano anzustarren. Schließlich zwang er sich, den Blick abzuwenden und Maurice zuzuhören, der inzwischen bei der Geschichte und den Traditionen Bella Nottes angelangt war und erklärte, weshalb die Praktikanten für die Herstellung der Weine so wichtig waren.

Wyatt las zwischen den Zeilen. Obwohl Bella Notte unter Kiaras Leitung einen gewaltigen Sprung nach vorn gemacht hatte, benötigten sie noch immer die Hilfe umsonst arbeitender Praktikanten, um finanziell über die Runden zu kommen. Seine Brüder würden sich bei dieser Information die Hände reiben. Die Finanzen schienen tatsächlich der wunde Punkt des Weinguts zu sein, und er war hier, um den vernichtenden Schlag zu führen.

Hatte ihn dieser Gedanke heute Morgen noch in Ekstase versetzt, weil seine Brüder ihn dann endlich ernst nehmen würden, störte er ihn jetzt aus irgendeinem Grund. Dabei waren die Romanos nichts als Konkurrenz für die DeSalmes. Hier ging es nur ums Geschäft, ein bisschen gut geplante Spionage, um die Schwäche des Gegners zu entlarven. Es war völlig legal – solange gewisse Grenzen nicht überschritten wurden – und kam in der amerikanischen Geschäftswelt tagtäglich vor.

Warum also verspürte Wyatt plötzlich das dringende Bedürfnis nach einer heißen Dusche und viel Seifenschaum, um seine Seele reinzuwaschen?

Nachdem der Wein eingeschenkt worden war, teilte Maurice Karteikarten und Stifte aus. Währenddessen musterte Kiara die anwesenden Praktikanten. Wyatt konnte ihren Blick regelrecht spüren.

Er sah auf. Sie verzog leicht den Mund.

„Sie werden nun unsere drei besten Weine probieren, fangen Sie mit dem Weißwein an“, erklärte Maurice. „Dann schreiben Sie bitte Ihre Eindrücke auf, aber vergleichen Sie Ihre Notizen nicht untereinander.“

Wyatt nahm das Weinglas, schwenkte es leicht und sog das fruchtige Aroma ein.

Zu seiner Freude war es nicht der typische Chardonnay. Dieser hier erschien ihm himmlisch – leicht, frisch und hell wie ein Sommertag. Der Geschmack, sehr vielseitig, wurde intensiver, als er ihn über seine Zunge rollen ließ, war jedoch mild im Abgang, lieblich, aber nicht aufdringlich.

Er bewertete mit der Zwanzig-Punkte-Methode von Davis, die er als Kind gelernt hatte. Der Riesling bekam eine solide Sechzehn. Keine Makel.

„Jetzt der Cabernet“, wies Maurice an.

Wyatt schloss die Augen und überließ die Beurteilung zuerst seiner Nase. Leichte Schärfe, Eichenduft, aber ohne die übliche Rauchigkeit, unterschwellig nahm er einen Hauch Kirsche wahr, kaum merklich, aber doch vorhanden.

Er hob das Glas an seine Lippen, ließ den Schluck dann geschmeidig über seine Zunge rollen, bis er schließlich auf seinen Gaumen traf. Es war ein gewöhnlicher Cabernet und doch nobel und unverfälscht. Er schmeckte reiner als alles, was DeSalme produzierte. Inniger.

Die anderen Praktikanten kritzelten wild auf ihren Karten herum. Wyatt aber ließ sich Zeit, erlaubte dem Wein, auf seiner Zunge nachzuklingen, ehe er sich an die Beurteilung machte.

Wyatt warf wieder einen Blick zu Kiara hinüber. Sie starrte ihn noch immer an. Dieses Mal hielt er ihrem Blick stand. Wenn sie wusste, wer er war, würde sie ihn hier, vor allen Leuten, beschuldigen müssen.

„Und jetzt“, sagte Maurice, „kommt der Wein, mit dem wir nächsten Monat den ersten Platz beim alljährlichen Sonoma-Wein-Festival belegen werden.“ Er machte eine dramatische Pause und ließ seine Worte wirken.

Aha, das war eine wenig bescheidene Prahlerei.

„Ich präsentiere Ihnen Bella Nottes Premiumwein.“ Er hob eine Hand wie ein Stoppschild. „Aber warten Sie einen Augenblick! Sie müssen ihn zu dem Schokoladenkuchen trinken, den Großmutter Romano gebacken hat, damit Sie die Freude, die Ihnen *Decadent Midnight* bereiten wird, voll und ganz schätzen können.“

Die Tür öffnete sich, und eine ältere Frau brachte ein Tablett mit Kuchen herein. Das Aroma des Weines vermischte sich mit dem feinster Schokolade.

Dann war das also der Wein, über den DeSalme so viele Gerüchte gehört hatte, der Wein, der sie angeblich bei Sonomas „Best of the Best Award“ als herrschende Könige vom Thron stürzen würde. Der Wein, wegen dem seine Brüder ihn in Griechenland angerufen und ihn angefleht hatten, sich undercover in Bella Notte einzuschleichen.

Wyatt konnte es kaum abwarten, ihn zu kosten. Was Luxus anging, war er ein Experte. Gutes Essen, guter Wein, eine gute Zeit waren die Grundsätze, nach denen er lebte.

Während Großmutter Romano den Kuchen verteilte, machte sich bei den Teilnehmern Aufregung breit. Sie warteten darauf, dass Maurice ihnen ein Zeichen gab, aber es war Kiara, die schließlich eines der schlanken Gläser hob. „Salute."

Alle aus der Gruppe hoben ihre Gläser und erwiderten den Gruß.

Sie tauschten Blicke aus, grinsten und sogen dann das berauschende Aroma des Weines ein. Er duftete nach sonnenreifen Pflaumen. Wyatt musste sofort an Portugal und dessen Portweine denken. Aber dies hier war kein kräftiger Wein.

Wyatt schloss die Augen. Er hörte Gabeln auf Porzellan, genüssliches Seufzen, aber er schaltete das alles aus und konzentrierte sich einzig auf seine eigenen Eindrücke.

Eine Muskateller-Spätlese. Aber das war mehr als ein gewöhnlicher Muskateller. Dieser Wein war voller, ehrlicher. Nicht eine einzige falsche Note.

Zuerst schmeckte er eine melancholische Süße, gleich gefolgt von einem Kick kribbelnder Wärme, der so überraschend kam, dass Wyatt scharf ausatmete. Dann folgte unterschwellig der Geschmack nach Pekannuss.

Er schlug die Augen auf und sah direkt in die von Kiara Romano. Sie durchbohrte ihn mit ihrem Blick wie mit einem Laser. Um sich – und auch sie – abzulenken, nahm er rasch einen Bissen von dem warmen Schokokuchen.

Und das war der Moment, in dem in seinem Mund etwas Magisches passierte.

War er gestorben und im Himmel gelandet? Sein Gehirn suchte nach einem Wort, das respektvoll genug war, zu beschreiben, was er schmeckte, aber es gab keins.

Die Zeit schien stehen zu bleiben, in einem Augenblick, den er so nie wieder erfahren würde – zum ersten Mal kostete er wahre Dekadenz.

Waren es Sekunden? Minuten? Stunden?

Dieses Vergnügen war so unglaublich intensiv, dass er es niemals enden lassen wollte. Es schmeckte wie die nobelste aller Sünden. Kaum zu glauben, dass die Frau in diesem altbackenen Kleid diese … diese schiere Perfektion geschaffen hatte.

Er ließ sich die Mischung aus *Decadent Midnight* und Schokolade auf der Zunge zergehen – süß, feucht und heiß. Das machte selbst gutem Sex Konkurrenz. Der Vergleich überraschte ihn, aber er schien passend. Es war die reinste Lust. Noch nie hatte ihn ein Wein derart euphorisch werden lassen.

Mit jedem Schluck, der über seine Zunge glitt, wuchs seine Wertschätzung. Eine Symphonie. Er hatte eine Symphonie in seinem Mund, wie der Herbst in Vivaldis *Vier Jahreszeiten* – frisch, stürmisch, mit einer unterschwelligen Melancholie. Feigen, Aprikosen und der Geschmack nach Herbst liebkosten seine Kehle. In diesem Augenblick fühlte er sich ganz und gar lebendig.

Es war ein herausragender, außergewöhnlicher Wein mit tiefgründigem, komplexem Charakter. Eine wohlverdiente Zwanzig auf der Davis-Skala. Wyatt riss die Augen auf, nahm den Stift und begann zu schreiben. Seine Hand konnte kaum seinen Gedanken folgen. Es war fast, als spräche Bacchus höchstpersönlich durch ihn, während er wie in Trance seine Eindrücke auf die Karteikarte kritzelte.

Seine Brüder hatten allen Grund, sich wegen Bella Notte Sorgen zu machen. Wenn sie nicht noch Kiara Romanos Achillesferse fanden und sie somit aus dem Wettkampf ausschied, würde *Decadent Midnight* nicht nur DeSalme beim „Best of the Best Award“ schlagen, sondern auch jeden anderen Wein in der Kategorie.

Glückseligkeit lag noch auf seiner Zunge, unvergesslich. Er fühlte sich, als hätte er eben seine Jungfräulichkeit verloren und könnte nicht abwarten, es wieder zu erleben.

Dieser himmlische Wein hatte das, was die Franzosen *terroir* nannten: Geschmack mit einem echten Sinn für den jeweiligen Ort. Er schmeckte wie die Gegend, in der er gewachsen war. Idyllisch.

Die anderen waren schon mit ihren Notizen fertig, Wyatt hingegen schien nicht aufhören zu können. Die Worte flossen nur so aus dem Stift auf das Papier. Erst als er beide Seiten der Karte vollgeschrieben hatte, legte er den Stift zur Seite und sah sich um.

Irgendwann, während er seine Gedanken festgehalten hatte, musste die Praktikantin ihm gegenüber aufgestanden sein, und Kiara hatte sich stattdessen dorthin gesetzt. Mit glänzenden Augen beobachtete sie ihn über den Tisch hinweg.

Er lächelte sie an.

Sie blinzelte, ein verträumter, glücklicher Ausdruck verdunkelte ihre Augen. Auf ihren Lippen lag das gleiche befriedigte Lächeln wie auf seinen.

In einer fließenden Bewegung schob sie den Stuhl zurück, stand auf und deutete auf Wyatt.

„Sie“, sagte sie bestimmt. „Sie kommen mit mir.“

2. KAPITEL

Säure: das Element, das den Wein klar, frisch und spritzig schmecken lässt

Der Mann war perfekt.

Zu perfekt.

Er ließ bei Kiara sämtliche Alarmglocken schrillen. Sie traute „perfekt“ nicht.

Ihm voran ging sie den Korridor entlang. Introvertiert, wie sie war, lag es ihr nicht besonders, die Praktikanten zu begrüßen, sich herzlich und locker zu geben. Lieber war sie in ihrem ruhigen Labor. Maurice dagegen war gut in diesen Dingen.

Aber sie war es, die einen Assistenten brauchte, und der Mann hinter ihr schien alle dafür nötigen Qualitäten zu besitzen. Ohne einen versierten Assistenten konnte Kiara sich nicht voll und ganz auf ihr eigentliches Ziel konzentrieren – hochklassige Dessertweine zu kreieren, um Bella Notte zur begehrtesten Kellerei für Spätlesen zu machen.

Sie betrieb die Weinherstellung auf völlig andere Weise als ihre Vorgänger auf dem Gut. Mit einem Abschluss in Weinbau und Weinkunde war sie zu einhundert Prozent Wissenschaftlerin und hielt sich immer auf dem neusten Stand. Für sie gab es keine lockere künstlerische Art, Wein herzustellen. Ja, ihr Urgroßvater hatte seinerzeit viel erreicht, einfach mit seinem gottgegebenen Talent und den Weinstöcken, die er von Neapel quer über den Ozean hierher verpflanzt hatte. Aber die moderne Technik hatte die Weinherstellung grundlegend verändert.

Jetzt aber musste sie erst einmal dieses Vorstellungsgespräch führen.

Mach dir nicht zu große Hoffnungen, nur weil dieser Kerl all die Eigenschaften zu haben scheint, nach denen du suchst. Nur keine Eile. Du hast Zeit.

Das klang gut, aber es stimmte nicht. Sie hatte Bella Notte zwar vor dem Bankrott bewahrt, nachdem ihr Vater das Weingut krankheitsbedingt nicht mehr hatte leiten können, aber sie waren noch lange nicht aus dem Schneider. Mit *Decadent Midnight*, ihrer eigenen Kreation, hoffte sie, beim „Best of the Best Award“ von Sonoma zu brillieren.

In ihrem Labor angekommen, deutete Kiara flüchtig auf einen Metallhocker. „Setzen Sie sich.“

Sie selbst ging um den Tisch herum, blieb aber stehen. Den Kopf leicht zur Seite geneigt, verschränkte sie die Arme vor der Brust und musterte den Mann ihr gegenüber.

Durch die schwarz gerahmte Brille blickten ihr dunkelbraune Augen entgegen. Sein braunes Haar fiel ihm wirr in die Stirn und verlieh ihm einen verwegenen Ausdruck. Er sah aus, als hätte er sich im Secondhandshop eingekleidet. Nicht dass das etwas Schlechtes wäre. Wenn man jung ist und entweder auf dem College oder gerade dabei, seinen Abschluss zu machen, ist man meistens ziemlich blank.

Aber hinter seiner Fassade war dieser Kerl anders.

Zum einen sahen seine Fingernägel viel zu gepflegt aus, und er hatte auch keine Schwielen an den Händen, im Gegensatz zu ihren eigenen, von der Arbeit im Weinberg rauen Händen. Außerdem umgab ihn ein Selbstbewusstsein, das zu seiner momentanen Stellung im Leben eigentlich gar nicht passte. Und dann war da noch sein offensichtliches Talent, Weine zu beurteilen. Weshalb hatte ihn nicht schon längst eine andere Kellerei entdeckt?

Maurice bearbeitete die Bewerbungen der Praktikanten und Auszubildenden. Wo hatte ihr Cousin ihn entdeckt?

Ihre Blicke trafen sich.

Langsam und ungezwungen verzog er einen Mundwinkel zu einem Lächeln, dann auch den anderen, während sein Blick fest auf ihr haftete.

Glatt. Er war viel zu glatt.

Kiara starrte ihn finster an.

Sein Lächeln verschwand, und für einen winzigen Augenblick sah sie so etwas wie ein Zögern auf seinem Gesicht. Sofort mochte sie ihn ein bisschen mehr.

Vielleicht war sein Auftreten nur Show. Vielleicht war er gar nicht so großspurig, wie er tat. Oder sie war einfach zu misstrauisch. Ihre ganze Familie predigte ihr ständig, sie solle offener sein, mehr Vertrauen haben, romantischer sein. Das sagte sich so einfach.

„Ich bin Kiara." Sie streckte ihm die Hand entgegen.

Sein Lächeln kehrte zurück. „Das hörte ich bereits." Er ergriff ihre Hand. „Wyatt Jordan."

In dem Moment, als sich ihre Hände berührten, schoss pures sexuelles Verlangen durch ihre Adern und rauschte geradewegs in ihren Unterleib. Ihr Körper reagierte auf Wyatt, ganz gegen ihren Willen. Das war ihr noch nie passiert.

Wyatts Augen weiteten sich.

Kiara zog ihre Hand fort und senkte den Blick.

Quälendes Schweigen breitete sich aus.

„Also …", sagte sie, die Schmetterlinge in ihrem Bauch ignorierend.

„Also?", echote er.

„Scheint so, als hätten wir beide das gleiche komplexe Vokabular."

„Wir sind eben zwei Fachidioten."

Er war witzig. Und intelligent. Eine gefährliche Kombination. Nicht zu vergessen, dass er außerordentlich gut aussah.

Eben zu perfekt.

Sie betrachtete seinen schön geschwungenen Mund. Groß und einladend. Lippen, wie zum Küssen geschaffen. Schon fühlte sie sich immer stärker zu ihm hingezogen.

Dabei passte das gar nicht zu ihr. Sie gehörte nicht zu den Frauen, die ohne nachzudenken agierten oder einfach ihrer Libido nachgaben. Aber sie konnte nicht anders, als ihren Blick über sein kräftiges männliches Kinn und seine breiten Schultern bis hin zu seiner Brust gleiten zu lassen. Zum Glück saß er hinter dem Tisch, andernfalls hätte sie wohl noch weiter nach unten gesehen.

Was zur Hölle ist nur los mit mir? Ich muss die Lage in den Griff kriegen. Jetzt.

„Ich habe noch eine Weinprobe für Sie.“

„Gerne.“

„Bin sofort wieder da.“ Damit eilte Kiara aus dem Labor. Sie war verunsichert und wollte sich erst einmal wieder fassen. Dieser Praktikant hatte Potenzial, aber ihre Reaktion auf ihn erschreckte sie. Sie musste ganz sichergehen, dass er der Richtige war, ehe sie ihn als ihren Assistenten einstellte. Sie dachte an einen Test, der zeigen würde, ob er wirklich einen so herausragenden Geschmackssinn besaß oder ob er nur ein Angeber war. Sie vermutete Letzteres.

Als Studentin hatte sie an einer psychologischen Studie teilgenommen, deren Fazit war, dass die meisten Menschen eine auf dem Markt etablierte Marke automatisch mit dem besseren Geschmack verbanden, obwohl ihnen im Blindversuch eine ganz andere Marke besser geschmeckt hatte.

Kiara fand dieses Ergebnis faszinierend und frustrierend zugleich. Denn es bedeutete, dass den Menschen die Marke wichtiger war als die Qualität selbst. Angesichts der Studie stellte sich die Frage, wie sich eine aufstrebende Kellerei gegen die großen Namen durchsetzen sollte. Diese Frage war für Kiara umso wichtiger geworden, seit sie die Leitung von Bella Notte übernommen hatte.

Sie suchte einen Weg, den Mythos eines Markennamens zu brechen. Sie wollte einfach daran glauben, dass man einen gewissen Grad an Objektivität finden und nutzen konnte.

Nur wie?

Teste diesen Kerl. Finde heraus, ob er tatsächlich imstande ist, Qualität von Marke zu unterscheiden.

Gut, es war ein bisschen hinterhältig, das musste sie zugeben. Aber wenn sie ihn als Assistenten in ihr Labor lassen wollte, musste sie sicherstellen, dass er die richtige Wahl war.

Oder belog sie sich selbst? Suchte sie nur nach einer Ausrede, um diesen unglaublich heißen Typen in ihrer Nähe haben zu können?

Kiara errötete. Nein, so war sie nicht! Sie würde nie zulassen, dass sexuelle Bedürfnisse ihren Zielen in die Quere kamen. Sie wollte ihn, weil er gezeigt hatte, dass er das seltene Talent besaß, selbst die subtilsten Aromen aus dem Wein herauszuschmecken und -riechen.

Ihre ganze Konzentration richtete sich nur auf ein einziges Ziel, ein hochfliegendes Ziel. Sie wollte dauerhaft die besten Dessertweine Kaliforniens produzieren. Und wenn Wyatt Jordan ihr dabei helfen konnte, gut, dann würde sie ihn dafür nutzen.

Okay. Also, warum stehst du dann hier draußen auf dem Flur herum?

Kopfschüttelnd ging sie hinunter in den Weinkeller. Kühler erdiger Geruch umfing sie. Sie liebte diesen alten Keller mit seinen Bruchsteinmauern und dem gestampften Lehmboden. Hier fühlte sie sich ihrer Familie am nächsten, ihrer Vergangenheit, der ganzen Geschichte des Weinanbaus. Regal an Regal lagerte hier eine verblüffende Vielzahl an Weinen. Fast alle aus eigener Produktion, aber zu Vergleichszwecken hatten sie auch einige von der Konkurrenz vorrätig. Kiara blieb nachdenklich vor einem Regal stehen. Mondavi, Gallo, DeSalme …

Hm. DeSalme produzierte einen roten Dessertwein, ähnlich wie *Decadent Midnight* – aber natürlich nicht in der Qualität. Den würde sie für ihren Versuch nehmen.

Sie nahm eine Flasche des DeSalme-Weins und eine ihres *Decadent Midnight*, vertauschte den Inhalt der Flaschen und ging damit zurück nach oben.

Als Kiara mit einer Flasche DeSalme-Weins zurückkam, brach Wyatt der Schweiß aus.

Oh, oh. Das war nicht gut. Gar nicht gut.

Erwischt.

Angesichts ihrer entschlossenen Miene lief es ihm kalt den Rücken hinunter. Was sollte er sagen? Seine Zunge formulierte bereits eine Lüge.

Wie hatte Kiara herausgefunden, wer er war? Hatte er sich irgendwie verraten? Hatte er zu viel Wissen über Wein erkennen lassen? Eric und Scott würden ihm die Hölle heißmachen, wenn er derart schnell aus Bella Notte herausflog. Und er würde es verdienen. Gott, wie er es hasste, in den Augen seiner Brüder als Stümper dazustehen!

Als sich ihre Blicke trafen, machte sich ein seltsames Gefühl in ihm breit.

Sein Pulsschlag erhöhte sich. Was für ein Spiel spielte sie? Warum konfrontierte sie ihn nicht einfach? Nervös fuhr er sich mit der Zunge über seine Lippen.

Komm schon, denk dir was aus. Irgendetwas Intelligentes, um ihren Ärger zu dämpfen.

Nur wollte ihm einfach nichts einfallen, weil er völlig von Kiara gefesselt war. Ihr Gesicht, die gelösten Locken, die sich wild aus ihrem Zopf kringelten.

Schon überlegte er sich, mit welcher Ausrede er sie einwickeln und entwaffnen könnte, wenn sie ihn als Spion enttarnte. Er würde den Kopf schräg legen, sein berühmtes Lächeln aufsetzen und ihr tief in die Augen schauen, als wäre sie für ihn die einzige Frau auf diesem Planeten. Das funktionierte bei allen Frauen, ganz gleich ob alt oder jung.

„Geben Sie mir die zwei Weingläser da", bat sie und deutete auf das Regal neben Wyatt.

Sollte das eine Falle werden? Er nahm die Gläser und stellte sie vor Kiara auf den Tisch.

Kiara entkorkte beide Weinflaschen und füllte in ein Glas *Decadent Midnight*, in das andere den DeSalme-Wein.

„Ein weiterer Geschmackstest", erklärte sie ihm. „Vergleichen Sie."

Was hatte das alles zu bedeuten? Wenn sie wusste, dass er ein Betrüger war, weshalb schmiss sie ihn dann nicht hochkant raus? Was sollten diese Spielchen? Und weshalb fühlte er sich wie ein Ruderboot, das in einem Sturm weit aufs Meer hinausgetrieben wurde?

„Gerne." Er zuckte unbekümmert mit den Schultern, wie er es perfektioniert hatte. Kühl wie Eis an einem heißen Sommertag.

„Warum gucken Sie mich so an?", fragte sie bissig. Sie hatte eine tolle Stimme, auch wenn sie wütend war – besonders, wenn sie wütend war. So dunkel und rauchig.

Wyatt blinzelte, lächelte breiter als zuvor, damit man auch bloß seine Grübchen sehen konnte. Irgendetwas lief hier falsch.

„Was ist los mit Ihnen?“, fragte sie. „Fehlt Ihnen etwas?“

Irritiert stand er auf. Für einen Moment verging ihm das Lächeln, dann fasste er sich wieder. Na bitte. Völlig unbeeindruckt.

„Probieren Sie“, befahl Kiara und schob ihm das Glas mit dem DeSalme-Wein zu.

Sein Magen verkrampfte sich. Das hier war verrückt, bizarr, schräg. Er nahm das Glas, hob es an seine Nase und sog den schweren Duft ein.

„Bouquet“, kommandierte sie.

Okay, wenn es so laufen sollte. Mit ein bisschen Druck konnte er umgehen.

„Geschmeidig“, sagte er.

„Was noch?“ Ihre Pupillen verengten sich.

„Komplex.“

„Und?“, drängte sie.

Fast erwartete er, dass sie ihn mit einem ihrer langen Finger pikte.

Himmel, sie ist großartig.

Wyatt fühlte sich, als ob sein Blut schäumte und sprudelte. Er wusste nicht, weshalb. Sie war eigentlich nicht sein Typ. Alles an ihr wirkte seltsam und fremd, und zugleich war es so vertraut. Er begehrte sie, wie er noch keine andere begehrt hatte. Verwirrt strich er sich das Haar aus der Stirn und versuchte, sich auf etwas anderes zu konzentrieren.

Sie waren ganz allein im Labor. An den Kleiderhaken hingen weiße Kittel. Ein schwacher Geruch nach Ozon lag in der Luft, und ein langer Edelstahltisch voller Gerätschaften wie Bunsenbrenner, Glasbehälter und Waagen nahm die Länge der Wand ein. Doch obwohl an der Ausrüstung nichts fehlte, wirkte alles etwas altmodisch. Es war vermutlich vor vielen Jahren angeschafft worden – nicht zu vergleichen mit dem Hightech-Labor bei DeSalme. Dies war eindeutig ein Familienbetrieb. Es wäre für DeSalme ein Leichtes, Bella Notte zu ruinieren.

Mit einem Mal nagten vage Schuldgefühle an Wyatt, und er verspürte plötzlich den Drang, auf der Seite von David und nicht von Goliath zu stehen.

„Also?"

„Überraschend", sagte Wyatt, womit er jedoch nicht den Wein meinte.

„Was noch?" Sie ließ nicht locker.

„Umwerfend."

„Frech", kommentierte sie.

„Der Wein?"

„Sie."

„Aber ich fasziniere Sie."

„Nicht Sie", erwiderte Kiara. „Ihre Zunge."

„Also, wer ist hier jetzt frech?"

Sie wurde rot. „So habe ich das nicht gemeint."

Endlich. Er hatte sie aus dem Konzept gebracht.

Sie wich seinem Blick aus und drehte sich weg, wandte sich ihm aber gleich wieder zu, eine Hand wie ein Stoppschild erhoben. „Passen Sie auf, ich weiß, dass Sie sich für so umwerfend halten, dass es schon wehtut. Das funktioniert sonst sicher hervorragend, aber wenn Sie diesen Job wollen, lassen Sie das einfach."

Er hob das Glas an seine Lippen und nahm einen kleinen Schluck.

Peng!

Da war er wieder. Der gleiche süße Kick puren Genusses, den er vorhin schon bei der Weinprobe erlebt hatte.

Wyatt warf einen Blick auf die dazugehörige Flasche. Tatsächlich. Das DeSalme-Label. Unter gesenkten Wimpern musterte er Kiara einen Augenblick lang. Was hatte sie vor? Das hier war nicht der DeSalme-Muskateller. Irgendetwas ging hier vor, aber er würde nicht in ihre Falle tappen. Wenn schon, sollte Kiara ihn geradeheraus beschuldigen.

„Und?"

„Ich dachte, Sie wollten einen Vergleich?", versicherte er sich.

Sie kräuselte die Lippen, sagte aber kein Wort. Sie hatte einen unglaublich schönen Mund. Voll und sinnlich. Lippen wie saftige reife Trauben. „Stimmt."

„Ich brauche erst etwas zum Neutralisieren, bevor ich den anderen probiere."

Eine Augenbraue skeptisch hochgezogen, holte Kiara eine Packung schlichter ungewürzter Kekse aus einer Schublade.

Er nahm einen, biss hinein, und einen Moment lang war sein leises Kauen, abgesehen vom Ticken der Wanduhr, das einzige Geräusch im Raum.

Kiara reichte ihm das zweite Glas, das mit dem Wein aus der *Decadent Midnight*-Flasche gefüllt war.

Er schwenkte den Wein im Glas und hob es an seine Nase.

„Bouquet?", fragte sie.

Wie sollte er sich weiter verhalten? Direkt sein? Oder eher zurückhaltend?

„Verschlossen." Er entschied sich für eine zurückhaltende Zweideutigkeit.

Ihre Augen weiteten sich. „Was noch?"

Er sah ihr durchdringend in die Augen. „Trügerisch schlicht."

Sie wand sich förmlich unter seinem Blick, wusste offensichtlich, dass sie aufgeflogen war. „Und?"

„Wollen Sie das wirklich durchziehen?", fragte er und lehnte sich über den Tisch zu ihr.

Fest biss sie die Zähne aufeinander. Er konnte den Pulsschlag an ihrem Hals flattern sehen. „Was, Mr Jordan?"

„Dieses Spielchen."

Hörbar sog sie die Luft ein. „Ich weiß nicht, was sie meinen."

„Sagen Sie mir nur eins: Warum spielen Sie mit mir?"

Ein Schatten huschte über ihr Gesicht, was sie so schmerzhaft verletzlich wirken ließ, dass es Wyatt tief in seinem Herzen berührte. „Sie wissen es?"

„Dass Sie die Flaschen vertauscht haben? Natürlich, ich weiß nur nicht, weshalb." Natürlich wusste er es. Weil sie ihn als DeSalme enttarnt hatte und ihn zwingen wollte, es zuzugeben. Aber er würde gar nichts zugeben. Sie würde ihn beschuldigen müssen.

Plötzlich, erstaunlicherweise, grinste sie jungenhaft. Ein Grinsen, bei dem er sich fühlte, als sei er ihr Held.

Aber warum das jetzt? Nach dieser ganzen Feindseligkeit erschien es ihm etwas deplatziert.

„Wer hätte das gedacht!“, murmelte sie, mehr zu sich selbst als zu ihm.

Wyatt atmete aus und merkte erst jetzt, dass er den Atem angehalten hatte.

Obwohl er einfach nur erleichtert sein sollte, dass sie ihn nicht als Maulwurf der DeSalmes entlarvt hatte, fühlte er sich enttäuscht. Nicht von ihr. Von sich selbst, weil er nichts gesagt hatte.

„Was gedacht?“, fragte er.

„Sie sind ein Superschmecker.“

„Ein was?“

„Sie besitzen das außergewöhnliche Talent, sämtliche Aromen und Geschmacksnuancen eines Weines herauszufinden. Deshalb habe ich Sie getestet. Die meisten Menschen halten sich zwar für objektiv, aber wenn man ihnen eine teure Marke vorsetzt, glauben sie automatisch, es sei auch der bessere Wein, ganz egal, was wirklich in der Flasche ist. Sie sind nicht darauf hereingefallen.“

„Ehrlich? Sie meinen, die meisten Leute bemerken den Unterschied gar nicht?“

Sie erläuterte kurz das bewusste Experiment und fuhr dann fort: „Ihre Gabe ist kostbar. Sie haben sich nicht von dem teuren DeSalme-Etikett täuschen lassen. Mir war der Ausdruck auf ihrem Gesicht aufgefallen, als sie *Decadent Midnight* zu dem Schokoladenkuchen meiner Großmutter getrunken haben. Eigentlich war ich mir sicher, dass Sie nicht bloß bluffen.“

Im Ernst? Ja, er hatte schon immer ein Talent dafür gehabt, den passenden Wein für ein Menü herauszusuchen. Aber er hatte geglaubt, es sei durch den ständigen Umgang mit Wein antrainiert.

„Welchen Gesichtsausdruck hatte ich denn?“

„Und was Sie auf die Karte geschrieben haben“, fuhr sie fort, ohne auf seine Frage zu achten. „Sie haben den Wein beschrieben wie eine Symphonie von Beethoven.“

„Was für einen Gesichtsausdruck hatte ich?“, fragte er beharrlich nach.

„Das ist doch egal.“

„Wenn es egal ist, können Sie es mir auch einfach sagen.“

„Es fällt Ihnen schwer, Dinge abzuhaken, oder?“

„Ganz und gar nicht. Ich bin sogar berühmt dafür, Dinge abzuhaken. Freundinnen zum Beispiel. Schlechte Angewohnheiten. Haushälterinnen. Die besonders.“

„Sie können sich eine Haushälterin leisten?“

Die meisten Praktikanten um die dreißig konnten das sicher nicht. Er musste vorsichtiger sein. „Deshalb musste ich sie abhaken“, scherzte er schnell. Mit Erfolg.

„Punkt für Sie.“

Gut, das hatte er noch einmal gerettet. „Also, was war mit meinem Gesicht?“

Kiara seufzte. „Sie lügen. Sie sind gar nicht gut darin, Dinge abzuhaken.“

„Verklagen Sie mich doch“, sagte er gleichmütig. „Also, was für ein Gesicht?“

„Orgastisch“, sagte sie endlich unverblümt. „Sie hatten einen orgastischen Ausdruck im Gesicht. Zufrieden?“

Orgastisch? Hatte sie das eben wirklich gesagt? Verdammt! Seine Wangen brannten. Gott sei Dank konnte man unter seinen Bartstoppeln nicht sehen, dass er errötete. Wann war er das letzte Mal rot geworden? Wann war er *jemals* rot geworden?

„Und was hat Ihnen das gesagt?“

„Dass Sie ein sehr sinnlicher Mensch sind.“

„Tja, danach hätten Sie mich nur fragen müssen. Ich hätte es Ihnen gesagt.“ Manche nannten es „maßlos“, aber was war so schlimm daran, wenn man sich den Luxus leisten konnte?

„Sie haben ja keine Ahnung, wie lange ich nach jemandem mit Ihrem Talent gesucht habe.“

„Dann scheint heute Ihr Glückstag zu sein“, sagte er bedeutungsvoll.

Ihr Lächeln verschwand, und sie presste ihre Lippen fest aufeinander. Wütend sah sie ihn an.

„Entschuldigung." Witzig, dachte Wyatt, sie sah hinreißend aus, wenn sie so guckte. Und sie guckte sehr oft wütend, was bedeutete, dass sie verdammt süß war.

„Wenn ich Sie als Praktikanten einstelle, Mr Jordan, werden Sie hier mit mir im Labor arbeiten", erklärte Kiara. „Die anderen Praktikanten sind draußen in den Weingärten."

Oha, das klang nach einer glücklichen Fügung. Er hätte es nicht besser planen können. Sie lud ihn direkt in das Herz der Kellerei ein, in das Nervensystem, ins Allerheiligste. Er würde in die bestgehüteten Geheimnisse Bella Nottes eingeweiht werden. Und er konnte ernsthaften Schaden anrichten.

„Wyatt", sagte er.

„Was?"

„Nennen Sie mich Wyatt."

„Ich bin eine sehr strenge Chefin, *Mr* Jordan. Die Weinherstellung ist meine Leidenschaft, mein Leben, der Grund, weshalb ich auf der Welt bin. Ich nehme das sehr ernst. Ich bin überglücklich, jemanden mit Ihrem Talent gefunden zu haben, aber wenn Sie nicht tun können, was ich sage, wenn ich es sage, ohne irgendwelche Fragen zu stellen, fliegen Sie gleich wieder raus. Verstanden?"

Er widerstand dem Impuls, die Hacken zusammenzuschlagen und „Aye, aye, Kapitän!" zu sagen. Stattdessen unterdrückte er sein Lächeln und sagte: „Sie sind der Boss."

„Und Sie sind recht alt für einen Praktikanten."

„Was soll ich sagen?" Wyatt breitete die Arme aus. „Ich bin ein Spätzünder. Vergeudete Jugend und so."

„Verwöhntes Kind, was?"

„Nein", log er, erstaunt darüber, wie unwohl er sich dabei fühlte. „Nur ein Faulenzer."

Sie runzelte die Stirn. „Darf ich annehmen, dass Sie diese Eigenschaft hinter sich gelassen haben?"

In einer eifrigen Geste krempelte er seine Ärmel hoch. „Ich bin bereit."

„Sie sind ein Witzbold."

„Sie nicht."

„Mr Jordan, Sie werden tun, was immer ich Ihnen sage, ohne Fragen zu stellen.“

„Ja.“

„Das war keine Frage.“

„Erwischt.“ Feurig. Das gefiel ihm an ihr. Genau genommen gefiel ihm alles an ihr. Das könnte ein ernstes Problem werden.

„Was haben Sie studiert?“, fragte sie.

„So dies und das.“

„Also ein Dilettant.“

„Ich bevorzuge die Bezeichnung *Renaissancemensch*.“ Er zwinkerte ihr zu, aber das wirkte auch nicht besser als sein Lächeln.

„Hätte ich mir denken sollen.“

„Ist Ihnen bewusst, dass Sie ein ganz klein wenig herablassend klingen können?“, fragte er.

„Wie bitte?“

„Oh, ich verstehe, dass Sie zu sehr von der Weinproduktion in Anspruch genommen werden, um höfliche Konversation zu betreiben, aber Sie haben die Tendenz, Leute abzulehnen, sobald sie nicht Ihren Vorstellungen entsprechen oder nicht tun, was Sie von ihnen verlangen.“

Alter, was machst du denn? Du sollst sie für dich gewinnen, nicht sie wütend machen. Du sollst sie ausspionieren und ihr nicht ihre weniger positiven Eigenschaften unter die Nase reiben.

„Sie wissen gar nichts über mich.“

„Ich weiß, was ich sehe.“

Sie schien über seine Worte nachzudenken. „Sie haben recht. Ich kann über meine Arbeit alles andere vergessen.“

„Manche würden das auch *unhöflich* nennen.“

„Ist das eine Kritik?“

„Wir haben alle unsere Macken.“ Er zuckte mit den Schultern.

„Manche mehr als andere.“

Meinte sie sich selbst oder ihn damit?

Nach einem Moment zog sie sich einen Stuhl heran und setzte sich neben Wyatt. „Warum Wein?“, fragte sie. „Was gefällt Ihnen daran?“

Er war nah dran, eine Plattitüde von sich zu geben, sagte sich dann aber, dass sie von ihrem potenziellen Praktikanten bestimmt etwas Besseres hören wollte. Außerdem musste er den schlechten Eindruck, den er eben vermittelt hatte, revidieren. „Ich glaube, wenn man eine so komplexe und spannende Kunst beherrscht, hat man sein Leben nicht verschwendet."

Sie verschränkte die Arme vor der Brust und musterte ihn, als würde sie seine Antwort soeben auf ihrer ganz persönlichen Schwachsinnsskala einstufen. Kiara Romano war eindeutig eine harte Nuss.

„Abgesehen davon ...", fügte er hinzu, unfähig, seiner natürlichen Neigung zu widerstehen, andere zu reizen, „... gibt es nichts Romantischeres als die Kunst, einen Wein zu kreieren."

Sie hob ihre Hand. Sie schien die Geste gern zu benutzen. „Lassen Sie mich hier kurz unterbrechen."

„Was?"

„Weinherstellung ist *keine* Kunst. Das ist die Hypothese einer verträumten, unlogischen, an Magie glaubenden Natur, die in meinem Labor nichts zu suchen hat. Weinherstellung ist eine Wissenschaft, die berechnet und kontrolliert werden kann. Sie ist quantitativ und qualitativ. Die Menschen haben eine völlig falsche Vorstellung davon."

„Okay." Scheinbar hatte er da einen wunden Punkt getroffen.

„Diese alberne Sage von den Liebespaaren, die hier auf Idyll herumgeistert, ist reiner Schwachsinn und nur brauchbar als Reklame für Leute, die an solchen romantischen Quatsch glauben. Ich bin Wissenschaftlerin. Ich benutze ausschließlich bewiesene wissenschaftliche Techniken, um den bestmöglichen Wein herzustellen."

„Sie glauben nicht, dass wenigstens ein kleines bisschen Magie darin steckt?" Er zeigte mit Daumen und Zeigefinger einen winzig kleinen Abstand.

„Nein", entgegnete sie scharf. „Und wenn Sie für mich arbeiten wollen, fangen Sie nie wieder davon an."

Alles klar. Botschaft angekommen. In ihr steckt kein Funken Romantik.

„Kein romantischer Schwachsinn mehr", versprach er.

„Sie machen sich über mich lustig."

„Das muss ich. Sie sind einfach zu ernst, und ich glaube, die meisten Leute um Sie herum sind davon eingeschüchtert."

„Ich muss tough sein." Sie reckte ihr Kinn.

„Nur nach außen hin. Ich wette, innerlich können Sie dahinschmelzen wie ein Eiszapfen in der Sonne."

„Ehrlich? Stehen Frauen auf dieses Gerede?"

„Oh ja."

Sie schnaubte verächtlich durch die Nase und verdrehte die Augen, aber Wyatt war sich sicher, dass sie am liebsten gelächelt hätte. Aber irgendwann musste sie zu dem Schluss gekommen sein, dass es sie schwach erscheinen ließe, wenn sie lockerlassen und einfach einmal Spaß haben würde.

„Also …", sagte sie schließlich, „… dann können Sie jetzt zur Gruppe zurückgehen. Maurice wird Ihnen das Gut zeigen und Sie dann zu Ihrer Unterkunft bringen. Seien Sie morgen früh Punkt sieben Uhr wieder hier, und bereiten Sie sich auf harte Arbeit vor."

„Auf die Minute." Wyatt versuchte es noch einmal mit seinem Lächeln, aber sie sprang noch immer nicht darauf an.

Sie schaffte es, dass er sich fühlte wie … wie die unverstandene Pointe eines Witzes. Es gab nicht viele Frauen, die sich von seiner lässigen Art nicht hinreißen ließen. Normalerweise waren sie nachsichtig mit ihm, lachten über seine Scherze, verziehen ihm.

Kiara nicht. Sie wirkte, als wäre sie ernstlich enttäuscht von ihm, aber entschlossen, das Beste aus dieser unbefriedigenden Situation zu machen.

Kiaras Verachtung reizte Wyatt nur noch mehr, sie beeindrucken zu wollen. Er wunderte sich, wie eine derart scharfzüngige Frau es geschafft hatte, einen so lieblichen Wein wie *Decadent Midnight* zu kreieren.

Plötzlich überkam ihn das Bedürfnis, ihr zu sagen, wer er wirklich war und weshalb er hier war, und sie dann zu fragen, ob sie mit ihm ausgehen wollte. Er hatte den Mund schon geöffnet, als er seinen Bruder Scott förmlich hören konnte: „Auf Wyatt kann man sich nie verlassen. Wenn er sich zwischen dem Geschäft und einer Frau entscheiden muss, wird er jedes Mal die Frau wählen.“

Richtig. Wyatt schloss den Mund wieder und schluckte den Impuls herunter. Seine Brüder hatten ihm eine Chance gegeben, sich zu beweisen. Und er würde keiner Frau – ganz gleich wie faszinierend – gestatten, ihm den Kopf zu verdrehen.

3. KAPITEL

Komplex: ein höherwertiger Wein, der viele verschiedene Duftkomponenten zeigt

Kiara stand auf der Terrasse vor ihrem Labor und sah zu, wie Maurice die Praktikanten zurück zu den Vans führte. Ihr Blick haftete an Wyatts großer Gestalt. Ein unbehagliches Prickeln rann über ihren Nacken. Seufzend steckte sie beide Hände in die Taschen ihres Kittels.

Toll. Das war wieder mal ihr Glück. Da fand sie endlich jemanden, der einen hervorstechenden Geschmacks- und Geruchssinn besaß, und dann stellte er sich als charmanter, aber besserwisserischer Nichtstuer heraus. Wyatts breites Grinsen sah schon auf den ersten Blick so aus, als würde er es des Öfteren benutzen, um sich Ärger vom Hals zu schaffen. Seine eher struppige Frisur und der Dreitagebart sagten ihr, dass er zu faul war, zum Friseur zu gehen und sich täglich zu rasieren. Er war leger, nachlässig und … und …

Er hatte sie frech und direkt auf ihre Macken hingewiesen. Es war unerwartet gekommen und hatte sie verwirrt, aber er hatte recht. Sie neigte wirklich zur Schroffheit, wenn jemand nicht so spurte, wie sie es erwartete. Das war etwas, das sie ändern wollte. Hin und wieder musste sie sich daran erinnern, dass nicht jeder an die Dinge glaubte, an die sie glaubte, oder die Dinge so schätzte, wie sie es tat – zum Beispiel Familie, harte Arbeit und an seinen Ideen festzuhalten.

Ein Teil von ihr fragte sich währenddessen, wie ihr Leben wohl verlaufen wäre, wenn sie einen anderen Weg eingeschlagen hätte und nicht derart hohe Anforderungen an sich selbst gestellt hätte.

Der Mann ist gut für dich. Er fordert dich heraus. Hält dich auf Trab. Und er kann dir zeigen, wie man sich selbst nicht so wichtig nimmt.

Wyatt hatte ein gewaltiges Selbstbewusstsein. War großspurig. Trotz der dicken schwarzen Hornbrille sah er ausgesprochen gut aus, und das wusste er auch. Er sendete zweideutige Botschaften aus, und sosehr es ihr widerstrebte, es zuzugeben, er machte sie neugierig.

Sie biss die Zähne aufeinander.

Nein. Einfach nein.

Sie würde nicht einmal darüber nachdenken. Ganz egal, ob ihre Hand noch immer kribbelte, weil sie versehentlich sein Handgelenk berührt hatte. Sich mit einem Praktikanten einzulassen war nicht nur absurd, sondern auch absolut unpassend.

Es war fünf Minuten nach sieben, als Wyatt am nächsten Morgen in Kiaras Labor schlenderte. Sie stand auf einer Leiter direkt unter dem Feuermelder, eine Batterie in der Hand.

„Sie sind zu spät", teilte sie ihm mit, ohne sich mit einer höflichen Begrüßung aufzuhalten, und deutete auf die Wanduhr.

Die letzten zwei Tage war Wyatt entgegen seinen Gewohnheiten schon im Morgengrauen aufgestanden. Nicht seine Zeit. Er bevorzugte die Abenddämmerung. Das war schon immer so gewesen. Schon als Kind, bevor seine Eltern sich hatten scheiden lassen, konnte man ihn nur mit Gewalt aus dem Bett bringen. Zugegeben, damals war er schrecklich gewesen – faul, undiszipliniert, dazu mit einem umwerfenden Lächeln gesegnet, das ihm Tür und Tor öffnete.

Wyatt zuckte die Schultern. „Der Weg von unserer Unterkunft hierher ist länger, als ich angenommen hatte."

„Keine Ausreden. Zu spät ist zu spät."

„Sie können es mir ja vom Gehalt abziehen."

Kiara starrte ihn finster an. Das konnte sie wirklich gut. Aber er sah hinter diese grimmige Maske. Sie trug viel Verantwortung. Sie leitete dieses Weingut, von ihr waren eine Menge Menschen abhängig. Sie hatte weder die Zeit noch die Geduld, um herumzualbern.

Er spürte einen Hauch Sympathie. Konnte sie sich jemals entspannen? Ihre eigenen Weine genießen oder sich einfach eine schöne Zeit machen? „Soll ich Ihnen da oben helfen?"

„Nein", erwiderte sie knapp. „Nicht nötig."

Er ließ seinen Blick über ihre nackten Waden bis zum Saum ihres unvorteilhaften Kleides wandern. Es sah fast genauso aus wie das vom Vortag. Aber selbst dieser altbackene Fummel konnte nicht darüber hinwegtäuschen, dass sie ausgesprochen hübsche Beine hatte. Ein angenehmes Prickeln machte sich in seinem Magen bemerkbar und breitete sich in seinem ganzen Körper aus.

Das war doch verrückt. *Hör auf, über ihre Beine nachzudenken.*

Wyatt lenkte seine Aufmerksamkeit auf die Leiter. „Die sieht ein bisschen unsicher aus. Wie alt ist die?"

„Älter als ich, aber absolut in Ordnung. Machen Sie sich nur keine Sorgen um mich."

„Ich könnte sie halten …" Er kam näher.

„Ich sagte, ich komme klar", fuhr sie ihn an.

Abwehrend hob er beide Hände. „Sind Sie immer so gereizt?"

„Wenn hier ein nerviger Praktikant um mich herumhampelt, der zu spät kommt und dumme Fragen stellt … Ja, dann bin ich gereizt!"

Wyatt lachte leise vor sich hin.

Kiara schnaubte nur abfällig, während sie sich, um an den Feuermelder zu kommen, vorreckte. Viel zu weit.

„Passen Sie auf!", rief Wyatt und sprang vor, um die Leiter festzuhalten.

Zu spät. Die Schwerkraft war stärker, und Kiara hatte zu viel Schwung, um sich halten zu können. Zwar konnte Wyatt die Leiter packen, doch Kiara taumelte seitwärts.

In dem Versuch, sie noch zu halten, verlor er selbst das Gleichgewicht. Die Leiter rutschte weg, Kiara fiel in seine Arme und riss ihn mit sich zu Boden.

Reflexartig umschlang er sie und zog sie schützend an seine Brust, während es ihm die Beine unterm Hintern wegriss und er, buchstäblich, auf selbigem landete, Kiara an sich gepresst.

Hab dich.

Ihre Blicke trafen sich.

Ließen einander nicht los.

Kiaras Augen weiteten sich, und sie machte Anstalten, zurückzuweichen, aber er ließ sie nicht. In ihrem Gesicht sah er die gleiche wundersame Anziehung, die ihn selbst eiskalt erwischt hatte.

„Der Boden hat gebebt", sagte sie mit etwas zittriger Stimme.

Und er dankte Gott dafür.

Sie war einfach der Knaller. Unter ihrer wilden Lockenmähne sahen ihn die klügsten Augen an, in die er je versunken war, und er war schon in den Blicken einer ganzen Menge attraktiver Frauen versunken. Ganz zu schweigen davon, wie gut sie roch. Nach frischer Baumwolle, Seife und Erdbeeren.

Für einen langen Moment schienen sie wie an Ort und Stelle erstarrt zu sein, ihre Körper eng aneinandergepresst, seine Arme immer noch um sie geschlungen. Ihr Blick klebte förmlich an seinem. Ihre Lippen verharrten verboten nah vor seinen.

Wonach würde sie schmecken, wenn er sie küsste? Nach Trauben? Oder intensiver, exotischer?

Er vergaß, dass sie auf dem Fußboden ihres Labors saßen, dass sie seine Chefin und er ihr Angestellter war. Konnte sich nicht erinnern, dass er für seine Brüder spionieren sollte.

Wyatt befeuchtete seine Lippen, neigte den Kopf und …

Kiara gab erst einen irritierten, undeutbaren Laut von sich, dann schlug sie Wyatt mit der flachen Hand vor die Brust und sprang auf die Füße. „Was zum Teufel glauben Sie, was Sie da machen?"

„Ich dachte, ich fange Sie auf, damit Sie nicht auf den Boden knallen."

„Das meine ich nicht."

„Was sonst?" Er stand ebenfalls auf. Sie mochte zwar faszinierend sein, aber sie war auch verdammt streitsüchtig.

„Sie wollten mich küssen."

„In Ihren Träumen", log er.

Natürlich hatte er daran gedacht. Nein, das stimmte nicht. Er hatte mehr als nur daran gedacht. Er war kurz davor gewesen, es zu tun. Warum eigentlich? Er bewegte sich auf dünnem Eis.

Wenn er so weitermachte, lief er ernstlich Gefahr, aus Bella Notte hinausgeschmissen zu werden.

Hör auf, ans Küssen zu denken, ermahnte er sich. *Hör auf, über Kiara Romano als Frau nachzudenken.* So schwer konnte das doch nicht sein. Sie versuchte ja nicht einmal, den Männern zu gefallen – ohne Make-up und in altmodischen Kleidern. Aber, verdammt, selbst die Tatsache, dass sie ihm gar nicht gefallen wollte, gefiel ihm! Wie dämlich war das denn? Er verdiente einen ordentlichen Tritt in den Hintern. Er benahm sich wie ein Besessener.

„Sie haben sich über die Lippen geleckt."

In seinem Kopf drehte sich alles so wild, dass er einen Moment brauchte, bis er wieder wusste, worüber sie eigentlich sprachen. „Sie waren trocken."

„Und Sie haben so geguckt."

„Geguckt? Wie geguckt?" Er versuchte, ganz unschuldig zu klingen, aber sein Magen zog sich zusammen. Lag das an dem Zusammenstoß mit Kiara oder weil sie ganz genau wusste, was er dachte?

„Sie wissen, wie Sie geguckt haben."

„Nein, ehrlich, ich weiß nicht, was Sie meinen."

„Wie ihr Typen eben guckt."

„Oh, nach dem Motto: Du bist so sexy, dass ich mich kaum noch halten kann? Oder: Ich sterbe, wenn ich dich nicht sofort küsse?" Wyatt presste die Lippen zusammen. Scheiße, hatte er das wirklich laut gesagt?

Kiara öffnete den Mund, schloss ihn wieder und lief rot an. „Das … das habe ich nicht gesagt."

Er kam einen Schritt näher. „Sie meinen, ich muss mich ernstlich beherrschen, um Ihnen nicht die Kleider vom Leib zu reißen und über Sie herzufallen?"

Zum ersten Mal, seit er sie kannte, wirkte sie verunsichert. „Vergessen Sie, was ich gesagt habe, das war dumm von mir."

„Sie halten viel von sich, was?" Es gefiel ihm, den Spieß umzudrehen und sie jetzt in die Enge zu treiben. „Sie glauben, Sie sind so verführerisch, dass Sie das Tier in mir wecken?"

Sie wich zurück. „Ich halte mich nicht für verführerisch."

„Wirklich?" Er konnte nicht aufhören, in ihre grünen Augen zu sehen. Wieder ging er einen Schritt auf sie zu. „Ist das nicht der Grund, weshalb Sie sich hinter dieser Brille und den Oma-Klamotten verstecken? Eben gerade, *weil* Sie wunderschön sind und befürchten, Ihre äußeren Vorzüge könnten Ihren geschäftlichen Bestrebungen in die Quere kommen?"

„Ja … nein … Sie drehen mir die Worte im Mund herum. Ich weiß, dass ich nicht hübsch bin, aber ich weiß auch, dass es bei Männern nicht viel braucht, um ihre Fantasie anzukurbeln."

„Nur weil Sie auf mich draufgefallen sind, heißt das noch lange nicht, dass Sie mich damit auf Touren gebracht haben", log Wyatt weiter. „Sie sind schließlich auf *mich* gefallen."

„Ich habe Ihnen gesagt, Sie sollen die Leiter nicht anfassen."

„Wenn ich nicht da gewesen wäre, hätte niemand Ihren Sturz abgebremst."

„Gut", meinte sie und reckte ihr Kinn. „Genauso mag ich es. Wenn ich falle und mir etwas tue, trage ich allein die Verantwortung dafür."

„Sie übernehmen gerne die ganze Verantwortung, was?"

„Was ist daran falsch?"

„Sie können nicht für alles allein verantwortlich sein. So funktioniert die Welt nicht."

„Aber ich kann es versuchen."

„Wovor haben Sie Angst?"

„Ich habe vor gar nichts Angst."

„Nein?"

„Nein", sagte sie ernst.

„Warum widerstrebt es Ihnen so, sich helfen zu lassen?"

„Tut es gar nicht."

„Doch!"

„Ich mag Sie nicht." Sie wich einen weiteren Schritt zurück und stieß gegen die geschlossene Tür. Sie wirkte plötzlich ängstlich und erschrocken.

Das war nicht gut. Er wollte nicht, dass sie sich vor ihm fürchtete. Er konnte sich an keine einzige Frau erinnern, die sich je vor ihm gefürchtet hätte. Er gehörte eigentlich nicht gerade zur Angst einflößenden Sorte Mann. Aber wie hatte er sie dann erschrecken können?

„Ich mag Sie nicht“, wiederholte sie.

„Tja, da haben wir was gemeinsam. Ich mag Sie auch nicht besonders. Sie sind viel zu launisch.“ Was war denn jetzt mit ihm los? Was war mit dem Filter passiert, der eigentlich zwischen seinem Hirn und seinem Mund sein sollte? Weshalb provozierte er sie so? *Wollte* er etwa von ihr gefeuert werden? Wollte er den Erwartungen seiner Brüder insgeheim gar nicht entsprechen? Oder neigte er zur Selbstzerstörung? Vielleicht war er auch nicht ganz richtig im Kopf.

„Und Sie sind viel zu glatt.“ Fest biss sie die Zähne aufeinander.

„Ich wollte bloß helfen. Und wenn Sie sich hätten helfen lassen, wäre das alles nicht passiert.“ Wieder kam er näher.

Dieses Mal behauptete sie sich und ballte die Fäuste. „Ich mache eben lieber alles selbst.“

Er schnalzte mit der Zunge und überbrückte die kleine Distanz zwischen ihnen mit einem Schritt, bis sie sich wieder direkt gegenüberstanden. „Jeder braucht ab und zu Hilfe.“

Er senkte leicht den Kopf.

Kiara schluckte hörbar. „Ich nicht.“

„Lügnerin“, sagte er, und dann küsste er sie tatsächlich.

Er hatte sie nur necken wollen. Nur ganz sacht mit seinen Lippen über ihre streichen, um ihr zu zeigen, dass es nicht ganz so schlimm war, ihn zu küssen. Aber er hatte nicht damit gerechnet, dass sie sich ihm entgegenreckte und ihren hübschen Mund für ihn öffnete. So süß.

Wyatt schloss die Augen. Sie war weich und warm und geschmeidig. Sie schmeckte würzig wie Minze, frisch und kühl, scharf und echt. Er fühlte sich, als würde er die Balance verlieren, und er hätte schwören können, dass die Erde unter ihm bebte.

Kiara riss sich los. „Mr Jordan“, sagte sie steif.

„Ja, Miss Romano?“ Er öffnete seine Augen.

„Ich glaube nicht, dass diese Beziehung in irgendeiner zufriedenstellenden Weise funktionieren wird. Für keinen von uns."

„Nein?" Warum konnte er dann die Lust in ihren Augen schimmern sehen?

„Nein."

„Also, was soll das bedeuten?"

„Das bedeutet, Mr Jordan, dass Sie gefeuert sind."

„Sie können mich nicht feuern. Sie bezahlen mich ja nicht."

Sie stutzte kurz. „Dann sind Sie eben nicht länger mein Praktikant."

„Nur weil ich Sie aufgefangen habe?"

Sie reckte das Kinn. „Ganz genau."

„Also, wenn ich Sie nicht gestützt hätte, und Sie hätten sich ein Bein gebrochen, wäre das dann in Ordnung gewesen?"

Ihre Lippen zuckten. „Sie sind unmöglich."

„Was ist mit dieser ganzen Superschmecker-Sache? Ich dachte, Sie hätten seit Jahren nach jemandem mit meinem Talent gesucht. Brauchen Sie meine Zunge doch nicht?" Okay, damit war er zu weit gegangen, das wusste er, kaum dass er die Worte ausgesprochen hatte. Aber es machte so viel Spaß zu sehen, wie ihr nachgerade Qualm aus den Ohren quoll.

„Und wenn Sie das letzte Geschmacksgenie auf Erden wären! Dann würde ich lieber Essig herstellen. In drei Stunden legt eine Fähre zum Festland ab. Seien Sie an Bord."

4. KAPITEL

Üppig: ein sehr aromatischer Wein. Vollmundig

In Kiaras Kopf herrschte wildes Durcheinander. Sie konnte Wyatt Jordans Dreistigkeit einfach nicht fassen. Sie verbrachte ihre Tage im Labor oder in den Weingärten und war attraktive freche Charmebolzen wie ihn nicht gewöhnt, die ein Nein nicht gelten ließen, ihr unverfroren widersprachen und so sexy waren, dass sie sie mit einem einzigen Blick zum Schmelzen brachten.

Es entnervte sie. Irritierte sie. Ängstigte sie.

Und wenn Kiara Angst bekam, wurde sie hart.

„Einfach so?", murmelte Wyatt. „Ohne eine zweite Chance?" Er warf ihr einen zerknirschten Blick zu.

„Sehen Sie, Mr Jordan, ich führe ein strenges Regiment, und so muss es auch sein. Dieses Weingut ernährt meine ganze Familie. Für die Qualität der Weine bin ich allein verantwortlich. Ich kann keinen oberflächlichen Kerl gebrauchen, der meine Arbeit, die unser Auskommen ist, nicht ernst nimmt."

„Ich habe keine Witze darüber gemacht."

„Wie auch immer. Ich glaube nicht, dass Sie für Bella Notte als Praktikant taugen."

„Gibt es nichts, was ich tun kann, um Sie umzustimmen?"

„Nein …" Mehr bekam sie nicht heraus, denn jäh erschütterte ein heftiges Beben die Erde, stärker als das, was sie auf der Leiter gespürt hatte. Und sie hatte geglaubt, es wäre ihre dumme Schwäche für Wyatt, die ihr die Beine wacklig werden ließ.

Gerätschaften schwankten, Reagenzgläser rollten über den Tisch, fielen zu Boden und zersprangen in tausend kleine Splitter. Die Erde bebte für mehrere Sekunden, die sich wie Stunden anfühlten.

Wyatt und Kiara taumelten gegeneinander. Wie betäubt protestierte sie nicht, als er einen Arm um ihre Taille schlang. Sie hätte zurückweichen sollen, wäre auch zurückgewichen, wenn seine warme Berührung sie nicht augenblicklich beruhigt und ihre Benommenheit vertrieben hätte.

Sie sahen sich in die Augen, und wie aus einem Munde hauchten sie: „Erdbeben."

„Das ist mindestens eine Fünf auf der Skala", schätzte Wyatt.

„Wahrscheinlich eine Sechs." Kiara rückte von Wyatt ab und hielt sich mit einer Hand an der Wand fest, da der Boden noch immer leicht nachbebte.

Sie war sich der Wärme und des Duftes dieses Mannes seltsam bewusst, der ihr viel zu nahe gekommen war, und trotzdem ängstigte es sie kein bisschen. Tatsächlich fühlte sie sich in seiner Nähe sogar sicher.

Er sah ihr in die Augen, wie versteinert starrte sie ihn an.

Von draußen drangen aufgeregte Stimmen ins Labor. Es waren Gäste hier, erinnerte sie sich, sie musste nachsehen, ob alles in Ordnung war, und etwas Abstand zwischen sich und Wyatt bringen.

„Ich muss nachsehen, ob draußen alles okay ist."

„Ich komme mit."

Ehe sie noch Nein sagen konnte, eilte er bereits zur Tür, riss sie auf und blieb stehen, um Kiara den Vortritt zu lassen.

Seine dunklen Augen glänzten, als hätte er ernsthaft Spaß an der ganzen Sache. Was war los mit ihm? Machte ihn ein Erdbeben etwa an? Bei manchen Menschen lösten Naturkatastrophen wie Tornados oder Erdbeben einen Adrenalin-Kick aus. War er einer von denen?

Vielleicht ist es gar nicht das Erdbeben, das ihn anmacht.

Kiara verdrängte den Gedanken. Sie hatte keine Zeit für Wyatt Jordan und die seltsamen, unerwünschten Empfindungen, die er in ihr auslöste.

Sie eilte an ihm vorbei und machte sich auf den Weg, um nach eventuellen Schäden zu suchen. Wyatt blieb unerschütterlich an ihrer Seite. Diesen Kerl wurde man anscheinend genauso schwer los wie Bettwanzen. Umso mehr überraschte es sie, dass sich warme Dankbarkeit in ihr ausbreitete. Es fühlte sich nett an, jemanden an seiner Seite zu haben.

Machst du Witze? Nett? Seit wann brauchen wir denn nett?

Genau. Kiara verzog das Gesicht. Was dachte sie sich eigentlich? Sie hatte den Typ eben erst gefeuert, weil er zu frech war.

Als sie den Kühlraum betraten, hörte sie sofort, dass etwas nicht stimmte. Eine der Maschinen gab ein scheußliches rasselndes Geräusch von sich.

„Oh Gott“, stöhnte Kiara.

„Klingt wie der Kompressor.“

Kiara seufzte. „Das wird teuer.“

Wyatt ging um das Gerät herum und bückte sich, um darunterzuschauen. Ich sollte nicht auf seinen Hintern starren, dachte sie. Es gab viel wichtigere Dinge, an die sie jetzt denken sollte, aber sie konnten sie nicht davon abhalten, ihren Blick über seine langen Beine gleiten zu lassen, dorthin, wo sich sein Hinterteil unter der hautengen Jeans abzeichnete.

Entzückt biss Kiara sich auf die Unterlippe. Sie war so auf seinen hübschen Allerwertesten konzentriert, dass sie zusammenzuckte, als plötzlich ihr Handy in ihrer Schürzentasche vibrierte.

Wyatt hob den Kopf. „Alles klar?“

„Mein Telefon.“ Sie zog das Handy hervor, während Wyatt sich wieder dem Motor der Kühlmaschine widmete. „Hallo“, sagte sie, ohne den Blick von Wyatts Rückseite zu lösen. So sexy auszusehen sollte verboten werden.

„Kiara? Ich bin’s.“

„Mom! Hat es bei euch auch gebebt?“

„Ja. War ein bisschen erschreckend. Du weißt ja, wegen der Erinnerungen an das große Beben 1989.“ Ihre Mutter schnalzte mit der Zunge. „Aber dieses hier war ja zum Glück nicht so stark. Nichts groß passiert. Wie sieht es bei euch aus?“

Kiara musterte das Kühlaggregat. Sie würde ihre Eltern nicht beunruhigen. Vielleicht war ja wirklich nichts. „Gut“, sagte sie. „Kaum der Rede wert. Wie geht es Dad?“ Ihre Eltern hielten sich wegen der abschließenden Untersuchung nach der Krebserkrankung ihres Vaters in San Francisco auf.

„Man hat ihm völlige Genesung bescheinigt!“ Ihre Mutter klang zutiefst erleichtert.

„Ach Mom, das ist ja großartig!", stieß Kiara hervor. Ihr war nicht aufgefallen, dass sie vor Anspannung die Luft angehalten hatte.

„Ja, das sind doch gute Nachrichten. Aber wir werden noch bis mindestens morgen bleiben müssen. Die Anlegestellen sind teilweise zerstört worden, sodass die Fähren zur Insel frühestens morgen Abend wieder auslaufen."

„Nehmt euch Zeit. Nur keine Sorge, hier ist alles okay. Freut euch über Dads gute Ergebnisse. Feiert ein bisschen. Ich sag den Großeltern Bescheid. Bye, Mom." Sie hörte ihre Mutter ebenfalls „Bye" sagen und beendete das Gespräch.

„Kiara?" Ihr Name klang wie ein Gedicht, wenn Wyatt ihn mit seiner tiefen Stimme aussprach.

Ein süßer Schauer rann ihr durch alle Glieder.

Als sie sich zu ihm umdrehte, lag er lang auf dem Rücken und betrachtete das Kühlaggregat von unten. „Ja?" Sie bemühte sich, ihre Stimme ganz neutral klingen zu lassen.

„Es könnte etwas ganz Simples sein, ein Ventilatorblatt vielleicht."

In einem stummen Gebet presste Kiara die Handflächen zusammen.

Bitte lass es etwas so Simples wie ein Ventilatorblatt sein.

Aufgrund ihrer finanziellen Lage hatte sie die Vollkaskoversicherungen kündigen müssen; also musste sie sich nun bei Defekten an den Reparaturkosten beteiligen. Ganz zu schweigen davon, dass, bis die Fähren wieder fuhren und ein Techniker vom Festland ankommen würde, der Wein längst verdorben sein konnte. Alles, was Wyatt tun konnte, um Zeit und Geld zu sparen, wäre ein Geschenk des Himmels.

„Ich glaube, ich kann das reparieren."

„Sind Sie Experte für Kältetechnik?"

„Nicht direkt."

„Warum sollte ich Sie dann mit der Reparatur betrauen? Sie versuchen bloß, Ihren Job zu behalten. Ich werde einen Techniker anrufen."

„Vom Festland?"

Treffer.

„Wenn Sie einen Werkzeugkasten haben, kann ich Ihnen helfen“, versprach Wyatt.

Sie wollte nicht auf ihn vertrauen, aber hatte sie eine Wahl? Maurice war eine Niete bei allem, was Technik anging, und ihr Großvater war wegen seines grauen Stars zu so etwas nicht mehr in der Lage. Er würde das Ventilatorblatt kaum sehen, geschweige denn reparieren können. Eigentlich hatte ihr Vater sich um solche Dinge gekümmert, bevor er erkrankt war. Sie hätte längst einen Teilzeitmechaniker einstellen sollen, aber sie hatte das Geld sparen wollen.

Wyatt kroch unter dem Gerät hervor, stand auf und klopfte sich den Staub von seiner Jeans. „Sagen Sie mir, wo die Werkzeuge sind, dann werde ich mich gleich an die Arbeit machen.“

„Und Sie sind sicher, dass Sie das hinkriegen?“ Skeptisch kniff Kiara die Augen zusammen, als sie ihm einen Werkzeuggürtel reichte, den sie aus einem Regal genommen hatte. „Sie wollen mich nicht veräppeln?“

„Oh, ihr Kleingläubigen!“

„Ihre Hände sehen nicht aus wie die von jemandem, der viel damit arbeitet.“

„Ich bin zäher, als ich aussehe.“ In seiner Stimme schwang plötzlich eine ungewohnte Schärfe mit, die sich auch in seinem Gesicht spiegelte.

Sie wollte sich nicht von ihm einnehmen lassen, aber mit dem Werkzeuggürtel um die Hüften sah er so umwerfend männlich aus, dass er sie vollkommen fesselte. Wie hypnotisiert sah sie zu, als er mit einer Hand durch sein dichtes Haar fuhr, das ihm in die Stirn gefallen war.

Während Wyatt sich wieder rücklings unter die Maschine schob, stemmte Kiara die Hände in die Hüften und betete, dass er tatsächlich reparieren konnte, was auch immer durch das Erdbeben beschädigt worden war. Ihr Blick ruhte auf seinen langen Beinen. „Wie läuft's?“

„Könnten Sie mir etwas Raum zum Arbeiten geben? Ich kann mich nicht konzentrieren, wenn Sie mir im Nacken sitzen.“

„Okay, dann stell ich mich einfach da drüben hin." Sie ging zur anderen Seite des Raumes. „Machen Sie nur weiter."

Wyatt schielte unter der Maschine hervor und warf ihr einen Blick zu, der eindeutig „Verschwinden Sie!" besagte, dann machte er sich wieder an die Arbeit. Wenig später fluchte er.

„Was ist los? Was ist? Haben Sie etwas kaputt gemacht?"

„Nichts. Ich fluche oft beim Arbeiten. Das ist so ein Männerding."

„Kann ich helfen?"

„Ich finde, draußen wären Sie besser aufgehoben. Ich bin mir sicher, dass es da noch Hunderte andere Dinge gibt, die Sie kontrollieren sollten."

„Sie meinen, ich soll gehen und Sie hier allein lassen?"

Er sah wieder zu ihr rüber, nickte und riss die Augen gespielt weit auf. „Genau das."

„Aber ich kenne Sie doch gar nicht. Was, wenn Sie von der Konkurrenz sind und mich sabotieren wollen?"

„Sie wissen schon, wie paranoid das klingt, oder? Es ist ja nicht so, als hätte ich das Erdbeben bestellt."

Da hatte er recht. Sie klang paranoid. „Streichen Sie das. Ich weiß, dass Sie nicht hier sind, um etwas zu sabotieren. Ich bin nur …"

„Ein kleiner Kontrollfreak?"

„Ich würde es nicht *Freak* nennen, aber okay. Ich habe verstanden. Sie wollen in Ruhe weiterarbeiten."

„Nichts für ungut."

„Schon in Ordnung."

Wyatt machte sich wieder daran, lautstark an der Maschine zu werkeln.

Kiara dagegen fühlte sich wie entlassen und fragte sich, wie und wann ihr die Kontrolle über die Situation entglitten war. Wyatt hatte völlig recht. Sie fühlte sich unwohl, wenn sie nicht alles selbst machte, und sie wollte ihn tatsächlich nicht allein lassen. Schließlich könnte er das Kühlaggregat genauso gut noch weiter beschädigen.

Wenn sie ehrlich war, gab es aber tatsächlich andere Dinge, die sie zu tun hatte. Es fiel ihr nicht leicht, aber letztendlich musste sie ihm einfach vertrauen.

Kaum hatte Kiara den Raum verlassen, stand Wyatt auf, nahm sein Handy und rief verzweifelt bei seinen Brüdern an. Eric hob ab.

„Hast du das Erdbeben mitgekriegt? Die sagen, es war eine knappe Sechs", begrüßte ihn sein Bruder aufgeregt.

„Deshalb rufe ich an."

„Gibt es Probleme?"

„Kiara Romano hat beschlossen, mich nicht zu mögen."

„Wirst du trotzdem bleiben können?"

„Darum geht's. Sie hat mich quasi schon rausgeworfen."

„Nun komm schon, Wyatt", murrte Eric. „Mach sie fertig. Sie ist doch bloß eine Frau, die eine kleine Kellerei leitet."

Wyatts Magen verkrampfte sich, als er die Enttäuschung in Erics Worten hörte. Verdammt, wäre er doch nur dem Drang entwachsen, seine Brüder beeindrucken zu wollen …! „Dank des Erdbebens ist aber noch nicht alles verloren", sagte er schnell.

„Und das bedeutet?", fragte Eric ungeduldig.

„Bei dem Beben ist ein kleiner Schaden am Kühlaggregat entstanden. Zumindest hoffe ich, dass er nur klein ist, und wenn ich das reparieren kann, habe ich gute Chancen, meinen Job zu behalten. Sie müsste mir dankbar sein."

„Nur damit ich das richtig verstehe", hakte Eric lachend nach. „*Du* hast vor, ein Kühlaggregat zu reparieren?"

„Ich kann mehr, als du glaubst. Immerhin besitze ich eine Jacht, an der es hier und da was zu schrauben gibt."

„Also, wozu brauchst du mich dann?"

„Du sollst mich mit unserem Chefmechaniker verbinden."

Nur wenig später folgte Wyatt den Anweisungen des Mannes und in relativ kurzer Zeit war der Schaden behoben.

Er hatte bereits aufgelegt und drehte gerade die letzte Schraube fest, als Kiara zurückkam.

„Wie läuft's?"

Wyatt stand auf, steckte den Schraubenzieher in den Werkzeuggürtel und wischte sich die Hände an der Hose ab. Das Kühlgerät summte ruhig vor sich hin. „Fertig."

Am liebsten hätte er sich damit gebrüstet, aber er zuckte nur die Schultern. „War keine große Sache."

„Ich kann gar nicht glauben, dass Sie das geschafft haben."

„Ihr Zutrauen zu mir ist überwältigend."

„Danke", erwiderte sie nur.

„Heißt das, dass ich eine zweite Chance bekomme?" Er sprach mit leiser dunkler Stimme und musterte Kiara unter leicht gesenkten Lidern.

„Ich schätze, dazu bin ich jetzt verpflichtet." Sie steckte die Hände in die Kitteltaschen und zog leicht die Schultern hoch.

Wyatt mochte sich nicht besonders gut mit Aggregaten auskennen, dafür umso besser mit Frauen. „Sie beschäftigt doch noch irgendetwas anderes", murmelte er. „Kann ich helfen?"

Sie winkte ab, nickte aber gleichzeitig. „Nein."

„Sie senden verwirrende Botschaften."

„Was?"

„Sie haben genickt, aber Nein gesagt. Erfahrungsgemäß sagt die Körpersprache mehr aus als Worte."

„Wer genau sind Sie eigentlich?"

„Ich bin bloß ein Kerl, der Interesse an der Weinherstellung hat."

„Und wovon leben Sie? Die meisten unserer Praktikanten sind Studenten, aber dafür sind Sie zu alt."

„Ich mache ab und an PR."

„Wenn Sie nicht gerade faulenzen oder Ventilatorblätter reparieren?"

„Genau."

Sie neigte den Kopf zur Seite. „Ich kann Sie mir genau vorstellen: Die Haare ein bisschen kürzer, ohne Bart … dann sehen Sie bestimmt wie geleckt aus."

„Sarkasmus?"

„Wahrheit."

Er kam einen Schritt näher. „Warum mögen Sie mich nicht?"

„Sie mögen sich selbst genug für uns beide. Sie sollten sich nicht darum kümmern, ob ich Sie mag oder nicht."

„Da haben Sie recht."

„Ich war ganz schön ekelhaft, oder? Das tut mir leid. Der Tag war … ungewöhnlich."

„Ehrlich, wenn es noch irgendetwas gibt, was ich tun kann, werde ich gerne helfen."

Kiara warf ihm einen Blick zu, den er nicht deuten konnte. „Funktioniert das sonst immer?"

„Was?", fragte er scheinbar unschuldig.

„Diese echte Unaufrichtigkeit."

„Ich bin nicht unaufrichtig", protestierte er.

„Nur PR."

„Ich habe eben ein Händchen für Frauen." Er musste grinsen.

„Und Sie sind so bescheiden!", schnaubte sie. „Was für ein Fang!"

„Sie mögen mich wirklich nicht, oder?"

Kiara zuckte die Schultern. „Langsam wachsen Sie mir ans Herz. Wie Schimmel."

Er lachte. „Guter Schimmel, wie Penicillin?"

„Das wird sich zeigen."

„Sie sind eine so grässliche Skeptikerin."

„Wissenschaftlerin", korrigierte sie. „Ich bin Wissenschaftlerin. Wir haben gelernt, ganz tief unter die Oberfläche zu gucken."

„Und was sehen Sie da bei mir?" Er wusste nicht, weshalb er ihre Kritik herausforderte. Es konnte nur hart werden. Er hatte sich noch nie sonderlich nach Bestrafung gesehnt. Weshalb jetzt?

„Jemanden, der ein Leben an der Oberfläche perfektioniert hat."

5. KAPITEL

Perlen: ein poetischer Ausdruck für die Bläschen im Schaumwein

Für den Rest des Tages waren Wyatt, die anderen Praktikanten und sonstigen Mitarbeiter und Familienmitglieder der Romanos damit beschäftigt, nach dem Erdbeben aufzuräumen. Kiara versuchte Wyatt so weit wie möglich aus dem Weg zu gehen, während sie die Schäden aufnahm und Freunde und Nachbarn anrief.

Im Großen und Ganzen berichtete jeder nur von kleineren Problemen. Das Erdbeben, so unangenehm es gewesen war, hatte keine schlimmen Zerstörungen auf Idyll verursacht, sodass sie gegen Mitternacht das größte Durcheinander beseitigt hatten und alle erschöpft zu Bett gingen.

Am nächsten Morgen erschien Wyatt Punkt sieben Uhr im Labor, ohne ein Grinsen auf den Lippen, dafür aber bereit, zu arbeiten. Er trug olivfarbene Cargoshorts und ein weiß-braunes Bella-Notte-Poloshirt. Seine Haare waren gekämmt, seine Bartstoppeln abrasiert. Er roch nach Sandelholz und Meeresbrise, und es schien Kiara, als ob er seine zweite Chance sehr ernst nehmen würde. Die Tatsache, dass er sichtlich um Besserung bemüht war, trug eine Menge dazu bei, sie milde zu stimmen.

Das ist unklug, flüsterte allerdings ihr Unterbewusstsein. Besonders nach der schlaflosen Nacht, in der sie sich in ihren Laken hin und her gewälzt hatte. In den wenigen Phasen, in denen sie doch eingeschlafen war, hatte sie gegen heiße Sexträume angekämpft, in denen ein halb nackter Wyatt der Star gewesen war. Allein die Erinnerung an seine glühenden Berührungen in ihrem Traum trieb Kiara an den Rand des Wahnsinns.

Jetzt ist heller Tag, ermahnte sie sich selbst. Sie war erwachsen. Sie kam damit klar, mit ihm zusammenzuarbeiten.

„Ich bin so weit“, sagte Wyatt brav. „Sagen Sie mir, was ich tun soll.“

„Ich werde Ihre Nase in Betrieb nehmen.“

„Klingt schmerzhaft“, meinte er neckend.

„Wissen Sie, was Brettanomyces ist?“

„Das ist ein Hefepilz, der roten Wein verderben kann.“

Überrascht warf sie ihm einen Seitenblick zu. „Das stimmt.“

„Was? Glauben Sie, ich habe nicht mehr zu bieten als ein hübsches Gesicht?“

„Insbesondere greift Brettanomyces – gewöhnlich einfach Brett genannt – die süßen Roten wie etwa *Decadent Midnight* an“, fuhr sie fort, ohne auf seinen Scherz einzugehen.

„Wann komme ich ins Spiel?“

„Ich möchte, dass Sie einen Wein probieren, der von Brett befallen ist. Jeder kann einen stark brettigen Wein erkennen; die Kunst ist, es schon im Ansatz herauszuschmecken. Das sollte Ihnen mit Ihrem feinen Geschmackssinn gelingen.“

„Bin dabei. Los geht's.“ Er sah sie mit einem Blick an, als wüsste er ganz genau, was sie für eine turbulente Nacht gehabt hatte.

Kiara schluckte und spürte, wie sie errötete.

Als er an ihr vorbei zur Tür ging, wehte sein maskuliner Duft, der sie bis in ihre Träume verfolgt hatte, ihr in die Nase.

Kiara schloss zu Wyatt auf und ging dann vor ihm her zum Weinkeller. Der Weg an der frischen Luft würde ihr sicher helfen, ihren Kopf von diesen penetranten, unerwünschten Gedanken zu befreien. Wie gut er roch zum Beispiel – oder wie süß er ohne den Dreitagebart aussah.

Warum musste sie mit ihm in den Keller gehen? Weil sie ihm einfach nur irgendeine Arbeit geben wollte, denn ein Blick in seine hinreißenden braunen Augen hatte sie alles vergessen lassen, was sie für den Rest des Tages geplant hatte. Es war verrückt, wie er ihr den Verstand raubte.

„Hey“, rief Wyatt und trabte zu ihr auf. „Warten Sie.“

Sie zwang sich, langsamer zu gehen. Vor ihm wegzulaufen kam ihr vor, als verlöre sie schon wieder die Kontrolle.

Tust du doch auch. Hör auf damit. Mach irgendwas, um das hier … das …

Das was?

„Haben Sie immer so ein Tempo drauf?“

„Ich bin keine Faulenzerin. Ich mache nichts langsam.“

„Gar nichts?“ Sein Tonfall war eine einzige Anspielung.

„Gar nichts.“

„Das ist eine Schande.“

„Was ist eine Schande?“

„Dass Sie nicht wissen, wie Sie sich etwas bremsen können.“

„Bremsen ist was für Faulenzer.“

„Touché. Aber Faulenzen kann auch Spaß machen.“

„Ich habe keinen Spaß“, erwiderte sie. „Das ist reine Zeitverschwendung. Spaß sorgt immer nur für Ärger.“

„Wie kann Spaß für Ärger sorgen?“

„Müßiggang ist aller …“, begann sie.

„… Genüsse Anfang“, beendete er ihren Satz.

Kiara runzelte die Stirn. „Im Leben geht es nicht um Genuss.“

„Nein?“ Er klang fast so, als müsse er sich beherrschen, sie nicht auszulachen. „Worum geht es dann?“

Was fand er denn so lustig? „Es geht um harte Arbeit und Aufopferung. Und darum, das Richtige zu tun.“

„Klingt nicht wie mein Leben.“

„Tja, es ist das Leben eines Weingutbesitzers, und wenn Sie nicht bereit sind, hart zu arbeiten, gehören Sie nicht in das Weingeschäft.“

„Und trotzdem ist das Produkt, das Sie herstellen, genau dazu da, um es zu genießen und sich zu entspannen. Ist das nicht widersprüchlich?“

„Das Leben ist voller Widersprüche.“

„Ich glaube nicht, dass das alles ist.“

Kiara schwieg einen Moment und warf Wyatt dann einen scharfen Blick zu. „Wissen Sie was? Es ist mir wirklich ziemlich egal, was Sie denken.“

„Ja?“ Wieder klang er, als müsse er sich das Lachen verbeißen.

„Ja.“

Er grinste. „Feigling.“

Sein herausfordernder Blick brachte ihren Puls zum Rasen. Sie wandte sich ab, öffnete die Tür und ging eilig die Treppe hinunter in das Kellergewölbe. Neben dem Labor war es ihr liebster Platz auf dem Weingut.

Normalerweise. Doch jetzt wurde ihr, kaum dass sich die Tür hinter Wyatt geschlossen hatte, bewusst, dass sie nun ganz allein mit ihm war. Nur Wyatt und sie, der süßliche Geruch nach Wein und das verführerisch weiche Dämmerlicht des Kellers.

Langsam schlenderte Wyatt zu ihr hinüber. Ihre romantische Verwandtschaft hatte die Lampen strategisch geschickt in die Decke eingelassen, sodass eine fast schon träumerische Atmosphäre herrschte. Es funktionierte nur zu gut.

Wyatt stand vollkommen gelassen vor ihr, ein Mann, der sich absolut wohl in seiner Haut fühlte. Einen Arm hatte er um einen der alten hölzernen Regalholme gelegt, als wolle er ihn gleich auf die Tanzfläche führen. Er gab ein faszinierendes Bild ab – groß, dunkelhaarig, mysteriös. Das Lächeln auf seinen vollen Lippen kam Kiara beinahe gefährlich vor. Komm, lass uns spielen, schien es zu sagen.

Kiara war pragmatisch veranlagt, geradezu nüchtern. Sie neigte nicht zur Schwärmerei, aber in diesem Augenblick, in diesem Licht siegte ihre Vorstellungskraft über ihre vernünftige Natur.

Wyatts Blick, warm und träge wie die Sommersonne, ruhte auf ihr.

Sogleich senkte sie die Lider. Sie war sich ihrer angestrengten Atmung plötzlich sehr bewusst, genauso wie der Hitze, die ihren Körper durchströmte. Sie spürte einen rauschhaften Energieschub, der sie stark und schwach zugleich machte, und sie konnte nicht anders, als Wyatt erneut anzusehen. Eine ganze Weile standen sie so voreinander, ohne ein Wort zu sagen, bis Kiara ihm direkt in die Augen sah.

Sein Blick bohrte sich in ihren.

Sie konnte das gleiche Verlangen darin erkennen, das sie selbst innerlich zerfraß.

Er ließ seinen Blick von oben bis unten über ihren Körper gleiten, sodass sich Kiara fühlte, als stünde sie nackt vor ihm, bis er wieder bei ihrem Gesicht angelangt war. Bei ihren Lippen. Unsicher legte sie eine Hand an ihre Kehle.

„Wollten Sie mir nicht eine Geschmacksprobe von diesem brettigen Wein geben?", murmelte er leise. Sein sanftes Lächeln löste die unterschiedlichsten Empfindungen in ihr aus, allesamt verstörend gut. „Deshalb sind wir doch hier, nicht?"

War das so? Sie konnte sich nicht mehr erinnern.

Wie verzaubert sah sie in seine dunklen Augen und verlor sich in dem Wahnsinn, der sie befallen hatte, seit Wyatt Bella Notte betreten hatte. Sie atmete tief ein.

Er tat das Gleiche.

Das war der Moment, in dem sie begriff, dass er sich genauso überwältigt und verwirrt fühlte wie sie. Sie betrachteten einander, als wüssten sie beide nicht, was sie nun mit dieser wachsenden Anziehung anstellen sollten.

„Kiara?", flüsterte er.

Sie fuhr sich mit der Zunge über die Lippen. „Ähm … ja, der Wein."

Sie drehte sich um und ging tiefer in den Keller hinein, dorthin, wo die ganz alten Weine lagerten, die noch von ihrem Urgroßvater, kurz nach der Prohibition, hergestellt worden waren. Sie spürte, dass Wyatt ihr durch das Gewölbe voller Regale und Weinflaschen folgte.

Was war das? Weshalb verwirrte dieser fremde Mann sie so? Sie hielt ihre Gefühle sorgfältig verschlossen, um sich gegen die romantische Ader ihrer Familie zu wehren und ihren sachlichen Verstand zu bewahren. Sie brauchte lange, um Freunde zu gewinnen, noch viel länger, um eine intime Beziehung einzugehen. Das unterschied sie vom Rest der Romanos. Sie war stolz auf ihre Selbstkontrolle, und die war nun – puff! – wie weggezaubert. Das hier – was immer es auch war – versprach einen gewaltigen Nervenkitzel und zugleich jede Menge Ärger.

Ganz hinten im Keller nahm sie schließlich eine der Flaschen, einen Vorläufer von *Decadent Midnight*, aus dem Regal, dann fischte sie einen Korkenzieher aus ihrer Kitteltasche.

„Darf ich?", fragte Wyatt und streckte eine Hand aus.

Kiara war zwischen ihm und der Kellerwand gefangen. Zögernd reichte sie ihm die Flasche. Als er danach griff, berührten sich ihre Finger, und Kiara sog hörbar die Luft ein. Langsam hob sie den Kopf und sah geradewegs in Wyatts Augen. Die Zeit schien stehen zu bleiben.

Niemals zuvor hatte sie etwas Vergleichbares erlebt. Weil ihre Familie von ihr abhängig war und weil die Weinherstellung als Wissenschaft sie so völlig in Anspruch nahm, war sie ernsthaften Beziehungen immer aus dem Weg gegangen.

Aber dieses Gefühl, das versprach, ihre Welt auf den Kopf zu stellen, machte ihr nicht nur Angst, es erregte sie auch. Was stimmte nicht mit ihr? Sie sollte ihn einfach feuern, und das wäre es dann!

Wyatt öffnete den Wein und legte den Korkenzieher auf das Regal. „Haben Sie ein Glas?"

„Trinken Sie ruhig aus der Flasche. Der Wein ist nicht gut, Sie werden nicht mehr als einen Schluck davon nehmen wollen."

Mit dunklen Augen sah er sie an, während er die Flasche an seine Lippen setzte und einen Schluck trank. Er behielt den Wein einen Moment lang prüfend im Mund, ehe er ihn hinunterschluckte.

„Sie haben recht. Er *ist* brettig, aber einige Leute nehmen den dumpfen Geschmack vielleicht in Kauf, wenn sie dafür einen biologisch angebauten Wein bekommen."

Die Komplexität seines Geschmackssinns verblüffte sie einmal mehr. „Sie schmecken, dass er biologisch angebaut ist?"

„Nun, Brett ist kein giftiger Hefepilz, und es ist nicht ungewöhnlich, dass er in Bioweingärten vorkommt."

„Als eingefleischter Romantiker hat mein Urgroßvater viel Wert auf biologischen Weinbau gelegt, aber natürlich war es angesichts all der Schädlinge, die dabei drohen, nicht einfach, den Wein geschmacklich einwandfrei zu halten. Mein Großvater hat später versucht, diese Familientradition aufrechtzuerhalten, aber als es Bella Notte nicht gelang, einen überdurchschnittlichen Wein zu produzieren, hat er widerwillig damit begonnen, konventionellere Wege einzuschlagen. Es hat unsere Kellerei gerettet."

„Aber heutzutage sind Bioprodukte wieder schwer im Kommen, und man sieht den konventionellen Umgang mit der Natur eher zwiespältig."

„Das stimmt. Ich möchte meinen Kunden gerne das bieten, was sie wünschen, ohne dabei die Wissenschaft ganz auszuschließen. Es ist ein schwieriger Balanceakt. Ich bin noch dabei, es hinzukriegen."

Wyatt neigte sich zu ihr. „Ich erkenne Ihre Vorgehensweise an, Dinge auf ihre einzelnen Bestandteile zu reduzieren und jedes Element einzeln zu betrachten. Aber das hat Grenzen. Heutzutage ist es vernünftiger, die Weinproduktion ganzheitlich zu sehen. Und darin liegt Ihr Konflikt. Einerseits wollen Sie als Wissenschaftlerin alles in Schubladen sortieren, andererseits ist da Ihr ursprüngliches Wissen, Ihr Instinkt, den Sie so sehr versuchen zu verleugnen. Stellen Sie sich ihm, Kiara. Es gibt einfach einige Dinge im Leben, die man nur als Ganzes völlig begreifen kann."

„Schon wieder dieser Widerspruch", murmelte sie, überrascht, wie gut er sie zu kennen schien. War sie so leicht zu durchschauen? Oder war er so feinfühlig?

„Es fällt Ihnen schwer zuzugeben, dass Wissenschaft nicht alles kontrollieren kann und dass manche Dinge einfach … magisch sind." Seine Stimme klang rau, und sie wusste, dass er nicht länger nur vom Wein sprach.

„Ich glaube nicht an Magie."

„Aber Sie wollen es."

Ja, sie wollte daran glauben. Sie wollte sich gehen lassen, sich treiben lassen, wollte spontan sein, fantasievoll und romantisch, wie der Rest ihrer Familie. Sie wollte dem gleichen Wahnsinn verfallen.

Dieser wilde Drang, Wyatt zu küssen … oh, wem machte sie hier etwas vor? *Sex* mit ihm zu haben übertönte alles in ihr. Bisher hatte sie sich nie von ihren Hormonen beherrschen lassen. Wenn sie ganz ehrlich war, hatte sie Wyatt aus genau dem Grund gefeuert. Weil er sie viel zu sehr aufwühlte.

Wie in einem perfekt eingeübten Tanz bewegten sie sich langsam aufeinander zu. Er nahm ihr die Brille ab, während sie nach seiner griff, dann schlang sie ihm die Arme um den Hals. Wyatt zog sie dicht an sich – und dann küsste er sie wild.

Sein Kuss entflammte sie, löste ein Gefühlschaos in ihr aus, überwältigte sie. Was war das? Wie konnte sie – die eigenwillige, geschäftstüchtige Kiara – sich von ihrer Leidenschaft dermaßen berauschen lassen?

Los, drängte ihr Körper.

Nein, setzte ihr Verstand dagegen.

Aber *sie* war es, die den Kuss vertiefte, die ihre Zunge ins Spiel brachte. Der gestrige Kuss hatte die Büchse der Pandora geöffnet, und es war Kiara unmöglich, sie wieder zu schließen. Er schmeckte vollmundig, kräftig, umwerfend ehrlich. Besser als *Decadent Midnight.*

Oh, verdammt. Was machst du denn? Bist du verrückt?

Verrückt. Ja. Das war es. Ein vorübergehender, hormonell bedingter Wahnsinn. Es würde vorbeigehen. Es musste vorbeigehen. Er schmeckte pur und echt, aber ihr Herz, ihr dummes Herz, auf das sie nie hatte hören wollen, nannte es ganz sentimental *himmlisch, magisch, elektrisierend.*

Ihre Lippen vereinten sich. Heiß. Wild. Kiara dachte an ihre erste Fahrt im Kettenkarussell. Nur machte das hier sie viel, viel schwindeliger.

Kämpf dagegen an. Ergib dich nicht. Kämpf, kämpf!

Sie riss sich los, sog tief die Luft ein. Reichte ihm mit zitternder Hand seine Brille, die er jedoch achtlos zusammen mit ihrer auf das Regal mit der Flasche und dem Korkenzieher schob.

Sein Haar war zerzaust, seine Augen glänzten. Er sah aus … wie vom Blitz getroffen.

Das hatte nicht sie gemacht. So etwas tat sie nie. Niemals ließ sie zu, dass ihr klarer Verstand von ihren Gelüsten überrannt wurde.

Gerade jetzt aber doch.

Und dann küsste er sie erneut.

Ja, sie war schwach und töricht und … und …

Es war ein so wundervolles Gefühl. *Er* war wundervoll.

Sich mit Wyatt einzulassen würde sie auf eine bisher unvorstellbare Weise prägen, sie für immer verändern. Es würde kein Zurück geben. Man könnte es nicht ungeschehen machen. Das war ihr klar. Sie wusste, sie ging ein gewaltiges Risiko ein. Und doch konnte sie nicht anders, sie begehrte ihn. Ihr Körper lief auf Hochtouren, angefeuert von reinem Gefühl. Dabei setzte doch ihr Verstand so gut wie nie aus. Ihr war schwindelig, sie fühlte sich verwegen ohne Kontrolle. Und sie begehrte ihn verzweifelt mit verzehrender Glut.

Sie ergab sich. Als er sie dichter an sich zog, wehrte sie sich nicht. Tatsächlich ließ sie sich sogar genüsslich in seine Arme sinken. Wie perlender Champagner stieg Lust in ihr auf und übermannte sie, zusammen mit dem Gefühl, dass alles genauso war, wie es sein sollte. Als würde sie sich, indem sie mit ihm zusammen war, endlich von sich selbst befreien.

Er ließ seine Hände zu ihren Schultern gleiten und sah ihr tief in die Augen.

„Kiara“, flüsterte er atemlos.

Mit bebenden Fingern fummelte sie an den Knöpfen seines Poloshirts, in Bann gehalten von seinem Blick. Sie war seine Gefangene, und nichts hatte sich je so süß angefühlt. Sie griff nach dem Saum seines Shirts und begann, es langsam seinen schlanken, muskulösen Körper hinaufzuschieben.

Wie seltsam und doch wunderschön sich seine Umarmung anfühlte! Was würde sie bekommen, wenn sie sich gehen ließe? Ihren Gefühlen vertraute?

Er half ihr, das Shirt über seinen Kopf zu ziehen. Seine Haut war braun gebrannt, auf seiner Brust kräuselte sich dunkles Haar. Sacht strich sie mit den Fingern über seine prächtigen Muskeln. Er sah aus wie ein Hollywoodstar. Sie dagegen war eine regelrechte Laborratte. Ein Weinfreak. Ein introvertierter Nerd erster Güte. Was sah ein Mann wie er in einer Frau wie ihr?

Wenigstens für den Moment war die Antwort nicht wichtig. Wichtig war nur das heiße verzweifelte Verlangen, das ihren Körper erfüllte und sie flüstern ließ: „Du siehst köstlich aus.“

„Du darfst probieren.“

Sie lachte leise. „Du riechst auch gut, gar nicht nach Brett."

Ein Lächeln umspielte seine Lippen, als er sie ansah. „Gut genug zum Reinbeißen?"

„Hm." Und dann tat sie das Verruchteste, was sie je getan hatte. Sie leckte mit der Zunge über seine nackte Haut.

„Und wie schmeckt es?"

„Salzig."

„Kiara Romano, du bist verblüffend. Ich habe das schon die ganze Zeit vermutet."

„Was?"

„Dass du viel romantischer bist, als du zugibst."

„Dann bist du ein Experte für Romantik?"

„Ich würde es nicht Experte nennen …"

„Schon mal verheiratet gewesen?"

„Nein."

„Je eine enge Beziehung gehabt?"

„Nie."

„Warum nicht?"

„Das könnte ich dich auch fragen."

„Woher weißt du, dass ich nie eine hatte?"

„Ich habe mich umgehört."

Es gefiel ihr, und zugleich ärgerte es sie, dass er sich nach ihr erkundigt hatte. Sie wollte wissen, wonach er sonst noch gefragt hatte, aber er neigte den Kopf und küsste sie wieder.

Wyatts Mund dämpfte ihre leidenschaftlichen Seufzer. Seine Lippen berauschten sie, als hätte sie den Inhalt einer ganzen Flasche *Decadent Midnight* getrunken.

Spielerisch, verwegen, aufreizend war sein Mund. Lockte sie auf einen Weg, den man besser nicht einschlagen sollte. Seine Zunge schmeichelte, überredete, verführte.

Oh, welche Genüsse seine Küsse versprachen! Genüsse, von denen sie nie zu träumen gewagt hatte. Kiara erwiderte seinen Kuss nicht weniger leidenschaftlich und presste ihren Körper an seinen.

Verwegen ließ sie ihre Hand zu seinem Gürtel gleiten.

„Kiara", flüsterte er. „Bist du dir ganz sicher?"

Nein. Nein, sie war sich nicht sicher. Ganz und gar nicht. Sie wusste, dass es dumm war, mit einem Praktikanten eine Affäre anzufangen. In vielerlei Hinsicht sehr dumm, und es erschreckte sie, dass es ihr dennoch völlig egal war.

Wyatt ließ sie Dinge fühlen, die sie nie zuvor gefühlt hatte. Ließ sie Dinge wollen, die sie nie gewollt hatte. Vielleicht war ihr nie bewusst geworden, wie uneingeschränkt sie ihrer Familie zur Verfügung stand. Ihr Leben war nicht ihr eigenes gewesen, aber bis jetzt hatte sie das nie gestört.

Was machte er mit ihr? Was wurde aus ihr?

Ehe sie sich diese Fragen beantworten konnte, knabberte Wyatt sacht an ihrem Hals. Kiara reckte ihm ihre Kehle entgegen. Seine Lippen an ihrem Puls setzten brennende Hitze in ihrem Innersten frei. Er zog sie unwiderstehlich an, und so ließ sie sich einfach fallen und ergab sich Wyatts Umarmung. Sie war nie eine besonders sexversessene Frau gewesen, aber in Wyatts Gegenwart fühlte sich alles anders an.

Sie war anders. Wagemutig schlang sie die Arme um seinen Hals und zog seinen Kopf für mehr Küsse zu sich herunter.

Ohne von ihr abzulassen, tastete er nach den Knöpfen ihres Kleides, öffnete es langsam und schob es über ihre Schultern hinab, sodass es zu Boden sank.

Da stand sie nun vor ihm, in ihrem schlichten Sport-BH, der weißen Baumwollunterhose und ihren Wanderstiefeln. Sie hätte sich verletzlich fühlen sollen, bloßgestellt, peinlich berührt – aber sie tat es nicht.

Allerdings verstand sie auch nicht, weshalb er sie ansah, als wäre sie das erotischste Wesen, das er je gesehen hatte.

Sanft zog er sie mit sich hinunter auf den Boden. Unerträglich langsam setzte er eine Spur von Küssen über ihren Hals und ihr Dekolleté. Er fingerte an den Haken ihres BHs und warf ihn zur Seite, dann verteilte er leidenschaftliche Küsse auf ihrem Bauch, während er mit einer Hand nach ihren Schuhen tastete und sie ihr auszog.

„Du bist wunderschön“, hauchte er, über sie gebeugt, und betrachtete sie hingerissen.

Zum ersten Mal in ihrem Leben war sie unsicher, befangen. Sie wusste, dass sie nicht schön war. Sie versuchte nicht einmal, sich hübsch zu machen wie die meisten anderen Frauen. Sie verschwendete keine Zeit darauf, sich zu schminken, und scherte sich nicht um ihre Kleidung. Ihre Fingernägel waren von der Arbeit gezeichnet und abgesehen von den goldenen Ohrsteckern trug sie nicht einmal Schmuck. Sie trug, was im Büro, im Labor und in den Weingärten praktisch und bequem war.

„Du bist so ehrlich und echt", murmelte er. „An dir ist nichts künstlich." Ihre Beine waren von der täglichen Arbeit im Weinberg sonnengebräunt. Er streichelte sie und ließ seine Hände dann höher wandern, zum Bund ihrer simplen Unterhose, wo er innehielt. Das letzte Hindernis vor der endgültigen Hingabe.

Kiara bebte voller Erwartung.

„Wyatt", keuchte sie. „Ich brauche dich."

„Ich brauche dich auch", erwiderte er rau.

Als er aufstand, kniete sie sich vor ihn und begann, seinen Gürtel und Reißverschluss zu öffnen.

„Warte." Er fischte ein Kondom aus seiner Tasche und streifte hastig seine Schuhe ab, während Kiara schon an seinen Shorts zerrte und sie ihm in einem Ruck zusammen mit seiner Unterhose hinunterzog. Mit einem Schritt stieg er aus dem Kleiderhaufen und stand vor ihr, splitternackt.

Sie konnte ihre Augen nicht abwenden. Grundgütiger, er sah wunderbar aus! Noch besser, als sie erwartet hatte. Ihr Herz machte einen Satz.

Wyatt schob ihre Kleider auf dem Boden zusammen, bettete Kiara darauf und übersäte sie mit hungrigen stürmischen Küssen.

Er streichelte ihren Nacken, sah ihr tief in die Augen. Kiara fühlte sich von einem Strudel reiner Energie mitgerissen. Wyatts Zunge huschte leicht und kühl über ihren Körper, aber sie setzte jeden Zentimeter Haut, den sie berührte, in Flammen.

In dem dunklen Keller, umgeben von kostbarem Wein, kam es Kiara vor, als fügten sie und Wyatt sich in die Geschichte dieses Ortes, dieser Insel ein. Das gedämpfte Licht warf Schatten auf ihre Gesichter.

Wyatt kniete über ihr und schaute in ihr Gesicht.

Sie sah seine machtvolle, pulsierende Erektion. Ihre Brustwarzen verhärteten sich bei diesem Anblick. Er war so groß. So erregend.

Sie hob den Blick und betrachtete forschend sein Gesicht.

„Woran denkst du?“, fragte er leise.

„An dich. Ich frage mich, wie du es geschafft hast, mein Leben in so kurzer Zeit auf den Kopf zu stellen. Vor drei Tagen wusste ich nicht einmal, dass es dich gibt. Jetzt habe ich das Gefühl, dich schon ewig zu kennen.“

„Genauso geht es mir auch.“

„Was ist passiert? Wie konnte es passieren?“

„Das ist egal. Wichtig ist nur, *dass* es passiert ist.“

Er beugte sich über sie, suchte ihre Lippen, folgte mit der Zunge den Konturen ihres Mundes und küsste sie dann tief. Es war der perfekteste Kuss, den sie je bekommen hatte. Süß, warm und fest. Voller Hoffnung und Versprechungen.

Unwillkürlich stöhnte sie auf.

„Ja“, murmelte er an ihrem Mund. „Genau das wollte ich hören.“

Wieder zeichnete er mit seiner Zunge die Form ihrer Lippen nach.

Es war Folter. Aber das würde sie ihm mit einer Dosis seiner eigenen Medizin abgewöhnen.

Während er sich hingebungsvoll ihrem Mund widmete, erkundete sie seine erogenen Zonen. Ein Schauer rann durch seinen Körper, als sie zart in seine Brustwarze kniff.

„Schlimmes Mädchen“, keuchte er. „Wer hätte das von dir gedacht …?“

Seine Worte erregten sie, denn niemals in ihrem Leben war sie ein schlimmes Mädchen gewesen. Sie war immer brav gewesen, eine pflichtbewusste Tochter, und bis heute hatte sie geglaubt, dass sie genauso sein wollte.

Als er sie wieder küsste, sog sie gierig seine Wärme in sich auf.

Er schmeckte so gut. Sie könnte ernstlich süchtig nach seinem vollen, männlich-würzigen Geschmack werden. Ihre Zungen spielten miteinander, neckten, reizten sich. Mit jeder Berührung, jedem Atemzug stieg ihre Erregung, brannte sie heißer, heller, fiebriger.

Sie schien fast durchzudrehen. Sie wollte ihn. Wollte ihn jetzt. Wollte seinen harten Körper tief in sich spüren, bis sie nicht mehr wusste, wo er begann und sie endete.

„Ich will dich", hauchte sie und tastete nach seiner harten Erektion. „Ich muss dich haben."

Wyatt rutschte zurück. „Nein, du bist schon wieder zu schnell. Nimm dir Zeit."

„Das ist Folter", jammerte sie.

„Und das gefällt dir an mir!" Er lachte leise.

„Bescheidenheit ist nicht gerade deine Stärke."

„Auch das gefällt dir an mir."

Mehr unbewusst, fast ohne es wirklich wahrzunehmen, hörte sie, wie sich die Tür zum Weinkeller öffnete.

„Kiara?" Das war Maurice. Er klang besorgt.

Anstatt sofort aufzuspringen, erstarrte sie vor Schreck in Wyatts Armen. Wenn Maurice sie so fand …

„Kiara! Bist du da unten?"

Verstört, wie in Trance, rückte sie von Wyatt ab und kehrte ihm den Rücken zu. Sie fühlte sich plötzlich völlig verloren.

6. KAPITEL

Reserve: eine Bezeichnung für Wein höherer Qualität

Da bist du ja!" Maurice traf sie auf halber Strecke. Er sah grimmig aus. „Ich hab dich dauernd angerufen. Wieso gehst du nicht ans Telefon?"

Kiara fuhr sich mit der Hand durchs Haar, versuchte, sich nach den berauschenden Dingen, die sie mit Wyatt getan hatte, aus ihrer Benommenheit zu lösen.

„Ich ... das Handy ... Ich muss es im Labor vergessen haben."

„Deine Schnürsenkel sind offen."

„Oh." Kiara bückte sich, um sie zuzubinden, als sie merkte, dass sie ihre Brille nicht aufhatte. „Was ist denn los?"

„Wir haben ein Problem."

„Was für eins?"

„Diese Katze, dein Streuner ..."

„Was ist mit Felix?"

„Er hat das Problem verursacht."

„Ist ihm was passiert?" Sie wusste, sie hätte sich nicht in den Kater verlieben sollen, aber so war es nun einmal.

„Der Katze geht es gut, aber uns eventuell nicht."

Kiara spürte, dass Wyatt zu ihnen kam, aber beschämt wegen dessen, was sie eben getan und beinahe getan hätten, schaute sie sich nicht zu ihm um. Maurice musterte Wyatt mit sehr ernstem Gesichtsausdruck, wie ein strenger großer Bruder, äußerte sich aber nicht.

„Sag endlich, was passiert ist", drängte Kiara.

„Wo ist deine Brille?"

„Hier", antwortete Wyatt und reichte sie ihr.

„Danke." Sie setzte sie auf und wandte sich wieder Maurice zu. „Was ist denn nun?"

„Als ich die Gäste durch das Gewölbe mit den großen Fässern geführt habe, ist dein Felix hinter einem davon hervorgesprungen. Er muss vorher hinter jemandem her hineingehuscht sein, und du weißt ja, wie unheimlich das Gewölbe auf Fremde wirkt."

Maurice neigte dazu, seine Erzählungen immer sehr dramatisch auszuschmücken. Offensichtlich trug er das typische theatralische Romano-Gen in sich.

„Bring es einfach auf den Punkt, Cousin."

„Eine Frau war dabei, mit superhohen Stilettos, der ist dein Kater zwischen den Füßen durchgehuscht. Sie hat sich furchtbar erschrocken, hat gekreischt, ist gestolpert, hingefallen und hat sich dabei den Knöchel verletzt. Sie wurde hysterisch, hat direkt angefangen zu weinen und was von ‚verklagen' geredet."

Verdammt! Kiara war schon unterwegs zu dem Gewölbe, mit Wyatt auf den Fersen, doch Maurice rief ihr nach: „Da ist sie nicht mehr. Trudy hat Onkel Ginos Rollstuhl geholt, und wir haben sie in den Weinproberaum gebracht. Ich dachte, sie würde sich da etwas wohler fühlen."

„Ruf Dr. Foster", stieß Kiara hervor. „Ich gehe und versuche zu retten, was zu retten ist."

„Kiara", sagte Wyatt.

Sie wollte nicht mit ihm reden, nicht jetzt. Nicht wenn ihr Herz noch immer wie wild schlug. Außerdem hatte sie Wichtigeres zu tun; ihre Familie brauchte sie.

Aber er legte beruhigend eine Hand auf ihre Schulter.

„Ich könnte versuchen, die Wogen zu glätten und sie von ihrer Drohung abzubringen." Wyatt lächelte sie aufrichtig an. „Komm schon! Was hast du zu verlieren, außer einem unerwünschten Rechtsstreit? Immerhin habe ich PR-Erfahrung."

Das war nun nicht gerade Kiaras Stärke. Ihr fehlte die Geduld für oberflächliche Nettigkeiten. Sie konnte es, wenn sie musste, aber sie hatte auch nichts dagegen, diesen Job an jemand anderen abzutreten. „Okay, gut. Gib dein Bestes."

Während Maurice den Arzt anrief, eilte sie mit Wyatt über den Hof hinüber zum Hauptgebäude.

Der Duft von Lasagne, Tomatensoße und gebackenem Käse wehte ihnen entgegen. Ihre Großmutter arbeitete offensichtlich gerade daran, die Gäste mit ihren Kochkünsten einzuwickeln. Das konnte sie gut. Sie brauchten niemanden wie Wyatt Jordan.

Ihre leidenschaftliche Familie – mit ihrer Vorliebe für gutes Essen und guten Wein – deckte schon alles ab.

Kiara warf Wyatt einen Seitenblick zu. Er lächelte so selbstverständlich, wie andere Männer ihre T-Shirts trugen – lässig, sanft. Aber sie wusste, wie er von einem Moment zum anderen dieses Lächeln von sanft auf verrucht umschalten konnte.

Der Mann war ein Widerspruch in sich. Wie ein Puzzle, das ihren analytisch denkenden Geist herausforderte. Ein Teil von ihm bestand aus dem Nichtsnutz – die zerrissene Jeans, die abgelatschten Turnschuhe, das zerzauste Haar. Aber unter dieser Maske hatte sie noch viel mehr entdeckt. Sein sonnengebräunter Körper war schlank und nicht zu muskulös, und er strahlte ein Selbstbewusstsein aus, als läge ihm die Welt zu Füßen. Etwas, das eigentlich nicht zu jemandem passte, der bloß als Praktikant arbeitete.

Er nahm seine Brille ab und steckte sie in die Brusttasche seines Poloshirts, dann öffnete er die Tür, eine Hand an Kiaras Rücken gelegt. Sie sah zu ihm auf, und erst jetzt bemerkte sie seine unverschämt langen Wimpern. Ihr Herz machte einen gewaltigen Satz.

Nein.

Ihr Magen zog sich zusammen, als sie daran dachte, dass sie vorhin fast mit ihm geschlafen hätte.

Wyatt zwinkerte ihr zu. Glaubte er etwa, das da unten im Keller hätte irgendetwas bedeutet? Hatte es nicht. Bei nächster Gelegenheit würde sie das klarstellen.

Um ihre Unabhängigkeit zu demonstrieren, entzog Kiara sich seiner Hand. Sie brauchte niemanden, der ihr den Weg wies.

Wyatt schaute leicht amüsiert, als fände er ihre Stacheligkeit höchst entzückend.

Sie runzelte die Stirn. Das gehörte doch alles zu seiner Masche! Wie er sich verhielt, wenn er in der Nähe von Frauen war, so charmant und entwaffnend … Sein ganzes Auftreten, liebenswert und frech zugleich …

Aber nicht mit ihr. Sie würde nicht darauf hereinfallen. Im Moment hoffte sie allerdings, dass sein hübsches Gesicht ihren verletzten Gast beschwichtigen konnte.

Die prozesssüchtige Dame saß in dem Rollstuhl, den verletzten Fuß auf einem Stuhl hochgelegt und auf Kissen gebettet, der andere steckte noch in dem feuerroten Stiletto. Sämtliche Romanos waren um die Frau versammelt. Großmutter rechts, Großvater links, Trudy hinter dem Rollstuhl.

Die Dame war etwa Mitte dreißig, mit spitzer Nase und einem schmalen Mund, den sie fest zusammenpresste, selbst als Kiaras Großmutter ihr ein Stück hausgemachte Lasagne anbot.

„So etwas esse ich nicht", sagte sie pikiert. „Ich achte sehr auf meine Gesundheit."

Deshalb, dachte Kiara wenig mitfühlend, trägst du auch derart hohe Hacken, wenn du ein Weingut besichtigst. Sie schluckte die Worte hinunter, ehe sie sie aussprechen konnte.

Ihre Großmutter zog sich betrübt zurück. Niemals hatte jemand ihre Lasagne verschmäht.

„Selbstverständlich", sagte Wyatt leise. „Man sieht es Ihnen an. Sie sind hervorragend in Form."

„Und wer sind Sie?", fragte die Dame misstrauisch.

„Ich bin Wyatt Jordan." Er streckte ihr seine Hand entgegen.

Sie sah ihn mit affektiertem Lächeln an, als wäre er ihr Anwalt, der eben zugesagt hatte, ihren Fall zu übernehmen. Hoffnungsvoll ergriff sie seine Hand. „Janet Hampton. *Miss* Janet Hampton."

„Janet." Wyatt umfing ihre Hand mit seinen beiden und sah dabei aus wie ein aalglatter Diplomat. „Es tut uns ausgesprochen leid, dass dieser unglückliche Zwischenfall Ihnen derartige Unannehmlichkeiten beschert hat."

Kiaras Großvater warf ihr einen scharfen Blick zu, der eindeutig fragte: Wer ist der Kerl?

Sie zuckte die Schultern und gab ihm stumm zu verstehen: Lass ihn nur machen.

„Na ja", meinte die Frau. „Dieses verfilzte Tier sollte nicht da herumlaufen, wo der Wein gelagert wird."

„Da haben Sie natürlich vollkommen recht. Ich hoffe, Sie können Bella Notte diese Unachtsamkeit verzeihen." Wyatt, die Hände noch immer um die der Frau gelegt, zog sich mit dem

Fuß einen Stuhl heran und setzte sich dicht neben den Rollstuhl. Er richtete seine ganze Aufmerksamkeit auf Miss Hampton, als drehe sich seine Welt einzig und allein um sie.

Er würde einen großartigen Politiker abgeben.

„So etwas ist gefährlich", plapperte die Frau. „Mein Knöchel könnte gebrochen sein, nicht bloß verstaucht."

„Nun, es wäre nicht unmöglich. Janet, wahrscheinlich sind Sie ziemlich müde von der Führung und den Weinproben. Bella Notte war nicht das erste Weingut, das Sie heute besichtigt haben, oder?"

„Das dritte."

„Ich kenne das. Wenn ich zu Weinproben gehe, neige ich dazu, immer mehr zu trinken, als ich vertrage." Wyatt lachte verschwörerisch. „Aber Sie wirken so energisch und schaffen es bestimmt, aufzuhören, bevor Sie einen Schwips bekommen."

„Aber sicher", bestätigte sie.

Dass das „ch" mehr wie ein „sch" klang, sagte Kiara, dass Miss Janet Hampton längst einen sitzen hatte.

„Das ist gut, denn mit einem Schwips kann man mit solch eindrucksvollen Absätzen leicht fallen und sich den Knöchel verstauchen."

„Ja, sie mögen ein kleines bisschen zu hoch sein", sagte Miss Hampton kokett.

Ein bisschen? Das waren sicher zwölf Zentimeter! Kiara biss sich auf die Zunge, um nicht mit ihrer Meinung herauszuplatzen.

„Wir werden selbstverständlich die Kosten für die Behandlung Ihres Fußes übernehmen. Außerdem möchten wir Sie einladen, zusammen mit ein paar Freunden hierher zurückzukommen. Umsonst, versteht sich. Am besten im Herbst, dann sind die Weingärten am schönsten."

War das sein Ernst? Er machte Angebote im Namen von Bella Notte? Kiara war pikiert, musste aber zugleich zugeben, dass sie genau das Gleiche getan hätte. Außerdem hatte sie ihm gestattet, die Sache zu regeln.

„Sind Sie Single?" Miss Hampton kicherte wie ein Teenager. „Oh, die Frage war unpassend."

„War sie nicht“, versicherte Wyatt ihr. „Und ja, ich bin Single.“

„Ich auch“, hauchte sie.

„Wenn das kein Zufall ist.“ Wyatt lächelte sanft. „Vielleicht können wir uns einmal privat treffen.“

Ernsthaft? Er fragte sie nach einem Date? Eifersucht nagte an Kiara. Vor knapp zehn Minuten hätte er noch fast mit ihr geschlafen, und jetzt fragte er eine andere, die noch dazu im Begriff war, Bella Notte zu verklagen, nach einem Date?

„Wie wäre es heute?“, gurrte Janet.

„Lassen Sie uns abwarten, wie es Ihrem Knöchel geht.“

Kiara biss die Zähne zusammen. Sie war kurz davor, eine boshafte Bemerkung zu machen, als die Frau sagte: „Wissen Sie, Bella Notte kann ja nichts dazu, wenn eine streunende Katze irgendwo aus dem Dunkeln springt. Ich meine, das hätte überall passieren können.“

„Das stimmt“, pflichtete Wyatt ihr bei.

„Wenn Sie sich nur um meine Arztrechnung kümmern würden, ist eine Klage, denke ich, nicht nötig.“

„In dem Moment, als ich Sie das erste Mal sah, wusste ich, dass Sie einen Sinn für Gerechtigkeit haben.“

„Oh, danke!“

Kiara hielt sich eine Hand vor den Mund. War diese Frau sich Wyatts offensichtlicher Masche tatsächlich nicht bewusst?

Sei doch einfach froh, dass sie ihn nicht durchschaut.

In diesem Moment kam Maurice herein, gefolgt von Dr. Foster. Während der Arzt sich um seine Patientin kümmerte, hielt Wyatt ununterbrochen ihre Hand.

Die Arme vor der Brust verschränkt, beobachtete Kiara das Ganze. Wyatt war schon beeindruckend genug, aber er übertraf sich nachgerade selbst darin, Frauen zu dem zu verleiten, was er wollte. So wie er sie dazu gebracht hatte, sich da unten im Keller das Kleid auszuziehen.

Kiaras Wangen glühten vor Scham. Noch immer konnte sie nicht glauben, was sie da getan hatte. Was war nur in sie gefahren?

Dabei war sie doch eine Skeptikerin, eine Wissenschaftlerin, die nichts glaubte, ehe es nicht bewiesen war. Ihr Talent, die Dinge ganz objektiv und nicht von Romantik umweht zu betrachten, hatte die Kellerei vor dem Bankrott gerettet. Und genau deswegen hatte die Familie, nachdem ihr Vater so schwer erkrankt war, entschieden, dass sie das Gut leiten sollte und nicht Maurice, obwohl der viel älter war. Ihr Cousin war sehr wütend darüber gewesen, aber außer seiner eigenen Frau hatten alle für Kiara gestimmt.

Sie nahm ihren Job sehr ernst, aber sie musste sich auch ihre Schwäche im Umgang mit Menschen eingestehen. Ihr wäre es nie gelungen, eine drohende Klage abzuwenden, so wie Wyatt es gerade geschafft hatte. Sie war zu direkt. Sie kam gleich zum Punkt und teilte ihre Meinung mit. „Barsch" hatte man sie schon öfter genannt.

Inzwischen war der Arzt mit seiner Untersuchung fertig. Er hatte eine Verstauchung diagnostiziert. Irgendwie schmeichelte Wyatt mit süßen Worten Miss Hampton eine schriftliche Erklärung ab, in der sie auf eine Klage verzichtete. Dann rollte er sie nach draußen zum Van, den Maurice bereitgestellt hatte.

An der Tür blieb er kurz bei Kiara stehen und flüsterte: „Ich werde Miss Hampton in die Stadt bringen und sichergehen, dass sie gut in ihrem Hotel ankommt. Aber wenn ich zurückkomme, will ich, dass du dir etwas Zeit nimmst. Wir müssen reden."

Wyatt kehrte erst nach Bella Notte zurück, nachdem er sich Miss Hamptons halbe Lebensgeschichte hatte anhören müssen, und erst dann fiel ihm wieder ein, weshalb er eigentlich hier war. Er war so darauf aus gewesen, Kiara zu beeindrucken, dass ihm seine Rolle als Spion völlig entfallen war. Auf dem Weg zurück zum Weingut hatte er die ganze Sache noch einmal überdacht, besonders nach dem, was zwischen Kiara und ihm passiert war.

Auf dem Hof fing Großvater Romano ihn ab. „Wie ist es gelaufen?"

„Anklage erfolgreich verhindert", antwortete Wyatt.

Unangenehm lange musterte der alte Herr ihn. „Sie erinnern mich an irgendjemanden."

Hatte der alte Knabe ihn ertappt? Auch wenn Wyatt nicht selbst in der Weinbranche tätig war, so doch seine Familie, und in dieser Sparte kannte praktisch jeder jeden. Es war ziemlich dumm gewesen zu glauben, dass er die Romanos so lange zum Narren halten könnte. Er war kein Spion. Er wollte nur Spaß haben, und sich undercover ins Weingut zu schleichen hatte nach viel Spaß geklungen. Jetzt … fühlte es sich falsch an.

Wenn Kiaras Großvater Alarm schlug und sie erfuhr, wer er wirklich war, würde er niemals eine Chance bei ihr haben.

Niemals eine Chance bei ihr haben? Was zur Hölle hatte das zu bedeuten? Eine Chance auf was? Heißen Sex? Darüber hinaus hatte er sowieso nie eine Chance gehabt. Sobald sie herausfand, dass er ein DeSalme war, würde alles vorbei sein.

Verdammt, das tut weh.

Warum fühlte es sich so schlecht an?

„Wie war Ihr Name doch gleich?“, fragte Großvater Romano.

„Wyatt Jordan.“

„Sind Sie ein neuer Praktikant?“

„Ja.“

„Bisschen alt dafür, was?“

„Ja.“

„Aber in der Situation vorhin war Ihr Alter von Nutzen. Sie können verflixt gut mit Leuten umgehen.“

„Ich weiß das Kompliment zu schätzen.“

Noch immer musterte der alte Mann Wyatt eindringlich. „Sie würden ihr guttun.“

„Sir?“

„Meiner Enkelin. Sie ist eine großartige Wissenschaftlerin und hat ein helles Köpfchen, wenn es um das Geschäft geht, aber sie arbeitet zu hart. Ein Charmeur wäre genau das, was sie braucht. Aber wenn Sie ihr wehtun, werde ich Sie erledigen.“

„Entschuldigung?“ Wyatt schluckte.

Der alte Mann lächelte ihn jovial an. „Sie haben mich verstanden.“

„Ich bin nicht …“

„Sparen Sie sich Ihren Protest. Ich habe bemerkt, wie Sie sie ansehen. Und noch wichtiger, ich habe gesehen, wie Kiara Sie ansieht. Seien Sie vorsichtig, junger Mann. Wenn Sie Schindluder mit ihr treiben …“ Er zog dramatisch einen Finger quer über seine Kehle.

„Botschaft angekommen, Don Romano“, scherzte Wyatt. „Sie werden mir keinen Pferdekopf ins Bett legen müssen.“

Der alte Mann lachte laut auf. „Sie sind lustig, ich mag Sie. Behandeln Sie Kiara anständig, dann ist alles gut.“

„Ich habe nicht vor, Ihrer Enkelin wehzutun, Sir.“

„Gut, gut.“ Er legte seine Hand auf Wyatts Schulter. „Kommen Sie zum Essen.“

„Wie bitte?“

„Kommen Sie heute Abend zu uns zum Essen. Kiaras Eltern sind aus San Francisco zurück, und es gibt eine kleine Feier.“

„Ähm … ich bin mir nicht sicher, ob Kiara mich dabeihaben will.“

„Sind Sie ein Mann oder eine Memme?“

Wyatt reckte sich. Er war gute zehn Zentimeter größer als der alte Herr, und trotzdem fühlte er sich neben ihm wie ein kleiner Schuljunge. „Ein Mann. Definitiv.“

„Meine Enkelin ist sehr eigenwillig. Wenn Sie mit ihr zusammen sein wollen, müssen Sie stärker sein als sie.“

„Das kann ich.“

„Wollen Sie noch einen Tipp?“

„Ich bin ganz Ohr.“

„Geben Sie ihr nicht zu schnell nach. Romanzen sind am süßesten, wenn man hart dafür arbeiten musste.“

Kiara saß im Labor vor ihrem Mikroskop und versuchte verzweifelt, sich auf die Arbeit zu konzentrieren. Die letzten drei Tage waren einfach zu aufregend gewesen. Angefangen bei der Ankunft der neuen Praktikanten über das Erdbeben und Janet Hamptons Unfall bis hin zu ihrem eigenen „Ausrutscher“.

Sie dachte an Wyatt und daran, wie schnell es ihm gelungen war, eine heikle Situation zu entschärfen. Und wie hatte es dieser

Mann nur geschafft, sich in ihr Leben zu schleichen und sich so schnell darin einzunisten, als hätte er immer schon dazugehört? Sie kannte ihn doch erst seit zweiundsiebzig Stunden. Und was war mit diesen lüsternen Gedanken, die sie hegte, jedes Mal, wenn sie ihn ansah? An ihn dachte?

Kiara war derart verwirrende körperliche Reaktionen nicht gewöhnt. Sie waren ihr fremd und außerdem unerwünscht. Aber während sie auf ihr Mikroskop starrte, wanderte sie in Gedanken zurück in den Keller, und sofort spürte sie die Reaktion ihres Körpers. Ihre Brustwarzen drückten sich hart gegen den dünnen Baumwollstoff ihres Kleides, ihr langes Haar kitzelte erotisch an ihren nackten Armen. Sogar ihr Puls schlug schneller, als ihr Körper! – ach, wem wollte sie etwas vormachen, es war mehr als nur ihr Körper – von dem Verlangen nach etwas erfasst wurde, das ihre Welt ebenso erschüttern könnte wie ein Erdbeben.

Für den Bruchteil einer Sekunde spürte Kiara schmerzhafte Einsamkeit, doch sie erstickte das Gefühl im Keim. Sie wusste, dass die für sie so untypischen Anwandlungen ihrer Position als Chefin von Bella Notte gefährlich werden konnten. Sie konnte ihren Gefühlen nicht einfach freien Lauf lassen. Und sie wollte es auch nicht.

Ihr ganzes Leben lang war sie von Romantikern und ihren Mythen und Legenden umgeben gewesen, aber sie war nie in die Versuchung gekommen, den Verlockungen der Liebe zu erliegen.

Ihre Urgroßeltern waren mit ihrer explosiven Romanze zur dorfeigenen Legende geworden. Ihre Großeltern hatten eine ebenso stürmische Romanze erlebt, und auch Kiaras Eltern verliebten sich auf den ersten Blick und Hals über Kopf ineinander.

Selbst Maurice und Trudy hatten nach nur einem Tag gewusst, dass sie zueinandergehörten.

Kiara war die Außenseiterin. Sie war wie eine einsame Insel, und ihre Familie war das Festland, zu dem es weder Brücke noch Boote gab – sie wusste das seit frühester Kindheit. Und obwohl sich ihre Familie in Romantik suhlte, wurde Kiara doch von ihr wegen ihrer Vernunft und Sachlichkeit bewundernd auf eine Art Sockel gehoben.

Sie selbst ärgerte sich, wenn sie wirklich mal von ihrem hohen Ross herabsteigen und einen Fehler zugeben musste. So etwas bereitete ihr schlaflose Nächte. Also strengte sie sich umso mehr an und ging, wenn überhaupt, nur lockere Beziehungen ein. Ihr Herz war völlig unberührt. Und kein Mann hatte in ihrem Körper je diese gewaltigen Gefühlsstürme ausgelöst, wie es kitschige Romane und Liebeslieder beschrieben. Was wiederum bewies, was sie schon die ganze Zeit vermutete: Romantik war Schwachsinn. Zumindest für sie. Vielleicht hatte sie einen genetischen Defekt? Oder sie war einfach nicht zu tieferen Gefühlen fähig.

Aber was war das heute Morgen gewesen – wenn nicht verdammt tiefe Gefühle?

Das waren keine Gefühle. Das war Lust. Animalische Anziehung. Nichts weiter.

Es irritierte sie dabei nur, dass dieses Verhalten äußerst untypisch für sie war. Nie zuvor hatte sie sich dermaßen zu jemandem hingezogen gefühlt wie jetzt zu Wyatt.

Wie konnte sie diese Gefühle aufhalten?

Ein sachtes Klopfen an der Tür ließ sie aufschrecken. War das Wyatt? War er endlich zurück aus Idyll?

„Herein."

Es war ihre Großmutter. „Deine Eltern sind auf der Fähre, Maurice wird sie abholen."

„Ich bin so froh, dass es Dad besser geht."

„Wir wollen eine kleine Überraschungsparty feiern. Hilfst du mir mit dem Tiramisu fürs Dessert?"

„Natürlich, Großmama." Sie folgte ihr in die große Küche und begann, Löffelbiskuits mit Kaffeelikör zu durchtränken.

„Großmama?", sagte sie nach kurzem Schweigen. „Wie hat sich das angefühlt, als du Großpapa zum ersten Mal getroffen hast?"

„Du weißt ja, ich war Lehrerin, und er kam in meine Klasse, um seinen Neffen abzuholen. Als er mich begrüßte und wir uns in die Augen sahen, entstand augenblicklich ein Band zwischen uns, das so tief und beständig war, dass nichts es mehr zerstören konnte."

„Weißt du, das kommt mir ziemlich weit hergeholt vor", sagte Kiara, obwohl sie dachte: Genauso habe ich mich gefühlt, als ich Wyatt zum ersten Mal sah. War das zwischen ihnen etwa mehr als nur ein Anflug von heißer Lust? Mehr als pure Chemie?

Das ist unlogisch und unwissenschaftlich. Du glaubst doch gar nicht an solchen romantischen Unsinn, schon vergessen?

Aber ein Teil von ihr wollte plötzlich daran glauben. War das so schlimm?

Schlimm nicht, nur nicht real. Es war eine Fantasie, nicht die Wirklichkeit, und solange ihr das klar war, konnte sie es sich doch sicher gönnen, sich einen kleinen Wunsch zu erfüllen, oder?

„Nun, wir sind seit dreiundfünfzig Jahren verheiratet. Was brauchst du sonst noch für einen Beweis?", hörte sie ihre Großmutter. „Bei deinen Eltern war es nicht anders. Folge deinem Herzen, *cara*. Es wird dich niemals auf den falschen Weg führen."

7. KAPITEL

Weinberg-Weisheit: Je tiefer die Wurzeln, desto kräftiger die Weinstöcke

Das Abendessen bei den Romanos war eine lebhafte Angelegenheit. Es war eine Feier, im wahrsten Sinne des Wortes, da Kiaras Vater Gino endlich wieder gesund war. Beth, Kiaras Mutter, wich ihm den ganzen Abend nicht von der Seite, hielt seine Hand und strich ihm ab und an über die Wange, als könne sie ihr Glück kaum fassen.

Wyatt, für diesen Abend ganz konventionell in schlichter olivfarbener Hose und weißem Hemd, war aus irgendeinem Grund viel nervöser als am ersten Morgen seiner Ankunft auf Idyll.

Kiara schien ehrlich überrascht, als ihre Großmutter mit ihm in die Küche kam, sagte jedoch nichts, sondern warf ihm nur ein gedämpftes „Hallo“ zu, ehe sie damit fortfuhr, Teller und Schüsseln zum Esstisch zu tragen. Hatte sie vergessen, dass er dringend mit ihr reden musste?

Ein Blick auf Kiara genügte, um brennend heißes Verlangen in ihm auszulösen. Wyatt zwang sich zu einer gelassenen Haltung, aus Angst, die anderen könnten ihm sonst sofort ansehen, was er fühlte.

Kiara trug eine enge schwarze Jeans – ein sexy Kontrast zu ihren sonst so formlosen Kleidern – und eine lange blaue Tunika mit V-Ausschnitt, die sich weich an ihre Brüste schmiegte und ihr hinreißendes Dekolleté betonte. Ihr dunkles Haar fiel ihr wie ein seidener feuriger Umhang über die Schultern. Sie hatte sogar etwas Make-up aufgelegt – Lidschatten, Rouge, Lippenstift – und ihre goldenen Ohrringe gegen lange Kristalltropfen ausgetauscht, die ein glitzerndes Lichtspiel auf ihr Gesicht warfen. Sie sah aus wie eine geheimnisvolle Märchenprinzessin.

Wyatt dachte an sie beide allein im Weinkeller – war es wirklich erst heute Morgen gewesen? Es fühlte sich an, als wäre es eine Ewigkeit her, seit er ihre zarte Haut berührt und ihre süßen Lippen geküsst hatte.

Der große Eichentisch war voll beladen mit italienischen Köstlichkeiten – eine große Auswahl Antipasti, gefüllte Pilze, Lasagne, Pasta mit Tomatensoße –, alles nach alten Familienrezepten gekocht. Zum Nachtisch gab es Tiramisu und Eis, dazu so viel Wein, wie man wollte. Wyatt fühlte sich sofort wie zu Hause, hatte er doch die meiste Zeit seines Erwachsenenlebens in Europa verbracht.

Kiara war in außergewöhnlich guter Stimmung. Sie lachte viel, machte Scherze und drückte ihren Vater jedes Mal, wenn sie vom Tisch aufstand, um neuen Wein oder Tee zu holen. Sie zerzauste das Haar ihrer kleinen Cousins, neckte Maurice wegen Janet Hampton und unterhielt sich lebhaft mit Trudy, ihrer Großmutter und ihrer Mutter. Wyatt hatte sie noch nie so entspannt gesehen und wünschte, er könne ihr helfen, damit sie sich immer so fühlte. Erst jetzt wurde ihm bewusst, unter welchem Stress sie als einzige Verantwortliche wegen der angespannten finanziellen Lage des Weingutes stand.

Das Essen war herausragend, die Gesellschaft noch besser. Wyatt sah sich am Tisch um. Alle hier hatten ihn willkommen geheißen wie einen lange verschollenen Verwandten.

Er fühlte sich schuldig.

Als Kiaras Vater einen Spaziergang im Weingarten vorschlug, räumten sie gemeinsam ab und gingen dann nach draußen.

Wyatt zögerte. Er wusste nicht, ob er auch hierzu eingeladen war.

„Kommen Sie, Wyatt“, forderte Großvater Romano ihn auf.

In seiner eigenen Familie ging es nicht so harmonisch zu. Seine Eltern hatten sich scheiden lassen, als er noch ein Kind war. Beide Elternteile hatten wieder geheiratet, sein Vater inzwischen zum dritten Mal. Wyatt liebte seine Brüder Eric und Scott, aber er hatte nicht viel mit ihnen gemeinsam. Seit DeSalme in eine Kapitalgesellschaft umgewandelt worden war, rannten beide nur noch hinter dem großen Geld her. Nicht dass das schlecht wäre, aber Wyatt hatte sich andere Prioritäten gesetzt. Jedenfalls hatte er das gedacht. Aber alles hatte sich geändert, als seine Brüder ihn aufforderten, diese Sache für sie zu erledigen. Sie hatten angedeutet, dass er danach in die Firma einsteigen könnte. Das war etwas Neues für Wyatt gewesen. Endlich brauchte ihn seine Familie.

Aber nach nur drei Tagen auf Bella Notte schien das Leben hier so viel eher das zu sein, was er wollte: Die Familie war untereinander eng verbunden, und die Atmosphäre kam ihm so anheimelnd vor. Alle hatten sich mit ganzem Herzen der Produktion exquisiten Weins verschrieben, und das nicht nur, um Geld zu machen.

Seit wann willst du denn so etwas?

Seit er Kiara zum ersten Mal in die Augen gesehen hatte.

Seitdem schien er ein völlig anderer Mensch geworden zu sein. Ein verwirrender, aufwühlender Gedanke.

Die Weingärten lagen ruhig und friedlich da, die untergehende Sonne warf lange Schatten auf die Erde. Alle hier – abgesehen von den Kindern, die um die Weinreben herum Fangen spielten – hielten Händchen: Großmutter und Großvater Romano, Gino und Beth, Maurice und Trudy. Blieben nur er und Kiara übrig.

Wyatt schaute zu Kiara hinüber, ihre Blicke trafen sich. Nein, sie war kein kalter wissenschaftlicher Weinfreak. Mit ihren wohlgeformten Kurven und den wissenden Augen war sie zu einhundert Prozent Frau. Er wollte sie haben: in seinem Bett, in den Weingärten, im Weinkeller. Wo immer er sie kriegen konnte.

Er warf ihr ein kleines ehrliches Lächeln zu, das sie mit einem Strahlen erwiderte. Unweigerlich dachte er an den Rat ihres Großvaters.

Geben Sie nicht zu schnell nach. Romanzen sind am süßesten, wenn man hart dafür arbeiten musste.

Aus irgendeinem Grund spürte er einen Kloß im Hals. Was war los? Er war nicht der sentimentale Typ. Warum also der plötzliche melancholische Anflug? War er, wenn es um Liebe ging, durch die chaotischen Beziehungen seiner Eltern geprägt?

War er deshalb niemals zu mehr als oberflächlichen Gefühlen für seine jeweiligen Freundinnen fähig gewesen?

Schon als Kind hatte er gelernt, dass man gern gesehen war, wenn man sich lustig und locker gab. In der Schule war er der Klassenclown gewesen, später dann ein verwegener Draufgänger, der sich aufspielte und möglichst alle Aufmerksamkeit auf sich zog. Er fuhr zu schnell. Riskierte zu viel. Besaß genug Geld, um immer zu tun, wozu er gerade Lust hatte. Stets auf der Suche nach Spaß, Spaß, Spaß. Er stand nie so lange still, dass der Schmerz ihn einholen konnte.

Jetzt dämmerte ihm zum ersten Mal, wie leer sein Dasein eigentlich war. Er hatte sein Leben mit lauter Dingen, Aktivitäten und wechselnden Menschen vollgestopft, nur um keine tieferen Gefühle entwickeln zu müssen.

Wyatt nahm einen tiefen reinigenden Atemzug. Sog den Duft guter ehrlicher Erde ein und wusste zugleich, dass er es gar nicht verdiente. Er war oberflächlich, verschwenderisch und zügellos gewesen, und plötzlich wünschte er sich nichts mehr, als das zu ändern. Er wollte nach Bella Notte gehören.

Es war eine unerwartete Erkenntnis, die einzig und allein auf die Frau, die neben ihm ging, zurückzuführen war.

Kiara senkte die Lider, aber noch immer beobachtete sie ihn. Wo waren ihre Gedanken? Bei der Weinernte, bei chemischen Verfahren oder ebenfalls bei eher philosophischen Fragen?

Dann sah er, wie sie mit der Zunge über ihre Lippen fuhr.

Aha, sie denkt an Sex!

Die Erinnerung an den heutigen Morgen stürmte auf ihn ein. Wie er sie nackt in seinen Armen gehalten hatte und sie kurz davor gewesen waren, es zu tun, als Maurice sie gestört hatte. Wenn sie wirklich miteinander geschlafen hätten, würden sie dann jetzt ebenfalls Händchen halten?

Während die anderen weitergingen, blieben Wyatt und Kiara in stummem Einvernehmen zurück. Keiner von beiden sprach ein Wort, sie sahen sich nur an. Das Zwielicht umfing sie und hüllte sie in kühle Schatten. Die letzten Sonnenstrahlen fielen auf Kiaras kastanienbraunes Haar, verliehen ihm einen feurig glühenden Schimmer und tönten ihre Haut rosig.

Es war, als habe er mit den anderen Frauen nur die Zeit totgeschlagen, während er darauf wartete, dass Kiara in sein Leben trat. Als hätte sein Unterbewusstsein immer gewusst, dass es sie gab, und ihn davor bewahrt, an eine andere Frau tiefere Gefühle zu verschwenden.

Ein verrückter Gedanke, aber Wyatt konnte und wollte ihn nicht abschütteln. Jede Faser seines Körpers drängte ihn, Kiara irgendwohin zu bringen, wo sie allein waren und beenden könnten, was sie am Morgen angefangen hatten. Es wäre so einfach, so natürlich.

Er wollte sie haben, wollte sie besitzen, was ihn völlig verblüffte. Was Frauen betraf, war er noch nie besitzergreifend gewesen. Aber seine Gefühle für Kiara brachten ihn in jeder Hinsicht total durcheinander.

Er machte einen Schritt auf sie zu, legte ihr eine Hand auf die Schulter und sah ihr tief in die Augen. „Kiara", hauchte er.

„Ja?", flüsterte sie.

„Ich muss dich etwas fragen."

„Was?"

„Ich will nicht ins Labor. Lass mich in den Weingärten arbeiten."

Sie war offensichtlich verwirrt. „Willst du nicht mit *mir* arbeiten?"

„Oh doch." Er hob eine Hand und ließ einen Finger über ihre Lippen gleiten. „Genau das ist das Problem. Ich will es viel zu sehr."

Verunsichert wich sie einen Schritt zurück. „Ich verstehe nicht."

„Was da heute Morgen im Keller passiert ist …"

„War ein Fehler", fiel sie ihm ins Wort.

Erleichtert atmete er auf und betete, dass ihr Großvater recht behielt. Dass, sich uninteressiert zu zeigen, der richtige Weg war, um bei Kiara zu landen. Wenn nicht, würde der Schuss gewaltig nach hinten losgehen.

„Siehst du das wirklich so?“, fragte er.

„Natürlich war es ein Fehler. Wir haben rein spontan gehandelt, das ist nie gut. Zum Glück ist Maurice aufgetaucht.“

„Ja“, log er.

„Und du hast recht“, fuhr sie fort. „Die Weingärten sind besser für dich. Ich werde mir einen anderen Assistenten suchen, vielleicht die enthusiastische Blonde. Wie heißt sie?“

„Lauren.“

„Ja. Ich denke, das passt besser.“

„Gut.“

„Fantastisch.“

„Grandios.“

Was machte er denn da? Wenn er in die Weingärten flüchtete, würde er nicht nur Distanz zwischen sich und Kiara bringen, er würde auch einen großartig zum Spionieren geeigneten Posten aufgeben.

Nur wusste Wyatt tief in seinem Herzen, dass er das ohnehin längst abgehakt hatte. Sollten seine Brüder ihn doch verhöhnen. Es gab wichtigere Dinge als die Marktanteile der DeSalmes. Die Firma würde auch überleben, ohne dass sie den „Best of the Best Award“ gewannen.

Aber Bella Notte? Vielleicht nicht.

Kiara wusste nicht, was mit Wyatt los war. In der einen Minute zeigte er sich ihr gegenüber heiß wie Lava, in der nächsten kalt wie eine Meeresbrise.

Unbeständig. Dieser Mann war unbeständig. So etwas brauchte sie nicht. Aber was, wenn er genauso überrumpelt war von dieser unstrittigen Anziehungskraft zwischen ihnen? Vielleicht war ihm aufgegangen, was für ein ungleiches Paar sie sein würden, die Wissenschaftlerin und der Taugenichts, und er wollte aus der Nummer raus, solange es noch ging.

Sie konnte ihm das nicht einmal übel nehmen. Im Gegenteil, sie sollte dankbar sein. Es war das Beste, was er tun konnte. Die Verbindung abbrechen, ehe jemand Schaden nahm. Somit war das Desaster erfolgreich verhindert.

Bis auf die Tatsache, dass sie nicht schlafen konnte.

Schlaflosigkeit war ihr ohnehin nicht fremd. In Gedanken mit Details zum Weinbau beschäftigt, konnte Kiara des Öfteren nicht schlafen. Ihr Kopf war vollgestopft mit Chemie, Biologie und Botanik, wie ein Kinderzimmer mit Lego, Barbies und kleinen grünen Plastiksoldaten. Ihre Arbeit war ihre Spielwiese.

Nur hatte sich das alles geändert, seit sie Wyatt kannte.

Die Schlaflosigkeit war noch da, aber der Grund dafür war ein anderer.

Es waren nicht länger die Gleichungen, Formeln und Experimente, die sich in ihrem Kopf tummelten, jetzt war es Wyatt, der in ihren Gedanken herumschlich. Ständig sah sie ihn vor ihrem inneren Auge. Das dunkle Haar, das ihm verwegen in die Stirn fiel, und sein Lachen. Das Gefühl, wie ihre Finger über sein stoppeliges Kinn strichen, und der himmlische Geschmack seiner Lippen …

Sie konnte ihm einfach nicht entkommen. Nicht einmal im Schlaf. Denn wenn sie schlief, träumte sie, und ihre Träume waren noch lebendiger als die Fantasien, denen sie tagsüber nachhing.

Lauren, die neue Assistentin, entpuppte sich als gute, eifrige Mitarbeiterin, immer bestrebt, Kiara nach Möglichkeit zu unterstützen.

Zwei Wochen vergingen. Kiara verbrachte immer mehr Stunden im Labor, verausgabte sich zusehends, arbeitete hart an neuen biologischen Anbaumethoden und träumte von Marketingkampagnen für den Vertrieb, wenn sie erst den „Best of the Best Award“ gewonnen hatten. Sie stand täglich achtzehn Stunden im Labor und hielt nur kleine Nickerchen an ihrem Schreibtisch.

Aber immer noch sehnte sich ihr Körper nach Wyatt.

Weshalb sie den Weingärten auch möglichst fernblieb und meistens Lauren schickte. Und wenn sie doch einmal selbst gehen musste, zwang sie sich, nicht nach Wyatt Ausschau zu halten.

Es war nicht schön, so zu leben. Schuften, schuften, schuften, bis zur völligen Erschöpfung. Alles nur, um nicht über Wyatt nachzugrübeln.

Am 21. Juni wachte sie dann mit Kopfschmerzen, Fieber und elendig verstopfter Nase auf – eine Sommergrippe.

Sie versuchte, sich aus dem Bett zu quälen, doch kaum hatten ihre Füße den Boden berührt, wurde ihr so schwindelig, dass sie sich zurück in die Laken fallen ließ. Sie rief Lauren an und schickte sie statt ins Labor zur Arbeit in die Weingärten. Voller Groll auf ihr Kranksein generell und auf Wyatt im Besonderen legte sie sich wieder schlafen.

Irgendwann später wurde sie durch ein leises Klopfen an der Tür geweckt. Benommen setzte sie sich auf. Vermutlich war es ihre Mutter oder Großmutter, sicher hatte es sich schon herumgesprochen, dass sie krank war. Kiara seufzte. Sie hasste es, wenn um sie so ein Gewese gemacht wurde.

„Herein", ächzte sie und ließ sich zurück gegen das Kissen sinken. Die Tür ging auf, und da stand – Wyatt. „Ich hab gehört, du bist nicht ganz auf der Höhe."

„Nur ein kleiner Schnupfen", nuschelte sie.

„Du hast zu viel gearbeitet."

Das konnte sie nicht abstreiten.

„Und kaum geschlafen." Er schloss die Tür hinter sich und kam ans Bett.

Bei seinem Anblick durchrann sie ein vertrauter Schauer. Ach, wahrscheinlich war es nur das Fieber. „Woher weißt du das?"

„Ich habe permanent Licht im Labor brennen sehen."

„Was hast du denn in den letzten Wochen da draußen getrieben?"

Er zuckte die Schultern. „Hab mir die Beine vertreten."

Also hatte er auch nicht schlafen können. Mit schräg geneigtem Kopf musterte sie ihn. Er hatte eine braune Tüte bei sich.

„Ich hab dir was mitgebracht." Er zog ein langes flaches Päckchen aus der Tüte, eingewickelt in weißes Geschenkpapier mit roter Samtschleife.

„Du hast ein Geschenk für mich?" Gerührt legte Kiara eine Hand auf ihr Herz.

„Nur eine Kleinigkeit." Er setzte sich auf die Bettkante und reichte Kiara das Päckchen. „Ein Gute-Besserung-Geschenk. Los, mach's auf."

Bilde dir jetzt nichts ein! Es ist nur eine nette Geste.

„Kiara", ermahnte er sie sacht. „Was ist los?"

„Nichts, gar nichts." Sie ließ den Kopf hängen und versuchte, mit den Gefühlen klarzukommen, die in ihr aufbrodelten.

Wyatt legte ihr einen Finger unter das Kinn und zwang sie, ihn anzusehen. „Komm, rede mit mir. Ist es dir unangenehm, wenn man dir etwas schenkt?"

„Nein. Ja. Ich weiß nicht, was du von mir erwartest."

„Du denkst schon wieder zu viel. Kriegt deine arme kleine Rübe denn nie eine Pause?" Er neigte sich zu ihr und gab ihr einen Kuss auf die Stirn.

Die Berührung seiner Lippen brachte ihr Blut in Wallung.

Sie strich mit den Fingern über die Schleife auf dem Päckchen. Ihr Herzschlag stolperte.

„Ich habe das hier in einem Schaufenster in der Stadt gesehen und gleich an dich gedacht. Ich hab's spontan gekauft. Das ist keine große Sache."

Endlich öffnete Kiara das Päckchen und schob das weiche Wattepolster zur Seite. Darunter lag eine Armbanduhr mit einem hübschen weißen Lederband, aber nicht zu teuer. Sie atmete erleichtert aus. Es schien eine ganz gewöhnliche Uhr zu sein. Bis sie genauer hinsah.

Jede Zahl auf dem hellen Ziffernblatt war eine knallrote Fünf. Sie sah zu Wyatt auf.

Ein amüsiertes Grinsen umspielte seine Lippen. „Es soll dich daran erinnern, dass es irgendwo auf der Welt immer nach fünf ist. Wann immer du auf die Uhr siehst, will ich, dass du daran denkst, dass ein Arbeitstag eigentlich um fünf Uhr endet. Nach fünf ist es Zeit, sich zu entspannen, sich um sich selbst zu kümmern und die Früchte seiner Arbeit zu genießen."

Es war ein tolles Geschenk. Ihr wurde die Kehle eng.

„Gefällt sie dir?“ Er klang unsicher.

„Sie ist großartig.“

„Keine Nachtschichten mehr. Keine Arbeit bis zum Umfallen.“

„Alles klar.“

„Ich mein's ernst.“

„Ja, ich werde mich bemühen.“

„Versprochen?“

„Versprochen.“

„Gut“, sagte er. „Ich hab dir noch etwas mitgebracht.“

„Was denn?“ Sie lehnte sich vor und versuchte, einen Blick in die Tüte zu erhaschen.

„Hühnersuppe. Von deiner Großmutter.“ Er holte den Behälter heraus. „Komm, ich schüttele dir die Kissen auf, damit du aufrecht sitzen kannst.“

Kiara setzte sich auf und ließ sich von Wyatt die Kissen ordnen, ehe sie sich wieder zurücksinken ließ. „Ich hatte auch andere Gelegenheiten, weißt du.“

„Was? Andere Kerle, die dir Suppe und Uhren bringen?“, neckte er.

„Ich meine beruflich.“

„Ich habe nie etwas anderes behauptet.“

„Nein, aber ich kann es dir ansehen. Du fragst dich, weshalb ich mich hier auf diesem Weingut abrackere, wenn ich genauso gut für eine große Firma arbeiten könnte, bei der ich Krankengeld und später eine Rente bekommen würde.“

„Darüber könnte ich schon mal nachgedacht haben“, gab er zu.

„Mir standen jede Menge Wege offen.“

„Ja?“

„Nach dem College bekam ich sogar ein Angebot aus Frankreich, und eine Kellerei im Napa Valley bot mir ein sechsstelliges Gehalt. Mit Rente, Krankenversicherung, Urlaub und Krankengeld.“

„Warum hast du abgelehnt?“

Ihr stiegen Tränen in die Augen. „Weil ich meine Familie und Bella Notte von ganzem Herzen liebe. Ich bin tief verwurzelt mit diesem Ort, ich gehöre hierher. Das ist der Grund, weshalb ich auf der Welt bin. Das habe ich immer gewusst."

„Du hast nie daran gezweifelt?"

„Nie."

„Wow."

„Was soll das heißen: Wow?"

„Ich habe niemals etwas so leidenschaftlich geliebt. Und niemals eine derartige Loyalität zu jemandem empfunden."

„Das ist traurig", hauchte sie. Sein betrübter Gesichtsausdruck ging ihr nahe.

„Ich weiß." Schnell wandte er sich ab und öffnete den Suppenbehälter. Als er einen Löffel aus der Tasche geholt, ihn mit Suppe gefüllt und sich wieder zu ihr umgedreht hatte, schaute Kiara jedoch schon wieder in ein charmant lächelndes Gesicht.

„Mund auf."

„Du wirst mich nicht füttern."

„Doch."

„Wyatt, ich kann alleine essen."

„Ach, so ist es doch viel romantischer!"

„Gefüttert zu werden ist nicht im Entferntesten romantisch. Ich habe eine Grippe, meine Nase ist rot, meine Haare sind eine Tragödie …"

„Du siehst fantastisch aus."

„Du bist so ein Lügner."

„So würdigst du meine Fähigkeit, Kranke aufzumuntern?"

Sie konnte nicht anders, als zu lächeln. Dieser Mann war einfach unwiderstehlich.

„Mund auf." Wieder hielt er ihr den vollen Löffel hin.

Sie kam sich wirklich albern vor, öffnete aber widerwillig den Mund, und er schob ihr behutsam den Löffel hinein, als hätte er das schon sein Leben lang getan.

Ihre Blicke trafen sich. Er saß auf der Bettkante, seine Hüfte lehnte an ihrer. Natürlich lag da die Bettdecke zwischen ihnen, aber trotzdem fühlte es sich so vertraut an, so gemütlich.

Verdammt!

Er hatte recht. Es war romantisch. Dass er bei ihr saß, obwohl er riskierte, sich anzustecken; dass er sie ansah, als fände er sie trotz ihres Zustandes tatsächlich fantastisch. Zu denken, dass er zu den Männern gehörte, bei denen man darauf vertrauen konnte, dass sie sich um einen kümmerten, wenn man krank war … Das war gefährlich.

Besonders, weil sie geglaubt hatte, er wäre eher der Typ, der die Flucht ergriff, sobald es etwas unangenehm wurde. Aber nun saß er hier bei ihr und schien kein bisschen abgeschreckt von ihrer miserablen Verfassung.

„Worüber denkst du so angestrengt nach?“, fragte er.

„Ich überlege gerade, wie ich den Ertrag der Muskatellertrauben erhöhen könnte“, log sie, um ihm nicht sagen zu müssen, wie dankbar sie ihm für seinen Besuch war.

„Nein, nicht“, schalt er sie. „Nicht über die Arbeit nachdenken. Du bist viel zu hart zu dir. Kein Wunder, wenn du krank wirst. Wann hast du dir zuletzt einen freien Tag gegönnt?“

Kiara runzelte die Stirn. „Ohne freie Tage läuft die Arbeit besser.“

„Du bist keine Superfrau. Jeder braucht mal eine Pause.“

Sie wedelte mit einer Hand Richtung Labor. „Ich hab zu viel zu tun …“

„Wenn du dich völlig kaputtmachst, bist du für niemanden mehr von Nutzen. Ich möchte, dass du mir noch etwas versprichst.“

„Das wäre?“

„Sobald du dich besser fühlst, nimmst du einen Tag frei, um deinen Akku aufzuladen.“

„Das wird nicht gehen. Wenn ich schon einige Tage verliere, weil ich krank bin, kann ich nicht noch einen hinten dranhängen.“

„Aber wenn du dir nicht freinimmst, wirst du nicht richtig gesund werden. Wann hast du das letzte Mal etwas für dich selbst getan?“

„Das ist schon eine Weile her.“

„Deine Praktikanten bekommen zwei freie Tage in der Woche, weshalb du nicht auch?“

„Es gibt zu viel zu tun."

„Einen Tag! Ich rede von vierundzwanzig winzigen Stunden, nur für dich."

Der Gedanke an einen Tag, an dem sie nur entspannen und tun konnte, wozu sie Lust hatte, kam ihr sehr verlockend vor. Zu verlockend. Seit sie die Leitung Bella Nottes von ihrem Vater übernommen hatte, war das nicht mehr vorgekommen.

Sie hatte gewusst, worauf sie sich einließ. Aber gute Weine herzustellen und gleichzeitig eine Familie dieser Größe zu versorgen wäre für jeden zu viel. Besonders, wenn man erst dreißig war. Sie sollte ausgehen, Verabredungen haben, vielleicht sogar eine Familie gründen.

Dafür ist noch genug Zeit, sagte ihre vernünftige Seite.

Aber die andere Seite, die sie so lange unterdrückt hatte, flüsterte: Darf ich denn niemals etwas Spaß haben? Es war der Teil von ihr, der nicht widerstehen konnte, als Wyatt sagte: „Nächsten Samstag kommst du mit mir."

„Ach ... wirklich?"

„Ja."

„Was, wenn ich Nein sage?"

„Ich werde deine ganze Familie auf meine Seite ziehen."

Daran zweifelte sie nicht. „Was hast du denn vor mit mir?", fragte sie, trotz allem bezaubert von der Idee.

„Das überlass ganz mir. Spaß zu haben ist meine Stärke."

Zu ihrer eigenen Überraschung nickte sie. „Okay, ich mache mit. Aber nur unter einer Bedingung."

„Welcher?"

„Du gibst mir den Löffel und lässt mich alleine essen."

8. KAPITEL

Balance: wenn die Aromen des Weines sehr ausgewogen sind

Kiara schummelte. Schon am dritten Tag ging sie für einige Stunden ins Labor. Die Quittung folgte auf dem Fuße, und sie lag am Nachmittag bereits wieder im Bett, hatte aber wenigstens einen Blick auf die Buchhaltung geworfen. Betrüblicherweise war Bella Notte nur haarscharf in den schwarzen Zahlen. Aber immerhin nicht im Minus.

„Das wird sich alles ändern", sagte sie zu ihrem Kater Felix, der sich gemütlich auf dem Bett rekelte. „Wenn wir erst den ‚Best of the Best Award' gewonnen haben."

Felix maunzte leise.

„Ich deute das als Ja."

Die Möglichkeit, auch verlieren zu können, zog sie nicht einmal in Betracht, so überzeugt war sie von der Qualität von *Decadent Midnight*. Bisher hatten sie sich finanziell über Wasser halten können, weil dieser hervorragende Wein sich auf Bella Notte und auch übers Internet so gut verkaufte. Aber sie mussten einen weit größeren Markt erreichen, sollte das Überleben der Kellerei nicht ernstlich in Gefahr geraten.

Am Freitag fühlte sie sich wieder ganz gesund. Sie musste zugeben, dass sie sich auf ihren freien Tag freute. Sie fragte sich schon, was Wyatt mit ihr vorhatte.

Noch vor Sonnenaufgang klopfte es am Tag darauf an ihrer Tür. „Kiara?", hörte sie ihre Mutter.

Gähnend reckte sich Kiara. „Ich bin wach."

„Wyatt ist hier, um dich für euer Date abzuholen."

Date! Was hatte er ihrer Mutter erzählt? Sie hatten kein Date. Sie wollten nur einen Ausflug machen! Was hatte er überhaupt so früh hier zu suchen?

Sie sprang aus dem Bett, rannte zur Tür und öffnete. „Mom, das ist kein Date. Ich habe nur einen freien Tag, und er will mit mir …" Okay, wenn sie es so formulierte, klang es sehr wohl wie ein Date.

„Gut, Schatz“, sagte ihre Mutter beschwichtigend. „Es ist kein Date.“

Warum hatte sie sich darauf eingelassen? Was hatte sie sich dabei gedacht? Sie hatte gefaulenzt, ja, genau das! Energisch straffte sie die Schultern und wollte schon verkünden, dass sie die Verabredung abblasen werde. „Tut mir leid“, murmelte sie dann aber nur. „Ich wollte dir nicht gleich den Kopf abreißen.“

„Ich bin nur zu froh, dass du den Tag freinimmst“, sagte ihre Mutter lächelnd. „Ich habe mir solche Sorgen um dich gemacht.“

„Das musst du doch nicht.“

„Du warst krank.“

„Ich hatte nur eine Sommergrippe“, winkte Kiara ab. „Das ist doch nichts.“

„Du musst besser auf dich aufpassen. Kürzertreten. Ich will nicht, dass du erst deine Gesundheit ruinierst.“

„Ja, Mom.“

Einen Moment sah ihre Mutter sie nur an. „Wyatt tut dir gut. Du lächelst viel mehr, seit er hier ist.“

„Tatsächlich?“

Ihre Mutter strich Kiara eine Haarsträhne hinters Ohr. „Ich mag ihn.“

Ich mag ihn auch.

„Er könnte vielleicht einer für immer sein.“

„Mom!“

„Schon gut, das geht mich nichts an. Aber weißt du, du neigst dazu, Männer zu vergraulen.“

„Ich vergraule niemanden.“

„So hab ich's nicht gemeint. Aber Wyatt ist ein netter Bursche. Du könntest es weit schlechter treffen. Das ist alles, was ich sagen will.“

„Gehört und zur Kenntnis genommen.“

„Deine Großmutter mag ihn auch. Sie macht ihm gerade ein Sandwich.“

Kiara seufzte. „Er bekommt Frühstück?“

„Tja, Schatz, du lässt ihn ja warten.“

„Weil er mir nicht gesagt hat, dass er schon so früh herkommt. Ich bin in einer Minute unten. Erzähl ihm bitte nicht so viel aus meiner Kindheit. Und halte Großmama möglichst davon ab, die Fotoalben rauszuholen."

„Ich fürchte, dazu dürfte es schon zu spät sein."

„Dann sag ihm, dass er selbst schuld ist, weil er mir nicht gesagt hat, wann er kommt."

Leise kichernd ließ ihre Mutter sie allein.

Kiara beeilte sich mit dem Duschen, dann zog sie Shorts aus weißem Jeansstoff und ein rotes T-Shirt mit einem tiefen Ausschnitt an. Zuerst griff sie nach ihren Sandalen, entschied sich dann aber für sportliche Sneakers. Vielleicht sollte sie sich noch ein bisschen zurechtmachen? Sie trug Wimperntusche und Lippenstift auf und betrachtete sich schließlich im Spiegel.

Ihre Haare. Sie musste irgendetwas mit ihren Haaren machen. Sie standen in sämtliche Himmelsrichtungen ab. Zeit zum Waschen und Föhnen hatte sie nicht, immerhin hockte Wyatt da unten bei ihrer Familie. Sie wollte gar nicht wissen, was sie ihm für Geschichten über sie erzählten. Schließlich steckte sie ihr Haar einfach hoch. Es sah hübsch aus. Schmuck. Sie sollte Schmuck anlegen.

Oh Gott. Es *war* ein Date.

Nein, war es nicht. Überhaupt, wann hatte sie das letzte Mal eins gehabt?

Hör auf. Beruhige dich. Wenn du ein Weingut leiten kannst, kriegst du auch ein gewöhnliches Date hin.

Ja, und Wyatt arbeitete für sie. Er war ihr Praktikant. Oh Gott, sie war sein Boss!

Na und? Ist ja nicht so, als wolltest du mit ihm schlafen!

Unweigerlich musste sie an den Morgen im Keller denken.

Das willst du nicht. Oder?

Was wäre so schlimm an einem Sommerflirt? Sich mit einem Praktikanten einzulassen, war vielleicht nicht die intelligenteste Idee, aber wenn sie ehrlich war, brachten sie doch beide nicht das Potenzial für eine dauerhafte Beziehung mit. Er war ein gut aussehender Abenteurer, ein lebenshungriger

Taugenichts. Eine gemeinsame Zukunft war ausgeschlossen. Er würde am Ende der Saison wieder abreisen. Aber Spaß? Kiara hatte das Gefühl, dass er ihr davon jede Menge bieten konnte.

Sie nahm die skurrile Punkt-Fünf-Armbanduhr von ihrem Nachttisch und legte sie an, dann zog sie aus den Tiefen der Schublade ein Kondom hervor und steckte es in ihre Hosentasche. Nur für alle Fälle.

Sie atmete einmal tief durch und ging die Treppe hinunter. Wyatt saß am Frühstückstisch, ein Sandwich und eine Tasse Espresso vor sich, und plauderte fröhlich mit ihrer Großmutter. Ein Fotoalbum lag aufgeschlagen zwischen ihnen.

„Hier ist Kiara sieben Jahre alt und hilft ihrem Großvater bei der Weinernte. Sehen Sie nur ihren entschlossenen, eigenwilligen Gesichtsausdruck. Den hatte sie damals schon."

„Sie hat mit sieben schon eine Brille getragen?"

„Sie hat schon mit drei eine bekommen, das arme kleine Ding. Es hat mir das Herz gebrochen, sie so früh schon gestraft zu sehen."

„Kurzsichtigkeit ist nichts Schlimmes, Großmama." Kiara schoss förmlich durch die Küche zu Wyatt. „Ich wäre dann so weit."

„Es ist ihr unangenehm", sagte ihre Großmutter. „Unsere Kiara ist so stolz."

„Wyatt interessiert sich nicht für meine Kindheit."

„Oh", erwiderte Wyatt gedehnt, die Beine lang vor sich ausgestreckt. „Da liegst du falsch. Ich stelle mir gerne vor, wie du als Kind warst."

Das artete ja schon gleich in ein Fiasko aus. Sie wollte nicht, dass Wyatt all die glorreichen Geschichten ihrer Kindheit hörte.

„Wyatt!" Sie zeigte auf ihre Uhr.

„Entspann dich", erwiderte er. „Darum geht es nämlich heute. Einfach zu verschnaufen."

„Warum durfte ich dann nicht ausschlafen?"

Ihre Mutter stellte einen Teller mit Brot und Spiegelei sowie eine Tasse Espresso vor sie hin.

„Iss", sagte Wyatt, ehe noch ihre Mutter den Mund öffnete, und wandte sich wieder Großmutter Romano zu. „Erzählen Sie mir mehr."

Diese hielt ein weiteres Foto hoch. „Hier hat sie in der fünften Klasse den ersten Preis in Biologie gewonnen. Sie wurde sogar von der Lokalzeitung interviewt. Sie hätten sie einmal sehen sollen. Mit geschwellter Brust und glücklich leuchtenden Augen. Wir waren so stolz auf sie."

Kiara entging nicht, wie Wyatts Blick sich auf ihre Brust konzentrierte. Stirnrunzelnd sah sie ihn an, zog die Nase kraus und trank einen Schluck Espresso. Wahrscheinlich würde sie Koffein intravenös brauchen, um den Tag zu überstehen.

So schnell sie konnte, aß sie sich durch ihr Frühstück, während ihre Großmutter Wyatt unermüdlich weiter Fotos zeigte.

„Das ist von ihrem Abschlussball in der Highschool."

„Sie war auf dem Abschlussball?", fragte Wyatt überrascht.

Zugegeben, sie war nicht der Abschlussball-Typ, aber musste er gleich dermaßen verwundert klingen?

„Oh ja. Sah sie nicht wunderhübsch aus in dem Kleid?"

Kiara verdrehte die Augen gen Himmel.

„Fertig." Sie stopfte sich den letzten Bissen in den Mund und stand auf, um ihr Geschirr in die Spülmaschine zu räumen. Als sie sich wieder zu Wyatt umdrehte, fiel ihr zum ersten Mal der Picknickkorb neben ihm auf.

„Gehen wir picknicken?"

„Unter anderem."

„Nämlich?"

„Du musst nicht alles wissen", sagte ihre Großmutter. „Dieser junge Mann hat einen schönen Tag für euch vorbereitet. Geh, und hab Spaß."

Skeptisch sah Kiara Wyatt an.

„Der Tag ist komplett durchgeplant", sagte er. „Du hast nur eine einzige Aufgabe: dich zu entspannen und zu genießen. Denkst du, das geht?"

„Ich weiß nicht", gab sie zu.

Wann war sie das letzte Mal einfach locker gewesen und hatte die Arbeit vergessen? Sie konnte sich nicht einmal mehr daran erinnern!

„Nun komm." Wyatt legte eine Hand auf ihren Rücken und führte sie hinaus in den taufrischen Morgen.

Gerade stieg die Sonne über den Horizont und überhauchte die sanften Hänge hinter dem Haus mit weichem rosigem Licht.

„Sieh dir das an." Wyatt stieß einen tiefen Seufzer aus.

„Was?"

„Die wundervollen Weinstöcke."

Er hatte recht. Sie waren wundervoll. Nur vertiefte sich Kiara immer so sehr in den Kleinkram ihrer Arbeit, dass sie sich für die Schönheit der Weingärten keine Zeit mehr nahm.

„Gut", murmelte Wyatt.

„Was gut?", fragte sie.

„Du entspannst dich. Ich kann sehen, wie die Anspannung von dir abfällt."

War der Stress so offensichtlich? „Wohin gehen wir?"

„Das siehst du dann."

Er nahm ihren Arm, führte sie den Hang hinab zu Bella Nottes Empfangsgebäude und steuerte zielsicher die dort bereitgehaltenen Tandem-Fahrräder an, auf die die Touristenpärchen ganz wild waren. Auch so ein romantischer Schnickschnack.

„Oh nein", sagte sie. „Kein Tandem. Ich fahre nicht mit dem Tandem."

„Warum nicht?"

„Das ist kitschig."

Wyatt warf ihr eines seiner strahlenden Hundert-Watt-Lächeln zu, das ihr die Knie weich werden ließ. „Komm schon, kitschig kann auch Spaß machen."

„Es ist nicht mein Ding."

„Tu mir den Gefallen."

Kiara schüttelte den Kopf. Sie wusste auch nicht, weshalb sie es so hartnäckig ablehnte. „Ich weiß überhaupt nicht, wie man damit fährt."

„Ehrlich? Bist du noch nie Tandem gefahren?"

„Deshalb sagte ich, kein Tandem."

Wyatt schnalzte missbilligend mit der Zunge. „Da hast du was verpasst."

„Ich gehe davon aus, dass du schon gefahren bist?"

„Hunderte Male."

„Hunderte?"

Er zuckte die Schultern. „Okay, vielleicht Dutzende."

„Du bist echt schräg, weißt du das?"

„Warum? Weil ich weiß, wie man sich amüsiert?"

„Aber ein Tandem?" Sie zog die Nase kraus. „Wirklich?"

„Das ist nicht anders, als ein normales Fahrrad zu fahren. Man muss nur den gleichen Takt finden."

Genau das machte ihr Sorgen: sich mit Wyatt im gleichen Takt zu bewegen. Die Verlockung war viel zu groß, aber sie machte sich absolut keine Illusionen über ihn. Er war genauso romantisch wie ihre gesamte Familie. Aber sie würde bestimmt nicht ihr Herz aufs Spiel setzen, nur wegen dieser unerklärlichen körperlichen Anziehungskraft. Sie war eine realistisch denkende Wissenschaftlerin, und weder ihre Hormone noch irgendwelche Pheromone würden die Kontrolle über ihr Gehirn übernehmen. *Sie* bestimmte und nicht irgendeine Chemie zwischen ihnen.

Ja? Red dir das nur weiterhin ein. Vielleicht glaubst du es irgendwann.

Was schadete es denn, wenn sie sich auf ein kleines Abenteuer mit ihm einließ? Ihre Triebe ein wenig beschwichtigte und ihn dann wieder aus ihrem Kopf verbannte. Sie wusste, dass diese Beziehung zu nichts führen würde, und sie wollte es auch gar nicht, aber wenn es zu ihrer Entspannung beitrug, warum nicht?

Warum? Weil das nicht ihre Art war.

Vielleicht ist es Zeit, das zu ändern.

„Willst du vorn oder hinten sitzen?", fragte Wyatt, nachdem er den Picknickkorb auf dem Rad verstaut hatte.

„Macht das einen Unterschied?"

„Vorn lenkst du. Du bestimmst die Richtung. Hinten ist quasi der Antrieb."

Kiara starrte auf das Fahrrad. Was würde er tun, wenn sie sich umdrehen, in ihr sicheres Labor flüchten und ihr Versprechen einfach nicht einhalten würde? „Deine Beine sind kräftiger, geh du nach hinten."

„Ich weiß ja nicht", meinte Wyatt und betrachtete ihre Beine. „Du hast ein paar unglaublich hübsche Beine."

Verfall nicht seinem Charme. Sei nicht wie jede andere Frau auf diesem Planeten. Widersteh ihm. Widersteh ihm.

„Ich hab's mir überlegt, ich sitze vorn! Ich lenke!"

„Gute Wahl." Er hob das Tandem aus dem Ständer, und sie stiegen beide auf. Es dauerte ein paar Augenblicke, bis sie sich daran gewöhnt hatten, gemeinsam zu treten, aber als sie erst den Rhythmus gefunden hatten, fuhr das Tandem sich fast wie von selbst.

„Wo geht's lang?", rief sie über ihre Schulter zu Wyatt. Sie genoss den Wind in ihrem Haar. Genoss diesen herrlichen Junimorgen.

Verfall bloß nicht dieser Romantik. Seiner Romantik. Wage es nicht.

„Zum Hafen."

„Fahren wir zum Festland?"

„Ich werde meine Geheimnisse nicht ausplaudern."

„Du quälst gern Leute, was?"

„Ist das ein Problem?"

„Wie soll ich lenken, wenn ich nicht weiß, wohin wir fahren?"

„Das genau ist die Überraschung. Du bestimmst nicht wirklich."

Fest umschloss Kiara die Lenkradgriffe. „Blödmann."

„Verspann dich nicht wieder."

„Woher weißt du das?"

„Ich bin hinter dir. Ich sehe, wie du die Schultern anspannst."

„Erinnere mich auf dem Rückweg daran, dass ich dann hinten sitze."

„Du? Hinten? Niemals."

„Wieso?"

„Wenn ich vorn sitze, kann ich mir deinen hübschen Hintern nicht mehr angucken. Was glaubst du, woher ich die Kraft nehme, immer weiter in die Pedale zu treten?"

„Das ist unfair. Ich will *deinen* Hintern sehen."
„Den kannst du dir auf dem Boot angucken."
„Dann gehen wir also aufs Wasser."
„Ja, Irene Adler, super gefolgert! Besonders in Anbetracht der Tatsache, dass wir zum Hafen fahren."
„Wer ist Irene Adler?"
„Liest du keine Romane?"
„Nein."
„Überhaupt keine Belletristik?"
„Nein, das ist langweilig."
„Ich weiß jetzt, was ich mit dir anstelle! Ich werde dich kidnappen und umprogrammieren."
„Weshalb?"
„Ich glaube, dein Gehirn ist so auf die Weinherstellung fokussiert, dass es schon anfängt zu gären."
„Du bist bloß neidisch."
„Worauf?"
„Auf meine unglaubliche Konzentrationsfähigkeit."
Sein Lachen schallte durch die Straßen des ganzen Dorfes. Kiara musste zugeben, dass sie das Tandemfahren zu früh verurteilt hatte. Sie hatte schon lange nicht mehr so viel Spaß gehabt.

Am Hafen angekommen, dirigierte Wyatt Kiara zu einem Kiosk, an dem man Segelboote mieten konnte.

„Gehen wir segeln?" Es war Jahre her, seit sie das zuletzt gemacht hatte.
„Genau."
„Kannst du segeln?"
„Kann ich."
Natürlich konnte er segeln. Das passte zu ihm, vermutlich war er ein hervorragender Segler.

Ihre Vermutungen bestätigten sich, kaum dass sie mit dem Boot hinausfuhren.

Es wehte eine frische, aber nicht zu kühle Brise, und die Sonnenstrahlen glitzerten und funkelten auf dem Wasser. Es war ein perfekter Morgen zum Segeln. Sanfte Wellen kräuselten das Meer, und über den Himmel zogen nur ein paar vereinzelte

Wattewölkchen. Die einzigen Geräusche waren das Flattern des Segels im Wind, die Takelage, die gegen den Mast schlug, und das Geschrei der Möwen vom Hafen her. Erst als sie Idyll schon eine Weile hinter sich gelassen hatten, wurde Kiara bewusst, dass sie nun ganz allein waren, ohne andere Menschen, ohne Störungen.

Nur sie beide.

Sie erschauerte vor Entzücken.

„Kalt?", fragte Wyatt.

„Nein."

„Komm her."

„Warum?"

„Komm her, und setz dich." Er klopfte auf den Platz neben sich. „Ich helfe dir, dich zu entspannen."

„Klingt beunruhigend."

„Macht Entspannung dir Angst?"

„Ehrlich? Ja."

Noch einmal klopfte er auf den Platz neben sich. „Nun komm."

Etwas steif rückte sie zu ihm hinüber. „Was hast du vor?"

„Du wirst es lieben, versprochen."

„Was lieben?"

„Warst du immer schon so misstrauisch."

War sie das? Vielleicht.

„Ich beiße nicht, ich schwöre." Er machte eine kurze Pause. „Außer du möchtest das."

„Genau das hat der große böse Wolf zu Rotkäppchen gesagt."

„Ich dachte, du glaubst nicht an Märchen."

„Tu ich auch nicht."

„Du verpasst so viel."

„Was denn?"

„Serotonin zum Beispiel, das Glückshormon."

„Ich kann dir die chemische Bezeichnung dafür nennen."

„Erinnere mich daran, mit dir nicht über wissenschaftliche Dinge zu diskutieren."

„Während du Sherlock Holmes gelesen hast, habe ich Biologiebücher verschlungen."

„Du bist komisch."

„Ich habe gelesen, dass Pessimisten realistischer sind als Optimisten."

„Deswegen sind sie wohl so pessimistisch."

Kiara schnaubte verächtlich. „Ich bin mein Leben lang von Optimisten umgeben gewesen. Kannst du dir vorstellen, wie anstrengend es ist, wenn zwanzig Leute versuchen, dich aufzuheitern, während du eigentlich nur besorgt grübeln und schmollen willst?"

„Ich lass dich grübeln und schmollen, solange du willst, nur nicht heute. Heute geht es nur um eines: Spaß zu haben. Entspannen. Alles loslassen. Wenn du deinen Kopf frei bekommst, wird deine Kreativität zurückkommen."

„Ich bin nicht kreativ, ich bin Wissenschaftlerin. Ich arbeite mit harten Fakten."

„Auch Wissenschaftler sind kreativ. War Einstein nicht sogar berühmt für sein Zitat, dass die Fantasie mächtiger ist als alles andere?"

Da hatte er nicht ganz unrecht. Sie hatte sich so lange aller Fantasie, allen spontanen Launen enthalten, dass sie sich viele kreative Wege verbaut hatte. Immer hatte sie sich bemüht, vernünftig zu sein und mit beiden Beinen auf dem Boden zu bleiben, was inmitten des Romano-Clans nicht leicht gewesen war.

„Schließ die Augen", sagte er. „Lass mich deine Sorgen vertreiben, wenigstens für heute."

Kiara tat, was er sagte. Sie schloss die Augen und atmete tief durch.

Gleich darauf prickelte ihre Haut unter Wyatts Händen. Er ließ seine Finger über ihren Nacken gleiten und knetete sanft ihre verspannten Muskeln.

„Wann hat dich das letzte Mal jemand massiert?", fragte er. „Hier sind lauter Knoten."

„Ich hatte noch nie eine Massage."

„Machst du Witze?"

„Keine Zeit."

„Jetzt aber."

„Außerdem war ich nie wild darauf, von Fremden angefasst zu werden."

„Das muss dein Liebesleben ziemlich ruiniert haben."

„Welches Liebesleben?"

„Eben."

Sie spürte, wie sich ihre Schultern unter Wyatts Berührungen entspannten. Irgendwie schaffte er es, dass Frauen sich in seiner Gegenwart wohlfühlten. Das war beunruhigend. Zudem war es schon ewig her, dass ein Mann sie so zärtlich berührt hatte, sodass sie diese Empfindung in sich aufsaugte wie eine Blume das Sonnenlicht.

Er ließ seine Finger höher zu ihrem Nacken wandern und fuhr mit festen, rhythmischen Strichen über die Verhärtungen dort, bis sie sich lösten. Kiara seufzte genüsslich. Das fühlte sich großartig an.

Er massierte ihren Haaransatz und ließ seine Finger durch ihr Haar gleiten. Es fühlte sich so gut an, dass sie erneut leise aufstöhnend ihren Rücken gegen seine streichenden, knetenden, liebkosenden Finger wölbte. Abgesehen von Sex hatte sie noch nie etwas so Intimes mit einem Mann erlebt.

„So ist es gut", murmelte er. „Genau so. Lass deine Sorgen fallen. Lass sie los, Kiara, lass los."

Und genau das würde sie tun! Wenigstens für ein paar Minuten. Sie konnte – nein, sie wollte – an nichts anderes denken als an den Druck seiner Hände, die Wärme der Sonne und den Geruch des Meeres. Es war überwältigend. Etwas, woran sie sich noch erinnern könnte, wenn Wyatt längst aus ihrem Leben verschwunden war.

Und er würde wieder verschwinden. Er war ein Praktikant. Sie waren sich kein bisschen ähnlich, und Kiara wusste auch, dass es nicht besonders leicht war, mit ihr auszukommen. Sie hatte sich zwar vorgestellt, dass sie vielleicht einmal heiraten würde – jemanden, der so war wie sie. Einen Wissenschaftler, der genauso wie sie in seiner Arbeit aufging. Einen sachlichen, bedächtigen Mann, der mit ihr in eine Art Gleichschritt fallen würde.

Seit sie Wyatt kannte, war sie sich nicht mehr sicher, ob sie das wirklich wollte. Ihre Fantasie zeigte ihr eine ganz andere Zukunft. Mit einem Mann, der überhaupt nicht so war wie sie. Der so anders war, dass er sie ganz und gar faszinierte. Der das Yin zu ihrem Yang war. Ihre andere Hälfte, mit der sie sich vollkommen fühlte. Der …

Woran zum Teufel dachte sie denn da? Das war lauter romantisches Zeug. Typisch Romano. All das, wogegen sie ihr ganzes Leben lang angekämpft hatte.

Aber warum hältst du es für einen Mythos, für ein Märchen, flüsterte eine Stimme in ihrem Hinterkopf. *In deiner Familie hat es niemals eine Scheidung gegeben. Warum wehrst du dich so verzweifelt gegen die Wahrheit?*

„Du verspannst dich schon wieder", unterbrach Wyatt ihre Gedanken. „Hör auf, an die Arbeit zu denken, sieh auf deine Uhr, es ist nach fünf."

Sie lachte. „Es fällt mir schwer, nicht daran zu denken", erwiderte sie. Sie würde kaum zugeben, woran sie wirklich gedacht hatte. „Meine Arbeit ist nicht bloß irgendein Job. Wein ist nicht nur in meinem Blut, er ist in meinem Herzen und in meiner Seele. Das ist alles, was mich interessiert, außer meiner Familie."

„Also, das klingt nach einem eingefleischten Romantiker." Wyatt strich mit seinem Zeigefinger über ihren Nasenrücken. „Kiara, du bist keine hundertprozentige, unverbesserliche Wissenschaftlerin. Egal, wie sehr du auf dem Gegenteil beharrst. Du bist eine komplexe, faszinierende Person, und ich bin sehr froh, dass du diesen Tag mit mir verbringst."

9. KAPITEL

Tiefe: viele Geschmacksnoten, die lange anhalten und erst mit der Zeit auf der Zunge voll aufblühen

Für ihr Picknick legten sie an einer kleinen, unbewohnten Insel an. Sie hätten die einzigen Menschen auf der Welt sein können, so unberührt wirkte das Eiland.

Wyatt bestand darauf, dass Kiara sich um nichts kümmerte; selbst die Decke breitete er auf der blumenübersäten Wiese eigenhändig für sie aus. Er kam sich seltsam vor, denn eigentlich war er nicht der fürsorgliche Typ. Normalerweise ließ er sich von den Frauen umsorgen und genoss es in vollen Zügen.

Bei Kiara war das anders. Natürlich kümmerte sich ihre Familie um sie, die finanziell von ihr abhängig war. Aber Kiara brauchte jemanden, auf den *sie* sich verlassen konnte.

Wyatt wollte dieser Jemand sein.

Sie lächeln zu sehen, als sie ihre Turnschuhe auszog und sich auf die Decke sinken ließ, zauberte auch auf sein Gesicht ein Lächeln. Wohlig seufzend streckte sie sich und stützte sich auf einen Ellbogen, um Wyatt zuzusehen, wie er den Picknickkorb auspackte.

Seine Massage, fand er, hatte Wunder gewirkt. Wenn Kiara ihm gehören würde, würde er eine Masseurin für sie einstellen. Sie verdiente nur das Beste.

„Danke."

„Wofür?", fragte er, während er Schalen mit Rosmarinhühnchen und Kartoffelsalat, Oliven und getrockneten Tomaten sowie knuspriges Weißbrot auf der Decke verteilte.

„Dass du darauf beharrt hast, mich aus dem Labor zu holen. Das war sehr nett von dir."

„Gern geschehen."

Als sich ihre Blicke trafen, sah er, dass sich ihr Lächeln verändert hatte. Es verlieh ihr einen Ausdruck, den er nie zuvor an ihr gesehen hatte, nicht einmal an dem Morgen im Weinkeller. Es war teils Verlangen, teils Dankbarkeit, teils etwas ganz anderes, und es weckte seine Neugier. Er wollte mehr über sie erfahren, wollte tief in dieses Lächeln eintauchen, sich darin heimisch fühlen.

„Bei dir habe ich das Gefühl ..." Sie sprach nicht weiter.

„Was?", fragte er und lehnte sich näher zu ihr.

„Dass ..." Nachdenklich neigte sie den Kopf. „Dass es in Ordnung ist, nicht perfekt zu sein."

„Natürlich ist das in Ordnung. Wir sind alle nur Menschen, es gibt nichts Perfektes."

„Ich weiß, aber trotzdem treibt mich ständig etwas an, vollkommene Perfektion erreichen zu wollen."

„Du setzt dich selbst zu sehr unter Druck."

„Vielleicht liegt das an der Geschwisterfolge", überlegte sie und griff nach einem gegrillten Hühnchenflügel. „Weil ich die Älteste bin und so."

„Du hast also Geschwister?"

„Eine jüngere Schwester, Deirdre. Sie ist zweiundzwanzig und ein bisschen rebellisch. Treibt sich zurzeit in der Welt herum. Aber ich bin auch die Älteste von einem Haufen Cousins, abgesehen von Maurice."

„Und trotzdem hat er kein Problem mit Perfektion."

„Das war auch nur eine Theorie. Was ist mit dir? Hast du Geschwister?"

„Zwei ältere Brüder."

„Ah, du bist das Nesthäkchen. Das erklärt einiges."

„Was denn?"

„Dein Lächeln zum Beispiel."

„Was stimmt nicht damit?"

„Du lässt keine Gelegenheit zu lächeln aus. Du bettelst damit um Aufmerksamkeit. Die Jüngsten gehen in einer Familie manchmal etwas unter."

„Hast du zufällig nebenbei noch Psychologie studiert?"

„Deirdre ist genau wie du. Charmant, aber verantwortungslos."

Wyatt senkte den Kopf. „Also, nur weil jemand ein gewisses Maß an Charme besitzt, ist er nicht gleich verantwortungslos."

„Nicht?“

„Perfekt gesprochen von einem Perfektionisten.“

„Ich verurteile schon wieder, stimmt’s? Ich will nicht so sein, aber es ist eine Eigenschaft, die ich nur schwer ablegen kann.“ Sie zupfte eine Serviette aus dem Korb und wischte sich die Finger ab. „Aber du hilfst mir dabei. Das ist etwas, das ich sehr an dir mag.“

„Was magst du sonst noch?“, fragte er und schob sich eine Olive in den Mund.

„Ganz offensichtlich deine außerordentliche Bescheidenheit.“

Spielerisch kniff er ihr in die Nase. „Okay, dann sage ich dir zuerst, was ich an dir mag.“

„Oh, bitte nicht.“ Verlegen senkte sie den Kopf und nahm einen Löffel von dem Kartoffelsalat.

„Ich mag es, wie du errötest, wenn dir jemand ein Kompliment macht. So wie jetzt.“

„Hör auf, mich so anzusehen.“

„Du bist für mich wie ein Hafen, in dem ich jeden Sturm überstehen kann.“

„Oh!“ Sie lachte. „Das klingt furchtbar sexy.“

„Du machst dich über mich lustig.“

„Ich mag dein Lächeln.“

„Oh, das gefällt dir?“ Und schon lächelte er.

„Ich mag es, dass du mir zeigst, wie es ist, flexibel und spontan zu sein.“

„Und ich mag es, wie du mit gutem Beispiel vorangehst. Mich in der Spur hältst.“

„Langsam wird es schmalzig.“

„Hab ich gemerkt.“ Erschreckend schmalzig. So schmalzig, dass es ihm schon schwerfiel zu atmen. „Lass uns lieber nachsehen, was wir sonst noch dabeihaben.“ Er griff in den Picknickkorb und zog eine Flasche *Decadent Midnight* hervor.

„Ist es nicht ein bisschen früh dafür?“

„Guck auf deine Uhr. Es ist nach fünf.“

„Tja, sehr praktisch, was?“

Er holte einen Flaschenöffner und zwei Gläser aus dem Korb, entkorkte die Flasche, füllte die Gläser und reichte ihr eines davon. „Ein Toast."

Sie hob das Glas.

„Auf den besten Dessertwein des ganzen Landes", rief Wyatt.

„Auf diese Bezeichnung müssen wir noch bis nächste Woche warten."

„Ich sage es jetzt schon. *Decadent Midnight* ist ein Gewinner."

„Genau wie du."

„So hast du am ersten Tag nicht von mir gedacht."

„Wir wissen doch jetzt, dass ich viel zu schnell urteile."

„Auf zweite Eindrücke", sagte er, und beide tranken noch einen Schluck von dem süßen, köstlichen Wein.

„Und jetzt …", begann er, nachdem er die Weingläser weggeräumt hatte, „… werde ich die Massage beenden. Gib mir deine Füße."

„Nein." Schnell zog Kiara die Füße an ihren Körper. „Meine Nägel sind nicht lackiert."

„Als würde mich das interessieren." Auffordernd winkte er mit dem Zeigefinger.

„Aber mich interessiert das."

„Her damit." Er griff nach ihrem Fuß und hielt ihn fest. Obwohl sie versuchte, ihn wegzuziehen, zog er ihr das dünne Söckchen aus und begann, ihre Fußsohle zu kneten. Augenblicklich hörte Kiara auf, sich zu wehren.

„Oh, mein Gott, das tut so gut", stöhnte sie.

„Warte, Schatz, wir fangen gerade erst an."

Schatz? Hatte er sie eben Schatz genannt? Wyatt zuckte zusammen. Hoffentlich glaubte sie nicht, das wäre nur ein billiges Kosewort. Aber sie lag platt auf dem Rücken, ein verträumtes Lächeln auf den Lippen. Sie ließ sich darauf ein. Gut, gut.

Nach einigen Minuten wechselte er den Fuß. Außer Kiaras ruhigem Atem und dem Wind in den Palmblättern war nichts zu hören. Zufrieden lächelte er. Er hatte es geschafft. Sie hatte sich vollkommen entspannt.

Genau genommen war sie vor Entspannung eingeschlafen.

Wyatt spürte ein süßes Kribbeln in seiner Brust. Ein Gefühl, das ihm fremd und angenehm zugleich war. Dieser Tag verlief bisher ganz nach seinem Geschmack. Leicht, träge, geruhsam. Und er hatte sie dazu gebracht, das mit ihm zu teilen.

Er streckte sich neben ihr aus, stützte sich auf einen Ellbogen und sah ihr beim Schlafen zu. Vorsichtig beugte er sich vor und nahm ihr die Brille ab. Ohne die sah sie so jung aus und so verletzlich. Am liebsten hätte er sie für immer einfach nur angesehen.

Er wünschte, sie wären in Griechenland. Dann könnte er ihr sein Zuhause zeigen und all seine Lieblingsorte. Dort, weit weg von ihrer Familie und der Verantwortung, weit weg vom Weingut, würde sie aufblühen.

Diese Vorstellung begeisterte ihn wie schon lange keine mehr. Aber weshalb? Weshalb wirkte Kiara so überwältigend auf ihn, wieso dachte er ständig an sie? Und vor allem: Warum hatte er das Spionieren aufgegeben und war tatsächlich ihr Praktikant geworden?

Wobei ihm einfiel, dass er seinen Brüdern versprochen hatte, sich dieses Wochenende zu melden.

Leise, um Kiara nicht zu wecken, stand er auf, ging zum Wasser, wo ihr Boot lag, und rief bei seinen Brüdern an.

„Und, was hast du rausgefunden?“, fragte Scott.

Er könnte ihm Kiaras diverse Probleme schildern, er könnte aber auch einfach gar nichts sagen. „Nicht viel.“

„Du bist mir vielleicht ein Spion.“

„Komm schon, ich bin noch nicht mal einen Monat hier. Was erwartest du?“

„Das Geheimnis, weshalb Bella Nottes Weine so grandios sind.“

„Ich denke, es ist der Boden hier. Um vergleichbaren Wein herzustellen, müssten wir hier ein Stück Land kaufen und selbst anbauen.“

Scott schnaubte abfällig durch die Nase. „Meinst du das ernst, kleiner Bruder? Mehr hast du nicht zu bieten?“

„Es ist die einzige Erklärung, die ich habe." Und Kiaras Einstellung, ihre unvergleichliche Hingabe an ihre Arbeit.

„*Decadent Midnight* wird euch um Längen schlagen. Es gibt nichts, was ihr dagegen tun könnt."

„So ein Schwachsinn", erwiderte Scott scharf. „Es gibt immer einen Weg, einen Wettbewerb zu sabotieren."

„Du wirst sie nicht sabotieren", knurrte Wyatt. „Bella Notte ist ein kleiner Familienbetrieb, die Leute bemühen sich bloß, durchzukommen."

„Ja, indem sie uns vom Thron werfen."

„Das ist doch nur ein Ego-Problem der DeSalmes." Wyatt konnte seine Wut kaum unterdrücken – eine Emotion, die ganz untypisch für ihn war. „Bella Notte wird niemals eine ernsthafte Konkurrenz für DeSalme sein. Ja, vielleicht gewinnen sie den Award, und vielleicht mindert das unseren Verkauf an Dessertweinen um eine Winzigkeit, aber an einer riesigen Ausweitung ihres Marktes sind sie überhaupt nicht interessiert. Sie wollen nur den Unterhalt ihrer Familie sichern. Sie haben praktisch kein Vertriebssystem. Alles, was Kiara will, ist, Qualitätswein herzustellen und das Weingut am Leben zu erhalten. Du solltest sie sehen. Sie ist Winzerin aus Leidenschaft, und sie strahlt, wenn …"

„Schlag mich tot", ächzte Scott ungläubig.

„Was denn?"

„Ich hätte nie gedacht, dass ich diesen Tag noch erleben werde", johlte er. „Warte, bis ich das Eric erzähle."

„Wovon sprichst du?"

„Von dir. Du hast dich in Kiara Romano verliebt."

„Ich bin nicht verliebt." Wütend dachte er an die vielen Male, die seine Brüder ihn als Kind geärgert und verspottet hatten, und er hatte nur damit fertigwerden können, indem er ihnen niemals seine Schwächen zeigte, sondern alles geschmeidig an sich abperlen ließ. „Werd erwachsen, Scott." Ah, besser, er änderte seine Strategie. „Okay, ja, du hast mich ertappt. Ich bin ehrlich, richtig, total verliebt in Kiara Romano. Zufrieden?"

„Na ja …", räumte Scott ein, „… vielleicht bist du nicht verliebt. Ehrlich gesagt, kann ich mir auch nicht vorstellen, dass du deine Lamborghini-Girls für eine unscheinbare Weinbäuerin aufgibst. Aber du bewunderst sie."

Wyatt musste sich auf die Zunge beißen, um bei dem Wort „unscheinbar" nicht gleich hochzugehen, aber er wollte nicht noch mehr Öl ins Feuer gießen. „Ich muss Schluss machen."

„Ruf nächste Woche wieder an, und halt uns auf dem Laufenden", sagte Scott. „Und behalt die Hose an. Was daraus folgt, wenn du mit dieser Kiara ins Bett gehst, würde mir ganz und gar nicht gefallen."

„Ich leg jetzt auf", verkündete Wyatt ruhig, machte das Handy aus und drehte sich um. Kiara stand direkt hinter ihm und sah ihm geradewegs in die Augen, einen seltsamen Ausdruck im Gesicht.

Panik überkam ihn.

Wie lange stand sie schon da?

Hatte sie eben richtig gehört? Hatte Wyatt zu jemandem am Telefon gesagt, dass er in sie verliebt war?

Ihr Herz schlug wie verrückt. Aber wie konnte das sein? Sie kannten sich doch erst seit wenigen Wochen. Sicher, die Chemie zwischen ihnen stimmte, und sie standen kurz vor einer rein sexuellen Liaison – sie hatte sogar ein Kondom dabei.

Aber Liebe? Niemals. Nein. Dazu war sie nicht bereit, und sie wusste nicht, ob sie jemals bereit wäre, einen Mann wie Wyatt zu lieben. Sich kopflos in jemanden zu verlieben, stand im Widerspruch zu allem, woran sie glaubte – Logik, Besonnenheit, emotionale Stärke.

Aber sie konnte das glühende Verlangen, das heiß durch ihre Adern rauschte, nicht verleugnen. Sie wollte Wyatt.

Es ist nur Lust. Chemie. Sex. Nichts weiter.

Verlegen sahen sie sich beide eine ganze Weile an, ohne dass jemand etwas sagte oder tat. „Das war nur …", begann Wyatt schließlich. „Ich habe nur mit meinem Bruder gesprochen."

„Oh", sagte sie milde, ganz im Gegensatz zu ihrem rasenden Herzschlag.

„Und? Gut geschlafen?"

„Ja. Es ist mir ein bisschen unangenehm, dass ich einfach eingeschlafen bin."

„Du brauchtest die Ruhe."

„Also", begann sie, entschlossen, nichts zu dem zu sagen, was sie von Wyatts Telefonat mitbekommen hatte. Vielleicht hatte sie ja etwas missverstanden. Nur keine voreiligen Schlüsse! Kein Grund, durchzudrehen. „Also, was steht als Nächstes an?" Unsicher verschränkte sie ihre Finger.

„Ich dachte, wir könnten einen kleinen Spaziergang machen. Es soll Höhlen auf dieser Insel geben."

„Es gibt wirklich Höhlen hier."

„Suchen wir danach? Oder ist das langweilig?"

„Nein, das ist nicht langweilig." Sie wusste nur nicht, ob sie mit ihm in einer dunklen, engen Höhle sein wollte. Und ob sie sich selbst vertrauen konnte. „Ich wäre sogar sehr dafür."

Er nahm ihre Hand. Kiaras Herzschlag setzte kurz aus und galoppierte dann wie wild weiter. Irgendetwas stimmte nicht mit ihr. Ihr war schwindelig, sie fühlte sich wie aus dem Gleichgewicht, und sie dachte weder an ihre Arbeit noch an Wein, weil der Mann, der ihr gerade so tief in die Augen gesehen hatte, sie sämtlicher rationaler Gedanken beraubte.

Hand in Hand spazierten sie über das Inselchen zu den nicht weit entfernten Höhlen und traten, immer noch Hand in Hand, in die Dunkelheit. Wyatt knipste die Taschenlampe an, die er mitgenommen hatte. Es roch feucht und modrig; in der Mitte der Höhle floss ein kleiner Bach, fast nur ein Rinnsal, auf dessen linker und rechter Seite je ein Trampelpfad verlief. Wyatt ging voraus.

Überall in die Wände waren Namen eingeritzt. Von Touristen, die sich verewigen wollten, von Liebenden, um ihre Liebe zu verkünden. Kiara hielt nichts von der Tradition, die Wände so zu verunstalten, aber sie musste zugeben, dass es ihr ein besonderes Gefühl vermittelte, die Namen zu lesen. Sie dachte an das Leben all dieser Menschen, ihre Geschichten …

Wie kam sie plötzlich auf so schrullige Gedanken? Das war alles Wyatts Schuld. Ehe er hier aufgetaucht war, hatte sie mit beiden Beinen fest auf dem Boden gestanden.

Als sie so weit in die Höhle gelangt waren, dass kein Licht von außen mehr hineinfiel, blieb Wyatt stehen.

„Was ist?“, fragte Kiara.

„Das.“

Er knipste die Taschenlampe aus. Kiara keuchte erschrocken auf, als sie plötzlich im Stockdunkeln stand, und sie spürte, wie sich ihre Arme mit Gänsehaut überzogen. Die Dunkelheit war gleichermaßen aufregend und einschüchternd.

Dann spürte sie Wyatts Arme um sich, und er zog sie fest an seine Brust.

Kiara protestierte nicht. Sie fühlte sich so lebendig. Gespannt fuhr sie sich mit der Zunge über die Lippen, wartete ab.

Langsam begann er, sie zu küssen. Erst berührte sein Mund nur ihre Wange, verharrte dort quälend lange, dann ließ er seine Lippen zu ihren wandern. Ihr Körper spannte sich unter seinen Berührungen an, angefangen bei ihren Brustwarzen bis tief hinein in ihren Leib.

Als er ihren Mund gefunden hatte, drückte er seine Lippen sanft auf ihre. Ganz leicht. Ohne Eile. Ohne Druck.

In der völligen Dunkelheit blieben ihr nur vier ihrer Sinne. Hören, Fühlen, Schmecken und Riechen, sonst nichts. Wyatts lebendiger Duft war ein erfrischender Kontrast zu der düsteren Höhle, sie hörte seinen Atem im Einklang mit dem permanenten Plätschern des Wassers, das an den Höhlenwänden hinabtröpfelte. Er schmeckte genauso süß wie *Decadent Midnight.*

Sie tastete nach seinem Gesicht, umfing sanft seinen Kopf und vergrub ihre Finger in seinem dichten Haar.

Ihre Brüste lagen an seiner Brust, und seine Erektion drängte gegen ihre Hüfte. Ihr Begehren flammte auf wie eine Rakete. Mit einer Hand drückte er sie an sich, die andere tastete nach dem Reißverschluss ihrer Shorts. Sie hielt ihn nicht auf, denn sie wünschte sich nichts mehr, als seine Finger auf ihrer bloßen Haut, an ihrer empfindsamsten Stelle zu spüren. Er küsste sie, knabberte an ihrer Unterlippe, erforschte mit der Zunge ihren Mund, und sie seufzte ekstatisch auf, während er die Hand unter ihren Slip schob.

Erregt keuchte sie auf. Seine Finger waren genau da, wo sie sie haben wollte. Seine Küsse brannten wie das Höllenfeuer, und seine Finger, seine bösen, bösen Finger … Als er damit in sie eindrang, konnte sie ein leises Wimmern nicht unterdrücken.

Und immer noch küsste er sie, sein Mund heiß und hart auf ihrem, seine Zunge spielte, quälte, neckte, löste ein regelrechtes Inferno in ihr aus. Inzwischen hatte seine andere Hand ihre Brust gefunden, streichelte und rieb eine harte erregte Spitze.

Sie presste sich enger gegen seine aufreizenden Finger, wollte ihn tiefer spüren. Laut und keuchend hallte ihrer beider Atem von den Wänden der Höhle wider.

Plötzlich fühlte sie ihre Shorts tiefer rutschen, und ehe sie sichs versah, lagen sie am Boden.

Sie spürte Wyatts angespannte Muskeln, als er sie gegen die Höhlenwand drückte und mit einem tief aus seiner Kehle aufsteigenden Laut sanft in ihren Hals biss, ehe er seinen Mund weiterwandern ließ bis zu ihren Brüsten … Und weiter, weiter hinunter, während er sie immer noch aufreizend streichelte. Sein Mund fühlte sich kühl an auf ihrem heißen Bauch; ihr Slip verschwand wie durch Zauberei, und sie wand sich und drängte gegen seine Hand, während sie sich gleichzeitig mit beiden Händen an das kalte Gestein klammerte. Dann kniete er vor ihr. Sie fühlte sich wie eine heidnische Göttin, eine Göttin des Weins, und dieser Mann hier betete sie an, umhüllt vom Duft ihrer Weiblichkeit.

Sie spürte, wie seine Zunge sich einen Weg ihren Bauch hinab bahnte, und krallte ihre Hände in Wyatts dichtes Haar.

„Spreiz die Beine“, flüsterte er.

„Was … Was hast du vor?“

Er lachte sanft. „Was denkst du denn?“

„Ich weiß nicht, ob ich das mag …“

„Wie, hat das noch nie jemand mit dir gemacht?“

„Nein“, hauchte sie.

„Ach, armer Schatz. Das müssen wir sofort ändern.“ Dann war sein Mund da, wo zuvor seine Finger gewesen waren.

Und es war … fantastisch … wundervoll … erschreckend. Sie schickte ein Dankgebet zum Himmel, dass er ihr einen Mann mit so geschickter Zunge gesandt hatte. Unter seinem Ansturm verging ihre aufkeimende Verlegenheit im Nu. „Wyatt", keuchte sie, als er genau den richtigen Punkt fand, saugte und leckte, bis sie glaubte, vergehen zu müssen. „Wyatt …"

Sie hielt sich an seinen Haaren fest, ganz dem Genuss hingegeben, endlich einmal völlig hemmungslos, staunend über die glühende Reaktion ihres Körpers.

Und immer noch rieb und schmeichelte Wyatt, bis ihr Fleisch glühte und pochte. Bis sie vor Erregung bebte, keuchte und seufzte, kaum imstande, diese himmlischen Empfindungen länger zu ertragen. Sie stand in Flammen, verging in brennender Lust. Oh ja … „Wyatt!"

Ein winziger letzter Zungenschlag an ihrem pochenden pulsierenden Kern – und das war es … Ihr Bewusstsein zersplitterte in Tausende kristallklare Stückchen, und sie taumelte blind in einen orgastischen Abgrund.

10. KAPITEL

Abgang: beschreibt den letzten bleibenden Eindruck vom Geschmack des Weins

Den gesamten Rückweg über schalt Wyatt sich in Gedanken selbst. Das glühend heiße Verlangen, das so völlig unkontrolliert in ihm aufflammte, wann immer er in Kiaras Nähe war, brachte ihn komplett aus dem Gleichgewicht.

Sie konnte ihn wirklich um ihren Finger wickeln, sodass er nicht mehr loskam.

Die Sache war die, dass er auch gar nicht wollte, dass sie ihn losließ. Er wollte, dass sie ihn mit beiden Händen packte und ihn festhielt, als hinge ihr Leben daran. Für immer und ewig. Amen.

Aber das konnte er ihr nicht sagen.

Da saß sie vor ihm auf dem Tandem, das Gesicht in den Wind gereckt; ihr kastanienbraunes Haar wehte wie eine Flamme hinter ihr. In der Spätnachmittagssonne schimmerte ihre Silhouette wie eine Lichtgestalt. Wie hatte er nur je glauben können, sie sei altbacken? Er musste nicht ganz dicht gewesen sein. Sie war die höchste aller Göttinnen.

Die er nicht haben konnte.

Nicht, solange er nicht klargestellt hatte, wer er war, und wenn sie das erst wusste, würde sie ihn hassen.

Weil er der Feind war.

Kiara tänzelte zurück in ihr Apartment. Sie fühlte sich besser als … Na ja, ehrlich gesagt … Sie hatte sich noch nie so gut gefühlt.

Wyatt hatte sie auf der Veranda geküsst. Kiara hatte ihn eingeladen, mit hereinzukommen, aber er hatte gesagt, sie brauche ihre Ruhe. Sie habe sich noch nicht ganz von ihrer Grippe erholt und solle sich nicht gleich übernehmen.

„Zu spät“, hatte sie grinsend erwidert. Nach dem Work-out in der Höhle …

„Außerdem …“, hatte Wyatt hinzugefügt, „… ist morgen die erste Nacht des Vollmonds. Maurice sagt, dann drehen hier für drei Tage alle durch, und die Praktikanten sollen wegen des Touristenansturms besonders früh aufstehen.“

„Ja, in diesen drei Tagen verkaufen wir mehr Wein als sonst in einem ganzen Monat. Es ist völlig verrückt. Ich kann gar nicht glauben, dass ich vergessen habe, was morgen hier los ist.“

„Du hattest andere Dinge im Kopf.“ Er grinste.

„Deine Schuld.“

„Na, danke.“ Er gab ihr einen Kuss auf die Stirn. „Gute Nacht, versuch ein bisschen zu schlafen.“

Er wandte sich ab und ging, doch auf seinem Gesicht lag ein so sehnsüchtiger Ausdruck, wie Kiara ihn nie zuvor bei ihm gesehen hatte. Fast hätte sie ihn zurückgerufen, ihn gebeten, alles zu vergessen und zu ihr ins Bett zu kommen. Aber sie tat es nicht. Sie brauchte etwas Zeit für sich, um sich darüber klar zu werden, was sich da zwischen ihnen entwickelte und wie sie eigentlich dazu stand.

Also schloss sie die Tür, machte ihren MP3-Player an und wirbelte, „Too Afraid To Love You“ von den Black Keys mitsummend, durch den Raum.

Ihre Gedanken landeten sofort wieder bei Wyatt und seiner verwegenen Zunge. Oh Gott, hatte sie ihn das wirklich tun lassen? Grinsend verbarg sie das Gesicht in ihren Händen.

Ließen sie sich jetzt etwa auf ein wildes Liebesabenteuer ein? Damit konnte sie umgehen. Sie musste nur ganz sicher sein, dass es auch wirklich nur ein Abenteuer war. Auf keinen Fall wollte sie sich zu viele Hoffnungen machen. Wenn sie nicht aufpasste, würde sie sich in ihn verlieben.

Gut, sie sollte vernünftig sein. Dieses Gefühl war Lust, simple, einfache Lust. Na ja, vielleicht nicht ganz so simpel, aber es war nichts als hormongesteuerte Biologie. Ganz verständlich.

Warum verspürte sie dann plötzlich den Drang, „Schneewittchen“ oder „Dornröschen“ oder eines der anderen Prinzessinnen-Märchen zu lesen, die sie als Sechsjährige verschmäht hatte?

Wohin würde sie das führen? Wer würde den nächsten Schritt tun? Sollte sie sich auf ihn einlassen? Es war zum Verrücktwerden!

Die Preisverleihung fand am 1. Juli statt; ein Auftakt dazu war das kommende verlängerte Vollmond-Wochenende, währenddessen Idyll von in Romantik zerfließenden Touristen überschwemmt wurde. Das musste sie erst hinter sich bringen. Anschließend, wenn sie den Award gewonnen hatte, würde sie der Sache zwischen ihr und Wyatt ihren natürlichen Lauf lassen.

Zufrieden mit diesem Plan ging Kiara zu Bett und träumte von einem gut aussehenden, dunkeläugigen Mann, der die unglaublichsten, wundervollsten Dinge mit seiner Zunge anzustellen wusste.

Während Kiara schlief wie ein Baby, lief Wyatt unruhig im Freien auf und ab. Was sollte er nur tun? Hin und her gerissen überlegte er, wie er es ihr am besten gestehen sollte.

Zuerst musst du Eric und Scott anrufen und ihnen sagen, dass du raus bist.

Er warf einen Blick auf seine Uhr. Es war fast Mitternacht, aber das war ihm im Moment egal. Er zog sein Handy aus der Tasche und drückte Erics Nummer.

„Ja!"

„Bist du noch auf?"

„Ich bin ans Telefon gegangen, oder? Was ist los, kleiner Bruder, hast du heiße Neuigkeiten?"

„Ja. Ich schmeiße hin."

„Was?"

„Du hast schon richtig gehört."

„Du brichst dein Versprechen? Dann schulde ich Scott hundert Mäuse. Ich hab gewettet, dass du uns nicht hängen lässt."

„Ich lass euch nicht hängen. Ich hab mich freigestrampelt. Sag es Scott, ja?"

„Er wird sehr enttäuscht sein."

„Tut mir leid. Ich kann nicht anders."

„Also, wenn du zum ‚Best of the Best Award' kommst …"

„… werde ich auf Bella Nottes Seite stehen."

Und plötzlich den kleinen David gegen den Riesen Goliath unterstützen.

Damit war der erste Teil erledigt. Jetzt kam der weitaus härtere: Kiara die Wahrheit sagen.

Der letzte Tag des Vollmondes fiel auf den 30. Juni, den Tag vor dem „Best of the Best Award". In der Nacht würde er es ihr sagen. Er würde sie mit hinauf auf den Twin Hearts nehmen, sie mit *Decadent Midnight* besänftigen und ihr alles beichten.

Die nächsten drei Tage waren das reinste Chaos. Es wimmelte von Touristen mit Tandems und Fahrrädern. Wohin man sah, erblickte man Liebespaare, junge und alte, alle hielten glückselig Händchen, wanderten durch die Weingärten oder machten Ausflüge. Auf Bella Notte musste jeder mit anpacken. Und die Kasse klingelte ununterbrochen.

Erst zum Abend des dritten Tages wurde es ruhiger. Das Weingut schloss seine Pforten für die Öffentlichkeit um fünf Uhr, aber die Straße war noch immer voll mit Autos, die hinauf zum Berggipfel fuhren. Das musste Wyatt den Romanos lassen, ihre Sage entfachte das Feuer der Liebe in den Herzen der Menschen.

Mehr als nur ein bisschen nervös ging er zu Kiara, die eben dabei war, die restlichen Spuren des Tagesgeschäfts im Weinproberaum zu beseitigen.

„Es gibt da etwas, über das ich mit dir reden möchte", sagte er.

Kiara sammelte gerade die letzten Gläser ein. „Ich höre."

„Vielleicht können wir irgendwo unter vier Augen reden?"

„Wir sind unter vier Augen."

„Nein, bitte. Es könnte jederzeit jemand reinkommen."

Kiara runzelte die Stirn. „Das klingt ernst."

„Tu mir einfach den Gefallen."

„Oh, verstehe." Sie lächelte. „Das ist ein Code für ‚Lass uns rummachen'. Aber sicher, in den letzten drei Tagen hatten wir wirklich keine Gelegenheit zu reden."

„Du hast mich durchschaut." Er würde allem zustimmen, wenn er sie nur dazu brachte, mit ihm zu kommen. Er konnte sie nicht zur Preisverleihung nach Sonoma gehen lassen, ohne ihr vorher sein Herz ausgeschüttet zu haben. Er konnte und wollte diese Schuld nicht länger tragen. Sie würden in ihrer Beziehung nicht den nächsten Schritt tun können, solange Kiara nicht wusste, wer er war. Nur, ob es dann noch einen nächsten Schritt geben würde?

„Es ist so eine schöne Nacht, und uns bleiben nur noch ein paar Wochen."

In ihren Augen stand Traurigkeit. Ein Ausdruck, der genau dem drückenden Gefühl entsprach, das sich in seinem Magen festsetzte. Er hatte solche Angst, sie zu verlieren.

Sag es ihr nicht. Sie wird dich rauswerfen.

Aber er musste es ihr sagen. Er hätte es schon viel früher tun sollen.

„Lass uns auf den Twin Hearts gehen", murmelte er.

„Bei Vollmond? Im Juni?" Sie schüttelte den Kopf. „Auf keinen Fall."

„Wegen der Sage?"

„Ja genau, wegen der Sage, laut der man, wenn man sich mit seinem Liebsten dort oben bei Vollmond einen Bella-Notte-Wein teilt, für immer und ewig zusammenbleibt. Da werden haufenweise Touristen sein und auf die Erfüllung des Mythos warten. Das ist verrückt."

„Wenn du gar nicht an den Mythos glaubst, weshalb hast du dann Angst davor?"

„Ich, Angst? Wer sagt das?"

„Dann beweis mir das Gegenteil, und komm mit."

„Gut. Und es wird nichts passieren."

Sacht strich er mit einer Hand über ihre Wange. „Du meinst: nichts, das normalerweise nicht auch zwischen uns passiert, wenn wir zusammen sind?"

„Mit dir ist gar nichts normal", schnurrte Kiara und schmiegte ihre Wange an seine Hand.

„Und umgekehrt."

Sie drehte sich ihm zu und küsste ihn auf den Hals. „Vergiss den Twin Hearts. Wir schließen die Tür ab und tun es gleich hier."

„Unglaublich, wie sehr du dich verändert hast", sagte er lachend. „Trotzdem würde ich lieber mit dir auf den Twin Hearts gehen. Bitte, Kiara."

Sie sah zu ihm auf. „Wyatt, ich hoffe, du erwartest nicht mehr von dieser Beziehung, als ich fähig bin, zu geben."

Er schnaufte abfällig, innerlich aber fühlte er sich gar nicht gut. „Nein, natürlich nicht. Ich will dir nur helfen."

„Mir helfen? Wie denn?"

„Sieh doch, wie sehr dieser Mythos dein Leben beherrscht."

„Unsinn."

„Beweis mir, dass es Unsinn ist, indem du mitkommst."

„Okay, gut. Du wirst schon sehen."

Kiara konnte nicht fassen, dass sie wirklich zugesagt hatte. Ihr ganzes Leben lang hatte sie einen Bogen um ein Szenario wie dieses gemacht.

Allerdings musste sie Wyatt in einer Sache zustimmen. Indem sie den Twin Hearts immer umgangen hatte, hatte der Mythos tatsächlich eine gewisse Kontrolle über ihr Leben gewonnen.

Sie waren mit einem der Vans losgefahren, mussten letztendlich aber doch noch ein ganzes Stück zu Fuß gehen, inmitten der immer noch herumschwärmenden Touristen.

„Ich hab's dir gesagt", meinte Kiara. „Bei Vollmond drehen sie hier im Juni alle durch. Wir werden kein bisschen für uns sein."

„Wir sind aus Trotz hier, schon vergessen?" Wyatt nahm ihre Hand und drückte sie leicht. „Um zu beweisen, dass es keinen Romano-Mythos gibt. Außerdem hat Maurice mir verraten, wo keine Touristen zu finden sind."

„Du hast Maurice erzählt, dass du mich herbringst?"

„Natürlich nicht. Ich habe nur gefragt, wohin die Romanos zu romantischen Vollmond-Rendezvous gehen. Er hat mir erklärt, zu welchen Bereichen Fremde keinen Zugang haben." Er nahm eine Decke und eine braune Tüte vom Rücksitz.

„Du hast Wein mit!"

„Wir können keinen Mythos widerlegen, wenn wir nicht den Regeln folgen."

„Das macht mich nervös."

„Wenn es nur ein Mythos ist, musst du dir keine Sorgen machen, richtig?"

Das klang so logisch, und er war so verdammt überzeugend mit seinem gewinnenden Lächeln.

Ja, gut, alles klar. Warum fühlte sie sich dann so verletzlich? Hoffnung, dieses verdammte Biest, krabbelte irgendwo in ihrem Hinterkopf herum. Die romantische Romano-Seele traf auf ihren wissenschaftlichen Geist. Sie waren den Berg schon fast hinaufgestiegen, als sie begriff, dass ein Teil von ihr sich wünschte, alles wäre wahr.

„Es gibt auch keinen Weihnachtsmann", murmelte sie. Wie ein Kind, das in der Dunkelheit vor sich hin pfeift, um sich vorzumachen, dass es keine Angst hat.

„Vielleicht nicht", flüsterte Wyatt. „Aber es *gibt* den Geist der Weihnacht."

„All diese Leute, die herkommen ... Wenn die alle bis an ihr Lebensende zusammenbleiben ... Oder ist das nur eine selbsterfüllende Prophezeiung, die nichts mit Bella Notte, Wein oder Vollmond zu tun hat."

„Was ist daran falsch? Ich finde es großartig, wie diese Insel und deine Familie so vielen Menschen Hoffnung auf eine lang andauernde Beziehung geben."

Zugegeben, ein sehr nobler Gedanke, fand Kiara.

„Wovor hast du solche Angst?", fragte Wyatt. „Deine ganze Familie lebt diesen Mythos. Sie sind alle glücklich verheiratet."

„Das ist ebenfalls ein Mythos. Niemand ist immer glücklich verheiratet. Und Liebe macht einen schwach."

„Boah! Jetzt verstehe ich langsam."

Kiara zog zweifelnd die Nase kraus. „Und was genau glaubst du verstanden zu haben?"

„Du hast Angst vor der Macht der Liebe. Du denkst, sie könnte deine Eigenständigkeit gefährden."

„Quatsch! Ich glaube nicht daran, weil es nicht wahr ist. Liebe ist nichts weiter als eine chemische Reaktion des Körpers. Hormone! Sie sorgen dafür, dass Menschen sich verlieben."

„Was stimmt daran nicht?"

„Irgendwann fließen die Hormone nicht mehr."

„Die Beziehung schläft ein? Versteinert? Wird einbetoniert?"

„Und Beton zieht einen runter."

„Du hast wirklich wahnsinnige Angst vor der Liebe."

„Du nicht?"

„Nicht mehr." Sie hatten den Berggipfel erreicht und standen vor einem Holzzaun mit einem Schild: „Privatbesitz – kein Durchgang".

„Hier entlang." Kiara duckte sich unter dem Zaun durch und zog Wyatt mit sich.

Sie gingen so lange, bis sie nichts mehr von den Touristen hören konnten.

Bei einem kleinen Olivenhain blieb Kiara schließlich stehen. „Wie wäre es hier?"

Der Vollmond stand hoch am Himmel, warf sein silbernes Licht durch die Zweige der Bäume und tauchte Wyatts Gesicht in Schatten. Wyatt nickte und breitete die Decke aus, dann klopfte er einladend auf den Platz neben sich.

Während Kiara sich setzte, dachte sie daran, was das letzte Mal passiert war, als sie zusammen auf einer Decke gelegen hatten. „So, dann lass uns mal damit anfangen, den Mythos zu zerstören. Mach den Wein auf."

„Bist du sicher? Du musst nicht, wenn du nicht willst."

„Ich bin hier. Also kann ich es auch wagen."

Wyatt entkorkte die Flasche, trank und sah Kiara an. „Was, wenn der Mythos wahr wäre? Würdest du es trotzdem wagen?"

Er reichte ihr die Flasche, und sie trank ebenfalls.

„Wir kennen uns doch kaum."

Mit einem Finger tippte er dorthin, wo ihr Herz war. „Das weiß es."

„Aber Gefühle sind irrational."

„Was einen nicht davon abhält, sie zu fühlen." Er nahm ihr die Flasche ab, trank erneut und gab sie ihr zurück.

Kiara trank ihren Teil, nahm den Korken von der Decke und stöpselte die Flasche zu. „So, erledigt. Fühlst du einen Unterschied."

„Und wie! Ich will dich zehnmal mehr, als ich dich wollte, bevor wir den Wein getrunken haben."

„Also, liegt das am Mond oder am Alkohol?“

„Weder noch“, sagte er und lehnte sich nah zu ihr. „Das liegt zu einhundert Prozent an Kiara.“

Einladend streckte er einen Arm aus, und sie rollte zu ihm hinüber, in seine Umarmung, während sie tief die nach Wein und Sommer duftende Luft einsog.

Wyatt zog sie dicht an seine Brust. Und unter dem Junivollmond, mit dem Mann zusammen, bei dem sie sich lebendiger fühlte als je zuvor in ihrem Leben, blieb in diesem einen vollkommenen Augenblick die Zeit stehen.

Sie hörte ihren Herzschlag, hörte sein Herz im gleichen Rhythmus schlagen. Zärtlich küsste sie ihn auf den Hals, suchte sein Ohrläppchen und knabberte daran. Sein vertrauter Duft hüllte sie ein.

Sie wusste nicht, ob sie all diese Gefühle aushalten konnte. Sie waren zu stark, zu wild, so gar nicht ihr ähnlich. Oh, wie sehr sie ihn begehrte! Und das machte ihr am meisten Angst, dieses Begehren – rasend, heiß, unbeherrschbar. Genau diesen Gefühlen war sie immer ausgewichen. Wyatt – er gab ihr das Gefühl, wirklich zu existieren. Und sie wusste einfach nicht, was sie tun sollte. Er konnte ihr leicht das Herz brechen.

Sie sah einen Schatten in seinen Augen. *Wohin wird das hier führen? Ist es zur richtigen Zeit? Ist es überhaupt richtig? Sollen wir Vertrauen haben, den Sprung wagen? Werden wir einander nicht verletzen?* Fragen über Fragen durchzuckten sie, aber sie schwieg.

Wyatt war impulsiv, frei wie der Wind, ihn banden keine familiären Verpflichtungen.

Langsam griff er nach ihrer Brille, nahm sie ihr ab und legte sie zusammen mit seiner eigenen beiseite. Und dann küsste er sie gemächlich, sanft, lange und so süß.

Im selben Moment rann dieses Prickeln durch ihren ganzen Körper, gab ihr das Gefühl, entblößt zu sein, ungeschützt. Wyatt war gefährlich. Normalerweise war sie stark, befehlsgewohnt, hatte alle und alles im Griff, doch allein durch diesen einzigen Kuss nahm er ihr das.

Er drückte sie fester an sich und knabberte an ihrem Ohrläppchen. „Magst du das?"

„Hm …"

„Ah, schön … Ich liebe, wie du riechst, wie du schmeckst. Salzig und doch süß. Und genauso bist du auch: herb, doch mit weichem Herz."

Er schob die Hand unter ihre Bluse, streichelte ihre bloße Haut, suchte den Verschluss ihres BHs, und ehe sie wusste, wie ihr geschah, war das Teil verschwunden. Wieder küsste er sie verzehrend, behexte sie mit seinen Lippen, seiner Zunge, streichelte ihren Bauch, tastete sich zu ihren Brüsten vor und rieb und knetete ihre empfindsamen Spitzen, die sich schon hart aufgerichtet hatten. Kiaras Herz raste, stolperte, als seine Lippen sich vorarbeiteten. Glühende Hitze wallte in ihr auf. Sie schwelgte in seiner Umarmung, wölbte sich ihm entgegen. Als sein feuchter heißer Mund ihre Brüste fand und er mit der Zunge kleine Kreise um die dunkelrosigen Spitzen zog, keuchte sie auf.

Schließlich hob er den Kopf und sah sie unter halb geschlossenen Lidern hervor an. Verlangen loderte in seinen Augen, und sie spürte, wie er härter wurde.

„Soll ich aufhören?", flüsterte er. „Geht es dir zu weit?"

Also gab er ihr die Chance, sich zurückzuziehen. Aber es fühlte sich so gut an. Er fühlte sich so gut an. Alles an diesem Mann ließ sie um mehr betteln.

„Was möchtest du gern?", flüsterte er.

„Dich", hauchte sie. „Ich will dich …"

Zärtlich, lustvoll hauchte er einen Kuss auf ihre Kehle, dort, wo ihr Puls sichtbar pochte. Seine Hände waren an ihren Brüsten, rieben und reizten die harten Spitzen, machten sie rasend. Sie rang nach Luft, roch aber nur Wyatt.

Und der Mond war so groß, so hell, so nah. Er schien nur für sie beide zu leuchten. Wie viele Generationen Romanos hatten sich hier oben unter diesem Mond geliebt, sich ewige Treue geschworen? Nun fügten sie und Wyatt sich in diese Tradition. Ganz in ihre Gefühle versunken, in ihrer eigenen kleinen Welt.

Gemächlich, mit zärtlichen Gesten entkleideten sie einander, unterbrochen von zarten gehauchten Küssen, bis sie sich nackt aneinanderpressten, Haut an Haut.

Jäh überkamen sie Zweifel. Was tat sie hier?

„Hör auf", murmelte er sanft. „Du denkst zu viel."

„Woher weißt du?"

„Ich merke es dir immer an. Komm, genieß einfach den Moment. So wird er sich nie wiederholen."

Er hatte recht. Er brachte sie immer wieder dazu, den Augenblick zu genießen. Dafür liebte sie ihn. Und für vieles mehr noch.

Liebe!

Gut, sie würde es zugeben. Sie war dabei, sich zu verlieben. Sollte sie nicht schreiend weglaufen? Stattdessen fühlte sie sich … frei. Na ja, sie würde es ihm noch nicht sagen, war nicht bereit, abzuwägen, was das bedeutete. Doch ihre Gefühle konnte sie nicht länger leugnen.

Wyatt.

Wie forschend zog sie die Konturen seines Gesichts nach, und er schaute ihr dabei tief in die Augen. Sie las Bewunderung in seinem Blick, und das Licht, das sie darin sah, traf sie bis tief in ihre Seele und wärmte ihr das Herz.

Und dann begannen sie, einander zu erforschen. Seine Hände waren überall, kitzelten, streichelten, rieben, und sie tat es ihm gleich, fühlte warme straffe Haut und harte Muskeln. Sie knabberte an seinem Hals und leckte über seine Brust. Er küsste ihre Kehle, saugte an ihren Brüsten und fuhr mit der Zunge über ihren Bauch, bis sie leise wimmerte.

Sie spielten, reizten, küssten, leckten, bis sie beide vor Erregung glühten. Er knabberte an ihren Brustwarzen und streichelte ihren Bauch, ihre Schenkel, strich federleicht über ihren Schamhügel und fand ihre feuchte heiße Wärme.

Kiara war überwältigt, hingerissen, verloren, war …

„Ich muss dich haben, sonst werde ich verrückt", keuchte sie.

„Komm her." Seine Stimme klang heiser vor Erregung. Er zog sie über sich, und sie war bereit und so feucht, dass sie ihn mühelos in sich aufnahm. Ihre Körper verschmolzen miteinander.

„Kiara …“, hauchte er und stieß einen wohligen Seufzer aus, als sie sich auf ihn sinken ließ.

Sie schaute ihn an. Dieser starke große Mann überließ ihr die Führung. Unverwandt schaute er ihr in die Augen, Anbetung im Blick.

Sie bewegte sich sacht. Wyatt stöhnte auf. Langsam hob und senkte sie sich auf ihm, spürte seine harten Muskeln, seinen straffen Körper. Sie verstärkte das Tempo, presste sich gegen ihn, auf, nieder, wiegte sich, suchte den gemeinsamen Rhythmus.

Hingerissen warf er den Kopf zurück, stöhnte laut, dann zog er sie tiefer zu sich hinunter, um ihre Brüste zu liebkosen, saugte und knabberte … rechts … links … rechts … Bis sie die Hände in seine Schultern krallte, sich wild über ihm aufbäumte, und er sich ihr ebenso heiß entgegendrängte.

Der Vollmond über ihnen tauchte ihre schweißglänzenden Körper in silbernes Licht. Die Blätter der Olivenbäume flüsterten leise in der nächtlichen Brise.

Kiara sah Wyatt an und versank in seinen schokoladenbraunen Augen. Jäh fasste er sie bei den Hüften und rollte sich mit ihr herum, ohne dass sie sich voneinander lösten. „Jetzt bin ich dran“, murmelte er über ihr und bemächtigte sich ihres Mundes, während er tiefer, fester in sie eindrang. Sie waren vereint, Körper und Seele.

Schneller bewegte er sich, immer leidenschaftlicher und wilder, doch nicht wilder als sie, denn sie begegnete ihm ebenso begierig, wollte ihn tief, tief in sich spüren.

Aneinandergeklammert, verloren in einem lustvollen Wirbel, ergaben sie sich, gefangen in der Sage dieses Ortes, dem ewigen Mythos der Liebe.

Schließlich ließ sie los, gab sich hin. Der Höhepunkt durchraste sie wie ein Orkan und schüttelte sie ebenso wie ihn. „Wyatt“, rief sie. Und immer wieder: „Wyatt.“ Sein „Kiara, Kiara …“ hallte in ihren Ohren.

Keuchend und erschöpft sanken sie endlich fest aneinandergeschmiegt auf die Decke zurück. Zusammen, dank dem Mondlicht und *Decadent Midnight*.

11. KAPITEL

Tränen: eine poetische Bezeichnung für die Tropfen, die nach dem Schwenken des Weines am Rande des Glases haften

Als Kiara erwachte, war der Mond verschwunden, und am Horizont tauchten die ersten Sonnenstrahlen auf. Wo war sie? Was hatte sie getan?

Sie setzte sich auf und sah zu Wyatt hinüber, der ausgestreckt neben ihr lag und fest schlief.

Neben ihnen lag die Flasche *Decadent Midnight*.

Was sie getan hatten, traf sie wie ein Schlag.

Sie war nicht bereit dafür. Letzte Nacht hatte sie sich mitreißen lassen. Aber im Licht des Tages …

Der „Best of the Best Award"! Das war heute. In Sonoma. Eine Stunde Fahrt mit der Fähre und dann noch gute dreieinhalb Stunden mit dem Auto. Und bis Punkt zwölf mussten sich die Teilnehmer angemeldet haben.

Jetzt war es … Sie sah auf ihre Uhr.

Fünf. Blöde Uhr! Zähneknirschend schaute sie genauer hin, um festzustellen, dass die Zeiger dieses Mal tatsächlich auf fünf standen. Sie musste sich beeilen, musste zurück nach Bella Notte, den Wein einladen und bis Mittag in Sonoma sein.

Unsicher, was sie mit Wyatt anstellen sollte, zog sie sich an. Sie war noch nicht bereit, mit ihm zu reden. Sie musste sich erst über ihre eigenen Gefühle klar werden, aber im Moment wirbelte in ihrem Kopf alles planlos durcheinander. Nur ein Gedanke stach hervor. *Sieh zu, dass du nach Sonoma kommst.*

Mit einem letzten Blick auf Wyatt setzte sie ihre Brille auf. Er war wirklich umwerfend. Ihr Herz machte einen Satz. War sie verliebt in ihn? So lange hatte sie geleugnet, dass so etwas überhaupt möglich war, und jetzt steckte sie mittendrin.

Sieh zu, dass du nach Sonoma kommst.

Ja. Das ging vor. Wyatt konnte warten, der Award nicht.

Benommen und desorientiert erwachte Wyatt.

Die Sonne kroch eben über die Steilklippe und vertrieb den letzten Dunst. Der Boden war klamm, genau wie die Decke. Wyatt fröstelte und tastete nach Kiara, um ihren Körper mit seinem zu wärmen, aber er griff ins Leere.

Blinzelnd setzte er sich auf und versuchte sich zu erinnern, was gestern passiert war. Sie hatten Wein getrunken. Die leere Flasche lag noch auf der Decke.

Sie hatten sich unter dem vollen Junimond geliebt.

Waren eingeschlafen.

Und nun war Kiara weg …

Wo war sie?

Vermutlich war sie dabei, durchzudrehen, nachdem sie begriffen hatte, dass sie sich unter genau den Umständen geliebt hatten, denen sie ihr Leben lang ausgewichen war. Seine Brust wurde eng bei dem Gedanken daran, dass sie es vielleicht bereute. Wyatt bereute gar nichts. Kein bisschen. Im Gegenteil, er fühlte sich sogar sehr glücklich.

Glücklicher als je zuvor in seinem Leben.

Wenn man davon absah, dass Kiara verschwunden war.

Aber sicher hatte sie nur Angst. Das konnte er ihr nicht übel nehmen. Auch er hatte Angst. Noch nie hatte er so für jemanden empfunden; er hatte nicht einmal gewusst, dass derart intensive Gefühle überhaupt möglich waren. Er musste sie finden und beruhigen, ihr versichern, dass sich zwischen ihnen nichts geändert hatte.

Aber das wäre gelogen, oder? Denn es hatte sich etwas verändert. Er hatte sich verändert. *Sie* hatte ihn verändert, und er wollte so sehr daran glauben, dass *er* auch sie verändert hatte.

Denn wenn nicht, dann wäre er ganz allein hier draußen.

Allein verliebt.

Liebe.

Das Wort hallte in seinem Kopf wider, doch es machte ihm keine Angst mehr.

Was bizarr genug war.

Aber es machte ihm nicht nur keine Angst, er genoss es sogar. Er konnte kaum erwarten, es ihr zu sagen.

Sie wird meinen, dass mich diese Sage beeinflusst. Sie wird es nicht glauben.

Und dann war da noch die Tatsache, dass er nicht dazu gekommen war, ihr seine wahre Identität zu verraten. Wann wollte er das erledigen? Bevor oder nachdem er ihr seine Liebe erklärt hatte?

Ich liebe dich, und, oh, übrigens, ich bin dein Erzfeind.

Wie war er nur in diesen Schlamassel geraten?

Egal. Geh einfach, und finde sie. Du wirst einen Weg finden, dich rauszureden, das hast du bisher immer geschafft.

Genau.

Nur wollte er dieses Mal nicht schleimig und charmant sein oder sich mit Scherzen einen Weg in ihr Herz erschleichen. Er wollte einfach offen und ehrlich sein. Er wollte, dass sie ihn liebte, wie er wirklich war, nicht nur den äußeren Schein.

Dann fiel ihm Sonoma ein. Natürlich, dort würde sie sein!

Steh auf! Beweg dich! Heute ist der Wettbewerb. Sie steckt jetzt schon bis zum Hals in den Vorbereitungen! Wenn du ihr wirklich zeigen willst, dass du sie liebst, dann geh, und hilf ihr.

Wyatt sprang auf, nahm Decke und Weinflasche und rannte den Berg hinab.

Entsetzt sah er, dass der Parkplatz völlig leer vor ihm lag. Kiara hatte den Van genommen und ihn zurückgelassen.

Also zu Fuß zurück nach Bella Notte! Die zwei Meilen konnte er in zwanzig Minuten schaffen.

Entschlossen machte er sich auf den Weg.

„Los, beeil dich, Maurice", drängte Kiara. „Der Wein muss ins Auto!"

„Ganz ruhig! Wir haben jede Menge Zeit bis zwölf Uhr. Es ist doch noch nicht einmal sechs."

„Ich will mich nicht hetzen müssen, wenn wir ankommen. Und ich will, dass alles perfekt ist. Ich will …" *Weg sein, bevor Wyatt hier ist und mit mir reden möchte.*

Panik. Sie war in Panik geraten. Vor allem, weil sie stärker mit den Nachwirkungen ihrer Nacht mit Wyatt beschäftigt war als mit dem Wettbewerb. Was sie sehr erschreckte.

Das war verkehrt. Total verkehrt. Nichts war ihr wichtiger als Bella Notte – und ihre Familie, aber das war ja praktisch eins.

Und nun stand sie hier und dachte über die Magie der letzten Nacht nach. Dass es etwas Besonderes gewesen war. Und dass ihr Abenteuer, welches eigentlich nur ein Sommerflirt hatte sein sollen, völlig außer Kontrolle geraten war.

Kiara wusste jetzt, dass es kein Abenteuer war. Kein Sommerflirt. Sie versuchte nur immer noch, sich selbst zu belügen. Genauso, wie sie sich erfolglos davon überzeugen wollte, dass Wyatt nur irgendein Kerl war.

Sie belog sich und versteckte sich vor ihren Gefühlen.

Hör auf. Hör auf, an ihn zu denken.

Aber sooft sie sich auch ermahnte, sie konnte nicht aufhören, daran zu denken, wie er gerochen hatte – süß wie die sündigste Schokolade der Welt. Wie es gewesen war, als ihre Körper miteinander verschmolzen waren.

Lauren, ihre Ersatzpraktikantin für Wyatt, brachte eben auf einem kleinen Rollwagen den Wein.

„Danke für deine Hilfe", rief Kiara ihr zu. „Du bist so ein Schatz!"

Maurice half ihr beim Einladen. Als Lauren den Wagen zurück zum Labor brachte, kam Großmutter Romano aus dem Haus zu ihnen hinüber. „Ich habe euch Zimtrollen für unterwegs gemacht."

„Oh, vielen Dank."

Ihre Großmutter musterte Kiara eindringlich.

„Was ist?", fragte sie leicht beunruhigt.

„Du siehst anders aus", stellte ihre Großmutter fest.

Man konnte ihr unmöglich etwas ansehen. Sie hatte geduscht, sich die Haare gewaschen und sich umgezogen. „Nein, kein bisschen", meinte sie und fuhr sich mit einer Hand durchs Haar. „Ich bin noch dieselbe. Exakt dieselbe."

Ihre Großmutter sah sie ungläubig an. „Wo ist Wyatt?"

„Weiß ich nicht. Ich muss doch nicht auf ihn aufpassen."

„Letzte Nacht war Vollmond", sagte ihre Großmutter bedeutungsvoll.

„Ja?" Kiara versuchte, cool zu klingen, scheiterte jedoch erbärmlich.

„Ja wirklich."

Jetzt starrte auch Maurice sie an.

„Was denn?", fragte sie scharf.

„Ach, gar nichts. Lasst euch die Zimtrollen schmecken." Durchtrieben lächelnd schlenderte ihre Großmutter zurück ins Haus, doch Kiara hörte sie „Bella Notte, Bella Notte" vor sich hin trällern.

„Meine kleine Cousine ist endlich verliebt", lachte Maurice.

„Ich bin nicht verliebt", widersprach sie. „Ganz und gar nicht."

„Wo warst du letzte Nacht?"

„Das geht dich nichts an. Und ich bin nicht verliebt."

Maurice lachte nur noch lauter.

Kiara sah ihn giftig an, schlug den Kofferraum des Vans zu und stieg ein. „Kommst du jetzt oder nicht?"

„Natürlich", sagte Maurice. „Das werde ich mir um nichts in der Welt entgehen lassen."

Atemlos und verschwitzt kam Wyatt auf Bella Notte an. Er hatte die zwei Meilen in einer Viertelstunde geschafft.

Die erste Person, auf die er traf, war einer der anderen Praktikanten. Ohne ihn auch nur zu begrüßen, rief er: „Wo ist Kiara?"

„Längst weg. Hat heute Morgen die erste Fähre genommen."

Sie war ohne ihn zu dem Wettbewerb gefahren? Er konnte verstehen, dass sie ihn auf dem Berg zurückgelassen hatte, denn bestimmt war sie genauso verwirrt, vielleicht auch von ihren Gefühlen überwältigt wie er selbst. Aber abzuhauen und ihn ganz zu verlassen? Das tat weh.

„Wann geht die nächste Fähre?"

„In zwei Stunden."

Ein Blick auf seine Uhr zeigte ihm, dass er es bis Mittag zum Festland schaffen konnte. Hastig griff er zum Handy und wählte Kiara an, aber nach einer Weile meldete sich nur die Mailbox. „Kiara, bitte schließ mich nicht aus. Wir müssen reden. Ich muss dir etwas Wichtiges sagen, etwas, dass ich dir schon gestern Abend hätte sagen sollen. Ruf mich an, sobald du das hier hörst. Ich nehme die nächste Fähre und komme so schnell wie möglich nach Sonoma."

Als er auflegte, fühlte er sich so schuldig wie nie zuvor in seinem Leben. Vielleicht hätte er ihr jetzt gleich sagen sollen, wer er war. Aber dieses eine Mal durfte er es sich nicht so einfach machen. Er musste ihr persönlich gegenübertreten, ihr in die Augen schauen ...

Dann kam ihm ein erschreckender Gedanke. Was, wenn sie längst alles herausgefunden hatte? Das würde erklären, weshalb sie ihm die kalte Schulter zeigte. Aber wie hätte sie es zwischen gestern Nacht und heute Morgen entdecken sollen?

Trübsinnig trottete er zum Seiteneingang des Laborgebäudes und ging hinein – um die Zeit totzuschlagen, bis die nächste Fähre ablegte, redete er sich ein. Doch wenn er ehrlich war, weil es der einzige Weg war, Kiara nahe zu sein. Er setzte sich auf den Stuhl, auf dem sie immer gesessen hatte.

Kiara.

Er würde es sich nie verzeihen, wenn er sie verlöre. Hilflos sah er sich im Raum um. Auf dem Arbeitstisch stand eine Flasche Essig. Kiara war immer sehr ordentlich, also konnte nur Lauren sie dort vergessen haben. Als er sich bückte, um die Flasche ins Fach mit den Säuren zu stellen, fiel sein Blick auf den Abfalleimer und eine Injektionsspritze darin. Also, das war unverantwortlich. Kiara hatte das sicher nicht getan.

Draußen auf dem Flur hallten Schritte.

Unwillkürlich duckte Wyatt sich hinter dem Raumteiler. Warum, wusste er selbst nicht, vermutlich hatte er einfach ein schlechtes Gewissen.

Die Tür ging auf.

„Hab's erledigt", sagte die Frau. Es war Laurens Stimme. Redete sie mit ihm? Hatte sie ihn gesehen?

Fast wäre er verlegen aus seinem Versteck gekrochen, als sie auch schon weitersprach: „Das einzige, was *Decadent Midnight* jetzt noch gewinnen wird, ist den Award für den besten Weinessig."

Sie sprach am Telefon. Mit wem?

Er dachte an die Essigflasche und die Spritze im Müll. Vor Schreck wurde ihm ganz kalt.

„Nein danke, Mr DeSalme. Ich kann es kaum erwarten, für Sie zu arbeiten."

Er konnte nicht glauben, was er da hörte. Er wollte es nicht glauben, aber er wusste ganz genau, wozu seine Brüder fähig waren. Sie würden so einiges dafür tun, um zu gewinnen. Zum Beispiel, einen Spion zur Konkurrenz schicken. Oder einen Praktikanten der Konkurrenz kaufen, um einen überragenden Wein mit Essig zu verunreinigen.

Wütend schoss Wyatt hinter dem Raumteiler hervor. „Was zur Hölle hast du getan?"

Lauren schrie auf und ließ vor Schreck das Telefon fallen. „Himmel! Du hast mich fast zu Tode erschreckt."

Energisch ging er auf sie zu. Sie wich schnell zurück. „Die DeSalmes haben dich dazu angestiftet, den Wein für den Wettbewerb mit Essig zu versetzen."

Lauren zuckte die Schultern. „Beweise es."

Ihr Gesichtsausdruck reichte als Beweis völlig aus. „Deine Fingerabdrücke sind auf den Flaschen und der Spritze."

„Toll. Ich habe hier gearbeitet, meine Fingerabdrücke werden überall sein."

„Auch egal", entgegnete er. „Du wirst damit nicht durchkommen."

Der „Best of the Best Award" fand in Sonomas Stadthalle statt. Es herrschte ziemlicher Betrieb auf dem Gelände, sodass Kiara langsam unruhig wurde, da es bereits Viertel nach elf war und sie gerade erst einen Parkplatz gefunden hatten.

Ihre Anspannung wuchs mit jeder Minute. Was, wenn *Decadent Midnight* doch nicht so gut war, wie sie glaubte? Was, wenn jemand wie DeSalme sie haushoch übertrumpfte?

Was hatte sie sich nur gedacht? Ein kleiner Familienbetrieb konnte doch niemals gegen die großen Firmen bestehen. Sie musste an die Tests denken, bei denen die Käufer der Markenware den Vorzug vor dem Geschmack gaben.

Als ob Maurice merkte, wie es ihr ging, tätschelte er beruhigend ihre Hand.

Kiaras Gedanken wanderten zu Wyatt.

Sie fühlte sich schlecht seinetwegen. Er hatte mehrfach versucht, sie anzurufen, aber sie hatte immer die Mailbox drangehen lassen. So verunsichert, wie sie war, wollte sie das klärende Gespräch nicht am Telefon führen. Wenn sie diesen Wettbewerb hinter sich hatten, würde sie mit Wyatt ein ernstes Gespräch führen. Doch jetzt musste sie sich zuerst auf das konzentrieren, was unmittelbar vor ihr lag.

Sie packten vier Kisten aus dem Auto auf einen Rollwagen und steuerten den Eingang der Stadthalle an, Kiara voraus, um Maurice die Türen zu öffnen.

In der Halle wimmelte es von Teilnehmern, Jurymitgliedern und Helfern, die dabei waren, alles für die Präsentationen vorzubereiten; mittendrin schwärmte ein Team der Lokalzeitung von einer Gruppe zur nächsten. Die Wände des Korridors waren mit Werbung zugepflastert, größtenteils von kalifornischen Weingütern. Bella Notte hatte sich keine Werbung leisten können.

Als sie in den Raum kamen, in dem sich die Teilnehmer versammelten, blieb Kiara abrupt stehen, den Blick starr auf ein DeSalme-Plakat geheftet, das, riesengroß, vom Boden bis zur Decke reichte.

Der Slogan lautete: „Von unserer Familie für Ihre Familie."

Aber das war es nicht, was Kiara erstarren ließ.

Unter dem Slogan war in voller Breite das Weingut abgebildet. Die linke Seite zeigte oberhalb der imposanten Weingärten Fotos der DeSalme-Brüder.

Kiara hatte immer geglaubt, es gäbe nur zwei Brüder, aber auf dem Plakat waren drei Männer abgebildet, und unter jedem stand in eleganter Schrift der Name. Scott. Eric. Wyatt.

Wyatts braune Augen schienen sie aus dem Plakat heraus anzusehen. Sein Haar war kurz geschnitten, und er trug keine Brille. Aber es war Wyatt.

Sie brauchte einen Moment, um überhaupt zu begreifen, was sie dort sah. Weshalb war ein Foto von Wyatt Jordan auf dem Werbeplakat der DeSalmes?

Hieß das …?

Oh, großer Gott. Ihr Magen zog sich zusammen, und einen Augenblick lang befürchtete sie, sie müsste sich übergeben.

Der Mann, der seit Monaten auf Bella Notte arbeitete, der Mann, mit dem sie die letzte Nacht auf dem Twin Hearts verbracht hatte … Der Mann, mit dem zusammen sie unter dem Junivollmond eine Flasche *Decadent Midnight* getrunken hatte … Der Mann, in den sie sich verliebt hatte, war dort oben auf einem Poster zusammen mit Scott und Eric DeSalme zu sehen.

Die Wahrheit traf sie wie ein Faustschlag.

Wyatt war ein Spion. Ein Wirtschaftsspion.

12. KAPITEL

Blindprobe: einen Wein zu probieren, ohne zu wissen, um welchen es sich handelt

„Kiara?“, rief Maurice, aber sie stand wie betäubt da und starrte auf Wyatts charmantes Lächeln.

Maurice folgte ihrem Blick. „Was zur Hölle …?“

Unsicher sah sie zu ihrem Cousin. „Lass uns einchecken“, sagte sie tonlos.

„Das ist Wyatt.“

„Das sehe ich.“

„Er ist ein DeSalme.“

„Scheint so.“

„Hast du das gewusst?“

„Hast du es gewusst?“

„Natürlich nicht.“

Sie löste sich aus ihrer Starre. „Es ist spät, wir müssen uns registrieren lassen.“

„Was hast du jetzt deswegen vor?“, fragte Maurice und deutete auf das Plakat.

„Gar nichts. Komm.“ Sie straffte ihre Schultern, obwohl ihr Herz gerade in Scherben lag, und ging durch die Tür.

Sie bekamen eine Nummer und ein Formular mit Anweisungen. Es blieben noch zwei quälend lange Stunden, die sie irgendwie totschlagen mussten.

„Willst du etwas essen?“, fragte Maurice.

„Ich kann jetzt nichts essen.“

„Das mit Wyatt tut mir leid“, sagte er und legte ihr eine Hand auf die Schulter.

„Ich werde es überleben.“

„Ich weiß, dass du ihn gernhattest.“

Liebte. Sie liebte ihn.

Du kannst ihn nicht lieben. Du kennst ihn gar nicht. Er ist ein Lügner. Er hat die ganze Zeit eine Maske getragen und dich nur das von ihm sehen lassen, was du sehen solltest. Selbst die

Brille war wahrscheinlich nicht echt.

„Willst du dich betrinken?", fragte Maurice.

„So verlockend das klingt, es würde auch nichts ändern. Allerdings möchte ich gern schnell noch mal unseren Wein probieren. Nur um mich noch einmal zu vergewissern."

„Okay." Maurice holte eine Flasche aus einer Kiste, öffnete sie, reichte sie Kiara und besorgte ein Glas.

Essig. Irgendetwas roch nach Essig. Maurice kam mit einem Glas zurück, Kiara füllte einen Schluck Wein hinein und hob es an ihre Nase. Essig. Sie schüttelte den Kopf, blinzelte ungläubig. Irgendetwas stimmte nicht. Sie nahm einen Schluck. Bah.

„Essig." Tränen schossen ihr in die Augen. „Es schmeckt nach Essig."

„Wie kann das denn sein?", fragte Maurice stirnrunzelnd.

„Mach noch eine Flasche auf."

Er entkorkte eine der anderen Flaschen und roch daran. „Essig."

„Noch eine." Ihre Stimme klang dünn.

Maurice öffnete eine weitere und schüttelte den Kopf.

„Jemand hat damit herumgepfuscht." Kiara war verzweifelt.

„Wyatt DeSalme." Maurice spuckte den Namen förmlich aus. „Er war es."

Wyatt mochte sie ausspioniert haben, aber Kiara wollte einfach nicht glauben, dass er so weit gegangen war. Konnte es nicht glauben. Nicht der Mann, der sie so zärtlich geliebt hatte.

Wach auf, und riech an dem Wein, Mädchen. Er hat dich reingelegt.

Ein höllischer Schmerz zerriss ihr fast das Herz. Sie hatte sich Wyatt geöffnet, hatte ihn in ihr Haus gelassen, in ihr Weingut und in ihr Herz, und das war sein Dank dafür.

Lügen.

Jedes Wort von ihm war gelogen. Seine Zärtlichkeit, alles nur Lügen, eine Scharade, Betrug. So viel zu romantischen Sagen. Damit war der Mythos offiziell widerlegt. Sie hatten eine Flasche Wein geteilt, bei Vollmond im Juni, aber sie und Wyatt waren ganz offenkundig nicht füreinander bestimmt. Er war nicht ihr

Schicksal. Eher ihr Verhängnis. Sie war das Bauernopfer im Spiel der DeSalmes um den Sieg. Sie war ein Idiot.

Aus dem Lautsprecher ertönte eine Durchsage. „Wir bitten alle Teilnehmer, ihre Weine beim Sommelier einzureichen."

„Es ist vorbei", sagte Kiara. „Packen wir dieses Salatdressing ein und fahren nach Hause."

Maurice starrte sie an, als wäre ihr ein zweiter Kopf gewachsen. „Ich glaub's nicht."

„Was?" Sie konnte ihm nicht in die Augen sehen. Konnte kaum atmen. Wie konnte man noch atmen, wenn etwas so schrecklich wehtat?

Sie hatte so sehr dagegen angekämpft, sich in Wyatt zu verlieben. Hatte ihm widerstanden und noch mal widerstanden, aber er hatte sie mürbegemacht. Hatte sie glauben lassen, sie könnte alles haben, was sie wollte und sich nie zu wünschen gewagt hatte. Das hier war genau der Grund, weshalb sie es nie gewagt hatte. Damit sie sich niemals fühlen musste, wie sie sich nun fühlte.

Betrogen.

„Du?", sagte Maurice. „Du wirfst das Handtuch? Gibst kampflos auf? Das bist doch nicht du, Kiara."

„Die Dinge haben sich verändert."

„Du bist nicht die Erste, die betrogen wurde."

„Nein, aber die erste Romano, der das passiert."

Maurice packte sie an den Schultern. „Ich lasse nicht zu, dass du aufgibst. Kämpfe, Kiara. Du musst kämpfen."

„Wofür denn?"

„Für alles, wofür Bella Notte steht. Liebe, Romantik, den besten verdammten Wein in ganz Kalifornien."

„Aber es ist zu spät. Wir kriegen jetzt nirgendwo mehr eine neue Flasche *Decadent Midnight* her. Es ist vorbei."

„Vielleicht nicht."

Sie war viel zu niedergeschlagen, um noch zu hoffen. „Wie?", fragte sie nur schwerfällig.

Maurice deutete mit einem Kopfnicken zum Ausgang.

Kiara drehte sich um.

Ihr Herz setzte einen Schlag aus, als sie ihn sah.

Es war Wyatt, und er hielt in jeder Hand eine Flasche *Decadent Midnight*.

Ein Wirbelsturm von Gefühlen fegte über sie hinweg – Schmerz, Trauer, Reue, Wut. Hoffnung. Die alberne Hoffnung, dass alles nur ein Irrtum gewesen war. Sie biss die Zähne zusammen, ballte ihre Hände zu Fäusten und verschloss ihr Herz.

Wyatt sah den Hass in Kiaras Augen. Er fühlte ihn wie einen Schlag. Als er die Werbeplakate gesehen hatte, war ihm klar, dass sie inzwischen wusste, wer er war. Als er sie jetzt mit Maurice dort stehen sah, vor den offenen Weinflaschen, wusste er auch, dass sie herausgefunden hatte, was mit ihrem Wein passiert war.

Vor Wut bebend kam sie auf ihn zu. „Du verdammter Mistkerl!“

Leute drehten sich um. Ein Raunen ging durch den Saal.

Auf der Fahrt hierher hatte er sich noch eingeredet, er könnte vernünftig mit ihr sprechen, aber ein Blick in ihr Gesicht ließ all seine Hoffnung schwinden.

Er hatte Kiara verloren.

„Hier sind neue Flaschen“, sagte er nur. „Bring sie zum Sommelier. Sofort.“

Finster starrte sie ihn an. „Woher soll ich wissen, dass die nicht auch mit Essig versetzt sind?“

„In diesem Fall wirst du mir einfach vertrauen müssen.“

„Gib sie mir“, sagte Maurice.

Ohne den Blick von Kiara abzuwenden, reichte Wyatt Maurice die Flaschen. „Kiara, wir müssen reden.“

„Es gibt nichts, was ich dir zu sagen hätte, Wyatt *DeSalme*.“

„Es ist wahr, ich bin ein DeSalme.“

„Ich will das gar nicht hören“, erwiderte sie und machte Anstalten zu gehen.

„Nein!“, sagte er laut genug, um über dem Stimmengewirr im Raum gehört zu werden. „Ich werde nicht zulassen, dass du diese Mauer um dich herum wieder aufbaust. Ich weiß, was du vorhast. Ich weiß, dass du dich gerne versteckst, aber ich werde mich nicht aus deinem Leben werfen lassen, ohne dass du mich vorher angehört hast."

Jetzt starrten die Leute sie wirklich an, aber das kümmerte ihn nicht.

Er streckte seine Hand aus. „Komm mit mir, Kiara."

Er glaubte schon, sie würde gar nicht reagieren, dann aber drehte sie sich wieder zu ihm um und nickte knapp, jedoch ohne seine Hand zu nehmen. „Draußen hinter der Halle ist ein kleiner Park", sagte sie. „Da können wir reden. Fünf Minuten, mehr Zeit werde ich nicht an dich verschwenden."

Durch den Seiteneingang erreichten sie die Anlage, die mit ihren bunten fröhlichen Blumen in krassem Gegensatz zu Wyatts Stimmung stand.

„Der Wein, den ich mitgebracht habe, ist in Ordnung", erklärte er.

„Hattest du einen Anfall von schlechtem Gewissen?"

„Das war nicht mein Werk. Ich habe nichts damit zu tun."

Skeptisch warf sie ihm einen Seitenblick zu. „Wer denn dann?"

„Deine Praktikantin, Lauren."

„Warum sollte sie das tun?"

„Weil meine Brüder sie dafür bezahlt haben."

„Warum haben sie dich nicht bezahlt?"

„Weil ich die Spioniererei hingeschmissen habe, als mir klar wurde, dass ich mich in dich verliebt hatte."

Hörbar atmete Kiara ein. „Wage es nicht, mich anzulügen."

„Aber es ist wahr", sagte er sanft. Er sah, dass sie verletzt war, und wusste, dass er ihr diesen Schmerz zugefügt hatte. Es zerriss ihn innerlich. „Ich habe dauernd angerufen. Ich wollte es dir sagen, aber du bist nicht rangegangen. Ich habe dir tausend Mal auf die Mailbox gesprochen."

„Aber einen Monat lang hast du Bella Notte ausspioniert!"

„Schuldig", gestand er. „Ich wusste nicht, wie ich es dir beibringen sollte. Ich wollte dich nicht verletzen."

„Tja, das hast du aber."

„Ich weiß, und es tut mir unendlich leid." Er streckte die Hand aus und kam auf sie zu.

„Halt!“ Sie streckte ihm abwehrend eine Hand entgegen.

Abrupt blieb er stehen. Zu weit weg, um sie zu berühren, aber nah genug, um den Schmerz in ihrem Gesicht zu sehen.

„Ich wollte dir heute Morgen die Wahrheit sagen“, sagte er. „Eigentlich wollte ich es schon letzte Nacht, aber irgendwie ist alles anders gelaufen.“

„Das lässt sich jetzt im Nachhinein leicht sagen.“

Er versuchte zu lächeln, aber es funktionierte nicht wie sonst immer, also sah er sie nur flehend an. „Du hast mich oben auf dem Twin Hearts allein sitzen gelassen! Warum hast du das getan?“

„Oh nein“, erwiderte sie. „Komm mir nicht so. Du wirst nicht den Spieß umdrehen und mir die Schuld geben.“

„Das will ich doch gar nicht. Ich versuche nur, es zu erklären.“

„Du hast gelogen. Und du hast uns ausspioniert.“

„Tut mir leid. Ich vermassele gerade alles, dabei ist dies hier das wichtigste Gespräch meines Lebens.“

Es war auch das wichtigste Gespräch ihres Lebens. Kiara verschränkte die Arme vor der Brust und wappnete sich innerlich gegen Wyatt. Trotzdem schrie ein Teil von ihr. *Hör zu, hör ihm zu, vielleicht kann er alles wiedergutmachen.*

Sie wünschte sich so sehr, dass er es wiedergutmachte. Sie wünschte, sie könnte die Zeit zurückdrehen, hätte sein Geständnis dort unter den Olivenbäumen gehört, anstatt jetzt und hier …

Stattdessen hatte sie nun auf die harte Tour herausgefunden, wer er war, und … Er hatte ihr Herz gebrochen.

Das war es, wovor sie sich die ganze Zeit gefürchtet hatte. Deshalb hatte sie sich von romantischen Beziehungen ferngehalten. Nicht weil sie nicht an die Sage glaubte, sondern weil sie in Wirklichkeit so sehr daran glaubte, dass sie wusste, würde sie sich einmal verlieben, wäre es für die Ewigkeit.

„Als ich aufgewacht bin und mir zusammengereimt habe, was passiert ist und dass du ohne mich nach Sonoma gefahren bist …“ Wyatts Stimme versagte, sein Blick brannte sich in ihre Augen. „Es hat mich fast umgebracht.“

„Denkst du, für mich war es leicht?", flüsterte sie.

Mit unendlich trostlosem Blick sah er sie an. „Ich hatte solche Angst, dass du für mich nicht genauso empfindest wie ich für dich. Ich habe mir eingeredet, dass da zwischen uns nur etwas Lockeres ist, keine Gefühle. Aber ich lüge mich jetzt schon seit Wochen selbst an, ohne der Wahrheit ins Gesicht zu sehen."

Die Welt um Kiara schien stehen zu bleiben. Es gab nur noch sie und Wyatt. „Welche Wahrheit?"

Mit zitternden Fingern umschloss er ihr Handgelenk, sah ihr tief in die Augen. „Dass ich dich liebe, ohne Wenn und Aber."

Er liebte sie.

Sie war überwältigt; ihre Gedanken wirbelten wild durcheinander. Konnte das wahr sein? Seit Wochen redete sie sich ein, dass es nur Lust war und dass sie sich ihren Gefühlen nicht zu sehr hingeben durfte, und jetzt stand Wyatt vor ihr und gestand ihr seine Liebe.

Er hatte auch Gefühle entwickelt! Er steckte genauso tief drin wie sie selbst.

Er liebte sie, und sie liebte ihn.

„Kiara", flüsterte er.

Angst schwang in seiner Stimme mit. Oder vielleicht auch etwas anderes. Was wusste sie schon von ihm? Er war nicht Wyatt Jordan, der charmante Weinfreak, sondern der Playboy Wyatt DeSalme. Wie konnte sie ihn lieben, wenn sie nicht einmal wusste, wer er war?

Unfähig etwas zu sagen, drehte sie sich um und sah weg.

Er hob seine Hand an ihr Kinn und zwang sie sanft, ihn anzusehen. „Rede mit mir."

„Wer bist du?"

„Das weißt du. Du kennst mich besser als sonst irgendjemand."

„Nein", erwiderte sie kopfschüttelnd. „Du hast eine Maske aufgesetzt und eine Rolle gespielt. Du hast mich verführt, um mehr über unser Weingut herauszufinden. Du hast mich benutzt."

„Ja“, sagte er, ohne es zu leugnen. „Am Anfang, das stimmt. Aber als ich dich kennenlernte und herausfand, wie viel dir Bella Notte bedeutet, habe ich aufgehört, für meine Brüder zu spionieren.“

„Warum bist du dann nicht einfach gegangen?“ Sie spürte ein Ziehen in ihrer Brust.

„Weil ich in deiner Nähe sein wollte. Ich konnte nicht anders.“

„Erwartest du, dass ich dir das glaube?“

„Ich habe nicht mehr mit meinen Brüdern gesprochen, deshalb haben sie Lauren angeheuert. Sie wussten, dass meine Loyalität nicht mehr ihnen galt.“

„Dann willst du mir sagen, dass du nicht zur DeSalme-Kellerei gehörst?“

„Ich habe nie richtig zur Firma gehört. Das Erbe, das meine Großmutter mir hinterließ, hatte mich wohl etwas … verantwortungslos gemacht. Aber alles hat sich geändert, seit ich nach Idyll kam. Seit ich dich traf.“

„Warum hast du es dann getan? Warum hast du den Spion gespielt, wenn du gar nicht zur Firma gehörst?“

„Ich habe mich geschmeichelt gefühlt, als meine Brüder mich um Hilfe baten. Bis dahin hatten sie mich nie gebraucht, und obwohl ich mir dessen vielleicht nicht bewusst war, habe ich immer nach etwas gesucht, wohin ich wirklich gehöre.“

„Wohin du gehörst?“

„Ich hatte es satt, Spielchen zu spielen, nur lockere Affären zu haben. Ich wollte ein solides Leben, eine solide Arbeit. Und das habe ich gefunden. Aber nicht bei meinen Brüdern, sondern auf Bella Notte, mit dir. Ich will Wein herstellen, wie du es tust. Im Kleinen, mit Wert auf Qualität, nicht Quantität. Umgeben von der Familie, nicht von Anzugträgern und Finanzjongleuren. Ich will eine persönliche, romantische Atmosphäre, anstelle eines kalten Firmenhauptquartiers. Vor allem aber, Kiara, will ich mit dir zusammen sein. Bitte gib uns eine Chance.“

Da stand sie nun und sah den Mann an, den sie in viel zu kurzer Zeit lieben gelernt hatte. Der Gefühlssturm in ihr hatte sich gelegt.

Langsam streckte sie eine Hand nach ihm aus.

Mit ihrer Hand jedoch gab er sich nicht zufrieden. Mit einem Freudenschrei riss er Kiara an sich und übersäte ihr Gesicht mit Küssen. „Oh, Kiara."

„Wir haben noch einen weiten Weg vor uns."

„Ich weiß. Ich bin geduldig. Ich werde es dir beweisen. Ich werde dir alles über mich erzählen."

Sie nickte. „Tut mir leid, dass ich dich heute Morgen zurückgelassen habe. Das war nicht besonders erwachsen."

„Ich verstehe es."

„Du hast ein sehr großes Herz, Wyatt DeSalme."

Er wischte ihr eine Träne von der Wange. „Nicht so groß wie deins, Kiara Romano. Also, diese Sage … Ist die jetzt bestätigt, oder ist es für dich immer noch nur eine Sage?"

„Die Sage ist bestätigt", sagte sie und musste lächeln.

Er legte einen Arm um ihre Schultern. „Komm, lass uns zurückgehen und zusehen, wie *Decadent Midnight* den DeSalmes in den Hintern tritt."

EPILOG

Veredelung: verbessern der Rebe, indem man den Pflanzenteil einer Rebe auf eine andere transplantiert, sodass die beiden zusammenwachsen

D*ecadent Midnight* gewann tatsächlich den ersten Preis des Wettbewerbs.

Angesichts der Ereignisse hatte sich Wyatts Einstieg in das Unternehmen DeSalme natürlich erledigt, doch das kümmerte ihn nicht mehr. Er hatte sein wahres Zuhause gefunden. Auf Idyll, auf Bella Notte, bei Kiara und ihrer warmherzigen Familie.

Wyatt, mit seinem Charme und seinem unerwarteten Geschäftssinn, nahm den Vertrieb des Gutes in die Hand, sodass sich die Einkünfte bald verzehnfachten.

Im folgenden Juni heirateten Kiara und Wyatt, natürlich bei Vollmond, auf dem Gipfel des Twin Hearts, und fügten somit der alten eine neue Legende hinzu.

Nachdem alle Hochzeitsgäste gegangen waren, nahm Kiara ihren frischgebackenen Ehemann bei der Hand und führte ihn zu ihrem Lieblingsplatz unter den Olivenbäumen. Selig schmiegte sie sich an Wyatt und legte verträumt eine Hand auf ihren Bauch. „Ich hoffe, wenn er fünf ist, wird er aussehen wie du. Mit braunen Augen und ein paar niedlichen Locken, die ihm in die Stirn fallen."

Wyatt runzelte die Stirn. Wovon redete sie? „Er? Wer?"

„Okay, vielleicht ist es eine Sie. Trotzdem wird sie hoffentlich deine Augen haben."

Es dauerte eine Weile, bis ihre Worte bei ihm durchsickerten. „Du bist schwanger?"

Sie nickte glücklich. „Sechste Woche."

Sein Pulsschlag beschleunigte sich. „Ich werde Vater?"

„Genau."

Für einen Mann, der sich nicht einmal hatte vorstellen können, je sesshaft zu werden, war das eine umwerfende Neuigkeit. Er wurde Vater.

„Bist du glücklich?“, fragte sie. „Sei ruhig ehrlich. Ich werde mich nicht aufregen, wenn du dich nicht gleich wie verrückt freust. Ich verstehe, dass es eine Menge Umstellungen …“

„Kiara …“ Er nahm seine Frau fest in die Arme und küsste sie. „Ich bin glücklich.“ Noch ein Kuss. „Und ich bin aufgeregt.“ Ein weiterer Kuss, dieses Mal heißer. „Ich bin ganz begeistert von dem Gedanken, Vater zu werden.“

Er spürte, wie sie sich erleichtert an ihn schmiegte. Offensichtlich hatte sie sich Sorgen gemacht. Erneut küsste er sie und drückte sie an sich. „Etwas Besseres hättest du mir nicht erzählen können.“ Zärtlich legte er seine Hand auf ihren Bauch. „Liebste, ich bin dir so dankbar.“

„Er wird Wein im Blut haben.“

„Sie!“

„Willst du wirklich ein Mädchen?“

„Eins, das genau wie du aussieht.“

„Eins nach dem anderen“, flüsterte sie, während er sie auf die Decke hinunterzog.

– ENDE –

Band-Nr. 20053
9,99 € (D)
ISBN: 978-3-95649-091-0
eBook: 978-3-95649-379-9
432 Seiten

Susan Wiggs u.a.
Zwei Herzen im Schnee

Susan Wiggs –
Ein Prinz zum Fest:

Eigentlich ist Madelaine schüchtern. In einer kalten Dezembernacht fasst sie sich jedoch ein Herz – und fordert einen Fremden zum Tanz auf. Aber als es Tag wird in New York, ist ihr Märchenprinz verschwunden …

Sherryl Woods –
Zauber deiner Zärtlichkeit:

364 Nächte hat Catherine von dem faszinierenden Mann geträumt, den sie vor einem Jahr in einem Restaurant in Savannah getroffen hat. Für heute waren sie verabredet … ob er sich an sein Versprechen erinnert?

Liz Fielding – Rendezvous mit dem Boss:

Max Fleming ist zurückhaltende Angestellte gewöhnt, doch seine liebenswerte neue Sekretärin Jilly saust wie ein winterlicher Wirbelsturm in sein Leben – und bringt seine Gefühle gehörig durcheinander.

Jennifer Greene – So stark und so zärtlich:

Ausgerechnet Alaska! Aber nur hier, umgeben von Eis und Schnee, ist Mary ungestört und kann den Männern endgültig abschwören. Alles läuft wie geplant – bis sie den charmanten Tierforscher Steve kennenlernt.